岁欲 著

折枝

上 册

青岛出版集团 | 青岛出版社

图书在版编目（CIP）数据

折桃枝/岁欲著. —青岛：青岛出版社，2023.10
ISBN 978-7-5736-1077-5

Ⅰ.①折… Ⅱ.①岁… Ⅲ.①长篇小说－中国－当代 Ⅳ.①I247.5

中国国家版本馆CIP数据核字（2023）第059115号

ZHE TAOZHI

书　　名	折桃枝
作　　者	岁　欲
出版发行	青岛出版社（青岛市崂山区海尔路182号）
本社网址	http://www.qdpub.com
邮购电话	18613853563
责任编辑	郭红霞
特约编辑	崔　悦
校　　对	李晓晓　闫　帅
装帧设计	蒋　晴
照　　排	梁　霞
印　　刷	三河市良远印务有限公司
出版日期	2023年10月第1版　2023年10月第1次印刷
开　　本	16开（710mm×980mm）
印　　张	38.5
字　　数	887千
书　　号	ISBN 978-7-5736-1077-5
定　　价	69.80元（全2册）

编校印装质量、盗版监督服务电话 4006532017　0532-68068050

折枝

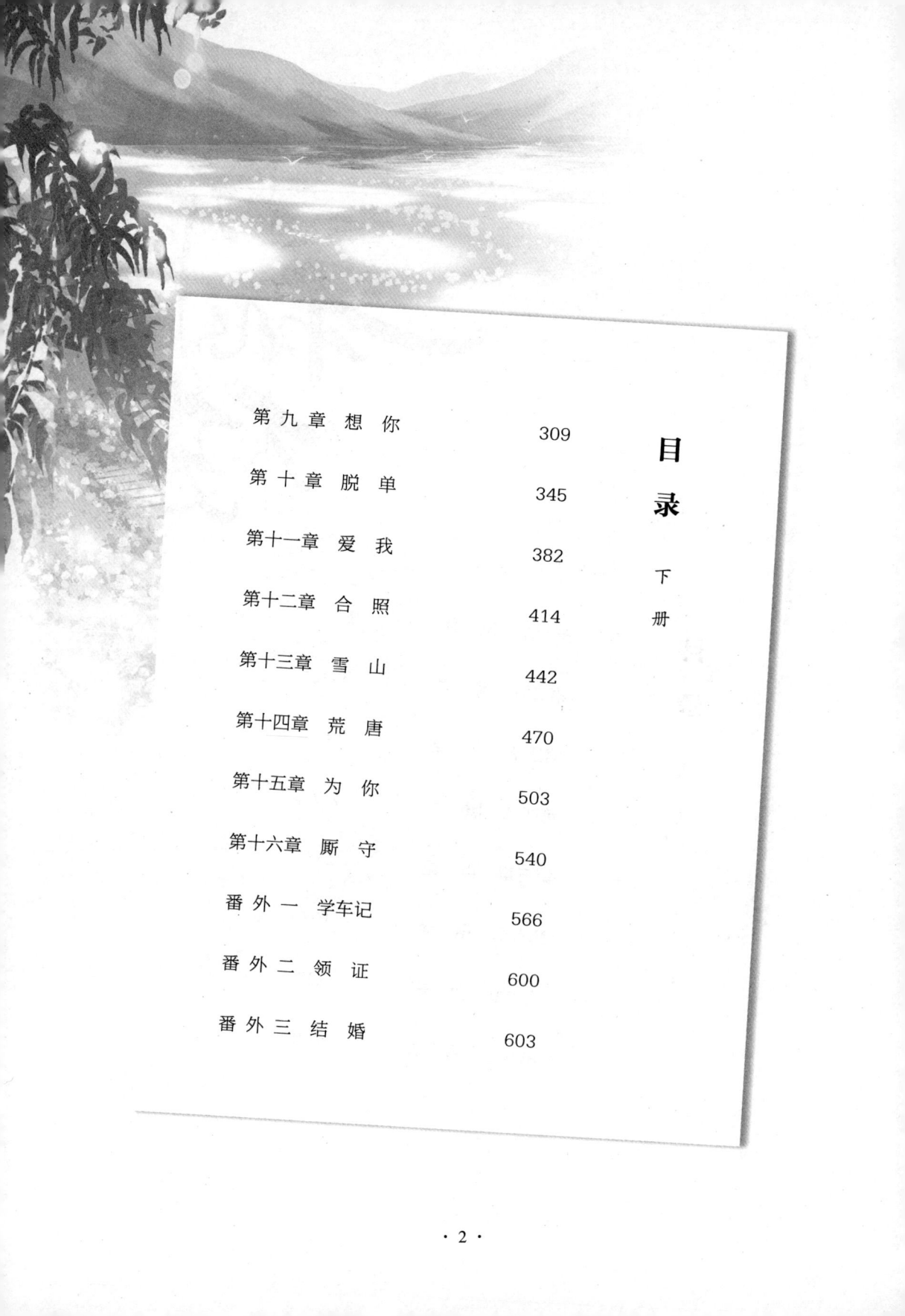

目 录

下 册

第一章　发　芽

夏日炎炎，烈阳似火，烤得教室外的梧桐叶子直发蔫，蝉鸣声声不断。

树德初中部，下课铃刚刚响过，四班教室里刚才还死气沉沉的学生们瞬间便来了精神，叽叽喳喳起来。

彭雪华合上地理书，对课代表交代道："把上周五的地理小卷收上来。"

"……"

下面瞬间一片抱怨声。

"我一个字都没写！"

"不是说选做吗？"

"完了。"

彭雪华也没理会，冷哼了一声，便拿上课本和那个发旧的地球仪离开了教室。

吊扇还在呼呼地运作着，空气里蔓延的却是燥热。热风吹着，在学生的脑袋上越聚越多。

此刻，几乎所有人都围在了同一处——宋枝的桌前。宋枝被围在人群中央，手下按着众人的目标——地理小卷。

好几只手已经抓到了她手下的卷子，女孩的神情中透着苦恼，白皙带着婴儿肥的脸蛋显得十分清纯。她说："你们别抢坏了。"

同桌羊琦姗站了起来，护犊子似的推开那些没脸没皮、直接挤到宋枝面前的男生，大声道："你们要把宋枝憋死了，都散开！"

其他人只得不住地向宋枝哀求："江湖救急！"

看着那一张张哭丧的脸和冒着光的眼，宋枝心想："反正这也不是第一次了。"于是，她索性双手一松，任他们拿着卷子抄去。

宋枝刚一撒手，同学便赶忙拿了她的卷子，周围的人很快散开，开始发疯似的奋笔狂抄。

羊琦姗露出一脸无奈的表情，说："你就是太惯着他们了，他们每次都逮着你的卷子抄，看来年级第一的隐形负担也很重啊。"

"没办法。"宋枝也很无奈，"谁让是地理呢，其他科倒还好。"

毕竟，众所周知，彭雪华不仅是他们年级出名的"灭绝师太"，还是四班的班主任，班里的学生都特别怕她。

一般来说，如果是选做的卷子，同学们会自动视为可以不做，也不知道这次彭雪华抽的什么风，突然就要把卷子收上去检查。

众人抄完后都长舒了一口气，却不知道事情还远远没有结束。

彭雪华在下一个课间突然杀回教室，带着更年期特有的严肃表情，手里还拿着那一摞刚收上去的地理小卷。

整个教室鸦雀无声，同学都开始犯起了嘀咕。

他们有种不妙的感觉。

彭雪华皱着眉，把手里的那一摞卷子重重地往讲桌上一扔，卷子发出了一声闷响。彭雪华道："这次的地理小卷，你们是把我当傻子，以为我看不出来吗？"

好几个坐在前排的学生明显浑身颤抖了一下，眼睛不由自主地瞪大了。

坐在第四排的宋枝正捏着笔，一抬头就对上了彭雪华那意味深长的目光。果不其然，下一秒钟宋枝就被彭雪华点了名。

"宋枝，你站起来。"彭雪华严肃地道。

宋枝一脸人畜无害的表情，乖顺地放下手中的笔，站了起来，这温和恬静的模样，真是令人发不起脾气。

更何况，宋枝还是年级第一。

面对这样一个学生，就算是正在气头上的彭雪华，也不得不压下了几分火气，放缓声音道："宋枝，这次全班都抄你的卷子，你这不是在帮他们，是在害他们。"

只见宋枝认错态度良好，温顺地说道："是我的错，老师。"

这态度让彭雪华根本没法发火，她只得叹了口气，说："算了，你先坐下。"

宋枝应道："谢谢老师。"

彭雪华的火力开始转移到那些抄作业的同学身上，教室里的气氛越发沉重压抑。

直到大家听到彭雪华说："有些人把地球自转一周改成自转一个星期，是觉得自己很聪明吗？"

"……"

安静了两秒钟后，教室里爆发出雷鸣般的笑声。

这谁忍得住？

彭雪华被小鬼们笑得心里直冒火，指着坐在第一排"黄金位置"的周崇生，厉声道："你还笑别人？你抄得一个字不差不说，还直接把人家宋枝的名字都抄上去了！"

"……"

教室里的场面越发不可收拾。

最后，彭雪华忍无可忍，拿起黑板擦重重地拍着桌子，大声说："今天最后一节的体育课不上了！除了宋枝，其他人给我出来！"

班上其他人被叫到操场上跑圈去了，宋枝一个人待在教室里检查这周要带回家的作业。

这周的语文作业是和爸爸拍一张合照，再写一篇题为《我的爸爸》的作文。

作文倒是还好，至于照片……

宋枝不禁撇撇嘴。她爸爸实在太忙，可能真的会忙到没空和她拍一张合照。

下课铃响了，跑完圈的同学相继回到教室里，教室里一时间汗味四溢，还充斥着此起彼伏的抱怨声。

"呜呜，累死人了。"羊琦姗回到座位上，把脸凑过来给宋枝看，"你看我的汗，看我的汗！走吧，陪我去喝奶茶！"

宋枝把作业一一塞进书包，说："我不去了，我要去找我爸爸。"

"啊？"羊琦姗喘着粗气，有些疑惑，"怎么突然要找你爸爸？"

宋枝答道："听我妈妈说，我爸明天又要出差，如果我今天不去找他的话，那我下周的语文作业就泡汤了。"

羊琦姗恍然大悟，道："对，语文作业是和爸爸拍照。"

两个人收拾好东西，一同离开了教室。

羊琦姗挽着宋枝的胳膊，忽然想到了什么，问道："那你一个人去吗？远不远啊，要不要我陪你？"

"不用了。"宋枝答道，她没有给别人添麻烦的习惯。

其实，宋枝离她爸爸那里倒也不远，从学校门口乘公交车，半小时就到了。

刚出校门，宋枝和羊琦姗就看见有几个男生等在保安亭旁边，还都是和她俩同班的，这几个男生看起来是以周崇生为首的。

周崇生一见到宋枝，立马走上前来，却欲言又止，过了好一会儿才小声道："我能和你单独说两句话吗？"

羊琦姗露出八卦的眼神，打趣道："你有什么话要和宋枝单独说啊？我也要听！"

周崇生露出满脸不情愿的表情，说："我要单独和宋枝说。"

宋枝见其他男生也在看这边，有些不好意思，便示意周崇生和她一同往旁边挪了几步，说："你说吧。"

"就那什么……"周崇生有些不好意思，诚恳地说道，"对不起啊，我抄你的作业，还害你一起被点名。"

原来是这件事啊。

宋枝多少还是有些惊讶。毕竟周崇生在班上一向属于那种调皮捣蛋的学生，她压根儿没想过他会为这件事情道歉。

"没事。"宋枝沉默了几秒，抬起头很认真地看着周崇生，说，"但是你能答应我一件事吗？"

周崇生问："什么事？"

"下次——"宋枝故意拖长了语调，顿了顿说，"你下次抄我作业的时候，能不抄我的名字吗？"

"……"

这真可谓年度社死现场。

周崇生的耳朵微微发红，他很不好意思地抓了抓自己的头发，嘀咕了一句："知道了。"

然后，他便和其他男生勾肩搭背地消失在了宋枝的目光中。

羊琦姗激动地跑了过来。她向来不会放过任何八卦的机会："说什么了？他那个表情，难道是向你表白了？"

宋枝瞪着眼道："怎么会？！"

"怎么不会？"羊琦姗振振有词，"你这么好看，周崇生也很帅啊，虽然成绩差了点儿——不对，和你比的话，那不是一点儿。"

宋枝不想被误会，只好将刚才的对话向羊琦姗如实告知。

羊琦姗笑得直不起腰来："哈哈哈哈哈——周崇生居然会道歉！哈哈哈哈哈……"

和羊琦姗道别后，宋枝独自到校门口的公交站等车。

上了公交车后，宋枝找到座位坐了下来，拉开书包拉链，取出手机，开始给宋长栋发短信："爸爸，我现在去医院找你。我能找到路，直接到你的办公室去。"

宋枝并没有马上收到爸爸的回复，甚至直到公交车到站，她也没收到宋长栋的回复。

宋枝收起手机，抬起头，便看见了百米开外的医院。医院正门口的一块花岗岩刻字石上面，是用金色的楷书书写的医院的全称：

"莲庆精神康复中心"。

宋长栋就是莲庆精神康复中心的院长。自宋枝记事起，她的爸爸就一直是忙碌的，很忙很忙的那种，甚至忙到连家里人想见他一面都很难。

宋枝以前来过这里几次，每次都是和妈妈一起来。宋枝凭着记忆，先走到医院大堂，再乘电梯到了五楼。

爸爸的办公室就在五楼的尽头。

电梯门开了。

宋枝背着书包走到长廊上。长廊里安静极了，还有着淡淡的消毒水的味道，长廊的尽头有一扇窗户开着，洒进来几缕夏日的余晖。

可能因为已经很长一段时间没见过爸爸了，宋枝有点儿激动，一时竟忘记了敲门，直接双手一推，嘴里更是情不自禁地喊出了声："爸爸，我……"话音戛止。

办公室里的窗户没有拉窗帘，斜阳的光洒进来，把屋子都染成了暖色调，屋内白烟弥漫，烟草味充斥在宋枝的鼻间。

有人在抽烟，抽烟的人却不是宋长栋，这个人宋枝不认识。

一个清瘦的男人在桌前的椅子上半坐半躺，姿态闲散恣意，两条长腿毫无规矩地交叠着，搭在桌沿上。他侧对着窗户，一半面孔落在余晖里，一半藏在阴影中，让人难以看清他的神情。

宋枝却能感觉到这个男人威严的气场。

男人应声抬头。

两个人四目相对。

宋枝的心跳漏了一拍，呼吸也变得轻缓，像是怕惊扰到什么。

也许是这个男人眼底那一抹黑暗。

男人肤色雪白，深眸黑发，明明神情淡漠，深眼窝里的桃花眼却含着笑意，像是极危险的瘾君子。他的眸色漆黑得如同长夜，里面似乎写着"请勿靠近"四个大字。

男人的手指慢条斯理地敲在烟身上，落下一截烟灰。他在做这个动作时，依旧目不转睛地看着宋枝。

谁都没有先开口，宋枝完全像是被封印住了一般，愣在原地。

好巧不巧，那天的风说起就起，大风还从窗户灌了进来，吹着男人垂额的黑发，将他指间香烟的火星子吹得明灭跳动。

风还吹动了男人面前一张薄薄的纸。

纸随风起，在空中盘旋了两圈后，落在了宋枝脚尖的正前方。

她没有弯腰去捡那张纸，只是低头看。

《诊断报告书》

患者：闻时礼

年龄：20

…………

综合 SDS（抑郁自评量表）、SAS（焦虑自评量表）、SCL-90（心理健康测试量表）、BRMS（躁狂自评量表）等测评结果，患者人格测评显示，属危险人格、重度恐慌症、复杂型创伤后应激障碍。

…………

那张纸后面还有一大堆密密麻麻的文字，宋枝没有看完，也看不懂。

过了好一会儿，宋枝才弯腰捡起那张纸，小心翼翼地朝男人走近，呼吸越来越急促。

"哥哥，"宋枝将诊断书递了过去，"这是你的吗？"

男人抽烟的动作一顿，眉梢微微挑起。他落在宋枝身上的目光深沉，微挑的桃花眼有着不自知的勾人意味。他对上宋枝水汪汪的大眼睛，眼底不由得浮出了一丝玩味，懒洋洋地从喉间哼出一个字："嗯？"

宋枝抿了抿唇，重复道："这是你的。"

她这次用的是陈述句。

没想到，那男人虽露出了斯斯文文的笑容，眉眼间却有着难掩的凉意。他不紧不慢地问了宋枝一句："小朋友，你看我像病得这么重的人？"

宋枝和男人对视了半晌，递出诊断书的手已经有些酸了。宋枝见男人只是含笑看着她，并没有任何要接诊断书的意思，只好悻悻地将那纸报告放到桌上原来的位置。

四周安静无比，她只微微听得见风的声音。

又过了好一会儿，男人依旧没有收回打量宋枝的目光，还用轻松慵懒的腔调问道："怎么不回答呢？"

宋枝愣住。

她回答什么？哦，这个男人是在问她，他看上去是不是病得不轻。

光看表面的话，宋枝实在看不出他有什么问题。男人姿态从容，说话虽有些慵懒却清楚，不同于任何她见过的精神病患者。

这个人和他们不同，非常不同。

"小朋友，"他淡淡地笑着，腔调越发慵懒，"怎么不回答，被吓到了？"

宋枝一时不知道该怎么回答，心想万一那张报告真是他的怎么办。万一自己一不小心说错话，惹他犯病……

爸爸说过，有的精神病患者发病时是很恐怖的。

办公室的门在这时开了，身后不远处，传来了宋枝熟悉的脚步声。

宋长栋一进办公室就注意到了背着书包站在男人面前的宋枝。他走进办公室，把一沓厚厚的资料往桌上一放，便开始低头翻阅，一边翻一边温和地问她："枝枝怎么来啦？"

"我……"

宋枝刚刚开口，就听见爸爸声调陡转，冲那男人厉声道："你能不能长点儿心？我真是看见你就上火！"

宋枝被吓得不敢说话，只得退到一边的角落里，和一盆绿油油的吊兰在一起。

她从没见爸爸用这种盛怒的态度和谁讲过话，这还是第一次。

宋枝下意识地去观察那个男人的反应。

只见他神色依旧，眉眼清冷，没有半点儿被吓到的样子。窗外洒进来的余晖分散又轻盈，融在他漆黑的眸子里，混着他狭长眼尾中细微的笑意，格外摄人心魄。

宋枝没有意识到，自己居然在盯着一个陌生的男人，还盯得移不开目光，以前从没发生过这种事。

紧接着，男人喉间溢出两声低笑。他放下跷在桌沿上的长腿，站了起来，那模样实在是漫不经心。

角落里的宋枝这才反应过来——他好高啊，比一米八的爸爸还要高半个头。

男人用手指将烟按灭在烟灰缸里，含笑说道："也不是第一次测评不及格，犯不着动怒。您说呢，宋院长？"

宋长栋将手指重重地点在报告单上："这回你得感谢你的人格测评不及格，否则你就得坐牢了。"

原来那张报告单真的是他的，他叫闻时礼。

宋枝感觉自己的心跳有些加速，像是被这气氛烘托的似的。

"坐牢有什么不好？"男人笑得十分轻浮。

宋长栋吼道："你是不是有病？"

闻时礼顺着他的话茬儿往下说："就是有病才在你这儿啊。"

宋长栋气急败坏地说："我就不该保你出来！"

"息怒。"闻时礼笑着说，"给我根烟。"

宋枝看见闻时礼直接把手伸进了爸爸的白大褂里，取出烟盒和打火机，轻车熟路。

宋长栋重复着那句："长点儿心。"

她也不知道闻时礼有没有听进去，只见他转身点烟，侧脸轮廓线条分明。

宋枝的目光一直在他的身上，以至于宋长栋叫了好几声她都没听到。

"啊？"宋枝回过神来，"怎么了？"

宋长栋放下手里的资料，问："你不回家，跑到医院来做什么？"

宋枝这才想起语文作业的事情。她拉住肩上的书包带，取下书包，从里面翻出手机，对宋长栋说："爸爸，我要和你照一张相，交作业用。"

宋长栋说："那快点儿，爸爸还有事情要忙。"

宋枝打开手机的前置摄像头，小跑过去，停在了抽烟的男人对面。

宋长栋弯下腰来配合女儿。

宋枝有些不好意思，唇角也扯不出笑容，总觉得对面的男人在看她。

拍好照后，宋长栋就被护士叫走了，只留下宋枝和闻时礼面面相觑。

光线每分每秒都在变化，余晖开始消失。

办公室里没有开灯，四周一片昏暗。

宋枝拉好书包的拉链，准备离开。走到门口的时候，她鬼使神差地回头看了看闻时礼，说："你骗人。"

闻时礼有些疑惑："嗯？"

宋枝将目光落在那张报告单上，道："这明明就是你的诊断书。"

闻时礼抽着烟，笑了："我没说不是我的啊。"

宋枝站着没动，一时不知该如何反驳。

闻时礼按灭烟头，走到宋枝的面前屈膝蹲下，微微仰头看着她，漆黑的眼睛里仿佛有无边的长夜，深沉得很。他说："真吓到了啊？"

宋枝被他看得说不出话来。

闻时礼眉梢微挑，含笑道："哥哥真有这么吓人？"

宋枝没有正面回答闻时礼的问题，却想到了他刚刚和宋长栋的对话，于是认真地看着他，问："你犯法了吗？"

闻时礼快要憋不住笑了："嗯。是不是更怕了？"

"你犯什么法了？"宋枝问。

"你猜。"闻时礼调笑道。

"不。"宋枝的声音变弱，"我猜不出来。"

闻时礼轻笑道："算了，你不会想知道的。"

然而，人都有种逆反心理，闻时礼越是故弄玄虚，宋枝就越是好奇："你不说，怎么知道我不想知道？"随后，她扬了扬下巴，一副小大人的派头，说，"说来听听。"

闻时礼真被她这副模样逗笑了："你真想知道？"

宋枝点了点头："想。"

闻时礼静静地看了她一会儿，不禁嘴角上扬，笑着说："小朋友，等下你可能真的会被吓到。"

宋枝故作平静地说："我胆子大。"

"嗯？"闻时礼分明不信。

宋枝再次强调："胆子很大。"

"……"

闻时礼笑了。

一个小屁孩儿居然跟自己说她胆子大？

闻时礼真的要憋不住了，眼神有些似是而非，打趣道："那你得保证，晚上要是做噩梦了可别怪我。"

做噩梦……宋枝还是挺怕做噩梦的，但她的话既然已经放了出去，就只能硬着头皮把天聊下去："我又不是三岁小孩，根本不怕做噩梦。"

"是吗？"闻时礼笑道。

被他这么一问，宋枝还真有点儿心虚，只得别开眼睛，倔强地问："那你说不说？"

闻时礼低笑："说啊。"

宋枝重新转过头来看着闻时礼。可能是因为他看人的眼神实在太过深沉，宋枝的脸颊竟然有些发热，人也有点儿紧张。她开口道："我听着。"

闻时礼还维持着蹲着的姿势，仰头看着宋枝，二人对视。闻时礼用一种懒散的语调，缓缓地同宋枝说："哥哥杀了人。"

"……"

画面一度静止，似乎连呼吸都停止了。

宋枝看着面前这个斯文的男人，实在难以将他这张脸和"杀人犯"三个字结合在一起。

然而她又想到了那张报告单上密密麻麻的病症记录，以及宋长栋说的话——精神病患者杀人不犯法。

宋枝的心跳突然开始加速，她害怕地把脚往后挪了半步，差点儿跌倒。

还好被男人及时拉住了手臂，宋枝才稳住了身子。她白色的裙摆荡过闻时礼黑色的休闲裤，二人相对无言。

闻时礼的手指凉得如同尸体一般。明明是炎炎夏日，居然有人的体温能低到如此程度。

宋枝站定，怯怯地从他手里撤回自己的手臂，温暾地说："我该回家了……"

"嗯。"闻时礼故意问，"那哥哥送你？"

"不用！"宋枝立马拒绝了。

宋枝此时只觉得心惊肉跳，完全没注意到自己的声音有些激动："我自己能行！"

话音刚落下，她就急忙转身，伸手去开门。

宋枝的手刚握上门把手，耳边便袭来一阵微风，只见眼前出现了一只线条分明、肤色冷白的手。

宋枝的心脏都停搏了一秒。

随后，她感觉到了男人的靠近。他的呼吸喷在她的耳边，他的声音近在咫尺："怎么不问我杀了谁？"

宋枝默默地安慰自己，心想这毕竟是在爸爸的办公室里，闻时礼不能做什么坏事，于是便象征性地问道："谁？"

闻时礼徐徐笑答："我妈。"

宋枝的大脑已经完全"宕机"了，她难以思考自己听到的话。还没等她缓过神来，闻时礼就已经收回了手，甚至还贴心地替她拉开了办公室的门，点了点她的书包，笑道："小朋友，路上注意安全，小心坏人。"

宋枝独自走在昏暗的暮色里，只觉得后脊阵阵发凉，耳边还回荡着男人的那句话——"小心坏人。"

回到家后，宋枝依旧心有余悸。她在玄关处换鞋的时候，厨房里传来了母亲陆蓉的声音："枝枝，快拿碗筷吃饭了。"

"哦。"宋枝应道。

整个晚饭期间，宋枝一直心不在焉，连对自己喜欢的菜也没什么胃口。陆蓉注意到了她的不对劲儿，问道："枝枝，是不是学习太累了？"

"没。"宋枝答道，"我今天去了趟爸爸的医院。"

陆蓉夹菜的手突然慢了下来，她以为女儿是被医院的环境影响了，安慰道："你爸爸的医院里全是些精神病患者，疯疯癫癫的，你没事少过去，有什么事情等爸爸回家再说。"

宋枝若有所思地说："可有的人看上去一点儿都不疯。"

——这个人却告诉她，自己是个杀人犯。

陆蓉说："坏人也不会在自己的脸上写自己是坏人，你别想太多了，赶紧吃吧。"

"好吧。"宋枝叹了口气，继续食不知味地吃饭。

饭后，宋枝回到了自己的房间，坐在书桌前写完一篇作文后又开始胡思乱想起来。宋枝的脑海中不断回想着那个浑身烟雾缭绕的英俊男人，和他那双含笑的桃花眼，以及他那令人脊背发凉的话语。

想了好一会儿，宋枝拉开抽屉，取出了一张用来叠千纸鹤的正方形花纸，在纸上写下了三排字：

怕黑。

怕鬼。

怕杀人凶手。

然后，她慢吞吞地将这张纸折成了一只千纸鹤，丢进了心形玻璃罐里。

然而当天夜里，宋枝还是做了噩梦。在梦里，闻时礼目不转睛地看着她，嘴里一直重复着那句话："哥哥杀了人。"

莲庆是座火城，才四月初，温度便持续攀升，直到细雨纷纷的清明时节才有所好转。

天公降雨，飘飘停停，颇有几分"路上行人欲断魂"的感觉。

清明假期的第二天，宋枝和爸爸妈妈一起到庆山墓园扫墓祭祖，一家人刚一下车就被扑面而来的冷潮激得直哆嗦。宋枝赶忙拢紧针织小外套的领口，和陆蓉紧紧依偎，同撑一把伞。

庆山上浓雾弥漫，可视度大大降低了。正值暮春时节，漫山树木参天而立，道路两旁更有新柳粉杏交相辉映。

宋枝在阶下抬头望去，只见墓园的长梯绵延而上，似乎望不到尽头。她十分好奇有没有人数过这长梯具体的阶数。

陆蓉手上拎着祭品，不太方便，便对宋长栋说："长栋，你折几枝新鲜的柳条吧。"

插柳乃民间的清明习俗，俗语说："清明不戴柳，死后变黄狗。"其缘由就是柳枝在传说中有辟邪的功效。

宋家每年清明节扫墓，都会顺便折上几枝柳枝，带回去插在自家的门上。

清明来公墓祭祖扫墓的人不少，其中折柳的人也不在少数。

宋长栋挑了几枝嫩的柳枝折下来，细心地圈成了一个环，走回来递到宋枝的手里，说："交给你了，拿好。"

"好。"宋枝接过新鲜的柳枝，看到柳枝上竟然还沾着雨珠。

一家三口沿着长梯拾级而上，汇入了手捧鲜花祭祖的人流之中。这里毕竟是莲庆最大的墓园，因此每年清明节前来扫墓的人都特别多。

宋枝跟着爸妈，一同将祖父祖母的墓地打扫干净，然后摆上瓜果，并叩头行礼祭拜。

半小时后，宋枝正准备随爸妈一同离开，却听到墓园某处似乎传来些许嘈杂的声音。即便是人流如织的清明节，墓园仍是一派庄严肃穆，因而这声音在这种清静的地方，实在显得有些嘈杂。

正寄托哀思却被打扰的人们不由得纷纷抬起头，用目光找声源。

宋枝也不例外，抬头张望，四处寻觅，终于找到了这声音的源头——竟然是那个让她做了一整宿噩梦的男人。

宋枝的目光凝固了，脚步也一并停了下来。

与闻时礼相隔不过十米，宋枝能清楚地看见他穿了一件黑色的衬衫，站在一座双穴墓前，身姿挺拔颀长，手里还捧着一束黑色的花，形似百合却又不是。

雨雾两两相侵，他却没有撑伞，只是孤身伫立在那里，长睫上湿意氤氲，目光深不见底。

旁边祭祖的人有些疑惑，突然开口道："那个男人什么来头？他旁边怎么站了那么多扛摄像机的，都是哪里的？"

同行的人回答："电视台的啊，你还不知道吗？"

"知道啥？"那人问道。

"那个男的叫闻时礼，是十五年前那起滚油事件的受害小男孩。"

"……"

滚油事件！

宋枝听得心里一紧，注意到爸妈也都朝那个方向看，并没有要走的意思。

宋枝从外套里摸出手机，点开百度。

她在百度的搜索框里，准确地敲下了每一个字。

"莲庆滚油事件"。

她点击"确定"开始进行搜索，屏幕右上角的进度小圈圈卖力地转着。很快，手机页面上便跳出了诸多相关的内容。

宋枝点进首条附图的内容查看。

"1998年12月20日，莲庆市发生了一起'滚油'事件。在此事件中，一个五岁的男童被生母用滚油烫伤食道，在ICU抢救数日后方才脱离危险。据记者走访了解，该男童长期遭受生母苗某的虐待，包括但不限于殴打辱骂、罚跪、不给食物……"

文字下方还配了很多张当时的照片。

照片的背景看起来是在医院的抢救室里，小男孩目光涣散，躺在白色的病床上，没有任何表情，嘴巴张得很大，嘴里还包着一汪血，混着细碎的口腔碎肉。小男孩周围有很多医护人员，个个神色焦急，男孩的眼里却看不到任何对生的渴望。

这些照片拍摄于1998年，与现在相隔了十五年，画质并不清晰，岁月感很重。

宋枝却如同跨越了时间和空间，身临现场一般体会到了小男孩当时的绝望。她浑身的鸡皮疙瘩尽数起来，密密麻麻的，给她今天本就不明媚的心情增添了几分压抑沉重。

滚油灌喉是什么滋味？

滚油的热度就是活人痛觉极限的所在处。

宋枝把手机揣回兜里，握住自己一边的胳膊上下搓着，意图让那些鸡皮疙瘩消失。

她重新抬头，看向人群中央的闻时礼。

今时的他，不同于照片上狼狈可怜的小男孩。他眉眼间含着笑，温柔到了醒目的地步。

电视台和报社的记者都在拍他，闪光灯不停地在墓园里亮起，发出"咔嚓咔嚓"的声音。

有记者向他提问："时至今日，你还恨你母亲吗？"

闻时礼没有在第一时间回答，而是弯腰将手中的黑色花束放至碑前，起身时，修长的手指抚上了湿冷墓碑的一角。

他的声音不算大，但四下安静，宋枝听到他淡淡地问："恨是什么？"寡淡似水的腔调，仿佛什么也没发生过。

记者又问："一周前，你的母亲苗慈死于坠楼，邻居说就是你把她推下去的，警方因为没有直接证据，所以释放了你，但公众还是想知道，当时你到底有没有推她？"

"……"

那天傍晚，苗慈的邻居王老太买菜回家，刚到筒子楼下，便觉得头顶有一阵风袭来。就在王老太抬眼的那一瞬间，一个人"咚"的一声砸到了她面前。

那王老太年过六旬，吓得当场血压飙升。她捂着胸口顺势抬头，便看见闻时礼就站在六楼的一户窗户前，神情漠然，落在苗慈的尸体上的目光更是不带一点儿温度，凉得刺骨。

救护车和殡仪车在同一时间到来，殡仪车拉走了苗慈，救护车拉走了王老太。

王老太在医院里醒来后，接受了警方的询问，一口咬定就是苗慈那个阴森森的儿子把苗慈给推下楼的，是她亲眼所见。

宋枝听到旁边的人讨论这些事情，心情相当复杂，不禁想到两日前闻时礼和她说的话。

他真的是个杀人犯吗？

倘若他真的做了，怎么还能笑着说出来呢？

这些记者的问题相当犀利，现场的气氛只能用僵持不下来形容。

要是闻时礼回答是他推的，那这些话就会被警方当作供词，警方会再次逮捕他；但要是闻时礼回答不是，又恐怕没人会信。

然而，闻时礼压根儿就没有回答这些问题的打算。他的目光似乎落在了远处的柳树枝条间，谁也没看，只是轻轻地笑了下，什么都没说。

记者转移话题，问："为什么想着给你母亲送黑色的曼陀罗？"

宋枝的目光被那束黑色的曼陀罗吸引，清明节的墓园细雨纷纷，在一排排白色的菊花里，黑色的曼陀罗显得分外突兀。

闻时礼垂下眼眸，看了看那束花，淡淡地笑道："因为它的花语是诅咒，是永世不得好活。"

周围越发安静。

何其恶毒的人啊，居然要诅咒自己的生母永世不得好活！他简直没有良心，没有人性！真是罔顾人伦的玩意儿！

宋枝的心情更加复杂了。那些人看闻时礼的目光都充满了嫌恶，像是在看什么罪恶的东西一样。

她最终还是没忍住，小声地向宋长栋发问："爸爸，他真的把他妈妈推下楼了吗？"

"没有。"宋长栋的语气有点儿沉重，但十分坚定，他可能也被这一幕影响了，"他妈妈本来就有躁狂症，是她自己跳下去的。"

宋枝沉默了。

宋长栋又说："枝枝，做人不能人云亦云，更不能对别人有偏见。"

她很疑惑，问道："为什么那些人看上去都不相信他？"

宋长栋说："有的时候人们并不在乎真相，而是只相信他们愿意相信的。"

十三岁的宋枝并不太理解爸爸的话，但还是乖巧地点了点头。此时此刻，她只是觉得孤零零地站在雨里的闻时礼有点儿可怜："爸爸，那能把我们的伞分一把给他吗？"

宋长栋转过头看了她两秒，说："他不会接受的。"

宋枝以为是爸爸不愿意，便抓住他的一只胳膊，撒娇道："我们的伞挺大的，我们三个挤一把伞就可以了，借给他一把好吗？爸爸？"

宋长栋虽然不懂她的坚持，但他对女儿向来纵容，便道："那等记者走了以后，你把伞拿给他吧。"

"谢谢爸爸！"宋枝高兴地说。

一刻钟以后，再问不出什么东西的记者纷纷扛着设备撑伞离开，浩浩荡荡的一行人一溜烟儿地往阶下走。

四周不少人还在议论闻时礼的事，宋枝也隐隐约约听到了一些。大家议论的焦点是十五年前的滚油事件，还有一周前苗慈的坠亡事件。那些人兴致勃勃地各抒己见，讨论得不亦乐乎。

人就是这样，对别人的境遇总是分外关注，尤其是不幸的事情。

宋枝把柳枝圈成的圆环递给宋长栋，说："爸爸，帮我拿一下，我去给那个哥哥送伞。"

宋长栋接过柳枝环，道："好"。

这把伞很大，身高尚且只有一米四的宋枝拿着它，看上去有些滑稽。

有风刮过时，她一只手甚至还拿不稳，只得用两只手一起把伞牢牢地抓住，才能勉强控制。

宋长栋看着宋枝的背影，转过身去，语重心长地对陆蓉说："闻时礼根本就是个不会接受别人善意的人。"

陆蓉知道闻时礼是宋长栋的病人。她平时对一些精神病症也多少有所了解，便问："PTSD（创伤后应激障碍）？"

宋长栋叹了口气，道："也不全是，原生家庭的环境影响占主要因素。"

闻时礼是他从医生涯中，接触过的最棘手的病人。

宋枝迈着小碎步跑到了男人面前。她使劲儿地踮起脚，想把伞撑过他的头顶，替他遮风挡雨，却发现根本不可能。

闻时礼太高了，就算再怎么努力，此时的宋枝也只能够到他额头的位置。

宋枝试探性地伸手，轻轻地戳了下闻时礼垂在身侧的手背，小声叫道："哥哥。"

"嗯？"

闻时礼声调微扬，却有着难言的慵懒感，似乎漫不经心到了极致。

可能因为天生优秀的音色，所以闻时礼的声音分外好听。

闻时礼这才注意到旁边不知道什么时候多出来的宋枝。

两个人四目相对。不知怎的，宋枝一和他有目光接触，就会觉得紧张不已，连呼吸都不太顺畅。

几秒过后，闻时礼俯身钻进了她的伞下。宋枝顿时觉得周围的光线都跟着暗了下来，甚至还伴随着一股压迫感。

这么近的距离，宋枝看见了他满面的水光，脸上、身上全是雨，连长而黑的睫毛上也沾着几滴雨珠。睫毛上的雨珠欲坠不坠，映衬着他深不见底的眼眸，竟生出一种深情的错觉。

也许是这对视实在让人太过紧张，宋枝一时竟忘记了自己走向他的目的，其实是要给他送伞。

闻时礼注意到了她紧张的表情，樱红的嘴唇抿在一起，好不自在。闻时礼瞅着她，笑道："这么怕我，还敢走过来和我说话啊？"

宋枝一言不发。

他低笑出了声："吓傻了？"

宋枝似乎失去了语言能力。

闻时礼眼眸微抬，看了眼她手中硕大的雨伞，道："小朋友不用撑这么大的伞，风再大点儿，你就得和这伞一起飞走了。"

宋枝这才回过神来，别扭地移开目光，轻声说："哦。"

"哦"完以后，她才想起正事，对闻时礼说："哥哥，这个伞是给你的。"

"给我？"闻时礼十分惊讶，像是听到了什么不可置信的事情一样。

宋枝只好点点头，两只手握着伞柄将伞给他递了过去："你拿着，这样就不用淋雨了。"

闻时礼盯着她看了好一会儿。宋枝注意到他脸上的笑意虽然未减，但越发冷淡，笑意竟连半分都没能抵达眼底。

闻时礼没有直接拒绝，只说了句："淋雨挺好。"

宋枝有点儿尴尬，组织了片刻语言后，试图说服他："有伞的话就没必要淋雨了，淋雨会让你感冒发烧的。"

听上去有理有据的话，却收效甚微，闻时礼从伞下走出来，直起腰，目光落在她的脸上，懒洋洋地说："我不需要。"

雨还在下，没有任何要停的趋势，水线也越发密集。

四周的浓雾吞没了万千景物，天地间模糊得只剩轮廓。

对于闻时礼的冷言拒绝，宋枝全当作没有听见，递出去的伞柄也没有收回："那你能帮我撑伞吗？"

"嗯？"闻时礼置身雨中，似乎不太明白她这个提议的意思，"怎么了？"

宋枝仰头看着他，认真地道："你刚刚不是说，风大的话，我会和这把伞一起被吹飞吗？所以你帮我撑啊。"

闻时礼挑眉道："风很大？"

他话音刚落，便自山林深处吹来一阵狂风，吹得人们低呼着抓紧了手里的伞柄。就算如此，还是有人的伞被吹飞了，卡在了高高的树枝上。像在回应宋枝的话一般，这阵风刮得格外厉害。

雨随风斜，打到宋枝的脸上，她只得被迫闭紧眼睛。手里的伞晃得实在厉害，就在她做好和伞一起飞走的准备时，伞却突然不晃了，甚至还稳得不行。

宋枝慢慢地睁开眼睛。

落入她眼帘的，除了那日的雨雾，还有他的手。

宋枝第一次近距离地观察闻时礼的手——他的手修长白皙，骨节分明，肌肤纹理比寻常人淡些，就像她平日里看的少女漫画中男主的手。

伞柄在他的手里变得相当听话。宋枝的目光自下而上转移，落在闻时礼俊俏的脸上，她有点儿可怜兮兮地问道："这下能帮我撑伞了吗？"

闻时礼弯唇，说："小朋友，风已经停了。"然后他作势就要松手。

宋枝有点儿无语。

这个人怎么这么死板啊？这人真是的！

眼看闻时礼真的要松手了，宋枝干脆先一步松开伞柄，说："等会儿肯定还会吹更大的风，你就帮我撑一下不行吗？撑到山下就行。"

闻时礼看着她，一时竟没话说了。

他懂她的意思。这个小女孩非让他撑伞，是想让他免于淋雨，真是幼稚又善良。

宋枝怕他把伞强塞回给她，于是把双手背到身后，还觉得自己的小心思天衣无缝，露出一副无辜的表情。

这表情落在闻时礼的眼里，他只觉得这个小朋友很有意思。

见他没再说什么，宋枝便当他默许了。很快，她就注意到了两个人旁边的墓碑。墓碑上面没有刻字，是块无名碑。

宋枝想到，刚刚听周围扫墓的人讨论，闻时礼的生母名叫苗慈。

宋枝好奇地问道："哥哥，这个墓碑怎么不刻字啊？"

"因为——"闻时礼腔调有些慵懒，还带着淡淡的笑意说，"她不配啊。"

宋枝有些后悔问这个问题。

她为什么要问这种撕人伤口的问题呢？她真没有道德。

宋枝心里的愧疚感顿时泛滥开来。于是，她小声地道歉："对不起啊哥哥。"

闻时礼笑得漫不经心："没事，她本来就不配。"

"……"

闻时礼的语气让人听不出喜怒。

宋枝又想起先前看过的那一张鉴定报告单，和上面满满的病症记录。

大概受过的伤太多，他才会变成这样吧？

连宋枝自己都不曾察觉，今天的这一幕在后来会给她留下多么深刻的印象。

庆山墓园、无名碑、黑色的曼陀罗以及墓前被雨淋湿的男人。

宋长栋和陆蓉从不远处走了过来。宋长栋停下脚步，对闻时礼说："你跟我回去住。"

闻时礼笑着拒绝："不用。"

"你以为我想管你啊？"宋长栋说，"老陈刚刚打电话给我，我跟他说正巧在墓园里遇到你。老陈说你以前住的房子被房东收回去了，让我带你回去住一阵子。以后他再给你安排住处。"

宋长栋说完，还不忘哼哼唧唧地骂了句"臭小子"。

宋枝觉得很奇怪。她一向温和的爸爸在这个人的面前好像很容易发火。可能因为这个男人始终漫不经心的态度格外气人？

宋枝认识宋长栋口中的老陈。他是爸爸的发小，全名陈广轩。陈叔叔现在是莲庆知名政法大学的教授，以前来她家里吃饭的时候，总吐槽他手下的研究生难带。

只是宋枝想不通，这个男人和陈叔叔有什么关系？难道他俩也是师生？

还真让她蒙对了。下一秒，宋枝就听见闻时礼淡淡地笑着说："让陈教授费心了，但我真的不用。"从闻时礼的话里，她听不出多少他对陈教授的感激之意。

宋长栋早已习惯他这副样子，懒得跟他说废话，就着手里的柳枝指了指站在闻时礼面前的宋枝，说："枝枝，拉他走！"说完以后，宋长栋也不管宋枝是否能完成这项艰巨的任务，便掉头和陆蓉直接走了。

宋枝："啊？"

宋长栋只留下她和他大眼瞪小眼。

沉默良久，直到已经看不见爸妈的身影，宋枝才打破了沉默，道："我爸让我拉你走……"

她语气多少有点儿底气不足。

她怎么可能拉得动他？

宋枝：呜呜呜……

闻时礼觉得好笑，道："那你试试？"然后他就摆出一副"你拉得动我我就跟你姓"的玩味表情。

宋枝从小就是倔强的性子，不撞南墙不回头，就是撞了南墙也不一定回头。她拉住闻时礼湿漉漉的手臂，使劲儿一拉……嗯……就挺尴尬的。

她不能说对方和"纹丝不动"毫不相干，只能说是一模一样。

宋枝不甘心，两只手齐上阵，铆足了力气，再用力一拽……嗯……他依旧纹丝不动。

此时的宋枝觉得非常尴尬，下意识地抬眼看向闻时礼。他笑得十分清爽，眼角眉梢皆有湿意，一双眸子被衬得越发乌黑。他看她，就像在看一个不懂事的三岁小孩。

虽然她还未成年，但也觉得委屈，有种被当众嘲笑的感觉，难堪漫上了她的心头。

宋枝觉得身体里有股热气往上翻涌，在她的眼睛里折腾。她的眼里仿佛起了雾，比这深山里的雾还要浓，浓得让她看不清眼前人的脸。

哭很丢脸，她一定要忍住。

闻时礼撑着伞的手指微微一动。他垂下眼睫，道："真的假的？"

完了，宋枝一听见这话，眼泪就像决堤的洪水，不停地滚出眼眶。一瞬间，整个墓园里便回荡起了女孩的哭声，她毫不克制，分贝大得出奇。

"……"

四周的人看了过来。

一开始还以为小姑娘因为思念已故的亲人才哭得这么大声，后来，众人注意到了宋枝对面站着的高大的男人，于是纷纷开始谴责。

"那么高的一个男孩子，怎么还欺负小姑娘？"

"就是，得受多大的委屈才能哭成这样啊？"

"太不像话了！"

"……"闻时礼顿觉无语。但他从来不是一个会解释的人。

还没等他开口，下一刻，宋枝直接轻轻地扯住了他的袖口，大眼睛哭得红红的。她和他对视着，喉咙里全是哽咽之声，说话断断续续："你要是不跟我走……就……就……更不像话了……"

这个小姑娘古灵精怪，在变着法儿地威胁他呢。

闻时礼低头看着她。面对眼前这个只有一米四的小朋友，闻时礼也不知道该生气还是该笑，因为他生平最厌恶被威胁，厌恶一切以"要是你如何如何，就怎样怎样"的威胁句式。

自小到大，这种句式他听得太多了，简直数不胜数。

譬如苗慈每一次对他的言语威胁：

"要是你不听话，今晚就不用吃饭了！"

"要是你再这样，我就打死你！"

"要是你跪不好，明天就接着跪！"

而眼下，他受不了小姑娘可怜巴巴的哭相。宋枝睁着那双大大的杏仁眼，眼里带着泪，眼眶哭得红红的。她抽抽搭搭的，像一只被抢走胡萝卜的兔子。而且这个小姑娘又白又瘦，还矮……看着就更可怜了。

闻时礼轻笑着，俯下身，用手指揩去宋枝眼角的泪珠，说："这么想哥哥住在你的家里啊？"

见闻时礼终于有了点儿反应，宋枝稍稍收住眼泪，却为了保持小女孩的自尊心，没有搭理他。

她的小脑袋别扭地垂了下去。独自沉默中，宋枝忽然听见闻时礼笑着说："一哭就可以达到目的，真好。"

听到这话，宋枝猛地抬起头，红红的眼睛注视着闻时礼漆黑的眼睛："什么意思？"

"没事。"闻时礼答道。

"那你同意和我走吗？"宋枝又问。

闻时礼的目光与她的对上，他笑道："我连你的名字都不知道，怎么知道你是好人还是坏人，万一你把我拐去卖了怎么办？"

"……"

宋枝暗想：你才像拐卖人口的那个人吧！不对……人贩子没有这么好看。

宋枝抬起手擦了擦脸，有点儿不好意思，嗫嚅着道："我叫……宋枝。"

"松枝？"闻时礼笑着问。

"不对！"宋枝放下手，转过脸，不想看他的眼睛，"唐诗宋词的'宋'。"

闻时礼拿腔作调地"啊"了声，然后低笑着叫她："小枝枝？"

"……"

宋枝：啊啊啊！他在干什么？什么啊？他为什么要叫得这么亲密？

宋枝自问，自己似乎还没有和他熟到这种地步吧？他们明明才第二次见面啊！而且叫"枝枝"就算了，"小枝枝"是怎么回事？救命！

但不论内心如何波涛汹涌，宋枝表面上故作平静之态。她擦干眼泪，说："只有跟我很亲密的人才能叫我'枝枝'，我们还不太熟。"

"是吗？"闻时礼笑道。

"对。"宋枝斩钉截铁地回答。

闻时礼抬起手，亲昵地用手指点了点宋枝的脸颊。宋枝顿时有种冰凉的感觉。然后，宋枝便听到闻时礼提醒她般开口道："你拉着哥哥不放，却说和哥哥不太熟？"

"……"

宋枝一低头，发现自己居然还拽着闻时礼的袖口没放。她现在放好像来不及了吧？

闻时礼眉眼间的笑意加深了一些，一双桃花眼如同三月的春天，声音却比刚刚低了些。他说："小枝枝，你还挺口是心非啊。"

下山的路上，宋枝全程板着脸，抱着手臂目视前方，一眼也不想看自己身旁撑着伞的男人。

宋枝的眼圈现在还红红的，她觉得很尴尬，恨不得找个地缝钻进去。

他们在庆山墓园的阶梯上走着，一抬头就能看到深山的雨中风景和上方的天空。

灰蓝色的天空中，大块的积云聚成一团，云轴的边界紧密相接，云层底部混乱不堪却不外散。这些积云厚重得透不出一点光，天地间一片灰蒙蒙的，仿佛开了暗色系的滤镜。

闻时礼停下了脚步，略微仰头，遥望着空中的云。

没有了伞遮雨的宋枝被迫一起停下，顺着闻时礼的目光看向那些云，顺口说出个话题打消这尴尬的气氛："这云怎么这个样子？"

他没有接她的话。

"……"

气氛越发尴尬。

宋枝转头，看见了男人轮廓分明的下颌。她注意到闻时礼薄薄的嘴唇抿得很紧，眉头似乎蹙着，他的心情看上去非常不佳。

他看个云都能看成这样？

宋枝不想计较他沉默的事情，用手轻轻地扯了扯闻时礼濡湿的衣角，问："哥哥，你在看什么？"

闻时礼看着那些灰白色的云层，告诉宋枝："那些全部是积雨云。"

顺着闻时礼的目光，宋枝重新看向天际那团灰白色的云。她静静地看了好一会儿积雨云，心里好奇的小精灵不停地蹦跶着。宋枝忍不住问道："这种云丑丑的，你喜欢吗？"

"怕都来不及。"闻时礼答道。

"为什么呀？"宋枝又问。

闻时礼转过脸来，看着宋枝。与她对视两秒后，闻时礼淡淡地笑着说："没事。"

宋枝还是很好奇：他为什么会怕云朵？

"你为什么怕那些云？"宋枝问道。

"……"

两个人相对无言。

见依旧得不到答案，宋枝便拿出了解数学大题的执着劲儿——如果方法一不行，那她就换方法二，方法二不行，就换方法三。于是宋枝换了一种问法："积雨云，所以你是害怕下雨吗？哥哥？"

男人依旧沉默。

宋枝活了十三年，就没遇到过这么冷淡的人。偏偏他时常看上去还忽冷忽热，真让人捉摸不透。

她不再问了，和他一起仰头静默，看着天际那几团形状各异的云朵。

画面仿佛就此定格。在有着百年历史的石级上，穿着黑衬衫的年轻男人和裙角处有小雏菊印花的少女同撑一把伞看云。

其实宋枝没有一直看云。大多数时间，她在观察身旁这个眼底有着挥之不去的阴郁的男人。但宋枝不敢太过明目张胆地打量闻时礼，只能偷偷地看。

他看云时的眼神非常阴暗，还夹杂着不明显的隐忧。

闻时礼重新抬脚往下迈的时候，宋枝还是想缓和一下气氛："云怎么来的？"

这一回，闻时礼居然大发善心般开了金口："水蒸气凝华成的小冰晶，聚在一起就是云。"

宋枝又想到雨后的七彩虹桥，问道："那彩虹是怎么形成的？"

闻时礼脚步一顿。

"光的折射啊。"他转过头，眉眼倏地舒展开，笑了，"小朋友，你不会是个文盲吧？"

宋枝差点儿一口气没提上来，脸有点儿红，生气地道："我怎么就是文盲了？"还有，宋枝觉得自己应该向这个男人严肃地说明一下，她不是小朋友！

然而，宋枝还没来得及进行她的严肃说明，就看见男人吊儿郎当地冲她笑着说："初中物理的知识，你还在问，看来成绩不怎么样呢。我是不是该改口叫你'小学鸡'？"

宋枝觉得自己受到了侮辱。

从小到大，宋枝还是第一次听别人说她成绩不怎么样，对方甚至还要叫她"小学鸡"！

闻时礼的这一顿操作，宋枝愿将其称为"天秀"。

宋枝向来不喜欢炫耀自己的成绩，但这一回，真的忍不住了。宋枝伸出食指，比出数字一，无比认真地说："不好意思，我次次考试都是全校第一。"

有一说一，她这么直接地讲出来，还真是满足了小姑娘的虚荣心。

她哪儿知道，闻时礼只是漫不经心地"啊"了一声。他笑着说："果然还是个小孩子。"

宋枝觉得自己被打了一闷棍，不知该如何发作。她现在对自己想着给这个男人送伞，感到十分后悔，就该让他淋雨感冒。他活该！

宋枝调整呼吸，努力克制自己的情绪，瞪着水汪汪的杏仁眼，反驳道："你才是小学鸡！说不定你都没考过全校第一呢！"

话刚说出来，宋枝就后悔了。

她想到了陈叔叔。陈叔叔是很厉害的政法大学的教授。如果这个男人真的学习很差的话，他是成不了陈叔叔的学生的。她真是搬起石头砸自己的脚。

果不其然，下一刻，闻时礼就抬起手轻轻地按在了宋枝的头顶上，一边拍了拍宋枝的小脑袋，一边含笑说："我的确没考过全校第一。"

宋枝心下得意：他也不怎么样嘛。

然而，宋枝心头小得意的苗头刚出现，就被闻时礼接下来的一句话彻底浇灭了。

"哥哥一般考全市第一。"

"……"宋枝真的很难相信，面前这个完全没正行的男人居然会是个低头苦读的人。

不像，他完全不像这类人。相较之下，宋枝真的像个小学鸡。

宋枝质疑道："你一点儿也不像个会用功读书的人。"言外之意：你是不是在骗小孩？

闻时礼落在她头顶上的手转而落向了她的鼻梁处。他弯曲手指刮了下宋枝的鼻子，笑道："我是不用功读书。"然后，闻时礼顿了下，用一种极为炫耀的语气对宋枝说，"但是没办法，哥哥的脑子真的太好使了，过目不忘，我想考差点儿都不可能。"

"……"宋枝顿时丧失了交谈欲，拼命地忍住自己想冲这个男人翻白眼的冲动。

她却觉得这感觉很稀奇——宋枝头一回在学习成绩方面被人碾轧。

见她不说话，闻时礼撤回手指，盯着宋枝的脸，说："不会又要哭吧？"

宋枝反驳道："我是那种爱哭的人吗？"

"是啊。"闻时礼答道。

听到这话，宋枝气得要命，抬脚便开启了暴走模式，也不管后面的闻时礼会不会为了照顾她追上来，毕竟现在还下着不小的雨。

宋枝下台阶的速度很快，却始终没有淋到雨，头顶上有一把稳稳当当的黑伞。

宋枝只要一抬头，就能看见黑色的伞檐在自己的前方。她的心头蓦地一软，像被什么东西戳中了，生出一股说不清道不明的感觉。

她实在不清楚这感觉是什么，却因此放慢了脚步。

但是，闻时礼这个人总会在她对他的情绪有所缓和的时候，补上一刀。

他眯眼笑着，说："看不出来，小宋枝不仅爱哭，脾气还大。"

宋枝停下脚步，转头瞪着他。

闻时礼问："怎么了？"

宋枝对他的脸皮厚度十分服气。

这个男人怎么好意思问她怎么了？还有，为什么他总爱以"小××"称呼她？他好烦啊！小朋友、小宋枝、小枝枝……就连他取笑她的成绩的时候，也要喊上一声"小学鸡"。

现在，这个男人又开始诋毁她爱哭、脾气大。她今天不就哭了一次吗？这有什么不得了的？

宋枝调整了一下表情，用自认为相当严肃的口吻一字一顿地说："不准叫我'小宋枝'，我不小！"

闻时礼"嗯"了一声，道："知道了，小宋枝。"

"……"宋枝强压着满心的不悦，开始威胁道："你要是再叫我'小宋枝'，我就叫你'老男人'。"

闻时礼像听到什么荒诞的笑话："我老？"

宋枝点了点头，以示绝对的肯定。

闻时礼笑出了声，肩膀还轻轻地颤动了两下："二十岁还老啊？"

"等等！"宋枝突然想到一个问题，"你今年二十岁？"

闻时礼挑了挑眉，等待着她后面的话。

"二十岁就是研究生了？"宋枝十分惊讶地问。

"不然呢？"闻时礼反问。

可能因为这个老男人的口气又得意又懒散，落在宋枝的耳朵里，便多了几分调侃的味道。他仿佛在反问她：你以为我和你一样吗？小学鸡！

很快，宋枝又开始了她那自取其辱式的提问："你跳过级吗？"

"哥哥都研二了。"闻时礼颇有些无奈，说话时，还将伞多往宋枝的方向挪了些，但这并不妨碍他嘴欠，"不像我们小宋枝，十二岁了，还在读初一。"

宋枝气到跺脚："十三！"

宋枝刚吼完自己的年纪，就看见闻时礼以一种怜悯又含笑的眼神看她。他说："那岂不是更可怜？小宋枝都十三岁了，还在读初一。"

宋枝真的很想朝他的脸上来一拳，又觉得一副如此好看的皮囊自己实在不宜动粗，于是硬生生地忍了下来。

其实，她十三岁读初一才是正常的。

闻时礼很清楚，自己这种不停跳级的人才是少数，但不知怎么了，就想看这个小姑娘气鼓鼓的模样，觉得逗她特别有意思，心情也跟着变好了。

宋枝没再和他贫嘴，安安静静地下了山。但她的心跳越来越乱。

奇怪，她上来的时候怎么没这么累？

到了墓园门口，宋枝一眼就看见了自家的黑色奥迪车。她带着闻时礼走了过去。

宋枝正准备开车门的时候，一只手从她的身侧先伸了过来——她身后的闻时礼替她拉开了车门。

宋枝怕他不跟着自己上车，立刻停住，侧身，说道："你先上车。"

见两个人上车都磨磨叽叽的，坐在驾驶座上的宋长栋有些不耐烦，回过头，说道："你们俩干啥呢？"

宋枝看向爸爸，说："我怕他跑了。"

宋长栋看了一眼女儿旁边高大的男人，冷笑了一声，说："他敢跑，我就把他的腿打断。"

陆蓉道："别这么暴力。"

宋长栋拍了一下方向盘，生气地说："论暴力，鲜少有人能比得上这个臭小子！"

宋枝有点儿没反应过来。

什么？这个老男人不仅嘴毒，还暴力？他会打小孩吗？不对，自己不是小孩。

闻时礼没有理会宋长栋的话，笑得十分斯文，眉眼清朗至极。宋枝心想，至少眼下从他这张脸上完全看不出任何暴力倾向的痕迹。

闻时礼收伞，倾身上车。他往里面坐，给宋枝留出了位置。宋枝跟着坐了进去，两个人中间放着一把湿淋淋的伞，湿意在二人的脚边萦绕着。

宋枝觉得有点儿冷，便把脚挪开了一些，同时说："爸爸，能把温度调高一些吗？"

宋长栋答道："好。"

再垂眼的时候，宋枝看见闻时礼不动声色地把湿伞拿到了他那边。此刻，闻时礼浑身上下没有一处是干的，但他既不发抖，也不喊冷，像是已经习惯了这种狼狈的状态。

这让宋枝越发好奇——他到底经历过什么？

宋枝没有发现，自己在好奇的同时，目光已经不由自主地落在了玻璃上——玻璃上映着男人英俊的侧颜，他的下颌线流畅分明，鼻梁高挺，骨相相当优越。

宋枝看着看着，闻时礼突然转脸看向窗外。然后，他猝不及防地在玻璃上与她四目相对。

"……"她一天到底要尴尬几回才够？

宋枝还没来得及移开目光，就看见闻时礼的唇角稍稍一弯，双眼微微眯起。他打趣道："哥哥好不好看？"

啊啊啊！她还是当场死了算了！

宋枝没吭声，迅速地转头移开目光。她以为，只要这样就能当作无事发生。只是那天的宋枝忽略了一个细节——她从玻璃上偷看闻时礼时，脸和耳朵都很红。她甚至觉得他……好像还挺好看的？

宋长栋把车开到了小区的地下停车场里。车停稳后，宋枝打开车门跳下了车，然后转身喊坐在里侧已经睡着的闻时礼："哥哥，下车啦。"

总车程两小时，时间实在不算短。

已经做过好几个碎梦的男人懒洋洋地睁眼，便看见宋枝站在车外，正叫他下车。闻时礼恍惚间以为自己仍在做梦，一时没反应过来。

宋枝见他没反应，又乖乖地叫了声："哥哥？"

"嗯？"他终于反应过来这不是梦，"好。"下车的时候，闻时礼顺手带上了宋枝给他的那把雨伞。

宋枝注意到，那把伞已经被车上的暖气烘干了，还有闻时礼身上的衣服，也被烘得半干了，衣服贴在肌肤上会令人非常不适吧！她也不知道他怎么能面无表情地忍受的。

几个人刚到电梯门口，宋长栋接到了医院的电话，说有个精神分裂症患者打伤了护工，情况很严重，需要他马上回院处理。

陆蓉也跟着着急，连忙说："那你抓紧去医院吧。"

宋长栋应了声"好"，然后就把手里的柳枝递给了陆蓉，随后离开。

宋枝家里的冰箱里没有太多食物，陆蓉要去趟超市，问宋枝要不要一起去。

宋枝扫了一眼站在客厅角落里的男人，直接一口拒绝："妈妈，我好累，需要休息。"

陆蓉嘱咐宋枝："自己在家里的时候不要给陌生人开门，不要乱碰厨房里的燃气灶，还有……"

"我知道！"宋枝不太有耐心，把钥匙塞到陆蓉的手里，殷勤地打开了门，"妈妈你快去，多买一点儿好吃的！"

被强行推出门的陆蓉恍惚了几秒，觉得很纳闷儿："这孩子今天真反常……"

一想到父母都不在家里，家里就自己和闻时礼两个人，宋枝忍不住有点儿小开心。

至于自己为什么开心，她也讲不清楚。

屋里开着恒温空调，宋枝不但不觉得冷，甚至觉得有点儿热。她随手脱下了针织外套，露出两条雪白纤细的手臂。

谁知宋枝手里的外套还没放下，她就听见不远处的闻时礼轻笑着"啧"了一声。

宋枝看过去，发现闻时礼正盯着她露在外面的手臂。面对这个男人正大光明的打量，宋枝竟然觉得有点儿紧张："怎么了？"

闻时礼道："真瘦。"

"啊？"宋枝有些吃惊。

他居然说她瘦？这真是个奇迹！

不论如何，女孩子被别人说瘦，总会觉得开心。

就在宋枝正准备乖巧地向闻时礼笑着说声"谢谢"的时候，却听见闻时礼极为随意地笑着说了下半句话："跟个小鸡崽似的。"

"……"

空气突然凝固，伴着男人含笑的目光和宋枝有点儿愤怒的眼神。

她：呵呵。

宋枝满脑子都是"小"字。

他是不是不以"小"字开头称呼她就会死？小鸡崽？

见到眼前这个小姑娘气得小脸通红，甚至讲不出话来的样子，闻时礼就觉得好玩。

他走到宋枝的面前，弯下腰，伸手亲昵地捏了捏她的脸："真生气了啊？"

宋枝板着脸不说话。

"那你打哥哥两下吧。"闻时礼笑着说。

宋枝无言以对，盯着面前的闻时礼，只见他神色温柔，讲话的时候眼角始终含着笑。

他真让人发不出火来。

算了，宋枝安慰自己，不要和他计较，毕竟他现在要在她的家里住一段时间。他们不能闹僵。

她看见他身上半湿的黑衬衫，说："哥哥，你去洗个澡吧，我去找爸爸的衣服给你穿。"

闻时礼维持着弯腰的姿势，又捏了捏她的脸，说："谢谢小宋枝。"

"嗯。"

宋枝把闻时礼带到空置的次卧里，指了浴室的位置后便去帮他找干净的衣物。

宋枝来到衣帽间里，爸爸的衣服有的被放得高，宋枝不能够到。于是，她从客厅搬来了一把椅子。

就算这样，站在椅子上的宋枝还是差一点儿。她把脚踮到最高，手伸到最长，去拿爸爸放在高处的衣服。

宋枝突然想到，自己两次见闻时礼的时候，他身上都穿着黑色的衬衣。他习惯穿黑色的衣服吧。

可是宋长栋黑色的衣服实在很少。宋枝踮着脚伸手翻找了半天，终于在一堆叠好的T恤里发现了一件黑色的，就在最里面的位置。

这可有点儿为难她——就算她踮着脚、把手伸到最长，也拿不到它。这大概就是一米四的小孩子的悲哀吧。

宋枝只好尝试跳起来，在椅子上一蹦一蹦地去拿那件黑色的衣服，却因为蹦的高度不够，依旧够不到。于是，她攒着气，使劲儿一蹦，终于成功地抓到了衣服！

还没来得及开心，宋枝觉得脚下一滑——她整个人失衡了。

"哐当"一声，宋枝和椅子双双摔倒在地上，膝盖先着地，膝盖处立马传来了火辣辣的痛感，好疼啊。

宋枝自幼被娇养，习惯被人精心照顾，所以很少摔得这么惨。她抓着那件黑色的衣服，慢吞吞地从地上爬起来，坐在地上屈起膝盖，垂眼一看——膝盖被擦破了一块一指宽的皮，露出红红的嫩肉。伤口还在往外面渗血。

这点儿血在宋枝这个年纪的小女孩看来，简直可怕。她直接抱着膝盖"呜呜"地哭了起来。

不过哭归哭，宋枝一边哭一边用嘴给伤口"呼呼"。

妈妈说，受伤的时候对着伤口吹气会好一点。

"呼……"

"呼呼呼……"

"……"可是她还是觉得好疼啊！

宋枝哭得双眼通红，还是觉得痛，立马想到了浴室里的闻时礼。他会不会已经洗完澡了，在等干的衣服？

一想到这里，宋枝也顾不上膝盖上的"重伤"了，用手抹着眼泪，扶着衣帽柜站了起来。

然后，她慢吞吞地在柜子里找出了一条黑色的休闲裤，拿着衣服，抽抽搭搭着，用小碎步艰难地移动着。

每走一步，宋枝都觉得膝盖生疼，走到次卧时，浴室里还有水流声。

看来闻时礼还没洗完，宋枝慢慢地移动到浴室门口，抬手敲了两下浴室门，竭力地控制自己的哭腔，以至开口的时候，她的声音听上去似乎有万分委屈之意："哥哥。"

水流声在她话音落下的两秒后消失，男人天生自带清冷感的声音传了出来："你怎么了，小宋枝？"

女生这种生物在委屈的时候，千万不能被人问"怎么了"，只要一被问，勉强被控制的情绪就会彻底失控。

此时宋枝正耷拉着脑袋，看着自己红红的膝盖，一听到闻时礼问怎么了，眼泪就像被解除了封印似的，连串地往下掉。

使劲儿憋了几秒后，她索性"哇"的一声哭了出来。

闻时礼问："怎么了？"

房间里回荡着宋枝委屈至极的哭声，里面还掺杂着两声男人无奈的笑。随后，浴室里传出了闻时礼的声音："等哥哥两分钟。"

宋枝还在哭，一直哭到浴室门被从里面打开。闻时礼出现在她的目光里。

宋枝注意到，闻时礼还穿着先前被雨淋湿的那一套衣服。他的黑发湿淋淋的，还散发着热气，隐隐有白雾冒出。

闻时礼看了一眼她手里的衣服，笑道："你怎么哭了？"

"……"宋枝一时说不出口原因。

她要是告诉他，自己因为摔倒痛哭流涕，这个男人肯定又会笑她是个爱哭鬼吧！

宋枝不想被闻时礼当成爱哭鬼，但内心的想法完全与现实做法背道而驰——面对闻时礼的关心，宋枝眼泪像断了线的珠子一样，吧嗒吧嗒，一滴接着一滴砸到地板上。

闻时礼问："跟哥哥说，怎么了？"

宋枝盯着他，不说话。

闻时礼蹲下，想和她说话，刚要开口的时候，注意到了她膝盖上的伤，说："刚刚找衣服的时候弄到的？"

宋枝的目光随着男人蹲下的动作移动，她看着面前已经完全蹲下的闻时礼，一边抽泣，一边老实地点了点头。

闻时礼见状，只得无奈地摇了摇头，笑道："小笨蛋啊，怎么找衣服也能弄伤自己？"

"……"

宋枝的眼泪掉得越发凶了。

随后，她开始指责起了闻时礼："你……你……你……"她却半天没说出个所以然来。

闻时礼笑道："我什么啊？"

"你……你这个老男人没有良心！"宋枝有点儿哽咽和结巴，但这丝毫不影响她声泪俱下地控诉闻时礼，"我……我……给你找衣服……都摔伤了，你居然还骂我笨！"

闻时礼只得安慰道："好好好。"他败下阵来，举双手做投降状，说，"哥哥错了。哥哥罪该万死，好不好？"

"……"

这倒也不至于。

宋枝不是那种得理不饶人的人，见闻时礼认错态度良好，委屈的情绪便消散了许多，但还是觉得膝盖痛。

她小心翼翼地朝他靠近半步，用手指指着擦破皮的膝盖，委屈地说："哥哥，你给我'呼呼'。"

"嗯？"闻时礼像没听清似的。

宋枝说："给我'呼呼'。"

闻时礼问："'呼呼'是什么？"

宋枝露出有些嫌弃的表情，脸上还挂着泪珠，道："你怎么连'呼呼'都不知道？你比较笨吧？"

闻时礼好脾气地点头，说："是哥哥笨，那小宋枝告诉哥哥，'呼呼'是什么？"

"就是给我吹吹伤口。"宋枝回答道。

听到这句话，闻时礼恍然大悟，于是懒洋洋地拖着尾音"啊"了一声，说："行啊。"说完，闻时礼站了起来，"哥哥先扶你坐下，然后再'呼呼'好不好？"

宋枝乖乖地点头。

刚洗过澡，闻时礼的手指还没那么凉，他充满温度的双手温柔地握着宋枝的手臂。宋枝瞬间觉得自己浑身有点儿僵硬，却只能笨拙地跟着他的动作。

手臂那处的肌肤为什么会变烫啊？它烫得似乎能盖住膝盖的疼痛。

宋枝还没来得及搞清楚这个问题，闻时礼就已经扶着她在单人沙发上坐了下来。他松开她的手臂，问："家里有没有药箱？"

宋枝记得好像有，说："好像在客厅里。"

闻时礼说："那我去拿。"

不料闻时礼刚转身，就被宋枝抓住了手臂。他一回头，发现宋枝正眼巴巴地看着他，说："哥哥，你不是说要给我'呼呼'吗？"

"等会儿都不行吗？"

"……"

闻时礼微眯着桃花眼，眼角含笑，散漫地说了句："怎么这么黏人呢？"

宋枝坐在次卧的单人沙发上，等着闻时礼拿医药箱回来。手上还拿着给闻时礼找的黑色的衣裤，不知不觉地，她开始回想刚刚的场景。

正在浴室里洗澡的闻时礼一听到她带有哭腔的声音，直接穿着湿衣服就出来了。然后，闻时礼明明看见了她手里的干衣服，也不着急换，而是第一时间给她处理伤口。他甚至还……握住了她的手臂扶起她！不只如此，他还用手指轻轻地点过她的脸庞，甚至捏了几次。

"……"宋枝觉得脑子空白了几秒。

她这就是和异性的肢体接触吧？这算吧？这个老男人居然在不经意间就碰她？还是在她完全没意识到的情况下！

宋枝身上刚刚被闻时礼握过的地方立刻热了起来。她有点儿崩溃，别……别……别发烫啊！

她觉得自己的手臂有点儿不争气，居然不听使唤，一个劲儿地变热。于是，她用手握住闻时礼刚刚握过的地方，试图以此来降温，同时，还在心里不停地安慰自己：只是被老男人碰了一下而已，枝枝，你要坚强，没事的！

就在宋枝的自我安慰进行得差不多的时候，她的目光落在了次卧的落地镜上——在镜中，她能看见自己的整个身体，包括……一张泛红的脸。

宋枝伪装的平静直接崩塌。

自己的脸居然红成这样！为什么？啊啊啊！

闻时礼拿着一个蓝色的医药箱走进次卧的时候，就看见了宋枝反常的举动——她正捂着自己的一只手臂，满脸通红，盯着镜子。

闻时礼实在觉得好笑，便走了过去，在她的面前蹲下，把医药箱放在脚边，笑着问："被自己的颜值惊艳到了？"

"……"宋枝察觉到了自己不对劲儿，没心情和他贫嘴，收回目光后便耷拉着脑袋。她刚刚哭过的眼睛还红红的，双手无力地垂在身侧。

卧室里静悄悄的。男人沐浴后的清香在屋内蔓延。

闻时礼蹲在宋枝的面前，抬手把她的裙摆往上推了一点儿，伤口露了出来。他一抬眼，看着宋枝红肿的眼睛，以为她疼得厉害，便问："这么难过啊？"

满腹心事的宋枝没有回应。见状，闻时礼没再和她说话，垂眼仔细地观察着伤口，道："你这伤很严重啊，小宋枝，再晚一会儿就——"他拖长了声音，没再往下说。

宋枝被吓到了，忙问："就怎么样啊？"

她红红的双眼正对着男人含笑的桃花眼。闻时礼薄唇轻启，仰头看着她，笑道："再晚点儿，伤口就愈合了。"

宋枝愣了下，没好气地说："哥哥，你在嘲笑我吗？"

闻时礼扬眉道："哥哥不敢。"

宋枝抿了抿唇，然后没好气地拆穿他，说："你只是在口头上说不敢。"其实他没什么不敢。

次卧里一阵安静。

几秒后，仍蹲着的闻时礼把手肘搁在膝上，另一只手则抬了起来，戳了戳宋枝的脑门，说："小朋友，你才是真的没良心吧？哥哥不过是想逗你开心，你还倒打一把指责我。"

"……"

这是明晃晃的讽刺，他哪里像要逗她开心？这男人的思维是不是有哪里不对？

闻时礼又道："你真是个小祖宗。"

听着自己被他奉为"小祖宗"，宋枝觉得心里有点儿说不清的开心之意，语气软了下去："为什么这么说？"

"你说呢？"闻时礼反问。

宋枝偷偷地瞄了他一眼，低下头，声音变得更小了："我不知道……"

闻时礼低笑了一声，一边打开药箱一边说："哥哥要给你上药、冰敷，还得给你……'呼呼'？现在你还误会哥哥。"

闻时礼话里话外都在指责她是个小没良心的。

宋枝竟无法反驳，抬起手捂了下刚刚被闻时礼用手指戳过的额头，嘟囔了一句："你要是不愿意，那就……"

"哥哥愿意。"闻时礼打断了她的话，拿出医用棉签和碘伏，"你是为了给我找衣服才弄伤的，哥哥哪里会不愿意给你处理伤口？"

宋枝听完后，没再说话。

闻时礼拆开棉签包装，然后问："对我这回答不满意？"

宋枝依旧没说话。

闻时礼问："哥哥哪句话没说对？"

宋枝低声问："你是不是觉得我特别娇气？"

"娇气？"闻时礼闻言，眉梢微微一扬，抬眼看着宋枝，道，"小公主难道不应该娇气吗？"

"那你觉得我麻不麻烦？"宋枝又问。

"不麻烦。"闻时礼耐着性子，拧开了碘伏瓶盖，"我们小宋枝怕不怕痛？"

他说"我们"。

我们！

宋枝觉得思绪停了一秒，似乎没听到后面的那几个字："你说什么？"

闻时礼说："怕不怕痛？"

"不怕。"宋枝坚定地回答。

闻时礼扫了她一眼："真不怕啊？"

宋枝点了点头，表示肯定。

闻时礼赞许道："真勇敢。"

虽然听着她说"不怕"，但闻时礼在用棉签蘸了碘伏往宋枝伤口上涂的时候，还是刻意放轻了手上的力道。

他敢保证，现在处理伤口就像飞鸟的尾巴擦过水面那样轻，却没想到还是换来了宋枝的一声哀号。

"哥哥！"宋枝喊道。

闻时礼惊得直接拿开了棉签："很痛吗？"

宋枝的眼泪似乎又有决堤的迹象，喉咙里冒出了哽咽声。半晌，她终于憋出了一个字："嗯。"她真的太丢脸了。

宋枝原本还想在闻时礼的心里留下点儿"坚强""不娇气"的印象，没想到现实截然相反。

她寻思，不然自己还是找个地缝钻进去吧。

宋枝缓缓地抬头，刚好对上男人深沉中含着笑意的目光。

就在这一瞬间，宋枝想：要不换个城市生活吧，反正一辈子很快就过去了……

不过非常难得的是，这一次闻时礼没有调侃她，而是将薄唇凑到了她膝盖的伤口处，细心地吹了吹，温声道："哥哥再轻点儿，尽量不弄痛小宋枝。"

"……"宋枝一下子觉得有些不自在，别扭地转过脸，轻声道，"哦。"

膝盖上传来轻微的刺痛感。带着温热感的气息，像夏天穿过树梢的清风一般，不停地吹在伤处，以此消除痛感。此外，这"清风"还有扰乱思绪的作用。

宋枝在闻时礼为她处理伤口的时候，并没有看他，而是把头转到一旁，在胡思乱想，想站在庆山墓园双穴墓前的他，想他在看天空的云朵时，眼底浮现的阴郁，还想自己在百度上看到的十五年前的"滚油事件"的内容。

等等……她怎么回事？自己为什么会一直想他？明明他就在眼前啊！

宋枝的心态一下子就崩溃了。

闻时礼丢掉棉签，抬起头看向宋枝时，就看见了她一脸沮丧的表情。闻时礼只得无奈地说："哥哥真的已经很轻了，你别怪哥哥。"

"嗯。"宋枝轻声回答。

闻时礼拿起早就备在一旁的冰袋，敷在宋枝已经包上纱布的伤处，说："拿好。"

宋枝乖乖地伸手接过它，轻声道谢："谢谢哥哥。"

"不客气。"

"咦？"宋枝看了一眼手上的冰袋，"哥哥，你从哪里找到的冰袋？"

闻时礼回答："你家的冰箱里。"

宋枝觉得不可思议，说："我家的冰箱里居然有冰袋？我都没翻到过。"

"哥哥翻到了。"闻时礼伸出食指，落在宋枝的嘴唇中间，"嘘——"

宋枝瞬间感到唇间一阵冰凉。

周围又是一阵安静。

闻时礼的桃花眼敛着几分笑意。他压低声音，用接近气音的声音对宋枝说："哥哥偷翻冰箱的事，你要替哥哥保密。"

看着他神秘兮兮的样子，宋枝也跟着紧张起来，没多想就直接用手抓住他冰凉的食指，破涕为笑，说："翻冰箱又不是什么大事，为什么要保密？你真好笑。"

闻时礼说："好笑就对了。"

"啊？"宋枝诧异地道。

闻时礼自她的手心抽出食指，脸上仍挂着漫不经心的笑容："我这不就是为了逗小宋枝笑吗？"

宋枝愣住："什么？"

闻时礼说："哥哥不想看你沮丧，那样不可爱。"

宋枝的呼吸仿佛随着他的话停了，然后，又艰难地续上。

宋枝顿时觉得脸上好热，一时间也不知道该说什么，干脆拿起旁边自己给闻时礼找的衣服，迅速地将衣服塞给他，说："哥哥，你快去换衣服！"

"嗯？"闻时礼把衣服放在怀里，"别不开心了。"说完他便起身去了浴室。

过了一会儿，闻时礼还在浴室里换衣服，宋枝便听见旁边桌上的手机在响，估计是闻时礼先前洗澡的时候将手机放在这里的。

宋枝转头瞅了一眼，手机屏幕上是一串陌生的数字，来电地区显示莲庆。

"哥哥——"宋枝高声喊道，"你的手机在响，陌生号码，我要帮你接吗？"

闻时礼答道："都行。"

"那我接啦？"

"好。"

得到闻时礼的允许后，宋枝便拿起了闻时礼的手机，手指往接听键一滑。

电话接通后，她没有先开口，只听见电话里传出的嗓音很粗，像破锣似的女声，听上去对方的年纪很大。对方张嘴就是一句："我的心肝儿，你到底考虑好没有啊？"

"……"

宋枝：我的心肝儿！哟！

她差点儿吐出来。这话真肉麻啊！

这电话震得她一时没法接话。

破锣嗓子的女人再次开口给宋枝重击："我这两天晚上连做梦都梦见你。心肝儿，你就答应我嘛，好不好？你打听打听，我咪姐从不亏待人的。"

宋枝真的没办法再听下去了，仓促地直接打断了破锣嗓子的女人的话："那个……你好……"

破锣嗓子的女人瞬间不说话了。

宋枝把话说完："哥哥现在没空。"

破锣嗓子的女人问："你是他的妹妹吗？"

宋枝没有回答这个问题，说："我会转告他，你来过电话。"

"不用。"破锣嗓子的女人说，"我晚点儿再打。"然后忙音传来，对方已挂断。

宋枝内心五味杂陈，拿着手机呆呆地坐在那里，回味着刚刚听到的虎狼之词。

此时，浴室传来了开门声。

已经换上干爽衣服的闻时礼从浴室里走出来，黑衣、黑裤，整个人显得十分清冷淡漠，然而他向宋枝看过来的眼神依旧含笑："谁打来的？"

宋枝现在就像吃到了苍蝇似的，感到反胃，在他们对视半晌后，艰难地憋出了一句："哥哥，你被人欺负了吗？"

两个人对视良久。

闻时礼像没明白她是什么意思，唇角微弯，嗓音里混着低笑声，道："说什么呢？"

宋枝直接把他的反应视作掩饰，也讲不清为什么，只觉得自己心里一下子有点儿堵。

屋子里又安静了几秒。

闻时礼把头略微往左一歪，看向宋枝的目光里带着点儿探究和审视。

宋枝低下头，把手机轻轻地放回了桌上，没说话。

闻时礼问："又不开心？"

宋枝还是沉默。

刚刚来电话的那个破锣嗓子的女人，听着那声音，她起码得有四十五岁了。

宋枝心里泛起一阵寒意。

"啪嗒"一声，膝上的冰袋掉到了地上，宋枝正要弯腰去捡，闻时礼先一步蹲下。他帮她捡起了冰袋，将它按在她包扎白纱布的伤口处。

闻时礼一只手帮宋枝冰敷着，另一只手拿过手机，滑亮屏幕后查看通话记录，发现是个陌生的本地号码。他按灭手机屏幕，抬头问："谁打给哥哥的？"

虽然宋枝现在完全不想理他，但还是没忍住，阴阳怪气地蹦了四个字出来："你的客户。"

闻时礼："……"

闻时礼的目光稍稍一顿，眼前的小姑娘现在一脸不开心，眼神里还流露出对他的嫌弃之意，真让人哭笑不得。

闻时礼觉得好笑，虽没笑出声来，唇角却弯得甚是厉害，再配上他那双满含风情的桃花眼，整个人都显出妖冶感。

宋枝看了他一眼，却在对上他目光的那一秒迅速地别开脸。

闻时礼笑道："又偷看哥哥？"

宋枝："……"

宋枝心想：没错，有钱的女人就是喜欢他这样的！

"嗯？"闻时礼轻笑着，问，"怎么帮哥哥接个电话，就不理人了呢？"

他的笑容让宋枝有点儿烦躁。

宋枝现在满脑子都是年纪大的有钱的女人，顺便还想象了一下闻时礼像现在对她这样，温柔地、微笑着哄有钱的女人的画面。

宋枝想到这里，脸完全拉了下来。

闻时礼看出了她不开心，于是将语气变得更加温和，扫了一眼手机屏幕，问："怎么拉着脸？哥哥没有客户。"

宋枝对他狡辩的行为非常不满："电话都打到你的手机上了。"

"男的女的？"闻时礼问。

"……"宋枝诧异——好家伙，看来不止一个？还不限性别，男女都有？

小姑娘的眼睛瞬间瞪大。

这个老男人还真是"厉害"！

"一个阿姨。"宋枝说，"叫你心肝儿，还问你考虑好没有。"

闻时礼神色微微一顿，似乎在回忆这是哪一号人物。过了好一会儿，他才恍然大悟般拖着尾音，懒洋洋地"啊"了一声，说："那是我兼职的酒吧的顾客，不熟。"

"不熟吗？"

"嗯。"

"再说了，"他用冷淡却含着笑意的语气说，"她问我考虑好没有，那不就代表我没答应吗？"

从他平铺直叙的回答里，宋枝分辨不出真假。但她仔细地想了下，觉得他说的也有道理，便道："那好吧。"

宋枝知道自己误会了他，心里有点儿内疚。她从闻时礼的手里拿过冰袋，顺便带出了个话题，想活跃一下气氛："哥哥，你兼职的地方有很多这种事情吗？"

闻时礼回答道："没有很多。"

也许是因为闻时礼的神色过于冷淡，温柔的笑意始终没有到达眼底，这让宋枝有点儿摸不准他的想法。她说："哥哥，我想问你……"

闻时礼："嗯？"

宋枝沉默了几秒，呼吸也收紧了些，问："你会答应那个有钱的女人吗？"

闻时礼眼梢一挑："我吗？"

"是的。"宋枝道。

他笑了下，说："看情况吧。"

宋枝差点儿没反应过来——他要看什么情况？她使劲儿地想啊想，终于灵光一闪，想到了重点。宋枝眼睛直直地盯着闻时礼，问："哥哥，你是不是很缺钱？"

闻时礼站了起来，长睫低垂，对上宋枝的目光。

"钱——"他故意拖长了声音。

"我有钱的，哥哥！"宋枝从床上跳了下来，挺直瘦小的身板，站在闻时礼的面前，"我把我金猪罐里的钱都给你，你不要答应那个有钱的女人好不好？"

两个人的身高差距巨大。闻时礼盯着她看了半晌，似乎觉得有些荒唐，笑出声来："我怎么能要小孩的钱？"

"……"

听见他说不要她的钱，宋枝有点儿着急："那你非要被人欺负吗？"

闻时礼见小姑娘的脸蛋开始发红，捉弄她的心思又起，于是故意笑着说："有钱的女人有什么不好？"

"哪里好？"宋枝反问道。

闻时礼的桃花眼微眯着，眼尾上挑，他笑得不正经："钱多事少死得早。"

宋枝用一种"你无药可救"的表情看着他，恨恨地说："这是误入歧途，你懂不懂啊？你这个年纪最应该做的事就是好好学习！"

闻时礼一时没绷住，低声笑了起来，唇角翘得很厉害，连宽阔的肩膀也跟着轻轻地颤动，看上去十分愉快。

闻时礼觉得，宋枝像个小大人一样教训他的时候真的很有意思，想不笑都不行。

"笑什么啊？"宋枝板着脸，理所应当似的继续说，"只要你不答应有钱的女人，好好学习，我真的会把小金猪里的钱全部给你的。"

闻时礼忍着笑，嗓音变低，问道："那这些钱要是不够怎么办？"

宋枝对金钱没什么概念，也不知道闻时礼想要多少钱。

她天真地问："哥哥想要多少钱？"

他不知道为什么，宋枝一问出来这句话，闻时礼便收敛了眉眼间的笑意。他原本温柔的神情开始变冷，给人一种很强的压迫感。

他抬起头看向窗外的霏霏细雨，像是在对自己说："很多。"

只有两个字：很多。

那时候的宋枝还看不懂，当时闻时礼眼底的那一抹黑暗是野心，是蓬勃的野心。

她只想得到自己想要的答案，便拉着他的胳膊撒娇，柔声道："哥哥，答应我，好不好？"

闻时礼将目光自窗外收回，看向她时，眼神温和得不行。

"好啊。"他笑道。

冰敷完伤口后，宋枝回到了自己的房间里，关门上锁。她踢掉拖鞋，扑到床上，呈"大"字趴着，一动不动。

过了一会儿，宋枝翻了个身，坐了起来。她看向书桌，准确地说，是在看书桌上的小金猪。

她的小金猪看上去一点儿也不小，很大，那是她十岁生日时，陆蓉买给她的。这个金猪罐是那种只能存，不能取的存钱罐，如果她要把钱取出来，只能砸碎它。

三年了，也不知道她总共存了多少钱。宋枝跳下床，到书桌前坐下，伸手把金猪罐拿到身前，怜惜地拍了拍金色的猪脑袋，说："是时候宰你了。"

毕竟，她要用它肚子里的钱让哥哥免于误入歧途，这么想的话，猪猪也算死得其所了。

伟大的猪猪！

宋枝一边念叨着"伟大的猪猪"，一边双手环抱存钱罐，使劲儿往地上一砸。

"哐当"一声，金色的瓷片碎了一地，里面的各色人民币相继滚出。

宋枝的存钱罐里，钱的面额很齐全，一百元、五十元、二十元、十元……各个面额的纸币应有尽有，甚至还有很多硬币，五角的和一角的有很多，滚得满卧室都是。

宋枝蹲下去，开始捡钱。

满地的钱里混着金猪罐的碎片，她怕被划伤，所以捡得又慢又仔细，先捡纸币，再捡硬币，一张又一张，一枚又一枚，不间断地捡着，直到蹲得双腿都麻了，才把全部的钱都捡起来。

在捡钱的过程中，她仔细地数过了，这些钱的总金额是 3672.66 元。

好多钱，她还没一次性见过这么多钱！

想着这些钱都能拿给闻时礼，宋枝忍不住翘起了唇角，笑得十分愉悦，还哼起了歌。

她的歌声很快被敲门声打断，门外传来了陆蓉的声音："枝枝，出来吃饭。"

"好呀。"宋枝开心地应道。

宋枝拉开书桌的抽屉，把叠好的一沓钱放了进去。她要等闻时礼明确地拒绝了有钱的女人后，再郑重地把这一笔巨款交给他。

到客厅后，宋枝发现闻时礼还在次卧里，于是，主动跑去厨房问陆蓉："妈妈，你叫那个哥哥了吗？"

陆蓉说："没呢，你去叫吧。"

宋枝来到次卧门口，敲了敲门，道："哥哥。"

次卧里面没有声音。

几秒后，次卧里传来闻时礼略低的声音："怎么了？"

宋枝说："出来吃晚饭了。"

安静了两秒后，闻时礼温和地回答她："哥哥不吃，你快去吃吧。"

他不吃？他为什么不吃？

宋枝将手握上门把，轻声地问："哥哥，我能进来吗？"

闻时礼回答："嗯。"

宋枝推门进去。次卧里没有开灯，里面一片昏暗，闻时礼站在窗边抽烟，背对着门口的宋枝。闻时礼身量颀长，周遭白烟缭绕，给他孤独的背影平添了几分虚幻感。

宋枝走了过去，在与他并肩的位置停下，转过脸，仰头看向闻时礼。她注意到，他的目光与窗外的雨线融为一体，他的眼里有着和今日在墓园里看云时相同的阴冷。

那是一种她还读不懂的眼神。

"哥哥。"宋枝出声打破沉默，语调是小姑娘独有的温柔，"你心情不好吗？为什么不吃饭呢？"

闻时礼转过脸看着她，说："没有，只是哥哥没有吃晚饭的习惯而已。"

宋枝还是第一次听到有人有这种习惯，不是很理解："那你不会饿吗？"

闻时礼说："习惯就好了。"

宋枝一时无语。她盯着这个男人漆黑的眼睛，想到了那则关于"滚油事件"的报道，报道里说闻时礼的生母长期虐待他，其中一项就是不给他食物。他不吃晚饭的习惯是这样养成的吗？

"愣着做什么？"闻时礼问，"还不去吃饭？"

宋枝正准备开口说话，却不慎吸到了一口二手烟，立马被刺激得剧烈地咳嗽起来："咳咳咳……"

见状，闻时礼立即抬手打开窗户，让新鲜的空气进来。他在房间里看了一圈，也没发现烟灰缸，只好抽出一张卫生纸，就着纸把烟头按灭在掌心里。

把烟头就着纸丢进垃圾桶里，闻时礼回到宋枝的身边，轻轻地拍了拍她的背。

宋枝终于止住了咳嗽，但小脸已经咳得有些发红了，眼睛红红的。

还没等她说话，闻时礼便用手指勾了勾她的脸，说："对不起啊，哥哥下次不在你面前抽烟了。"

宋枝本想说"没关系"，当感觉到脸上传来了他微凉的手指温度时，却只能憋出一个"嗯"字。

他怎么又摸她啊？动作似乎……还……还很自然？

算了，她不和他计较就好了。

但是，她的心跳为什么在加速？心跳得这么快做什么？啊啊啊！谁来救救她？

宋枝万分不自在地躲开他的手，憋着一口气说："你要真觉得对不起我，就出来和我们一起吃饭吧。"

闻时礼实在不理解这两者间有什么关系，只能笑着说："哥哥真的不饿。"

"不行！"宋枝异常坚定地说。

宋枝拉着闻时礼的手不停地晃，一副不达目的不罢休的模样："你必须吃！"

闻时礼倒是浑身都很放松，被小姑娘拽得身体跟着轻晃。他笑道："小孩，你怎么这么霸道呢？"

"……"听到这样的话，宋枝索性拿出小孩耍无赖的招数，抓着闻时礼的胳膊更加使劲儿地晃，"哥哥出去吃饭好不好？"

小姑娘这话怎么听都觉得奶声奶气的。闻时礼被缠得无奈："非要哥哥吃？"

"吃嘛。"宋枝恳求道。

闻时礼终于败下阵来："那哥哥少吃一点儿。"

宋枝开心地露出了明媚的笑容："好呀，我们出去吃晚饭！"说完，她便先蹦蹦跳跳地出去了，独留闻时礼一个人在原地。他低下头，看着自己被小姑娘拉过的手发呆。

第一次，有人强行要他吃饭，这感觉挺微妙的。好像那些饿肚子的日子都被封在了冬季的冰层下，不会再出来折磨他了。

两个人出去的时候，桌上已经摆好了三菜一汤：水煮肉片、炝炒小白菜、番茄炒蛋和酸菜粉丝汤。餐厅里香味四溢，让人食欲大增。

宋枝闻了闻，叹道："好香。"然后她便拉开其中的一把椅子，朝刚从次卧出来的闻时礼招了招手，说，"哥哥快来！"

闻时礼在她对面的位置坐下。

陆蓉盛了两碗饭出来，先放了一碗饭在闻时礼的面前，说："别拘束，多吃点儿。"

闻时礼很有礼貌地说："谢谢。"

陆蓉又把另外一碗饭放到了宋枝的面前。

宋枝接过它，说："谢谢妈妈。"

陆蓉笑道："真乖。"

宋枝拿了一双筷子，递给对面的闻时礼："哥哥，给你。"

闻时礼接过筷子时，朝她微微一笑，说："谢谢小宋枝。"

宋枝一开始没觉得哪里不对，直到给自己拿筷子时才反应过来。闻时礼对她和陆蓉说

"谢谢"时，有巨大的区别。

对陆蓉道谢时，他面无表情、疏离冷淡，明显只是为了客套一下；而对她说"谢谢"时，他神色温和、眼中含笑。

宋枝不禁想：这算是特殊对待吗？他对其他人也这么冷淡吗？

宋枝仔细一想，发现不然。

她发现，认识闻时礼后，他好像只有和她说话的时候爱笑。哪怕大多数时候，他是在逗她，但他是笑着的。其他的时候，他都冷着一张脸，加上他本身的气质就似暗沉的风雪天，看上去还真令人望而生畏。

宋枝走神得厉害，筷子头一直被咬在嘴里，水灵灵的双眼没有聚焦，这出神的小模样别提多可爱了。闻时礼看在眼里，温柔地问道："想什么呢？"

宋枝"啊"了一声，回过神来："没。"然后她心虚地低下头扒饭，唯恐心事被发现。

吃饭时，宋枝注意到，闻时礼只夹青菜吃，还吃得又慢又少。于是，她夹了两片水煮肉放到他的碗里："哥哥，吃肉肉。"

陆蓉看了一眼宋枝，笑着说："这孩子今天真热情，以前从不给别人夹菜的。"

宋枝偷瞄了一眼闻时礼，发现他又在对她笑，心跳猛地快了一拍，直接反驳陆蓉："我有呀！我给你和爸爸都夹过菜！"

陆蓉毫不留情地拆穿她："那已经是你五岁时候的事了。"

一听这话，宋枝想都不用想就知道闻时礼又要调侃她了。果不其然，下一刻她就听到了闻时礼的两声低笑。他看着对面的她，问："你这么喜欢哥哥吗？"

宋枝：喜……喜……喜欢？这个老男人！他在说什么？

她被问得措手不及，完全不知该如何反应，只能怔怔地看着对面的闻时礼。

他还在笑，眯着那双漂亮的桃花眼冲她笑，然后学着她的奶音和声调重述："哥哥，吃肉肉。"

"……"

他为什么要学她？

宋枝心想：幸亏这是在家里，要是在外面的话，可真是丢死人了！

宋枝一边在心里痛斥这个男人不识好人心，一边低下头，用筷子扒着碗里的白米饭。

陆蓉在此时开口了："看样子枝枝挺喜欢你的，之前她总闹着要个哥哥。"陆蓉说到这里，话匣子打开了，"枝枝小时候因为没有哥哥这件事，哭闹了好几天呢，非要我和长栋给她生个哥哥不可。"

宋枝闷声道："妈妈，别说了。"

宋枝记得那时候的自己不过六岁，看见其他的小朋友有大哥哥，非常羡慕，于是，回家非要陆蓉再生一个男孩来当她的哥哥。

陆蓉向她解释，就算再生一个男孩，他也只能是宋枝的弟弟，不可能是哥哥。

宋枝不理解为什么他只能是弟弟。接下来，她拿出孙悟空大闹天宫的阵仗来，不吃饭也不睡觉，就要妈妈给她生个哥哥出来。

后来宋枝把自己折腾得快要累死了，陆蓉还是告诉她绝无可能。陆蓉的原话是："你不会有哥哥的，以后也不会有，哪天如果真的有了哥哥，那我会找你爸爸的麻烦。"

…………

"你说这孩子，"陆蓉把宋枝的光辉事迹完整地讲了一遍，"净胡闹。"

宋枝说："我很乖的。"

宋枝：妈妈你可别乱说！我可不想在闻时礼的心里留下作天作地的熊孩子的形象，一点儿都不想。

还好，陆蓉没反驳她。宋枝为了缓解尴尬，又往闻时礼的碗里夹了几块肉，说："哥哥，吃肉——"她本来还想再说一个"肉"字，怕又被闻时礼调侃，索性及时憋住。

她没想到，闻时礼却自然地笑道："嗯，吃肉肉。"

"……"

那天，闻时礼连一小碗饭都没吃完，倒是把宋枝夹的肉吃得干干净净。

晚饭后，陆蓉在厨房里洗碗。闻时礼起身回房间，走了几步后不知想到了什么，停了下来，转身折返。

宋枝正好接了杯水，看到走回来的闻时礼，下意识地问："哥哥要喝水吗？"

闻时礼走到她的面前停下，揉了揉她黑色的软发，说："小宋枝想要个哥哥？"

宋枝尴尬地喝了口水，说："那是小时候的事情。"

闻时礼笑道："现在也不晚。"

宋枝疑惑地问道："什么意思？"

闻时礼说："把我当哥哥，好不好？"

"不好。"

"……"

闻时礼似乎没想到自己会被她一口回绝，舔了舔唇角，笑了下，说："嫌弃哥哥？"

宋枝握着水杯的手不自觉地收紧了，她说："不是，反正就不要。"说完，宋枝没再搭理闻时礼，径直回到了房间里，卧室的地板上还散落着金猪的碎片。

宋枝把水杯放到桌上，用扫帚把地上的碎片清理干净后，坐到了书桌前，开始发呆。

思绪放飞间，宋枝想到了刚刚和闻时礼的对话。

她觉得莫名其妙。这个家伙怎么突然要当她的哥哥？要是她答应的话，两个人不就成为兄妹了吗？这样很奇怪。

宋枝越想越不开心，端起水杯喝了很大一口水。但是她又细细地想了想，觉得这样虽然奇怪，倒不至于让她这么不开心。

那到底是为什么？宋枝不知道。反正，她不要和他当兄妹就对了。

宋枝的内心深处似乎有什么种子正在发芽，被窗外滴答滴答的雨水一淋，开始疯狂地生长。

第二章　雷　声

半夜宋枝被渴醒，缓缓地睁开眼，发现窗帘没有拉。窗外大雨如注，伴随着轰隆隆的惊雷声，还时不时闪过一道白色的闪电。

这夜的雷声大得出奇，像直接在她的耳边炸开一般。

宋枝揉了揉惺忪的睡眼，掀被下床。

她没穿拖鞋，光着脚丫在房间里找水喝，却发现自己在晚饭后接的那杯水已经喝完了，只好强忍着睡意，准备去客厅重新接一杯。

好困啊，宋枝拿上杯子，睁着困倦的双眼，打开房门往客厅里走。客厅没有开灯，她凭着记忆向饮水机的方向走去。

在经过次卧的时候，宋枝听见里面传来异样的声音，"嘭嘭嘭"，像有什么东西在撞墙。

什么东西在响？

脚步一顿，宋枝下意识地停在次卧门口，仔细地听起来，那声音还在持续。

闻时礼不睡觉吗？他在干吗？

宋枝觉得有点儿奇怪，但没太在意，到客厅里接完水准备直接回卧室了。当她再次经过次卧的时候，里面还是传来了"嘭嘭嘭"的声音。

这三更半夜的，撞击声混在震天动地的雷声里，还真有点儿吓人。

宋枝不由得停下了脚步。她发现次卧的门没有关紧。

她被这声音搞得很紧张，连呼吸也忍不住收紧了些。几秒后，她试探性地小声地叫了声："哥哥？"

次卧里面没有人回应。

宋枝继续问："哥哥，你睡觉了吗？"

闻时礼还是没回答她。

"轰隆"，巨大的雷声响彻夜空。次卧里面的撞击声更重了。

宋枝听得心惊肉跳，鸡皮疙瘩尽数爬上了肌肤，嗓子直发紧，再也说不出一句话来。她现在只想逃回房间里，钻进被窝里藏着，可一直站着没动。

宋枝的心中万分纠结。要不她还是进去看看吧？反正闻时礼没锁门。

但是如果她进去后，看到里面什么也没有，反而吵醒了闻时礼，他会不会觉得她很奇怪？

宋枝左思右想，在经历了几个回合的内心斗争后，终于决定进去看看。

她深吸了一口气，安慰自己道："枝枝，别害怕。"可是她还是很害怕啊，呜呜呜……

宋枝用右手握门把手，再次深呼吸后，直接推开了次卧的门——次卧不算大，她站在门口处就能把室内一览无余。

宋枝完全怔住了，瞳孔慢慢地放大，连呼吸都停住了。

次卧里没有开灯，借着窗外白晃晃的闪电的光，宋枝看见窗户大开着，狂风把深蓝色的窗帘吹得翻飞作响。

闻时礼狼狈地跪在窗边的墙角处，双手紧紧地抱着自己的头，发疯似的一下又一下地往墙上撞，喉间还发出了痛苦的低吟，似乎在说些什么，但宋枝一点儿也听不清他的话。

宋枝没有在第一时间做出反应。说实话，此刻她真的被这诡异的一幕吓到了。

原来自己在门外听到的"嘭嘭"声是这么来的。他不痛吗？宋枝光看着，就觉得很痛。闻时礼怎么会不痛呢？他为什么会这样？

宋枝在男人无比痛苦的喘息声里找回了自己的呼吸节奏，没多想，走进次卧随手把杯子一放，径直走到闻时礼的面前蹲下，用两只手同时抓住他的手臂，安慰道："哥哥，你别这样，会痛的。"

闻时礼的动作一顿。

"哥哥？"宋枝又轻轻地喊了一声，抬眼看见闻时礼的额角在流血，"这样好痛。"

"轰隆"，又是一阵电闪雷鸣。

闻时礼听到雷声，不由自主地浑身一颤，漆黑的眼睛里迸发出凛冽又危险的光芒，直直地盯着宋枝，不说话。

宋枝用手去抹他脸上的血："哥哥，你不要这样，控制一下。"

鲜血顺着男人精致的五官流淌，一直蜿蜒到下颌。"滴答"，闻时礼的鲜血滴在了宋枝赤裸的脚尖上。

宋枝低头看了眼脚尖的鲜血，抬起头时，闻时礼在她的脸上捏了捏。他说："对不起啊，哥哥真的控制不了。"说完，闻时礼像是很累的样子，喘了起来。

他的呼吸一下比一下重，也越发乱。

宋枝实在难以将眼前这个狼狈且疯狂的男人，和白天那个温和的闻时礼联想在一起。但她很清楚的一点是——闻时礼确实是个精神病人。

两个人初遇时，那张字密密麻麻的诊断报告单就已经告诉了她他的所有病症。

在宋枝思考时，闻时礼整个人已经痛苦地蜷缩在了地上。他维持着跪地的姿势，双手抱头，额头贴在地上，一下又一下地磕着。

宋枝被吓得不轻，拉着他的手臂的手也没松开，意图阻止他的行为。但无论她怎么做，换来的只有闻时礼机械般的重复的磕头动作。

磕头，他不停地磕头，像在自我惩罚一般，又像在跪拜窗外的雷与漫天的雨。

宋枝没见过这样的阵仗，急得不行，勉强维持的平静终于维持不住了。眼泪不争气地流下来，她红着眼，带着哭腔拉住闻时礼："不要这样啊，哥哥……"

闻时礼没有理她，已经完全陷入了巨大的痛苦和无边的绝望里。他声音沙哑，不停地重复着一句话："只要别用滚油灌我，让我去死都行。"

宋枝急得不行，见自己怎么喊都没用，只好起身跑回房间，给宋长栋拨电话求助。

电话听筒里传来中国移动的通用铃声。

宋枝：快接电话，爸爸你快接电话！

她要谢天谢地，在最后的五秒里，电话里传来了宋长栋带着困倦之意的声音："枝枝？"

宋枝憋着眼泪，哀求道："爸爸，你能不能回来啊？"

听到宋枝带着哭腔的声音，还在医院里的宋长栋睡意全无："怎么回事？"

"哥哥他……"宋枝抽噎了一下，艰难地往下说，"不知道怎么回事，哥哥在房间里一直跪在窗边磕头，头都磕破了，还流了好多血。我怎么劝他他都不听，怎么办啊，爸爸？"

宋长栋立马从休息室的床上坐起，连鞋子都忘了穿，拿着手机就往窗边走。

他拉开窗帘一看，外面电闪雷鸣。

宋长栋不禁"啧"了一声，皱眉道："今天是雷雨天。"

宋枝哽咽道："雷……雷雨天怎么了？"

宋长栋叹了一口气，说："他一到雷雨天就发病，发病时吓人得很。"

宋枝想到自己和闻时礼一起看云的场景。那时候他说他怕积雨云，并且在说话的时候，眼底还有一抹阴暗之色。

原来他怕的不是积雨云本身，而是积雨云象征的雷雨天气。

他最怕雷雨天。

宋枝收回自己的思绪，问："爸爸，那我现在该怎么办？"

宋长栋放下窗帘，说："他房间里的窗户是开着的还是关着的？"

"开着的。"宋枝回答。

宋长栋说："好，你过去帮他把窗户关上，然后让他吃我给他的药，我马上就赶回去。"

宋枝立马答应："好。"

挂断电话后，宋枝忙不迭地往次卧跑去，里面的闻时礼依旧处在崩溃和痛苦的状态。

他依旧在发疯似的跪地磕头，就像一个疯子，不是像，他完全就是一个疯子。

宋枝的心跟着一颤一颤的。她不是害怕，而是满脑子都在想，滚油灌喉到底是什么滋味。那到底是什么感觉？竟然能让一个大男人在十五年后的今天，依旧身处黑暗的地狱里，不停地自我折磨。

次卧里一片昏暗。外面在狂风中摇晃的树枝就像现在的闻时礼一样命悬一线。

宋枝往次卧走的时候，正好有一阵狂风携雨而来，混乱的雨水毫无征兆地打在了她的脸上。

换成平时，她早就娇气地嚷起来了，但现在没有。此时宋枝一心想着赶紧把次卧的窗户关起来。

爸爸告诉她，她应该这么做。哥哥需要她这么做。

宋枝抹掉脸上的雨珠，小跑过去，踮起脚，伸手把外开的窗往里拉过来关上。紧接着，她又把深蓝色的窗帘拉紧，全程丝毫不拖泥带水。

整个房间终于安静了许多，雨声和雷声变小了许多。

宋枝暗暗地松了一口气，轻轻地在闻时礼的身旁蹲下："哥哥，爸爸让你吃他给你的药。"

闻时礼依然蜷在地上，浑身不停地颤抖着。

见他没回应，宋枝又问："药呢？哥哥，药在哪里？"

闻时礼的额头紧紧地贴在地板上，他沉默了很长一段时间。然后他抱着头的手松开，在地板上摩擦着，慢慢往胸口的位置移，最后用力地捂住了胸口。

宋枝听到他剧烈混乱的喘息声，声音在昏暗中仿佛被放大了数倍，让她头皮发麻。

这种近乎绝望的濒死感，闻时礼并非第一次体验。他现在就像暴露在空气中的厌氧生物，可能短时间内就会失去生命。

他现在没办法正常呼吸，更没办法控制自己的行为。

宋枝看着面前这个额角青筋明显、头上布满汗珠的男人，干脆自己上手在他的身上翻找了起来。

药到底在哪里？

宋枝翻了半天，依旧没找到药，心里不禁冒出了一个不妙的想法——他不会压根儿没把药带在身上吧！

不然她再找找药。又找了一会儿，宋枝还是没找到药。

正在她懊恼沮丧时，闻时礼有些吃力地支起了上半身，满脸冷汗，看着宋枝。

宋枝停住了手上的动作。

闻时礼盯着她，看了好一会儿，然后费劲儿地抬起了一只手，指着门口的方向，说："哥哥怕吓到小宋枝，你先出去，好不好？"

宋枝自然不愿意，说："不要，我又不怕。"

宋枝不给闻时礼再赶她走的机会，只借机问："哥哥，我爸爸给你的药在哪里？"

闻时礼有气无力地说："没带在身上。"

"……"事情果然如她所想。

宋枝本想说他粗心，但看着他现在一副痛苦不堪、脑袋还在流血的模样，只好作罢，伸手扶住他的胳膊，说："哥哥，你先到床上去休息吧，我爸马上回来。"

闻时礼蜷着没动："不用管哥哥。"

宋枝说："这是我家。"

闻时礼一时竟无法反驳。

宋枝拿出主人的气势，用力拉了他一把："所以不管我要你怎样，你都得听我的。你现在快点儿起来，我扶你到床上去。"

闻时礼被宋枝扯得身子虚晃了一下，歪歪地往旁边栽去。

眼看他马上就要摔倒，宋枝心中一惊，没多想，下意识地用自己小小的身体把他接住了。

宋枝：啊！

她差点儿叫出来，也差点儿没撑住。

这个老男人看起来挺瘦，居然这么重。果然人不可貌相。

宋枝的肩膀被闻时礼压得很痛，他整个人的重量都在她的身上。宋枝张大嘴巴，喘了口气，憋着劲儿说："哥哥，你真的很重啊，快到床上去。"

可能真的体恤她瘦弱的身板，闻时礼很配合，松开她以后，靠着自己的力气慢慢地从地上站了起来，踉跄着往床的方向走去。

宋枝揉着肩膀站了起来。

闻时礼一下子躺倒在了床上，还在混乱地喘息着，看上去极为痛苦。

宋枝打开房间的灯，来到床边。

外面还在打雷。

宋枝注意到，只要雷声响起，闻时礼呼吸就会变得十分困难，身体也抖得很厉害。

他真的很怕打雷。

"哥哥你先躺着。"宋枝说，"你等我一下，我去接水给你擦脸。"

闻时礼捂着胸口，虚弱地朝她笑了笑。

宋枝到浴室里拿了个塑料盆，装了些温热的水，又找了条干净的毛巾放进盆里。

她端着盆回到闻时礼的床边，轻轻地放下水盆，注意到闻时礼额头上的伤，又跑到客厅里找医药箱。

客厅里响起一阵窸窸窣窣的翻找声，宋枝却什么也没找到。

哥哥白天不是在客厅里找到的医药箱吗？

宋枝正疑惑时，身后传来了拖鞋踩地的声音。她转过头，看见了穿着睡衣的陆蓉。

陆蓉被吵醒了，问："枝枝，你大半夜不睡觉，在翻什么？我还以为家里进了贼。"

宋枝答道："我找医药箱。"

陆蓉手一抬，指着茶柜说："医药箱在茶柜下面。"

宋枝应声而动。

她迅速地在茶柜下面找到了医药箱。陆蓉问："你哪里受伤了吗？"

宋枝心里担忧闻时礼，十分难受，说话时声音也很闷："不是我，是闻时礼哥哥。"

陆蓉惊道："他发病了？"

宋枝闷闷地"嗯"了一声。

然后她没绷住，"哇"的一声大哭起来。

陆蓉被女儿突然的哭声吓到了。她家的小姑娘本就娇柔可爱，此刻哭起来更是惹人怜爱。陆蓉作为母亲，自然见不得孩子梨花带雨，连忙上前询问："怎么了，枝枝？快给妈妈说说。"

宋枝哭得肩膀一颤一颤的。她紧紧地抱着怀里的医药箱，抽泣着说："哥哥流了好多血。"

陆蓉安慰道："不哭不哭，妈妈和你一起去看看。"

宋枝擦了擦眼泪，说："我自己去。"

"啊？"陆蓉不解地问，"不要妈妈和你一起去吗？"

宋枝摇摇头，说："哥哥会不自在的。"

没人想让自己脆弱的一面被别人看见。哥哥应该也不想吧。

宋枝抱着医药箱往次卧的方向走去。陆蓉看着她的背影，十分不解："这孩子，你去人家就自在了吗？"

说真的，在关于闻时礼的事情上，宋枝还真没把自己当别人。

她觉得自己和闻时礼的关系挺近的，近到自己愿意"杀猪"取钱，给他"赎身"。

因为不想被闻时礼说爱哭鬼，宋枝在进门前就擦干了眼泪，却还是在闻时礼的面前露出了破绽。

闻时礼一看见她，就皱眉问："哭了？"

"……"她掩饰得这么拙劣吗？

宋枝抱着医药箱，慢慢地走到床边，嗫嚅道："我没哭。"

闻时礼睨视她，半晌后，喘了口气，说道："骗人的小朋友可不讨喜。"

宋枝听到"不讨喜"三个字，心里简直有万分的委屈。明明自己是因为担心他才哭的！最后在他那里，她却变成了不讨喜的小朋友。老男人真的没有良心吗？

即便现在的宋枝真的很想憋住，但是完全压不住自己从内心深处涌上来的委屈感。她咬着粉色的下唇，眼泪不受控地从眼眶滚出，滴在床单上。

窗外的雷声稍微小了些，闻时礼没那么崩溃了。他强忍着不适从床上坐了起来，手指伸过去，擦掉了宋枝眼角的泪："怎么了？"

他居然还问怎么了！宋枝顿时被气得要螺旋升天！她的手指死死地抠住医药箱的边。

宋枝哽咽道："我看你流血了，觉得你好痛好痛，你能不能别这样？"

闻时礼一怔。

一瞬间，他几乎忽略掉了还在折磨他的濒死感。

小姑娘的眼泪啪嗒啪嗒地掉着，不停地掉着，掉在床单上，掉在他的内心深处——一片从未有人踏足的土地，那里荒芜至极，寸草不生。

沉默良久，闻时礼竭力地控制着自己的呼吸，再开口时，嗓音低沉沙哑，只吐出了两个字："别哭。"

门这时被推开了。

不顾风雨赶回来的宋长栋脚步很快，一踏进次卧就看见了伏在床上的宋枝。他二话没说，上前一把把宋枝拉开，说："枝枝，你离他远点儿。"

宋枝差点儿没站稳。

宋长栋在闻时礼的床边站定，居高临下地看着床上病恹恹的闻时礼，语气真的算不上好："吃药没？"

闻时礼沉默着。

宋枝在旁边轻声道："哥哥没带药。"

"没带？"宋长栋的脸色瞬间变了，他提高音量怒吼道："我和你说过无数次，药你要随身带，觉得要犯病了就提前吃！你为什么不听？"

闻时礼转过脸，咳嗽了两声，回过头来时，脸上挂着漫不经心的笑容："宋院长消气，我又不是故意不带的，而是那些药对我真的没用。"

闻时礼活了二十年，用遍了精神类的药物，最后只能用"效果不佳"来形容这些药物。

可能这就是心有顽疾，故此药石无医，他真的没救了。

宋长栋对此毫不买账："你总说药没用，如果你真的选择完全停药，情况只会继续恶化，你也不想完全变成一个疯子吧？"

闻时礼正想说点儿什么，外面一道惊雷响彻夜空，惊得他下意识地捂着胸口，蜷着身体发抖，紧跟着的是宋长栋的一声叹息。

看见闻时礼痛苦不已的模样，宋枝忙拉住宋长栋的一根小拇指："爸爸，你快帮帮哥哥。"

宋长栋叹道："他没救了。"

宋枝急忙说："怎么就没救了？爸爸，你是很厉害的精神科医生啊！"

宋长栋摇头叹息，从包里拿出药瓶，拧开药瓶一看，说："我就知道他没吃药。"

宋长栋倒出两粒药在掌心里，然后直接塞到了闻时礼的嘴里，也不管他能不能咽下去，说："要不是老陈疼你疼得不行，我才不乐意管你的死活呢！"

他就这么干咽？

宋枝瞪大了双眼，回过神，忙跑到客厅里接了一杯水，想将水端给闻时礼喝。

她却被宋长栋拦住了："我让你离他远点儿！"

宋枝愣在原地："为什么要离哥哥远点儿？"

宋长栋拿走她手里的杯子，转手将杯子塞给闻时礼，回过头对宋枝说："你以为这个哥哥很温和吗？"

"对啊。"宋枝坚定地回答。

宋长栋没好气地说："他只是平时温和，犯病的时候说不定会打伤你，这时候你还是离他远点儿好。"

宋枝"哦"了一声，心里却很不是滋味。

哥哥没有打她，还很温柔地帮她擦眼泪。

闻时礼依旧很温和。

宋枝乖乖地退到一边，揉了揉还有些发红的眼睛，看着闻时礼慢条斯理地喝水。

他看上去比刚刚好了一些，但嘴唇还是非常苍白，汗也流得很多。

眼看着宋长栋又准备开训，宋枝怯怯地说："爸爸，你不要骂哥哥了，好不好？他现在很不舒服。"

宋长栋顿时感到疑惑。

"不是吧？"宋长栋指着躺在床上的闻时礼，说，"枝枝，他刚来咱家第一天，你就这么护着他吗？他的浑蛋样你不知道，知道了你跑都来不及！"

宋枝没在意，只说："哥哥他现在不舒服。"

陆蓉正好在门口处听到了父女俩的对话，进来笑着说："长栋，你又不是不知道，枝枝从小就想要个哥哥，好不容易有了个哥哥，护着很正常。再说了，小闻现在这样，你再骂他也没用，你消停会儿吧。"

宋长栋生气地说："你们俩帮他说话是什么意思？我是医生还是你们是医生啊？"

"爸爸——"宋枝一把抱住宋长栋的胳膊，开始撒娇，"你不要再骂哥哥了。求求你啦。"

陆蓉搭腔："小闻现在人还不舒服呢。"

宋长栋被母女俩磨得没脾气，一张嘴说不赢两张嘴，只好摆摆手，道："行行行，我是个恶人。"他说完就气呼呼地走出了房间。

宋枝看了爸爸一眼，然后转头朝闻时礼吐舌头，做了个可爱的鬼脸，凑过去小声地说："胜利！"

闻时礼不禁笑出了声。这小姑娘到底是什么生物？她古灵精怪的，怎么这么可爱？

陆蓉确认窗户已经被关好后，看见闻时礼一额头的血，说："你的伤口还没处理，我去把他叫回来。"

"不用！"宋枝激动地说，"我来给哥哥消毒，你把爸爸叫回来，他又要骂哥哥。"

陆蓉笑道："好，我去哄哄你爸爸。"

陆蓉离开后，宋枝慢慢地找着医药箱的开关，拨弄了好一会儿，都没能打开医药箱："不是这么开的吗？"

男人冷色调的手伸了过来，指骨修长，指着医药箱的一处。

"在这儿。"他说。

两个人的指尖触在一起。

宋枝一激灵，惹来男人轻哂："吓到了？"

"我没有。"宋枝赶忙道。

宋枝垂眼不再看他，等闻时礼把医药箱打开后，伸手推开了他："我来。"

"嗯？"他懒洋洋地问，"小宋枝能行吗？"

宋枝道："行！怎么不行？"

闻时礼笑道："哥哥看你笨手笨脚的啊。"

"……"宋枝拿出绷带，一边装熟练地拆绷带，一边说，"你这是诬蔑我。"

闻时礼忍着笑，说："那算哥哥诬蔑你。"

他的话音刚落，宋枝手里的绷带就因为她操作不当散了，掉了老长一截，落到地上。

宋枝："……"她其实被"诬蔑"也没关系。

宋枝尴尬得脸上有些发热，沉默半晌后，才反应过来，弯腰去捡乱成一团的绷带，辩解道："我刚刚只是失误。"

闻时礼问："是吗？"

宋枝水灵灵的眼里写满了"坚定"两个字。她说："对，只是失误了。"

闻时礼没反驳她，温和地笑道："那就麻烦小宋枝照顾哥哥了。"

"不客气。"宋枝答道。

宋枝蹲下身体，把掉在地上的绷带捡了起来，开始在两根手指间缠绷带，想缠回原样。

她缠了一会儿，手里的绷带逐渐变成一个白色且肥大的"蝉蛹"，简直难看至极。

"……"事情怎么会这样？她记得绷带在散掉前不长这样啊。

闻时礼什么也没说，目光始终温和平淡，就这么静静地看着她缠绷带。

宋枝抬头，发现他看得认真，怕他再次取笑她，先发制人道："就算换你来缠，你也缠不回原样。"

"给我试试。"闻时礼说。

宋枝"噢"了一声，把手里那个"蝉蛹"递了过去。

闻时礼沾着血的手指接过"蝉蛹"，给雪白的绷带染上了一抹红意。他慢条斯理地拆开绷带，用手指理顺方向后开始缠。

宋枝看着他。

绷带在闻时礼的手中一点儿一点儿地恢复原本的模样，仿佛在嘲笑宋枝：这么简单你都缠不好，还说自己不笨手笨脚？

宋枝："……"

缠好绷带后，闻时礼顺手将其放回医药箱："天热，不缠这个。"

宋枝问："如果感染了怎么办？"

闻时礼淡淡地说："小伤而已，没那么容易感染。"

宋枝看了一眼他血肉模糊的额头："这算小伤，什么才算大伤？"

闻时礼眸光收敛，没有回答。

宋枝自知失言。她不该这么问的。

看着闻时礼瞬间变沉的面色，宋枝怯怯地问："哥哥，你生气了吗？"

闻时礼弯唇一笑，说："我怎么会生小枝枝的气呢？"

小枝枝……

他总喊得这么亲密，真让人不自在。

宋枝想纠正他，他还能不能好好地叫她的名字了？但她一看到他现在这样……算了。

"小枝枝"总比"小学鸡""小朋友"好听太多，人不能太贪心这个道理她还是懂的。

在宋枝纠结称呼的时候，闻时礼在想她刚刚问的问题：什么才算大伤？

答案就在一直折磨他的童年阴影里。他想回答：如果一个人在鬼门关走过几遭的话，那么所有皮外伤都是小伤。

但他没有回答宋枝，因为总不能吓到小朋友吧。

宋枝翻出一包被拆过的医用棉签，就是下午闻时礼帮她处理伤口时用过的那包棉签。

她想取两根棉签出来，却发现口子有点儿小，不太方便，于是想把口子撕大些。

"刺啦"一声，宋枝稍微用力过猛，棉签全部散落在地上。

这下好了，她笨手笨脚这件事算是被证实了。再三重复自己并不笨手笨脚的宋枝，这一刻恨不得当场找条地缝钻进去。

自己为什么总在他的面前犯傻？啊啊啊！

宋枝表面上仍维持着平静。她看了一眼掉在地上的棉签，抬起头看向似笑非笑的闻时礼。

两秒后，宋枝直接破罐子破摔，理直气壮地说："我就是笨手笨脚，那又怎样？"

闻时礼用指尖拭去唇角的血渍，觉得有些好笑："哥哥这不是没说什么吗？"

宋枝道："你是还没来得及说。"

听到这句话，闻时礼倏地撑手从床上坐起，凑到宋枝的眼前。

他黑色的眼睛沉得好似无灯的长街。

两个人的目光撞在一起。瞬间宋枝连呼吸都停了，被吓得直往后退："你干……干吗？"

"小孩，"闻时礼吊儿郎当地笑了起来，"谁让你乱冤枉人的啊？"

"你啊！"宋枝大声道。

闻时礼觉得荒唐："我？"

宋枝说："你先冤枉我笨手笨脚的。"

闻时礼慢悠悠地一笑，懒洋洋地拉长语调反问："我那是冤枉你吗？"

"……"宋枝仔细一想，觉得好像确实不算冤枉。可是，她真的好没面子啊！

见小姑娘懊恼、沮丧、委屈的模样，闻时礼轻轻一笑，没再逗她。他往床头上一靠，觉得浑身的骨头和肉都隐隐作痛。

窗外雷声仍旧很大，但他现在觉得没那么难熬了，也不知道是宋院长的药起效了，还是因为小姑娘在陪他说话。

宋枝在床边捡起两根棉签，刚想蘸碘伏时，留意到了闻时礼脸上呈濡湿状态的血。

这她怎么上药啊？她应该先把伤口周围的血擦干净吧？

一直习惯被人照顾的宋枝，突然有一天要照顾别人，还真的有点儿不习惯。她对此还十分生疏。但是这些困难都不能劝她退缩。

宋枝放下棉签，弯腰从脚边的水盆里捞出毛巾拧干，然后站直了身体，却不再有动作。

闻时礼看她一动不动，以为小姑娘怕血不敢擦，便道："你给我吧，哥哥自己擦。"

"不要。"宋枝说。

他伸出去的手停在半空中。

这小姑娘闹什么呢？小姑娘不帮他擦，又不让他自己擦。

两秒后，闻时礼垂下手，耐着性子温和地问："怎么了？"

宋枝说："你过来一点儿。"

闻时礼："……"原来是因为她的手太短，够不到他的伤口啊。

他一时没忍住，喉间滚出两声低笑，笑声慵懒。

宋枝觉得很羞耻："你笑什么？！"

"没什么。"

"还说没什么！"宋枝把毛巾攥紧，"你是不是在笑我矮？"

闻时礼摆出一副无辜的表情，耸肩道："我可没说，是你自己说的。"

"……"宋枝成功地被他绕进了坑里。

宋枝：可能这就是老男人的做派吧，呵呵。

她进行自我安慰——他现在满头是血，她不和他一般见识。她大人有大量。

但下一秒她就发现了一个问题，一个很严重的问题。

闻时礼是怎么做到，就算满脸的血和身体不适，也要坚持调侃她？到底是什么精神在支撑他？到底是什么在支撑他嘴欠？

宋枝越想越生气，一时没忍住，说："真想找根针把你的嘴缝上。"

"……"

与宋枝的话音一起落下的是闻时礼唇角的笑意和眼里的微光。

宋枝看见他的表情瞬间变得阴沉。周遭的温度仿佛也在下降。

宋枝整个人呆在了那里："哥哥，你怎么了？"

闻时礼默默地看了她良久，然后问："你会吗？"

"会什么？"宋枝疑惑地问。

闻时礼说："真的会拿针缝哥哥的嘴吗？"

宋枝连忙说："我在开玩笑啊！"

她怎么可能真的拿针缝人的嘴啊？怎样恶毒的人才能做出这种事？她光想想都觉得疼。

正当宋枝想吐槽闻时礼过于较真的时候，闻时礼突然开口，用漫不经心的语调低声告诉了她一个极其残忍的事实："我被针缝过嘴。"

房间里完全安静了下来。这画面就像被一只无形的手按下了暂停键。

没有人说话，只有一系列的背景音在持续，雷声、风声以及雨打在树叶上的噼啪声。这些声音混在一起，衬得气氛更加死寂。

宋枝怔在床边，脑海中有个声音一直在重复着同一句话："我被针缝过嘴。"

宋枝沉默良久，手里原本温热的毛巾已经凉了，一并凉了的还有脚边盆里的水。

宋枝实在不知道该说些什么打破这沉重的气氛，只好把毛巾扔进盆里，说："我去换热水。"

闻时礼没出声。

宋枝端着水盆走到浴室里，把水盆放到地上，伸手把花洒取了下来。

在往盆里放热水的时候，宋枝开始走神，想针的样子。针细长尖锐，针端还有小孔。针孔可以穿过细线，然后被用来缝嘴。

宋枝打了一个寒战，没敢再往下想那血淋淋的画面。

她心里很后悔自己乱说话。他现在应该挺难受的吧？

宋枝没注意，盆里的水已经满得往外溢了，水流到了宋枝的脚上。她低头看着自己的脚，脚背上已经干了的血逐渐被水冲散，直到完全消失。

宋枝关掉花洒，把水倒掉一半后端着盆出浴室。

她心里惴惴不安，纠结着要怎么给闻时礼道歉。

房间里，闻时礼靠坐在床头，长睫低低地垂着，脸上血迹斑驳，眼底的情绪更是不明，再加上他天生就是一张寡情脸，纵然有桃花眼，在没表情的时候看着也十分阴沉。

宋枝小步挪到床边，放下水盆。

"哥哥。"宋枝的声音里有自责之意。她做错事情了，"对不起，我不该说那种话。"

他却只沉默。

宋枝的心揪了起来。她低头抠着指甲，继续小声说："我永远不会做那种事的。我以后会保护你，不让别人欺负你。"

闻时礼依旧没反应。

宋枝抬起头，在一阵雷声里拉住了男人一根微凉的小拇指，乞求道："哥哥，你能不能原谅我？"

闻时礼指尖一动，抬起了头。

二人目光对视。

他感受到了小拇指上缠绕的温热感。这是来自一个小姑娘的歉意和善意。

静了半晌后，闻时礼抽出了自己的小拇指，漫不经心地低声道："没事，都过去了。"

宋枝忙说："不是这样的。"

"那是怎样？"

宋枝目不转睛地看着他的眼睛。他的眼睛像一汪深黑的潭水。她特别认真地用柔和的声音说："你现在之所以会这样，不是那一切都过去了，而是那些事情一直在你心里。"

闻时礼一怔。

他所有自我安慰的话都是"都过去了"，实则全是"过不去"。

他从没想过能从一个小姑娘的口中听到这种话。她轻而易举地撕掉了他多年以来的伪装。

两个人又陷入长时间的沉默。

在这段时间里，闻时礼努力地将心头的那点儿震撼抚平，面上重新露出了温和的笑意："小宋枝这么聪明啊。"

宋枝歉疚地问："你会原谅我吗？"

"当然。"闻时礼说，"小宋枝做什么都可以被原谅。"

"……"宋枝有种被纵容的感觉。

虽然宋枝不知道是不是自己的理解出现了偏差，但是无论怎么想，都觉得是这个意思——他愿意惯着她。

她没有再深想，弯腰拧干毛巾，对闻时礼说："哥哥，你过来点儿，我帮你擦。"

闻时礼配合地移动身体，靠近她。

两个人靠近，近到宋枝能闻见浓浓的血腥味和他身上清新的皂香。

宋枝趴在床上帮男人擦脸，毛巾擦过他脸上的每一寸皮肤，即便在擦眼睛周围的时候，也没见他闭眼。

闻时礼就这么直勾勾地盯着宋枝，眼睛黑白分明。

宋枝被盯得实在有些不好意思，问道："你盯着我干吗？"

闻时礼道："谢谢你。"

"什么？"

闻时礼依旧盯着她，没有半点儿收回目光的意思："谢谢你，小宋枝。"

宋枝不明白他为什么突然向自己道谢："谢我什么？"

"真的谢谢你。"闻时礼重复道。

宋枝能听出他话里的真诚。她立即说："不客气。"

那天直到最后，宋枝也没搞明白他为什么道谢。

她给闻时礼擦了三遍脸，才把他脸上的血迹全部擦干净。然后，她又到浴室里放好了盆和毛巾，还洗了手。她出来的时候，外面的雷声似乎大了些。宋枝注意到闻时礼已经躺下了，他的眉间有难消的蹙意。

这雷声太大了。他还是非常不适。

她走过去时，闻时礼用沙哑疲倦的语气对她说："折腾了这么久，快回去睡觉吧。"

"嗯。"宋枝答应。

宋枝刚走到卧室门口，听到越来越大的雷声，转身走回了闻时礼的床边，抿抿唇，然后说："哥哥，要不我就在这里陪着你吧？"

闻时礼看着她："这怎么行？"

"怎么不行？"宋枝说，表情很认真，"我就坐在旁边，不会吵到你的。"

闻时礼说："我不是怕你吵到我，而是你如果陪我，你会休息不好的。"

谁料宋枝一屁股坐在了床边的单人沙发上，摆出一副不肯离开的架势，说："今天你就是把我从窗户扔出去，我也不会离开的，谁走谁是小狗！"

"枝枝！"宋长栋的声音穿透房门。他怒道："你还不去睡觉，要干吗？！"

宋枝吓得浑身一抖，没敢答应。

宋长栋继续喊："枝枝！"

宋枝促狭地站起来："爸爸，我马上就回房间睡觉，再等两分钟！"

闻时礼："……"

宋枝对上男人似笑非笑的眼神，开始狡辩，不对，开始解释："爸爸来叫我的话，刚刚的话就不算数了。"

闻时礼轻笑了下："可哥哥当真了，怎么办？"

"……"宋枝立马抗议，"不准当真！"

闻时礼笑道："你自己说的，我怎么就不能当真？"

宋枝说："反正就是不能。"

"等等。"宋枝突然反应过来，"你说当真，是当真了哪句话？前半句还是后半句？"

前半句："今晚不会离开。"后半句："离开就是小狗。"

在那一瞬间，宋枝有点儿私心。她想听他告诉她，是前半句。

闻时礼却侧躺在那里，微挑着眼梢笑着说："你为了不当小狗，还来绕哥哥的话。"

"……"她就不该对这个老男人抱什么希望。

谁稀罕陪他？！

宋枝摆出毫不在意的表情："那我回去睡觉。"

"好。"

又站了一会儿，宋枝轻轻地趴到床沿上，伸出双手，捂住了男人的双耳，凑过去看着他的眼睛，说："哥哥，雷声是云朵打呼噜。"

"……"

宋枝继续道："云朵睡得很香，所以才会打呼噜。所以，哥哥，你别怕好吗？"

当天夜里，闻时礼做了一个梦，一个先苦后甜的梦。

梦里面的他回到了小时候，回到了那段暗无天日的日子里。他梦到自己被灌滚油和被用尖针缝嘴。苗慈尖酸刻薄的嘴脸在梦里被无限放大。

他梦到了过去的事情的每一个细节。

五岁。

苗慈不给他饭吃。三天没进食的他饿得饥肠辘辘，前胸贴后背。其他小孩子在幼儿园里，而他蹲在筒子楼下的垃圾桶旁边，想捡点儿吃的，像个流浪儿童。

邻居家八岁的小孩啃着一包辣条从他的面前经过。他蹲在那里耷拉着脑袋。

"小垃圾。"那个小孩倒回来停在他的面前，"你又在这里捡垃圾吃啊，好恶心啊。"

他太饿了，饿到没力气反驳，只能恹恹地抬头看那小孩一眼，然后又垂下头。

小孩没有离开，而是用脚把他踢倒在地上："你还不理人呢！"

闻时礼在地上趴了会儿，抬头盯着那个小孩。

那时他眼里全是血光，都是饿出来的。

那个小孩似乎被吓到了，攥着手里的辣条后退了一步，说："你……你瞪我干什么？你不是捡垃圾吃吗？我又没乱说！"

下一瞬间，闻时礼不知道哪儿来的力气，从地上猛地爬了起来，冲过去就把大他三岁的小孩推翻在地上，跨坐到对方的脖子上，对那个小孩一阵胡乱暴打。

很快，小孩的哭声响彻了小区。孩子的爸爸赶到时，那小孩看上去极其凄惨，脸上被打得青一块紫一块的，身上也是，显然被打得不轻。

闻时礼此时正蹲在不远处，对小孩手里的辣条狼吞虎咽。

家长看见自家小孩被打伤，自然气到发疯。男人大步跨到闻时礼的面前，揪着他的衣领，把当时瘦得只有十八斤的闻时礼直接拎了起来，怒吼道："还在吃，你这个小兔崽子！"

很快，周围就有很多人围了过来。

哪怕已经被拎得悬空，闻时礼还不忘狼吞虎咽地吃那包辣条。

食物！食物！下次不知道又要几天后他才能吃东西。

"啪"的一声，闻时礼小小的身体被男人重重地砸到地上。痛得龇牙咧嘴的他还在重复着咀嚼吞咽的动作。紧跟着，又是重重的一脚踹到了闻时礼的肚子上，很重很重的一脚。他被踹得吐出了嘴里的辣条，小小的身体颤抖着缩成一团。

有人上来劝道："他还是个孩子，你别这样打他啊！"

男人说："连他妈都不把他当个人对待！这小兔崽子抢了我儿子的辣条，居然还打人，我为什么不能打他？"

"……"

四周非常吵。闻时礼很难听清大人们在讲些什么，眼里只有掉到地上并且沾满灰尘的几根辣条。

他被男人踩在脚下，手却仍然执拗地要去抓那几根辣条。

有人把苗慈叫了下来。邻居告诉她，她的儿子被打得很惨，让她快去看看。

那天是下初雪的日子。苗慈在纷纷扬扬的大雪里露面了，笑着和邻居爸爸道歉，温和无比地向大家说"添麻烦了"。最后，她还说了一句："我一定会好好管教他。"

苗慈抓着闻时礼，上楼回家，门被重重关上。

闻时礼踉跄着进了屋，双腿还没站稳，就被"啪啪"地扇了两个耳光，鼻血瞬间往下流。

苗慈抓着他的头用力地往墙上撞："你不给我添麻烦会死吗？"

闻时礼的脑子嗡嗡作响。

这是梦吗？他快点儿醒来好不好？梦别继续了。

因为——

滚油将至。

他的噩梦还在继续，一个接一个的耳光重重地扇在闻时礼稚嫩的脸上。他瘦小的身体被迫左摇右晃。他的脖子被女人用手掐着，头重重地往墙上撞。

耳边炸开了类似飞机尾声的鸣声，他知道，这是场头骨和水泥的战争。他绝没可能成为胜者，当下的他痛得要命，恨不得立马死去。

苗慈的声音在二者碰撞时自上方落下，她怒吼道："让你给我惹事，让你给我添麻烦，小畜生！"

闻时礼脸上的濡湿感变得越发明显。他的脸上全是血，空气里弥漫着血腥味。

他没做任何反抗。

苗慈似乎不满足于这样殴打他，掐着他的后颈，把他整个人拎了起来，往厨房的方向拖拽。

闻时礼浑身已经完全脱力了，只能软趴趴地跟着苗慈移动。

这个梦真实得可怕。

来到厨房里，苗慈把他扔到地上。他面朝下方栽下去，脑门重重地磕在冰凉的水泥地上，发出了一声沉闷的响声。

闻时礼浑身痛得要命，苗慈却没放过他。下一刻，苗慈魔鬼般的手伸了过来，将他翻过来。

闻时礼狼狈地睁开双眼，就看见了装满滚油的铁勺，就在他眼睛的正上方。出于恐惧，闻时礼瞳孔以肉眼可见的速度收缩，然后固定住。紧接着，苗慈一把掐住他的下巴，逼迫他张嘴。

"妈——"他连完整的"妈妈"都没能喊出来。沸腾的油带着足以灼烧灵魂的温度，灌进了他本就伤痕累累的喉咙里，致命的痛感让他的四肢胡乱地踢打起来。

他挣扎间，几滴滚油滴到了苗慈的手上。苗慈被彻底激怒了，就着手里的铁勺砸在他的头顶上："你不是喜欢抢别人的东西吃吗？够不够吃？啊？现在够不够吃？！"

他再听不进去任何辱骂的话，条件反射般趴在地上，想吐出喉咙里的滚油。

油被灌进去时是金黄色的，他吐出来的却是鲜红的血，还有口腔软皮组织。它们甚至还在吱吱作响。这是他的肉被烫熟的声音。

浑身的血液像是要从柔软的口腔一次性流出似的，他在地上吐了好大一摊油血肉的混合物。

他的眼前开始变黑，余光里的景物开始变模糊。

梦境跟着转换。

再睁眼时，闻时礼已经躺在了单人病房里。

四周很安静，病房外传来嘈杂的人声和脚步声，透过门上的长条玻璃，闻时礼看见了许多人，那些人的肩膀上还扛着黑色的机器。那玩意儿好像叫摄像机，他记得自己在电视上看到过。

紧接着，很多人来看他，还带着他没喝过的牛奶、新鲜的水果和盒装的儿童营养品。他很想尝尝，但现在嘴里插满了管子。

有时还会有陌生的阿姨坐在他的床边，摸摸他的小脑袋，看着他的眼睛，然后开始哭，哭得特别惨。

她为什么要哭啊？他不明白。毕竟挨打对他来说，是一件再正常不过的事情。

可能也就是从那时候起，注定了他闻时礼不会是个善良、富有同理心的人。没有被善待过的孩子学不会如何善待他人。这很合理。

他在医院里躺了很长一段时间。有一天晚上，他终于能下床行走了，在幽暗的长廊尽头，遇到了一个穿着白色连衣裙的小姑娘，裙摆上还绣着一朵黄色的雏菊。

小姑娘静静地看着他。然后，她伸手拥抱他，没有任何语言，只是抱着他。接着，她往他的掌心里塞了一颗糖。那一瞬间，他仿佛看见了晴空里的骄阳，这骄阳有着令人无法回避的光芒。

宋枝这一晚上没怎么睡好。

昨晚回到房间里，她躺下后，本来还有点儿睡意，却不知道是怎么回事，竟然鬼使神差地想到了闻时礼站在墓园里他母亲双穴墓前的画面。

浑身被雨淋湿的他站在双穴墓前……等等！为什么是双穴墓？

宋枝噌的一下从床上坐起，立马反应过来——他母亲明明一个人，葬在单穴墓里就好，为什么墓会是双穴墓？

宋枝不敢细想，顿觉头皮发麻。她想到那天看"滚油事件"的相关新闻时，网友的评论。

"听说，这女人是被有钱人搞大肚子后抛弃了。"

"所以她把怨气都撒在这个私生子的身上。"

"啧，爱而不得的女人真恐怖。"

…………

当时记者问闻时礼，他如今还恨自己的母亲吗？

他淡笑着反问："恨是什么？"表情更是满不在乎。

可事实并不像他表现出来的那样平淡。就算他从不提恨，宋枝还是从他的行为上寻到了蛛丝马迹——他的恨永远没有尽头。

所以，他亲自给苗慈挑了一口双穴墓。这是一种长远而恶毒的诅咒——苗慈生前难以和所爱之人两心同，死后也只能独自拥有双穴墓和无边的孤独。

宋枝想得直冒冷汗。他这个人真的很复杂，不单是表面看到的温柔，还有内心里流淌着的浓浓的恨意。他寡言少语，不善解释，却选择了直接进行最诛心的报复。

这就是男人的城府吗？

想了一会儿，宋枝躺了下去，连头一起缩进被窝里，顺手抓过一只粉红的豹子玩偶抱在怀里。

她的呼吸久久不能顺畅。

她想到了闻时礼温柔含笑的眉眼，想到他给她处理伤口时细致小心，还有他数次开玩笑逗她，笑出声时愉悦的样子。

这些都让宋枝非常难受。

她在想，如果他没有经历那些痛苦，会不会温柔得很纯粹？他会不会没有一丝伪装？

宋枝第二天醒来时，已经是上午十一点。

昨夜，她睡得不安稳，现在脑袋有点儿发沉。宋枝揉着眼睛，慢吞吞地从被窝里爬出来，长发乱得像鸟窝。

刚睡醒的宋枝像一只行动缓慢的树懒，不论掀被下床，还是穿衣、穿鞋等，都是慢吞吞的，甚至连眼睛也没有完全睁开。

窗外是雨后初晴的景色，宋枝瞄了一眼，终于把眼睛睁大了些。

宋枝：今天居然没有下雨！不下雨就不会打雷，不打雷哥哥就不会犯病！呜呜呜万岁！谢谢老天爷！

宋枝以前从没因为晴天这么开心过，相反，她一向喜欢阴雨连绵的天气，总觉得阴雨天睡觉相当舒服。但遇见闻时礼以后，她开始讨厌雨天。

宋枝内心的那颗种子在持续生长，喜好也在不知不觉中逐渐改变。

这些小细节成为小姑娘的小心事。

小心事逐渐发酵，最终成了她无法对他人言说的秘密。

宋枝的秘密有一个好听的名字——闻时礼。

二十分钟后，宋枝从卧室的浴室里出来，头发还没吹干。她的头发很多，在没睡好的情况下，她实在很难把头发完全吹干。

她换好衣服，打开卧室门，准备外出。

客厅里很热闹。宋枝家的浅驼色布艺沙发呈"L"形排开，正中间坐着宋长栋，旁边是陈广轩。陈叔叔是宋爸爸的发小，很厉害的法学教授。

宋枝乖巧地向陈广轩打招呼："陈叔叔好。"

陈广轩向宋枝看过来，带着和善亲切的目光："枝枝醒啦。"

"嗯。"

陈广轩提高音量，往厨房的方向喊："小斯，你不是嚷着要找枝枝妹妹玩吗？枝枝出来了。"

宋枝的表情瞬间凝滞。

陈广轩的话音刚落，陈斯便端着一盘洗干净的草莓从厨房里出来了，直奔向宋枝："枝枝！"

宋枝下意识地后退了半步。她简直怕了陈斯。

陈斯是陈叔叔的儿子，今年十五岁，和她同在树德中学里读书，现在读初三。

宋枝从小就和陈斯不对盘，准确来说，是她单方面不喜欢陈斯。陈斯总说，他们小时候两家就定下了娃娃亲，张嘴闭嘴就是他长大后要娶宋枝。

宋枝对此完全不认账。

现在是二十一世纪，哪儿还有人拿娃娃亲当真？

陈斯却从没放弃过，每次见到她都殷勤得不得了。他长得阳光帅气，在学校里到处说，他和宋枝定了娃娃亲，真是让她百口莫辩。就因为这样，宋枝对他避之不及。

陈斯把草莓送到宋枝的面前，邀功似的说："我专门给你带的丹东奶油草莓，超级甜，你快尝尝。"

宋枝不好意思拒绝，拿了一颗草莓，礼貌地说："谢谢。"

她手里的草莓还没被喂进嘴里，次卧的门就开了。

穿着黑色 T 恤和黑色休闲裤的闻时礼走了出来，额角上还有昨晚磕出的伤口，眼下有因为没睡好生出的青灰色的眼圈。不过，这些都没有降低他的颜值，反而平添了一种颓丧的英俊感。

宋枝转过头。两个人四目相对。

宋枝想也没想，就把手里的草莓递到了闻时礼的唇边："哥哥，吃草莓，听说很甜。"

陈斯一脸错愕的表情。

对于闻时礼的出现，陈斯如临大敌，指着比他高出一个头的男人问："枝枝，这是谁啊？"

宋枝如实回答："闻时礼哥哥。"

"闻时礼！"陈斯瞪大了眼睛，"你就是那个，我爸一天能夸一百遍的研究生？"

陈广轩忙道："对对对，就是他！"

"……"陈斯有点儿崩溃。

他老爸平时鲜少夸人，大多时候都是吐槽手底下的研究生"朽木不可雕也"，却只把一个人的名字天天挂在嘴上，逢人就夸，让人想不记住这个人都难。

陈斯今日见到本人，没想到这个男人竟然有一张好看到过分的脸。

闻时礼没理会惊讶的少年，看了一眼被送到唇边的草莓，倒没用嘴去接草莓，而是抬手将草莓接了过来，笑道："谢谢小宋枝。"

听他语气温柔，宋枝说话也跟着放轻了声音："不客气。"

看见这一幕，陈斯差点儿一口气没提上来："枝枝，这是我给你的草莓！"

宋枝气定神闲地说："干吗？你给我不就是我的了？"

"……"陈斯看着闻时礼慢条斯理地把草莓吃进嘴里，更加生气了，恨不得把草莓抢回来。

陈斯开始抱怨："我给你的草莓，只能是你吃。你怎么能给别人？"

宋枝盯了他两秒，认真地说："闻时礼哥哥不是别人，再说了，不就是一颗草莓吗？"

"……"

骄傲的少年怎么受得了这样的打击？就在这一刻，陈斯把眼前这个气质阴郁的男人写进了自己一生之敌的名单中。

他还没见宋枝对谁这么好过。

陈斯气得不行，端着那盘草莓一屁股坐到单侧的沙发上，嘴里还嘀咕着："能有多厉害？还不就是那样。"

这话刚好被陈广轩听见了，他立马说："不得不说，小闻是真的厉害，你要知道他是——"

"2010年莲庆的理科状元，智商165的天才，法学院百年难得一遇的优质学子。"陈斯掰着手指复述着他已经听过无数遍的话，"这些话我已经听得耳朵起茧了，都能倒背如流了。"

"……"宋枝转过头盯着闻时礼。

她目不转睛地看着他，心想，原来他真的没有骗小孩。他真的是理科状元。她有一说一，这是真的厉害，整座城市，他是几十万名考生中的第一名。

闻时礼似乎注意到了宋枝的目光，弯下腰与她平视，问道："又盯着哥哥看，怎么了？"

宋枝想了想，还是决定问问："哥哥，你高考多少分？"

闻时礼沉默了两秒，像在回忆，然后温和地看着她，说："好像是七百四十三分。"

宋枝："好像？"

他笑道："哥哥记不太清了。"

宋枝点了点头，说："理解，毕竟你年纪大。"

闻时礼的眉梢轻挑，唇角露出了点儿笑意。

陈广轩插话道："不是七百四十三，我查过，是七百四十五。"

闻时礼轻声道："嗯。"

"……"

这不就意味着，总共考六科，闻时礼一共才被扣了五分？所以除了语文和英语作文被扣分了，闻时礼其他的四科都是满分，这分真是高得离谱！

宋枝一下子觉得，他骂她"小学鸡"这件事似乎也没有那么让人难以接受了。

陈斯看着宋枝惊讶的表情，往嘴里塞了一颗草莓，阴阳怪气地开腔："老爸，我怎么没见你对我这么上心？你还把别人的高考成绩记得这么清楚。"

陈广轩鄙夷地问："对你上心有用吗？"

陈斯咽下草莓，不解地问："啥意思？"

陈广轩说："你上次月考年级排多少名？"

一说到成绩，陈斯就有点儿心虚："我不记得了……"

陈广轩冷哼一声："又是倒数的三位吧？"

宋枝顿时有点儿想笑——陈斯的成绩经常在年级里垫底。

说来也奇怪，陈叔叔作为知名政法大学的教授，指导过上百名研究生，却对自己儿子的学业束手无策。

一旁的陈广轩忍不住道："小斯，你能不能稍微用点儿心啊？这成绩说出去你老爸的脸上真的无光……"没等陈广轩说完，注意到宋枝憋笑的表情，陈斯就直接打断了话，喊了一声"爸"，然后说："你别说了！"

陈广轩叹了一口气，没再往下说，朝闻时礼招了招手，再拍拍身旁沙发上的位置，说："小闻，过来坐。"

闻时礼正弯腰看着宋枝，听到陈教授叫他，温和地问宋枝："哥哥过去坐会儿，好不好？"

"可以。"宋枝答道。

宋枝真的很喜欢他问这句话时，后面带着的三个字——"好不好"。

他真的超级温柔！

当然，宋枝不会把内心的澎湃表现出来。

等闻时礼在陈叔叔的旁边坐下后，宋枝没什么表情地走到宋长栋的旁边坐下，和他隔着两个人的距离。

黑色与金色相间的大理石茶几上摆着果盘，里面有冬枣、金橘、苹果和圣女果。宋枝盯着果盘旁边的地方看，那处被擦得反光，从那里能清楚地看见闻时礼的一举一动。

他坐姿很随意，懒洋洋地交叠着一双长腿，靠在沙发上，此刻正歪头垂眸点烟。

现在客厅里没有人抽烟。陈叔叔和爸爸在说话，他直接点烟会显得对在场的其他人缺乏尊重，但他毫不在意。

可能是出于对闻时礼的喜爱，鲜少抽烟的陈叔叔居然也从烟盒里抽出一根烟来点燃，陪着他一起抽。

很快，满客厅都是淡淡的烟味。

宋枝安静地坐着听大人们说话，偶尔看一下手机。更多的时候，她在通过光亮的茶几表面观察闻时礼。

他大多数时候垂眸抽烟，沉默寡言。只有陈叔叔在谈话中提到他的时候，他才会简单地应几声，比如"嗯""对""是"之类的。

话题一转，陈叔叔突然聊到了闻时礼住宿的问题。

陈广轩说："小闻，你先在老宋的家里住几天，我正托人给你找房子呢，用不了多久就能安排好。你放心地专注学业，其他的交给我就行了。"

闻时礼淡淡地"嗯"了一声。

宋枝低下了头，开始抠小拇指的指甲。

其实她觉得，哥哥一直住在她的家里也没什么不好，反正次卧空着也是空着。

陈斯又不乐意了，酸溜溜地说："老爸，为什么老师还要管学生住在哪里啊？你这也太有燃烧自己，照亮他人的精神了吧。"

陈广轩自豪地说："当然，我还指着小闻给我长脸呢，他以后肯定有大作为！"

"……"陈斯冷笑一声，心想一个穷酸的法学生能有多大的作为？

那时候的他真没想到，当初老爸那句没被他放到心上的话，在未来会成真。

陈斯移到宋枝的身边，正准备和她愉快地交流。闻时礼突然起身，并且淡淡地喊了声："小宋枝。"

宋枝看过去："啊？"

闻时礼身材修长，和宋枝隔着两个人的位置。他看向宋枝，目光温柔、和善，说："跟我来一趟。"

宋枝愣了下，然后乖乖地"哦"了一声，站了起来。

陈斯看着宋枝亦步亦趋地跟着那个男人走进次卧，整张脸都很难看。

怎么会有两个人第一次见面他就觉得这么讨厌的人？

陈斯和闻时礼是吧？行，我记住了。

次卧里。

宋枝看着从浴室里拿出吹风机的闻时礼，有点儿不明白："哥哥你要干吗？"

闻时礼看了她一眼，说："给你吹头发。"

"给我吹头发？"宋枝抬手指着自己，"为什么？"

闻时礼觉得好笑，说："这有什么为什么？不吹干头发容易感冒。"

"哦。"宋枝轻声应道。

闻时礼弯腰，把吹风机的插头插在墙上的插座上，然后抬手指了指床的位置："过来，坐在这儿。"

宋枝走过去，安静地坐下，然后开始紧张。

除自己外，只有爸爸、妈妈给她吹过头发，目前还没有第四个人。

宋枝的发尾在肩胛骨的位置，头发不算太长，但发量惊人，像一挂海藻。

闻时礼微凉的手指在宋枝的发丝间穿过，动作很轻柔。他像是怕扯到她的头发，怕她疼。

整个过程中，谁都没有说话。

宋枝在"呼呼"的吹风声里，听到了自己逐渐清晰的心跳声——怦……怦怦……怦怦怦……心潮起伏间，心跳声这么清晰、这么明显，一声又一声。

终于吹完了，闻时礼一边收线一边看着宋枝，问："是不是哥哥开的三挡风太热了？"

"没。"宋枝答道。

"那小宋枝的脸怎么这么红？"

"……"听见男人含笑的问话，宋枝恨不得自己当场死去，不，还是直接原地出殡吧。

啊啊啊，他别这样，她要怎么狡辩才好？

半晌后，宋枝强装平静地说："你开的挡位太高，风太热。"

闻时礼笑道："好吧，哥哥下次注意。"

"……"

宋枝：什么！他还……还……还有下次？

宋枝完全控制不住内心的狂喜，满脑子在想：还有这种好事？

他下次还会给她吹头发吗？呜呜呜他真的很温柔，比妈妈还温柔。

宋枝并没表现出来喜悦，故意云轻描淡写地说："哦，那我这次勉强原谅你吧。"

闻时礼眯眼笑道："谢谢小宋枝。"

"还有。"已经走到浴室门口的闻时礼突然停住，回头对她说，"昨天哥哥答应小宋枝，不在你的面前抽烟。这件事你能不能原谅哥哥？"

宋枝压根儿没在意这件事，连忙说："没关系，哥哥可以在我的面前抽烟。"

"真的吗？"

"嗯。"

闻时礼盯着她看了会儿，耐心地问："那呛到小宋枝怎么办？"

宋枝道："我一般不会被呛到，我爸平时也抽烟，你可以抽。"

重点是他抽烟时很帅，颓废的英俊感拉满。

午饭时间到了。

陆蓉在厨房里忙碌了三个小时，才张罗了一桌好菜。

她招呼众人到餐桌边坐好。

陈斯死皮赖脸地非要坐在宋枝的旁边。宋枝早已习以为常，白了他一眼，没再搭理他。

和昨晚一样，闻时礼坐在宋枝的正对面。她一抬眼，就能看见他好看的眉眼。

没等宋枝偷看闻时礼的心愿被满足，陈斯就凑到她的耳边小声问："你们刚刚在卧室里干吗？背着我玩什么好玩的游戏了？"

陈斯热爱各种游戏——电脑游戏、掌机游戏和手游等。

他总觉得人人都和他一样爱玩游戏，也正因为玩游戏，他的成绩才一直年级倒数。

宋枝懒得理他："没有。"

陈斯非要问到底："那在干吗？"

宋枝觉得他有点儿烦："没干什么。"

陈斯继续问："没干什么是在干什么？"

宋枝无语，然后直接夹了一块鸭肉送到陈斯的碗里，说："饭能不能堵住你的嘴？"

陈斯盯着那块鸭肉，没再说话。

桌上很安静。大人们看了过来。

宋枝一下子觉得不自在，开始反思自己的行为是不是太过分，或者语气太不好了，毕竟陈斯没说什么过火的话，他只是问问她。

她刚准备道歉，陈斯把碗捧了起来。他对着碗里的那块鸭肉，感情饱满地说："这是枝枝给我夹的鸭肉，呜呜呜……真好……我会好好吃的！"

宋枝一时无语。

陆蓉打趣道："看来小斯很喜欢枝枝嘛。"

陈斯说："我当然喜欢她啊，以后是要娶枝枝的！"

听到这句话，宋枝第一时间就去看闻时礼的反应。她不敢太明目张胆，只能抬眼偷偷地看他。

他面无表情，仍在安静地吃饭，眉梢无一丝起伏。

宋枝觉得一颗心开始往下沉，难受了起来。

其实他这样很正常。

她低头看着自己瘦瘦的胳膊和腿，更难过了。

他不会喜欢一个小孩子的，永远不会。

闻时礼刚夹起一根青菜，抬眼看见对面的小姑娘眼巴巴地瞅着他，于是，唇角带着温柔的笑意，轻声地询问道："怎么了，小宋枝？"

"……"宋枝无声地和他对视了半晌，失落感差点儿就从眼角溢出。在努力地克制住情绪后，宋枝说了句："没事。"

闻时礼："嗯？"

宋枝没再说话，自顾自地低下头，用筷子扒拉着碗里的白米饭。她一下子变得毫无胃口。

陈斯伸了一只手过来，压低声音跟她说："枝枝你看。"

宋枝转头道："看什么？"

"这个。"陈斯努了努嘴示意，"看我手背。"

陈斯把手翻了过来。宋枝仔细一看，只见他手背中间血管的位置有一个针孔，便问："这不就是输液留下的吗？"

陈斯故弄玄虚道："你猜我输的什么液。"

"什么液？"宋枝问道。

"想你的液。"

"……"

饭桌上再度安静下来。随后大人们爆发出爽朗的笑声，尤其是陈叔叔："你那不是因为感冒去挂的水吗？什么想你的液？！"

闻时礼也在听到这样一句话后眼角浮出了笑意，虽然笑意就像蜻蜓点水一样轻浅。

见老爸拆自己的台，陈斯放下筷子，据理力争道："现在流行这种甜甜的话，老爸你不懂！唉，代沟真是可怕。"

陈广轩笑道："我不懂你们年轻人。"

"其实……"宋枝愣了两秒后，看向陈斯，"我也不懂你。"

陈斯疑惑地说："你不觉得很甜吗？"

宋枝正色道："不觉得。"

陈斯："不会吧？这明明很甜啊。"

宋枝："明明很油。"

宋枝实在不知道这种句子到底哪里甜了，又看见闻时礼还在笑，心里更加不顺畅，直接撂下筷子站了起来，说："我不吃了。"

陈斯"哎"了一声，疑惑地问："怎么不吃了？"

无论陈斯在后面怎么喊她，宋枝都没搭理他。她直接回到卧室里反锁房门。

回到房间里后，宋枝接到了羊琦姗打来的电话，对方问她下周要不要参加周崇生的生日会。

宋枝没心情，便说："不想去。"

羊琦姗却劝她："去嘛！周崇生专门来拜托我，让我一定要把你叫上。"

宋枝觉得奇怪："那他怎么不亲自跟我说？"

羊琦姗说："可能他不好意思吧。"

宋枝："嗯？"

羊琦姗在电话那头坏笑道："说真的，我觉得周崇生对你有好感。"

宋枝觉得无语，叹了口气，说："得了吧。"

"真的！"羊琦姗试图用事实说服宋枝，"你看，周崇生那个混世大魔王跟谁道过歉？他和高中生打架都不怕，居然主动向你道歉了！"

"……"宋枝马上说出另一个事实来反驳，"他抄作业的时候连我的名字都一字不漏地抄上去，给我道歉不是应该的吗？"

羊琦姗说："这样说也对。"

安静了几秒后，羊琦姗问道："那你到底去不去？周崇生说了，你不用送礼物，人到就行。"

宋枝："不是送不送礼物的问题。"而是她压根儿就不想去参加生日会。更何况，她也没钱买礼物。

宋枝神游，没再听羊琦姗讲什么，不由自主地看向书桌的方向，抽屉里还有她那3672.66元人民币的巨款。

这些钱都是她要给闻时礼哥哥的。她没有闲钱送别人礼物。

"宋枝！"羊琦姗在电话那头吼了起来。宋枝这才回过神来，"啊"了一声，忙道："你说。"

羊琦姗愤怒地说："你在想什么呢？你就当陪我一起去，好不好？我挺想去的。"

宋枝问："去唱歌吗？"

羊琦姗说："嗯！就是去唱歌！"

宋枝就知道要去唱歌。毕竟羊琦姗作为小麦霸，不会放过任何一个唱歌的机会。

想着羊琦姗平时对她挺好的，宋枝不好再拒绝，便道："好吧，那什么时候？"

羊琦姗激动地说："下星期六！"

宋枝无奈地答应了，说："那我陪你去吧，先挂了。"

挂断电话后，宋枝躺在床上百无聊赖地玩着手机。

她点进百度，明明脑中混乱，可手指鬼使神差地在搜索栏内敲出了一句话：喜欢上一个比自己大六岁半的男人怎么办？

宋枝看着那行字，一惊，直接鲤鱼打挺从床上坐了起来，目不转睛地看着屏幕。

她在干什么？

虽然她很不愿意承认，但是可以确定的一件事是，她喜欢上了闻时礼，准确地说，这是只能藏在心底的感情。

宋枝的心跳渐渐加快，浑身的热气往上冒，烫至耳根。

她像个发现了别人秘密的偷窥者。有一点她无法忽略，这个偷窥者是她自己，秘密的拥有者也是她自己。

宋枝翻着屏幕上相关词条的内容，点进去一一查看答案。

最佳答案：

"比你大几岁的男人很好啊，成熟又会照顾人，甚至可能成为你人生的指路明灯。但是你得想清楚，自己对他到底是仰慕还是喜欢，他是哪一瞬间打动了你？最后说一点，如果对方是单身的话，你最好直接表白。"

宋枝默默地把答案看完，在看到最后一句话的时候，人差点儿被吓傻了。

她直接表白？这怎么可以？

她光想想闻时礼那双似笑非笑的桃花眼，就足够社会性死亡八百次了。

呜呜呜，她真的做不到。而且，小孩子说出来的喜欢会被人当真吗？

不会，他只会一笑而过，说不定还会趁机调侃她两句。

万恶的根源，就是她的年纪——十三岁。

她为什么不早出生几年？要是她和他同岁的话，她现在不至于如此苦恼。

宋枝又胡思乱想了一会儿，在那个问题前加了几个字：未成年少女喜欢上一个比自己大六岁半的男人怎么办？

她点击"搜索"。

这一次，跳出来的内容突变：

"清醒点儿吧，妹妹，你确定不是油腻秃头的已婚老男人骗色吗？"

"什么猥琐男啊？！专门盯着小姑娘骗，真让人生理性反胃，吐了。"

"只能说两个字——快跑！"

…………

宋枝退出了百度，把手机放到枕头边，重新躺回床上，陷入了新一轮的沉思。

宋枝突然想到，自己好像还没听闻时礼说过他有没有女朋友。

二十岁的年纪，他有女朋友应该很正常吧。但是他怎么没提过他的女朋友？

他为什么要和她提自己的女朋友呢？

宋枝一边心烦意乱地抓自己的头发，一边扯过粉红豹抱在怀里搓捏，满脑子只有一个问题："闻时礼到底有没有女朋友？"她真的好想知道啊！

敲门声打断了宋枝的思绪。

宋枝一怔，问道："谁啊？"

门外传来闻时礼低沉且清冷的声音："是哥哥，你开下门。"

宋枝心里"咯噔"一下，赶紧下了床。

她跑到落地镜前，把刚刚被自己抓得乱糟糟的头发整理了下，才过去把门打开。

闻时礼站在门外，手里端着一盘精致的桂花糕，说："阿姨在洗碗，这是她让我端给你的。"

"哦。"宋枝接过白色的瓷盘。

闻时礼看着她，淡淡地问了句："刚刚怎么不好好吃饭？"

宋枝答："不想吃。"

"嗯？"闻时礼懒洋洋地往门框上一靠，"为什么不想吃呢？"

宋枝别开有些发烫的脸，小声说："就是不想吃。"

见状，闻时礼干脆俯身弯腰，微微侧脸，目光和她的目光对上，问道："哥哥坐在对面让你倒胃口了？"

宋枝："……"

他的一双桃花眼实在迷人得过分。宋枝离他很近，看着他的眼睛，不由得屏住了呼吸，生硬地憋出一句："没有。"

闻时礼静静地看了她两秒，然后起身，站直身体，用手指点了点盘子，说："那多吃两块桂花糕，别饿着。"

宋枝木着脸道："知道。"

"不对。"闻时礼把头靠在门框上，盯着她说，"我没惹你生气吧，小宋枝？怎么一副很讨厌哥哥的样子？"

宋枝不知道该说什么，只想关门。

谁料门才被推到一半，他的手倏地伸了过来，牢牢地抓住门，同时他喊了她一声："小孩。"

宋枝怕夹到他的手，没继续关门。她没想过即便自己硬要关门，也比不过他的力气。

她抬头看着他，道："干吗？"

闻时礼温声道："哥哥哪里惹你不开心了？你可以说。"

"……"

宋枝心里一团糟，她总不能说自己喜欢他吧！她真的不能说！

一瞬间，宋枝也不知道脑子里哪根神经没搭对，觉得自己今天必须得问清楚，不然今晚、明晚和以后好多个晚上都会睡不好觉。

想到这里，宋枝先看了下客厅，确定没人后，才怯怯地开口："哥哥，我能问你一个问题吗？"

闻时礼相当有耐心，微微挑了下眉梢，示意她随便问。

宋枝深呼吸，然后直接问道："你有女朋友吗？"

"……"闻时礼显然没想到会是这样的问题，觉得有点儿好笑，"你问这个干吗？"

宋枝立马后悔，自己太莽撞了。他会发现吗？

半晌后，闻时礼再次追问她："为什么问哥哥这个问题呢？"

宋枝当场愣住。

几秒后，宋枝开始一本正经地胡诌："我看陈叔叔对你寄予厚望，觉得你如果现在谈恋爱会耽误学习。你不要多想，我就是随口问问。"

"……"闻时礼静静地听她说完，没有立马回答她的问题。他懒洋洋地倚在门上，眉眼清秀却带着倦意，盯了宋枝一会儿，漫不经心地笑道："我认真回答的话，怕小宋枝听不懂。"

宋枝说："怎么会？我没有那么笨！"

"这么说吧。"闻时礼轻轻地笑了下，"哥哥我呢，只适合一个人生活。"

宋枝瞬间抓住了重点："你没有女朋友。"

"嗯。"

宋枝得到了她想要的回答。但很快，她反应过来："等等，什么叫作只适合一个人生活？"

闻时礼笑着沉默，没有再解释。宋枝也没有再问，只暗自在心里庆幸。

他没有发现她不对劲儿。

为了打破沉默，宋枝向他发出邀请："哥哥，你要不要和我一起吃桂花糕？"

闻时礼的目光落到桂花糕上。

"好啊。"他说，"那我能进小宋枝的房间坐一下吗？"

宋枝侧身让路，表示完全没问题。闻时礼随即进屋。

宋枝关上门，把桂花糕放在桌上，好奇地问："哥哥，平时会有很多女孩子找你要微信吗？"

闻时礼反问："微信是什么？"

"……"宋枝愣在原地。不是吧，还有人不知道微信？

这一年，是已经被发布了两年的微信软件大火的一年，几乎所有智能手机的使用者都会下载微信软件。从这以后，人们搭讪时的对话，也从原来的"加个Q吗？"变成"加微信吗？"。

宋枝走到床边，拿起自己的手机，走回闻时礼的面前，按亮屏幕，把微信的标志指给他看："就是这个APP（应用程序），是一个社交软件，现在很多人用。"

闻时礼仔细地看了下，无奈地笑道："我真不知道这个。"

"……"

难道没有女孩子找他要过微信？就他这张脸，这不太可能吧。

宋枝有所不知，其实并不是没人找闻时礼要过微信，而是路上的陌生人和他搭话，无论男女都会被他忽略。

闻时礼这个人嚣张又冷漠，看上去骄傲得不行。

宋枝把手机随手放在桌上，说："其实你可以下载一个微信，挺方便的。"

闻时礼觉得这也没什么，便说："行。"

他把手机从裤兜里摸出来，递给宋枝，说："给哥哥下载一个吧。"

宋枝愣住了。

他要下载微信。那她能不能成为他的第一个好友？她想想就很激动！

宋枝接过手机，低头开始操作。她找到应用商店，输入"微信"二字，选择"下载"按钮开始下载。

进度条跑得很快，没一会儿，微信就被下载好了。

宋枝把手机还给他，平静地说："现在你用手机号注册就行了，以后别说自己不知道微信了，怪土的。"

"嗯？"闻时礼拉过书桌下的椅子坐下，一只手懒洋洋地搭在桌上，拉长声调笑着问她："怎么，嫌哥哥土吗？"

宋枝对上他的目光，脸上越来越热，只好拿起一块桂花糕往嘴里塞，没出声。

闻时礼没再逗她，低头注册微信。宋枝一边咬桂花糕一边看他。

他打字的时候也慢条斯理的，修长白皙的手指在屏幕上滑过。宋枝觉得他这个样子很温柔，握手机的姿势也很好看。

宋枝觉得现在自己才像个精神病患者，还病得不轻，偏偏自己控制不了。

三分钟后，闻时礼注册好微信并成功地登录。他看着空空的列表，然后抬眼看嚼桂花糕的宋枝，说："你刚刚问我，是不是很多女孩子跟我要微信。"

"……"

已经过去的话题他还要翻出来！这让她一下子忘记了咀嚼。

宋枝含糊着道："就是问问嘛。"

"啊——"微挑的眼角带着几丝笑意，他用越发慵懒的语气问，"小宋枝怎么不跟哥哥要微信？"

"……"宋枝慢慢地咽下桂花糕，然后抽出一张纸巾擦手，假装毫不在意的样子反问道，"我为什么要跟你要微信？"

闻时礼吊儿郎当地笑着说："你不算女孩子吗？"

难道是个女孩子就会向他要微信吗？他真自恋。这个老男人要不要脸啊？！

宋枝没想到的是，她还没开口反驳，闻时礼就恍然大悟般纠正自己刚才说的话："你的确不算女孩子。"

宋枝下意识地问："我难道算男孩子？"

闻时礼眉梢一扬，妖孽似的笑道："不就是一个小孩吗？"

"……"宋枝不由自主地握紧了拳头，擦过手指的纸巾被她用力地攥在掌心里皱成一小团。心里蹿起一把火，她好生气。

安静了一会儿，宋枝决定好好地跟他掰扯一下这个问题："再过两个月我就满十四岁了，从法律的角度来讲，年满十四岁已经具有……"话刚说了一半，宋枝忽然卡壳了。

宋枝忘记了接下来的词应该怎么说，也忘记了她面前坐着的是个被陈叔叔赞不绝口的法学院的研究生。

她反应过来时，觉得很尴尬。

闻时礼含笑看着她，眼神里没有任何不屑和讥讽之意，然后慢条斯理地把她没说完的话补全："具有限制民事行为能力。"

宋枝接着往下说："对，所以你不能再把我当小孩了。"

闻时礼说："你不是还没满十四岁吗？"

宋枝一时找不到话来反驳。闻时礼看她不说话，更是慢悠悠地笑着"补刀"："你不是小孩子是什么呢？"

宋枝怒道："反正不准再叫我小孩！"

闻时礼道："好的，小孩。"

"行！"宋枝干脆破罐子破摔，把手里的纸团丢进脚边的垃圾篓，"那我就叫你老男人，这样才公平。"

闻时礼忍着笑意："这么斤斤计较啊？"

他居然说她斤斤计较！宋枝刚想继续和他掰扯，就听见闻时礼的手机传出了一声短促的声音——微信有新好友添加的提示声。

谁这么快加他？

闻时礼垂眼看向手机，按亮屏幕，点进微信。宋枝忍不住偷看。

两个人离得很近，半米左右。所以宋枝能清楚地看见他的手机屏幕，手机正显示微信主界面，下方通讯录的位置有一个小红点。

他的手指挪过去，点了下。

屏幕跳到最上面的那一栏：新朋友。这是好友的验证。

闻时礼点进去。

"咪姐通过手机通讯录请求添加你为好友。"

咪姐……等等，就是昨天给他打电话的那个女人？破锣嗓子的有钱的女人！

宋枝的小脸唰的一下变白，眼睛死死地盯着屏幕，嘴唇紧紧抿着。她表现出一种兵临城下的紧张感。

眼见闻时礼的手指已经挪了过去，宋枝想也没想就直接伸手抓住了他的手指。

小姑娘白嫩的手指轻轻地缠绕住了男人修长的食指。闻时礼的动作一顿。

他们两个人的体温完全不同，他似凉水，她像温流。

他缓缓地抬头与她对视。两个人四目相对时，宋枝无疑是心跳加速到要爆炸的那一方。

她觉得喉间发紧，张了张嘴，紧张地道说："你不能加她。"

"嗯？"

宋枝详述原因："你答应过我拒绝她的，所以不要通过她的微信好友申请。"

闻时礼忍俊不禁。他的笑声低沉、悦耳。

宋枝生气地说："你笑什么？"被有钱的女人盯上又不是什么好事，有什么好笑的？

"就觉得——"闻时礼抬起另外一只手，亲昵地捏了捏她的脸颊，"小宋枝紧张的模样怪可爱的。"这话他说得倒是半点儿不违心。

习惯被他逗弄的宋枝突然被夸，一时愣住了，不知该如何反应。

见她呆萌的模样，闻时礼垂下手，脸上的笑意加深了，说："哥哥就看看是谁，没准备通过。"

怔了好一会儿，宋枝才别过脸道："哦。"他怎么不早说？！

"所以，小宋枝你……"

"我干吗？"

闻时礼慢悠悠地说："你准备要握哥哥的手多久？"

宋枝垂眸，看见自己正紧紧地握着男人的手指，没有一点儿多余的空间。她的四根手指正好把闻时礼的大拇指完全握住。

宋枝的掌心沁出了汗。

她把他握得这么紧是什么时候的事情？她自己怎么不记得？出格，这件事实在太出格了！身体怎么能不听大脑指挥行动呢？宋枝尴尬得浑身发麻。

慢吞吞地松开闻时礼的手指后，宋枝把桂花糕推了过去，想借此消除尴尬："你吃。"

闻时礼没有拿桂花糕，而是低头盯着屏幕问："她是怎么找到我的？"

"用手机号搜索。"宋枝把手伸过去，帮他点"设置"，再解释，"在这里，你可以设置别人添加你的方式，只要把'手机号'这一项关掉，别人用手机号就搜索不到你的微信了。"

"原来是这样。"

"你现在关掉用手机号添加的方式。"宋枝拿起自己的手机，点开微信，"我试给你看，你的手机号多少？"

闻时礼："166×××××××××。"

宋枝跟着他的语速把最后一个数字输完，然后把手机拿到他的面前，说："你看，我现在搜的话就搜不……"

她话还没说完，屏幕上就跳出了闻时礼的微信。他的微信还是原始头像，昵称是一个字母：W，这是他姓氏的拼音的首字母。

她怎么搜出来的？

宋枝茫然地抬起头："是哪个环节没对？明明不该搜出来的。"

闻时礼淡定地说："因为我还没关。"

"……"宋枝看了一眼屏幕，又看向他，"你干吗不关？"

闻时礼唇角微勾，道："这不是等着小宋枝加我吗？"

"……"宋枝一时竟有些尴尬。

这个老男人到底怎么回事？她破防了，呜呜呜……顶不住，顶不住，她根本顶不住。谁能顶得住？

他顶着这样一张妖孽的脸，在冲她笑，还笑得这么摄人心魄，话里有不自知的撩意。

他自己真的不知道吗？哦，他有可能真的意识不到。

他完全把她当小孩逗。宋枝想到这里，刚泛上来的心潮瞬间平息，脸色难看，生硬地说："谁稀罕加你的微信啊？！"

宋枝刚把最后一个字说完，手指一颤，不小心点到了"添加"且发送了——"请求添加 W 为好友"。

紧跟着，闻时礼的手机发出了新的提示声，表示有新的好友申请。

宋枝："……"

她真想当场买一张逃离地球村的火车票，不用座位票，站票也行，只想立马消失。

闻时礼的笑意中带着几分玩味，他滑到新的好友申请界面，看到宋枝的昵称，薄唇微启，念了出来："人间绝绝子小仙女。"

"……"宋枝现在不奢求站票了。谁能给她一张挂票吗？她被吊着离开也不是不可以。

现在改名字好像也不太可能，她只能脸皮厚点儿了。

宋枝故意忽视他含笑的眉眼，说："怎么，难道我不是？"

闻时礼像被她的小骄傲打败了，无奈地摇头，失声笑道："是，小宋枝是'人间绝绝子小仙女'。"

"……"

宋枝真的不明白。他为什么要重复这个昵称？他简直是把她的脸皮丢在地上反复摩擦。

宋枝为了挽回一点儿面子，微微地抬了下自己的小下巴，说："我只是不小心点到了，你可以不通过，反正我没有很想加你的微信。"

"是吗？"他懒洋洋地问了一句，然后随手点了"通过"。

宋枝低头看了下手机。界面显示——"我通过了你的朋友验证请求，现在我们可以开始聊天了"。

宋枝微微一屏呼吸，然后放松了下来，重复道："我都说了不想加你的微信。"

闻时礼笑着说："哥哥想加你的微信，行了吗？"

宋枝摸了摸屏幕，没有回答。

随后，闻时礼收起手机站了起来，把手按在宋枝的头上拍了拍，说："哥哥有事得出门，再见。"

宋枝忙道："桂花糕你还没吃。"

"下次。"他说。

清瘦的男人的身影离开她的目光，她自己在桌前站了很久。

她一直在看微信界面。

自己是他的第一个微信好友，宋枝觉得心里甜滋滋的，周围的空气也跟着变甜了。

看了一会儿，宋枝决定把自己的微信名改一下。

她想了半天，最后改成了"三好学生"，心想：这样总不会再被他嘲笑了吧？

改完微信名，宋枝开始纠结给闻时礼备注什么名字。

在经历了"漫长"的思考后，宋枝终于做了决定。她毫不犹豫地敲下了三个字——老男人。

哼！谁让他老叫她小孩？

宋枝对这个备注相当满意，唇角翘得厉害，哼着小曲蹦到了床上，来回滚了几圈，躺在床上把手机高高地举了起来，看了又看。

尽管今天的一系列事情让她觉得十分尴尬，但还是有件值得她高兴的事情——她是他的第一个微信好友。这无比特殊。

宋枝真希望自己快点儿到十四岁生日。到时候她就能理直气壮地和他争辩，告诉他自己不是小孩，而是一个亭亭玉立的少女。

到时候他看她的目光会不会少点儿调笑之意，多点儿认真呢？

清明后，宋枝返校。

校园里弥漫着浓浓的"假期综合征"的气息，学生们没有精神，上课时十分消极。

周四和周五有月考。

考试这两天，宋枝总觉得肚子隐隐作痛，却不是要拉肚子的那种痛。因此，她考试时状态不佳，考完最后一科，就知道自己年级第一的名次可能不保了。不过她没太往心里去。

周五一放学，宋枝就迫不及待地回家——她整整一周没见到闻时礼了。

她向陆蓉旁敲侧击地问过闻时礼。陆蓉告诉她，闻时礼平时住校，节假日才会回来住。

想到不能天天一回家就看到闻时礼，宋枝心里多少有点儿失落。

今天是周五，所以她想着，他可能会回家。她得赶紧回去。

宋枝的脚步太急，连后面有人叫她的名字她都没听到。

周崇生把她拦下："宋枝，你跑这么快干吗？累死我了。"

宋枝不得已停下："你有什么事情吗？"

周崇生穿着蓝白色的球衣，抱着篮球："就那什么……你别忘了。"

宋枝疑惑地说："忘了什么？"

"明天是我的生日啊。"周崇生挠了挠头，有点儿震惊的样子，"你不会已经忘了吧？"

宋枝说："我没忘啊。"

周崇生松了一口气："那就好。"

宋枝点点头，说："那我先走了。"

"好。"

宋枝没再逗留，直接奔向公交车站台，只留周崇生在原地。

他看着小姑娘的白裙消失在街角处，良久没有抬脚离开。

周崇生的一个哥们儿张松跑过来，一把钩住了他的肩膀，说："干啥呢，周崇生？看咱们宋学霸看得眼睛都直了。"

周崇生二话没说给了张松一脚："说什么呢？！"

宋枝火急火燎地赶回了家。她一进门，把书包往门边的柜上一撂，直奔厨房。

厨房里，陆蓉正在炒青菜，撒盐时，转头看见了门口的宋枝，问道："今天怎么回来得这么早？"

宋枝问："妈妈，闻时礼哥哥回来了吗？"

陆蓉放下盐罐，锅铲没入青菜里："没回来呢，怎么啦？"

宋枝抿唇，沉默地掉头走了。

陆蓉："这孩子……"

宋枝的心情直接掉到了谷底。

他为什么周五都不回家，研究生的课业很繁重吗？他忙到回一趟家的时间都没有？

还是说，闻时礼根本没有把这里当他的家，所以回不回无关紧要？

可能阴阳怪气是女孩子的天性吧。晚饭过后，宋枝一回到房间里就发了一条相当阴阳怪气的朋友圈内涵闻时礼：

只有不听话的野孩子才不回家！

2013 年 4 月 12 日 20：29

她还配了熊猫头和翻白眼的图片。

晚上十一点的时候，宋枝睡前躺在床上翻朋友圈，看新增的赞和评论，想看看有没有闻时礼的回复。

很多人评论了那条朋友圈。

陈斯："枝枝说什么都对，今晚做梦要梦到我哟。"

羊琦姗："谁不回家啊？"

周崇生："什么意思，我怎么看不懂？记得明天来参加我的生日会啊！"

…………

宋枝一一看过，滑到最后都没发现闻时礼的痕迹。

老男人是不是不看朋友圈？

宋枝想到自己上周才帮他下载了微信，突然意识到一个问题——他不会连朋友圈的入口都找不到吧？

老男人，呵呵，除了脑子好使，其他一无是处，还傲慢得不行。

宋枝的思绪在这里停住。她决定给他发微信，明确地告诉他朋友圈的入口在哪里，以免他看不到她发的内容。

宋枝先把微信的主界面截图，然后把朋友圈的入口"发现"用红笔圈起来，点进和闻时礼的对话框，正准备发送图片的时候，停下了动作。

她总觉得不太妥当。她这样会不会太刻意？

她这不就是在提醒闻时礼快点儿看她那条含沙射影的朋友圈吗？

他会不会觉得她奇怪啊？而且他还会发现她想见他。

纠结了二十分钟，宋枝慢慢地放下了手机，关灯，钻进被窝里，抱着粉红豹，心里空落落的。

到底是从什么时候开始，她会这么迫切地想要见到一个人？只要见不到他，她就抓心挠肝一样难受。这种感觉让她难受得要命。

夜里失眠的宋枝睡到了第二天中午。

她刚洗漱完走出房间，就听到门铃在响。宋枝的神色一滞。闻时礼回来了？

陆蓉正准备去开门的时候，一股风从她的身边经过。

陆蓉定睛一看，宋枝飞快地往门口跑去："妈妈，我来开门！"

陆蓉觉得好笑，问："开个门这么激动干什么？"

宋枝没理会，现在满脑子都被要见到闻时礼的喜悦念头冲撞着，急忙把门拉开。

"哥——"她的话瞬间收住。

羊琦姗站在门外，笑容灿烂地向宋枝打招呼："宋枝，我来啦！"

宋枝没反应过来："怎么是你？"

羊琦姗被她问得一脸蒙，愣了下，说："昨晚我发微信跟你说了啊。我说我来你家找你，然后一起去唱歌的地方。"

宋枝有些失望地说："我没注意。"

宋枝昨晚真的没看微信消息，只顾着一个人黯然神伤、辗转难眠。

那种失落又难受的感觉再次涌上心头，宋枝觉得鼻尖有点儿酸，却克制住了情绪，侧身给羊琦姗让路："你先进来吧。"

羊琦姗随即进屋，向坐在茶几旁的陆蓉打招呼："阿姨好。"

陆蓉笑眯眯地说："琦姗又长高了，吃中午饭了吗？一起吃吧。"

羊琦姗乖巧地答应："好呀，谢谢阿姨。"

羊琦姗到宋枝家中玩过很多次，和陆蓉比较熟悉，因此没太拘谨，打过招呼后就拉着宋枝回房间里玩。

一进房间，羊琦姗就指着书桌右上角的位置问："我记得这里有个金色的猪猪，猪呢？"

宋枝答道："砸了。"

羊琦姗问："砸了干吗？"

宋枝觉得心里的石头越来越重，被折磨得说话都费劲儿，声音也变轻了："我要用钱。"

羊琦姗顿感好奇："你要买什么东西吗？"

"不是。"宋枝否认。

羊琦姗继续问："那要干什么呀？"

她要给一个连家都不回的老男人"赎身"。那个没心没肺的老男人真是毫无良心。

宋枝早已在心中把闻时礼骂了八百遍，然后慢吞吞地开口："没什么。"

羊琦姗注意到了她不对劲儿："宋枝你怎么了？看上去心情非常不好，谁惹到你了？"

宋枝低头道："没什么。"

"说嘛！我倒要看看是谁惹你不开心！"羊琦姗说，"是不是初三的陈斯啊，到处跟人说和你定了娃娃亲的那个人？"

宋枝答道："不是陈斯。"

"那……"羊琦姗想了想，实在没有头绪，"那你直接跟我说嘛！谁让你变成这样的？

我帮你揍他！"

宋枝停顿了几秒，道："不现实。"

羊琦姗撇了撇嘴，说："怎么不现实啊？我是认真的！"

几秒后，宋枝的脑海中浮现出男人顾长清瘦的身材。她无比认真地回答羊琦姗："你打不过他。"她说完后还指了指自己。

羊琦姗不明白她这个动作的意思，疑惑地问："你能打过他？"

"什么啊？！"宋枝丧气地跺了跺脚，"我是想说，再加上一个我。我们俩一起都打不过他。"

"这么厉害啊！"

宋枝点了点头："就是这么厉害。"

"那……那你离那个人远点儿，打不过就跑总会吧？"

"嗯。"宋枝口头应着，心里却完全不是这么想的。

她不想离他远点儿，反而想离他近一点儿，更近一点儿。

和羊琦姗一起在家中吃过中饭后，宋枝带上一把遮阳伞准备出门。

出门前，羊琦姗忽然想到了一件事，便说："对了，去唱歌的钱大家 AA 制。周崇生本来说他请客，但他不让大家送礼物，所以我们就决定 AA 制了。"

宋枝问："多少钱啊？"

羊琦姗说："这要最后结账的时候才知道，你先带 100 元吧，我也带了 100 元。"

宋枝把伞塞给羊琦姗，回房间拿钱。她拉开书桌抽屉，看着里面整齐放着的 3672.66 元人民币，怎么也下不去手。

这些都是要给哥哥的，她不能动。

一分钟后，宋枝关上抽屉，离开卧室，推开了旁边书房的门，看着在电脑桌前写剧本的陆蓉，可怜巴巴地开口道："妈妈，我想要 100 元钱。"

陆蓉摘下防蓝光的眼镜，抬头看她。

宋枝从没主动开口要过钱，这是第一次。

陆蓉温和地问："枝枝，妈妈打扫你的房间的时候，发现金猪存钱罐不见了，里面的钱你都用光了吗？"

宋枝答道："没有，但是那些钱有别的用处。"

陆蓉是一位开明的母亲，听到宋枝这么回答，没有多问什么，只说："那你去妈妈的房间把钱包拿来。"

宋枝乖乖照做。

接过宋枝拿来的钱包，陆蓉取出一张 100 元的钞票，递给宋枝，说："钱是不能随便花的，要用在正确的地方，枝枝能懂吗？"

宋枝点头，说："谢谢妈妈，我知道。"

陆蓉摸了摸她的头，笑着说："去玩吧，晚上十点前回家。"

"嗯嗯。"

宋枝退出书房。

羊琦姗还在客厅里等宋枝，看见她出来，便上前挽住她的胳膊，问："我们现在去？"

宋枝说："走吧。"

外面艳阳高照。明明才四月，莲庆已经热得不同寻常，今日气温高达三十六摄氏度。

两个人在家附近的公交站等车。宋枝坐在阴凉处的不锈钢长椅上等车。羊琦姗则一个劲儿地张望着公交车来的方向，念叨着车怎么还不来。

又等了好一会儿，宋枝看着正前方被烤出蟹壳青色烟的柏油马路，问："我们为什么要在最热的时候出来？"

羊琦姗说："那家唱歌的地方有点儿远。"

"多远？"

"坐公交车的话三个小时。"

"什么？"

宋枝转头，对上羊琦姗的目光："具体的位置在哪儿？"

羊琦姗说："城北商业街。"

"……"宋枝顿时觉得头痛，不耐烦地说，"周崇生和我有仇吗？把地方定得这么远，我家在城南。"

为了唱歌，她要穿过一座城市，还是这么热的天，真厉害。

"他可能不知道你家在这边吧。"羊琦姗解释道，"没事，公交车上凉快，上车后就不热了。"

宋枝没有再说话的欲望。二人沉默着等车。

早知道要坐这么久的车，她一定不会出来，但现在反悔已经来不及了。

宋枝只能接受现实，被燥热折磨着。

707 路公交车终于到站。

宋枝几乎是用冲刺的速度奔上车。置身冷气中的她如获新生，长舒了一口气。

也许是因为今天太热，出行的人不多，车上的空位置有很多。

宋枝就近坐下，对羊琦姗说："就坐在这儿吧，车后面晃得人恶心。"

羊琦姗答应道："好。"

歇了一会儿后，羊琦姗突然激动起来，一把抓住宋枝的胳膊："对了！"

宋枝被吓了一跳："啊？"

"听李倩说，唱歌的地方新来了一个巨帅的服务员！"羊琦姗双眼放光，"据说那个男服务员的颜值可以吊打百分之九十九的男偶像！"

宋枝觉得这种话里的水分太多："假的吧。"

还吊打百分之九十九的男偶像，怎么不说百分百，对方真能吹。

羊琦姗还在扯宋枝的胳膊："真的！"

宋枝示意她冷静："你又没亲眼看见过那个服务员，不要这么激动。"

"……"羊琦姗松开她,觉得没趣,"宋枝,你对帅哥不感兴趣吗?"

宋枝说:"感兴趣啊。"前提是对方得帅过闻时礼,否则显得太逊色了。

三个小时后,宋枝头重脚轻地从707公交车上下来,过长的车程让她有点儿犯恶心。

她立马撑开遮阳伞,和羊琦姗往城北商业街走去。

唱歌的地方在城北商业街的标志性建筑的三楼。

电梯门一开,宋枝和羊琦姗就看见了那炫彩夺目的招牌。

宋枝被羊琦姗挽着胳膊,一边走一边低头收拾遮阳伞。

伞被收拾到一半的时候,二人一同踏进去。宋枝的左上方传来男人有些疲倦的嗓音:"欢迎光临。"

宋枝的脚步顿住,手里的伞一下子掉到了地上。

她没有弯腰捡伞,而是第一时间抬起了头,看向声源处。

下一瞬间,宋枝便看见了一双眼角微挑的桃花眼。

她瞬间变缓了呼吸,周围空气的流动速度似乎也变慢了。其他的物品自动成为男人的陪衬,他这么惹人注目,真让人移不开目光。

男人穿着一身纯黑色的西装,宽肩窄腰,长腿笔直,眼睛黑白分明,目光微垂,落到宋枝的脸上,直盯着她的眼睛。

他的唇角缓缓露出温柔的笑意。

二人继续对视。

宋枝想到了羊琦姗在公交车上说的话:"那个男服务员的颜值可以吊打百分之九十九的男偶像!"

她收回自己在公交车上说过的话。

什么百分之九十九?他直接吊打百分之百的男偶像!

看呆的人不只有宋枝。羊琦姗直接捂住了胸口,另一只手扶着旁边的墙,身体直往下滑:"我不行了,要晕了……"说完,她指了下闻时礼。

宋枝正色道:"我来给你做人工呼吸。"

羊琦姗听到宋枝要给她做人工呼吸,滑落的身体顿时停住:"突然觉得没那么晕了。"

宋枝皮笑肉不笑地说:"不晕就好。"羊琦姗捂住胸口站好。

闻时礼弯腰把掉在宋枝脚边的遮阳伞捡起,慢条斯理地收拾好。然后,他把伞递到宋枝的面前,温柔地说:"小孩,你的伞掉了。"

宋枝沉着脸接过伞。他怎么又叫她小孩?

出于报复的心理,下一秒,宋枝露出灿烂的笑容,用超级甜美的声音说:"谢谢叔叔!"

"叔叔?"闻时礼眉梢一扬,看他的表情,像是不敢相信。

宋枝点头:"是的,叔叔。"

旁边的羊琦姗轻轻地拉住宋枝的手腕,凑过来小声说:"你是不是搞错了?冲着这么一张帅到爆炸的脸,你怎么喊得出'叔叔'这种称呼的?"

宋枝面不改色，说："也就一般吧。"

羊琦姗："……"

他也就一般吧，就一般，一般。

尽管闻时礼曾被数不清的人夸过好看，但听到宋枝说他长得一般的时候，心里还是忍不住发堵。

男人的喉间溢出两声低笑，他随即俯身，与宋枝平视，静静地凝视着她的眼睛，然后一字一顿地问："哥哥长得一般？"

宋枝点头肯定："一般。"

"……"

两个人静默片刻。

闻时礼仔细地看着她的眼睛，意味不明地"啧"了一声，吊儿郎当地笑道："年纪轻轻，眼睛却不太好。"

宋枝露出纯真的笑容，道："没想到叔叔又老又自恋呢。"

闻时礼被小姑娘的话逗得直乐。他直起腰，垂眸含笑看着宋枝，认命般道："行，哥哥丑，好不好？"然后，闻时礼用手指亲昵地刮了刮她的鼻尖。

"……"

他在干什么啊？

宋枝大惊。大庭广众之下，他这不是故意让她难堪吗？这老男人有毒吧！

宋枝警惕地后退了一大步，拉开两个人的距离。

旁边的羊琦姗却露出了一脸羡慕的表情。她看了一眼男人修长的手指，咽了下口水："这个帅哥哥，你能不能也刮我一下？"

闻时礼英俊的脸上笑意不减，他却用最温柔的语气说出了最无情的话："不能。"

羊琦姗竟然凑了过去："为什么不能啊？你这样对顾客算差别对待吧！"

闻时礼淡淡一笑："我……"

宋枝立马打断他的话："我们走！"没等闻时礼把话说完，宋枝便一把拉过羊琦姗，风一样地离开了。

羊琦姗十分不舍："等等啊，我还没看够呢。"

"有什么好看的？"宋枝强压住自己乱跳的心，"我觉得一般，他真的一般。"

"哪里一般？"

"所有。"

"……"

没想到宋枝会这样回答，羊琦姗瞪大了眼睛："宋枝，我第一次发现，你的眼睛长在头顶上。你和那个服务员认识吗？"

宋枝立马否认："不认识。"

羊琦姗顿时觉得奇怪："不认识？那为什么他对你那么亲昵？和你说话的语气也不一样。"

宋枝心虚地移开目光："我哪里知道。"

下一秒，没看路的宋枝撞到了一个人的身上，准确地说，是撞到了一堵肉墙："哎——"

宋枝捂着额头停下了脚步，抬眼便看见一个很胖的中年女人站在她的面前。

宋枝只能用很胖来形容她，她胖到一个人能抵三个宋枝。

这个中年女人看上去四十多岁，烫着一头金色的卷发，皮肤很粗糙，毛孔也很大，双颊上有红黄混合的雀斑，或许是过胖的原因，五官挤在一起，身上还穿着土极了的大红色碎花连衣裙。

这一瞬间，宋枝想到了钱锺书先生的《围城》里有一句话：对于丑人，细看是一种残忍。这是很贴切的一句话。

女人与头发同颜色的黄眉毛皱了起来，她恶狠狠地盯着宋枝："臭丫头不会道歉吗？"

宋枝被吓得一激灵："对……对……对不起。"

女人站着没动，仍瞪着宋枝。

宋枝怕得要命，连忙说："对不起阿姨，我真的不是故意的。"

"阿姨？"女人像被捅到死穴，指着宋枝骂道，"你瞎吗？我哪里像阿姨？"

"……"

她哪里都像阿姨啊。但宋枝不敢说，怯懦地往后退了半步，女人得寸进尺地说："道歉！"

宋枝的耳根涨红了，心突突地跳。她被吓得一时间张不开口。同样被吓到的羊琦姗很讲义气地小声开了口："她不是故意的……"

"你闭嘴！没和你说话！"

羊琦姗被吓得一愣，直接噤声。

两个十三岁的小姑娘没见过这样的阵仗，完全不知所措，只得缩在转角处。

女人怒道："我让你道歉！"

她很用力地推宋枝的肩。宋枝瘦弱的身板根本受不住这样的力道，她被推得往后倒去。羊琦姗都没反应过来去拉她。

自己就要摔倒，宋枝已经做好了屁股撞地的准备，疼痛感却没有到来，反而落进了一个结实的怀抱。

她下意识地低头。宋枝看见自己的腰上横着一条黑色袖子的手臂。从制服的袖口伸出来的手指白皙修长，根根分明。

闻时礼的笑声自她的头顶落下，他把每个字都说得相当漫不经心："抱歉啊咪姐，我家的小孩不懂事，冲撞您了。"

"……"宋枝觉得听到他的声音时呼吸都要停止了，心也跳到了嗓子眼儿，像随时能跳出来一样。

宋枝的鼻间是他身上清淡的皂香味，还有似有若无的烟草味。这些味道搅得宋枝心神不宁。

闻时礼没有一直抱着她，见她站好后便松开了，然后握住宋枝的手腕，不动声色地把她拽到他的身后站着。

宋枝乖乖地躲在他的身后，只敢露出半张小脸去看对面的女人。

原来这就是咪姐。

那通电话里油腻的声音仿佛还在耳边，宋枝觉得十分恶心。

闻时礼的出现让原本凶神恶煞的咪姐瞬间换了表情。她的表情就像晴雨表一样切换迅速。咪姐眉开眼笑，问："小闻呀，这是你妹妹吗？"

闻时礼说："嗯。"

"那就没什么大事了！"咪姐说，"但我也不能这样白白算了，你来我的包间里陪姐喝几杯，这件事就算了。"

宋枝听得满脑子里都是问号。

她就轻轻地撞了对方一下而已，又没有撞伤，他为什么要陪酒？这好奇怪！

宋枝心里很怕，但还是深吸了一口气，准备上前讲讲道理。正当她准备迈出脚步时，男人的大手落下，按在了她的头顶上。

"……"

闻时礼制止了她行动，温柔和善地笑着："没问题。"

咪姐似乎没想到他会答应，双手一拍，高兴地说："行，你去318号包间等我，我去下洗手间就去318号包间。"

"好的。"他笑道。

咪姐的身影消失在走廊尽头的洗手间里。

闻时礼抬脚欲走，却被宋枝拉住。

他垂眸，看见小姑娘轻轻地拉住他黑色的袖口。眼睛湿漉漉的，她像是随时能哭出来："哥哥，你不要去。"声音听着委屈得很。

闻时礼露出安抚性的微笑，双手轻轻地提了下西装裤的裤管，然后单膝蹲下，抬头看着宋枝，温和地说："没关系，小宋枝不要难过。"

宋枝摇头："我就是不要你去。"

闻时礼抬手，很轻地拍了拍她一侧的小脸蛋："哥哥不想看小宋枝受委屈，明白吗？"

宋枝哽咽了一下，说："你就让自己受委屈吗？"

"怎么会呢？"他耐着性子和她讲道理，"只要小宋枝不委屈，哥哥就不会觉得委屈，喝几杯酒算什么？我的酒量好着呢。"

宋枝的眼眶酸酸的，她刚想抬手揉，就被闻时礼拉住手："别用手揉，脏。"

"哦。"宋枝放下手，"你的酒量真的很好吗？"

"当然。"闻时礼眯眼浅笑，"哥哥从来不骗小孩。"

宋枝觉得心稍稍放下了一点儿，但还是有点儿担心那个油腻的胖女人，决定问得更清楚些："哥哥，你能喝几瓶？"

然后，闻时礼向她比了一根食指。

宋枝看得心惊："就一瓶啊？"

闻时礼道："嗯？"

宋枝看了一眼他的手指，又看他的眼睛，认真地问："你的酒量就是一瓶酒啊？"

听到这话，闻时礼愉悦地笑出了声，肩膀轻颤着，直接屈起那根食指，用指节在宋枝的脑门上轻敲了一下："小宋枝真笨。我这不是酒量就是一瓶的意思，而是能一直喝的意思。"

"真的还是假的啊？"

闻时礼说："真的。"

宋枝问："那你醉了怎么办？"

闻时礼盯着她，像在深思。半晌，他才骄傲地吐出三个字："不可能。"

"……"

宋枝还是决定相信他。他说过不会骗小孩的。

等闻时礼起身离开后，旁边的羊琦姗小步移动到宋枝的旁边，问："你真的不认识他吗？他真的对你温柔极了！"

宋枝摊牌："其实我们认识。"

羊琦姗震惊地捂住了嘴。震惊过后，她开始对宋枝一顿狂轰滥炸：

"你们怎么认识的？

"他多大？

"家在哪里？"

宋枝："……"

宋枝心情欠佳，没有回答的欲望，没回答羊琦姗的问题。

她不回答其实还有另外一个原因，与其说是原因，不如说是私心，私心到她甚至不想和别人聊他。仿佛这样，他就只是她一个人的秘密，是她偷偷藏在心底的秘密。

最后，羊琦姗问："宋枝，你有没有他的微信啊？有的话推给我！"

宋枝说："没有，他不用微信。"

"让他下载一下微信。"

"他不想。"

羊琦姗嘟了下嘴："为什么不想？现在，这么多人都用微信。"

"可能……"宋枝若有所思地说，"他又老又笨吧，不会用微信。"

毕竟闻时礼连朋友圈的入口都找不到，这和不会用微信有什么区别？

老男人的智商不过如此。

羊琦姗觉得奇怪："连微信都不会用啊？成绩一定很烂吧，幸好他有张好看的脸。"

"嗯。"

如果莲庆理综满分的高考状元成绩算烂的话，那就算吧。

第三章　玫　瑰

包间里，四班的一群人唱得正嗨。宋枝捧着杯西瓜汁坐在角落处，时不时看一眼手机屏幕上的时间。

现在是七点整，距离闻时礼进那个女人的包间陪酒，已经过去了两个半小时，她也不知道他有没有吃亏。

一杯西瓜汁慢慢见底，宋枝有点儿想上洗手间。等宋枝刚刚站起来，正好唱完一首歌的羊琦姗就放下话筒，走过来问："宋枝，你要去哪里啊？"

包间里的音乐震耳欲聋。

宋枝怕羊琦姗听不清，凑过去提高音量："我想去趟洗手间！"

下首不是麦霸·羊的歌，所以羊琦姗扯着嗓子指了指门，吼道："我陪你一起去！"

宋枝点点头。

两个人挽着胳膊出了包间。

包间的旁边有安全通道，经过安全通道的时候，宋枝看见安全通道里有一男一女。男的往女的的胸口塞了一卷红色的钞票，然后搂着女人往楼上走。

洗手间里。

没想到这里卫生间的环境挺好的，白色的地板被打扫得十分干净，还点着香薰，没有任何异味。只是隔间有点儿少，总共四个隔间，三个隔间有人。

宋枝进入最里面的隔间，反锁上门的时候，听到旁边门被打开的声音。

开门声伴随着沉重的高跟鞋声，以及熟悉的破锣嗓子的女人的声音，她说："我灌了他四瓶朗姆酒，他居然还能面不改色地坐着，老娘快要醉了，他还没醉！"

"……"

宋枝听出这是咪姐的声音。咪姐在灌闻时礼酒。

她心里一下子难受极了，脑海里浮现出男人含笑温柔地安慰她的样子。

四瓶烈性的朗姆酒下肚，他还好吗？

外面传来女人洗手的水流声。与此同时，另外一道中年女人的声音在隔间外响起："咪姐，您放心，他已经喝过我兑迷药的酒了，半小时内见效。这会儿您回去，估计时间就差不多了。我已经帮您把房间安排好了，516号房间。"

"哎呀，还是小王办事妥当！"

"帮咪姐办事，肯定得用心！"

"不过有件事挺奇怪的。"

小王问："啥事？"

咪姐说："他从来不陪酒的。上回我把钱砸在桌上，说一万块钱一杯，他都不肯陪我喝，今天他真的很反常。就因为今天他妹妹撞到我身上，他就愿意陪我喝了。"

宋枝："……"

水流声停止，女人说说笑笑着离开了洗手间。

宋枝在隔间里快窒息了。她听到了什么？

闻时礼现在已经被下药了，并且药很快就起效了。只要等他晕倒，那个咪姐就能为所欲为。而闻时礼这样做的原因，就是为她。

那个女人说，他以前从不陪酒，一万元一杯他都不陪，今天却因为帮她去陪酒了。

宋枝不禁捂住胸口，觉得心脏像被刺伤一般疼痛，难受得不行。

她只知道，自己不能不管，不能让咪姐达到目的。

从洗手间出来，宋枝直接跑回了包间拿手机。大家在包间里玩得正开心，几乎没人注意到她的异样。只有周崇生看到她后走了过来，问："怎么了宋枝？"

宋枝攥着手机，说："我临时有点儿事，要先回去。"

周崇生"啊"了一声，有点儿失落，问："不再玩一会儿吗？"

"嗯。"宋枝说，"我先把钱给你。"

她说着把手机壳打开，里面却空空如也，钱明明被放在这里！

周崇生沉默片刻，像是注意到了她的窘迫，说："没关系，不用着急给我钱。"

"那回头我补给你。"宋枝着急，语速也变快了，"那我先走了。你接着玩，不用管我。"

她说完直接出了包间，连跟其他人道别的心思都没有。

过道上，出包间还不到十秒的宋枝迎面撞见了咪姐。

她吓得直接躲进了旁边的安全通道里，握手机的手紧张得发抖。

宋枝，不要紧张。

现在闻时礼哥哥有危险，她得救他。

宋枝不停地给自己做心理建设，深呼吸两次后，壮着胆子探出了脑袋，偷看外面的情况。

她看见咪姐肥大的身体正往电梯的方向去。咪姐的后面跟着两个胳膊上有龙虎文身的青年男子，这两个男子同时用胳膊架着一个身穿黑色制服的男人。

宋枝定睛一看，确定中间那个被架着拖行的男人就是闻时礼。他已经陷入昏迷了，两只手无力地垂在身前，脸朝下，头也垂着，两条长腿在地上摩擦。

闻时礼完全是被两个男子架着拖着走，没有半点儿意识。

闻时礼的身材比那两个男子都高大。所以两个男子移动得格外吃力，每一步走得都很慢，却还是紧跟着咪姐进了电梯。

宋枝愣了一下。

她必须得做点儿什么，不能眼睁睁地看着坏事情发生。

宋枝抖着手，摁亮手机屏幕，额头上都是冷汗，心惊胆战地点开了拨号键盘，准备拨打110。但她刚刚按出一个"1"，身后便传来了脚步声。宋枝吓得身体抖了下，回头看见周崇生站在她的背后。他的手里还拿着一个粉红豹。

宋枝本就着急的内心像被点燃了一般，不耐烦地问："你要干什么？"

"啊？"周崇生见她生气，忙解释道，"听羊琦姗说你喜欢粉红豹，我今天上来的时候顺便买了一个，想将它送给你。"

"送给我？"宋枝看了一眼他手里的玩偶，"为什么要送给我？"

周崇生捏了捏粉红豹的尾巴，说："就想送给你。"

可宋枝现在没心情收礼物。

"你拿着吧。"周崇生把粉红豹递到宋枝的面前，"其实，我送你是因为……"

宋枝没等他把话说完，直接抬脚离开："我真的有事。"她没接那个粉红豹玩偶。

很快，穿着白裙子的小姑娘的身影消失在了电梯里，周崇生依旧站在原地，悬在半空中的粉红豹迟迟没有被收回。

宋枝乘电梯到了五楼。她记得小王给咪姐安排的房间号。516号房间在这层楼左边过道的尽头处。

出电梯后，宋枝往相反的方向走，走到右边过道的尽头处，站在一扇窗下，拨打了110。

电话被接通得很快。电话那头传来接线员甜美标准的普通话："您好，110指挥中心，请问有什么可以帮助您？"

宋枝深深地吸了一大口气，用自认为镇定的语气说："姐姐你好，我要报警。"

可能是因为宋枝的声音实在太过稚嫩，还抖得相当厉害，让对面的接线员不得不怀疑这通报警电话的真实性："小朋友，110是不能随便拨打的。"

"我知道。"宋枝急得语速加快，"我真的需要帮助，你们能派人过来吗？"

两秒后，接线员认真地问："请问具体是什么事情呢？"

宋枝一下子顿住了。她要怎么开口告诉警察姐姐，说自己认识的一个哥哥被人下药了？他现在可能贞操不保？她觉得这真的很难以启齿。

宋枝深思熟虑后，想到了在安全通道里看到的男女，说："这里有卖……"她不太好意思说出口，顿了下，还是艰难地说了出来："这里有卖淫行为。"

接线员认真地问："你确定吗？小朋友？"

宋枝毫不犹豫地说："嗯。"

接线员继续问："你在哪里呢？"

宋枝把所在地的地址完整地报了一遍，接线员记录好，说："这边已经调派警察了，警察会很快到达现场的。"

"谢谢警察姐姐。"

挂断电话后，宋枝觉得心还是跳得厉害。

不知道警察多久才会到，宋枝越想越急。万一警察还没到，闻时礼哥哥已经出事了怎么办？

宋枝把手机塞回包里，决定自己先去看看。她鼓起勇气走到516号房间的门口，抬手三次后，终于敲响了房门。

她敲了三下房门。

酒店房间的隔音效果很好，宋枝完全听不到房间里面的脚步声。这让宋枝没法提前做好心理准备。

她手心的汗越来越多。

下一秒钟，门从里面被拉开。

穿着大红裙了的咪姐出现在了宋枝的眼前。咪姐看到她后，眼神里闪过一丝明显的厌恶，皱着眉，用破锣嗓子极不耐烦地问："什么事？"

"我……我……"宋枝被吓得结巴了。

咪姐没有耐心，翻了个很大的白眼后，就想关门。

"你等等！"眼见咪姐要关门，宋枝来不及思考，直接将半边身体挤进去想要阻止她关门。

咪姐关门的动作却没停。

"嘶——"随着宋枝一声低低的倒吸冷气的声音，胳膊上传来了痛感。

门重重地撞在小姑娘的胳膊上。

宋枝没有去看自己的胳膊有没有被撞伤，而是执拗地把整个身体都挤了进去："你不要关门！"

咪姐松手，往后退了一步，像看神经病一样看着宋枝："你有什么事情？"

面对咪姐凶狠的眼神，宋枝真的很害怕，但一想到里面昏迷不醒的闻时礼，就壮大了胆子，说："我……我……我找我哥哥。"

咪姐的眼神闪烁了一下，她说："你哥哥？"

"对。"

"你哥哥不在我这里。"咪姐越来越暴躁，狠狠地瞪着宋枝吼道，"小屁孩儿，你能不能赶紧滚？！"

宋枝被吼得喉间发紧。两秒后她艰难地开口道："我亲眼看见哥哥进了你的房间，你就让我看一眼。我看一眼就走。"

"看什么看！"

宋枝从小到大没被人这么粗鲁地对待过，委屈感迅速生出，眼眶很快就红了，声音开始发抖："你不要说粗话，说粗话不对。"

咪姐失去了所有耐心，吼道："滚不滚？"

听到这话，宋枝用双手把门抱得更紧了，用后背抵在墙上借力，固执地说："我不会离开的，除非你让我进去看一眼我哥哥。我要看看他有没有在里面。"

"你这个小崽子。"咪姐骂了一句后，上前一步，薅住宋枝的长头发使劲儿地扯，"快把门松开！"

"啊！我不松！"

宋枝感觉到了破锣嗓子的女人的威力，头皮剧烈地痛了起来，痛过几秒后转为麻木感。她痛到失去了知觉。

咪姐还在用力地拉扯她的长发："你是不是有病啊？堵着老娘的门口不让关门，看我今天不收拾你！"

小姑娘瘦小的身体被扯得左摇右晃，却仍死死地抱着门，没有半点儿松手的意思，紧紧地闭着眼睛任凭咪姐折磨。

疼痛感在加剧。

咪姐的力气越来越大。最后，她直接一巴掌拍在了宋枝的脸上。女人肥厚的手掌几乎能盖住宋枝的整张脸。

"啪"的一声，宋枝生生受下那巴掌，几秒后觉得有股热流从鼻子里流了出来。她低头一看，发现鲜血正一滴又一滴地掉在她雪白的小雏菊连衣裙上，像一朵又一朵小梅花。

就算这样，宋枝依旧没有松手，带着哭腔说："我要见我哥哥！"

"……"看见宋枝的鼻血流得很厉害，咪姐可能怕弄脏自己的手，也可能纯粹是已经失去了耐心，大发慈悲般松开了宋枝。

咪姐愤怒地说："小崽子，你等我打个电话。"说完她转身回房间里拿手机。

咪姐要叫人过来。

宋枝心中的恐惧感在增加。她想着万一有人过来了，自己更不是他们的对手了，还不如现在直接冲进去。

枝枝，不要怕！不要怕！

宋枝随手抹了一把还在流血的鼻子，深吸一口气，捏着掌心的汗，直接抬脚往咪姐的房间里冲，跑得飞快。

宋枝像阵风似的越过了咪姐肥壮的身体。

咪姐大惊。

背后传来了咪姐的咆哮声，宋枝没有回头，直接冲到了房间最里面，就看到了平躺在柔软的大床上的闻时礼。

他黑色的西装外套已经被脱下，领带被扯得歪歪扭扭，横在颈边，英俊的脸上透着不正常的红色。

宋枝没有多余的工夫，径直飞奔过去扑到男人的身上，摇晃着他的胳膊，喊道："哥哥！哥哥你快醒醒！"

他没有任何反应。

宋枝急得不行，颤抖着声音，用力地拍了拍闻时礼的脸："哥哥！呜呜呜，你快醒醒，好不好？"叫到最后，她眼泪汪汪地哭了起来。

下一刻，咪姐打电话的声音在后面响起："烦死了，来我的房间一趟，这里有个麻烦的东西打扰我！"咪姐说完直接挂断电话，把手机随意地往边上一扔，朝宋枝走来。

宋枝还在努力地尝试叫醒闻时礼，用手不停地拍打着他的脸，稚嫩的声音都变哑了："哥哥……我求求你快醒醒！"

最后一个字刚说完，宋枝就觉得头皮上传来了熟悉的痛感——咪姐又在用力地薅她的头发。

咪姐一用力把她扯下了床。

宋枝跌倒在冰凉的地板上，摔得有点儿头晕目眩，鼻血还在流，哥哥却没醒。

宋枝心里顿时委屈感满满。她从没受过这样的委屈。

宋枝萌生要和这个老女人拼了的想法，猛地站起来，想霸气地说点儿什么，话到嘴边却变成了哭声。

有人进了房间。

宋枝转头，看见两个手臂上有龙虎文身的男子走了进来。

其中一个人问："咪姐，咋回事？"

咪姐抬起手愤怒地指着她："快点儿，把这个小东西弄出去。她闹腾得我头痛！"

宋枝捂着还在流血的鼻子没说话。

两个男子向她逼近。

一个人问她："小姑娘，你是自己走出去还是我俩把你扔出去？"

另一个人附和道："选一个。"

宋枝满眼担忧地回头看了一眼床上的男人，心里盘算着警察到这里的时间，决定还是自己走出去。她不想再挨揍了，现在浑身好痛。

宋枝沉默着抬脚，以极其缓慢的速度一小步一小步地往门口挪动。

可能觉得她走得太慢了，其中一个男子伸手在她的肩膀上推了下："走快点儿！"

宋枝踉跄了一下，往前了好几步才站稳。

宋枝带着满腹的委屈走出房间，在门口捡起自己的小包和手机，进了电梯。

警察还没到。宋枝决定亲自到大门口等着，于是，出电梯后一路往门口小跑。

服务员看到了白裙子上沾满鲜血的宋枝，上前询问。宋枝却无心搭理对方，跑得飞快。

门口。

宋枝刚气喘吁吁地停下，就看见一男一女两名警察从电梯里出来。

警察终于到了！

宋枝看到了希望的曙光，直接冲上去，拉住年轻女警的手，相当着急，却把每个字都说得很清楚："警察姐姐，是我报的警，快点儿跟我来。"

女警说："小朋友，你……"

没等女警把话说完，宋枝已经拉着人往电梯方向冲去。女警只能回头冲男警喊道："老钟，跟上来！"

那名叫老钟的警察迅速地跑过来跟着。

三个人进入电梯。

电梯往上运行的时候，女警低头看到宋枝还在流鼻血，问道："小朋友，怎么流这么多鼻血，有人欺负你吗？"

宋枝摆摆手，道："我不要紧。先救我哥哥！我哥哥被下药了，有危险！"

"你哥哥？"女警似乎不太明白，"你哥哥为什么会被下药？"

宋枝无比认真地回答："他长得太好看了，所以被有钱的老女人盯上了。"

此时电梯门正好打开。

宋枝着急地走在前面带路："就在过道尽头处，516号房间。"

"好。"

宋枝带着两名警察走到门口。

老钟说："宁雪，你让开，我来敲门。"

宁雪说："好。"说罢她退到一旁。

老钟敲门时大声喊："开门！警察！"

房间里面没有动静。

老钟又重重地敲了三下门，扬声重复道："开门！警察！"

宋枝急得不行，催促道："警察叔叔，可以把门踹开吗？像电视里那样。"

老钟觉得好笑，但还是忍住了，对宁雪说："宁雪，你去找前台拿房卡。"他这样子，踹开门是行不通的。

宋枝安静下来。

老钟看了她一眼，安慰道："别担心。"

宋枝乖乖地点头，然后想到了那两个有文身的男子，说："警察叔叔，里面还有两个男的，和那个有钱的老女人是一伙的，你要小心。"

老钟四十岁左右，有一张黝黑和善的脸，看着小姑娘如此狼狈，难免心疼："真乖。叔叔会小心的，抓到坏人后，带你去处理伤口。"

"谢谢叔叔。"

宁雪很快拿了房卡上来，往516号房间的门锁上一刷。"嘀"的一声，房门开了。

老钟以标准的姿势进入房间，脚步稳健，大吼："蹲下！蹲下！"

宋枝跟在后面，只探了头去看情况。

咪姐和两个男子都在。咪姐站在床边，两个男子挡在她的前面，手里还有白亮的匕首。

老钟正色道："把刀放下！想干什么啊？要袭警吗？"

两个男的吓得手脚发软，二话没说就把刀丢到了地上，然后抱头蹲下。

老钟对着咪姐，说："你也蹲下。"

咪姐恨恨地瞪着宋枝，压根儿没想到她会报警，非常不甘心地蹲下了。

见三个人已经老实地蹲下后，老钟上前把匕首一脚踢开，对宁雪说："上前确认下情况。"

"收到。"宁雪答道。

宁雪往床边走去，宋枝也跟着过去。

床上的闻时礼身上的黑色衬衫的纽扣已经被解开了，结实的胸肌和腹部线条露出来，上面旧伤遍布，让人难以知道伤疤的来源。

宋枝看得脸有点儿红，但还是首先冲上去，帮男人把衬衫纽扣一颗一颗地扣好，直到扣到最上面的一颗，还微微地勒着脖颈。

等她扣好纽扣后，宁雪才上前。

宁雪看清楚闻时礼的脸后，惊讶地喊："老钟，居然是他！"

老钟疑惑地说："啥？"

宋枝更是疑惑：什么？

老钟走上前来，发现躺着的年轻男人竟是闻时礼后，不禁气笑了："原来是这小子。想不到他也有吃亏的一天，今天的太阳真是打西边出来了！"

宋枝不解地说："什么啊？"

老钟把目光转向她，正色道："小姑娘，他可不是你哥哥，你在撒谎。"

宋枝摇摇头，说："他现在住在我家里，就是我哥哥。"

听到这里，最先没忍住的人居然是咪姐。她愤怒得捶地而起，大吼："他不是你亲哥哥你折腾什么啊？"

宋枝："……"

不愿搭理暴跳如雷的咪姐，宋枝抿了抿唇，转头问老钟："警察叔叔，你们认识闻时礼哥哥吗？"

老钟瞥了一眼床上的男人，哼笑一声："局里谁不认识他啊？"

宋枝问："为什么？"

老钟将手往腰上一掐，说："还能为什么？上次，他母亲坠楼身亡。他被指控为嫌疑人，却因为九次精神鉴定诊断书，成功脱罪了。"

宋枝静静地听着。

老钟继续说："还有呢，他因为打架进派出所的次数不少。但他最让人印象深刻的不是这个，而是每次都能把对方揍得惨兮兮的，要命的是，每次对方做伤情鉴定，都构不成轻伤。"

听完后，宋枝没有对第二点发表言论，耷拉着脑袋，用满含委屈又压抑的奶声控诉："哥哥没有推他妈妈，你们都在诬蔑他。"

老钟说："当时有证人。"

宋枝反问："你们有确切的证据吗？"

"这……"

宋枝把头抬起，仰头看向老钟的眼神里有满满的倔强，坚持追问："你们没有确切的证据对不对？警察办案最重要的不就是确切的证据吗？既然没有确切的证据，你凭什么认定闻时礼哥哥就是凶手？"

老钟较真起来："当时可是有证人亲眼看见他推的人。他能脱罪完全是因为他能出具数次重性精神病的检测报告书。"

宋枝硬生生地憋了泪在眼里。

宁雪看着小姑娘还在流鼻血、可怜巴巴的模样，忙给老钟递过去一个眼神，说："算了，你和小孩争什么？她不懂。"

这话完全把宋枝"点燃"了。什么叫她不懂？

"你们就是没有确切的证据！"宋枝带着哭腔，不由自主地放大了声音，"我在网上搜过很多相关的报道，没有任何报道提到你们警察有确切的证据。你们只有那个邻居老太太单方面的证词。"

说到最后，她差点儿哭出来。

宋枝竭力忍着，鼻尖变得红红的，与老钟对视时眼神无半分闪躲。

老钟一时无言。房间里也没人再说话。

宋枝不愿意再多说什么，转身，双腿跪到床上，爬到男人的面前，用小手轻轻地摸了摸他的脸，说："哥哥，醒醒，我带你回家。"

可是闻时礼半天都不醒。

宋枝憋了许久的眼泪终于掉下来，砸到男人苍白的脸上。她哭得瘦弱的肩膀一颤一颤的，喉咙里发出呜咽声。

老钟静静地看着。

他开始回忆，回忆苗慈坠楼案的细节——负责这个案子的警察并不是他。但他知道当时现场没有任何打斗痕迹，苗慈所穿的衣服上没有闻时礼的指纹。并且楼下的监控在苗慈坠楼前的两分钟拍到了闻时礼的身影。苗慈出事的楼层为六楼，该栋居民楼没有安装电梯。两分钟的时间，可能刚刚够闻时礼从楼下走到家。

这么细细地想来，警方确实从来没有掌握过确切的证据。

可能因为他曾有多次打架斗殴的记录，明确知道他有危险人格、暴力倾向严重，以及知道他长期遭受生母虐待，所以警方才认为他行凶的可能性很高。

想到这里，老钟意识到自己陷入了思维误区，便上前把手落在哭泣的小姑娘的肩膀上："对不起，叔叔向你道歉。"

宋枝哽咽着道："你不用向我道歉。"

老钟一愣，然后很快反应过来，温柔和善地笑道："叔叔也向闻时礼道歉，我误会他了。"

宋枝委屈巴巴地"嗯"了一声。

老钟收回手，对宁雪说："宁雪，叫辆救护车，看样子他一时半会儿醒不了。"

宁雪答道："好。"

宁雪离开房间，拨打电话。

宋枝从床上下来，一屁股坐在床边，像是累极了。

既然叫不醒闻时礼，她还是等救护车吧。

老钟将双手撑在膝盖上，弯腰和宋枝讲话："小朋友，你这么护短啊？"

宋枝皱眉道："护短是什么意思？"

"就是——"老钟"咝"了一声，认真地思考后回答，"帮亲不帮理的意思，就像你刚刚帮你哥哥说话那样，就是护短。"

宋枝纠正道："我没有帮亲不帮理，刚刚明明就是在讲道理。"

脸黝黑的老钟笑着的时候很和蔼。他抽出两张床头的纸巾递给宋枝，说："行，反正就是保护自己人的意思，你先擦擦鼻血吧。"

宋枝接过纸巾，捂着鼻子，仰起头想尽快把鼻血止住，这小模样，真是要多惨有多惨。

鼻血渐渐止住了，宋枝决定到洗手间里洗把脸，把脸上的血迹洗掉。

她刚站起来，就听见老钟问她："小姑娘，你报警的时候说的可不是你哥哥有事。"

宋枝停住脚步，对了，差点儿忘记这件事。她报警的理由是有人卖淫。

宋枝乖乖地站定，手里攥着纸巾，老实地回答："真的有，我亲眼看见了。"

老钟选择相信她："行吧。"

正好宁雪打完电话回到了房间里，老钟向她比了个手势："你去各个房间看看有没有情况。我先把这三个人带到车里。"

宁雪："收到。"

宁雪快步离开房间，老钟带着咪姐等人也离开了房间。

四周完全安静下来。

宋枝到洗手间里洗脸，看到镜子里自己的左眼角处瘀青，双颊被那个女人打得红肿，嘴巴周围全是血，头发更是乱糟糟的，连肩膀都被门夹出了一道青紫的痕迹。

实话实说，她今天真的挺惨的，呜呜呜。

宋枝默默地心疼了自己好一会儿，才慢吞吞地把手伸到感应水龙头下，开始洗脸。

洗完脸后，她用手抓了抓头发，然后才重新回到床边守着闻时礼。

十五分钟后。

穿着白大褂的医护人员走进房间，移动担架被推了进来。

宋枝自觉地让到一旁，以免妨碍医生。

医生只有一个，其他的是护士。

确认了闻时礼的生命体征后，医生转头问宋枝："警察打来电话说，他被下药了？"

宋枝点头："对。"

医生说："问题不大，先回医院吧。"

宋枝上前一步，道："我也去医院。"

医生看了她两秒，问："你和患者是什么关系？"

宋枝不假思索地说："我是他妹妹，得跟着哥哥。"

医生说："你和他一起去医院吧。"

宋枝连忙说："谢谢医生！"

医生说："不客气。"

闻时礼被医护人员抬到了移动担架上，然后被推着往外去。宋枝忙跟上去，和他一起离开房间。

过道上的人非常多，十分嘈杂，多是警察的怒斥声，还有凌乱的脚步声。人多到让宋枝觉得寸步难行。

宋枝跟在担架后，在人与人的间隙中看清楚了眼前的情况。

现在过道上有很多戴着蓝色口罩、穿着黑色套装制服的警察，这些警察的衣服上统一印着相同的字样——特SWAT警（特种警察）。

宋枝知道中间的英文缩写，翻译后是"特警"的意思。

为什么这里会有这么多特警啊？

宋枝在现实生活里还没一次性见过这么多的警察，放眼望去，这条过道上起码有二十个特警，阵仗非常大。

除了特警，其他的是各种发色的男人以及……很多捂着脸蹲在墙边的女人。特警还在对着一个房间喊："赶快穿好衣服出来！快点儿出来！"

现场一片混乱。

宋枝的眼睛不由得睁大。

原来真的有这么多男女在进行不正当交易啊。这真让人震惊。

宋枝跟着医护人员缓慢地往前移动，穿过拥挤的人群进了电梯。

出电梯后，他们直接往大楼外走去。

外面停着很多警车，车顶上交替闪烁着红光和蓝光。

宋枝看见老钟在一辆警车旁打电话。老钟看见她后，立马挂断电话走了过来，激动地说："小姑娘，你这回立了大功了！这里有个大型的卖淫组织。"

"……"其实宋枝想说，自己真的不知道会有这么多违法乱纪的人。

然而老钟没给她机会，转身继续接电话："对，再派点儿警力过来。"

见状，宋枝安静地转身跟着医护人员上了救护车。

莲庆第一医院。

宋枝坐在充满消毒水的味道的长廊里，等闻时礼检查完。

她包里的手机在响。宋枝掏出手机一看，是陆蓉来电。

糟了，她完全忘记了要早回家这件事！

宋枝赶忙接起电话。陆蓉的声音传了过来，她说："枝枝，现在都十一点了，你怎么还没回来呢？"

宋枝说："妈妈，对不起，我在医院里。"

电话那头静了一秒。

陆蓉问道："你哪里受伤了？"

宋枝说："不是我，是闻时礼哥哥。我想在医院里陪着他。"

陆蓉又问："情况严不严重，需要妈妈过来吗？"

宋枝答道："不用。"

"谁缴费呢？"陆蓉说，"你的身上又没有足够的钱。"

宋枝想了想，说："可是现在很晚了，妈妈，你明天早上过来吧。我就在闻时礼哥哥的病房里待着，不乱跑。"

"好，妈妈明天早上过去。"陆蓉说。

宋枝挂断电话，闻时礼正好被护士推出了检查室，医生也出来了。

宋枝把手机放回包里，上前询问："医生叔叔，我哥哥怎么样？"

医生回答得很专业："他就是被下了一种麻醉药，能强有效地抑制中枢神经，致人昏迷以及其他的一系列副作用。"

宋枝听不懂："那对身体的伤害大吗？"

"剂量不算多，还好。"

宋枝想问清楚些："具体有哪些？"

医生说："主要是嗜睡，再比如头晕、恶心、呕吐之类的。真的还好啦，小姑娘。看你着急那样，担心全表现在脸上了。"

"……"她表现得这么明显吗？能让人一眼就看出来？

医生又说："先观察一晚上。他醒了后如果没什么明显的不适感，就可以离开了。"

宋枝道："好的，谢谢医生。"

向医生道谢后，宋枝跟着护士一起来到了闻时礼今晚要住的病房里。

单人间，非常安静。

病房里没有多余的床，宋枝搬了一个板凳在床边坐下，近距离地看着闻时礼的睡颜。病房里没有开灯，唯有如水的月光照入，打在他的半边脸上。

宋枝幼稚地抬起手挡住月光，却看见阴影投在了他的眼上。

她又把手移开。月光照在他的长睫上，在眼睑处投下了扇似的阴影，真好看啊。

宋枝看着看着开始犯困，趴下去的时候没留意到自己趴在了闻时礼的小臂上。她拿他的手臂当枕头，睡得相当沉。

不知过了多久，在某一个瞬间，宋枝似乎感觉到脸下有动静——像是一只手在动。

宋枝的睡意正浓，她皱着眉蹭了蹭，便感觉那只手不再动了。

下一秒，上方传来了男人嘶哑低沉的声音："小宋枝。"他的语气温柔得像窗外的月光。

听到声音，宋枝半晌没反应过来。她本来想抬头看看，却抵不过睡意，软绵绵地"嗯"了声后，又蹭了蹭他的胳膊，睡得更安稳了，还别说，这胳膊枕着还挺舒服的。

即将再次睡着时，宋枝倏地意识到了一件事——等等，刚刚谁在叫她？

闻时礼！

她的睡意瞬间没了大半。

宋枝呆萌地把脑袋抬起来，目光直直地撞进了男人的眉眼里，还漏掉了一秒的心跳。

月色似水，他的眼神看上去无比温柔，唇角还带着似有若无的笑意。一双桃花眼迷人得很。

沉默良久，宋枝揉了揉眼睛，迟疑地说："哥哥，你怎么现在醒了？还是大半夜呢。"

闻时礼一愣，唇角弯得厉害："所以小宋枝为什么大半夜还没回家？"

没等宋枝回答他的问题，闻时礼吊儿郎当地笑了一声，说："只有不听话的野孩子才不回家。"

"……"宋枝当场愣住。

这不是她发的朋友圈吗？她还以为他压根儿找不到朋友圈的入口，没想到他居然能背下来。

宋枝讲不清自己心里现在是什么感觉，一下子慌乱了，没说出话来。

隐约间她觉得自己有点儿小开心。

又是一阵安静，然后宋枝垂眼没去看他，很失落地低声问："你为什么不回家？"

"哥哥要赚钱。"闻时礼耐心地和她解释，"我得养活自己。"

宋枝对金钱没有什么概念，说："你可以住在我家里，在我家里吃饭，我会存钱给你买衣服的。"

闻时礼没接话。

宋枝抬起头，想用手去揉眼睛的时候被他拉住了。他低声道："不是让你别用手揉眼睛吗？脏。"

"哦。"宋枝放下手的时候，感觉自己的手肘处凉凉的，低头一看，发现自己正压着闻时礼的一条手臂。

她这是从什么时候开始压着的？

她好像从睡觉时就压着他的胳膊了。那这么长时间过去，他的手臂已经被她压得发麻了吧。想到这里，宋枝悻悻地挪开了自己的手和上半身，挺直小身板坐了起来。

"哥哥，你的手麻……"

"谁弄的？"

宋枝的话刚问到一半就被闻时礼打断了。她没反应过来："什么谁弄的？"

她看向闻时礼，发现他正盯着她白裙子上的血迹，目光渐冷。

她不就流了个鼻血吗？

宋枝没在意，准备把刚刚的话问完："哥哥你的手麻不麻？"

闻时礼没理她的话，而是直接扯掉了左手背上的输液软管，很快掀被下床。

宋枝瞪大了眼睛，他这是在干什么？液还没输完呢！

闻时礼居高临下地立在宋枝的眼前，挡住了窗外的月光，整片阴影都投在了宋枝的面前。

她在他的影子里。

闻时礼在她的面前蹲下，蓝白色的病号服衬得他的神色越发清冷。

宋枝不懂他要做什么，只见他抬起手捏住她的白裙子，手指落在一处早已干涸的血迹上，看得非常认真。

他没放过任何一处血迹。看完后，他用一只大手轻轻地握住宋枝的下颌。她的下半张脸几乎都在他的手里。

"哥哥……"

"别说话。"闻时礼的声音又冷又沉。他说完后用手捏着她的脸左看右看。

借着月光，他看清楚了她眼角的瘀青和整张脸上肉眼可见的红肿。

宋枝觉得他现在的模样和平日里温和含笑的样子截然不同，很吓人，阴鸷，似风雪天一般。

又过了一会儿，闻时礼松开了捏住她下巴的手，深沉的目光对上了她的目光，面无表情地问："谁把你弄成这样的？"

宋枝心里很害怕，说话时声音也小："哥哥，你为什么这么凶？"

意识到自己可能吓到她了，闻时礼深深地呼吸了一下，然后脸上重新浮上笑容，温和地哄道："乖，告诉哥哥，谁弄的？"

宋枝见他又变回了平日里温柔的模样，就没那么害怕和紧张了，说："咪姐。"

"她？"

宋枝"嗯"了一声，没再说话。

闻时礼沙哑的嗓音里含着心疼和怜惜："哥哥没有保护好小宋枝。"

宋枝当时真的挺委屈的，但现在看着他安然无恙，便觉得没什么："没事，哥哥，就是有点儿疼，过几天就好了。"

"放心。"闻时礼说话时温柔的声音中带着一丝令人不易觉察的阴冷，话更像是对自己说的，"我会让她百倍地疼回来。"

"啊？"

"哥哥去把她的腿打断。"

"……"

宋枝想到警察叔叔老钟说过的话——闻时礼曾多次因打架斗殴进局子，暴力倾向严重。她开始担心："我没事，哥哥，你不要去打人。"

闻时礼没应她，宋枝觉得心跳如擂鼓，紧张得很，不敢再说一个字。

闻时礼抬眸："很疼吧？"

听见他的话，宋枝把头低着，想说"没事"，可话到嘴边却变成了一声哽咽。

"我……我……我真的很疼……"宋枝哭起来，此时情绪真的崩溃，向他告状，"哥哥，那个老女人打得我好痛……"

闻时礼没有收回手，而是直接用自己的手指去擦她的眼泪："哥哥知道。"

"我差点儿……差点儿……"宋枝抽噎了两下，"差点儿没救下你，呜呜呜……"

闻时礼突然愣了几秒："救我？你是为了救我才被打成这样的？"

宋枝的哭声停了下来，她说："不然呢？"

男人倏地沉默了，好看的眉微微地蹙着，薄唇紧抿。那双桃花眼不笑时没有风情，只有阴郁。

见他不说话，宋枝觉得心里凉凉的，抽着鼻子问："我要是不把你从咪姐的房间里救出来，你不就完蛋了吗？"

闻时礼低声应道："嗯。"

宋枝总觉得他的反应有点儿冷淡。她倍感伤心，眼泪泛滥，哭得更厉害了。

闻时礼看着小姑娘泪流不止的模样，死水一般的心竟然掀起了波澜。一股清新的风吹在他的心田里，不顾一切地吹。

没等他开口说什么，宋枝像是被惹怒了，用小手拍了一下他的肩膀，说："老男人，你真的没有良心，呜呜呜……"

闻时礼："……"

"你连……"她泪眼汪汪地盯着他，神情悲戚，哭得更惨了，"你连句'谢谢'都不会说……呜呜呜……老男人真坏……真坏……"

闻时礼还蹲在她的面前。可能因为完全没想到会从小姑娘的嘴里说出这样的话，他一改阴郁的神情，弯唇失笑，笑得胸腔起伏、肩膀轻颤，声音却依旧是低沉沙哑的："哥哥又老又坏，行吗？"

"你本来就是！"宋枝气得跺了下脚，眼泪啪嗒啪嗒地掉，"你就是又老又坏，以后肯定找不到老婆！"

"嗯，哥哥就打光棍儿。"闻时礼收敛几分笑意，"为了感谢小宋枝的相救之恩，我答应你一个要求，行不行？"

"要求？"宋枝渐渐地停住哭声，抽噎了几下后，心情终于平复下来，红着眼睛看着他，"什么要求都可以吗？"

闻时礼站起来，轻笑一下，说："摘天上的月亮的话可能不行。"

宋枝："……"摘月亮，他当她是三岁的小孩吗？

她不和他计较，想了一会儿，认真地说："哥哥，这个要求可不可以先存着？等我想好再告诉你。"

闻时礼笑道："可以。"

得到他一个要求的宋枝很开心，但没表现出来。她乖巧地转移话题："哥哥，你的手麻不麻？"

"还好。"

宋枝上前一步，拉起他的左手，确认针孔处没有血液渗出后才问："为什么要拔针？"

闻时礼漫不经心地瞥了她一眼："哥哥没事，你快上床再睡会儿吧。"

"我上床睡？"宋枝有点儿诧异，"那你睡在哪里？"

闻时礼说："哥哥看着你睡。"

"那你不困吗？"

"不困。"

宋枝觉得不太好："你现在是病人，需要好好休息。"

闻时礼没再说话，直接弯腰伸臂将宋枝捞起，轻而易举地将她抱起来放在床上。

宋枝压根儿没反应过来，人就已经坐在床上了，身前的闻时礼直接单膝蹲下帮她脱鞋。

宋枝开口叫了他一声："哥哥。"

"嗯？"

"人为什么不能快点儿长大？"

"小宋枝为什么想快点儿长大呢？"

因为她不想当小孩子了，只想长大，最好和他一样大。但她满腹的心事只能憋着，不能讲出口。宋枝等他给她脱完鞋后，一头栽在枕头上。

闻时礼看得发笑："这么困？"

"嗯。"

然后宋枝没再说话。

闻时礼在床边细心地帮她盖好被子，掖好被角，又温柔地摸了摸她的额头："乖乖地睡一会儿，天亮后哥哥叫你。"

宋枝说："好吧。"

闻时礼在床边坐下，两个人离得很近。宋枝用手把被子往上拉，盖住了嘴巴和鼻子，只留一双水灵灵的眼睛在外面盯着他。

闻时礼与她对视，黑色的眼睛深沉，没正行地用话逗她："老男人好不好看？"

"……"宋枝被逗得有些害羞，干脆用被子把眼睛遮住了。

闻时礼又把被子拉了下来："别这样捂着头睡，不好。"

他怎么像个管家婆似的？

闻时礼不让她用手揉眼睛，不让她盖着头睡觉。

他还真把自己当她的哥哥了？

宋枝稀里糊涂地睡着了，粉色的唇微微张开，呼吸均匀。

闻时礼静静地看着她眼角处的瘀青。

过了一会儿，闻时礼来到护士站，对值班护士说："我想要些碘伏和棉签，谢谢。"

护士记得他："你是39床的病人吧？我记得你的液还没输完啊。"

"不输了。"

护士说："医生说要输完的，我还是建议你输完液。你回去吧，我给你重新输上。"

"不用。"男人一口拒绝，"给我碘伏。"

可能因为他身上的气质太冷，护士不好再劝他，只得找来棉签和碘伏递了过去。

闻时礼接过来："麻烦了，谢谢。"

"不客气。"

回到病房里，闻时礼动作很轻地拧开装碘伏的瓶子，用棉签蘸着里面的液体，弯腰轻轻地给小姑娘擦眼角的瘀青处。

他记得她说自己怕痛，所以每擦一下，都会用嘴轻轻地给她吹气，避免她被痛醒。

闻时礼像是想到了什么，动作忽然变慢了。他从她的口里听来的，这好像不叫吹，而是叫呼呼？

男人用气声低笑着，气息绵长，笑得温柔又缠绻。

给宋枝涂完碘伏后，闻时礼起身把用过的棉签丢进床脚边的垃圾桶里，又在病房的柜子里找到了自己的衣服和手机。

到病房自带的卫生间里换上衣服后，他带着手机离开了病房。

喉咙处传来阵阵痒意，他很想抽烟。

闻时礼来到医院对面的二十四小时便利店，让店员在烟柜里拿了一包紫云。

那年的紫云还没涨价，才十块钱一包。

接过烟，闻时礼一边拆烟盒上透明的包装线，一边绕到食品货架区。

他面前的货架总共四层，依次摆放着面包、速食盒饭，以及各类饮品等。

男人在货架间的过道里停下。看了好一会儿，他伸手拿起一个蔬菜三明治看生产日期：2013.4.11。保质期只有四天。

今天十四号，恰好是最后一天，这算是临期食品。

闻时礼比货架高出很多。他直接对收银台里的店员扬了扬手里的三明治，问："这个有没有新鲜点儿的？"

"啊？"店员抬头看过来，"那个三明治没过期，可以正常食用。"

"不行。"闻时礼把三明治放回原位，"我家的小孩正在长身体，得吃新鲜的东西。"

店员说："你拿个芝士煎蛋三明治吧，那个是昨晚刚到的。"

芝士煎蛋三明治，闻时礼微微俯身，在货架上找得很仔细，找到后，拿起了一个三明治确认生产日期：2013.4.13，就这个吧。

在去收银台的路上，闻时礼又顺手拿了瓶鲜牛奶，结账时淡淡地说："要个袋子。"

店员："好的。"

闻时礼付过钱后，店员把装好的三明治和牛奶递给了闻时礼。

闻时礼接过东西："谢谢。"

"不客气。"

男人把塑料袋钩在自己的小拇指上，用其余的手指慢条斯理地打开烟盒，敲敲烟盒底部，抖出一根烟。

他低头把烟咬在嘴里，抬眼时，看到街对面的斜上方有一排女装店。

闻时礼倏地想到了小姑娘脏兮兮的白裙子。

他折回便利店，问店员："对面的那排店一般几点开门？"

店员看了眼电脑上的时间，说："现在是四点五十，一般七点钟就开门了。"

"嗯，谢谢。"

此时天还未亮，月亮还藏在闻时礼头顶上方的云里。

闻时礼没回医院，停在对面的马路边抽烟。抽完两三根香烟后，他觉得脑子出奇地清醒。

他开始想很多事情，准确说来是回忆，回忆某一天的某一件事。

比如苗慈坠楼的那天，那天的天气是小雨转阴，有微风。

做完兼职的他回到家中，在打开门的一瞬间，听到苗慈的房间里传来了一声闷响，声音直击灵魂。

第一时间，他就明白了那是什么声音，因此内心格外平静，平静到像是知道这一天早晚会来，像个如期而至的约定。

他推开苗慈的房门，灌进来的风吹到他的脸上，却吹不散他眸底那一抹阴冷。

来到窗边的他把手轻轻地落在窗台上，眼神冰冷地往下看去。

看到苗慈的一瞬间，闻时礼没觉得震撼，没有失去至亲的悲伤感，更没有其他的情绪。

怪不得苗慈经常在打他的时候骂他："你就是个没有心的冷血怪物！"

他也不晓得这算不算夸奖，毕竟没有感情就不会受到伤害，就能无坚不摧。

昔日那个凶狠的女人变成了没有温度的血肉，躺在下过雨的湿地上，面前站着刚买完菜回来的邻居王老太。

王老太惊恐地抬起头，对上了闻时礼冰冷的目光。

两个人隔着二十几米的距离，他却能清楚地看见老太太眼里的恐惧和惊慌，也能看清对方手里拎着的那把大葱上被溅满了鲜血。

与老太太对视了半晌后，他觉得无趣，便转身回到了自己的房间里，开始收拾回学校要换洗的衣服，像是无任何异常发生。

闻时礼关于那天最后的记忆是床上被叠得整齐的薄被、冰箱里的六颗鸡蛋，还有窗台上被微风吹得摇摆的富贵竹，而不是其他的物品或者人。

他真是冷血到了骨子里。所有人都这么说他，连他自己都这么觉得。

路边，闻时礼的思绪停住。他抽完了第四根烟，隐隐觉得自己的内心深处似乎有什么发生了变化。

面对死亡能做到面无表情的他竟然会心疼和怜惜了。

一股剧烈的自责情绪在折磨他，他怜惜小姑娘带血迹的裙子，心疼她眼角的瘀青和红肿的双颊。

他心疼她受到的所有委屈。

全都怪他，他没有把小孩看好，还让她因为他受伤，他真不是一个称职的哥哥。

两个小时后。

闻时礼进入马路对面的一家女装店里，开始挑选裙子。

导购热情地询问："请问先生是给女朋友买裙子吗？"

"不是。"他说。

"那方便说一下对方的身高和体重吗？"导购又问。

闻时礼仔细地回想宋枝的身材。她又瘦又矮，像一只小鸡。他用手比在自己胸口的位置："身高大概到我这里。"

"只有一米五吗？"

闻时礼想到小姑娘较真身高时的模样，忍俊不禁："可能没有。"

导购为难又认真地说："建议您出门右拐，有一家童装店。"

闻时礼离开女装店，出门右转，没有犹豫，直接进了童装店。

进入店里，闻时礼环视四周。他没给小姑娘买过裙子，但一眼就看中了一条特别仙女风的白色吊带欧根纱蓬蓬裙。

小宋枝穿上它一定很可爱吧。

闻时礼用眼神示意导购："这条白色的裙子怎么卖？"

导购走过去，翻看了裙子的吊牌后笑着说："这条裙子打七折后是四百七十三元。"

闻时礼道："帮我装起来吧。"

导购取下那条漂亮的仙女裙，往收银台的方向走："先生，在这里付款。"

"嗯。"闻时礼走了过去，从裤兜里摸出现金付款，四张百元大钞还有七十八元的零钱。

四百七十八元，他浑身就这么点儿钱。

那是 2013 年的 4 月，微信支付还没正式上线，那时候还是全民现金的时代。

闻时礼从便利店出来后，身上只剩下四百七十八元，再花去一条小裙子的钱后，就只剩下五块钱了。

闻时礼接过导购递过来的精致纸袋，转身离开了童装店，往医院的方向走。

他现在所在的位置距离医院大门只有两百米。沿途有很多卖早点的摊贩，一阵阵热腾腾的香气飘来，他觉得饥饿感加剧。

昨天自己一天没吃饭，然后又被灌酒又被下药，现在还有点儿头昏脑涨，真是又饿又疲倦。

闻时礼长吁一口气，继续往前走，远远地便看见医院门口有个老人捧着一束火红的玫瑰花在售卖。

老人的手里拿着一块纸板，上面写着：我是聋人，玫瑰花五块钱一朵。

闻时礼一只手揣在兜里，指尖触碰到了那张崭新的五块钱。

他抬眼，目光落在了鲜艳欲滴的玫瑰花上——反正五块钱又吃不饱，他不如给小宋枝买朵花逗她开心。

想到这里，闻时礼摸出那张五块钱，将钱递给了衣着朴实的大爷。

大爷接过钱后，冲他露出了和蔼的笑脸，然后从花束中间取出一朵最漂亮的玫瑰花递过去。

闻时礼接过花，说："谢谢。"

大爷听不见他道谢，但能看懂他的嘴型，一个劲儿地笑着点头。

早上七点多，医院的电梯里已经挤得不行了。

闻时礼气质清冷、身材高大，拿着一朵玫瑰花站在其中显得格格不入。

电梯里有年轻的女孩忍不住偷看英俊的男人。他却浑然不在意，只低着头慢条斯理地拔玫瑰茎上密集的刺，一根又一根，仔仔细细地将刺全部拔掉了。

宋枝一觉醒来,发现病房里空荡荡的,没有闻时礼的身影。

他一个人走了吗?他就把她一个人丢下了?

很好,宋枝掀开白色的被子坐了起来,感觉心里空落落的。过了一会儿,她下床蹲在地上,慢吞吞地开始穿鞋子,也许因为有点儿心不在焉,白色的板鞋的鞋带怎么也系不上。

连根鞋带都要和她作对!宋枝丧气地扯着鞋带,显得十分暴躁,正当越扯鞋带越乱的时候,一只白皙修长的手伸了过来,食指从她的手里钩走了鞋带。

"哥哥给你系。"

宋枝有点儿茫然地抬起头,对上男人含笑温柔的桃花眼。他蹲在她的面前,看了她一眼后就低头帮她系鞋带了。

男人的动作利落干净。他轻松地帮她系出了一个好看的蝴蝶结。

宋枝很不开心:"你不是走了吗?"

闻时礼觉得冤枉,笑道:"谁说我走了?"

"我醒来你就不在了。"

"哥哥去买了包烟。"

"哦。"宋枝站起来,阴阳怪气地说,"所以你就把我一个人丢在病房里?"

"……"

"再一次印证了你没有良心。"宋枝板着脸,把每个字都说得极认真,"你就这样对你的救命恩人?"

"嗯?"闻时礼失笑出声,胸腔轻微地起伏着,眉眼间都是笑意。他亲昵地捏了捏宋枝的小脸蛋,忍着笑道:"哥哥错了,请救命恩人原谅。"

见他认错态度良好,宋枝没有计较,大方地说:"那你起来吧,别蹲着了。"

"好。"闻时礼站起来,伸手从她后方的桌子上拿过牛奶和三明治,"把早餐吃了。"

宋枝乖乖地接过东西:"你吃了吗?哥哥?"

"我吃了。"闻时礼答道。

宋枝拆开三明治,咬了一大口,两边的腮帮子鼓鼓的,像只小仓鼠一样。

吃到一半,宋枝看见柜子上有一个精致的购物袋,里面还有一朵已经被拔光了刺的玫瑰花。

怎么会有玫瑰花?

宋枝偷偷地瞄了一下闻时礼,发现他正在窗边低头抽烟、看手机。

花应该不是送给她的……那就是他送给别人的。

宋枝心里一下子难受起来。

他为什么要让她看见花?他就不能偷偷地送花吗?

清晨,第一缕阳光照进了病房里,落在窗边男人的长睫毛上,却照不进他如长夜一般漆黑的眼睛。

宋枝目不转睛地看着他。

他的皮囊相当优秀,他生了一张符合少女梦的脸。

宋枝端详着他——闻时礼分明的喉结、流畅的下颌线、薄唇……

宋枝不禁在心中感叹：喜欢他的女孩子肯定很多。哪个女孩子这么幸运，能收到他亲自送的玫瑰花？

宋枝觉得手里的三明治瞬间变得无味了。她低头一看，发现三明治还有一大半。

她实在没有食欲，把剩下的三明治往桌上一放，目光却没有从他的脸上移开，两秒后，对上他那双多情含笑的桃花眼。

闻时礼关了手机屏幕，把手机揣回兜里，扫了一眼宋枝放在桌上的三明治。然后，他把手肘搁在窗台上，慵懒地倚在那里，弯唇笑了下："哥哥买的三明治不好吃？"

宋枝被问得有些突然，一时不知道怎么回答。她动作僵硬，生怕自己的小心思被发现。

随即，闻时礼指了指自己的脸，眉梢微扬："还是小宋枝觉得——"他稍稍一顿，拉长声调，笑着说，"哥哥长得不够下饭？"

"……"宋枝觉得心重重地跳了一下。

宋枝每一次被他开玩笑的时候，都会心跳加速，连带着呼吸也有些困难。她控制住自己内心乱撞的小鹿，微微咬紧牙关，心想：他是不是对每个女孩都这样？他到处放电，桃花更是大把大把地撒出去。

过了半晌，她移开目光，不自在地说："你是不是经常这样跟人开玩笑？"

"哪样啊？"他笑道。

宋枝注意到阳光仿佛为他镀上了一层金，衬得他清秀、英俊极了。

就好像他什么都不用做，只是存在，就吸引了无数人的目光。

等了几秒钟，宋枝都没有回答。

闻时礼索性抬脚朝她靠近，然后在她的面前停下。这一举动让宋枝紧张得往后退了一步，肩胛骨抵在了桌上。

他将一切看在眼里："躲什么？"

宋枝低头盯着自己的脚尖，低声说："就觉得你这样不太好。"

闻时礼的眉眼微微一动，唇角挂着一抹无奈的笑。他耐心地追问："你不说具体哪样，哥哥笨，真的不知道你的意思。"

他笨？这男人就是在炫耀。他说自己笨，让别人怎么活？

闻时礼又说："哥哥不就逗了你一句吗？"

这话一出来，宋枝觉得心里更不痛快了，闷声道："就不喜欢你这样。"

"为什么呢？"闻时礼问道。

宋枝转过头看了他一眼，不说话。

她寻思着要是直接告诉他，说自己介意他和别的女孩子也这样开玩笑，那他会不会一眼就识破了她的小心思？

算了，忍着吧，她不想再搭理他了。

宋枝憋了一肚子的闷气。忽然，她觉得可以换个方式说出来，这样就不会被他发现了。

"因为——"宋枝一本正经地训人，"如果你经常这样和异性开玩笑的话，很容易引起别人误会，包括这一次你被咪姐设计。说不定就是因为你这样才被盯上的。"

小姑娘一本正经的模样，让闻时礼一瞬间怔住了。他抬手摸了摸宋枝的眼角，反问："小孩，你把哥哥当什么人了啊？"

宋枝说："什么？"

闻时礼真的觉得很好笑，语气里还是无奈多："你看我对谁这样开过玩笑？"

"为什么老对我开玩笑？"

"还能为什么？"闻时礼散漫地笑着，"当然是因为小宋枝好玩啊。"

"……"她好玩是什么意思？他把她当玩具玩吗？

宋枝沉默着。

"不是吧？"闻时礼用手指刮了刮她的鼻尖，"哥哥对你这么好，不至于开个玩笑你就生我气吧？"

宋枝抿了抿唇："哪里好？"

"行。"闻时礼耸了耸肩，"就当我对你不好吧。"

宋枝又沉默了。

闻时礼脚尖一转，在她身侧的床上坐下，哪怕坐着，身高也与她持平。

坐下后，他注意到还剩了很多的三明治："把这个吃完。"

宋枝看向三明治。此时她的注意力全被一旁的那枝玫瑰花吸引了。他居然还细心地把刺全部拔掉了。玫瑰的花瓣新鲜艳丽，红得让人想忽视都难。

"想要？"闻时礼留意到她的目光，转头看她，"那把三明治吃完。"

宋枝低声说："谁说我想要？我才不稀罕。"

"不稀罕？"

宋枝低声道："你送给别人的花，我要是中途抢走了，我不成了小强盗了吗？"

闻时礼问："小强盗，嗯？"

没等她开口回答，闻时礼便吊儿郎当地笑了起来，看着小姑娘清秀的侧脸，然后张开双臂，说："那来吧。"

宋枝转过头，看着他的眼睛，又看向他的怀里，瞪大眼睛，说："干什么？你不会想让我抱你吧？"

男人脸上的笑意加深，男人英俊散漫。那双桃花眼眯出好看的弧度，他调侃道："你怎么总想占哥哥的便宜呢？"

"你不对劲儿。"宋枝说。

闻时礼顿了下，直接笑出了声："我不对劲儿？"

宋枝点头："你冲我张开胳膊干什么？"

闻时礼像是被小姑娘打败了，垂下手，说："小宋枝不是要当小强盗吗？哥哥张开胳膊心甘情愿地让你抢啊。"

不得不承认，宋枝听到这话后，心脏越跳越快，完全不受控制。但她表面上强装镇定。

宋枝有点儿崩溃，用一种不在乎的口吻企图蒙混过关："还心甘情愿地让我抢，你有钱吗？"

闻时礼笑道："哥哥穷，没钱。"

宋枝又问："多穷？"

话音刚落，闻时礼直接把裤兜内衬翻了出来，展示给她看："一分钱都没有了。"

宋枝愣了一秒："那你让我抢什么？"

见小姑娘无语的模样，闻时礼觉得很好玩，轻笑一声后没再逗她，拿起桌上那枝被拔光刺的玫瑰递给她，说："抢玫瑰。"

宋枝的手指动了动，她很想接花，倏地想到这可能是他要送给别人的，因此只好按兵不动。

"不抢？"闻时礼收回玫瑰，放在自己的鼻尖下闻了闻，"很香的。"

宋枝还是没动，抿唇沉默。

闻时礼摇头轻笑："到底要不要啊？这朵玫瑰真的很香。"

宋枝很心动，但还是有些别扭地说："我不想当小强盗。"

"嗯？"

宋枝又说："君子爱财，取之有道。仙女爱花，也取之有道。"

闻时礼的喉咙里发出充满诱惑的低笑声，肩膀轻轻地颤着。他像是真的被小姑娘的话逗得非常开心。他笑够了，满眼温柔地哄着："这朵玫瑰本来就是买给小宋枝的，哥哥刚刚在逗你呢。"

宋枝眼睛放出光："给我的？"

"嗯。"他笑。

这次，宋枝没有任何心理负担地从他手里接过玫瑰花，放到鼻尖下闻了闻。

这朵花真的很香，而且好漂亮！

看着宋枝兴奋雀跃的模样，闻时礼浑身都有种放松感。他喜欢看小孩这样，会觉得心情非常好。

他将双手撑在床上，上半身微微朝后仰着，坐姿相当慵懒，好没正行。

宋枝把目光从玫瑰转到闻时礼的脸上。她问："哥哥，你为什么突然送我玫瑰花？"

闻时礼问："哪里突然？"

宋枝问："送花的理由是什么？"

"谢礼。"闻时礼把双手改为撑在膝盖上，坐直了身体，朝前看着宋枝的眼睛，认真地说，"谢谢小宋枝救哥哥。"

距离突然被拉近，宋枝不由自主地屏住了呼吸，说不出话来，心想：他就能好好地说话吗？这真让人有点儿猝不及防。

闻时礼却没注意到她的异样，目光直接越过花瓣，与她对视："喜欢吗？喜欢的话，哥哥以后经常给你买。"

宋枝觉得呼吸变得缓慢，轻声问："你不是没有钱吗？"

"哥哥会去赚的。"闻时礼漆黑的眼睛不自知地勾人，说，"就当给小宋枝的定期谢礼吧。"

宋枝压住心里的涟漪，点点头。

在接下来的五分钟里，宋枝什么都没有做，就拿着那朵被拔光刺的玫瑰花看了又看，闻了又闻，喜欢得不得了。

她看不出来，这个老男人还挺会挑花。

宋枝一系列的小动作被一旁的闻时礼尽收眼底。他失声笑道："好了，去换衣服吧。"

宋枝问："换什么衣服？"

然后，宋枝就看见闻时礼伸手拿过柜子上的购物袋，塞到她的怀里。

宋枝低头打开袋子，看里面是一条特别精致好看的裙子。

裙子是他买给她的？

他居然买裙子给她！

如果内心戏能具象化的话，那么现在的宋枝能直接在这间病房里搭戏台跳舞了。她应该很庆幸内心戏不能具象化，不然得多尴尬。

高兴之余，宋枝忽然想到刚刚闻时礼空空的口袋，顿时意识到了什么："哥哥。"

"嗯？"闻时礼应道。

"你……"宋枝犹豫了两秒，小声地问，"你是不是把钱都给我花了？"

"没。"闻时礼摸出一包已经被拆开的紫云，"哥哥给自己买了一包烟。"

"剩下的钱呢？"宋枝又问。

"你的早餐、裙子、玫瑰花。"闻时礼笑着答道。

沉默半晌，宋枝觉得手里的玫瑰和裙子变得十分沉重，沉得她快要拿不住了："哥哥，你真的一分钱都没有了吗？"

闻时礼笑道："真的。"

怕小姑娘误会他抠门儿，闻时礼指了指宋枝手里的玫瑰，说："哥哥最后就剩下五块钱了，只够给小宋枝买一朵玫瑰花。"

宋枝听后，声音变低了："我不是这个意思……"

闻时礼松了口气："那就好，我还以为你误会哥哥小气。"

宋枝抽抽鼻子，说："怎么会？"

"不会就好。"闻时礼轻轻地拍了拍她的肩膀，"去吧，把干净的裙子换上。"

"哦。"宋枝轻轻地把玫瑰放到柜上，抱着购物袋往卫生间的方向走去。

到卫生间门口的时候，宋枝停下了脚步，回过头，隔着数米的距离看向男人的双眼。

"哥哥。"宋枝叫道。

"嗯？"

宋枝抿了抿唇，无比认真地说："哥哥，你真是一个好浪漫的人啊。"

闻时礼挑眉问："有什么说法？"

宋枝心里感动极了，说话也带了些撒娇的味道："你最后只剩五块钱了，还给我买了一朵玫瑰花，这不就是浪漫吗？"

"是吗？"闻时礼漫不经心地笑了下，道，"哥哥不懂什么是浪漫，也不会。"

这男人真是浪漫不自知。他也不会懂，自己做的这些会让一个少女对他产生怎样的情愫。没有人能抗拒一个将浪漫深埋于骨子里的男人，十三岁的宋枝自然也是。

很快，宋枝就见闻时礼眼尾稍稍一扬。他冲她笑道："哥哥只是想买朵花逗小宋枝开心罢了。"

宋枝进入卫生间，这家医院病房自带的卫生间的环境很不错，洗漱台和镜子都被擦得非常干净。她把购物袋放到洗漱台上，从里面取出裙子。

欧根纱的仙女裙，在阳光下闪闪发亮。

宋枝看到裙子上的吊牌还没被拆，便把在领口处的吊牌翻了出来，看到价格后，不禁倒吸了一口冷气。

六百三十块？闻时礼为什么要给她买这么贵的裙子？她也不知道打过折没有。

宋枝慢吞吞地换着衣服，想着闻时礼说过的话。

他说他给她买了早餐、裙子，还有玫瑰花，还给自己买了一包烟。

宋枝拉裙子拉链的动作停下。她突然意识到了一个问题。

她刚才问闻时礼有没有吃早餐，他说已经吃过了，但其实他没有。因为他将剩下的钱花给她了。

他在说谎，在骗小孩子。

宋枝抬眼看着镜子里换上新裙子的自己，心中一下子很不是滋味。

宋枝拉好拉链，把换下来的那条裙子装进了袋子里。她在洗漱台前抠着指甲不停地纠结，在想到底要不要问问闻时礼早餐的事情。

五分钟后，仍旧没得出结果的她走了出去。

病房里，闻时礼正在窗边抽烟，窗外的梧桐树绿枝横斜，细碎的光影洒在他的眉眼间，斑斑驳驳。他吞云吐雾时姿态很慵懒，举手投足间都迷人不自知。

宋枝停在卫生间门口，静静地看着他。

闻时礼的烟瘾好像很重。他似乎时时刻刻都在抽烟，像是一直都有心事。

闻时礼注意到了宋枝的身影，转过身，目光穿过白烟落在宋枝的身上。

他平静地看着她，过了好一会儿，毫不吝啬地夸奖道："好看。"

宋枝道："谢谢。"

"和哥哥说什么谢谢。"闻时礼轻笑一声，"这么见外？"

宋枝抿抿唇没出声，满脑子都在想闻时礼没吃早餐的事情。

他的胃会难受吧？

宋枝走到床头的桌前，拿起剩下的三明治和那瓶牛奶，沉默着走到他的面前。

闻时礼盯着她有些严肃的小脸，把夹着烟的手伸到窗外，问："你怎么这副表情，打不开牛奶瓶盖吗？"

宋枝摇头，把三明治递了过去，说："你吃。"

闻时礼问："我吃？"

"你吃。"宋枝把三明治递得更近了，"你把三明治吃完。"

闻时礼瞥了一眼三明治，转过脸笑道："哥哥误会你了。"

宋枝问："什么误会？"

闻时礼说："误会你跟哥哥见外。"

闻时礼抬手，轻轻地弹了一下宋枝的脑门，笑道："你吃过的还拿给哥哥，明明一点儿都不见外。"

宋枝沮丧地说："你嫌弃我对吗？"

没等闻时礼解释一句，宋枝的双眼已然变得通红。她可怜巴巴地哭了起来，哽咽道："你居然嫌弃我……"

"哥哥没……"闻时礼连忙解释。

"呜呜……呜……你嫌弃我！"宋枝直接打断了他的话，用手背重重地揉着眼睛擦眼泪。

"哥哥没有啊。"闻时礼觉得无奈又好笑，按灭烟头，说，"你别拿手揉眼睛。我要说你多少次才能记住？"

"就要揉……呜呜呜……"宋枝变本加厉地揉眼睛，任性地说，"不要你管，反正你嫌弃我，呜呜呜……"

"小宋枝冤枉人真有一套。"闻时礼直接缴械投降，伸手接过她手里的三明治，"我这不是怕你吃不饱吗？哥哥话都没说完，你就开始哭。"

听到这里，宋枝停下了揉眼睛的动作，乖乖地把手放下，然后瞪着通红的眼睛去看闻时礼的表情，似乎想要探究他话的真假。

闻时礼轻笑一声，说："小孩子吃这么点儿东西怎么行？我什么时候才能不在童装店里给你买裙子？"

宋枝一下子愣在原地，眼泪直接收住了。

什么？童装店？多么侮辱人的词！

宋枝低头看了一眼自己身上漂亮的仙女裙。这条裙子他居然是在童装店里买的！

崩溃的同时，她用不敢相信的语气说："你在骗人。"

闻时礼稍稍弯腰，含笑逗她："我骗你做什么？哥哥还有小票呢。"

闻时礼说着就把小票从兜里掏了出来，递给宋枝看。

宋枝没接小票，垂眸看去。

店名真是醒目到让人想忽视都很困难的地步——宝贝牛牛童装店。

这是什么名字？这个名字好让人羞耻啊！他还……还真是在童装店里买的裙子！

宋枝没有抬头去看闻时礼现在是什么表情，自顾自地转了身，却被闻时礼叫住。

"小孩。"闻时礼叫道。

宋枝停下，转过头问："干吗？"

闻时礼倚在窗上，笑着问："干什么去？"

宋枝用手指轻轻地攥着裙摆，倔强地说："我不要穿童装，要把裙子换下来。"

"换下来做什么？"闻时礼难得在她的面前展现自己强势的一面，"哥哥买给你的，你就穿着。"

"可是我不想穿童装。"宋枝有点儿委屈，"我不是小孩子。"

她到底要到什么时候才能不被他当小孩子看？那天会很远吗？

闻时礼没有注意到小姑娘眼底的失落。他朝她靠近，稍稍弯腰，说道："小宋枝这么爱哭，还说自己不是小孩子？"

宋枝觉得情绪越来越失控，哽咽着吼道："就不是小孩子！"

闻时礼怔住了。他似乎没想到小姑娘会这么激动，不明白这是为什么。

很快，他便回过神来，服软道："好好好，小宋枝不是小孩。那小宋枝多吃点儿好不好？这样长得快一些。"

过了一会儿，宋枝觉得心情稍稍平复了下来，都说伸手不打笑脸人，何况闻时礼这么温柔又有耐心。他的确让她发不起火来。

"我不想吃了。"她想着他还没吃早饭，嗫嚅着道，"你吃吧，哥哥。"

然后，宋枝又把手里的牛奶递了过去："这个你也喝。"

闻时礼伸手接过牛奶，轻松地拧开瓶盖，又将牛奶递给宋枝，说："你先喝，喝牛奶长得高。"

宋枝把手背到身后，拒绝道："我不要。"

闻时礼说："听话。"

宋枝被那句"喝牛奶长得高"诱惑了，还是接过牛奶小口小口地喝了起来。

喝到一半的时候，宋枝觉得已经饱了。于是她停下来，却没注意到自己的上唇上还有奶渍。

闻时礼起身，从纸盒里抽出一张纸后回到宋枝的面前，细心地把宋枝唇上的一圈奶渍擦掉。

从小习惯了被人照顾的宋枝，每次接受闻时礼照顾时，都会感到很紧张。但她只能尽量让自己不把紧张表现出来。

她生怕一不小心……把自己的心思暴露出来。

"哥哥，我好饱，嗝——"宋枝把牛奶递过去，"剩下的牛奶你喝。"

闻时礼伸手接过来："好。"

宋枝吃饱了就不太想站着，于是挪到床边坐下，低头摆弄着自己的新裙子，又拿过旁边的玫瑰花把玩。

此刻她的心情大好。他给她买早餐，买玫瑰花，买漂亮的仙女裙。

宋枝：呜呜呜，哥哥天下第一好！

宋枝越想越开心，嘴角翘得实在厉害，男人含笑问话："小宋枝想什么呢，这么开心？"

她抬头看向闻时礼。他刚把三明治吃完，正在喝她剩下的牛奶。

他仰着头，喉结上下滚动。一想到那瓶牛奶她刚刚喝过，宋枝的耳根唰的一下就红了。

班上如果有男生喝女生喝过的水，其他人就会疯狂地起哄。他们把这种行为叫间接接吻。

救命，她不敢再往下想。

宋枝后悔不已，自己刚刚就该把牛奶喝完！

脸红实在是一件很难被掩饰的事，只要对方的眼睛不瞎就能看见。喝完牛奶，闻时礼的目光转向宋枝。他觉得小姑娘十分好笑："看哥哥喝牛奶，你脸红什么？"

宋枝强忍着害羞，面无表情地说："我热。"

闻时礼用眼神示意她看上方的空调，说："室内温度23摄氏度，还热？"

"不要你管。"宋枝反驳道。

闻时礼被呛得莫名其妙，只得摇头失笑。他真的拿这个小孩没一点儿办法。她变脸比变天还快，上一秒还笑眯眯的，下一秒就板着脸呛他。

这时候，病房门被人从外面推开了。

看见陆蓉，宋枝马上站了起来，嗒嗒地小跑过去，一把抱住自己的母亲："妈妈！"

陆蓉把她搂在怀里，问："怎么关机了呢？"

"没电了吧。"宋枝松开陆蓉的腰，退后一步，"你看，哥哥给我买的新裙子好不好看？"

陆蓉微笑道："好看，枝枝穿什么都好看。"

话音刚落，陆蓉越过宋枝，看向不远处的男人："小闻，真是让你破费了，你人没事吧？"

"没事。"闻时礼说，"就是我没照顾好小宋枝，让她受伤了。"

听见宋枝受伤了，陆蓉连忙低下头查看，看见宋枝眼角和肩膀上的青紫后，说："小孩子嘛，难免磕着碰着，没伤筋动骨就行。"

闻时礼跟着看了一眼宋枝脸上的伤，低声道："抱歉，是我的原因。"

"小闻，真的没事，你不要有心理负担。"陆蓉摆摆手，"事情我都听说了，你长得好看招人稀罕不是你的错。"

宋枝插嘴问："妈妈，你听谁说的？"

陆蓉说："今天早上派出所给我打电话了，详细地说了昨晚的情况，然后问我要不要和对方和解，我当然不同意啊。另外，还有很多记者联系我，说想采访你呢，枝枝！"

宋枝有些迷茫："啊？采访我干什么？"

"你还不知道吗？"陆蓉问。

"什么？"宋枝再次发出了疑问。

陆蓉从包里取出手机，翻出一条本地实时新闻报道给两个人看，大标题还是红色的——"前方高能！莲庆警方捣毁大型涉黄窝点！"

据悉，该次打击行动的重要线索提供者是名初中生，媒体正在积极联系该学生家长，争取采访。

报道里还配有图片和视频。其中一张照片里有宋枝的一个纤瘦的背影，但没被拍到脸。

看完后，宋枝表示不理解："我昨晚只是想救哥哥，没想那么多。"

陆蓉道："一石二鸟，枝枝厉害！"

"真没想过。"宋枝回头，目光落入男人漆黑的眼睛中，"在我的心里，哥哥比较重要。"

那一瞬间，闻时礼的心仿佛被什么东西击中了。她说他重要。从没有人说过他重要。

只是他这个人的情绪从来都不明显外露。闻时礼只是淡淡地笑着，伸出手摸了摸她的头，用无比温和的语气对宋枝说："任何时候，国家都优于个人，明白了吗？"

宋枝其实不太明白。

她现在还不太懂他那句"国家优于个人"的意思，所以只好沉默。

闻时礼像是看出了她的困惑，放缓了语调，放在她头上的手却没移开，说："小孩，卖淫嫖娼这件事在本质上就是不对的，容易传播梅毒、艾滋病等性病，对国家的社会风气有很不好的影响。打击这种大型组织的违法行为当然比哥哥重要。"

宋枝乖乖点头，表示明白。

宋枝还想继续问，刚张开嘴还没出声，就被旁边的陆蓉直接搂过肩膀打断了话："走吧，我们去缴费。"

宋枝明明人已经被妈妈拉着往外走了，还不忘回头，很自然地拉过闻时礼的手，说："哥哥和我们一起去。"

他任由小姑娘牵着手往前。

男人手上的肌肤凉而干燥，手指比宋枝的手指长许多。她就算全部握上去，也只能握到他掌中的位置。

此时电梯里的人很多，闻时礼察觉到宋枝拉手的力道加重了，便垂眸看她，轻声询问："怎么了？"

没等她斟酌出合适的话，闻时礼温和地开了口："是不是有点儿挤？"说完，他直接把宋枝拉到了自己的正前方，一只手自然地搭在她的肩膀上护着她，另一只手还被她牵着。

"是有点儿挤。"宋枝觉得脸在发烧，心中却在庆幸，还好自己是背对着他站的，不然他就会看见她的脸实在红得很厉害。

闻时礼问："还挤吗？"

宋枝说："不了。"

"叮"的一声，电梯到了被按的楼层，所有人陆续走出了电梯。

宋枝默默地放开闻时礼——自己再这么牵着他的手就有点儿不合适了。不过她真的已经很满足了！

陆蓉去窗口缴费，闻时礼和宋枝到医院大门口处等待。

清晨，医院外面的空气十分清新，宋枝深深地呼吸了两口后，突然想到自己换下来装在袋子里的旧裙子还在病房里的桌子上。

宋枝挠挠头，转头对闻时礼说："哥哥，我换下来的裙子忘拿了，我去拿一下。"

闻时礼看向她，说："不拿了。"

宋枝抿抿唇，不理解地问："为什么？"

"哥哥这不是给你买新的了吗？"闻时礼用目光上下打量着她，唇角稍弯，"这件你穿着更好看。"

宋枝一愣，他说的是"更好看"。他的意思是，她穿什么都好看，不过她穿他买的裙子更好看。宋枝这么一想，有点儿不好意思。

"丢了也挺浪费的。"宋枝支支吾吾地说。

闻时礼脸上的笑意渐收。他说："哥哥不想看你穿那条裙子。"

宋枝不理解地问道："为什么？"

"因为……"闻时礼微微一顿，"你穿那条裙子，哥哥就会联想到你流鼻血的模样。"

宋枝觉得脑子里一片空白，生怕自己会错意了。

他在心疼她？

闻时礼眼中的笑意完全消失了。他温柔地说出了印证宋枝想法的话："哥哥会心疼。"

宋枝完全怔住，盯着他的眼睛，说不出话来。

在这一刻，宋枝无法感知周围的环境，包括来往的行人、飞过的鸟以及汽车的喇叭声。她只能看见男人那一双温柔似水的桃花眼。

打破沉默的人是陆蓉。陆蓉打开包，准备把缴费单放进去，说："走吧，我的车就停在那边。"陆蓉的车停在了医院大门口前的停车位里。

闻时礼伸出手，说："阿姨，缴费单给我吧。"

陆蓉没多想，直接将缴费单递了过去。

闻时礼低头查看价格，总共一千二百六十元，包括昨晚救护车的费用。他看后，对陆蓉说："阿姨，谢谢您帮我垫付费用，我会尽快还您的。"

陆蓉根本没想过要他还钱，连忙道："没事呀，一点儿小钱而已。"

"要还的。"闻时礼把缴费单揣到自己的裤兜里，"这是规矩。"

这个年轻的男人心气高，性格要强，有自己的一套行事准则。陆蓉不好再说什么，于是道："行，等你有了钱再给我，不着急。"

"嗯。"闻时礼应道。

上车前，宋枝想到了那朵被拔光刺的玫瑰。她怎么把它忘了？

没管旁边的陆蓉和闻时礼，宋枝直接往医院里跑，后面传来了陆蓉的声音："这孩子慌慌张张地干什么去？"

宋枝回到病房的时候，发现装旧衣服的袋子和玫瑰花都没了影子。这下她着急坏了，想着东西不会是被打扫病房的护士丢了吧。

于是，宋枝又气喘吁吁地跑到护士站，双手扶在护士台上，踮脚喊着里面的人："护士姐姐！"

一名护士上前来，问道："怎么啦小朋友？"

"39床旁边的柜子上有一朵玫瑰花。"宋枝已经急出了哭声，"你们看见过吗？"

护士想了想，说："不清楚。"

闻言，宋枝陷入了深深的自责和懊悔中，都怪她丢三落四，才把哥哥送的玫瑰花弄丢了。

这时候，另外一名护士的声音从旁边传来："是这朵玫瑰花吗？"

宋枝急忙转头，见那名护士手里拿着的正是那朵漂亮的玫瑰花，还有装着旧裙子的购物袋。

宋枝把头点得跟小鸡啄米似的，连忙说："就是这朵！"

护士姐姐把袋子和花都递了过去，说："拿好。"

宋枝却只把玫瑰花接在手里，没去接衣服。她想到闻时礼说的话，他看见她穿这条裙子会心疼。于是，她对护士说："谢谢护士姐姐，这个不要了。"

护士说："那我扔掉了。"

"好。"宋枝答道。

对于玫瑰花，失而复得，宋枝长呼了一口气。

要是花真的不见了的话，她会哭死的。这可是闻时礼买给她的第一朵花。她不知道以后还会不会收到花，更不知道他说会定期买花给她当谢礼的话到底算不算数。

医院的大门口，陆蓉和闻时礼都站在车旁边等她。宋枝小跑过去，小心翼翼地看了一眼闻时礼，说："差点儿就把你给我买的花弄掉了……"

"这不是没掉吗？"闻时礼说。

"我是说差点儿！"

"差点儿也是没掉。"

宋枝沉默了几秒，有些底气不足地轻声问道："要是我真的弄掉了，你还会给我买花吗？"

闻时礼轻笑道："买啊。"

"还有，你说以后会定期给我买花这件事，"宋枝问，"是真的吗？"

闻时礼心想：自己在小孩的眼里就这么不靠谱吗？

他顿时觉得无奈又好笑，问道："你就这么信不过哥哥？"

"没。"宋枝嘀咕道，"我是怕你年纪大，记性不好。"

"你这小孩怎么老攻击我的年龄？"闻时礼加深了唇角的弧度，慢条斯理地说，"是不是再过两年，就要说我半截身子入土了？"

"差不多吧。"宋枝快速地扫了他一眼，"所以你要尽快改邪归正。"

陆蓉静静地站在旁边，看这一大一小拌嘴。还别说，他们真有点儿兄妹的样子。

"改邪归正？"闻时礼差点儿以为自己听错了，"我做了什么坏事，需要改邪归正？"

宋枝正色道："你别再去这里打工了，找个正经的工作。"

原来小孩在说这件事情。

"那在小宋枝看来，"闻时礼轻笑，眉梢轻扬，说，"什么工作算正经的工作？"

宋枝思索着："我看的话……"思考了一会儿后，宋枝说，"反正不是这种的工作就行。"

闻时礼用手指戳了一下她的脑门，说："你这叫职业歧视。"

"我不管！"宋枝单手捂住自己的脑门，抬眼看他，"你能不能答应我别再去了？"

"行啊。"闻时礼眯眼浅笑，"反正不正经的工作这么多，不差这一种。"

宋枝不知道他是在开玩笑还是认真的，一下生起气来，说："那我不白救你了吗？！"

闻时礼觉得这个小姑娘越发有趣，道："怎么还跳脚了呢？"

宋枝决定不再搭理他，直接拉开车门，气鼓鼓地钻到车里坐下，把玫瑰轻放到自己的腿上。

陆蓉对闻时礼笑着说："她打小就这样。"

闻时礼笑道："挺好玩的。"

宋枝听罢更是气得要命。他还说她好玩？！她哪里好玩了啊？

闻时礼倾身弯腰上车。宋枝注意到后，特别小孩子气地往旁边挪，直到把自己挤到一侧的窗边。两个人的距离拉得特别远，中间起码能容下两个人。

陆蓉上车，启动车子。他们平稳地出发了。

几分钟后，闻时礼转过头，看见小姑娘抱手环胸，表情闷闷不乐，俨然一副还在生气的模样。他上半身倾过去，凑到她的耳边轻喊："小孩。"

宋枝的耳边环绕着男人温热的气息。她被吓得浑身一激灵，转过头紧张地看着闻时礼的眼睛，结结巴巴地问："你……干吗？"

闻时礼笑得很灿烂："刚才逗你呢，哥哥答应你还不行吗？"

宋枝屏住呼吸。

"嗯？"他将语气放得更轻缓了，"别生气。"

宋枝实在经不住他的温柔，嗫嚅着道："那一言为定。"

他一字一顿地重复道："一言为定。"

见她不再生气，闻时礼笑着抽身，坐直了身体。两个人的距离又拉开了。

宋枝用余光瞄了一眼闻时礼。他怎么离得这么远？

宋枝有点儿后悔——自己上车的时候为什么要坐得这么远？她现在挪过去的话，会不会显得很刻意啊？

宋枝纠结了好一会儿，还是想坐得离闻时礼近一点儿。

她转头飞快地看了他一眼。他在看窗外的风景，没有注意到她。

宋枝心想，不如就趁现在悄悄地移过去。她觉得自己的计划简直天衣无缝。

宋枝立刻把想法付诸行动，两只小手撑在坐垫上，脚底微微用力，一点儿一点儿地朝闻时礼移动。她没想到移到一半，再次起身的时候，屁股还没落下去，闻时礼就倏地回头看向了她。

两个人四目相对。这气氛不是一星半点儿地尴尬。

宋枝今天真的很尴尬。

闻时礼的目光懒洋洋地落在宋枝还没坐下去的身体上，那双桃花眼露出迷人的笑意，更显得他的脸十分迷人。

他吊儿郎当地笑问："小宋枝，怎么回事，想偷袭哥哥？"

宋枝半晌无言，只是盯着他，根本不知该做何反应。过了好一会儿，她才慢吞吞地坐了下去，心虚地说："我就是觉得你这边窗外的风景好一点儿。"

闻时礼轻笑："嗯？"

宋枝看了窗外一眼，注意到行道旁生长得茂盛的排排大树，于是，随口胡说："就是在看那些槐树。"

闻时礼似笑非笑地说："那些不是椴树吗？"

宋枝一下被噎住了。两秒后，她选择了睁眼说瞎话："这两种树长得很像，我分不清。"

闻时礼静静地盯着她。

宋枝心虚地道："干吗？"

"没干吗。"闻时礼伸手把她与自己拉近，"哥哥就是觉得小宋枝的眼睛真的不太好。要不你好好看看？"

宋枝一点儿都没反应过来，完全怔住了。她吓得心跳都差点儿停了。

两个人之间的距离很近，她甚至能闻到他身上很淡的烟草味，能看清楚他的每一根长睫毛。

宋枝挺直脊背坐好，假装在认真地看窗外的树木，自言自语道："就是挺像的。"

闻时礼唇角一勾，也跟着她的目光看向那些椴树，没有说话。

那天回去后，宋枝又在房间里尴尬了将近一个小时。因为她用百度搜这两种树的照片，发现这简直是在打自己的脸。椴树和槐树根本一点儿都不像！

怪不得闻时礼当时像看傻子一样看着她。

宋枝：呜呜呜，他那就是看傻子的目光吧！啊啊啊！

宋枝尴尬得只能不停地抱着她的粉红豹在床上打滚儿。

滚来滚去，她竟然睡着了，再醒来时，窗外已经暮色四合。

宋枝睡眼惺忪，揉眼下床，趿上拖鞋，打开房门，见陆蓉正往餐桌上摆菜。陆蓉听见脚步声，抬头看见宋枝从房间里出来，说："正好要叫你呢。"

宋枝抽了抽鼻子，说："我去叫哥哥。"

"别叫小闻。"陆蓉说，"他看上去挺累的，现在应该在睡觉。我单独留了一份饭菜，他醒后再吃吧。"

"那好吧。"宋枝说。

这天的晚饭只有母女两个人吃。其实，家里以前常常这样。宋长栋经常忙得一两个星期见不到人，宋枝只能和妈妈在家里。偶尔妈妈不在家的时候，她就自己一个人在家里。一般会有家政阿姨过来打扫卫生，顺便给她做饭。

吃到一半，陆蓉说："妈妈要出差一周，去参加剧创会，你在家里要乖乖的啊。"

宋枝问："什么时候？"

陆蓉回答道："今晚的飞机。"

宋枝觉得有些突然："为什么这么急？"

"没办法呀。"陆蓉无奈地说。

宋枝夹了一筷子番茄鸡蛋送到嘴里，含糊着道："好吧……"

陆蓉突然想到了一件事，便问："对了，一些记者说要采访你，你要接受吗？他们可能会到学校里去。"

宋枝其实不太在意这件事，说："随便吧，都行。"

陆蓉说："那妈妈跟他们说，你只在学校里接受采访，不接受其他采访。"

"好。"宋枝答道。

"明天要回学校上课，早点儿睡觉。"

"知道啦。"

陆蓉注意到宋枝身上的裙子换过了，便问："怎么不穿小闻给你买的新裙子？"

宋枝嗫嚅着道："以后再穿。"

裙子被穿的次数少，磨损少，看上去就会一直很新，她这么想。

"奇怪……"陆蓉托腮看着宋枝，若有所思地道，"我听你爸爸说过，小闻不是个会轻易对别人好的人。他怎么会给你买东西？"

听到这话，宋枝觉得心里简直像抹了蜜，面上却装得特别骄傲，说："我是他的救命恩人，这些都是谢礼。"

陆蓉被自家的姑娘逗得笑个不停。

饭后，宋枝回到房间里，坐在书桌前，拉开抽屉，把砸掉金猪后取出来的钱拿出来细细地数了一遍——3672.66元，一分不少。

宋枝心疼地从里面抽出一张一百元的钞票，放到一旁。这是她要给周崇生生日会的钱。

只能少给哥哥一百元了，没事，以后她会继续存钱的，把自己存的钱全部给哥哥花，避免他误入歧途。

这时候，宋枝的小腹传来一阵疼痛感。宋枝用手揉了揉小腹，觉得还是很痛，这和上次月考时的痛是一样的。这种痛又不像是她要拉肚子，只是不停地隐隐作痛。

宋枝把钱放回抽屉里，捂着肚子躺上床上，小腹却越来越痛，呜呜呜，怎么回事啊？

几分钟后，宋枝已经痛得蜷成了一小团，像只受伤的小兔子，可怜得不行。

她只好在心里不停地安慰自己：没事的，枝枝，睡着就不会痛了。

睡……快睡……然后，她真的睡着了，结果却是还不如不睡。

宋枝再次醒来时，场面触目惊心。

也不知道自己睡了多久，宋枝一觉醒来时，发现身下的濡湿感明显。她慢吞吞地坐起来，低头一看，这简直是世界末日！

床单上有鲜红的血，血是直接从内裤渗出沾到床单上的，巴掌大小。

宋枝此时的念头居然是庆幸自己没有穿闻时礼给她买的新裙子睡觉。要是把新裙子弄脏了，她会心疼死的。

宋枝用双手捂着肚子下床，走到书桌前拿起手机，拨通了陆蓉的电话。那边却提示对方关机了，妈妈还在飞机上。

宋枝放下手机，到落地镜前转身看自己，臀部的布料简直惨不忍睹，整片都是红的。

在镜子前站了会儿，宋枝决定自己到爸妈的房间里翻一下，应该能找到卫生巾。

爸妈的主卧就在她房间的右边，宋枝走出去，转弯进入主卧。打开灯后，她在房间里的各个抽屉里一通翻找。

宋枝找了半天，一无所获。她开始有点儿着急，妈妈难道不来月经吗？为什么没有卫生巾啊？

她又找了好一会儿，还是没找到卫生巾。宋枝感到有暖流不断地从身体里涌出，一下子急红了眼。她从小被精心照顾，很少有这种手足无措的时候。

她像小偷似的一阵翻找，还是一无所获。

宋枝放弃了，决定自己换衣服出去，到便利店里买。

回到房间里，宋枝找了一条干净的裤子到厕所里换上，又抽了很多卫生纸垫在内裤上，换好裤子，拿上家门钥匙和手机来到客厅的门前，准备出发。

宋枝手刚握上门把手，就听见后方传来男人清冷低沉的嗓音。

"小宋枝。"闻时礼叫她。

如果初潮深夜到访对宋枝来说是场灾难的话，那么她被闻时礼撞到偷摸出门买卫生巾，简直就是末日级别的灾难。

她的人生好像在这一刻被画上句号，结束了。这简直是宋枝的年度尴尬场面。

宋枝：救命！为什么他突然在这时候出房间？

宋枝迟迟不敢回头，有些迟钝地低声说道："我出去买东西。"

声音再次在后方响起，闻时礼淡淡地问："买什么？"

"……"她要怎么开口啊？

宋枝只得硬着头皮说："就是随便买点儿东西。"

"嗯？"

宋枝没想到的是，闻时礼居然直接上前握住了她的肩膀。他将她转过来面对着他，俯身弯腰看着她的眼睛，说："小孩，告诉哥哥，要买什么？"

他为什么非要打破砂锅问到底？

宋枝憋着满满的委屈，看了他一眼，也不说话。

闻时礼温柔地说："乖，告诉哥哥。"

"……"

"哥哥去给你买回来。"

谁要他去买卫生巾啊？

宋枝现在真想当场死去。反正她绝对不会让他去买卫生巾的！

宋枝嘟着小嘴，表示不满："你为什么管得这么宽？"

"我这叫关心你。"闻时礼平时与她说话时总是眼中含笑，语气十分温柔，"再说，你不也管哥哥吃不吃饭吗？哥哥管你就不行？"

"……"

闻时礼再次追问："说吧，买什么？"

宋枝实在不知道怎么开口告诉他，难道直接跟他说自己要出去买卫生巾吗？这必然是不可能的!

"买什么呢?"闻时礼追问。

宋枝见他非要问,情急之下决定撒个谎,反正就是不能说出去买卫生巾。她沉默了几秒,假装平静地说:"我饿了,想出去买东西吃。"

得到答案的闻时礼不但没放她出去,反而抬手指了指卧室的门,说:"想吃什么?哥哥去给你买,你回房间里等我。"

宋枝直接拒绝:"不行,我自己去。"

闻时礼眉眼间的笑意稍稍收敛。他说:"你只有两个选择,要么我去帮你买东西,要么你和我一起去。总之,这么晚我不会让你一个人出门的。"

"我就想一个人去。"宋枝支支吾吾地说。

闻时礼的笑意完全收住了。他冷冷地道:"不可能。"

宋枝底气不足,继续犟道:"就要。"

"是不是——"闻时礼不再弯着腰与她说话,站直了身体,"哥哥对你太温柔了?"

"……"

他落在她身上的目光很有压迫感,嗓音渐冷。他说:"所以你这么不听话。"

宋枝咬唇不语。

闻时礼不笑的时候格外冷漠。他上前一步挡在门口,再次指着卧室门说:"回你的房间里去。"

宋枝垂在身侧的手握紧,委屈得不行,被凶出哭声来:"我不。"

闻时礼继续道:"回房间里去。"

宋枝犟道:"就不。"

"你想做什么?非要自己一个人出去买东西,也不看看现在几点钟,怎么这么不懂事?"

宋枝站着没动,眼眶越发红。

闻时礼垂眼看她,说:"你哭没用,眼泪从来都解决不了问题。"

宋枝把头深深地低下去,小手紧紧地握成拳,眼泪猝不及防地砸到地板上。她的眼泪一颗又一颗,不间断地掉。她就是不想把这么丢脸的事情告诉他,不想在他的面前难堪。

"宋枝,我敢肯定一件事,那就是你绝不想看见我发脾气的样子。"闻时礼把每个字都说得很清楚,冷得不行,语气和平日里相差十万八千里,"现在是半夜三点钟,你这么一个小孩跑出去,要是遇到坏人怎么办?你不是三四岁的年纪了,要对自己负责。你要买什么吃的完全可以告诉我,我没说不愿意为你跑一趟。但是你非要一个人跑出去,这是不可能的。"

"……"

"听明白没有?"闻时礼问道。

宋枝沉默了几秒,尽量让自己不哭出声来,抽噎道:"明……明……明白了。"

闻时礼:"那你还要一个人出去吗?"

"要，呜呜……"宋枝说，"我还是想一个人去。"

"……"敢情他刚说的都是废话？

见小姑娘一副受了天大的委屈的模样，闻时礼缓和了神色和语气，说："你要吃天上的月亮吗？非要一个人去。"

"不是。"宋枝说，"只是我要买的东西不能让你知道。"

"什么东西这么神秘啊？"闻时礼觉得有点儿好笑，慢条斯理地问，"神秘到对哥哥也要保密吗？"

"是啊。"宋枝抹了一把眼泪，迅速地看了他一眼，"就不能让你知道。"不然她为什么要和他僵持这么久？

"很抱歉，小宋枝。"闻时礼重新露出了温柔的笑意，眼眸含着夜星，嗓音低沉，"你今晚踏不出这道门的。"

"……"宋枝完全呆住了。

要是他真不让她出去，不就意味着她今晚要"血流成河"，还没有卫生巾可以用吗？要是她不用卫生巾的话，得用多少包抽纸才够？

这一晚上她都得折腾，明天学也不用上了。她真的觉得很委屈："你不讲道理。"

"不讲道理？"闻时礼挑眉，懒洋洋地说，"那就当我不讲道理吧。"

"……"

"小孩，是你拎不清重点。"闻时礼扫了一眼窗外黑漆漆的夜色，用手一指，让宋枝看，"外面真的很黑，真的很不安全，你要对自己负责，不要任性。"

"……"宋枝觉得他说得对，一点儿毛病都没有。

只是没有卫生巾怎么办？想到这个，她更想哭了。而面前的闻时礼不懂她，只会一个劲儿地教训她。

眼下，闻时礼已经将耐心耗尽了，说："行吧，我亲自送你回房间里，再随便给你买点儿吃的回来。"

宋枝说："哥哥，我不……"

她话还没说完，手腕就已经被闻时礼握住，直接被拉着往房间的方向去。

他不粗暴，力量却是压倒性的存在。她只能被迫跟着前行。要到门口的时候，宋枝猛地想到床单上那一摊还没被收拾的血迹。

不行不行！这要是被他看到就完了！宋枝想做点儿什么阻止闻时礼的时候，就听到房间里灯开关被人按的声音。

房间里瞬间明亮。

"……"宋枝原地僵住。

闻时礼停住脚步，往里看的目光瞬间凝固。

他看见宋枝床上有巴掌大小的明显血迹，红得很醒目，不用她说他也知道那是什么。

想到刚刚在门口时，宋枝委屈又倔强的样子，闻时礼这才反应过来，为什么她被他骂了后还非要一个人出去买东西。他侧身缓缓地在宋枝的面前蹲下，握着她的手还没松开，轻声问："不是买吃的啊？"

宋枝原本就没收住的眼泪直接被问得决了堤，一颗连着一颗成串儿地掉了下来。她没有哭出声，死死地咬着唇，把脸歪到一边。

闻时礼反思了一下，也觉得自己刚刚确实有点儿凶。过了一会儿，他有些尴尬地说："对不起，哥哥误会你了。"

宋枝没搭理他，把脸转得更厉害了，一副根本不想理他的样子。

她今天真倒霉，初潮没有卫生巾就算了，还被他骂。想到这里，宋枝干脆自我放弃般呜呜哭出声来，甩开闻时礼的手，自己走到客厅的窗户边，背对着他，哭得肩膀发抖。

见小姑娘哭得这么厉害，闻时礼一下子觉得自己是个罪人。

等了一会儿，他觉得要给她时间平复。

这事说来是挺让人委屈的，等她哭得没那么厉害了，闻时礼走过去温声道："哥哥去给你买，你一个人在家里怕不怕？"

宋枝还是不说话，抹着眼泪委屈得不行。

"原谅哥哥好不好啊？"闻时礼说话时声音里有着明显的歉疚之意，"我不该凶小宋枝。"

静默片刻后，宋枝才哽咽道："原来你也知道自己凶。"

闻时礼笑着说："那不是担心你吗？"

"那你还凶。"

"哥哥错了。"

他每次认错的态度都相当好，让人根本发不起火来。更何况，宋枝觉得这次他确实没错，但她也没错啊！她就是不想让他知道自己月经初潮了……

但现在，他还是知道了。宋枝发现，好像认识他以后，自己就在尴尬的道路上一路狂奔，呜呜呜，真的非常丢人……

"行了，回房间里去等哥哥。"闻时礼轻轻地拍了拍她的肩膀，"我尽快回来。"

宋枝哭得很累，也不想和他一起去买卫生巾了，只能慢吞吞地转身，抽抽搭搭地往房间走。还没到房门处，宋枝想到一件事，转过身哽咽着问："哥哥，你有钱吗？"

闻时礼笑得很温和："有的。"

"那好吧。"宋枝回到房间里。

闻时礼扫了一眼她关上的房间门后，长呼了一口气。他回到房间里，拿上手机和陆蓉给他的钥匙出了门。

进电梯后，他想了想，还是决定拿出手机百度一下——"怎么挑选卫生巾？"

这怎么这么复杂？闻时礼看得不禁抬手揉了揉太阳穴，觉得比看刑法书还头痛。

这都是什么玩意儿啊？他真的从没想过，有一天会大半夜三点钟，跑出去买卫生巾，还是给一个十三岁的小孩买。

她可能是第一次来。

闻时礼：唉。

第四章　照　顾

踏进便利店的时候，闻时礼还在默念自己的搜索成果："要买绵柔表层的，日用、夜用的都要买，选轻薄款，认准苏F这个牌子。"

不得不承认，他还是有点儿紧张的。

连司法考试都能面无表情一次过的他，居然会栽在买卫生巾上面，确实很离谱。

收银台处值班的是位五十岁的大爷，正在椅子上昏昏欲睡，脑袋一点一点的。

他看见闻时礼进店后，强撑着精神打了个哈欠。

来到卫生巾的货架前，闻时礼更头痛了——这里的卫生巾花花绿绿的，什么风格的都有。仿佛各家拼的不是谁的产品更好用，而是谁的产品包装更漂亮。

他第一次发现，女性用品原来可以这么花里胡哨。

闻时礼进入挑选流程。

第一步，他要先确定牌子。

闻时礼用目光在货架上一一扫过，寻找他刚刚在百度上看过的牌子。半分钟后，他终于在最右边的架子下方发现了苏F这个牌子的卫生巾。

他走过去，蹲下身开始精挑细选，选了半天后还是没确定。

哪种是轻薄的？这是个棘手的问题。

闻时礼无奈地站起身，向收银台的老爷子寻求帮助："请问，这些卫生巾里哪种……"他顿了下，有点儿难以启齿。

"哪种是轻薄的？"老爷子一个哈欠打得很响，打完后笑着说，"小伙子，你问我啊？你看我懂吗？"

算了，他自己选吧。

闻时礼正准备再次蹲下挑选的时候，老爷子说："你不知道买哪种，就打电话问问你老婆，其他的男人就是这样做的。"

"不了。"他淡淡地说。

闻时礼把每一种卫生巾都拿起来看了一遍。可他还是不知道哪种最轻薄。

一分价钱一分货，于是他直接去看价钱，然后拿最贵的。日用和夜用的卫生巾他各拿了两包，来到收银台前。

闻时礼把卫生巾放到台上，掏出钱夹："多少钱？"

"一百二十八。"老爷子说。

付完钱，他拎着袋子离开便利店。

外面夜色很深，这条路上没有路灯，四周都是黑黢黢的。

闻时礼一下想到了小姑娘哭鼻子的模样，不自觉地笑出声来——屁大点儿胆子的爱哭鬼，还要一个人半夜出门。

不过，幸好他没有让她一个人出门。

回到房间里，宋枝立刻开始拆床单。她费力地拆完床单后，抱着一大团床单走进浴室，把床单放在一个盆子里。

她往盆里放水放到一半时，忽然想到了自己弄脏的那条裤子，只好关掉水龙头，回房间里拿裤子。

从脏衣篓拿出裤子后，宋枝听见外面传来开门的声音。

他怎么回来得这么快？

外面又传来了开门的声音。

宋枝站着没有动，听着男人沉稳的脚步声越来越近，直到她的房门被敲响。

伴随着敲门声，闻时礼温和的声音传来："小宋枝，哥哥现在可不可以进来？"

宋枝说："可以。"

门从外面被推开。闻时礼拎着个袋子走进来，里面赫然装着几包花花绿绿的卫生巾。

宋枝快速地看一眼，脸腾地红了。

她还说绝对不会让他给她买卫生巾……没想到打脸来得如此快。这就是现世报。

闻时礼看见她手里抱着条裤子，问："现在要洗？"

宋枝很小声地说："对。"

"给哥哥吧。"闻时礼上前很自然地拿过她手里的裤子，"你现在去换。"

他说着把手里的袋子塞给宋枝。

宋枝看着他手里的裤子，有些傻眼："哥哥你要做什么？"

闻时礼说："我帮你洗裤子。"

宋枝欲言又止，用红意还未全消的眼睛看着他，犹豫片刻后还是决定说："哥哥……还是我自己来吧，裤子上……"

"哥哥知道。"闻时礼温柔地打断她的话，"没关系，哥哥会给你洗干净的。"

她并不是怕他洗不干净，而是单纯地觉得不太好。

他怎么能这么自然地……说出要帮她洗有经血的裤子的话？他没有一点儿嫌弃吗？

宋枝仔细地观察着他，发现闻时礼的脸上的确没有半点儿嫌弃之意。可她还是觉得不好意思："算了，哥哥，我自己洗。"

闻时礼没把裤子给她，而是扫了一眼还没铺床单的床："床单呢？"

"在浴室里。"宋枝说。

"我把裤子拿到我的房间里洗，你换好后过来我的房间。"闻时礼没有再和她说什么，直接往浴室去了。

宋枝心中五味杂陈：怎么说呢？就是感动、羞耻、尴尬、难过这些情绪全部混在了一起，像是调味料被打翻了。

一分钟后。

闻时礼端着那盆泡着水的床单走了出来，没有再和她说话，直接离开了房间。

宋枝看在眼里，觉得很疑惑：他为什么不理她？他好冷淡啊。

其实，闻时礼觉得这时候还是和小姑娘少说话才行，避免加剧她的尴尬。

他端着盆子到自己卧室的浴室里，把盆子放到洗手台上后往里倒了点儿洗衣液。水变成淡粉色。闻时礼一边搓着有血迹的地方，一边摇头失笑——帮小女生洗裤子，还是头一回。

闻时礼自从遇见宋枝后，有了这么多的第一回，真新鲜。

半个小时后。

闻时礼洗完了宋枝的床单和裤子，拧到不再滴水后，端着盆子去阳台上将它们晾好。

回到房间里，他点燃了一根烟，没吸两口，就抬眼看见小姑娘正怯生生地站在他的房门口。小脸红红的，她像是非常不好意思。

他走到窗边推开窗户，朝她招招手，说："进来。"

宋枝小步挪进去，问："哥哥，你叫我来你的房间做什么？"

闻时礼吐出一口烟，状似不经意地问："换好了吗？"

"嗯……"

他没再多问，用眼神示意她，说："去我的床上躺会儿。哥哥抽完这支烟就去给你熬红糖水，再给你换床单。"

宋枝看了一眼他的床，心重重地跳了下。

"不用这么麻烦。"宋枝说。

"听话。"闻时礼说。

宋枝知道自己争不过他，只好乖乖地走到床边，脱鞋后爬上去，然后特别乖地躺在一边。

闻时礼看着她，说："被子也盖着。"

"哦。"宋枝又拉过他的被子，将被子拉到自己的胸口处。

他不让她捂着脑袋睡觉。

闻时礼表扬道："真乖。"

宋枝心里有点儿甜，默默地躺着。

过了一会儿，闻时礼抽完了那支烟。按灭烟头后，他离开房间去厨房。离开前，他说："困的话可以先睡会儿。"

宋枝连忙答应："嗯嗯。"然而，她根本睡不着！

宋枝兴奋地在他的床上来回滚，抱着闻时礼的被子来回地滚，滚着滚着，又去闻被子的味道——一股淡淡的皂香，混着男性特有的味道，在一起特别好闻。

这是一种令人脸红心跳的味道，也是哥哥的味道。

宋枝滚得更起劲儿，滚的时候，两条纤瘦的腿在空中画出不小的弧度，被子更是被她裹成了一卷在腰上。

"小宋枝，你……"见到这一幕的闻时礼有些惊讶。

"……"听到声音的宋枝，一条腿直接停在了半空中。她尴尬地回头，看着男人握着门把手站在那里。他目不转睛地看着她的那条腿。

"……"又是宋枝的尴尬时间。呵呵，毁灭吧，她累了。

沉默半晌，在他深沉的目光里，宋枝悻悻地把腿放下，假装无比平静地把被子重新整理好盖上。做完这些动作后，她像什么都没发生过一样，面无表情地平躺着看天花板。

只要她不尴尬，尴尬的就是别人。

闻时礼却一点儿都不觉得尴尬，只觉得好笑："肚子痛还这么生龙活虎吗？"

宋枝继续盯着天花板，镇定地回答："还行。"

"行吧。"他低低地笑了一声，"跟哥哥说一下，家里的当归在哪里？"

"当归是什么？"宋枝觉得十分疑惑。

闻时礼无奈地笑了笑，说："想给你煮红糖当归水。既然你不知道就算了，好好休息，别滚来滚去的。"

宋枝强撑着回答："我知道。"

门被重新关上。

宋枝长长地吐出了一口气。还好他进来的时候她是背对着他的，不然他会看到她脸上那无比兴奋的表情。

真的好险……在接下来的二十分钟里，她都乖乖地躺着，没有再滚来滚去，生怕闻时礼又突然把门打开。

这种状态持续到闻时礼再次进来，他手里端着白色的瓷碗，里面装着热气腾腾的红糖水，还有一只白色的勺子。

宋枝掀开被子，准备坐起来。

在她的手撑在床面上的一瞬间，宋枝摸到一点儿濡湿的床单。

这怎么会是湿的？不会吧……这可是闻时礼的床！宋枝的心一下子提了起来。

他正一步一步地朝床边走过来，她僵硬着身体低头一看。

空气静止。

宋枝和床单上鲜红的痕迹对峙着。她觉得自己浑身开始结冰。

为什么这种事会发生在她的身上？这真尴尬且让人抓狂。

她明明记得自己是垫好了卫生巾才出浴室的。哪一步出问题了？

很明显，来到床边的闻时礼也看到了床单上的痕迹。他扫了一眼已经完全怔住的宋枝，脸上倒是没什么特别的情绪变化，说："下来。"

闻言，宋枝浑身不受控制地抖了一下。

她完了。他不会生气了吧？她真的不是故意的！

几秒后，宋枝慢慢地从床中移到床边，再下床在地上站好，怯生生地飞快地看了闻时礼一眼，问道："哥哥，你不会打小孩子吧？"

闻时礼觉得好笑："说什么呢？"

宋枝又问："不打吗？"

男人的目光透过面前的红糖水的热气，让人看不真切，语气里却多了吊儿郎当之意。他说："小宋枝，你觉得你能受住哥哥几拳？"

"……"

"一拳受得住吗？"

宋枝吓得心惊肉跳，咽下一口唾沫后开始道歉："对不起哥哥，我不是故意弄脏你的床的。"

"没事。"他倏地展开眉眼，笑了起来，"哥哥逗你玩呢。"

宋枝松了口气，面上有些不满："干吗逗我？"

闻时礼笑道："不逗你逗谁？"

"对了。"闻时礼把碗放到床头柜上，又把单人沙发移过去，"我给你买的卫生巾，你垫上了吗？"

"垫了啊。"宋枝解释道。

闻时礼有些疑惑："那怎么还漏？"

宋枝无奈地说："我不知道。"

闻时礼盯着宋枝，好一会儿后，斟酌着语言，慢条斯理地问："我买的卫生巾有夜用的和日用的两种，你没用错吗？"

宋枝怔住。

见小姑娘瞬间呆滞的表情，闻时礼知道了她用前没仔细看。他扶额无奈地说："去重新弄一下，把裤子换下来拿给我，然后——"他指了指床头柜前的沙发，"坐在这里把红糖水喝完。"

"哦。"眼下的这种情况，宋枝巴不得自己立马消失在他的面前，所以听到他的话以后，小跑着离开了他的房间，转弯进了自己的房间。

宋枝连房间里的灯都没开，直接冲到衣柜前，随手扯了一条裤子和内裤，冲进浴室里，然后坐在马桶上大喘气。

她这一天把一辈子的脸全部丢完了。

休息一会儿后，宋枝拿过不久前拆开的那包卫生巾查看包装，上面赫然写着"日用"两个字。

啊啊啊！她的眼睛瞎了吗？她居然连日用和夜用都分不清，导致今晚的这一出惨剧。

宋枝只好重新拆了一包夜用的卫生巾，取出一片，撕开包装后垫在内裤上。

她穿好裤子准备出去的时候，低头看到自己手里的裤子和……内裤。

她总不能连贴身衣物也拿给他洗吧？这不合适。她会羞死的。

宋枝找了个盆，把手里的衣物丢进去，往里面倒洗衣液，笨拙又细致地把脏了的地方洗干净。

她在清洗第二遍的时候，外面传来了闻时礼的声音："红糖水再不喝该凉了。"

"马上就来。"宋枝加快了清洗的速度。

五分钟后，她端着盆子想去阳台上晾衣服，出房门的时候发现闻时礼正坐在客厅的沙发上抽烟。他的坐姿慵懒，长腿随意地敞着，显得他特别没正行。

注意到她出来，闻时礼抬头看向她手里的盆子："谁让你洗了？"

宋枝嗫嚅着道："没事。"

他没再说什么，按灭烟头起身，走到她面前拿走盆子，说："去喝红糖水。我帮你晾。"

"谢谢哥哥。"宋枝轻声道。

宋枝刚想转身，额头上却倏地一凉。

闻时礼的手覆了上来。他揉了揉她的头发说："这段时间别碰凉水。"

宋枝进入闻时礼的房间，发现被弄脏的床单已经被换下了，床单应该是被他洗了。

床头柜上还放着那碗红糖水，在冒热气。他甚至还贴心地把沙发移过来方便她坐。

宋枝坐在沙发上的一瞬间，脑子里突然冒出了一个疑问：他怎么能做到这么细致？

他买卫生巾时会分日用和夜用的，会洗脏了的裤子和床单，还会熬红糖水。

…………

难道说，他这样照顾过其他的女孩子吗？所以他这是习惯，才能对她这么好？

宋枝想到这里，拿勺的动作慢了下来。

她的心情变得郁闷，半天都没往嘴里喂一口红糖水。

也不知道这样呆呆地坐了多久，宋枝听到后面传来男人的脚步声，鼻子里还充斥着淡淡的皂香和烟草味。

他离得很近，近到就停在她的沙发后。而宋枝却没发觉。

"发什么呆？"闻时礼问道。

"……"宋枝条件反射地回头、仰脸，目光撞进他那深黑的桃花眼里。

他虽然面无表情，却因为眼神十分温和，所以看着并不冷淡。

宋枝好想问他一句：这些你是不是给其他的女孩做过？但她没有开口。

她知道一旦自己问出来，气氛会变得怪异。他这么聪明，不会看不破她的小心思——十三岁的小孩子不该有的小心思。

沉默是最好的选择，宋枝转回头，用勺子舀了一勺红糖水喂到嘴里。

红糖水是热的，甜中还带着明显的辛辣。她很不喜欢这味，觉得它很刺鼻子，于是，没喝两口就放下了勺子。

见状，闻时礼问："怎么不喝完？"

宋枝觉得心里酸涩得难受，开口时声音小得不行："不想喝。"

闻时礼听不清："什么？"

"不想喝。"宋枝说。

他还是没听清："什么？"

宋枝垂着脑袋不再说话。

闻时礼问了两遍都没听清小姑娘嘟哝的是什么。他单手落在沙发的扶手上，俯身，把耳朵凑到宋枝的脸边，柔声道："哥哥真没听清，你再说一遍。"

"……"

两个人的距离被他这么一个举动拉近了，近到宋枝能感觉到他温热的气息。

这一刻，宋枝没有多想，回头说："我说我不想……""喝"字还没说出口，宋枝看着近在咫尺的男人英俊的脸，失去了语言能力。

她在瞬间屏住呼吸。

他为什么要突然靠近她？

她这么近地看他的脸……觉得他更好看了，呜呜呜。

此时的宋枝被他的美色迷住。闻时礼没察觉到她的异样，低声询问："不想什么？"

宋枝很明显地结巴了一下："没……没什么……"

闻时礼懒洋洋地直起腰："那还不快喝？"

"马上喝。"宋枝的耳朵开始发热。她怕等一会儿被闻时礼看见，忙用手抓了头发下来遮住耳朵。

宋枝继续喝红糖水，可实在受不了这甜里带辛辣的味道，强行咽下去，问："哥哥，这味道好奇怪。你在里面加什么了？"

闻时礼答道："生姜片。"

宋枝不理解，问："为什么要加生姜片？真的好难喝。"

闻时礼觉得好笑，说："难喝也得喝啊，喝了对身体好。"

宋枝嘟嘟嘴道："哪里对身体好？"

闻时礼回答："驱寒暖宫。"

宋枝想到自己的那个猜想，下意识地问："你为什么懂得这么多，以前给谁熬过吗？"

"……"

四下安静。

宋枝没想到自己会这么突然就将话问出了口。她铁定是被什么未知的情绪冲昏了头脑，所以才敢口无遮拦。

闻时礼盯着她，半晌后才笑着打破沉默："为什么这么问？"

"就……"宋枝犹豫着，斟酌后用特随意的语气说，"看见你很懂这些，我随便问问。"

闻时礼懒洋洋地"啊"了一声，笑道："别人没这福气。"

宋枝觉得心跳漏掉了一拍，但还是装作不在意，嫌弃地说："这算什么福气？难喝得要死。"

闻时礼的眼尾一扬，他吊儿郎当地笑起来："厉害啊。"

宋枝紧张地舔了舔唇角："什么？"

闻时礼笑道："小没良心的。"

"我怎么就……"宋枝似乎没想到他会这么说她，觉得奇怪，"没有良心了？"

闻时礼走到窗边摸出烟来，低头把烟叼在嘴里，有些含混不清地说："我大半夜被你这么折腾，你还嫌我熬的红糖水不好喝。你这不就是没良心吗？"

这话简直让宋枝没法反驳。她收紧了捏勺柄的手指，却假装轻松，用勺子在水里来回地搅动。室内静谧，空气里飘散着红糖水的味道。

房间里过于安静了，连窗外的风也显得格外轻柔。但此情此景，宋枝只会觉得越来越紧张。她看向正在"吞云吐雾"的男人，鼓起勇气问："你为什么要对我这么好？"

话音刚落，宋枝就开始后悔。她真的不该这么问。

宋枝脑子里有根弦在紧绷着。她舀了一勺红糖水喂到嘴里，还是她不喜欢的味道——辛辣中带甜味，奇怪得很。她强迫自己一口又一口地往下咽，咽完后安静了会儿，轻轻地开口："下午吃饭的时候，妈妈说，她听爸爸说你不是个会对别人好的人。"

闻时礼抽烟的动作一顿。

"讲你生性就冷漠。"宋枝又慢吞吞地喝了一口红糖水，平静地说，"所以我有点儿搞不懂，你为什么对我这么好？"

闻时礼听她说完，目光探过白烟投了过来，神情若有所思，说："对你好难道不是应该的吗？"

宋枝小声地追问："为什么对我好就是应该的？"又没有什么规定，对一个人好就是理所应当的。

她不理解。

"难道不应该？"闻时礼反问。

"我不懂。"宋枝心里无比矛盾，既期待他回答点儿其他的，又怕他真的说出什么让她难以招架的话，不停地问，"那你怎么不对别人这么好？"

"你不是我的救命恩人吗？"闻时礼眉目温柔，笑着说，"所以我对你好是理所应当的，再说你也不是别人。"

宋枝没吭声。

闻时礼弹落一点儿烟灰，说："哥哥也不想对别人好。"

"……"

"我没那么多精力。"闻时礼笑得相当温柔，语气更是温柔，"因为小宋枝一个人已经够麻烦了。"

宋枝嘴角一抽，一时间竟不知道该感动还是该生气。

她也分不清他话里的好坏。答案居然是这样的。

宋枝盯着面前还剩下大半碗的红糖水，觉得心里酸涩，说："你以后会对你的女朋友这么好的，就当提前练习吧。"

"算了吧。"闻时礼说。

宋枝一怔："什么意思？"

闻时礼笑得漫不经心："哥哥还有很多要做的事，没有工夫谈恋爱。"

"你不渴望爱情吗？"宋枝问道。

"爱情？"闻时礼似乎觉得从她嘴里说出这样的字眼非常有意思，随即吊儿郎当地笑着，用一种傲慢的语气说，"对不起，哥哥没有那种世俗的欲望。"

宋枝一下被噎住了。这是什么奇葩的回答？但不管怎么说，这回答令她满意。他不谈恋爱就好。

闻时礼没等她在心中窃喜完，接下来的话就像一盆冷水对她当头浇下。

他说："到时直接找个看着顺眼的人结婚，省时省力。"

"……"宋枝联想到他手捧红玫瑰，单膝跪地的场景。她心里一下子更加难受了。

宋枝压下心头的酸涩之意，低下头用勺子不停地搅汤水："哦。"只有干巴巴的一个字。

沉默良久，宋枝企图用现实压力阻止他："听大人们说，现在男的结婚都挺困难的，要有车有房有存款，你得有这些才能找到老婆。"

闻时礼爱看她一副小大人的模样，觉得十分好玩。他笑得把眼睛眯了起来，说："小宋枝担心哥哥打一辈子光棍儿吗？"

宋枝顿了下，说："对啊，你那么穷。"

"放心。"闻时礼笑道，"你说的那些哥哥以后都会有的，不会打光棍儿的。"

"……"

"再说——"闻时礼慢悠悠地说，"就凭我这张脸，也不至于单身一辈子吧。"

宋枝越听心里越难受，放下勺子把碗推开，平静地说："不说了，也不想喝了。"

闻时礼按灭烟头，目光投过去："喝完。"

"非要我喝完，不是在折磨我吗？"宋枝说。

"如果你要理解成这是在折磨你的话，"他笑着说，"那就是吧。"

"……"没办法，在某人目光的逼迫下，宋枝只好捏着鼻子把剩下的红糖水喝完了。

为此她花了整整十分钟，这红糖水真的好难喝。

她喝红糖水时，闻时礼在她的床上铺了干净的床单。铺完后，他回到自己的房间里叫她："乖乖去睡觉。"

宋枝没有再待下去的理由，便回到了自己的房间里。

她躺在床上，却怎么也睡不着。

宋枝没关灯，扯过一旁的粉红豹抱在怀里，盯着天花板发呆。

宋枝感觉自己的心一直在往下坠，仿佛坠到胃部的位置，连带着胃一起难受。

难受之余，她陷入了无穷无尽的后悔中。

她刚刚真的不该说那么多话的，这样把自己的小心思暴露得太明显了。

万一她真的被他看穿了怎么办？他会不会是顾忌她的面子，才没拆穿她？后来关于结婚的话，他是不是故意说给她听的？他为了打消她不该有的念头。

宋枝，你怎么不把自己藏好一点儿？你以后再也不能这样了。

过了一会儿，宋枝翻身下床，想过去敲开闻时礼的门解释一下，说自己真的没有其他的心思，让他不要多想。可她转念一想，觉得这样好像只会把自己暴露得更明显。

她真的好绝望。

为什么她非要在这个年纪遇到喜欢的人？原来暗恋是一件这么让人痛苦的事情。

现在，她只能希望他没有发现她的心思。而她，以后也要藏得更好。

晨光熹微，晨鸟叽喳声不停，曙色越发明显。

　　宋枝的手机闹铃每天早上七点钟会准时响起，是舒缓的小溪流水音。

　　然而今天，闹铃已经响到第四遍了，宋枝仍然没有要醒来的迹象，直到闹铃把隔壁的闻时礼招来。

　　闻时礼本来睡眠就浅，在房间的隔音效果一般的情况下，很容易被吵醒。他看了一眼时间，来到宋枝的门前，敲了三下门："小宋枝，该起床了，今天周一，你要上学。"

　　宋枝迷迷糊糊中听到了闻时礼的声音，可她头昏脑涨的，连睁眼都觉得特别费力。宋枝想开口说话，却发现喉咙像被糊住似的。她现在浑身都很烫，好像发烧了。

　　久久没等到她回应的闻时礼直接开门。他径直走到床边，随手把旁边的手机闹铃关了。

　　然后，他看见小姑娘的整张脸都是通红的。她的眼睛只睁到一半，显得特别无神。

　　闻时礼的手落在她的额头上。宋枝觉得他的手指冰冰凉凉的，好舒服。他的手像夏季里的消暑神器。她甚至没忍住用额头蹭了蹭他的手。

　　闻时礼轻轻地摸了摸她的额头，收回手说："有点儿发烧。"

　　宋枝声音沙哑地开口："哥哥，水。"

　　闻时礼道："稍等。"

　　闻时礼走出房间，给她接水时拨通了宋长栋的电话。

　　宋长栋接得很慢，问道："我忙着呢，啥事？"

　　闻时礼斟酌着言语。

　　宋长栋有些疑惑："喂？臭小子你倒是说话啊。"

　　闻时礼端起杯子，说："枝枝在发烧，您得打电话给她请个病假。"

　　宋长栋问道："你陆阿姨不在吗？"

　　闻时礼说："阿姨出差了。"

　　宋长栋说："我忙完了就打，你照顾一下枝枝。"

　　闻时礼说："好。"

　　挂断电话后，闻时礼端着杯温水进入宋枝的房间。宋枝正靠在床头处等水喝。

　　闻时礼把水递过去，嘱咐道："慢点儿喝。"

　　"嗯。"宋枝双手抱着水杯，仰头小口小口地喝水，把一杯水喝干净了。

　　闻时礼把杯子取回来，问："还喝吗？"

　　宋枝摇摇头。

　　闻时礼把杯子放到桌上，转过身，说："我去给你买药，你再躺会儿。"

　　喝完水后，宋枝觉得嗓子没那么难受了，小声地问："上学怎么办？"

　　"不用担心。"闻时礼说，"我打电话让宋院长帮你请假了。"

　　闻言，宋枝松了口气准备躺下，随即又想到了一个问题："那我落下的课怎么办？"

　　闻时礼轻笑一声："你不是年级第一的小学霸吗？"

　　"……"

　　"落下一天的课就不行了？"

宋枝心想：这人嘴欠真的不分场合，她生病了也要调侃她。

她真的好生气啊，她都生病了，他就不能让让她吗？

注意到她神色不对劲儿，闻时礼温和地说："哥哥逗你呢，落下的课我给你补。"

宋枝没吭声，心里倒是挺满意的。

"那哥哥去给你买药。"

"嗯。"

闻时礼出了门，在乘电梯下楼的时候遇到了一个年轻的姑娘搭讪。

姑娘的年纪与他相仿。她特别害羞地朝他靠近了一步，说："你好，我在电视上看到过你。"

"……"闻时礼盯着电梯楼层的按钮，面无表情。

姑娘却没有知难而退。她直接亮出了微信添加好友的个人二维码，说："我很仰慕你，能加个微信吗？"

闻时礼漠然地道："我不用微信。"

姑娘立马退出微信，换到通讯录界面，问："那能给我一个手机号吗？"

对于陌生人，闻时礼的耐心总是少得可怕。他皱着眉，冷冷的眼风扫了过去："烦不烦？"

姑娘当场怔住，似乎没想过，如此斯文儒雅的人会是这种态度。

"我只是很仰慕你，所以……"

"仰慕什么？"闻时礼冷淡地打断她的话，"仰慕我遭遇家暴，还是仰慕我涉嫌故意杀人？"

这姑娘说她是在电视上看到他的，而迄今为止他出现在电视上的原因，就是他刚刚说的那两个。任何一个原因都让他觉得厌恶。

姑娘被问得沉默了好一会儿，却还是展现了惊人的执着，帮自己解释道："我昨晚回家时遇到你，你可能没注意到我。你真人比电视上还要好看，完全是我的理想型，所以我就想要一个你的联系方式。"

姑娘的话音刚落，电梯的门打开了。姑娘站在闻时礼斜前方的位置，有点儿挡路。

"抱歉。"闻时礼往旁边迈了一步，"没兴趣，我忙着给我家的小孩买退烧药。"

他说完便径直离开了，留姑娘愣在原地。她差点儿以为自己听错了。

小孩？他连孩子都有了？

闻时礼离开以后，宋枝又昏昏沉沉地睡着了。她一直睡到闻时礼买药回来叫她。

宋枝睁开眼，看见闻时礼坐在床边的独凳上。他左手端着水，右手掌心里有白色的药片和几颗花花绿绿的胶囊。

老天，她最讨厌吃药了。

闻时礼温和地说："起来，把药吃了再睡。"

宋枝十分抗拒："哥哥，我不喜欢吃药。"

闻时礼正色道："得吃。"

"……"宋枝又看了一眼他掌心里的药，数了一下，一共六颗药。

为什么她要吃这么多药？她真的不想吃药。

宋枝赖着不肯坐起来，钻进被子里只露出一双眼睛觑着闻时礼："哥哥，我真的不想吃。"

"行。"闻时礼慢条斯理地笑道，"你不愿意吃，那哥哥喂你吃。"

宋枝惊讶地问道："你怎么喂？"

"还能怎么喂？"他加深脸上的笑意，"当然是掰开你的嘴，把药一次性全部塞进去，强迫你把药吞下。"

"……"她听着怎么觉得这么吓人啊？

宋枝想象了下他说的那个画面，鸡皮疙瘩瞬间起来了。他实在太暴力了。

呜呜呜，她还是自己起来慢慢地吃药吧。

因为闻时礼的语言威胁，弱小的她只能慢慢地坐起来靠在床头上，接过水，从闻时礼的掌心里拿了一颗白色的药片。

见她还算听话，闻时礼出言安抚她："没事，一颗一颗慢慢地吃。"

宋枝咳嗽了两声，可怜地点点头。

吃就吃吧，她把心一横，闭眼把药塞到嘴里，仰头灌水，离谱的是，水全都喝下去了，药却卡在了喉咙里，异物感明显。

"哥哥……"宋枝单手摸着脖子，"我好像卡住了。"

闻时礼无奈地失笑：这小孩怎么笨得这么可爱？吃药也能把自己卡住。他淡笑着说："多喝点儿水，药就下去了。"

宋枝点点头。她刚准备喝水，猝不及防地咳嗽起来。宋枝没忍住喉间那股要命的痒意，咳嗽得剧烈，咳着咳着，就感觉有什么东西从嘴里飞了出去。

"……"

宋枝不愿意面对现实，动作停住。

什么东西"嗖"的一下飞出去了？她鼓起勇气看向闻时礼的时候，目光停住了。

那不是自己刚刚放进嘴里的药片吗？

为什么……为什么它会在闻时礼衣服胸口的位置上……这到底是为什么？

救命，啊啊啊，她不活了！

宋枝自从认识闻时礼以后，就在尴尬的道路上一去不回，现在每天都要经历一些尴尬的事。

宋枝一副天要塌下来的表情，把闻时礼看得直乐。他笑着从旁边桌上的抽纸盒里取了一张纸，拿掉衣服上的药片，将它丢到垃圾篓里："没事，哥哥重新帮你拿一颗。"

宋枝觉得尴尬得不行，不肯说话。

闻时礼重新从锡箔板里取出一颗药，回到床边时，看到宋枝整个人都被包在被子里。

他觉得好笑："干什么呢？"

宋枝在被窝里，咬着粉红豹的耳朵，双眼紧闭。整个人的体温烫得不行，心跳也快。

她把药吐到喜欢的人的身上。这是真的厉害。

宋枝觉得郁闷极了，恨不得这被子能让她隐形，或者直接把她带走。

闻时礼用手指戳了戳被子："出来吃药。"

宋枝有点儿沙哑的声音传出。她闷闷地说："我不吃，哥哥你不要管我了。"

"不管你？"闻时礼笑着问。

"你让我死吧呜呜呜……"

闻时礼这下彻底被逗笑了，眉眼舒展，一双桃花眼笑得很多情，肩膀轻轻地颤着，胸口起伏明显。

他知道她觉得丢人，于是笑着说："真没事，哥哥不嫌弃你。"

"……"可她嫌弃自己啊！

无论闻时礼怎么叫，宋枝就是不肯出来："我怕又把药喷到你的衣服上。"说完她在被子里咳了起来。

外面安静了下来。

宋枝等了一会儿，没听见动静，于是偷偷地把被子拉开一条缝去看，发现闻时礼不在房间里。她觉得奇怪，掀开被子坐了起来。

呼——折腾了一会儿，她觉得头更晕了。

闻时礼这时走了进来。宋枝想重新钻回被子里，却被他出言制止："小孩，别闹。"

宋枝停下扯被子的动作。她郁闷地盯着他。

发现他手里端着碗，宋枝问："哥哥，碗里是什么？"

闻时礼："我把药磨成粉加到糖水里了，现在你能乖乖地吃药了吗？"

糖水！宋枝的眼睛亮了一下，她说："能！"

糖水是白糖和水，药混在里面味道有点怪怪的，但比直接吃药片好得多。宋枝很配合地全部喝完，然后躺下。

闻时礼帮她盖好被子，道："睡觉。"

"谢谢哥哥。"宋枝心满意足地说。

可能因为药有助眠的作用，宋枝的睡意来得很快，不一会儿就沉沉地睡了。

宋枝一觉睡到了晚上八点，醒来的时候，烧已经退了，头也不晕了，只是咳得很厉害。

闻时礼给她熬了白粥，准备了小菜。喝粥的时候，宋枝还在不停地咳。

由于咳得实在难受，宋枝只喝了小半碗白粥。紧跟着，她又喝了一碗加药的糖水，回到房间里继续睡觉。

当天夜里，宋枝睡觉时没关窗，风里吹来了闻时礼的气息——好闻的淡淡的皂香。

迷迷糊糊的宋枝感到自己的口里有一股黏腻的甜，味道无比浓。

她分不清这是梦还是现实。

一旁，闻时礼手里拿着开过的枇杷膏，轻手轻脚地离开房间。

休息了一整天后，宋枝痊愈了。周二，她照常坐公交车去学校上课了。

宋枝进入班级，同学们看到她后都安静了一下。

宋枝觉得很奇怪，但没有多想，径直走到自己的座位上放下书包，像往常一样和同桌羊琦姗打招呼："嘿。"

羊琦姗却埋着头写作业没有理她，真的有点儿奇怪。

第二节大课间的时候，宋枝拿上水杯，问羊琦姗："一起去接水吗？"

羊琦姗看了她一眼，面无表情地回答："我不渴。"

"那好吧。"宋枝说。

宋枝拿着杯子走出教室，到楼层尽头接水的地方排队接水。排队的时候，宋枝回头一望，看见羊琦姗和班上的另外一个女生张雪手挽手往这边走来。两个人都拿着杯子。

羊琦姗不是说自己不渴吗？宋枝决定问一问。

接完水以后，宋枝往回走，路过羊琦姗和张雪身边时停下。

"羊琦姗。"宋枝抿抿唇，不知道该怎么开口问。

羊琦姗盯着她："干吗？"

宋枝欲言又止，最后说："算了，没事。"

离开的时候，她听到羊琦姗在和张雪小声地吐槽她："你看她那个样子……"

"……"宋枝不明白为什么羊琦姗会突然对她这么冷淡。明明以前在班上她们两个人的关系最好。

宋枝回到座位上，喝过几口水后，班主任彭雪华出现在教室门口处。对方朝她招手道："宋枝，你出来一下。"

"马上。"宋枝连忙答道。

宋枝拧好杯盖，起身走到门口处，问："怎么了，彭老师？"

彭雪华今天心情不错，看宋枝的眼神很温和，摸着她的肩膀说："有几个记者在办公室里等着，说要采访你。现在我带你过去。"

宋枝没多想，答道："好。"

宋枝跟着彭雪华来到办公室里。办公室里有七八个记者，他们肩上扛着摄影机，手里拿着话筒，看到她后纷纷露出了笑容。

其中一个人说："没想到小姑娘长得这么漂亮。"

宋枝不算特别外向，被人这么一夸，有点儿不好意思，怯生生地说："你们好。"

彭雪华把她带到一张已经被收拾好的桌子前，说："你坐在这儿。"

"谢谢老师。"宋枝说。

采访开始，记者们问了一些很基本的问题，比如她是怎么发现那里有卖淫组织的。

宋枝如实回答，说自己看见有一对男女在安全通道里进行不正当交易。

记者问："当时你怕不怕啊？"

宋枝摇摇头道："不怕。"

她当时的确没想太多，一心想把哥哥救出来。

她没告诉记者有关闻时礼的事情，不想他再暴露在公众的目光下。她对他说过，会保护他。

采访在四十分钟后结束，刚好是一节课的时间。

宋枝回到教室里。到座位前，宋枝没有第一时间坐下，看见桌上被写满了密密麻麻的黑色的字。

她整个人完全僵在了原处。

桌上被写满了"虚伪"。

宋枝心里瞬间起火，转头问坐在旁边的羊琦姗："谁写的？"

羊琦姗翻着白眼道："我怎么知道啊？"

原本闹哄哄的教室里瞬间安静了下来。其余人看过来。

宋枝深深地吸了一口气，一言不发地从抽屉里拿出纸来擦桌子，却怎么擦都擦不干净。

她往桌上倒了点儿水，继续擦桌子的时候，平静地问："敢做不敢当算什么本事？"

所有人都听到了。

一秒钟后，羊琦姗突然开口问："那你私占功劳又算什么？"

宋枝擦桌子的动作一顿。她不敢相信地看向羊琦姗，差点儿以为自己的听力出现了问题："你说什么？"

羊琦姗没回答。

宋枝问："你是什么意思？"

羊琦姗道："字面上的意思。"

宋枝继续问："字面上的意思是什么意思？你说清楚。"

"难道不是吗？"羊琦姗看了一眼脏兮兮的桌面，又看了一眼四周的同学，接着往下说，"那天晚上明明是我告诉你的，安全通道里的那对男女在做什么。"

宋枝很平静地问："所以呢？"

羊琦姗皱着眉道："你还问我所以？宋枝，我真的没想过你是这样的人。明明是我告诉你的，你却自己一个人报警私吞功劳，你这样做有意思吗？"

宋枝怔住。

原来是因为这个，怪不得她今天来班上就觉得羊琦姗怪怪的。

羊琦姗在班上的人缘好，她呼吁大家针对一个人，也不是什么难事。宋枝总算明白了。

沉默了一会儿，宋枝把脏纸揉成一团，放在桌上，说："羊琦姗，当时的情况紧急，我没想那么多。如果你很想要这份功劳，我可以和记者说，是你告诉我的。"

"什么情况紧急，都是借口。"羊琦姗说话时带着些许愤怒。

被好朋友误会的滋味真的不好受，宋枝心里憋得慌："真的。"

羊琦姗不相信她："你好虚伪。你现在去和记者说有什么用？网络上传出的报警录音只有你一个人的，学校会奖给你六千元的奖金，你现在心里偷着乐了吧。"

羊琦姗的最后一个字落下，宋枝心里的憋屈感消失，取而代之的是她觉得可笑。

她没想到羊琦姗会这么想她。六千元的奖金，她连听都没听说过。

她的沉默被其他的同学理解为心虚。

有人说："宋枝，你这样真的不好。"

还有人说："真的好自私啊，没想到你是这样的人。"

"……"宋枝默默地听着周围人七嘴八舌地说话，听完后她平静地看向羊琦姗，一双鹿眼黑漆漆的，里面什么情绪都没有。

羊琦姗提了一口气，问道："你这样看着我干吗？"

"羊琦姗，"宋枝抿抿唇，认真地问，"你仔细地想一下，那天晚上我问过你要不要报警。你说不用，还说了不管。"

羊琦姗怔住。

宋枝问："难道你没说过吗？"

四周安静了下来。同学们的目光投向羊琦姗，里面多少带着点儿耐人寻味的意思。

令宋枝没想到的是，羊琦姗直接否认了："我没说过。"

宋枝皱着眉道："什么？"

"是你编出来的。"羊琦姗斩钉截铁地说。

于是，周围人那耐人寻味的目光重新落到了宋枝的身上。

宋枝面无表情，说："行，那我们没什么好说的。"

羊琦姗问："心虚了？"

"嗯。"在羊琦姗开口前，宋枝抢先一步接着说，"你就当我心虚吧。羊琦姗，你心里最清楚我有没有在编，就这样吧，我们以后再也不是朋友了。"

羊琦姗和她对视，吼了一句："谁稀罕和你当朋友？！"

宋枝不想再浪费口舌，于是收回目光坐下。然后她感觉屁股上传来一阵湿意。

她立马条件反射地站了起来，转头去看，发现自己的板凳上有一摊红墨水，完了，裤子上肯定被弄到了。

"羊琦姗！"宋枝说话时声音有些抖，压下去的火气全部蹿了上来，"你又不是三岁的小孩子，为什么要做这种事情，就不怕我告诉老师吗？"

"你去告诉老师啊，又没有证据是我弄的……"羊琦姗从没见过宋枝生气，气势顿时有点儿弱，"反正你这种好学生，除了会告状其他什么也不会。"

"……"

"况且我又没诬赖你。"羊琦姗说话时声音跟着抖了起来，"你就是虚伪，这样也是活该。"

剧烈的厌恶感涌进宋枝的心中。宋枝与羊琦姗对视，久久没有说话。她们到最后也没说话。宋枝只是沉默着擦掉了板凳上的红墨水，然后坐下。

那天一直到下午，宋枝都没怎么从座位上起来过，怕被别人看到她屁股上的红墨水。只有两次，她把校服外套围在腰上，去女厕所换卫生巾。

旁边的羊琦姗把桌子拉开，和她的桌子保持着距离。

其间，不断有同学议论她，说她坏话，可能根本就没想过要避着她，所以说得特别大声。甚至还有女生三两结伴在她的桌边阴阳怪气地说她。

"知人知面不知心。"

"亏羊琦姗平时对她那么好，她真没良心。"

"学霸原来是这么一副嘴脸。"

…………

宋枝低着头在草稿纸上算题，完全当没听见。

见她这样，那些女生更来劲儿了，开始嘲讽她心态好，说她不愧是虚伪第一人。

宋枝本来想忍忍了事，却不料下午倒数第二个课间发生了状况。

宋枝正在安静地做题，突然在教室的吵闹声里听到了闻时礼的名字。

笔直接停住了，顺着声音望去，宋枝发现斜前方站着羊琦姗、张雪和另外一个女生李倩。站在中间的羊琦姗拿着手机，三个人一起在看手机屏幕上的一张照片。

从她的角度看过去，她能看清那张照片上的人就是闻时礼。照片应该是那天晚上偷拍的，距离有点儿远。

李倩说："真帅啊。"

张雪说："你们不觉得这名字很耳熟吗？闻时礼……前段时间杀亲生母亲，闹得沸沸扬扬的那个人？"

"杀人"这种字眼总会刺激人的神经。很快，就有其他人过来参与讨论。

"顶着这样一张脸杀人吗？"

"这也太吓人了，好可怕。"

"但是我想说一句，他好看到让我觉得……就算他杀人，那也一定是那个人的错。"

…………

宋枝放下笔站起来，冲着那些女生喊道："别乱说，他不是杀人犯。"

教室里突然安静了。数道目光落到宋枝的脸上，宋枝没有回避，平静地和她们对视。

打破沉默的人是羊琦姗："关你什么事？"

宋枝说："我只是实话实说，警察都没有证据的事情，你们不要造谣。"

羊琦姗突然想到一件事，对其他的女生说："宋枝认识这个男的，她亲口告诉我的，怪不得要帮他说话。"

周围的人恍然大悟般起哄。

"原来如此啊。"

"怎么还和杀人犯认识，不害怕吗？"

…………

此时，张雪"啊"了一声，把手机拿给大家看，说："你们看，这个男人是危险人格。还说人不是他杀的！"

宋枝看过去，手机屏幕上是有关闻时礼的搜索详情。

她的心揪了起来，很不是滋味。

这些人怎么对她，她都可以忍受，但她听不得别人说闻时礼的坏话，一点儿都不行。

宋枝提高音量说："你们别乱说！他没有杀人！"

羊琦姗挑衅道："我们就说有，你能怎么样？你能怎么样啊？"说完，羊琦姗重重地推了宋枝一把。

宋枝差点儿摔倒，往后踉跄了一步，抬起头惊讶地看着羊琦姗："你推我？"

羊琦姗狡辩道："明明是你自己站不稳。"

宋枝的耐心消耗殆尽。她直接伸手推了回去："不准说他！"

羊琦姗跌坐在地上，然后场面一发不可收拾。

羊琦姗直接起身，冲到宋枝的面前扯着衣服与宋枝扭打起来。

宋枝不想认输，铆足力气还手。可是没有人帮她，所有人都在帮羊琦姗，甚至还有男生在帮羊琦姗拉住宋枝的胳膊，让她动弹不得。

一群人没打两分钟，就有同学叫来了老师。

彭雪华冲进教室，愤怒地拍桌子："住手！你们反了天了！"

"灭绝师太"到场意味着战事结束。所有人都收手站好。

宋枝从地上爬起来，顶着一头被抓乱的头发，脸上脏兮兮的，腰上缠着的校服外套也被扯掉了。她低头找了一圈，发现校服外套被一个女生踩在脚下。

她弯腰去捡，声音还在发抖："脚挪一下。"

女生移开脚。宋枝把校服外套捡起来，重新系在腰上，抬头对上彭雪华的目光。

彭雪华"哎呀"一声，惊道："宋枝，怎么你也打架啊？"

宋枝沉默。刚刚她的脑袋被打了好几下，现在耳朵嗡嗡的。宋枝甚至有点儿听不清声音。

彭雪华抬手指了一圈："来！全部到我的办公室里来！"彭雪华愤怒地离开了教室。

宋枝正欲抬脚，羊琦姗却在旁边冷冷地说："使劲儿在老师的面前哭吧，加油扮可怜，呵呵。"

宋枝不明白她为什么会这样，没搭理羊琦姗。

一群人进了办公室。加上宋枝，总共十个人，其中有三个是男生。

彭雪华阴沉着脸坐在自己的办公桌前，隔壁班的英语老师笑着说："彭老师，你们班的周崇生又带头打架啊？这回人这么多。"

彭雪华摆摆手，说："不是那个小魔王，他今天请了病假，不然更让我头痛！"

英语老师直乐："行，你先处理。"

"过来站成一排。"彭雪华说。

宋枝站在正中间。

彭雪华说："宋枝，你先说。"

现在的宋枝满腹委屈，什么也不想说，满脑子都想着闻时礼。

他在的话，肯定不会让这一切发生。

彭雪华催促道："说啊。"

宋枝想哭，但想到羊琦姗嘲讽她的话，于是强行憋住眼泪，故意平静地说："我要给我哥哥打电话。"

彭雪华愣了下："你还有个哥哥？我怎么不知道？"

"我有。"宋枝坚定地说。

"行。"彭雪华说，"那你们各自打电话叫家长吧，这事也该叫家长，来——"彭雪华递出自己的手机，说，"用我的手机打，挨个儿把家长叫来。"

最先打电话的人是宋枝。宋枝能背下闻时礼的手机号，拨过去，电话直接被挂断了。

"……"

这个男人怎么回事？宋枝不死心，继续打电话，还是被挂断。他在干吗？他快接电话啊!

第三次铃声快响完的时候,电话那头的闻时礼终于接听了,语气淡得像水:"哪位?"

听到他的声音,宋枝委屈得很,差点儿没忍住哭了。

闻时礼说:"能听到吗?不说话我挂了。"

宋枝"嗯"了一声。

"小宋枝?"听出她声音的闻时礼,语气瞬间缓和,"怎么这个时间给哥哥打电话,没上课吗?"

宋枝拿着手机走到办公室的角落里,忍住想哭的冲动,小声说:"哥哥,你能不能来一趟我的学校?"

"什么?"闻时礼有些惊讶。

"来我的学校。"宋枝重复道。

闻时礼没问她为什么让他去学校,也没有多问其他的,言简意赅地说了两个字:"地址。"

宋枝报出了学校的地址。

"等我。"他说。

挂断电话后,宋枝走到办公桌前,羊琦姗伸手想要接手机。宋枝没有将手机递给她,而是转手放到桌上,然后回到自己的位置上站好。

隔壁班的英语老师注意到她,问:"哟,怎么宋枝也被叫家长了啊?"

彭雪华恨铁不成钢地摇了摇头,说:"对啊,你说气不气人?!"

"……"

彭雪华说:"宋枝,你先说一下完整的情况吧。"

宋枝摇头不肯说。

"为什么不说?"彭雪华问道。

宋枝说:"在我哥哥来之前,我什么都不会说的。"

彭雪华又问:"为什么?"

"因为我哥哥是律师。"

"你哥哥是律师?"

"现在还不是,不过他以后会是很厉害的律师。"

彭雪华不再问她,说:"那也行,等家长都到了以后慢慢地说吧。"

下午四点四十分左右,家长们陆陆续续赶到了。还算宽敞的办公室里一下多出近二十个人,多少显得有些拥挤。到学校后的家长们都在小声地和自家的孩子说话。彭雪华低着头写教案,等待人到齐。

宋枝被挤到角落里站着。

彭雪华抬头问:"宋枝,你哥哥还没来啊?"

周围安静了下来,大家一起看向她。

宋枝低着头小声道:"还没。"

彭雪华说:"那再等等。"

宋枝偷偷地看了一眼四周，发现只有闻时礼还没到，其他学生的家长都到了。

宋枝心里的委屈随着时间推移不断地肆虐。

她的身上很多地方在痛。宋枝检查了一下自己的手臂，发现上面有被抓、被掐的痕迹。可想而知，刚刚打架时他们对她下手有多重。

闻时礼还没来。宋枝甚至怀疑他是不是只是随口答应她，其实根本没想过要来。她心里非常慌，底气被一点儿一点儿地抽走，手脚发凉。

又等了十分钟，宋枝看了一眼仍无人进的办公室门口，听着其他家长抱怨等待的时间太长的牢骚声。她觉得真吵，吵得她整个人要暴躁起来了，孤立无援原来是这种感觉。

"等我。"他说的这两个字把她变成了笑话。

终于，宋枝崩溃了。看着自己手臂上的伤痕，她开始无声地掉眼泪。那些靠着等闻时礼而被强行压下去的委屈感，此时全部涌了上来。她真的觉得很委屈，也没经历过这种事情，更没有同时被这么多人欺负过。

"你们看你们看——"羊琦姗的声音从旁边传来，"宋枝开始哭了，又要装可怜了！"

宋枝低头用手背擦眼泪，眼泪却像无法被擦干似的越来越多。

彭雪华注意到这边的动静，看到宋枝在哭，问："宋枝，你哭什么？"

大家全部看了过来。

宋枝受不了这样，没回答老师，低着脑袋往办公室门口冲，想直接跑回家。

刚到门口时，她眼前出现了一道人影。宋枝跑得很快，根本来不及停下，以至于直接以不小的力道撞了上去。这个人被撞得后退了半步。

宋枝的胳膊上一凉，传来了男人的指温。她的鼻间，皂香开始充盈。

宋枝捂着被撞痛的额头，抬眼就对上一双含笑的桃花眼。

闻时礼近在眼前，黑衬衫和同色的西裤，眉眼卓绝，姿容亦佳。原本温柔的笑意在脸上，可他看到她红眼狼狈的模样时，笑意转瞬间消失了。

看见他的宋枝，眼泪冒得更凶，也不知道是怪他来得晚，还是看见他后觉得更委屈了。

所有人都往门口的方向看过来。

闻时礼没看任何人，直接屈膝蹲下，温柔地看着她："什么事情这么委屈？"

"……"

他说："告诉哥哥。"

宋枝流着眼泪，继续沉默。

闻时礼静静地看了她好一会儿，伸手拉住她的手腕，轻轻地晃了下，说："别哭，哥哥这不是来了吗？"

宋枝哽咽着。

闻时礼仔细地观察着，发现小姑娘腰间系着的校服很脏，上面全是些灰扑扑的脚印子；她的两条胳膊上有青紫红印，都是新伤；宋枝原本一头柔顺乌黑的头发也被抓得乱糟糟的。

他一看就知道她被人欺负得不轻。

宋枝抽噎着，整个人在轻微地发抖："我……我……我还以为你不来了。"

闻时礼点头认错："哥哥下次尽快。"

宋枝跺脚说："没有下次！"

"好好好，没有下次。"闻时礼耐着性子温和地说，"现在我们进去好不好？"

宋枝抽抽搭搭地点头。见她同意，闻时礼起身拉着她往办公室里走。

可能是因为这男人的皮囊过于优秀，加上周身的冷然气质，他拉着宋枝进去的时候，办公室里顿时鸦雀无声。

彭雪华的办公桌前站着一堆人。

宋枝拉着闻时礼挤到最前面，揉着眼睛哽咽着说："老……老……老师，我……"

"您好。"立在她身侧的闻时礼打断她的话，冷静沉稳地进行自我介绍，"我是闻时礼，来给宋枝处理问题。"

彭雪华放下笔，抬头，问："你是宋枝的哥哥？"

"是。"闻时礼答道。

彭雪华问："怎么不是一个姓？"

闻时礼回答："小孩的爸妈工作很忙，最近我照顾她。"

彭雪华又问："不是亲哥哥？"

闻时礼道："比亲哥哥靠谱。"

对于这个问题，彭雪华没有继续问，合上教案后说："来吧，你们谁先说？是怎么回事？"

羊琦姗抢先开口："彭老师，我先说。"

"你说。"

羊琦姗上前一步，说道："是这样的，彭老师，我、李倩和张雪课间的时候在聊天。不知道怎么回事，宋枝就过来说我们，说的话很难听，我们就和她吵起来了。她先推了我一把，把我推倒在地上。"

宋枝瞪大了双眼，觉得不敢相信。

羊琦姗接着说："我当时摔得很痛，很生气，没想太多，所以站起来还手了。然后我们就打起来了。大家过来劝架，想把我们拉开，其实大家没有参与打架。"

她在骗人！

宋枝抹着眼泪正要张嘴反驳，旁边的闻时礼却伸手示意她别开口。她只好保持沉默。

彭雪华问大家："是这样吗？"

其余人纷纷说就是这样的，口风一致。

羊琦姗的妈妈名叫陈红，打扮艳丽，穿着玫红色的裹身裙，有一头惹目的棕红色短发，眉毛细且上挑，单眼皮，小眼睛，长相具有攻击性，属于那种一看就不太好打交道的人。

陈红冷冷地说："我就说我的女儿不会无故打架的。彭老师，这件事情可得严肃处理。"

彭雪华道："在学校里，打架算严重违……"

一只手伸过来打断了彭雪华的话语，闻时礼在彭雪华的桌上抽了两张纸，说："抱歉，您继续。"

彭雪华继续说："打架算严重违反校规，挑事者肯定要被严肃处理。"

陈红应声道："那可不。"其余的家长纷纷说"是"。

彭雪华继续问其他人当时的情况，大家的说辞和羊琦姗的如出一辙。他们把错推在了宋枝一个人的身上。

彭雪华问话间，闻时礼没有说一句反驳的话，像是根本没在听。他整个人漫不经心的，只顾着用纸帮宋枝擦泪。

这个哥哥真是细致温柔到了极致。

被他照顾着，宋枝渐渐地平复了情绪，没有再哭，但听同学们说是她的错，还是觉得很难受。

彭雪华叫她的名字："宋枝。"

宋枝抬头。

彭雪华问："你为什么动手打人？"

宋枝没想到老师也会这样认为。可能这就是众口铄金、积毁销骨的力量吧，当很多人在说同样的话时，这种说辞就会显得特别有信服力。这让她不知道该怎么回答。

闻时礼把用过的纸丢到垃圾桶里，转过脸看着宋枝，淡淡地问："你动手了吗？"

宋枝完全愣住了。

为什么他也要这样问？他难道不先问问她情况吗？

宋枝看着他的眼睛。他的眼睛里面只有深沉的黑色和冷漠，没有丝毫情绪。

"回答我。"他说。

宋枝的心头"咯噔"一下。她觉得他的语气听着很瘆人，但还是选择了实话实说："动手了。"

闻时礼揉了揉她的头发，说："动得好。"

这话一下子引起了周围家长的不满。

陈红："你怎么教育孩子的啊？什么叫动手动得好啊？这是什么理？"

张雪的家长也说："就是啊，真不会教育孩子！"

李倩的家长附和道："又不是亲哥哥，你不会处理就把她爸妈叫来！"

闻时礼静静地听着，一言不发。他看她的眼神无比温和。

他微微俯身，用仅有两个人能够听到的分贝对她说："放心，小宋枝，哥哥我只会……"他顿了下，温柔地说，"听你讲，站你这边，给你撑腰。"

宋枝感动得一塌糊涂。她就知道他是站在她这边的！

不一会儿，闻时礼起身抬眼，清冷的目光一寸寸地扫过那些家长和学生的脸，温柔地笑道："你们当我傻吗？只有两个小女生打架的话，我家的小孩会被欺负成这样？"

众人静了一秒，不，可能两秒，或者三秒。

陈红打破了沉默："所有孩子都说是你家的孩子先动手的啊！要不是的话，怎么不说别人？"

闻时礼嘲讽道："欲加之罪，何患无辞。"

"什么？"陈红说，"意思是我们一伙人冤枉你家孩子吗？"

闻时礼没有再和陈红掰扯，而是对彭雪华说："老师，我觉得您是明事理的人，您说怎么处理？"

彭雪华有点儿为难，说："宋枝平时的表现确实挺好的，但是……"

"打住。"闻时礼抬手示意，"'但是'后面的话不必再说。"

宋枝转头看到男人流畅的下颌线。她觉得好心安，他站在身旁的感觉真的好让她心安。一下子，她什么都不怕了，只相信他就好。

闻时礼直接掏出手机，点开相机，退后一步，开始拍宋枝身上所有受伤的地方，不放过每一处细节。

见状，彭雪华站了起来，问道："宋枝哥哥，你这是在做什么？"

闻时礼没搭理彭雪华，继续拍照。家长们都看着他。

拍完她的正面后，闻时礼伸手示意宋枝："转过去。"宋枝乖乖地转身。

闻时礼扯了扯她系在腰间的校服："围这个做什……"话还没说完，他就看到了宋枝屁股上的红色，这和经血的颜色不一样，红得很浅。

"红墨水？"闻时礼问。

"嗯。"

闻时礼二话没说，也拍了下来，包括校服上的脏脚印也没放过。

等拍好全部照片后，闻时礼这才抬起头，对着彭雪华，也对着所有人冷冷地说："老师，您如果没办法很好地处理这件事情，没关系，我理解您的难处，那就交给我来处理。"

他突然笑了下，说："按我的方式来。"

办公室里一片寂静。

在闻时礼的话音落下后九分钟的时间里，没有任何人贸然开口。众人如置身于雷区，仿佛谁先说话，谁就得先死。

打破沉默的人往往是制造沉默的人。闻时礼把宋枝拉到自己的身后，眉眼冷淡，一边慢条斯理地翻着相册里刚拍好的照片，一边问："老师，请问校长办公室在哪儿？"

彭雪华怔在桌前。在二十余年的从教生涯中，她没遇到过这样的家长，对方的压迫感扑面而来。

彭雪华沉默。

闻时礼从鼻间懒洋洋地发出一声："嗯？"然后他继续问，"在哪儿？"

彭雪华缓过神来，面上带着点儿怯意，笑着说："宋枝哥哥，真没必要闹到校长那里去。"

在隔壁班教英语的许老师也附和道："就是啊，多大点儿事。"

闻时礼冷笑一声。

许老师继续说："经常有学生打架，要是动不动就找校长，校长岂不是很头痛？"

闻时礼收敛神色间的冷嘲之意，平静的眼神落到许老师的脸上，什么都没说，只是看着许老师。

许老师感受到了强烈的威压感，尴尬又不失礼貌地笑了笑，然后低头批改试卷，不再插嘴。

"不好意思，比起让我家的小孩受委屈，"男人英俊的脸上笑意半分不及眼底，他半开玩笑半认真地说，"还是让校长头痛吧。"

"……"宋枝将他的话听在耳朵里，心潮澎湃。

宋枝：这就是安全感吗？呜呜呜，老男人真靠谱！

她站在他的身后，连身上的伤都没那么疼了！

彭雪华还是不愿意把事情闹到校长那里去，尽量笑着说："情况没有很严重，我们调解就行，我以后会多管教一下学生。"

闻时礼说："不接受调解。"

"那你想怎么处理？"彭雪华问。

闻时礼思路清晰，说："我先说下我的需求。第一，这些施暴者得公开向我家的小孩道歉；第二，校方给予他们记大过处分；第三，所有人写千字保证书，并且停课一周，回家反思；第四，金钱补偿。"

闻时礼说完最后一个字，其余的家长纷纷指责他。

"凭什么啊？"

"我们的孩子怎么就是施暴者了？"

"难道不是你家的宋枝先动手推人吗？你这人太不讲道理了吧！"

"还要记大过？"

…………

彭雪华抬手示意家长们安静，然后对闻时礼说："这样是不是太过分了？"

"过分？"闻时礼英气的眉略微一挑，他说，"如果老师您觉得我比其他的家长好说话的话，那您可以按您的方式来处理。"

彭雪华："……"

这男人说话时语调分明十分温和，她却听出威胁的意味来。

这时候，一名男家长冲到闻时礼的面前，脾气相当暴躁，用手指指着他的鼻子骂道："你这小子哪儿来的胆子提这么多要求？"

话音刚落，男家长就惨叫起来："啊啊啊，痛啊！"

闻时礼单手往相反的方向掰着男家长的手指，温柔地笑道："您别用手指指人，这很不礼貌。"

男家长没听进去，火冒三丈地在闻时礼的小腿上踢了一脚。

宋枝吓了一跳。

看见闻时礼被踢得眉一挑，宋枝很生气："你干吗踢我哥哥？你……"剩下的话还没说完，宋枝就瞪大了眼睛，捂上了嘴。

不只她，所有人都很震惊。

闻时礼揪着男家长的衣领，单手把对方拎了起来。男家长双脚离地。

闻时礼的脚步缓缓往前。那名男家长悬空着被迫后移，整张脸被勒得通红。然后，男人被重重地撞到身后冷硬的墙壁上，发出一声闷响。

那名男家长是张雪的爸爸。张雪大惊失色地冲过来对宋枝说："宋枝！你哥哥干吗呢？让他把我爸爸放开啊！"

宋枝有点儿委屈："可是你爸爸很重地踢我哥哥了！"

"你让你哥先放开！"

"我哥哥不听话。"

闻时礼没有管拌嘴的二人，而是对张雪的爸爸露出了颇具欺骗性的温和笑容，说："别跟我动手，你打不过我，知道吗？"

张雪的爸爸被缚得脸红脖子粗，艰难地控诉："你这算故意伤人！"

"怎么会呢？"他还在笑，"我这是合理正当防卫。"

宋枝从没见过这样的闻时礼，有点儿被吓到了，想到了警察说他打人很厉害的话。

宋枝心里害怕，怕他没忍住把人打伤，然后又进派出所。她上前轻轻地扯住男人黑色的袖口，说："哥哥，不要打人。"

闻时礼转头看了她一眼："哥哥没打人啊。"

"你先松开。"宋枝请求道。

闻时礼听到这话，手指一松，便松开了脖子已经青筋暴起的张雪的家长，退后一步。

张雪的家长捂着脖子，剧烈地喘着粗气，仿佛再晚一秒就要窒息。

宋枝松开他的袖口。

办公室里的氛围越发紧张。

最后一节课的下课铃声响起，陆续有老师夹着书本回到办公室里。两名女老师说笑着走进来，下一秒就收声了。办公室的气氛实在太怪异。

闻时礼慢条斯理地整理着袖口，抬眼看向彭雪华："要不您直接叫校长过来？"

彭雪华知道事态已经无法控制，并且眼前的这个男人实在不好说话，难缠得很。

彭雪华只好说："叫校长亲自过来不太好，我们还是过去吧。"

闻时礼说："行。"

一行人浩浩荡荡地往校长办公室所在的行政楼走去。

行政楼和教学楼离得不远。宋枝和闻时礼走在人群的最后方，前方有一条林荫小道，夕阳洒下余晖，穿过重重的树叶，在地上落下细碎的光影。

闻时礼转过脸看走在旁边的宋枝，说："等处理好，哥哥买药给你处理伤口。"

宋枝点头，乖乖地回答："嗯嗯。"

"对了。"闻时礼眯眼笑起来，"这回你可欠了哥哥好大一个人情，想想怎么还吧。"

宋枝顿住脚步："……"

什么？这个老男人在说什么？人情？

宋枝觉得不敢相信，仰头看他："上回我不也帮了你一次吗？你真是斤斤计较，还要和我讲条件。"

闻时礼若有所思："上次……"

宋枝瞪大眼睛："上次在唱歌的地方我帮你那次啊，这才几天，你就忘了？"

闻时礼："哥哥没忘，不过你把我从咪姐的手里救下来……"

宋枝抿唇："不过什么？"

"小孩。"他倏地俯身看着她的眼睛，吊儿郎当地笑起来，"你断了哥哥的财路，得负责。"

宋枝问："负责？"

男人用手指刮了刮宋枝的鼻尖，桃花眼带着笑意："得养着哥哥。"

夕阳下的林荫路上，光影斑驳，落在一大一小两个人的身上。他的笑容温柔。宋枝一瞬间恍神。

反应过来后，她懂了他的话的意思，更加觉得不敢相信："我帮你，你不感激，还反咬一口说我断你的财路？"

他懒洋洋地笑着："对啊。"

"老男人你真的挺没良心的。"

闻时礼想到宋枝上次叫他老男人时的情景，她一边哭一边控诉他没良心。闻时礼有点儿怕小姑娘等会儿哭起来，当下便服软解释："怎么就没良心了？哥哥给你买花和小裙子，还额外答应了你一个要求。"

宋枝转念一想，觉得有理，但嘴上还是说："你说话没良心！"

闻时礼摇头失笑，直起腰："好，我的错。"

宋枝继续往前走。闻时礼跟上去，继续用话逗她："小宋枝，那你养不养哥哥啊？"

"不养。"宋枝抱着手臂像个小大人，"你要自食其力。"

闻时礼憋着笑："哥哥会努力的。"

十分钟后，全部人进入校长的办公室。

校长的办公室相当宽敞，有两个立式的书柜和一个资料架，中间一张长长的黑色办公桌，上面摆着两盆仙人球，还有电脑、笔筒、保温杯等物件。

宋枝和闻时礼走在最后。

闻时礼个子最高，站在人堆里比其他人高出一个脑袋，有种"鹤立鸡群"的感觉。

孙校长抬头第一眼看见的人就是他。

孙校长看了男人一眼后，把目光放到了彭雪华的身上："什么事情啊？带这么多家长过来。"

彭雪华详细地叙述事情经过。其余人听着。闻时礼提的要求，彭雪华也一一讲了出来。

两分钟后。

彭雪华讲完，向校长询问："孙校长，您看怎么处理？"

孙校长拧开保温杯，慢悠悠地喝了口茶，说："彭老师，怎么连学生打架这点儿小事情都处理不好啊？"

孙校长多少有些责怪彭雪华工作失职的意味。

彭老师看了一眼闻时礼，说："校长，主要是宋枝的哥哥……我确实不好处理，所以过来问一下您的意见。"

孙校长看过来，先看了一眼宋枝，又看了一眼闻时礼。

沉默了一会儿，孙校长说："哎呀，大事化小，小事化了嘛，大家互相道个歉不就完了？我还以为什么事情呢。"

站在人群末尾的闻时礼不疾不徐地说道："校长，我的诉求已经表达得很明确了。四条，缺一不可。"

其他的家长纷纷喊冤，和孙校长不停地告状，说闻时礼恶人先告状。

陈红站在最前面，说道："孙校长，他家的孩子先打人，反倒提这么多要求。我们这些家长是不是可以要求让他家的宋枝退学？毕竟谁都不想让自己家的孩子和低素质的人一起上学。"

家长们纷纷附和，要求校长给个公正的说法。

闻时礼没有再开口，等待孙校长回答。

孙校长想了会儿，说："既然所有人都参与了打架，那就一人写一份检讨书吧！至于这位家长——"他指着闻时礼，"你提的要求可能没办法被满足，这里有近十个学生呢，全部被严肃处理的话，影响不太好。"

"行吧。"闻时礼掏出手机，一边按"110"，一边慢条斯理地说，"我不为难您。我报警处理。"

孙校长和其余人震惊了：学生打架，他报什么警啊？

包括宋枝在内，所有人扭头吃惊地看着男人。没人想过他会报警。

孙校长放下杯子，连忙道："干吗呢，报什么警？"

闻时礼将手指悬停在拨号键上面，冷静坦荡地说："不报警做什么？您的处理方式我接受不了，我的解决方式就是报警立案。"

"啊，对了。"他说话时腔调懒洋洋的，"先让警察过来处理，我得带我家被殴打得惨重的小孩去医院验伤，回去后还得准备诉讼材料，把大家送去见法官。"

全员直接怔住。大家似乎没想到事情的发展方向会这样变化，局面完全脱离了掌控。

孙校长为难地看向彭雪华，彭雪华更为难。

彭雪华仿佛在用眼神说："您知道我为什么要带他们过来了吧？"

孙校长则用眼神回应："这么麻烦，你带他们过来做什么？"

陈红冷笑："吓唬谁呢？你报警，警察就帮你啊？凭什么？"

"凭证据啊。"闻时礼冲女人笑得斯文有礼，说话却半分不留情，"我只需要清楚地向警察表达事实，而且这件事取证简单，然后出具医院的验伤证明，证据链不就完整了吗？"

陈红微微一愣："然后呢？"

男人笑得越发温柔："然后你家的孩子就有案底了，只要我不接受调解，那就算刑责，明白了吗？"

宋枝转头。她看见他最后还用唇语说了两个字，没发出声音，但能让人看懂那是什么字——"法盲"。

陈红被气得不轻："你只会吓唬人吧！我不怕你！"

闻时礼笑道："没事，你不用怕，留案底专治一切不服。"

宋枝不明白，凑过去小声地问："留案底会怎么样啊，哥哥？"

闻时礼回答她，也在回答所有人："有案底的人不能考公从政，长大后求职会受犯罪记录影响等，算了，太多了。不说了，我先报警。"

宋枝听得似懂非懂，还准备问点儿什么的时候，闻时礼已经拨通了电话："你好，110吗？这里是……"他讲着电话退出了办公室，到外面的走廊里了。

宋枝跟了出去，发现他真的在报警，并不是吓唬人。

这时候，办公室里的大部分家长已经认怂。毕竟谁都不想让自家的孩子留案底。

陈红说："他会报警吗？等会儿警察来了，我们就说我们的孩子也被打了啊！"

彭雪华插话道："羊琦姗妈妈，可是一群孩子里只有宋枝的身上有伤。"

"……"所有人观察了一下，发现确实是这样的。

孩子们没有伤，他们就没有证据。法律不听人言，只看证据。于是大家更怂了。

有人提议："要不先去给宋枝的哥哥道歉吧，他那样子真的不好惹啊。"

闻时礼正好报完警走进来，听到这句话后说："你们不用道歉，我不接受道歉，我家的小孩也不接受道歉。我们按司法程序走。"

宋枝觉得心里暖暖的，但还是嘀咕道："你怎么不问我接不接受？"

谁知道，闻时礼很傲慢地丢给她一句："不用问，因为我不允许你接受。"

孙校长有点儿在状况外："真报警了？"

闻时礼笑着说："不然呢？"

孙校长又是一声"哎呀"，连忙道："真的没必要报警嘛，闹得多难看，这传出去真的不好听。"

闻时礼不在意，到一旁的沙发上坐下："您处理不了啊，我也是没有办法。作为受害者家属，我已经给过您机会了。"

孙校长一脸憋屈的表情。宋枝在心里直呼"好家伙"。

这男人还挺会装无辜，口才这么好，简直说得人没办法反驳。她还以为他那张嘴只会逗她呢。

闻时礼朝宋枝招招手："过来坐着等。"

"哦。"宋枝走到闻时礼的身边坐下。

办公室里只有一张双人待客沙发，宋枝坐下后就没有多余的位置了。剩下的人站在校长的办公室里，面面相觑，氛围无比紧张。

闻时礼却显得闲散随意，懒洋洋地靠在沙发上看手机，没再说话。

宋枝乖乖地坐在他的旁边，看他的手机。他的手机页面上全是密密麻麻的文字，好像是法律相关的内容。她一点儿也看不懂，就看他滑动页面的手指——闻时礼的手指修长。

等警察的时候，有家长过来意图道歉，还没说话就被闻时礼抬手制止了："有什么话等警察来了慢慢地说。"

"……"

没有人再尝试，有时知难而退也是一件好事。

不久后，两名警察赶到现场，开启胸口处挂着的执法记录仪开始询问情况。

闻时礼慢条斯理地把情况说清楚，然后让警察看了宋枝身上各处的伤。

了解完情况后，其中一名年长一点儿的警察问："不调解啊？"

闻时礼淡淡地"嗯"了一声。这真让其他的家长乱了阵脚。

警察过去劝他们："你们最好想办法和他调解，走司法程序的话很麻烦，到时候打官司费时费钱还费力，不太好，没必要。"

有人问："警察，他起诉我们会成功吗？"

警察说："证据充分，当然啊。"

警察回答完，众人顿时安静了下来。

听警察这样说，家长们更是死了心，其中包括先前暴跳如雷的张雪的家长，还有从头到尾气焰嚣张的陈红。

家长们都沉默了。倒是孙校长站了出来，说："要不就按照宋枝哥哥提的要求处理吧？"

闻时礼笑而不语。

孙校长接着说："那些要求学校这边都能做到。"

闻时礼还是不说话。

警察问他："你觉得呢？"

"稍等。"闻时礼转头，看向坐在旁边的宋枝，摸摸她的脸蛋，"你觉得怎么样，小宋枝？"

宋枝正听得专注："啊？"

闻时礼又问："就按照哥哥先前说的处理方式处理怎么样？够不够解气？"

宋枝吸了吸鼻子，乖乖地说："我都行。"

"不能都行。"闻时礼说，"你得告诉哥哥你的想法，你要是觉得无法原谅他们，我们就不调解，哥哥送他们去见法官。"

宋枝听得有点儿毛骨悚然，一时没说话。

这时候，羊琦姗跑了过来，脸上还挂着泪，抓着宋枝的手说："宋枝！你原谅我吧，我不该欺负你。我只是一时嫉妒你……所以我才那样说的。以后我不会了！我们和解吧！"

宋枝没有说话。羊琦姗摸不准宋枝的想法，心里更加害怕了："我给你道歉啊，对不起，呜呜呜……你长得很好看，学习成绩又好，这次又立了这么大的功劳。我真的一时糊涂，你原谅我吧。我求求你，呜呜……"说完，羊琦姗哭得更凶了。

"算了。"宋枝抽出自己的胳膊，说，"就按照我哥哥说的方式处理吧，但是我们以后再也不是朋友了。"

羊琦姗没再说话，一个劲儿地哇哇大哭，看样子真的被吓到了，也终于意识到了自己搞出来的事情有多严重。

听见宋枝松口，闻时礼起身淡淡地说："早这样的话，就不用浪费大家的时间了。"说完，他叫了一声，"小宋枝。"

宋枝回过神："在。"

闻时礼拉起她的手腕："我们走。"

"哦。"

两个人在众人的目光里离开了校长办公室。

暮色四合，一弯下弦月高高地挂在天上，月朝东，在没有云的天空里洒下清辉。

宋枝抬头看了一眼，用手指指着月亮，说："哥哥你看！没有云！"

"嗯？"闻时礼顺着她指的方向抬头看去，"没有云？"

宋枝点头："对啊，没有云就不会下雨，你就不会发病！"

闻时礼表面上波澜不惊，心中却微微一动："真乖。"

宋枝突然想到了什么，猛地把指月亮的手收了回来。

他看见后，问："怎么了？"

宋枝轻轻地拍打了自己的手指两下："老人说，用手指指月亮会被吃掉耳朵。"

"这样啊。"闻时礼垂眸看她，眼角的笑意十分明显，"等我老了，我也乱说。"

"……"

校园里格外安静。宋枝回到教室里收拾书包。闻时礼在外面等她。

书桌上还有不少残留的黑色字迹，宋枝拿出纸来，擦干净后才开始拿起书包往里面装书本。

她收拾得有些慢，怕闻时礼等得不耐烦，便踮脚透过窗户去看他。闻时礼背靠着走廊外部的栏杆，一个手肘支撑在栏杆上，两边的肩膀显得不一样高，看上去更加慵懒恣意。

他依然面无表情，眸色比暮色还要深沉。

闻时礼朝她投来目光。

两个人四目相对，隔着月色，还有一扇透明的玻璃。

宋枝的动作顿住。

这个男人不管她什么时候看，都很好看，都令人觉得赏心悦目。

怪不得有钱的女人会对他下手呢。要是她长大后有钱的话，也……打住枝枝！她这想法真的很危险！

在她恍神时，闻时礼朝她抬了抬下颌，笑道："又偷看哥哥啊？"

"……"宋枝当没有听见他的话，低头继续收拾东西，手心却不自主地冒出汗来。

她收拾好书包出去的时候，闻时礼看着她，轻声问："饿不饿？"

"有点儿。"宋枝摸摸肚子，"但好像不太有胃口。"

闻时礼自然地把她手里的书包接过去，随意地挂到自己的肩膀上，对她说："你要好好吃饭，走吧，哥哥带你去吃东西。"

宋枝迟疑了下，嗫嚅道："你自己怎么不好好吃饭？"

闻时礼笑道："你还在长身体。"

宋枝："别往下说，你等会儿又要说我矮。"

他盯着她笑了下，没再说什么。二人抬脚继续往前走。

宋枝心想，也不知道自己的身高什么时候才能突破一米四。

宋枝越想心里越难受，看着前方男人高挺的背影，觉得她和他的身高真的相差太多了。想着想着，她放慢了脚步。注意到宋枝没跟上来，闻时礼转过身，看着在原地的小姑娘，问："怎么了？"

宋枝低声道："哥哥。"

"嗯？"

宋枝从头到脚把他看了一遍，认真地问："多高？"

闻时礼问："什么多高？"

"个子。"宋枝说。

闻时礼若有所思，像在想自己有多高。几秒后，他漫不经心地说："好像一米八八。"

宋枝皱眉："好像？到底多高？"

闻时礼失笑："哥哥不记得了啊！我上次量身高，还是高考体检的时候呢。"

"好吧。"宋枝垂头丧气地跟了上去，假装随口一问的样子，说，"哥哥，你以后想找个多高的女朋友？"

闻时礼往前走着，语气淡淡地说："没有那种世俗的欲望，上次说过了。"

两个人沉默了，只剩下两个人行走时大小不一的脚步声。

过了一会儿，闻时礼停下脚步，转过头静静地看着宋枝。

宋枝跟着他停了下来，与他对视："干吗？"

此时，他的目光里带着审视和细究的意味，锐利得令宋枝心里直发慌。

他不会察觉到什么了吧？

"小孩，"闻时礼突然变得很认真，"你怎么总问我这种问题？"

宋枝的心跳似乎停止了。

传到宋枝耳朵里的只有微风吹动树叶的声音。

她真想被这阵风吹走。

绝对不能被他发现，就算被发现，她也不能承认。

几秒后，宋枝佯装听不懂，表情十分无辜，声音却隐隐有些发抖："什么问题啊？"

闻时礼不由分说地把话挑明："老问我关于女朋友、谈恋爱之类的问题。"

她完了。

他发现了，发现了她一直在暗恋他。她在拐弯抹角地试探他的理想型。

她该怎么办？他会生气吗？他会因此疏远她，不再对她这么好了吗？

一股酸涩冲上宋枝的心头。她不想让这样的事情发生。

宋枝面上强装着平静，再开口时却明显哽了一下才往下说："我就是问问。"

闻时礼静静地看着她。

他沉默最折磨人。对上闻时礼深沉的眼，宋枝无比心虚，越发难受——她真的好害怕，害怕自己受不了那种心理落差。

如果他一直冷漠，不曾对她笑过、好过、温柔过，她就不会像现在这样难受。她难受得快要崩溃大哭了。可她不能哭。

闻时礼收敛神色，淡淡地说："你不要有这种想法。"

"……"

他果然发现了。

宋枝浑身的血液在这一秒钟似乎凝固了，整个人完全僵住，没办法开口说出一个字来。

周围一片死寂。

良久，宋枝哽咽着后退一步，看着男人的眼睛："哥哥，我……"可剩下的话，她怎么也说不出口，天塌下来的感觉笼罩着她。

闻时礼面无表情地看着她，没有一丝笑意，散出的气场格外冷。

宋枝觉得无地自容，低低地把头垂着，眼睛里含着眼泪。

她完全不知道自己该用什么态度去面对他，真是丢人。

此时，闻时礼冷淡的嗓音自她的头顶落下。他说："小孩，你别想着早恋，别说你爸妈，我也不会允许。"

宋枝慢慢地抬头。

闻时礼说："听到了吗？"

"……"

"哥哥在问你话。"

宋枝吸了吸鼻子，慢慢地问："什么早恋？"

"你问我这么多——"闻时礼说得十分理所当然，"不就是渴望早恋？怎么，你跟哪个小男生看对眼了？上次的那个陈斯？"

"……"宋枝虽然搞不懂话题为什么会突然扯到陈斯的身上，心里却冒出希望来——看样子他没有发现，而是想到另外一个方面去了。这样也好，总比被他发现好！

她暗暗地松了口气，打算将计就计，假装特别理直气壮的样子说："不行吗？"

"行，下次哥哥见到他就警告他。"

宋枝顺着他的话问："干吗警告他？"

闻时礼觉得自己可能没把话说清楚，导致她似乎不明白他的意思："哥哥不允许你早恋，你还不明白？"

"明白。"

闻时礼收起面上的笑意："不只陈斯，谁都不行。"

宋枝问："你以前早恋吗？"

"我啊——"闻时礼懒洋洋地说，"第三次告诉你，我没有那种世俗的欲望。"

宋枝没忍住，损他道："你那时候该不会压根儿没有早恋的机会吧？"

他勾勾唇："有什么说法？"

宋枝笑道："根本没女孩子喜欢你。"

听到这话的闻时礼像听见了什么天大的笑话一样，一下子笑出声，肩膀和胸腔都轻轻地颤着。他俯身，把脸凑到宋枝的面前，吊儿郎当地说："抱歉，那时候追哥哥的女生排队能绕地球好几圈。"

"……"

他真自恋啊！宋枝翻了个白眼，吐槽道："你是香飘飘奶茶吗？还绕地球好几圈。"说完她自己都笑了起来。

闻时礼跟着她笑，直起腰，说："好了，言归正传。"

"传"字他刚刚说完，脸上就没了笑容。

"……"

哇，老男人真是翻脸比翻书还快啊。

宋枝收住笑容。

下一秒，宋枝就听到他说："反正我先把话跟你说清楚，你不要早恋。你现在这个年纪不适合谈恋爱，好好学习，成年后一次谈十个都行。我说这些呢，你也不要嫌烦。是害你还是为你好，我觉得你能想明白。"

"……"

"真早恋的话，别怪我生气。"

宋枝沉默了几秒，乖巧地点头："我知道了，哥哥。"

闻时礼缓和了神色："知道就好。"

两个人继续往前走，一直走出了校园，来到了热闹的街道上。

闻时礼看着旁边的店，一边找药店一边问宋枝："吃点儿什么？"

宋枝想了下，说："想吃面。"

于是，他俩随便进入了路边的一家羊肉面馆。

宋枝刚进门就反应过来了，拉了拉闻时礼的衣袖，说："哥哥，我吃羊肉过敏。"

闻时礼往墙壁上的菜单上瞥了一眼，说："有牛肉。"

宋枝"哦"了一声，放心地找了个座位坐下，说："可以吃牛肉。"

两个人都要的小碗牛肉面。

等面的时候，闻时礼说："我去对面买点儿药，你在这里等我。"

"嗯嗯。"宋枝乖巧地答应。

几分钟后，老板端上来两碗牛肉面。

宋枝盯着面上的香菜，无比懊悔。她不喜欢吃香菜，忘记跟老板说别加香菜了，呜呜呜。

闻时礼拎着药袋子回来的时候，看见小姑娘正低着头从面碗里往外挑香菜。她挑得很仔细，眼睛像要掉到面碗里似的。

他走过去坐下，把她的碗移到自己的面前，说："我来吧。"

宋枝的筷子悬在半空中。她默默地收回筷子，乖乖地坐着等。正好她非常讨厌挑香菜。

闻时礼挑香菜的时候很仔细，哪怕一点点很小的叶子都不放过。她双手托腮看着，随口道："真想把世界上所有的香菜都踩烂。"

他抬头扫了她一眼，轻笑一声："小孩子思想。"

宋枝撇嘴："就不喜欢吃香菜嘛。"

"……"

"哥哥，你以后也能像现在这样帮我挑香菜吗？"

闻时礼挑完了所有的香菜，又帮她搅拌好了面条，把面碗推回她的面前，用一种格外清醒的语气说："就不能跟店家说不放香菜吗？"

宋枝觉得他在说她蠢，但是一时没有证据。

他像是没什么胃口，还剩下三分之二的面在碗里时，就放下了筷子。

宋枝吃东西时像只小松鼠，两边的脸颊鼓了起来。她含糊真诚地问："哥哥，你为什么不吃了？"

"你咽下去再说话。"闻时礼递给她一张纸，"这样容易呛着。"

宋枝接过纸擦擦嘴，咽下去后说："再吃点儿呀。"

闻时礼没有吃晚饭的习惯，勉强吃几口是为了陪着宋枝吃。但当他看见她眼眸明亮地看着他时，心一软，只好重新拿起筷子接着吃。

宋枝的确很饿，没一会儿就把一碗牛肉面消灭得干干净净。

可能是吃得太快的原因，她开始了新一日的尴尬情况——不停地打嗝。

宋枝打嗝打得根本停不下来，是那种很短促的嗝，两三秒就会打一个嗝。

她捂着嘴，抬眼看闻时礼，发现他也在看她，呜呜呜，救命。

"哥哥……我停……嗝……停不下来……嗝……"宋枝捂着嘴说道。

她还是在不停地打嗝。

闻时礼坐在对面，饶有兴致地看着她。宋枝的两只眼睛惊慌地瞪着，水汪汪的，她像是被自己打嗝吓得不轻。

他从没觉得有人打嗝时会这么可爱，于是说："没事，多打几下。"

宋枝不理解："你……嗝……是不是……嗝……有毛病？"

"哥哥只是觉得小宋枝可爱。"闻时礼一边说话一边站起来，"我去买水，你多喝两口水就好了。"

宋枝没说话，不停地打着嗝等他。

面店的隔壁就是一家便利店。

闻时礼买了一瓶矿泉水，拧开瓶盖，将水递给宋枝，说："喝大口一点儿。"

宋枝仰头喝水。

闻时礼指挥道："大口。"

"……"

大半瓶水下肚后，宋枝总算止住了她那要命的嗝。她止住打嗝后的第一件事就是指责闻时礼："哪儿有人让别人多打几下嗝的？"

闻时礼正在喝她剩下的矿泉水，像是没听清，然后问道："什么？"

看着他喝她剩下的水，宋枝有点儿害羞，没有再计较，说："没……没什么。"

闻时礼把剩下的水喝完，说："忘了问你还喝不喝了，要不要再给你买一瓶？"

宋枝摇头："不喝了。"

"那走吧，回家。"

"好。"

二人来到距离不远的公交站台等车。

站台上没有其他的人等车，宋枝有点儿累，便在不锈钢长椅上坐下休息。闻时礼在她的身边坐下，手里提着装跌打损伤药的塑料袋和宋枝的书包。

他说："回家后你洗个澡，我再给你涂药。"

宋枝很累，耷拉着脑袋，低低地"嗯"了一声。

闻时礼转过头，看了看她的身上，确认她没有怕水的伤口，道："可以洗澡。"

"嗯。"

没一会儿，回家方向的公交车就缓缓地驶过来了。

宋枝把手伸过去，拉开书包拉链，从里面的夹层里取出学生公交卡。

她走在前面，用卡在机器上刷了两次。

公交车上三三两两地坐着人。宋枝到最后一排靠窗的座位上坐下，一坐下睡意就袭来，眼皮直打架。

闻时礼在她的身边坐下。车辆发动没多久，宋枝就睡着了。

行驶中的公交车有点儿颠簸，她的额头抵在玻璃窗上面，随着公交车上下动着，或轻或重，反复地撞在窗户上面，像小鸡啄米似的，一个劲儿地撞。

听见闷响声，闻时礼转头，见小姑娘的额头不停地碰在玻璃上。

下一秒，他的手臂自她脖子的后面绕了过去，手指碰到她的脸，轻轻一扳。宋枝的脑袋无意识地跟着他的手移动，直到额角靠在他宽阔的肩膀上。

闷响声消失了，取而代之的是她均匀的、轻轻的呼吸声，混在车轮在地面上滚动的声音里，还有他犹如长夜的眼睛里。

宋枝一路都靠在男人的肩头上睡觉。公交快要到站的时候，闻时礼微微地动了动肩膀，叫她："小宋枝，我们该下车了。"

宋枝软绵绵地"嗯"了一声。

睁开眼，她就看见了闻时礼近在咫尺的下颌，目光再往上，就是他那双黑白分明的眼睛。而她稳稳当当地靠在他的肩膀上。

宋枝觉得脑袋空白了一秒，生硬地问："哥哥，我靠着你睡了一路吗？"

"不然呢？"闻时礼侧过脸，看着她睡意蒙眬的眼睛，打趣道，"你这小孩怎么回事？净想着占哥哥便宜。"

这回宋枝是真的冤枉。她对此毫不知情："我哪儿有啊？"

闻时礼静静地看了她两秒，特骄傲地说道："行吧，不承认也没关系。我受点儿委屈没什么。"

宋枝把头抬起来，和他拉开距离，说："哥哥你有时候真的挺傲慢的。"

"……"

公交车停下。闻时礼没有再逗她，弯唇笑笑，起身下了车。宋枝紧紧地跟上去。

到家后，宋枝回房间的浴室洗澡。半个小时后，她从浴室里出来，一边擦头发一边推开房门，寻找闻时礼的身影。

客厅里空荡荡的。

他不是说要给她上药吗？

宋枝找了一圈都没有找到闻时礼的身影，包括他的卧室。

人去哪儿了？他不会是嫌她麻烦走了吧？

宋枝坐在沙发上，心不在焉的，有一下没一下地用毛巾擦头发。

她仔细地回想，今天的这件事确实很麻烦。爸爸或者妈妈来，也不一定可以处理得这么好。闻时礼却格外冷静且条理清晰，把一切都处理好了。

他真是格外让人有安全感。她真想以后每次遇到事情，他都能像今天一样出现在她面前。

宋枝想到这里，动作一顿。

这怎么办？她好像越来越依赖他了。但她清楚，他不会一直在她的身边陪着她，这次可能只是他刚好有时间而已。

宋枝胡思乱想时，听到了开门的声音。她抬头看过去，闻时礼从门口走进来。

她下意识地问："你去哪里了？"

他看到坐在沙发上的她，注意到她湿漉漉的头发，没有回答，只是淡淡地问："怎么不把头发吹干？"

宋枝还在问他："你去哪里了？"

不知道她为什么一直问这个问题，闻时礼觉得有点儿好笑："还能去哪儿？我出去买包烟。"

闻言，宋枝暗松了一口气："哦。"她还以为他嫌她麻烦跑出去了呢。

闻时礼经过她身边时脚步未停，直接往她卧室的方向去："进房间！我给你吹头发。"

宋枝拿着毛巾站起来，跟了上去。

房间里。

闻时礼把吹风机从浴室里取出来，弯腰，将插头插到床边的墙壁插座上，问她："坐在沙发上还是坐在床上？"

宋枝踢掉拖鞋，爬到床上，盘腿坐着，背对着他等待。

她坐在床中央的位置。由于距离稍远，闻时礼不得不单膝跪在床上。他打开吹风机，调到二挡，往她的头发上吹风。

宋枝感受到吹来的风，觉得有点儿冷，条件反射地歪头躲了一下。

吹风声停止。后上方传来闻时礼的声音。他问："怎么了？"

宋枝回头看了他一眼："哥哥，我觉得风有点儿冷。"

"冷？"闻时礼钩了一缕宋枝的湿发在自己的手指上，用小风吹着发尾，"上次我用三挡给你吹，你不是热得脸发红吗？"

"……"其实那不是热的，而是她害羞。

宋枝不敢说，只说："我今天不怕热，你用三挡吧。"

闻时礼："嗯。"

顺着她的意思，他把风挡调到"三"，将风速调到最大，给她吹头发。

其实给女生吹头发是一件很麻烦的事情，尤其像宋枝这种头发——像海藻似的，又长又浓密的头发，吹起来特别费时间。

好多女生每次洗完头，会吐槽一句"吹头发真烦"。

闻时礼的表情却没有一丝不耐烦，动作温柔细致。他每一次撩她头发的时候，都很轻，生怕一不小心拉到她的头发会弄痛她。

宋枝不用自己吹头发，自然觉得享受，还觉得热风和他的手指很舒服。当然，还是他的手指比较舒服。

闻时礼会帮她揉头皮，力道相当轻。

等把宋枝的头发完全吹干，时间已经过去了半个小时。闻时礼说："我出去抽根烟。"

宋枝说："好。"

没等他走两步，宋枝觉得有点儿口渴，想出去接杯水喝，于是转过身下床，却没注意到吹风机的线。

吹风机的插头直接从插孔里弹了出来，吹风机更是掉到了地上，发出"啪"的一声。

宋枝整个人重心不稳，朝前倒下去。

闻时礼就在前方。他听到动静回头，隔着一段距离，想要接住她明显不可能。

宋枝真的不想再尴尬了，于是，绞尽脑汁地想摔下去的时候怎么样才能姿势好看一点儿。

"……"

但现实往往很残酷。在她还没有想出一个好看的姿势的时候，人已经重重地摔倒在地上了，并且是以一种相当滑稽的姿势摔倒在地上。

宋枝跪在了地上，双手朝前趴着。

她怎么形容呢？无论她怎么形容，这都像是一个朝拜的姿势。

闻时礼当场怔住。

一秒后，他破功般失笑出声，一边摇头一边走过去扶她："不要这样，小宋枝。哥哥真的受不起这么大的礼，折寿了怎么办？"

宋枝："……"没事的，没关系，她一定要心如止水，要淡定，反正尴尬也不是一两回了，多来几次，习惯了就好。

闻时礼握住她的手臂将她拉起来，低头检查她的膝盖，确认没有破皮后，继续无情地嘲笑她："我不就给你吹个头发吗？你至于这么感激吗？"

"……"宋枝面无表情，沉默地站着，佯装自己是个没有情绪的机器。

闻时礼抬起手，亲昵地捏了捏她的脸："板着脸做什么？"

宋枝还是不说话。

"你不对劲儿啊，小孩。"闻时礼微微歪头，眼角带着笑意问她，"不是说今天不热吗？怎么脸还是这么红啊？"

宋枝依旧板着脸沉默。

站了一会儿，她越过他到客厅里接水喝。超大的一杯温水下肚后，宋枝才觉得心头的尴尬消去一点儿。她转头飞快地偷看了闻时礼一眼，看见窗边的闻时礼正好抽完了一支烟。

他看过来，说："搽药。"

宋枝放下杯子，到沙发上坐着等。

闻时礼一边帮她搽药一边帮她吹着。他低头帮她吹手臂上的伤口时，每一根长长的睫毛她都看得十分清楚。

闻时礼白皙的皮肤光滑得几乎看不见毛孔，幸好他周身气质冷，即便长相清秀，也不显娘相。

被搽到一半的时候，宋枝想到了一个问题，便问："哥哥，你今天为什么不先问问我情况，就坚定地和他们对峙？"

"没必要。"闻时礼说，"有证据就只讲证据，只要有证据，我讲什么都是对的。"

宋枝问道："你这么自信吗？"

闻时礼抬头瞧了她一眼："小孩，你在质疑我吗？"

"哪儿有？"宋枝讨巧地夸道，"哥哥，你以后一定会成为很厉害的律师。我以后如果有什么事情，你可以帮我辩护了。"

"乱说话。"闻时礼神色稍冷，"你应该说，希望我永远不会给你辩护。"

"为什么？"宋枝问道。

"因为我是刑事律师。"闻时礼说。

十三岁的年纪，宋枝还不太懂刑事律师是干什么的，正准备问的时候，就听见男人温和地对她说："我希望小宋枝平平安安、万事如意。"

宋枝的目光顿在他的脸上。

闻时礼没有注意到她的目光，低头认真地给她搽药。

宋枝道："哥哥。"

"嗯？"

"哥哥。"

"嗯？"

这次，闻时礼抬起头对上她的目光。宋枝感动得一塌糊涂，再开口时像是要哭了一般："你也要平平安安，要前程似锦。"

他怔了一秒，随即眯眼浅笑："好。"

察觉到她的哭声，闻时礼失笑："干吗呢？祝福哥哥就让你这么痛苦吗？"

宋枝吸了吸鼻子，说："没，不过你一定要做到。"

"好。"他笑着说。

闻时礼搽完药，宋枝回到房间里躺下。她钻到被窝里后，听到闻时礼在外面敲门。

"进来。"

她的房间里一盏睡眠台灯亮着，灯光昏黄暗淡。

闻时礼来到她的床边，说："哥哥有些话还没对你说。"

宋枝问："什么？"

他俯身，揉了揉她的脑袋，温声道："记住，无论遇到什么事情，都不要受委屈。别人欺负你，你就要反击。你要以牙还牙，以眼还眼，千万不能忍。"

宋枝安静地听着。

闻时礼接着说："今天的事情或多或少会在你的心里留下阴影，以后你想起来还是会怕。这就像墙上的螺丝钉，就算你拧下来了，孔还在那里，这是一个道理。但你一定要记住哥哥今天说的话。"

墙上的螺丝钉就算她拧下来了孔还在。

宋枝回味着这句话，就像他一样吗？遭受虐待后，哪怕时隔这么多年，他还是在痛苦中煎熬。

宋枝明白这句话的意思。沉默了一会儿，她轻轻地开口："哥哥，以后你还会像今天这样为我撑腰吗？"

"我还在你身边的话，就会。"他说。

剩下的话宋枝没有问。她心里酸涩难受。

宋枝好想再问一句：要是不在呢？

闻时礼帮她掖好被角后关灯离开。宋枝在黑暗里睁着大大的眼睛发呆。

她仔细地回想今天发生的一切。

他在她孤立无援的时候出现，给她撑腰，简直像个救世主一样，在她的眼里闪闪发光。他带她吃面，逗她开心，给她吹头发，给她搽药。他给她搽药的时候，记得她怕痛，给她吹。

这样一个温柔又细致的老男人，谁不爱呢？宋枝觉得，她可能就是注定要喜欢他吧。

不管她什么年纪遇到他，都会喜欢他，可是暗恋好苦，长大又好难。

最后，她想到他今天说的话："长大后一次谈十个都行。"

不，她真的不想要十个。她只想要他一个。

第五章 再 见

　　宋枝在班上被霸凌这件事情在学校里引起了不小的风波。周三，全校开大会，校方对羊琦姗、张雪等人进行了通报批评，并且每个人都要当着全校师生的面读千字检讨书。

　　羊琦姗没有读，据说在事发第二天，就办理了转学手续。

　　至于羊琦姗说的那六千元的奖金，校方在大会上将奖金和荣誉证书一起颁发给了宋枝。

　　宋枝把钱拿在手里，心里有些不是滋味——原来六千元就能毁掉一段友谊。

　　施暴者的家长们凑钱，给了她四千元补偿，加上奖金，总共一万元整。

　　班上一切如常，像是什么事情都没发生过。后来还有不少同学会找宋枝要作业抄，宋枝却没有再给他们。她礼貌地拒绝后便低头做题，不再回应。

　　事发当天请了病假的周崇生返校后听说了这件事，特别气愤。他跑到宋枝的桌前，说他那天要是在的话，不会让她被欺负的。

　　宋枝倒是没有什么特别的反应，淡淡地说了声"谢谢"。她打心里觉得，那天有闻时礼在就好。事情已经被圆满解决了。

　　陆蓉出差回来后听说了此事，想当面好好感谢一下闻时礼，却一直没找到机会。

　　闻时礼变得相当忙，宋枝经常见不到他的人。

　　在两个人没有见面的那几天里，宋枝特别想他。

　　她心里也越发害怕。才几天就这么想念他，以后万一长时间见不到他的话，她该怎么办？

　　那一周的周末，陈叔叔带着陈斯来宋枝家里吃饭。宋长栋难得休息一天，也在家里。

　　陈广轩一进门就喊："闻时礼呢？在不在家里啊？"

　　陈斯跟在他的身后嘀咕："他像是你的亲儿子一样，瞧这亲切劲儿。"

　　"……"

　　宋长栋坐在沙发上喝着茶，望了一眼闻时礼的房间门，说："不在吧，那小子可能又忙着兼职去了。"

　　陈广轩"啧"了一声："也不知道他在忙什么，星期二的下午，课上到一半就跑了。"

　　· 156 ·

宋枝正好从卧室里走出来，听到陈广轩的话，直接怔住。

星期二的下午？那不就是闻时礼来学校给她处理事情的那天吗？

陈广轩继续说："那天讲的知识点还蛮重要的。不过好在他脑子聪明好使，也难不倒他。"

陈斯翻了好大一个白眼，说："爸！你能一天不夸他吗？"陈斯觉得自己的耳朵要长茧子了。

话一说完，陈斯抬眼看到了门口的宋枝，双眼放光，就要冲上去说点儿什么。

在他冲过来前，宋枝转身回房间里，关上了门。

陈斯感到疑惑。

宋枝其实不是故意的。她压根儿没有注意到陈斯，一心想要回房间里给闻时礼发微信问问。她想问问他那天是不是为她翘课了。

宋枝到桌前拿起手机，点开微信，点到和闻时礼的对话框。

她看着自己给他的备注"老男人"发呆。

算了，看在他对她这么好的分儿上，她给他换个备注吧。

宋枝想了会儿，把备注改成了"时礼哥哥"。

然后，她给他发了条微信："哥哥，你星期二那天是翘课来我的学校吗？"

好几分钟过去了，她没有收到回复。

宋枝想他现在应该在忙，又等了一会儿。

陆蓉的声音从外面传来："枝枝，出来吃饭了。"

"啊，好。"宋枝应着，带着手机来到客厅里。

陈斯看见她，带着灿烂的笑容迎了上来："枝枝，下周要不要去我家玩游戏？"

"不要。"宋枝立刻回绝。

陈斯问："为什么？我新买的 PS5 很好玩！"

宋枝不喜欢玩那些游戏，说："不为什么。"

被无情地拒绝后，陈斯想到了另外一件事："你被欺负的事情解决了吗？班上还有没有人欺负你啊？有的话我去揍他！"

宋枝低头看着手机屏幕，发现仍然没有新的消息，心不在焉地回答："没有。"

陈斯说："没有就好。"

宋枝到沙发上坐下，不停地看手机。

陈斯好奇地坐到她的旁边，问："你怎么总看手机？给我也看看？"

宋枝飞快地把手机捂到胸口处："干吗要看我的手机？你没有吗？"

"……"

卧室忽然传来房间门被打开的声音。闻时礼一副没睡醒的模样，黑衬衫和同色的休闲裤，还踩着家居的黑色拖鞋。他实在太喜欢黑色了。

宋枝瞬间呆住了。

为什么他会从房间里出来？昨天她放学回来的时候，他分明不在啊？

客厅里有好几个人。闻时礼没看别人，懒洋洋的目光直接投到了宋枝的脸上："我在卧室里，你在客厅里，这么近你都要给哥哥发微信？"

陈斯在旁边怪叫起来："我说你一直看手机干什么？原来在等这男人给你回消息！"

宋枝条件反射般想否认，直接往陈斯的胳膊上拍了一巴掌："你要死啊，陈斯！"

这一巴掌她打得不轻。陈斯捂着胳膊，缩成一团，一只手不停地抚摸着被打的地方，继续说："明明就是啊，枝枝你这是差别对待！"

其实宋枝无比心虚，却底气十足地反问："我怎么差别对待了？"

听到她否认，陈斯直接拿出了自己的手机，点到微信里，翻到他给宋枝发的消息，说："你自己看。"

他用手指在聊天界面上不停地滑动："我给你发消息你很少回，但我每次都秒回你！"

宋枝很难狡辩，眼睛瞄到了其中的一条消息。她飞快地扫了一眼慵懒地靠在门上的男人，指着这条消息对陈斯说："这些你让我怎么回啊？"

陈斯看了一眼，问："为什么不能回？你回个'哈哈哈'不行吗？"

"……"

陈斯似乎为了印证自己发的内容格外有趣，便当着所有人的面用诙谐的腔调把发给宋枝的消息念了一遍："长颈鹿去看医生，对医生说自己的肠子有点儿紧，很不舒服。医生告诉它这是正常的。因为它是'肠紧鹿'。"

"……"宋枝简直没办法找到合适的词形容陈斯。

他讲的是什么冰山冷笑话啊？这笑话简直满满的槽点儿。

这时候，陆蓉带着笑容走了过来，说："好了，别闹了，都洗手过来吃饭。"

"哦。"宋枝站起来往餐桌的方向走去，路过闻时礼身边的时候停了下来，看着他说，"哥哥，吃饭了。"

闻时礼答道："嗯。"

几个人纷纷落座。

陈广轩问道："小闻，你周二下午跑哪里去了？"

闻时礼淡淡地说："有点儿事。"

"什么事？"

"不是什么大事。"

陈广轩没有再问，而是把话题带到了另一件事上："对了，我上次不是跟你说会给你安排住处吗？我已经托人找好了，家具什么的都有，你可以收拾东西直接住进去。"

宋枝动作一顿，抬起了头。

闻时礼就坐在她的对面。她看见他还是那副冷淡的模样，简单地说了个"好"。

"……"

他要搬走了吗？在这一瞬间，巨大的怅然若失感和难过的情绪将她席卷，就连饭桌上她平日里最爱吃的饭菜，也变得索然无味。

他们不在同一屋檐下，见面的机会会更少。

陈斯还在旁边讲一些不好笑的段子和冷笑话。宋枝根本没听进去，眼圈有些发红。

陈斯注意到了她的不对劲儿："就算笑话不好笑，你也不至于哭吧。我不讲了，行吗？"

大人们全部朝宋枝看了过去，包括对面的闻时礼。

宋枝憋着泪，把头埋着，往嘴里扒拉着白米饭。

陆蓉疑惑地说："这孩子怎么回事？"

宋长栋忙夹了一筷子宋枝爱吃的菜，安慰道："吃点儿菜，枝枝。"

陈广轩以为陈斯招惹了宋枝，立即骂他："你开玩笑要有分寸！都把枝枝弄哭了！"

陈斯真的冤枉。他欲哭无泪，说："我真没有。"

闻时礼静静地把一切看在眼里，眼睛深沉，脸上始终没有什么表情。看了一会儿，他夹起一块红烧排骨放到宋枝的碗里，又夹了一些其他的菜，却什么都没对她说。

宋枝盯着碗里的排骨和菜，心里十分酸涩难受。

他什么都不懂，完全不懂她，只会觉得她在闹一些不该闹的小脾气，甚至还会觉得她莫名其妙。

宋枝推开碗，跳下椅子，拿上手边的手机冲到卧室里，把门直接反锁上，闷闷不乐地坐到桌前。

窗外阳光灿烂，美丽的蓝天、白云和宋枝阴郁的心情形成鲜明的对比。她盯着桌子上的清水瓶，长时间地发呆。

清水瓶里插着他送她的那朵玫瑰花。几日过去，玫瑰花的花瓣已经开始有点儿蔫了，不再艳丽如初。

这日渐枯萎的玫瑰像在暗示她：他注定要离开。

宋枝心慌意乱地打开手机百度，搜索如何给鲜花保鲜。

其中的一个答案是：把鲜花放到风干机里十五分钟，风干后，花就能一直保存。

宋枝起身在房间里找到一个漂亮的礼物盒，是淡绿色的正方体盒子，有两个手掌那么大。

她把盒子放到桌上，往盒子里放了一些自己折的纸鹤，和一些线状的彩纸铺着。然后，她把玫瑰花从清水瓶里取出来。

风干机在厨房里。宋枝拿着玫瑰花来到厨房里。陆蓉正在洗碗，看见她便问："你今天怎么回事？"

"没事。"宋枝说。

陆蓉又问："怎么饭只吃一半呢？"

宋枝答道："不想吃。"

陆蓉以为她只是心情不好，便没有再问。

宋枝用剪刀剪掉玫瑰的一截绿枝，再把玫瑰放到风干机里，定时十五分钟。

玫瑰被从风干机里取出来的时候，已经完全失去了水分，变得脆脆的。

宋枝怕自己不小心弄碎玫瑰，想赶紧回房间里把它放到盒子里。

陈斯在半路上拦住她，盯着她手里的玫瑰："谁送你的玫瑰啊？"

宋枝皱眉："关你什么事？"

她的目光情不自禁地落在沙发处。那边的闻时礼正坐在那里抽烟，似乎在和陈叔叔说话，并没有注意到她这边的情形。

陈斯伸出手去拿："给我看看。"

宋枝现在相当没耐心，用手护住玫瑰，什么也没说，直接推开陈斯回到房间里。

看着她的背影，陈斯十分疑惑，回到沙发处嘀咕："不就是一朵破玫瑰花吗？"

他话刚说完，一不小心对上了闻时礼阴沉的目光。

闻时礼这人的眼神时常给人一种威压感，他哪怕静静地看着，也会让人觉得透不过气来。

陈斯和闻时礼对视两秒后实在顶不住了，结结巴巴地问："干……干吗看我？"

闻时礼弯唇一笑，并不说话。

宋枝把玫瑰装到盒子里后无事可做，便开始折纸鹤。

她现在满脑子都是闻时礼要搬走的事情，手指也变得迟钝，纸鹤被她折得相当丑，翅膀一高一低，鹤脑袋也是歪的。

宋枝烦躁地把纸鹤扔到一边。

她听到外面传来了陆蓉的声音："小闻又要出门啊？"

紧跟着是闻时礼的回答："嗯。"

什么？他又要出门！那他们下次再见就不知道是什么时候了。

宋枝着急地站了起来想冲出去，但又觉得这样会很唐突。

她在卧室里转了一圈，目光锁定了垃圾桶，就说自己是出去丢垃圾的吧。

宋枝手忙脚乱地把垃圾袋从桶里取出来，随便打个结后拎着垃圾小跑出去。

然而客厅里已经没有了闻时礼的踪影，陈叔叔和陈斯也不在。

宋长栋坐在沙发上抽烟，看见冲出来的宋枝，又看了一眼她手里的垃圾，说："放在门口吧，你妈晚上会扔的。"

宋枝说："不用，我现在去扔。"

宋长栋看了眼窗外的太阳说："外面热。"

宋枝往门口跑："我不怕！"

宋枝脚下生风一般跑出了门，看见闻时礼站在电梯门前，旁边还站着陈叔叔和陈斯。

她放慢脚步，假装平静地走了过去。

陈斯看见她出来，特别高兴，说："枝枝，你还特意出来送我啊？"

"……"宋枝忍着没搭话。

闻时礼转头看过来，盯着她看了好一会儿，若有所思。这让宋枝特别紧张。

进电梯后，陈叔叔和她搭话："枝枝准备考哪个高中啊？"

"树德高中部吧。"

陈叔叔笑道："挺好的。"

陈斯连忙说："我也考那里！"

陈叔叔拉下脸，觑了陈斯一眼，说："你得了吧！"

"……"

"就你这样，还考重点高中？"

在陈斯顶嘴时，几个人走出了电梯。

宋枝故意走得很慢。

垃圾桶就在公寓楼外的右手方向，特别近。她没有理由再跟下去。在这以前，她想着自己一定要说点儿什么。

闻时礼就在她前方数米的地方，身材修长，脊背笔挺，走路不疾不徐，每一步都走得很稳。

眼见他马上左转去大门的方向，情急之下，宋枝大喊："哥哥！"

闻时礼脚步一顿，回过身看她："嗯？"

陈斯和陈叔叔也跟着停下，一同转过身来看她。

宋枝无比紧张，但还是壮着胆子走到了闻时礼的面前，小声说："我有点儿事情想问你。"

"什么事？"闻时礼问。

宋枝有点儿难为情，抿抿唇后小声道："我想单独和你说。"

闻时礼问："单独？"

"嗯。"

听到这里的陈斯凑了过来："说什么？我也要听！"

宋枝简直想把陈斯掐死。他好烦啊！

幸好陈叔叔没什么耐心，一把揪住陈斯的衣领子，说："走了！"

陈斯号叫道："枝枝我下次再来！"

"……"

烈日下，空气非常灼热。

闻时礼原是背光而站。他低头看着小姑娘暴露在阳光下的脸蛋，没有多想，伸手将她转了一下，改为自己朝阳而站。

宋枝一时没明白："干吗？"

闻时礼淡淡地说："怕你热。"

宋枝一怔。

她这才发现闻时礼的五官已经完全暴露在阳光下了，仔细地看着，更觉得他异常惊艳。被阳光照着的他，眉毛、鼻梁、薄唇、桃花眼和白皙的肌肤……都好看得要命。

男人略带沙哑的嗓音拉回了她的思绪："你要跟我说什么？"

宋枝沉默了。

"嗯？"

宋枝垂在身侧的手指蜷在一起，掌心里出了很多汗。她觉得可能是热的，可是以前就算再热的夏天，手也不会出汗。

宋枝憋了好半晌没开口。

对于她，闻时礼向来有耐心，没有继续追问，就那么和她站在烈阳下干烤着。

良久，宋枝深吸了一口气，鼓足勇气开口："哥哥你还记得，你答应过我一个要求吗？"

"记得啊。"他懒洋洋地勾唇笑着，"怎么，现在想用？"

"嗯，我要用。"宋枝坚定地说。

闻时礼挑眉，饶有兴致地说："说来我听听。"

宋枝仰头看着他的眼睛，慢吞吞地问出口："哥哥，你能不搬走吗？"

可能没有料到宋枝会提这样的要求，闻时礼恍惚了一瞬间。他静静地看着面前的她，过了好一会儿才确认道："你说什么？"

宋枝硬着头皮重说："你能不搬走吗？"

宋枝：你就住在我的家里，让我时常能看见你。

闻时礼没有直接回答，脸上露出他惯有的浅笑，唇角勾了一下，显得吊儿郎当的，说："哥哥总不能一直住在你的家里吧。"

宋枝怔住。

饶是她再笨，也能听出他的话是一种婉拒。

她的心脏像被人投下了巨石一般，被压得十分难受。

宋枝忽略那种喘不过气的感觉，用小孩子才会有的无辜的口气问道："怎么不行？我家就是你家，你想住多久都行。"

闻时礼笑着问："你真想养着哥哥啊？"

宋枝不知道该如何回答。如果她有这个能力，养他也不是不行。她只是想经常看见他，不敢奢望其他。

长时间的沉默后，闻时礼摸出手机看了眼时间，对她说："你扔完垃圾上去吧，我要去兼职了。"

宋枝倔强地说："我不要。"

闻时礼挑眉道："嗯？"

宋枝左手拎着垃圾袋的手指收紧，右手握成拳。她再开口时语气里只有满满的委屈："你说话不算话，骗人！你真的是个坏人。"

"怎么办？"他俯身，把脸送到她的眼前，眯着桃花眼，笑得非常无辜，"我从没说过自己是好人啊。"

宋枝完全傻眼了。她没料到他会这样回答。他像在告诉她，他就说话不算话，就骗人。

宋枝所有的负面情绪都蹿了上来——不舍、难过、愤怒，搞得她开口时都被气得结巴了："你……你……你！"她"你"了半天，却没"你"出个所以然来。

闻时礼直起腰，说："好了，不逗你了。"

"……"

"哥哥怎么舍得骗小宋枝呢？"

宋枝正觉得冒火，没听出他话里的意思："你到底是什么意思？"

闻时礼懒洋洋地说："哥哥答应你啊。"

"……"

他答应了？他居然答应了！

宋枝感觉自己像在坐云霄飞车，心情时高时低，情绪完全不受她掌控。

她呆滞了好一会儿才回过神来。

闻时礼漫不经心地开口调侃道："小宋枝真是口是心非啊。"

宋枝想到那次在墓园里拉着他的衣袖说和他不太熟的经历，心里觉得有些尴尬，面上却十分镇定，说："我怎么口是心非了？"

闻时礼笑着问："没有吗？"

"哪里有？"

闻时礼盯着她，含沙射影地淡声道："小宋枝舍不得哥哥，又不听哥哥的话，这不是口是心非吗？"

宋枝满头问号："我什么时候不听话了？"这个老男人冤枉人真的有一套。

"没有？"闻时礼歪着头懒洋洋地说，"我告诉过你不要早恋。你还当着大人们的面和陈斯打情骂俏，刚刚还专门以扔垃圾为由出来送他，这叫听话？"

宋枝："……"她到底在哪个环节出现了问题才会让这个男人的认知出现如此大的偏差？

她和陈斯打情骂俏？她不是被拆穿心事后气急败坏，所以才顺手给了陈斯一巴掌吗？这落在他的眼里，怎么就变成打情骂俏了？

她出来扔垃圾，难道不是为了跟他说别搬走的事情吗？

宋枝突然想到自己冲出家门来到电梯门前，他看她时那若有所思的样子。原来从那个时候起，他就开始误会了。

算了，他误会就误会吧，总比发现她真正的心事好。

宋枝没有解释，举起手，并起两根手指说道："我发誓，你要是答应我不搬走，我就绝对不早恋。"

闻时礼笑着问："真的？"

"真的！"

然后，他朝她伸出手，把她蜷在掌心中的手指扳起来竖着，说："发誓是三根手指，重说一遍。"

宋枝清了清嗓子，郑重地说："哥哥不搬走，枝枝不早恋。"

"那以后记得和男生保持距离。"

"好的！"

小姑娘愉悦时会眉眼弯弯地笑。闻时礼瞧着她觉得她实在可爱，没忍住用手亲昵地捏了捏她的脸，说："下面晒，快上去吧。"

达到目的的宋枝自然同意，点头道："哥哥再见。"

"小宋枝再见。"

目送闻时礼的背影消失在公寓的大门外后，宋枝才哼着小曲扔掉了垃圾，转身上楼时一蹦一蹦的。她整个人沉浸在一种莫大的喜悦中。

原来一个人真的可以被另外一个人牵动所有的情绪。她现在的喜怒哀乐，都是因为他。

回到房间里，宋枝在写完作业时折纸鹤玩，心情好，折出来的纸鹤也漂亮。

折好第三只纸鹤后，宋枝开始回想在楼下的画面——英俊的男人声色温柔，背后的槐树绿枝横斜，碎金般的阳光洒落。画面定格在了她十三岁这一年，惊艳绝伦，美不胜收。

转眼到了暑假。

宋枝期末考试的名次仍维持在年级第一名，爸妈十分满意，没有给她报任何补习班，打算让她玩得开心。

但人一旦闲下来，想事更多。宋枝在家里无事可做，一天到晚就盼着闻时礼能回家。他好像越来越忙，忙得十天半个月她见不到一次他的人。

宋枝偶尔能见到他的时候，两个人说话的时间也非常少。

有一天晚上，宋枝坐在客厅的沙发上刷微博，听到开门的声音，抬头看去。

她看见闻时礼手里拿着一朵新鲜的玫瑰花，呼吸一下就屏住了。

果然，闻时礼直接来到沙发前，把玫瑰花递给她，顺便揉了揉她的脑袋，说："哥哥答应过你，会不定时送你玫瑰当谢礼。"

宋枝接过玫瑰，没表现得太惊喜，轻声道："嗯。"

没等她再说什么，闻时礼已经回房间休息了。

他不仅越来越忙，仿佛也越来越累，回家第一时间就是睡觉，睡醒后第一件事就是出门。

两个人甚至连同桌吃饭的时间也没有。

几天后，玫瑰开始枯萎。

宋枝照着处理上一朵玫瑰花的方法，把这朵也风干后放在漂亮的盒子里存着。

玫瑰的香味一直在，她会时不时地打开盒子闻一闻。

八月末，距开学还有一周的时间。莲庆的雷雨季就在八月末。

宋枝担心起天气来。她变得和他一样，怕打雷，怕下雨，怕天空中大片大片混乱的积雨云。

他怕这些东西，而她怕遇到这些东西的他。

那天吃过晚饭后，宋枝一直坐在桌前盯着外面的天空。

她看见外面滚动的云，云层中有隐约的白光，一副风雨欲来的阵仗。宋枝很担心。

她不知道闻时礼今天回不回家。要是不回家的话，他在外面待着会不会有事？宋枝决定发微信问问。

她总共给闻时礼发了三条微信：

"哥哥，你今天回家睡吗？"

"很忙吗？"

"不忙的时候回我一下。"

宋枝发每条微信的间隔时间在十五分钟左右。他却一条微信都没有回。

已经九点半了。

宋枝站在窗边，看着外面越来越恶劣的天气，越来越担心。

过了好一会儿，宋枝实在等不了了，决定给闻时礼打个电话问问。

宋枝打开手机通讯录，翻到闻时礼的手机号，拨了出去。

闻时礼接得倒挺快，用低沉的声音问道："怎么了，小宋枝？"

听到他的声音无异常，宋枝暗松了一口气："哥哥，你回家吗？"

闻时礼说："回啊，我正准备回你微信，刚给一个初中生补完课从他家里出来。"

宋枝连忙问："你现在还没走出去？"

闻时礼答道："嗯，还在公寓里。"

闻言，宋枝心里咯噔了一下，斟酌片刻后，缓慢地说："哥哥，外面……要打雷下雨了……"

那边的人沉默了。

"哥哥？"

他还在沉默。

宋枝本就悬着的心像要跳出来似的。她说："哥哥你说话啊！"

闻时礼重新开口："没事，哥哥能安全回来。"

"你有伞吗？"

"没有。"

宋枝一边弯腰从抽屉里取出一把伞，一边说："哥哥你在哪里？我给你送伞去。"

闻时礼说："不用麻烦，我就在光安广场附近，直接走回去冲个热水澡就行。"

宋枝问："真的没关系吗？"

闻时礼温柔地笑道："真没事。乖，早点儿睡觉。"

"哦，那好吧。"挂断电话后，宋枝把手机和伞一起放到桌上，还是有些担心闻时礼，但想到他说话时很正常，就没有多想，去了浴室洗澡。

一个小时后，宋枝洗完澡换上睡裙出来。她到客厅里，看到陆蓉正在给金鱼换水，顺嘴问："妈妈，闻时礼哥哥有没有回来？"

听到她的声音，陆蓉放下手上金鱼缸里的氧气管子，回头说："没有啊，他今天要回来吗？"

宋枝皱眉："这样啊。"

他居然还没有回来。光安广场离家很近，步行的话十五分钟，为什么闻时礼一个小时了都没有回来？

只有一种可能：他发病了。想到这里，宋枝快步走回了房间，拿起手机给闻时礼打电话。

果然，这一次没有人接。她再打结果也是一样。

没有关窗的房间里雷声震耳，一道又一道白光不停地闪着。

宋枝拿起桌上的伞走出卧室。

见她手里有伞，陆蓉看了一眼窗外，问道："外面这么大的雨，你去哪里？"

宋枝说："我去趟便利店，很快回来！"

没等陆蓉再说什么，宋枝拿着钥匙出了门，要是告诉妈妈自己去找哥哥的话，妈妈肯定不会同意。

外面的雨哗啦啦啦地下。雷声轰隆隆地响着。正常人听着，都会觉得害怕，更别提一个对雷雨天有心理阴影的恐慌症患者了。

在这样恶劣的天气里，宋枝连撑伞都非常吃力，伞骨像要被吹断似的往后翻。又一阵狂风吹来，宋枝手里的伞完全失控，飞了出去。

这完全在宋枝的意料之外，她一点儿准备都没有。在她没反应过来的几秒钟里，伞已经被吹到了她斜前方十几米远的地方。宋枝整个人暴露在了倾盆大雨里。

长这么大，宋枝还没淋过这样的大雨。她被豆大的雨珠砸得睁不开眼，僵在原地，浑身瞬间湿透。

站了几秒钟后，宋枝回过神，要去追伞。没伞她怎么接哥哥回家？

宋枝抬手护在自己的额头上方，不让雨砸进眼睛里，抬脚朝着伞的方向跑了起来。

狂风迎面吹来，在风雨中奔跑的她感觉到了巨大的阻力。借着闪电，宋枝奋力地跑了好长一段路，却没能追上伞。她费力地往前望的时候，伞已经不知去向了。

哥哥怎么办啊？宋枝急得想哭，又觉得这种时候哭是解决不了问题的，只好稳住心神，想先赶紧找到闻时礼。

她现在的位置距离光安广场仅有几百米远。

宋枝跑不动了，被雨砸得浑身都疼，只好攥紧手里的钥匙，在雨中快步走着。

幸好她没带手机，不然手机就报废了。

想到上次暴雨夜时，闻时礼痛苦的模样，原本很累的宋枝强迫自己跑了起来。

快一点儿，快一点儿找到哥哥，宋枝一路跑到光安广场。

广场上空无一人，只有飞鹤喷泉池、长椅和关门的报亭。

宋枝心里着急，且身心疲惫，跑到报亭的檐下躲雨。

她用手抹去脸上的雨水，冷得瑟瑟发抖。

宋枝从没想过自己能这么疯狂，居然在暴雨的盛夏夜晚独自一人跑出来，还被淋成这样。要是被爸妈知道的话，她肯定会被骂。

正当她想着回去怎么和陆蓉解释自己的狼狈模样时，余光倏地捕捉到了一丝人影。

宋枝飞快地回头看去。那是飞鹤喷泉池所在的方向。

飞鹤喷泉池里总共有六只铜制飞鹤，只只与人同高，饱满的羽翼在雨里展着。飞鹤有的单脚站立，有的被设计师设计得悬在半空中，呈飞翔状。

飞鹤间，有一道宋枝熟悉的黑色身影。

宋枝定睛一看，发现那正是她一直苦苦寻找的闻时礼。

他像是完全失控了一般，跪在飞鹤中间，抓着飞鹤的一只脚，头不停地往地上磕着。

她看那动作，就知道他的力道有多么大。

上方的万里高空发出震耳的雷声，白光道道闪现，宋枝的脑子跟着空白了一秒，那一秒过后，说不尽的心疼涌上她的心头。

宋枝距离喷泉池有近百米。她没有多想，抬脚朝他的方向狂奔起来。

雨越下越大，她被砸得也越来越疼，疼得根本睁不开眼睛。但她没有再用手去护住额头，而是一心想着尽快赶到他的身边。

冲过去的时候，宋枝看见闻时礼早已头破血流，额头被磕得血肉模糊。

他发疯一般，磕得一下比一下重。

宋枝急得大喊："哥哥！"

他却没给出任何反应，只是继续机械又暴力地重复着自己的动作。

宋枝顾不得太多，倏地跟着就跪了下去，膝行几步，过去伏低上半身，一只手垫在他额头要落下的地方。

下一秒，男人温热的额头落在了小小的掌心里。

闻时礼似乎没想到自己会磕到一处软物上，浑身微微一僵，缓缓地抬头，目光与宋枝的目光对上。

宋枝认真地和他对视着，看到他黑色的眼睛阴沉，眼里遍布血丝。鲜红的血液从他的额头上混着雨水蜿蜒而下，流到他右边的眼睛里，再从他右眼角混着雨水重新流出来。很快，鲜血又被雨水冲走了。

宋枝捂着他流血的额头的手没松开，声音混在漫天的大雨里。她说："哥哥，不要这样，好疼。"

她忍住想哭的冲动，吼道："求你了，好不好？"

闻时礼额角的青筋突起，平日里温润斯文的模样消失了。他此时看她的眼神是冰冷的。

几秒后，他粗暴地扯开她的手，声音颤抖着，沙哑地说："别管我。"

男人的力道很大，宋枝被扯得身体大幅度地歪了一下。不过没关系，宋枝调整好后，执拗地凑了上去，把自己的脸凑得更近了："哥哥，我是枝枝，枝枝啊。"

两个人的脸贴得很近。

宋枝感受到了他呼吸混乱，于是将声音放得更轻了："我是枝枝。你平时对我很温柔的，不记得了吗？"

"……"

过了一会儿，闻时礼像是认出她了，眼神一瞬间柔和了下来。他喘着粗气，握住她的手腕："离哥哥远点儿，听话。"

宋枝皱眉："不要！你知道我找你找得多辛苦吗？"

"听话。"

"我这次不要听话。"宋枝用另一只手反握住他的腕骨，语气中带着前所未有的坚持意味，"我只要你跟我回家。"

闻时礼摇头："不行，哥哥走不动。"

没等她开口，闻时礼便挣脱了她的手指，费力地说："你快离远点儿，我怕我等下伤到你。"

宋枝不相信他会伤害她，目不转睛地看着他："你要是舍得的话，那我就自认倒霉吧。"

宋枝浑然一副小无赖的模样，简直让闻时礼束手无策。他浑身不受控地战栗，抖得十分厉害，说话声也跟着抖："怎么办呢？哥哥真的舍不得……"

"舍不得就跟我回家。"宋枝去拉他，"快点儿！"

又一道惊雷响过。闻时礼像是被击中了，身体跟着雷声重重地抖了一下，极度痛苦的模样。

宋枝深知不能再拖下去了，双手同时握住他一边的胳膊，将他架到自己的肩膀上："哥哥，起来啊，快点儿起来！"

闻时礼的身体不受控地发抖，仅存的意识却出奇地配合她。

他颤抖着无比困难地站起来，手臂搭在她的肩膀上。可能因为宋枝过于瘦小，所以远远地看去，就像她整个人被他搂着似的。

现在路上已经看不到任何人了。宋枝承受着男人的重量，带着他一步一步地往家的方向走。

中途好几次，闻时礼要摔下去的时候，宋枝都会在他的耳边真诚地鼓励他："再坚持一下哥哥，我们很快就到了。

"忘记了吗？雷声都是云朵打呼噜，一点儿都不可怕。

"走十步，再十步，最后十步……"

…………

短短十几分钟的路程，宋枝带着意识不清的闻时礼，硬生生走了四十分钟。

他们在暴雨里走四十分钟是什么概念？到家的时候，宋枝快要晕倒了。她真的太累了！

陆蓉已经睡下了。

宋枝把闻时礼扶到他房间的沙发上坐着，然后关紧窗户，拉好窗帘，打开灯。然后，她回到闻时礼的面前蹲下。

宋枝无意识地将双手放在了闻时礼的膝盖上，仰头看他时，眼里全是担忧的意味："哥哥，你今天没有吃药吗？"

可能是因为在房间里，闻时礼的症状稍微减轻了些，说话也没那么抖了："吃了，没用。"

宋枝沉默了一会儿，说："你先去洗个热水澡吧。"

"好。"

闻时礼呼吸还是有些混乱。她小心翼翼地问："你能自己洗澡吗？要不我帮你？"

问完后，宋枝自己都愣住了。同时愣住的人还有闻时礼。

但是她发誓，问这句话，真的只是担心他而已。

闻时礼虚弱地笑了笑，说："说什么呢？"

宋枝察觉到自己的脸又要变红，便噌的一下在他的面前站起来，加快语速说："那你去洗。我出去拿药箱，等下给你处理伤口。"

闻时礼说："不用，这就是点儿小伤。"他像是习以为常了。

"不行！你洗好澡叫我。"宋枝难得执拗，说完后便离开了。

她回到自己的房间里，也冲了个热水澡，换上了干净的睡衣。吹干头发后，宋枝到客厅里拿药箱。

宋枝拿上药箱，来到闻时礼的房间门前，发现门开着一条缝，于是轻声问："哥哥，你洗好了吗？"

房间里面没有声音。

宋枝把耳朵靠近仔细地听了听，还是没听到浴室里的水声。

他应该已经洗好了吧？宋枝又轻声道："哥哥？"

房间内一直无人回应。宋枝推开门，提着药箱轻轻地走进去。

房间里没有开灯，窗帘是拉着的，四周黑漆漆的，她只能看见物体的轮廓。

宋枝转头看床，看见闻时礼赤着上身躺在上面。

黑暗勾勒出了男人起伏的腹部肌肉和手臂饱满的线条。

宋枝觉得有点儿害羞，别开眼睛不再看。她把药箱放到脚边，低头打开，蹲下从里面拿出碘伏。

她不停地给自己洗脑，说他压根儿没什么好看的！

这一次她没有笨手笨脚。用棉签蘸过碘伏后，宋枝站起来走到床边，动作很轻地给闻时礼额头的伤口涂上。

涂完药后，宋枝还贴心地凑上去，嘟着嘴唇给闻时礼吹了吹伤口，才拿上药箱离开。

宋枝一觉到天明，醒来时觉得头重脚轻、恶心想吐。

她这是感冒了。不出意外的话，隔壁那位应该也感冒发烧了。

窗外下过雨后的天空碧蓝如洗，晴空万里。今天暂时安全了。

宋枝拖着难受的身体，一边咳嗽一边敲开闻时礼的房门，抬头看见站在房间里的他同样面色发红、一副感冒了的样子。宋枝开心地笑了起来。

闻时礼懒洋洋地往门上一靠："笑什么？"

宋枝点头欣慰地说道："看见你也感冒发烧，我就放心了。"

"……"

宋枝说得极理所当然："要是只有我一个人感冒的话，那你也太不厚道了。"

闻时礼无奈地弯唇笑着，顺着她的话往下说："我这不是跟着也感冒了吗？总得满足一下小宋枝坏坏的小心思，对不对？"

这个老男人在说她缺心眼儿？宋枝想和他对峙几句，但实在头晕得厉害。她扶着额头说："不行，我本来就晕，听你说话更晕了。"

闻时礼伸手握住她的肩膀："回房间里躺着。"

"哦，老没良心的。"

在她转身离开的时候，闻时礼扣住她的肩膀，说："等等，你说什么？"

"不是吗？"宋枝回头，"我昨晚那样带你回家，你非但不感激我，还内涵我。"

闻时礼却无辜地耸了耸肩，低声问她："哥哥哪儿有？你冤枉哥哥。"

"……"

这个老男人不仅没良心，还是个不要脸的无赖。

因为感冒发烧，闻时礼在家里休息了两天，暂时不出去兼职。宋枝迎来了两天的"天堂时光"！

她和他吃同一种退烧药，喝同一瓶枇杷止咳糖浆，还一起裹着小被子在沙发上吃零食，看狗血的总裁爱情剧。

只是这"天堂时光"也有许多她可以吐槽的点。

比如：吃退烧药的时候，他帮她回忆她把药片喷在他衣服上的尴尬经历。

比如：他给她喝的枇杷止咳糖浆是被开过的，她问他为什么开过，糖浆是不是过期了？他不回答，二话没说就往她的嘴里灌了一勺。

再比如：他出房间看着沙发上裹着小被子看剧的她，随口说了句"幼稚"。她便不依不饶地要他裹着小被子陪在她的旁边一起看剧。她还强行给他塞了一些他平时从不吃的零食。

他看电视剧的时候吐槽，总会让人失去看剧的欲望。

当总裁把女主逼退在墙角处强吻的时候，他会说："别人不愿意，何必强求？反正我以后不会做强吻这种事情。"

"……"

当总裁霸气地一掷千金买女主一笑时，他会说："真是钱多没地方花，才会花钱让一个女人开心，我以后也不会这样。"

"……"

当总裁无比浪漫地求婚的时候，他更是嗤笑道："俗气，相当俗气。"

看到最后，宋枝简直想把他的嘴巴捂住。这个男人看电视剧吵死了！

即使槽点满满，宋枝还是觉得自己越陷越深，对他的喜欢只增不减。

她喜欢他喜欢得不得了。这么多的感情，像是随时会溢出来一样。

宋枝在后来的很长一段时间里没有见过闻时礼，即使两个人还生活在同一屋檐下。

他很少回家。

宋枝有时会暗暗地心疼那个用掉的要求。她一开始就是为了能常常看到他，才会狠心地用掉愿望，希望他不要搬走。谁能想到结果却是这样，她还是见不到他。

宋枝在家里的时候，每想他一次，就会叠一只纸鹤。

新年的时候，她房间里的纸鹤已经有几百只了，整理的时候连她自己都吓了一跳。

原来自己已经想念他这么多次了啊。

宋枝蹲在一堆纸鹤前发呆，想着自己什么时候才能再见到他。她蹲了许久，重新站起来的时候，双腿发麻。

虽然她见不到闻时礼的人，他的玫瑰倒是如期而至。

玫瑰全是同城跑腿小哥送到她手里的，那些小哥每次递花给她的时候，都会说一句："你哥哥送给你的。"

宋枝有时会较真地说一句："那不是我亲哥！"

跑腿小哥根本不在意，露出一抹笑意后，转身钻进了电梯里。

那些玫瑰的经历都一样。玫瑰先在清水瓶里插几日，再在风干机里风干十五分钟，最后被封存在精美的盒子里。

除夕，宋枝在厨房里帮忙做年夜饭。与其说她在帮忙，不如说她站在旁边和陆蓉闲聊天。她压根儿不会做饭。

母女俩的话题扯到了闻时礼的身上。

陆蓉说："也不知道小闻今天回不回来吃饭。"

宋枝摇摇头："不知道。"

"感觉很久没有见过他了。"陆蓉低头切菜，没看宋枝，自顾自地说，"上回听你陈叔叔说，小闻已经联系好实习的律所了，他研究生一毕业就过去。"

"哦。"宋枝走几步过去和陆蓉并肩站着，沉默了一会儿，忍不住问，"妈妈，你知道哥哥去哪里实习吗？"

陆蓉问："怎么了？"

宋枝心里咯噔一下，怕露出马脚："就随便问问。"

"好像在——"陆蓉切芹菜的动作慢了下来，她想了想说，"间芸市。"

宋枝随手扯过一根芹菜在手里玩，不出声。

陆蓉瞧了她一眼，把她手里的芹菜拿走，放到清水里洗了一遍后重新放到菜板上："干吗呢？这是要吃的。"

宋枝没在意妈妈的指责，耷拉着脑袋继续沉默。

陆蓉说："行了，你出去吧，你站在这里会碍事的。"

"哦。"

其实，宋枝还想再问点儿什么，但转念一想，问再多有什么用呢？于是，她只好转身离开厨房，回到自己的房间里。

宋枝坐到书桌前，拿起手机解锁屏幕。

她点开高德地图，在搜索栏里输入三个字：间芸市，确认搜索后，两地的距离跳了出来。

一千公里，就是这么巧，一里不多，一里不少，正好一千公里。

宋枝的手指在屏幕上往下滑，她查看出行方式，坐飞机的话四个多小时，没有直达飞机，还得转一趟机；高铁六个小时；火车最慢，十三个多小时才能到。

"……"

为什么这么远？他为什么会选这么远的一座城市？

宋枝极其郁闷。只剩半年时间，他就要离开莲庆，去那么遥远的间芸市实习了。

十三岁的年纪，一千公里的距离仿佛天堑，在她和闻时礼中间是不可逾越的阻碍。

又郁闷了好一会儿，宋枝没忍住给闻时礼发了微信消息：

"哥哥，今天除夕，晚上回家吃饭吗？"

闻时礼破天荒地很快回消息：

"除夕？今天除夕？"

宋枝一阵无语。

看来他根本不知道今天是除夕，看着屏幕上自己发出去的六个点，宋枝觉得不太好，干脆回了句："对啊。"

时礼哥哥："这样啊，哥哥对节日没什么概念。"因为以前他连温饱都成问题，更别提节日了。

宋枝："一起吃饭可以吗？"

时礼哥哥："尽量吧。"

之后宋枝发出的消息他没有再回了，应该又在忙，所以没有时间看手机。

宋枝摸不准他说的"尽量"到底是怎么"尽量"法，却满怀希望地等待着。

她等啊等，一直等到晚上八点钟。

宋长栋处理完公事从书房里出来，随口问："那小子还没回来？"

陆蓉答道："还没有。"

"不等了。"宋长栋朝坐在沙发上看电视的宋枝招手，"枝枝过来吃饭。"

"要不再等等闻时礼哥哥？"宋枝说。

宋长栋说："不等了，他这个人从来就没个定数，我们先吃吧。"

"那好吧。"宋枝有点儿闷闷不乐，但想着这毕竟是年夜饭，还是强打精神摆出了高兴的模样吃饭。

直到年夜饭结束，她也没等到闻时礼。

宋枝重新窝回沙发上，和爸妈一起看春晚。每年春晚都是些歌舞，就小品她觉得有点儿意思。但是今年，她觉得小品也没意思了。

电视机里传出观众的笑声和掌声。

开门声不明显地响起。

当宋枝闻到熟悉的皂香味时，闻时礼已经在她后面了。他双手撑在她肩膀两侧的沙发上，弯腰，转过脸笑着问："哥哥是不是回来晚了？"

他低沉的声音自耳畔传来，宋枝差点儿叫出声，最后还是忍住没叫出来。

她回头对上他迷人的桃花眼。

被吓到的人还有坐在旁边的宋长栋。他回头一看，生气地说："臭小子你要吓死人是吗？走路没声音？"

陆蓉解围道："好啦，是咱们看电视太专心没注意。"

宋枝站起来说："哥哥，给你留了饭菜，我去给你热热。"

闻时礼说："不用，我自己来。"

见闻时礼进了厨房，宋枝绕过宋长栋想要跟上去，宋长栋问："你刚刚没吃饱吗？"

宋枝脸不红心不跳地撒谎："又饿了。"

宋长栋说："这才刚吃完半小时。"

宋枝有点儿尴尬，却还是很坚持："我就是饿了嘛。"

陆蓉抬了抬下巴，说："你看电视吧。孩子正在长身体，饿也正常，多吃点儿没什么不好。"

宋长栋不再说什么。

宋枝来到厨房里，闻时礼已经把菜端到微波炉里加热了，还要等几分钟。看见她跟着进来，闻时礼问："还要吃点儿吗？"

宋枝抿抿唇，点点头："嗯。"

闻时礼从碗柜里多拿出一个碗和一双筷子，递给宋枝，说："出去坐着等。"

宋枝乖乖地接过碗和筷子，心里甜滋滋的。

把碗和筷子放到桌上后，宋枝听他的话坐着等。从这个位置她刚好可以看到厨房里的景象。

许久未见的闻时礼今天穿了一件黑色的高领羊绒毛衣，领子到下颔的位置，看上去整个人十分冷淡，尤其做事情不笑的时候，显得更冷淡。

宋枝却一点儿都不怕，知道他对她一直很温柔，脸上永远带着玩世不恭的笑容。

除了他发病时，他没对她有过一点儿不善意的举动。

闻时礼分几次把热过的菜端出来，然后在她的对面坐下。

宋枝刚刚确实没有吃太饱，因为他没有回来。现在她见到他后胃口瞬间大开。

他慢条斯理地咀嚼，然后看着她笑："你不会刚才没吃，专门等哥哥回来一起吃吧？"

宋枝咽下口里的鱼肉，说："没这么刻意，但是想陪你一起吃是真的。"

"为什么呢？"

宋枝看着他，真诚地说道："我不想让你一个人过年，那样你会很孤单。"

闻时礼愣了一下。

怎么回事，他竟然被小姑娘搞得有点儿感动？这的确让他有些没想到。

沉默片刻，闻时礼伸手揉了揉她的头："你总不能每年都陪着哥哥吧。"

宋枝抬眼，轻声反问："你怎么知道？"

"嗯？"

"你怎么知道我不能呢？"

闻时礼脸上的笑意加深，他逗她一句："小骗子，哥哥会当真的。"

宋枝放下筷子："我没骗人！"

"是吗？"

宋枝认真地说道："我知道你要去间芸市实习，六月毕业就会去。要是你愿意，每年都可以回莲庆过年；要是你不愿意，过年的时候我就过去找你，陪你一起过年。这样你就不会觉得孤单啦。"

闻时礼眯眼浅笑，低声问道："你知道自己在说什么吗？小宋枝？"

宋枝表情严肃，抿唇点头："当然知道。"

每次见她一副小大人的模样时，闻时礼总会觉得愉悦。但与此同时，他没有把一个小孩子的话当真。他漫不经心地说道："两边的距离很远，你一个人出远门怎么行？我不允许。"

"……"

宋枝：可是我很想见你，很想陪你一起过年，让你不再孤单。

这些话宋枝只能烂在肚子里，她重新开口时，语气迟疑："那……那你会回来吗？哥哥？"

闻时礼给了确定的答案："不会。"

宋枝胃口全无，嗓子像是被人掐住一样发紧。

他说他不会回来，还说不允许她过去。她到底要怎么样才能见到他？

宋枝差点儿哽咽，还好及时忍住，问了句："为什么不回来？"

闻时礼单手托腮，歪着头看她时，灯光下他的眉目显得越发英俊。他笑得迷惑人，用特别无所谓的口吻说："因为我讨厌这座城市啊，讨厌关于这座城市的一切。"

他讨厌关于这座城市的一切……这也包括枝枝在内吗？

宋枝没有胆子问出口，怕问得太多，之前所有为隐藏心事做的努力都付诸东流了。

见她一副郁闷样，闻时礼逗她："这么舍不得我？"

宋枝没出声。

闻时礼笑道："既然这么舍不得我，小宋枝以后干脆学法好不好？成为律师，进入哥哥的事务所，我们天天见面。"

宋枝闷闷地说："我才不要。"

"不要？"闻时礼用托腮的手指无规律地轻轻地点着脸颊，"嫌弃律师这一行，还是嫌弃哥哥现在没有事务所？"

宋枝压着难受感，老实地回答："都不是，我想当医生。"

闻时礼听到"医生"两个字的时候，表情略微一变，随即温和地问道："谁这么缺心眼儿劝小宋枝学医啊？"

"……"

"你没听说过一句话吗？"

"什么话？"

"劝人学医，天打雷劈。"

宋枝觉得无语，然后开口，语气带着明显的不耐烦："我就要学医！"

闻时礼失笑道："学吧学吧。"

但是，那天宋枝没有告诉他为什么自己非要学医。他也没有问她想当哪方面的医生。

从喜欢上他那天起，宋枝就在心里种下了一颗种子———一颗成为精神科医生的种子。

她想要治愈他，想要拥有治愈他的能力。

每年除夕夜零点的时候，莲庆都会有烟花会，宋枝每年都看。

在距离零点还有十分钟的时候，宋枝拿着提前准备好的红包，来到闻时礼的房门前。

她轻轻地敲了三下门。房间里传来沉稳的脚步声。

门从里面被拉开，闻时礼出现在她的目光里。他盯着她，问："还不睡觉？"

宋枝将拿着红包的手背在身后，问道："等下有烟花，要不要一起看？"

闻时礼淡淡地说："都行。"

宋枝看了一眼客厅阳台的方向，说："我们去那里看吧。"

"行，我穿件外套。"

宋枝先穿过客厅往阳台的方向走。客厅明亮、静悄悄的，电视已经被关掉了，爸妈也回到了他们的房间里。

她打开阳台的推拉门，冬日凛冽的晚风扑面而来。

宋枝冻得缩了缩脖子，把兔绒帽戴起来，搓了搓手，往掌心里哈了口热气。

她的掌心里有一个沉甸甸的大红包。

不一会儿，闻时礼来到了阳台上，身上多了一件黑色的挡风外套，显得他肩宽腿长。

他站得离宋枝有些距离，拿出烟来抽。

宋枝想靠过去，他却说："等我抽完烟你再过来。"

宋枝点头，站着不动。

莲庆冬季的夜晚寒冷干燥，十六楼的阳台上风十分大，宋枝听到风吹得玻璃窗直响。

闻时礼懒洋洋地靠在栏杆上抽烟，吐出的烟迅速被风吹散。

他整个人看上去就像是玩世不恭的二世祖，姿态闲散，眼神淡漠，算了，没有这么命苦的二世祖。

宋枝学着他的模样把手肘搭在栏杆上，试了几次后发现够不着栏杆，正尴尬地慢吞吞地收手的时候，听到男人低声笑道："小宋枝还得长高点儿才够得到。"

宋枝沉默片刻，轻声说："哥哥，我会长高的。"

"嗯？"

她看向他的眼睛："也会长大的。"

闻时礼深黑的眼睛与他后方的夜空同色，或许更黑。他看她时，眼角始终带着几分笑意："哥哥知道。"

宋枝：不，你不知道，你什么都不知道。

宋枝表面若无其事，看着他笑得很甜美，心里却有一阵又一阵酸涩涌上来。

只剩半年的时间，他就要离开这座城市了。

在这一瞬间，宋枝觉得有些话现在不说，以后就没有机会了。

"哥哥。"

"嗯？"

宋枝没有等他抽完那支烟，上前几步靠近他，仰头与他对视，说："你过去那边要好好地工作，先……先不要……"

　　她话说到一半顿住了，失去了勇气。

　　"不要怎么样？"他问。

　　"……"

　　宋枝：你先不要谈恋爱，可不可以等我长大？我会好好地吃饭，长得快一些。你等等我可以吗？

　　这些内心的话全部被宋枝堵在了嗓子眼。她变得很不自在，别开眼睛说："没什么，我只是想说你先不要乱花钱，要多存点儿钱。"

　　闻时礼弯唇笑得温柔："好，哥哥记住了。"

　　那支烟燃到了头，在冷风中熄灭了仅有的火星。

　　闻时礼回客厅丢掉烟头，再走出来时，主动站到了宋枝的旁边："烟花要开始了吧？"

　　"嗯。"宋枝慢吞吞地把在手里攥了许久的红包拿出来，递到他的身前，"哥哥，新年快乐。"

　　闻时礼低头，在看见红包的瞬间，微微怔住。

　　头一回有人给他红包，还是个小孩。而且一看红包的厚度，他就知道里面被塞了不少钱，估计有好几千块钱。

　　闻时礼没有接红包，而是蹲下来改为仰头注视着宋枝，温声细语地说："哥哥不能收你的红包，你留着给自己买漂亮的小裙子吧。"

　　宋枝愣住，没想到他会这样说。

　　宋枝倏地想到了他花光身上的钱给她买的那条昂贵的小裙子。她舍不得穿它，一直将它挂在衣柜的最深处。

　　宋枝说："我说过，只要你不答应那个有钱的老女人，我就把小金猪里的钱全部给你。"

　　她没有收回手，维持着递红包的姿势。

　　闻时礼看了一眼红包，抬手推回去，说："哥哥真的不能收。"

　　宋枝犟道："不行，你拿着。"

　　他用修长的手指轻轻地碰了碰红包的一角，揶揄道："小金猪里这么多钱呢？"

　　宋枝摇摇头，说："不只是小金猪里的。"

　　"还有什么？"

　　"小金猪里只有三千多，还有上次我帮助警察的六千元奖金，和我被欺负后家长们给的四千元补偿金。"

　　闻时礼听完后，笑里带着点儿正经，说："那哥哥更不能收了。"

　　宋枝觉得疑惑："为什么啊？"

　　闻时礼温柔地低声和她讲道理："你还是小孩，哥哥不能拿你的钱。即便你不是小孩，哥哥也不能拿女人的钱。"

　　他顿了下，接着说："其中有一万元，还是你挨打受欺负才得到的钱。真要是拿了这钱，哥哥成什么人了？"

宋枝垂下递红包的手，闷闷不乐地说："可是，我是心甘情愿给你的。"

"哥哥不要你心甘情愿，行不行？"他抬手刮了刮她的鼻尖，试图逗她开心，"哥哥只想你能穿很多漂亮的小裙子，每天快快乐乐的。"

宋枝执拗起来，低着头说道："可你不收红包，我就不快乐。"

闻时礼叹了一口气。

由于他现在蹲着和她讲话，她再把红包递过去的时候到他胸口的位置。宋枝非常坚持："你收下吧，哥哥，新年快乐。"

闻时礼看了一眼这个红包，又看向她："你将钱全部给哥哥，你怎么办？"

当下的宋枝眼里有着最纯粹的善良。她温柔地说："我不花钱，以后存的钱也会留着给你。"

闻时礼低低地笑了一声，嗓音诱人："小宋枝真准备养哥哥？"

"……"宋枝抿唇不语，眼神中透着坚持，见他迟迟不肯接红包，索性大胆地把手一抬，把红包塞到他挡风外套的衣领里。

厚厚的一个红包卡在男人的衣领和右边的脸颊间，他抬手取下它拿在手里。

宋枝赶紧后退一步，把双手背到身后，生怕他把红包还给她。

闻时礼看着她，倏地想到那日在莲庆的墓园里，雨纷纷的清明时节，小姑娘也像现在这样把伞强行塞给他后退一步把手背在身后。

她对他好，总这么直白又真诚，不加一点儿掩饰。

也许那天他接过的不只她手里的伞，还有另外一种人生——光明、坦荡，繁花似锦的人生。

宋枝稚嫩甜美的嗓音拉回了他的思绪，零点的夜空中炸开绚丽的烟花的那一刻，她露出了灿烂的笑容，冲他道："哥哥，新年快乐！"

闻时礼只觉得自己的目光里五彩缤纷，小姑娘的笑容十分治愈、甜美。

微怔一会儿后，他眉眼温柔地笑着，把红包的一角磕在掌心里，与她对视："小宋枝也是，新年快乐。"这个男人的笑容真的过于温柔醒目。

宋枝的心跳在疯狂地加速。她真想每一年都能听他这样说一句"新年快乐"。

他们持续对视。半分钟后，闻时礼用手指勾勾她的眼角，失笑道："你不是要看烟花吗？怎么光盯着哥哥？"

宋枝不自在地转开脸，盯着天空："哦。"

他起身站在她的旁边，仰头看向夜空。

眼下的莲庆，半边天空连续盛放着烟花。形状各异的烟花坠落消失的姿态也不尽相同，似千万流星陨落。它们似百花盛放、争奇斗艳，让人目不暇接。

耳朵里烟花的炸裂声不断，好多人在阳台上看烟花，还拿着手机在拍这景象。

宋枝想平复情绪，学着其他人把手机从兜里摸出来，点开相机，想要拍烟花转移注意力。

然而，她的相机为自拍模式。

宋枝的脸出现在镜头里，眼神微微一动，她注意到屏幕左上角的闻时礼。他刚好转过脸来，在镜头里看着她的眼睛。

两个人重新对视。

闻时礼很自然地像是随口一问："要不要跟哥哥拍一张？"

"什么？"

闻时礼转头看她："不是舍不得哥哥吗？"

"……"

没等她开口，他直接俯身，把脸凑到她的脸庞边："来。"

宋枝的呼吸一下子顿住。她僵硬地转动手机，用天空盛放的烟花作为两个人的背景板。

两个人的脸贴得很近，近到宋枝能感觉到他脸颊温热。

她和他都在看镜头。他唇角笑弧浅浅，眉眼温柔，眸深沉如长夜；她跟着他笑，表情却无论如何都显得有些不自然，微笑也有些僵硬。

"咔嚓"，拍照声响起，二人定格在照片里。

宋枝收起手机，吸吸鼻子："有点儿冷。"

闻时礼说："那回去睡觉吧。"

"嗯。"

两个人分别往自己的房间走。

闻时礼拉开房门正准备踏进去的时候，听到宋枝叫他："哥哥。"

他回过头。

宋枝看着他，心里悄悄地说：你不要忘记我。

闻时礼问："怎么了？"

宋枝说："没事，哥哥晚安。"

"小宋枝晚安。"闻时礼语气十分温柔地说。

寒假结束，宋枝回归校园生活。

日子平淡枯燥却仍在继续，宋枝维持着年级第一的名次。好几次她回家想把好成绩分享给闻时礼时，他都没有在家里。

还没迎来暑假，宋枝倒先收到了闻时礼动身前往间芸实习的消息。

周五。

宋枝回家的时候，注意到闻时礼的房间门开着，陆蓉正拿着拖布从里面出来。宋枝哽了一下，问："妈妈，你为什么帮闻时礼哥哥打扫房间？"

平时他很注重卫生，只要回来就会自己打扫房间。

陆蓉说："他乘上午的飞机去间芸，时间有点儿赶，所以没有收拾。"

"……"宋枝站在原地，不知道说什么好。

他就这么离开了。她还没有好好和他告别，连下次再见也不知道是什么时候。

"对了。"陆蓉从房间里拿出一个东西，"小闻让我拿给你的。"

宋枝接过东西，低头一看，是那个她给他的新年红包。

宋枝心里五味杂陈，拿着红包回到了自己的房间里。

宋枝放下书包后，整个人瘫在床上一动不动。

躺了良久，宋枝拿出手机给闻时礼发微信。她很难不责怪他，以至于字句里都有明显抱怨的意思。

"你走得好突然。

"一声不吭地直接走掉，你就这样吗？

"……"

最后六个点的作用，在于加强她所表达的不满。

宋枝收到回复的时候，已经是第二天早上。

"对不起啊，小宋枝。律所突然改时间，要求我提前去。我原本打算请你、阿姨和宋院长吃顿饭再走，看来只能等下次了。你不要难过，哥哥知道你不舍得我。哥哥会抽空回来看你的。"

宋枝揉着惺忪的眼睛把这一段文字看完，看到最后一句的时候……彻底醒了。

他说他会回来看她。

宋枝"噌"的一下从床上坐起来，截图，还把这句话用红线标注了出来，重新发过去："你说的是真的吗？"

时礼哥哥："我怎么会骗小宋枝呢？"

宋枝得到这样的回答后，心中的压抑、难受稍稍消散了一些。过了一会儿，她又给他发了一条消息："红包为什么还我？我给你的，就是你的。"

时礼哥哥："既然是我的，我给你，不是很正常吗？"这让宋枝没办法反驳。

然后，她断断续续地在对话框里敲出了好多字，却又全部删掉了。最后她发过去一条消息："哥哥，你要好好照顾自己。"

闻时礼离开后，宋枝在学校里学习得越发认真，已经到了每个老师提到她的名字都要欣慰地点头的程度。

宋枝已经看好了间芸的一所医科大学——芸大。

国内医科大学的 TOP1（第一名），宋枝的爸爸就毕业于芸大，学校的环境以及师资等各方面条件都非常好。

最主要的是，芸大在间芸。她一直心心念念的闻时礼也在间芸。

生活不会亏待努力的人，宋枝中考的时候，取得了全市第一名的好成绩，直升了莲庆最好的树德高中。

她主动给闻时礼报喜："哥哥，我中考全市第一！你不准再嘲笑我小学鸡了！"

隔天她收到了他的回复："小宋枝真棒，高中继续努力，争取高考拿个状元，好不好？"

宋枝愉悦地回复："好的！"

一周后，宋枝收到了一条白色的雏菊连衣裙和一双白色的板鞋，可以配套穿。

陆蓉告诉她，这是小闻送的，庆祝宋枝考上市内最好的高中。

宋枝没舍得穿，就像两年前收到那条裙子一样，妥善地将它们存放在衣柜的深处。

现在的她长到一米六了，两年前的那条裙子早已穿不上了，却还是被她保存得很好。因为东西是他送的，所以值得被好好对待。

进入高中以后，宋枝迅速成了学校的风云人物。当然这不是她自封的，而是同学们给她封的。她有着全市第一的学霸光环，再加上一张白皙的脸。男生们看到她路过的时候，都会用眼神示意对方，快看快看！

树大招风，这样的宋枝会引来女生的嫉妒再正常不过。

高一下学期开始，女生就聚集起小团体来向宋枝发难，比如走路的时候故意撞她一下，或者坏心眼儿地把她的作业丢掉，又或者往她的水杯里加粉笔灰。

宋枝想到自己十三岁那年受欺负的事件，以及闻时礼当时对她说的话："无论遇到什么事情都不要受委屈。别人欺负你，你就反击。要以牙还牙，以眼还眼，千万不要忍。"

宋枝记在心里，直接把这些事情告诉了班主任。像她这样优秀的学生自然会被重视。那几个女生当天就被叫家长严肃谈话了，并写下了保证书，承诺以后不会再犯。

除了女生们带来的烦恼，自然还有男生的。宋枝受欢迎的程度已经超过了她的想象。她路过篮球场的时候，一群男生停下来。他们会勾肩搭背地冲她的方向吹口哨，叫她"校花"或者"女神"。每当这种时候，宋枝的脚步都会加快。

周周被告白这种事情对宋枝来说更常见，宋枝每次都很礼貌地拒绝："对不起，我有喜欢的人。"

"……"所有人都在猜，什么样的人才会让校花这么喜欢。校花喜欢他竟然成为她每一次拒绝别人的理由。

宋枝被高强度的学习压着，在偶尔放松的闲暇时光里，会想到闻时礼。

还是老规矩，她想他一次，折一只纸鹤。累积到现在，她已经有了一万多只纸鹤。宋枝在其中找到那只最特殊的纸鹤——她初遇闻时礼的那晚，回来用写过字的纸折的纸鹤。

纸上有三行字：

怕黑。

怕鬼。

怕杀人凶手。

宋枝拆开那只纸鹤，拿笔把最后一句话画掉，重新写了一句。

纸上的字最后变成：

怕黑。

怕鬼。

怕你杳无音信。

周末回家写完作业后，宋枝把那些纸鹤做成一个大大的纸鹤菠萝。只只纸鹤腹背相连，紧紧地贴合着。

宋枝盯着纸鹤菠萝发呆，脑子里全是闻时礼那双勾人的桃花眼，想：哥哥，我很听你的话，没有早恋，并且好好学习。你的名字成了我拒绝所有人的理由。所以，你等我长大好吗？

宋枝一直在等闻时礼兑现诺言——他会回来看她。

宋枝想：他刚踏入社会，根基不稳，忙碌在所难免。

她坚信等他有空，他肯定会回来看她。其间，她要到了他现在在间芸的地址，把承载着她思念的纸鹤菠萝寄给了他，并且在中间放了一张小卡片。

卡片上有一句话：希望哥哥天天快乐，纸鹤菠萝代我陪着你。

闻时礼收到东西后，给她发了一条微信："谢谢小宋枝，哥哥会好好保存的。"

宋枝再次听到他的消息是在高一的暑假，从陈叔叔和她爸爸的下午茶谈话中听到的。

她当时被陈斯拉着打发行了大半年的游戏，刚玩上单亚瑟，就听到陈叔叔感慨道："老宋，我真的没有看错人，小闻就是给我长脸！"

宋枝的手指顿住。

陈斯用胳膊碰她："快清兵啊！"

宋枝不自然地动着手指，不动声色地把手机调成了静音，仔细地听着陈叔叔和她爸爸谈话。

陈叔叔慢悠悠地喝了口茶，露出得意的笑容，说："就是昨天上午的那个案子，二审把死立执（死刑立即执行）辩成了死缓，牛不牛？！"

宋枝不太能听懂，却由衷地觉得喜悦：哥哥真厉害。

宋长栋跟着笑道："那小子确实天赋异禀。"

"那可不！"陈叔叔一谈起闻时礼，脸上永远是得意的表情，"也不看看谁的学生！老宋，这案子国内的媒体都在报道了，他算是熬出来了！你猜他这回赚了多少？"

"……"宋枝的注意力完全被吸引了，她望了过去。

陈斯吼道："枝枝你死了啊！干吗站着不动？"

宋枝退出游戏："我不想玩了。"

陈斯愕然："啊？"

"反正是人机。"

陈斯没有管她，企图力挽狂澜，和对面的电脑决战到底。

宋枝站了起来，默默地坐到爸爸的旁边，顺手拿起了茶几上的葡萄吃。其实她想听得更仔细些。

宋长栋随便猜道："十几万？"

陈广轩说："你太看不起我的学生了吧！"

宋长栋笑了一声："老陈，你看你的嘚瑟劲儿！怎么，难道忘记你的一些学生出去后接不到案子只能摆地摊糊口的事情了？"

陈广轩微微一变脸色，很快又得意起来："可咱们讨论的不是小闻嘛！他可是我最得意的学生！别人怎么能和他比？"

宋长栋："那你就别卖关子，直接说。"

"……"宋枝往嘴里喂了一颗葡萄，看向陈叔叔。她也想知道闻时礼赚了多少。

陈广轩抬手，比出一个数字"八"。

宋长栋问："八十万？"

宋枝看见陈叔叔摇了摇头，他说："再猜。"

"八十万？"

"不是。"

宋长栋猜到这里，稍微有点儿不淡定，放下茶杯狐疑地说："不会是八百万吧？"

陈叔叔比着那个数字"八"，无比骄傲地把下巴一抬，扬声道："是八位数！"

八位数？宋枝在心中默默地算着，八位数的话是多少钱？

个、十、百、千、万、十万、百万、千万。

一场官司，千万收益。

宋枝无声地吸了一口凉气，真的有这么多钱吗？

宋长栋也有些吃惊："真的啊？"

"对啊。"陈广轩说，"也不想想，死立执辩成死缓是什么概念？"

宋长栋说："有道理。"

今天的葡萄很甜。宋枝一颗接一颗地往嘴里喂葡萄，听到陈叔叔说："事务所老板的女儿还向他求婚了！艳福不浅！"

"……"这一颗葡萄她怎么也咽不下去。

宋枝完全怔在那里，然后条件反射地把葡萄吐掉了，问："陈叔叔，他答应了吗？"

陈广轩说："他没有拒绝的理由啊。"

宋枝一下没端稳手里的盘子，"啪嗒"一声砸在自己的脚背上。盘中的葡萄滚落到地上，滚得到处都是。

其余三个人看过来。

宋长栋"哎呀"一声："这孩子也不小心点儿。"

陈斯放下手机跑过来："你没事吧，枝枝？"

陈广轩连忙说："陈斯，快帮你枝枝妹妹收拾一下。"

宋枝蹲下，低着头没看任何人，伸手去捡地上的葡萄，艰难地挤出了两个字："没事。"

陈斯和她一起捡葡萄。

宋枝感觉自己的脑子里有一种眩晕感，很难受。

收拾完地上的葡萄，宋枝把盘子随手放回茶几上。陈叔叔对她说："怎么了，枝枝？是不是听到你闻时礼哥哥要给你找嫂子，激动啊？"

宋枝尽量控制表情，几次努力后，笑容终于强行露了出来："对啊！"

陈叔叔说："放心，你嫂子很漂亮！性格也好！"

宋枝继续笑着说："那……挺好的。"

她的眩晕感在加重。宋枝觉得自己快要一头栽到地上了。现在身体就像在烈日下烤了几个小时一样，快要不受她控制了。

她没有再听陈叔叔说话，慢吞吞地站了起来，回到了自己的房间里。

她的房间里静悄悄的，静得宋枝能听见自己混乱的呼吸声——忽轻忽重、忽绵长忽短促，乱得她快要窒息了。

"嫂子""漂亮""性格好""他没有拒绝的理由"，这些词句不停地在宋枝的脑子里循环播放，像有个陌生的人反复读给她听，不停地暗示她：放弃吧，你没有机会了。他有未婚妻了。

虽然宋枝不愿意相信，但她倏地想起了闻时礼对她说过的话："到时直接找个看着顺眼的结婚，省时省力。"

那个事务所老板的女儿一定很符合他的要求吧：

1. 看着顺眼。

2. 省时省力。

嗯，他确实没有拒绝的理由。他凭什么拒绝呢？

宋枝走到桌旁拿起手机，觉得自己浑身都没有力气了，扶着桌角蹲下去，一只手缺乏安全感地环着膝盖，一只手点开手机通讯录。

她翻到闻时礼的手机号，手指落在拨通键上。

她要不要打电话？犹豫半晌后，宋枝拨了那串她已经倒背如流的号码。

她还是想问一问他：哥哥，你有未婚妻了吗？

听筒里刚传来连线音，宋枝就忙不迭地挂断了电话。

她好怕，真的好怕，怕他用最温柔的语气笑着告诉她，他真的有未婚妻了。宋枝没办法接受。

放下手机后，宋枝一头栽到床上，面部朝下，用双手捂着眼睛，没多久，一股热流从她的指缝流出。

房间里很安静，静得她能听清自己的哭声。

哭到最后，宋枝已经失去了思考能力，不停地问自己，为什么自己还不长大？为什么她偏偏要和他相差好几岁？

晚上七点，距离宋枝得知闻时礼有未婚妻已经过去三个小时。

宋枝忘记了开空调，一身汗，又觉得十分累，想洗个澡缓一下。拿睡衣的时候，她看到闻时礼送的那两条漂亮的裙子，鼻头又一酸。

那么好的哥哥，那么好的闻时礼成了别人的未婚夫。

他以后会是别人的丈夫，不会再和她有什么可能了。

宋枝想到这里，心脏像被人揪住似的难受。她呆呆地站在衣柜前很久，然后觉得自己不能这样。

她不能这样什么都不做干站着。她要去找他，去亲口问问他到底有没有答应事务所老板的女儿。

宋枝到浴室里很快地洗了个澡，换上他送的那件雏菊白裙，穿上白色的板鞋。

她打开购票软件，目的地选择了间芸市。

最近一周到间芸的机票和高铁票已经售空，宋枝只能选择坐火车去。

火车的车程十四个小时，没有座位票和卧铺票，只有站票，就算站票她也要去！

晚上十点，宋枝瞒着爸妈偷偷出门，打车到火车站，在售票处凭身份证购买了一张红色的火车票。她来到候车厅里等待。

宋枝心里很慌很乱，自己还没有单独出过远门，焦虑、恐惧等负面情绪全部涌了上来。

宋枝不敢看四周，只能低头反复看着手里的火车票：

莲庆→间芸

2016 年 08 月 27 日 23 点 11 分开

¥128.00 元　　无座

下面还有一行小字：限乘当日当次车。

四十分钟后，宋枝踏上了前往间芸的火车。

火车上人非常多，没有座位的她可怜巴巴地被挤到角落里，想上个厕所都挤不出去。她四周有很多不讲卫生的人，身上散发着汗臭味。

有人看到她生得漂亮，穿得干净，会故意挤到她的身边搭讪。

一个人用一口不正宗的普通话问她："妹子你在哪里下哇？"

"……"宋枝害怕，表情很冷淡，把脸转到一边不搭理他。

时间到了夜里四点钟。

连续站了四个多小时的宋枝双腿有些发麻。她把小包抱在身前，缩在角落里。旁边的人没注意，满是泥土的胶鞋直接踩在了她的裙摆上。这可是哥哥送的裙子！

宋枝急了，没忍住叫了一声："你的脚！"

那个人慢吞吞地挪开脚，扭头看了她一眼，露出大黄牙，笑道："不就踩了一脚吗？小妹妹你真小气。"

"……"宋枝又委屈又生气，但看着对方是个五大三粗的男人，又不敢再说什么，怕会惹怒对方起争端。

她用手拍着裙子上被踩脏的地方，却怎么也拍不干净黄色的泥巴和黑色的脚印。

整整十四个小时，宋枝没有吃东西，没有喝水，没有上厕所。她就蹲在火车上小小的角落里。

宋枝满脑子都在想，她见到闻时礼的时候，要怎么开口问。

她要怎么开口，才能不被他发现心事。

宋枝是最后一个下车的人。她扶着椅背，一点儿一点儿地移动着已经发麻到失去知觉的双脚。

她迈下火车，进入人流里。

中午的太阳正烈。这里热得和莲庆不分上下。

宋枝擦了一把额头上的汗，拉开包的拉链，想拿出手机来看手机。然而，她的手伸进去摸了一把空。

手机和钱包不见了，包里只剩下一张红色的火车票、身份证，还有七十二块钱。这还是宋枝买火车票时，售票员找给她的零钱，被她随手塞进包里的。

完了，宋枝一边告诉自己别慌，一边往火车站的出口方向走去。

车站外有很多吆喝的私车司机，还有举着牌子拉客的小旅馆的人员。

人很多，七嘴八舌，非常嘈杂。其中一个司机拦在宋枝的面前，问她："丫头，你去哪里？"

宋枝抿抿唇，凭着记忆报出了闻时礼公寓所在的城区。

司机说："能走，一百块！"

宋枝看着对方，忍着心酸和委屈，平静地商量道："叔叔，我身上只有七十二块钱，你能拉我去吗？"

司机看着她，愣了下，说："走嘛。"

在车上的时候，司机问她："从哪里来？"

宋枝坐在后排，回答道："莲庆。"

"那还是有点儿远的哟！"司机说话带点儿地方口音，但是宋枝还是听得懂的。他又问："一个人跑这边来干什么呢？"

宋枝喉间哽了一下，低声说："我来找……我喜欢的人。"

听到这话的司机顿了下，然后通过后视镜看她，说："丫头，你的年纪也不大，懂什么是喜欢吗？"

宋枝没有再接话，只是沉默着。

她懂什么是喜欢一个人。可她只能偷偷地喜欢他，把所有心意都藏在心底。

对于她来说，喜欢是酸涩的，又酸又涩。

一个小时后，宋枝下车，站在闻时礼所住公寓的小区外。

进大门的时候，由于没有门禁卡，宋枝被保安拦下了，保安问她："找谁？"

宋枝说："6栋301的闻时礼。"

保安听她说的没有错，便放她进去了。

宋枝顺着路牌一路找到6栋。进去后，她到电梯里，伸手按了3楼的按键。

电梯门打开，两名搬家工人往里面搬东西。宋枝忙侧身让开，然后往外走。

宋枝左转，没走两步，就看见了301的门牌号，奇怪的是门居然是开着的。

她看到搬家工人拿着东西从里面走出来，跟在他们后面的是一个时髦美丽的年轻女人。

两个人面对面站着。

宋枝内心生出一股不好的预感。

女人看见她，问："你找谁？"

宋枝稳住心神，迟疑着开口："我……我找闻时礼哥哥。"

"他人在事务所里呢。"女人冲她微笑，"你是他的妹妹吧？我听他提起过你，你果然长得很可爱很漂亮。"

对于别人的夸奖，宋枝习惯性地回答一句"谢谢"，谢谢后，直接冷场。

女人看着宋枝，打破了沉默："要不我带你去事务所找他？"

宋枝迟疑道："我……"刚说出一个字，宋枝就完全卡壳了，因为她看到了一个东西。

在女人脚边的一堆垃圾中，放着那个装满她思念的纸鹤菠萝。

那个她用了上万只每想他一次就折一只的纸鹤做成的"菠萝"。

那个"菠萝"可怜兮兮地歪倒在黑色的垃圾袋中。

女人注意到宋枝的目光，也看向那个垃圾堆中的纸鹤菠萝，似乎没觉得有任何不妥，随口笑道："时礼太忙，搬家的事情就由我来负责了。"

宋枝盯着那个彩色的纸鹤菠萝，站着没有动，鼻头止不住地发酸。

这个女人叫他叫得好亲密。

闻时礼搬家由她负责？为什么？他们住在一起吗？

一瞬间，宋枝突然后悔自己不远千里赶过来。

她真的不该一时冲动过来。

她不该过来。她不过来，就不会目睹如此伤人的一幕。

听宋枝迟迟不说话，女人问她："进来喝杯水吗？我给时礼打个电话。"

"不——"宋枝说话时声音变得很低，"不用，我只是顺便来找一下他，既然他不在就算了。我的朋友还在楼下等我，我得下去了。"

"那行吧。"

宋枝不再看那个纸鹤菠萝，转身快步进入电梯。

她的脑子里乱糟糟的。她想起他发的那条微信——"谢谢小宋枝，哥哥会好好保存的。"

宋枝：骗子！让别的女人扔掉它，这就是你所谓的好好保存吗？

宋枝不用问也知道，那个女人就是事务所老板的女儿，也就是他的未婚妻。

刚出公寓楼，宋枝就迎面遇到两个身穿警服的民警，对方朝她走来："宋枝是吗？"

宋枝愣住，然后问："有什么事情吗？"

其中一个民警说："你父母在莲庆市报警说你失踪了，现在你跟我们回派出所吧，你父母会安排人来接你。"

"……"

宋枝跟着两个民警上了警车，坐在后排。一个年轻点儿的民警开车，一个年长的民警坐在她的旁边。

从民警的口中她得知，爸妈今天早上发现她不见了以后找了一圈，又打电话问了一圈她的同学，同学都说不知道她在哪里。因为担心，宋枝的爸妈就到派出所里报警了。

莲庆派出所的民警查询到她购买过一张昨晚到间芸市的火车票。然后，民警通过看火车出站口的监控，发现她上了一辆车牌尾号为 JY6756 的黑色大众车。最后，间芸市的民警联系到了那位大众车主，获取了宋枝的准确地址，一路找了过来。

宋枝的爸妈要求民警带她去派出所，他们会让人来接她。

宋枝听后内心非常自责，后悔自己这么冲动，害得爸妈这么担心。

沉默一会儿后，宋枝轻声道："警察叔叔，我能开窗吗？我想吹吹风。"

旁边的年长的民警说："车里有空调呀。"

宋枝说："我想吹吹风。"

"那你开嘛。"

宋枝降下车窗。燥热的盛夏之风吹拂在她的脸上，吹着吹着，就把她忍耐许久的眼泪全部吹了出来。

眼泪"啪嗒""啪嗒"不受控制地往下掉，砸在宋枝的手背上，砸在他送她的白色雏菊裙子上。

宋枝抬手用手背擦眼泪，用力且反复地擦着，越擦眼泪却越多。

年长的民警注意到她在哭，转过头问她："怎么回事啊，小姑娘？受了什么委屈，你和叔叔说，叔叔帮你处理。"

"不用。"宋枝捂着眼睛低下头，"叔叔，你处理不了。"她说到最后，嗓音哽咽着发抖。

"叔叔能处理。"年长的民警扯过几张纸塞到宋枝的手里，像一位生活中的慈父，和声细语地对她说，"告诉叔叔，谁欺负你了？叔叔保证帮你处理。"

宋枝抽抽搭搭地摇头："真的，你真的处理不了。"

民警叔叔不能处理闻时礼成为别人的未婚夫，不能处理那个被丢掉的纸鹤菠萝，更不能处理他骗她这件事。

他骗她会好好地保存纸鹤菠萝，骗她说他会回莲庆看她。这些事情民警叔叔都处理不了。

到警察局以后，宋枝坐在询问室里等。询问室里有两把长椅、一张黑色的长桌、一盆蔫蔫的绿萝，还有一台老旧的饮水机。

老民警用纸杯给她接了一杯水放在她的面前，说："喝点儿水吧。"

"谢谢叔叔。"宋枝说。

宋枝在车上哭过以后，情绪稍稍稳定，努力说服自己接受这一切。

毕竟这是事实，容不得她不接受。

宋枝的眼眶还是红红的，喝了几口水后，她问老民警："叔叔，爸妈让谁来接我？"

老民警说："还不知道呢！不过快到了，到了你就知道了。"

"好吧。"

这时候，询问室的门被打开了。宋枝看过去，然后怔住。

来的人居然是闻时礼。

他现在就站在门口，目不转睛地看着她，额头上有一层薄薄的汗，胸口的起伏幅度不小。

他是一路急匆匆地赶过来的。

两年未见，他穿一身笔挺的黑西装，英俊依旧，眉眼依旧，连不笑时浑身散发的强烈的威压感都依旧。不同的是，他看上去越发成熟了，身上有着从事律师行业后生出的精英感。

他像是什么都没变，又像是什么都变了，既熟悉又陌生。

闻时礼静静地看着她，看了很久。然后，他走过来停在她的面前，面无表情地道："宋枝，你怎么回事？"

宋枝觉得喉间一哽，站了起来。

闻时礼的眸光一凝。他发现小姑娘长高了很多。她现在已经到他肩膀的位置了。

但他始终维持着淡漠，继续说："说说看，怎么回事？"

宋枝沉默。

"看来你的胆子是随着身高一起长的。"闻时礼单手掐着腰，嗓音低沉冷淡，"你瞒着家里人坐一整晚火车跑到间芸干什么？我打你的电话你还一直不接！"

宋枝看着他深黑的眼睛，嗓子眼儿堵得无比难受，张了张嘴，却一个字都说不出来。

她想说的话偏偏又那么多：哥哥，我瞒着家里人坐了一整晚火车，是为了去找你。我在途中还被小偷偷了手机和钱包，甚至被人踩脏了你送我的裙子。我看见我亲手折的纸鹤菠萝被你的未婚妻丢在了一堆垃圾里。你明明答应过我，你会好好保存它的。你为什么骗我？

闻时礼再次冷淡地开口，打断了她的思绪："回答我。"

宋枝将手指攥在一起，还是不出声。

老民警插嘴道："闻律师，小姑娘像受了欺负，回派出所的路上哭得很厉害，你现在不要这么严厉地问她话。"

闻时礼没搭理对方，沉着眉眼，继续看着宋枝。

"宋枝，"他皱了皱眉，"不是什么问题都能用哭来解决，再过两年你就成年了，怎么这点儿道理都不懂？"

是啊，她只有两年就成年了。他为什么不肯等等她呢？他为什么突然答应了别人的求婚呢？

但她转念一想，正如陈叔叔说的，他没有拒绝的理由。那个女人她亲眼见过，的确美丽，再加上家庭条件也很好，在他的身边显得两个人很相配。他终于不用再过一个人的生活了，一步一步朝着她祝福过的未来前行着。

她说过，要他在未来的日子里平平安安、前程似锦。

她不想在他的面前哭。

宋枝竭力想忍住眼泪，但眼泪不听使唤，像断了线的珠子一样地往下掉，像在嘲笑她无能为力。

她什么都不能做，也什么都做不到，只能眼睁睁地看着他属于别人。

小姑娘一副难过却强忍眼泪还忍不住的模样，落在了闻时礼的眼里，让他完全没地方发火。

他始终做不到对她疾言厉色。

他几不可闻地叹了一口气，然后转脸问那个老民警："你们在哪儿找到她的？"

老民警回答："你家楼下。"

听到这里，闻时礼一怔。

宋枝哭得浑身抖了起来。她又想到了那个从闻时礼家里款步走出的美丽女人，和那个在垃圾堆里的纸鹤菠萝。

闻时礼回过头，微微俯身。现在他不用像两年前一样弯腰，就能准确无误地对上她的目光："你是过来这边找我的？"

宋枝摇头，没有任何犹豫地否认道："我就想过来玩，顺便找一下你。"

她话中的含义很明显：她不是特意来找他的。

她不能被他发现秘密。她瞒了这么久，绝对不能在最后失败的时候被他发现秘密。否则，她觉得更加难堪和无地自容。

闻时礼问："过来玩？"

宋枝说："嗯。"

闻时礼说："你不知道提前联系我吗？你当我死了？"

宋枝哽咽得更厉害了，缓慢地说："我……我怕你没空。"

闻时礼温和地说："我就算再忙，给你的时间还是有的。"

宋枝小声说："对不起。"

"再说，"闻时礼叹息道，"我现在过来派出所，不也花时间吗？"

宋枝用手背擦掉眼泪，重复道："对不起。"

闻时礼伸手握住她的手腕："怎么还改不掉用手擦眼睛的坏习惯？"

他放下她的手，从桌上的抽纸盒里取出两张纸给她擦眼泪，动作温柔如初。

他越这样，就让宋枝越难过。她又想到他以前对待她时的那些温柔的往事。这更让她没办法接受现在的事实。

"枝枝，"闻时礼温和地叫她的小名，帮她擦眼泪，"哥哥有时间给你。你下次不要做这么危险又冲动的事情了，好不好？"

宋枝还是没忍住，哭出声来，一边哭一边摇头："对……对……对不起。"

闻时礼安慰道："好了好了。"

对于小姑娘突然情绪崩溃，闻时礼有点儿措手不及。他看了一眼老民警，说："老张，你先出去，我单独和她说会儿话。"

老张说："成，完事了你过来找我，签个字就可以走了。"

闻时礼说："好。"

老张说罢离开了询问室，顺便把门关上了。

询问室内一片安静。

闻时礼没有再开口说什么，沉默地等着，等宋枝的情绪缓和。

他刚才是不是太凶了？他记得小姑娘最怕他凶，但他今天确实被气到了。

她一个人跑过来，要是遇到坏人怎么办？

过了好一会儿，闻时礼往沙发上一坐，抬手拉了拉宋枝的手臂，把她拉到自己的身边坐下。

宋枝坐下后，闻时礼用手肘在自己的膝盖上撑着，转过头，托着腮看向宋枝。

"你来派出所的路上哭了？"闻时礼问。

"嗯。"宋枝哽咽道，"我的手机和钱包被偷了。"

闻时礼又问："钱包里有多少钱？"

宋枝记不清了，报了大概钱数："一千多。"

闻言，闻时礼从西装内侧的口袋里摸出自己的钱夹，从里面取出稍厚的一沓红色的钞票，目测三四千。他没询问宋枝的意见，直接拉开了她的小包，把钱塞了进去，又把拉链重新拉好。

宋枝不理解，抽噎着抬头看他。

两个人的目光相对，他用修长的手指点了点她的包，语气温和地说："哥哥双倍补给你，等下出去给你买个新手机，这下你总该不哭鼻子了吧？"

宋枝吸了吸鼻子，问道："为什么你认为这样我就不哭了？"

"不对吗？"闻时礼说，"人怕的不是失去，而是失去后没有更好的替代。"

宋枝点了点头。

他说的很对，做法也很对。可是她失去的不只是钱包和手机，还有从十三岁起，就喜欢得要命的他。

这个她要找什么来替代？什么样的替代品才可以让她不这么痛苦？

两个人从派出所出来时，外面日头正烈，南偏西方向的太阳光照下来，将影子拉得一长一短。

宋枝被晒得睁不开眼睛，有点儿头晕目眩。

闻时礼转头看了她一眼，在她准备抬起手挡住阳光的时候，不动声色地加快了步伐，走到了她斜前方的位置。

他帮她挡住了阳光。

宋枝抬到半空中的手缓缓放下，脚步变慢了，心里更加酸涩。

他还是这么细心，这么温柔。只不过她没有福分，不能独占如此好的他。

察觉到她放慢了走路的速度，闻时礼跟着放慢了速度，随着她的速度走。他腿长，要等她小步走三步，才懒洋洋地迈出一步。

看着一脸不高兴的她，闻时礼侧身道："还在怪哥哥凶你？"

宋枝强忍着喉间的哽意："没。"

闻时礼问："那你还拉着脸做什么？"

宋枝随口扯谎道："我只是太热了。"

闻时礼的目光里带着点探究。他始终没看穿小姑娘内心的秘密。他只当她口是心非，所以温和地解释道："我真的担心你。你一个人跑这么远来，人生地不熟的，万一出了什么事情怎么办？你不害怕吗？"

宋枝低着头，紧紧地抿着唇。

她在下决心来找他的那一刻真的不怕。她那时候一心只想见他。

她只有一腔孤勇，不过现在看来，这种孤勇只是一个笑话。

换作任何一个人来看，她都又蠢又可笑。

闻时礼见她还是不说话，无奈，只能声音低沉地笑了一下，两步走到她的面前，手搭在她的肩膀上，转头去看她的眼睛，说："对不起，哥哥不该凶你，我道歉。"

宋枝没有怪他的理由，摇摇头说："没事。"

这时候他的手机响了起来。

宋枝抬起头，看见闻时礼松开她的肩膀起身。他从裤兜里摸出手机，看了一眼后接起来，话语很简洁："现在没空。

"嗯，和委托人另外约时间。

"好，挂了。"

等他挂断电话，宋枝轻声开口："时礼哥，你忙吧，不用管我。"

"不管你？"闻时礼挑眉笑了一声，"你在这里人生地不熟，我不管你谁管你？再说，我做不到把你扔在大街上，流浪汉里可没你这么漂亮的小姑娘。"

没等她接话，闻时礼吊儿郎当地笑道："还有，小宋枝——"暴露在阳光下的眉眼惊艳逼人，他看着她笑着说，"你真的没良心啊，叫得这么生疏，还时礼哥？"

"……"

"两年不见，连声'哥哥'都舍不得叫了？"

宋枝被噎得没话讲。

她现在满腹心事。他却毫无察觉地像从前一样逗她。

她再也做不到像以前一样了。现在，在她看来，他身上有着一个她无论如何都撕不下来的标签——别人的未婚夫。

"算了。"闻时礼淡淡一笑，没有再逗她，"走吧，车上凉快。"宋枝抬脚跟上去。

路边停着辆低调的黑色奥迪，许是才被保养过，车身黑得发亮。这辆车很新，应该是他不久前买的。

闻时礼替她拉开副驾驶的车门，抬了抬下巴，说："上车吧。"

宋枝站着没动。她听班上的同学说过，不要坐有对象的男人的车子的副驾驶座，否则男人的对象会不高兴。更何况那个女人还是他的未婚妻。

"干吗呢？"闻时礼单手扶着侧门，看着她问，"怎么不上车？"

宋枝嗫嚅道："我还是坐后面吧。"

闻时礼似乎不理解，笑了声，说："说什么呢？直接上车。"

宋枝问道："我坐在副驾驶座上真的好吗？"

"有什么不好？"闻时礼又抬了抬下巴，"上去。"

看来他不怎么在乎这件事，再说她坐一坐副驾驶座有什么？就这么一次而已。反正，以后他的副驾驶座都要给别人坐。

这么一想，宋枝就无所谓了，不再抗拒，抬脚上车。

闻时礼替她关上车门，绕过车头时掏出钥匙，然后上车关门。上车后，他随手把手机放在了两个人中间的扶手箱上面。

封闭的空间里，闻时礼身上好闻的味道传来，却不是她熟悉的皂香，而是另外一种味道——乌木味和清甜的香草。

乌木味和香草混在一起，成为一种成熟温柔男性的香味。这香味和他这个人一样。

宋枝想转移自己的注意力，随口说出话题："时礼哥，你开始喷香水了吗？"

闻时礼淡淡地"嗯"了一声："好闻吗？"

"挺好闻的，什么牌子的？"

"汤姆福特。"

宋枝暗暗记下了这个牌子，却觉得遗憾，原来人都是在变化的。

比如他开始喷充满优雅感的香水。

比如他身旁已有新人。

一切都在变，一成不变、还在原地的人是她，是像个笑话一样的她。

闻时礼倾身过来，要替她系上安全带。然而，距离突然被拉近，宋枝吓了一跳。她条件反射地往座椅里一缩，后背僵直，呼吸变缓。

就像两个人初遇时，她与他对视的第一眼一样。

那时，她怕惊扰到他眼底的那一抹黑暗；现在，她怕的却是自己的暗恋秘密被对方发现。

距离很近的他转脸看她，眉眼含笑："还是会怕哥哥？"

宋枝感觉到了男人拂在她脸上的热气，心脏收紧，却装作无事发生般摇头："不怕，我自己系吧。"说着她就要去碰他手里的安全带。

闻时礼没给她机会，懒洋洋地笑了一声，帮她扣好安全带，抽身坐好。

他放在扶手箱上的手机开始响铃。

宋枝随意一看，看见了来电备注：褚珊珊。

女人的名字。

闻时礼淡淡地瞥了一眼，随手挂断电话，然后发动了车。

车还没驶出去多远，闻时礼的手机再次响铃。

宋枝又看了一眼，还是那个叫褚珊珊的女人。

这次，闻时礼一只手打着方向盘，一只手拿起手机接听。

宋枝真的不是故意要听的，车里实在太安静了，他一接听电话，她就能清楚地听见他手机听筒里传来的甜美女声。

　　"时礼，别忘记晚上要一起吃饭。"

　　宋枝放在双腿上的手不由自主地握成拳。

　　这声音和她在他的家里见到的那个女人的声音一样。

　　就是她。

　　宋枝的心像被揪起来一样疼，最让人痛苦的是她还不能表现出来，毕竟现在闻时礼就在她的旁边。这么近的距离，她稍微露出点儿蛛丝马迹，很容易被他看破。所以，她要伪装得滴水不漏才行。

　　闻时礼冷淡的声音传来："知道。"

　　他答应了。

　　宋枝在心里嘲笑自己：他答应难道不正常吗？和未婚妻吃饭有什么不正常的？

　　宋枝想到他和她同桌吃饭的场景，那时候她总爱给他夹菜。

　　她摸不清他的口味，但还是记得很清楚，自己每次夹给他的菜他都照收不误。

　　他对别人也会这样吗？宋枝越想越难受，真要命。

　　这通电话很短，闻时礼说了一句"知道"后就挂断了电话，重新把手机随手放到扶手箱上。

　　宋枝故意装出很随意的样子，问道："谁啊？"

　　闻时礼非常直接地给出答案："老板的女儿。"

　　他直接到让人想不出第二种答案。对方果然是老板的女儿。

　　现在一切已经明了了，就算宋枝接下来再问，也什么意义都没有了。

　　宋枝强撑着情绪，隐隐呼出一口气。

　　闻时礼说："我带你去吃东西，然后送你去高铁站。"

　　宋枝没吭声。

　　他又说："我在来的路上给你买了高铁票，机票没有了，你委屈一下。"

　　宋枝懂事地摇头，低声道："不委屈，我给你添麻烦了。"

　　车子停在红绿灯路口。闻时礼转头看了她一眼。小姑娘似乎长大了不少，相较以前懂事太多了，居然还会说给人添麻烦了这种话。

　　他弯唇一笑："不麻烦。"

　　在去高铁站的路上，闻时礼不停地和她说话，都是些说教的话，要她以后不要这么冲动、出门要提前告诉家长之类的。

　　她全程乖乖地听着，时不时"嗯"一声表示知道。

　　到高铁站后，闻时礼带着她取票。取完票后，他们进到高铁候车厅的一家快餐店里，闻时礼说："你先找个地方坐，我去给你买点儿吃的。"

　　宋枝点点头，在一个靠窗的角落里坐下。

　　外面人来人往，餐厅里放着时下流行的歌曲，旋律跃动，节奏轻快。这样的环境把宋枝衬得十分孤寂。她在小小的角落里坐着，眼眶红红的，脸和鼻子红红的，嘴唇有些苍白。

店内的音乐放到一半，突然转为天气预报。

女播报员用标准的普通话说："近日间芸多地有雷雨天气，局部大暴雨。气象局将响应应急状态调整为二级，请市民们出行时注意安全。"

宋枝的思绪飘散。

来之前她查过间芸一年四季的天气，很少有雷雨。

间芸为什么突然有雷雨了？

正好闻时礼端着一份土豆牛腩饭回来，她抬头说："时礼哥，这几天会有雷雨，你好好照顾自己，可以吗？"

闻时礼把饭放到她的面前，然后在对面坐下："嗯。"

宋枝继续说："如果雷雨天气的时候你在外面回不了家，一定要找人带你回家。"就像当初她带他回家一样。

"哥哥知道。"闻时礼伸手，想摸摸她的头，却被宋枝躲开了。

他的手悬停在半空中。下一秒，闻时礼低笑着收回手，说："小宋枝长大了，不喜欢和哥哥有肢体接触了，我唐突了。"

宋枝：不！不是的！我并非排斥你，而是我懂得必须要和你避嫌。

宋枝没有说什么，拿起勺子低头往嘴里喂饭。她其实没什么胃口，但很久没有进食的胃实在难受，必须强迫自己吃一点儿。

闻时礼坐在对面看着她，注意到她身上的裙子，说："不愧是我选的裙子，你穿着就是好看，小宋枝就适合穿这种白色的裙子。"

宋枝沉默地吃着东西，没有理他。

吃到一半，宋枝突然开口："对了，你说过有时间会回莲庆看我。"

闻时礼答道："嗯，我……"

"不用了。"宋枝打断他的话，不带任何情绪，说，"你好好工作，不用回来看我了。"

"我原计划是今年年底回去的。"闻时礼看着她，说话时很认真，"你知道哥哥不会骗你，我真的太忙了，你不要生我的气。"

宋枝抬头看了他一眼，重新把头低下，用很轻的声音慢慢地回答："真的不用了，你忙你的事情就好。"

"真的不用？"

"嗯，不用。"

宋枝：你不用回来看我。我不喜欢你了，再也不喜欢你了，就这样吧。

回莲庆的高铁五点出发，四点四十五分工作人员开始检票。

闻时礼陪着宋枝排队检票，和检票员简单地说明情况后亲自送她到了站台上，要将她送上车。

闻时礼说："十三车厢在前面。"

宋枝默默地跟在他的身边。

两个人行走在乘车的人流中。周围的人步履匆匆，晚一步就会没座位似的。

要到十三车厢的时候，闻时礼说："新手机回头补给你。"

宋枝没说话。

没一会儿，两个人停在了十三车厢的车门前，入口处站着一名女乘务员。

宋枝准备上车，后面传来闻时礼的声音，他说："枝枝。"

她停住，回头对上他的目光。

闻时礼说："上次，你发微信说要考芸大，回去好好学习。等你到时候考过来，哥哥会抽空带你玩的，你就不用一个人瞒着家里人跑出来了。"

宋枝垂着眼帘，几不可闻地"嗯"了一声。

离发车时间还剩最后两分钟。宋枝像被悲伤冲昏了头脑，直接上前伸出手，想把他抱住。

她想告诉他，她真的很喜欢他。可她最后没有说。

她的手伸到一半的时候，理智将她控制住了。

闻时礼看着她停住的手，说："舍不得哥哥吗？"

对于她的心事，他毫无察觉，甚至还温柔地朝她靠近，用一条手臂环住她瘦小的肩膀，蜻蜓点水般短促地抱了她一下，然后松开手，说："好了，乖乖回去吧。"

"嗯。"宋枝转身，踩上高铁的脚架，一只脚踏上去的时候还回头冲他微笑，"照顾好自己，还有，记得吃午饭。"

坐高铁的时间比火车短，只要七小时。

宋枝全程似睡非睡，意识模糊。乘务员推着小车经过的时候，提醒她收一下脚。她恍惚间睁开眼，眼前居然是闻时礼的脸。但这只是幻觉。

她重新闭上眼，再睁开的时候，他就不见了。

午夜，宋枝走出莲庆高铁站的出口，抬头就看见等在外面的爸妈，鼻子忍不住发酸。

陆蓉和宋长栋快步朝她走了过来。

陆蓉打量着她，问："没遇着什么事吧？"

宋枝摇头道："对不起，妈妈。"

宋长栋欲言又止，顿了下，说："那小子专门打电话叮嘱我，让我不要骂你，说他已经教训过你了，不然我真得说你两句。"

陆蓉劝道："算了算了，孩子已经很累了。"

宋枝羞愧地低头，眼泪在眼眶里不停地打转，哽咽道："对不起，爸爸，我以后不会了。"

"我不会再做这种事情了。"宋枝像在说自己私自出远门这件事，又像在说另外一件事。

她哽咽着不停地重复道："真的，我再也不会了。"

回家后，宋枝直接洗漱睡觉。她精疲力竭，却睡得不太安稳。

宋枝反复做着同一个梦。在她的梦里，闻时礼手捧玫瑰，单膝跪地，向一个女人求婚。宋枝走近些，看清了那张脸，被求婚的女人是褚珊珊。而她站在一旁，是个观众。

宋枝醒来的时候，已经满脸泪水。

开学的前一天，宋枝收到了闻时礼送的新手机，最新款的智能手机，市场价格七千元往上。

他对她向来大方。她不知道他对别人是不是也这样。

宋枝给新手机下载微信的时候，又想到自己以前帮他下载微信时两个人相处的场景，轻松愉快。他那时候老开她的玩笑。

眼睛变得酸涩，宋枝用力地揉了揉眼睛，输入自己的手机号和登录密码，等待数据加载。

数据加载完成后，进入界面，宋枝一眼就看到了被自己置顶的微信好友——时礼哥哥。

这是她唯一置顶的人，不过现在看来，这似乎没什么意义了。

当时她因为成了他的第一个微信好友开心了好多天，现在想来，觉得自己有点儿可怜。

她的感情只是一场无疾而终的暗恋罢了，没有出路，只剩下酸涩和眼泪。

忍住想哭的冲动，宋枝把闻时礼的置顶取消，然后把他的消息接收状态改为免打扰。最后，她屏蔽了他的朋友圈。

做完这些后，宋枝觉得自己很好笑。

她设什么免打扰？他主动给她发微信的次数屈指可数。她屏蔽什么朋友圈？他从没发过朋友圈。

暗恋，就是一个人的独角戏。她是最生动形象的小丑。

第六章　重　逢

接下来的两年时间里，宋枝心无旁骛地学习，想要考上芸大的目标没有改变，却不再是为了闻时礼。而是她纯粹地想要成为一名医生，芸大的精神病学专业在国内没有学校可比。

在最后一年的冲刺阶段，学校不允许学生携带手机，陆蓉建议宋枝周末再使用手机。宋枝玩手机的兴趣不大，很配合，即便周末也很少玩，只是偶尔看看微信消息。

陈斯找她找得很勤快。

他发的内容永远是那些他自认为很好笑其实一点儿也不好笑的冷笑话。宋枝基本不回，要么回个表情包。

她偶尔会点进闻时礼的朋友圈看一眼。他的朋友圈还是空白的。

从间芸回来以后，宋枝就没有再主动联系过闻时礼。闻时礼对此表示过疑惑，好几次发微信来问她，比如：

"你怎么不主动找我了？"

"你对哥哥完全丧失了分享欲。"

"学业很重吗？"

他问过几次后，宋枝回复他，说学校不让用手机，自己回家后得做大量的作业，所以不常上微信。

他表示理解，然后真的很少联系她了，可能怕自己真的会打扰她。

宋枝还是觉得怅然和难受。可她会很快收拾好情绪，重新专心学习。

宋枝的名次一直稳定在年级第一。

高三她要上晚自习，每天晚上十点二十才下课。

怕宋枝的睡眠时间不足，陆蓉给她申请了住校。从此她只有周末那一天才能回家，因为周六学校也要补课，这似乎是所有高中不成文的规定。

周末在家里的时候，宋枝会收拾自己的房间。

如果有新收到的玫瑰花，她会将花风干后放在盒子里，这似乎已经成为她的一种习惯。

她房间的一个角落里已经堆满了装满玫瑰的盒子，有十几个，每个盒子里都装了九朵玫瑰花。

忙完后无事可做的她坐在桌前，却没有了折纸鹤的习惯。

所有折纸鹤的彩纸都被宋枝扔进了垃圾桶，和那个被丢在垃圾堆中的纸鹤菠萝同样的待遇。

十八岁生日那天，宋枝收到了同城快递——一个精美的盒子里面装着一瓶香水，还有一张卡片。卡片上的字迹相当漂亮，是人用钢笔写的，不像店家的打印体。

宋枝拿起卡片，在心中默读上面的内容：

> 祝小宋枝成年快乐，天天开心。
>
> 香水是女孩子的第二层皮肤，希望你拥有双重美丽。
>
> ——闻时礼

没想到他会送她香水，宋枝捧着盒子看了很久，然后取出香水。香水的瓶身是淡粉色的，是她不认识的外国牌子，瓶子的底部被刻了她的小名——枝枝。

宋枝闻了闻，柑橘茉莉香，很淡很清爽。她没有使用香水，而是把香水放到了衣柜下方的储物层里，里面还有他送的两条裙子和一双板鞋。

现在这里多了瓶香水。

裙子和鞋她再也没有穿过，香水她也不使用。就像她不再喜欢他了。

她渐渐地明白了一个道理，长大就是学会及时止损。既然他们已经不可能在一起了，那她就不要浪费时间和感情内耗了。

但是在雷雨天的时候，她还会想到闻时礼。

她还会担心他，担心他会不会发病、能不能安全地回家。

她接受自己担心他。毕竟他曾经对她那么好，每一次都那么好，好到无可指摘的地步。

这样好的一个人，她担心他没什么不应该。正因为他这么好，宋枝才希望他能真正得到幸福和快乐。

他受过的苦太多，所以他值得拥有幸福的生活。即便到最后，陪在他身边的人不是她。

毕竟他是她曾经那么喜欢的人。她付出的也是满满的、最纯粹的感情。

生日的一周后，宋枝迎来了高考。

2018年，莲庆市的高考考卷被某高校学生在考试前一天窃取，试题被泄露，于是莲庆市教育局紧急启用了B卷。B卷的难度大大提升，众考生和家长叫苦不迭。

在B卷的摧残下，全市高考生的平均分严重下降，数学平均分只有四十多分。

在如此难度下，宋枝发挥得还算可以，取得了全市第十二名的好成绩，成功被芸大录取。

有一天，周崇生给宋枝打来电话，高兴地告诉她，他也考上了芸大，体育专业。

芸大的体育专业算是冷门专业。

宋枝疑惑地说："你要读体育专业的话，完全可以上更好的大学，为什么报芸大？"

周崇生说自己是随便报的，然后说："报到那天咱俩可以一起去，你爸妈送你吗？"

宋枝说："不知道，应该送吧。"

周崇生说:"我们一起去呗,到时候买同一班飞机,能照应彼此,毕竟我们是老同学。"

宋枝觉得这提议没什么不妥,说:"可以。"

周崇生很高兴:"那说定了啊!"

"嗯。"

去报到的时候,宋枝知道爸爸没时间,觉得妈妈会送她。但是那天妈妈正好临时出差。

周崇生的爸妈是做生意的,挺忙,也不送他。

宋枝和他两个人拖着行李箱赶了飞机,落地后坐了去芸大的校车去了学校。

报到后,周崇生要帮宋枝提行李箱、打扫寝室。宋枝拒绝了,面无表情地指着女寝楼下的标语:"男生不得入内。"

周崇生有些尴尬地挠挠头,说:"行吧。"

她报到当天,闻时礼给她打了电话,但她没有接。

没一会儿,宋枝收到他的微信消息,他问她有没有需要帮忙的地方。

宋枝回复得很礼貌客套:"没有,谢谢。"

那边的闻时礼似乎觉得她的回答有趣,没一会儿发来了一句:"还和我说谢谢?行吧,真把我忘得干干净净了。"

宋枝没有再回消息。她认为即便自己现在已经来到了间芸市,也已经放弃他了,早决定不再喜欢他了。所以她不准备和他有太多交集,也就不需要和他闲聊了。

她会融入校园生活,会在四年后顺利地毕业,再踏入社会。

至于爱情……随缘吧,她不想再那样去喜欢一个人了,真的太痛苦了。

她也再没有精力和一腔孤勇去喜欢别人了。

宋枝对校园生活融入得挺快,和其余三个室友的关系不错,生活步入正轨。

让宋枝没有想到的是,两年后她再次见到闻时礼的时候,自认为平静的心还是会被轻易影响。

那天他们会遇见完全是巧合。

多年后,宋枝回想她与闻时礼再次遇见,认为那实在是一种命中注定的缘分,不会因为谁的个人意愿而改变。该她遇见的人,她躲不掉。

十月末的一天,宋枝陪室友陶佳到间芸最好的精神病医院里看病。陶佳非常内向,开学近两个月的时间里,在宿舍里只和宋枝的关系稍微好一点儿。

近日来陶佳总是彻夜失眠,白天精神不济,宋枝发现后提议陪她到精神科看看。

这天正好是周六,两个人早起乘了第一班地铁,从城东坐到城西。两个多小时后,她们终于到达医院。

这家医院里的人非常多,她们排到下午三点,才挂到了一个专家号。

然后她们继续等了一个半小时后,终于听到叫陶佳的名字。

陶佳一直拉着宋枝的手,要宋枝一直陪着她。

宋枝站在门口问医生:"我能和她一起进去吗?"

医生抬头看了宋枝一眼，用手里的笔指了指陶佳说："她不介意就行。"

陶佳说："我不介意。"

医生又说："但是待会儿要做量表测试的话，她就不能进了。"

"嗯。"

宋枝和陶佳一起进了医生的诊室。

陶佳坐在医生对面和医生对话的时候，宋枝就默默地站在旁边等待。等待时，她环顾四周，发现这间诊室和爸爸的诊室有点儿像——同样黑色的桌椅、黑色的资料柜，连角落里绿萝的高度都一样。

宋枝第三眼看向那棵绿萝的时候，思绪开始不由自主地发散，无端想到了她初遇闻时礼时的场景。

那是在爸爸的办公室里，他吊儿郎当地和爸爸开玩笑。爸爸火冒三丈地训斥他。她当时也像现在这样，默默地站在一棵绿萝旁，不敢说话。

那是六年前的事情了，都过去这么久了啊……真是很难让人不在心中感慨。

以前她喜欢他的时候，总觉得长大是一件无比缓慢的事情，但现在看来，又觉得自己弹指间就长大了。不过，长大后宋枝没有了疯狂地想要在一起的人。

看病中途，陶佳被一名护士领着去做精神量表测试。二十分钟后，陶佳拿着量表回到诊室里，把量表拿给医生看。

宋枝听到医生说，陶佳的情况属于重度焦虑，她需要服用精神类药物进行调节。

医生还说，吃药只起辅助作用，自我调节才是最重要的。

第二点适用于大部分精神类疾病患者。

宋枝又不受控地想到闻时礼，以前听他说过几次，对他来说吃药没用。

这几年，他的病怎么样了，雷雨天的时候，情况是否好转？

宋枝陪陶佳取完药后，陶佳说："枝枝我想去趟厕所，肚子有点儿痛。"

宋枝问："需要我陪你吗？"

"不用，我可能有点儿慢。"陶佳把药递给她，"你帮我拿着。"

宋枝点头道："好。"

陶佳去厕所后，宋枝决定到医院门口等她，医院里的消毒水味她实在闻不惯。

宋枝来到电梯前，发现要坐电梯的人非常多，于是打算走楼梯。她现在在四楼，走楼梯花不了太多的时间。

宋枝转弯进了楼道，楼道里的灯是坏的，好在每层的楼道中间平台的位置都有一扇窗户，暖黄的夕阳余晖照进来，将人的影子拉得长长的。

宋枝走得很慢，往下没走几步，就听到包里的手机在响，是微信消息的提示音。

她低头从包里取出手机，左手扶着扶手栏杆往下走，右手用指纹解锁手机，点进微信看消息。

陆蓉发来了下个月的生活费，并且嘱咐她最近间芸气温转凉，不要再穿短袖短裙，谨防感冒。

宋枝确认收款后，单手打字回复。

她想回一句"知道了，妈妈"，谁料她刚打出两个字，正准备按键盘的时候，扶在栏杆上的左手触碰到了另外一个人温凉的手指。

她整个人顿住了。

这个人的指温和手指的长度，让她觉得很熟悉。

宋枝在呼吸变缓的同时抬起了头，下一秒就对上了男人的眼睛，还是那双无比熟悉的迷人的桃花眼。

他在楼道平台的转角处，懒洋洋地用侧腰抵着铁艺栏杆呈 U 形的地方，单边的膝盖微屈，姿态显得十分闲散，一只手在栏杆上搭着——就是现在被她的手压着的那只手。

两个人突然重逢实在过于震撼，宋枝做不出任何反应，只能愣愣地看着他。

闻时礼白肤黑发，神色淡漠依旧，似极危险的瘾君子。

他穿着合身的黑色西装，西装将他宽肩窄臀的好身材衬得十分完美。他的脚边有两三个烟头，没被她按着的那只手的手指间有根燃到一半的烟。

余晖落在他的身上。

由于他侧身对窗户而立，余晖只染了他半边的身体，英俊的脸也半明半暗。

白色的烟与他的目光一样晦暗不明。

两个人手指相触，失去思考能力的人却只有宋枝。

闻时礼沉稳依旧，看清楚她的脸以后，唇角露出了浅浅的微笑，抬手抽了一口烟，吞吐白烟时，用低沉的声音慵懒地说："不认识了？"

宋枝回过神来，轻声回答："认识。"

闻时礼道："认识怎么不叫人？"

宋枝老实地叫了一声："时礼哥。"

闻时礼意味不明地笑了一声。

这男人笑什么？

"所以——"他依旧懒洋洋地靠在原处，目光从她的脸上往下滑，滑到她的手指上，"你准备摸哥哥的手多久？"

顺着他的目光，宋枝看见自己的手还按在他的手指上。

她的手指比他的短，即便除了大拇指，其余的四根手指正按在他的手指上，他仍有一部分的骨节留出来。她的手掌是贴在冰凉的栏杆上的，于是这就成了一种鲜明的温度反差——栏杆的凉和他手指的温热。

宋枝有点儿尴尬，往回收手。

宋枝在收手的一瞬间，食指的指腹摸到了一个坚硬的东西，还有点儿凉。

她重新低头去看。

那是他无名指上的一枚戒指，银色的，无比简约的款式，上面没有任何纹路和装饰。

无论她怎么看那都像一枚婚戒，只有婚戒才被戴在无名指上。

他结婚了。

宋枝没有多看那枚戒指，看了一眼后收回了目光，解释道："我不是故意的。"

他漫不经心地笑了笑："知道，哥哥逗你玩呢。"

没等她说话，闻时礼又说："你身上没有。"

宋枝不解地说："没有什么？"

"我送你的香水味。"

宋枝根本没想到话题会转得这么快，也没想到他们多年后重逢，他首先关心的居然是这件事情。

她一时间真的有点儿反应不过来。

她出神时，闻时礼将烟头踩灭在脚下，不再靠着栏杆，直起腰朝她靠近了一步。

宋枝变得有些僵硬，眼睁睁地看着两个人的距离被拉近。

她站在上方的台阶上，他在下方的台阶上。这样的高度差让两个人正好可以平视。

闻时礼看着她的眼睛，问："不喜欢吗？"

宋枝："什么？"

闻时礼："我送你的香水。"

宋枝哑然。几秒后，她摇摇头否认："没有不喜欢。"

闻时礼问："那为什么不用？"

宋枝说："香水又不是要天天喷，心情好就用，心情不好就不用。"

闻时礼听到她这么说，脸上笑意未收，目光里却多出了几分认真意味："看来小宋枝今天的心情不怎么样。"

一声"小宋枝"顿时让宋枝梦回多年以前，她想到那些和他相处的点点滴滴的往事。

虽然两年前她已经决定不再喜欢他了，但是不可否认的是，她听着这样的称呼，心里还是有点儿不舒服。

宋枝表情淡淡地说："我不小了。"

闻时礼盯着她，片刻后笑道："是不小了。"

小姑娘现在长大了。

闻时礼仔细地看她，才发现她的变化挺大的。

她长高了不少，现在有一米七左右，脸部轮廓流畅饱满，五官出落得越发柔和立体。尤其是那双水灵灵的小鹿般的杏仁眼，看上去十分清纯有灵气，内眼角却有点儿下勾，这一点为她的甜美增加了几分魅惑感。

闻时礼就这样看着她的眼睛，突然冒出个想法："给哥哥笑一个。"

宋枝感到疑惑：这个老男人抽什么风？

宋枝没笑，没好气地问："干吗？"

闻时礼将语气放得很温柔，像在哄她："笑一个不行吗？"

宋枝觉得莫名其妙："为什么突然要我笑，你不觉得很奇怪吗？"

闻时礼说："我记得你以前笑起来的时候，眼睛弯得像月牙，就想看看现在还是不是。"

宋枝怔住。

他慢条斯理地问："给哥哥笑一个有什么奇怪的？"然后他又补了一句，"我想看。"

一瞬间，宋枝察觉自己的心跳有加快的迹象，却被她淡定地压了下去。她平静地说："我不想笑，没什么值得开心的事情。"

闻时礼笑道："也对，是我强人所难了。"

宋枝心想：今天就算天王老子来了，我也笑不出来吧。

时隔多年她又遇见了曾经深深喜欢的人。然后，她看见他无名指上戴着婚戒。谁能笑出来？

沉默了好一会儿，宋枝垂下眼帘，说："我还有事，先走了。"

"嗯？"闻时礼有些疑惑。

宋枝的脚往下踩，迈下两级台阶。正当宋枝想从闻时礼的身旁绕过去时，听见他开口低声问："你怎么在这里？"

宋枝停住脚步，转过头。

现在两个人并肩站立，脚踩在同一块地砖上。

他看着她，问："你拿的是安眠药和抗焦虑的药，怎么回事？"

宋枝低头看了一眼透明的药袋，问："你怎么知道？"

闻时礼伸手，轻轻地点了点塑料袋，说："这些我都吃过，知道不正常吗？"

原来是这样。

宋枝想开口问他：你的病好些了吗？但她又觉得自己没有关心他的立场。

安静了几秒后，她如实地说："我陪我室友来的，是她不舒服，不是我。"

闻时礼说："那就好。"

"嗯。"

"那……"宋枝顿了顿，"我先走了，时礼哥。"

闻时礼说："我送你吧。"

宋枝拒绝："不用，我们坐地铁回去就好。"

闻言，他低头抬手看了一眼腕表："六点了，等会儿下班坐地铁的人很多，会很挤的。"

宋枝说："没关系的，我不想麻烦你。"

闻时礼觉得好笑："你和我说什么麻烦？"

"再说了，"他慢悠悠地笑道，"我要是嫌你麻烦的话，以前就不会翘课去你的学校给你撑腰了，对不对？"

宋枝没说话。其实她在意的是，他如果送她的话，他老婆可能会不开心。

闻时礼单手插进裤兜，转头看她，说："走吧。"

宋枝却还是说："真的不用了。"

两次都被拒绝，闻时礼察觉到什么地方不对劲儿。

可能是职业原因，他善于观察，分析能力也十分强。很快，他意识到问题所在。

"枝枝，"他收敛笑意，眼神认真，"你现在就这么讨厌哥哥？"

宋枝摇头解释："不是讨厌不讨厌的问题，而是我真的不想麻烦你。"

闻时礼说："你撒谎。"

宋枝扪心自问，觉得自己没有撒谎。她不想坐一个已婚男人的私车，这是原则问题，和讨厌与否真的没关系。

更让宋枝没想到的是闻时礼接下来的话。

他无比认真地说："我承认，两年前的那件事我对你确实有点儿凶。但我当时确实被你一个人偷偷出远门的行为气到了，怕你遇上坏人。说实话，你真的没必要记这么久的仇，连我的车都不愿意坐。"

宋枝一时竟然无言以对。

"哥哥当时向你好好地道歉了，不是吗？"闻时礼继续道。

宋枝完全无法理解这个老男人的思路。原来在他的眼里，她就是个记仇多年的小气鬼？

犹豫片刻后，宋枝说："我真的没有。"

闻时礼问："那你为什么不肯坐哥哥的车？"

宋枝轻描淡写地扫了一眼他无名指上的戒指，又看着他的眼睛，问："你确定可以吗？"

"为什么不可以？"闻时礼侧身给她让路，"顺路，我要回事务所，正好经过你的学校。"

宋枝抬脚下楼梯，问道："你还没下班吗？"

"还没。"闻时礼说，"得加班。"

宋枝嘀咕了一句："什么黑心的事务所？周末还要加班。"

话音刚落，她旁边传来男人一声低沉且意味不明的笑。

宋枝转头看着旁边的闻时礼，问："你笑什么？"

闻时礼懒洋洋地反问："加班就黑心了啊？"

宋枝正思考着待会儿到了医院门口该怎么再拒绝坐他的车回学校这件事，随口接话道："嗯，挺黑心的，老板真坏。"

闻时礼慢条斯理地说："我就是老板。"

宋枝顿住脚步。

"我坏吗？"闻时礼跟着她停下脚步，含笑的目光里全是玩味。他沉默着与她对视了片刻，弯唇笑道："哪里坏？"

"小孩，你还是那么没良心啊。"闻时礼用一种特遗憾的口吻懒洋洋地往下说，"就算哥哥坏，也从没亏待过你吧？"

听着他的话，宋枝又开始想自己以前和他点点滴滴的往事。

他确实从来没有亏待过她。他会因为她的一个电话，就翘课到她的学校里给她撑腰。他会在她受伤的时候细心地给她搽药，给她吹伤口。他还会花掉身上最后的五块钱给她买一朵玫瑰花。宋枝想到以前的事情，心里更感慨了，也更难忽视他无名指上的婚戒。

她如实说道："我不知道你是老板。"

她对他的记忆还停留在上次来间芸找他的时候。那时他还在某家律所实习，现在已经发展到自己当老板了吗？这挺好的。

闻时礼淡淡地"嗯"了一声后，很快又抛出了问题："我是老板，让员工加班就不黑心了吗？"

"……"

"没想到小宋枝还这么护短。"闻时礼笑了，"对哥哥依旧偏心。"

宋枝突然想起，初一的周末，自己在那家楼上的酒店里救下了闻时礼。

当时一名警察叔叔说过她护短的话。当时年纪尚小的宋枝还不理解"护短"是什么意思，只能理解成：哥哥，你是我的"短"。

现在时过境迁，所有的一切都变化着。她不再认为他是她的"短"了。

他不是她的"短"，也不能是她的"短"。他只能是别人的"短"。

压下心中微微的惆怅感，宋枝面不改色，道："你别误会，我不是这个意思。"她纠正道，"就算老板是你，也是坏。"

闻时礼失笑两声，像是败下阵来似的，摊手道："行，那让我这个无良的老板送你回去吧。"

宋枝还没想好怎么再次拒绝他，只好沉默。

两个人一同下了楼梯，出了通道口，来到精神病医院的正门口。

宋枝转身，仰头看了一眼医院大大的招牌，用不经意的口吻问："这几年你还犯病吗？"

闻时礼简洁地给出了一个字的答案："犯。"

宋枝问："雷雨天的时候怎么办？"

闻时礼漫不经心地笑道："不怎么办。"

这句"不怎么办"落在宋枝的耳中，自动变成了另外一句话：还能怎么办？

毕竟对他来说，这是不可控的病。她是见识过的。

"你还知道关心哥哥啊？"闻时礼不正经地笑起来，显得整个人很不像好人，可又经不住他这张脸格外引人注目。

宋枝不自在地别开脸，躲开他的目光："就……随便问问。"

"也是。"闻时礼收敛几分笑意，想到了什么事情，语气沉了几分，"毕竟这几年你对哥哥不闻不问的，怎么可能还关心我？"

宋枝默默地听着，心里五味杂陈。

她要关心什么？她关心他和另一半的感情状况吗？还是他们婚房的装修情况？

闻时礼继续道："也不主动汇报自己的近况了。"

他摇了摇头，惋惜般说："你原来可是经常主动发微信跟我说的。"

宋枝记得去间芸找他以前，确实经常给他发微信分享自己的近况，比如最新的考试成绩，天气如何，今天吃了什么好吃的等。就连在路边看到一棵奇怪的树，宋枝也要拍照给他。

宋枝后来对他冷淡，是从间芸回去以后。她不再主动与闻时礼联系。

她不知道在哪里看到过一句话：不再喜欢都是从丧失分享欲开始的。宋枝觉得这句话挺对的。

由于不知道说什么，宋枝把问题抛给他："你不也没主动说过自己的近况吗？"

闻时礼懒洋洋地笑道："我有什么好说的？"

他真的没有什么可说的吗？他怎么不说说他什么时候结婚了？最近吗？还是更早一些的时候？

这时候，上完厕所后下楼的陶佳看到了宋枝。陶佳非常内向，社恐严重，看到宋枝旁边高大的男人时，有点儿不敢靠近，只敢远远地喊："枝枝。"

宋枝看过去，目光落在陶佳的脸上。

对呀，她就说室友怕生！这样他就不非要送她了！

"时礼哥，"宋枝组织好语言，条理清晰地婉拒，"我室友她特别怕生，社恐，所以我还是和她一起坐地铁回去吧，这样她会自在些。"

闻时礼问："是吗？"

宋枝点头表示肯定。

"可是——"他没看陶佳，直勾勾地看着宋枝的脸，"地铁上的人不是更多吗？她岂不会更社恐？"

宋枝想了下，居然找不到理由反驳。

她看向陶佳。陶佳却用眼神告诉她：他说得对。

宋枝只恨自己的脑子不够用。

由于想不到更好的拒绝理由，宋枝只好带着陶佳跟在闻时礼的后面。

闻时礼的车停在医院门口的停车位里。

还没走近，宋枝就看见了醒目的车标——一个大写的银色字母 B，黑色的底色，字母两边有一对银色的翅膀。

她认识这个牌子，是宾利。

宋枝不知道这辆车具体的价格，不过一看就知道很贵。看来他近两年是风生水起了。

宋枝直接走到后座处，准备伸手拉车门。与此同时，闻时礼走了过来停在她的身侧，两个人中间隔着一个身位。他拉开副驾驶座旁的门说："你坐在前面。"

宋枝说："我和我的朋友一起坐在后面吧。"

陶佳连忙道："不用，我自己坐在后面就行。"

宋枝：佳佳，你真不懂我。

宋枝还想说点儿什么，闻时礼却笑道："让你的社恐朋友一个人坐在后面吧，这样她会自在些。"

她嘀咕道："你又知道了。"陶佳却再次用眼神告诉她：他说得对。

没办法，宋枝只好硬着头皮坐到了副驾驶座里。她现在满脑子都希望闻时礼的老婆不要介意，这应该真的是最后一次了吧！间芸这么大，他们想再次巧遇真的挺难的。

她坐好后，闻时礼帮她关上车门，然后绕过车头打开驾驶座旁的门上车。

宋枝取下肩上的包，然后转头伸手把手里的药递给刚上车的陶佳。陶佳将药接到手里，说："谢谢。"

宋枝说："不客气。"

她回头的时候，对上了闻时礼深黑的眼："干吗？"

闻时礼收回目光，说："安全带。"

"哦。"宋枝系上安全带。

闻时礼发动车子，打着方向盘缓缓地驶出了停车位。在将车开出医院大门的时候，他问："你学的什么专业？"

宋枝说："精神病学。"

他顿住，然后转头看了她一眼："精神病学？"

宋枝说："不行吗？"

"嗯，行。"闻时礼说，"就是没想过你会真的学医，还以为那时候你是一时头热。"

宋枝心想：怎么会呢？要是一时头热，也不会喜欢你那么多年。

她想了想，什么都没有说，从包里掏出手机，点开微信给陆蓉回了一句话："知道了，妈妈。"

回完消息后退出对话框，宋枝看见列表里有新的消息，是周崇生发来的。下周他们班里关系好的几个同学要去野炊，类似于晚上在山上烧烤，周崇生问她要不要一起去，还让她把室友叫上。

其实她不太喜欢这种集体活动，觉得吵，但是想到上次周崇生帮过她一个小忙，觉得拒绝不太好。

宋枝决定问问陶佳的意见，回头道："佳佳，我一个朋友说下周六去野炊，你去吗？"

陶佳说："嗯……我都行，你去的话我就去吧。"

闻时礼插话进来："在哪儿野炊？"

"还不知道。"

"不知道？"他说，"问清楚点儿，偏僻的地方不要去。"

宋枝"哦"了一声，乖乖地给周崇生发微信："在哪里野炊？"

周崇生回道："温溪山。"

得到回复后，宋枝抬头说："说在温溪山。"

闻时礼："嗯。"

宋枝靠在车窗上发呆，目光落在前方晚高峰拥堵的汽车上。

鼻息里充满了他身上的乌木香草味，闻着闻着，宋枝昏昏欲睡。

闻时礼将车开得平稳，加上这车本身就舒适度极高，宋枝真的睡着了。

一个多小时后，黑色的宾利停在了芸大门口。

宋枝听到有人敲车窗的声音。她睁眼看见站在车窗外的陶佳，陶佳用嘴型和她说：到啦。

宋枝回头，对上闻时礼的眼。

两秒后，她迷糊着说："怎么不叫醒我？"

闻时礼慢条斯理地说："因为哥哥有句悄悄话要和你讲。"

"什么？"她问。

他侧过身正对着她，眸光温润，唇角笑弧浅浅，把每一个字说得认真又缓慢："再次见到你，哥哥真的很开心。一看到你，就觉得很治愈。"

听到他的话，宋枝若有所思，问："为什么看到我就觉得很致郁？"

闻时礼轻笑道："不知道，反正就觉得很治愈。"像置身温暖的春日阳光下，整个人懒洋洋的。

宋枝还是没理解，皱眉道："看到我你很不舒服吗？"

闻时礼一怔。

几秒后，他反应过来，宋枝和他说的不是一个意思。

他说的是治愈。她说的是致郁。两个词完全不是一个意思。

他没有说话，而是拉起宋枝的一只手翻过来，让她的掌心向上。

突然的肢体接触让宋枝有些慌，她问："你干吗？"

"嗯？"

宋枝想缩回手："你拉我的手干吗？"

闻时礼没说话，开始用手指在她的掌心上写字，一笔一画都写得又慢又认真。

他是用食指写的，指尖微凉。每一笔落在宋枝的掌心里的时候，都让她觉得有点儿痒。

两个字渐渐地在宋枝的掌中成形——治愈。

宋枝一下子僵在那里，像被人用羽毛扫过心尖似的，有种说不清道不明的感觉。

"知道是哪两个字了吗？"闻时礼唇角弯弯，对她笑得十分温和，写字时两个人的距离被拉近了，他说话时声音低沉沙哑，"别误会哥哥。"

宋枝一下子就不自在起来，别开眼睛不看他。

好半天过去，宋枝才冒出一句："我朋友还在等我，我回去了。"

"我送你进去。"

宋枝觉得自己的呼吸变得有点儿乱，下意识地拒绝："不用。"

闻时礼坐着没动："那你到宿舍里后和我说一声。"

"嗯。"

"还有——"闻时礼在她的手落在车门锁键上时，再次开口，"哥哥从来都不觉得你麻烦，以前不会，现在更不会。所以你有需要我的地方，直接打电话就行。只要不是在法庭上，我都会接的。"

宋枝低头解开安全带，说："谢谢时礼哥，再见。"

"嗯，再见。"

宋枝下车后，闻时礼余光瞥到副驾驶座前的脚垫上有一个东西。他弯腰伸手捡起来，发现是一张绿色的饭卡，卡片左上角有芸大的校标。这可能是小姑娘从包里拿手机的时候不小心落下的。

闻时礼拿着饭卡，抬起头，透过深色的车窗，看见浓重的夜色下身着白裙的小姑娘。她娉婷纤瘦，小腿白皙笔直。

距离不算远，他只要降下车窗就能叫住她。他确实也这么做了。

宋枝下车还没走几步，就听到闻时礼在后面叫她："宋枝。"

宋枝停下脚步回头。

她看见车内的闻时礼朝副驾驶座的位置前倾着身体，一只手搭在副驾驶座车窗的窗沿上，眉眼温润，笑着问她："你刚刚和我说再见。"

宋枝不解地说："有什么问题吗？"

"哥哥只是想问清楚。"闻时礼说话时眸光浸润在暮色里，温柔极了，"小宋枝口里的再见，具体是什么时候再见？能给哥哥一个准确的时间吗？"

宋枝人傻了。

"再见"不就是个被惯用的口头语吗？谁会像他一样这么较真啊？谁会啊？这个男人简直脑回路异常。

宋枝看了一眼旁边的陶佳。陶佳也看着她，眼神里同样有着疑惑。

她想了下，说："我不知道准确的时间。"

"没关系。"闻时礼笑笑，"哥哥知道。"说着他抬起另外一只手，手指间是一张绿色的饭卡，"那就明天给你送这张卡的时候见吧。"

宋枝看向他手中的东西。那不是她的饭卡吗？怎么在他手里？

宋枝忙低头打开包找了一圈，里面果然不见饭卡。她抬头说："你现在给我啊，为什么要明天送？"

闻时礼抬眸，笑道："不是你说再见吗？"

宋枝正准备走回去拿他手里的饭卡的时候，就看见闻时礼居然直接抽身坐回驾驶座上。他升起车窗，然后发动车子，最后一脚油门直接消失在了夜色中，一系列动作相当流畅。

宋枝迷惑了。

如果她没有看错的话，闻时礼直接拿着她的饭卡离开了吧？她没看错吧？是吧？

宋枝郁闷得差点儿一口气没提上来。很快，她又想到以前的时候，闻时礼就很喜欢变着花样逗她，把她逗得跺脚，他就会笑得开心。

如此想来，这种事情他还真能做出来。

他说明天给她送饭卡，那就意味着她明天又要见到他，这对她来说并不是一件好事。她总见他的话……无论从哪方面来讲，都不好。

首先，他已经结婚了；其次，她以前疯狂地喜欢他。所以这真的不好。

"枝枝，"陶佳上前，"他为什么不把饭卡给你？"

宋枝郁闷地说："因为他不对劲儿。"

"不对劲儿？"陶佳不理解。

"对啊。"宋枝转身往学校走去，"他就是故意的，以前他就这样。"

"以前？"

"嗯。"

陶佳挽住宋枝的手臂，低声说："你们以前就认识吗？那个人很厉害。"

宋枝问："你认识他吗？"

"嗯，闻律师嘛，他很有名。"陶佳说，"最近热度很高的王泉金融诈骗案，那个王泉一审的时候被判了死刑，二审找到闻律师辩护，最后被判了八年有期徒刑，你不知道吗？"

宋枝慢吞吞地摇头，她真的不知道。

陶佳说："微博热搜挂了好几天，就上周。"

宋枝说："这样啊，我不常看微博。"

两个人围绕着闻时礼展开了讨论。其实，基本上是陶佳在说，宋枝一路上默默地听着。

她得知闻时礼近两年在律师界里声名鹊起，势头猛得吓人，从来只接别人不敢接的刑事大案。他在法庭上逻辑清晰，发言冷静，时常辩得对方律师无话可说。其中好几个案子是轰动全国的刑事大案，他依然数战告捷。闻时礼便一跃成了炙手可热的金牌刑律，身价和知名度皆暴增。

宋枝打算不再喜欢闻时礼以后，就很少关注他的消息了，但潜意识里还是知道他混得不错的。

她没想到，他会这么不错。

陶佳说完后问她："你怎么会认识他啊？在医院门口看到他和你说话的时候，我吓了一大跳。"

宋枝说："他是我爸爸朋友的学生，在我家里借住过一段时间。"她以前很喜欢他。

"好羡慕啊。"陶佳语气真挚，似乎真的觉得羡慕，"居然能认识这么厉害的人，看样子他和你的关系还不错？"

宋枝抿抿唇："还行吧。"

陶佳没有再问什么，转移了话题："谢谢你今天陪我去医院。"

宋枝摇头道："不用客气。"

两个人回到宿舍里时，另外两个人还没回来，宿舍里面黑漆漆的。宋枝进门后把灯打开，到自己的柜子前把包放进去，然后拿着衣服到浴室里洗澡。

芸大宿舍的环境不错，四人间带独立的卫生间，还带空调。

宋枝在卫生间里洗澡，温热的水流从头淋到脚，浑身暖洋洋的。在这样的温暖里，她想到了今天车里的场景——他拉着她的手，在她的掌心里轻轻地写字，每一笔都认真且缓慢。

宋枝胸口的某一处似乎在不受控地往下陷。这种感觉好熟悉，恍惚间她像回到几年前面对闻时礼时，当时自己也是这样的感觉。

宋枝不想要这样的感觉，自己绝对不能再次喜欢上他，最起码从道德层面上来讲就不能。

好难受，为什么她会觉得有点儿喘不上气？

他说看见她开心，还说觉得治愈。听到这些话的她，内心居然还会被触动，原本以为自己早做到淡定了。

原来她还是做不到吗？还是说他对她的吸引力实在太大了？哪怕两个人时隔多年再见，他也能轻而易举地将她的心湖吹皱。

但宋枝明白，她不能再像从前那样肆无忌惮地喜欢他了，也不能在他含笑的目光里做到问心无愧。

宋枝洗完澡出来，已经九点多了。

宋枝抱着换下的衣服回宿舍，看到陶佳坐在桌前，面前摆着两份鸡排饭。陶佳说："枝枝，我们还没吃饭，我点了两份，一起吃吧。"

宋枝把脏衣服放到盆子里，说："那我吃完再洗衣服吧。"

她坐到陶佳的旁边。陶佳说："刚刚你的手机在响，好像有人给你发微信了。"

"好，知道了。"宋枝拆开一次性筷子的包装，把筷子分成两根，再拿起手机，解锁屏幕打开微信。微信列表里的第一个对话框是闻时礼的，有两条微信消息：

"你把宿舍楼的位置发给我，我明早给你送饭卡。"

"哥哥怕你饿着。"

这个人是不是有什么问题？

宋枝没好气地回了句："怕我饿着还把我的饭卡拿走？你好幼稚。"

闻时礼："我幼稚？"

宋枝放下筷子，两只手飞快地打出两句话发过去：

"是啊。

"毕竟你一把年纪了，这么幼稚可不是什么好事。"

看到"一把年纪"的闻时礼实在没忍住，笑出声，嗓音低沉悦耳，引得事务所里的一圈人一怔。下一秒，人们全部你看看我，我看看你，十分吃惊。

闻律什么时候在他们的面前笑过？他居然会盯着手机笑得这么开心！

没过两秒，闻时礼就收敛了所有笑意，沉下眉眼，抬起头，压迫性十足的目光扫过一圈人的脸："看什么看？"

众人真的心里有苦不敢说。

闻时礼重新低下头，勾着唇角，慢悠悠地打字，发过去一句话。

宋枝看到闻时礼新发来的消息时，气得差点儿七窍生烟。

只有一句话："不要？那你饿着吧。"

宋枝做了深呼吸，然后特别憋屈地回了一个"要"字，顺便把定位发了过去。

发完以后，宋枝放下手机没有再回消息。她不想和这个老男人说话了。

两个小时后，结束工作的闻时礼坐电梯下楼，在电梯里随口问身边的同行律师："你觉得我看上去老吗？"

对方没料到闻时礼会突然冒出这个问题，简直一点儿心理准备都没有。

不过律师的口才都比较好，对方接下来直接妙语连珠地夸奖了他一番，恨不得把闻时礼吹上天，说实在的，这一番夸奖不算违心。

众所周知，闻时礼被公认地好看。媒体发出去的每一张闻时礼的照片下面，都有人高喊着"舔屏"，甚至喊着要和他原地结婚，生一个足球队的孩子。

"不老吗？"男人轻笑着，"一个小孩老说我老，一说就是好几年。"

"而且你知道最过分的是什么吗？小孩还说我——"闻时礼不轻不重地"啧"了声，像在回忆某人的话，过了好一会儿才懒洋洋地笑道，"又老，又幼稚。"

吃过东西后，宋枝到卫生间里把脏衣服洗了，然后将衣服拿到阳台上晾。晾好衣服后，宋枝照常给陆蓉打了个电话。

母女俩的通话内容和以前没什么区别，基本上是陆蓉叮嘱她要照顾好自己。

但在那通电话的最后部分，陆蓉提到了一件事："枝枝，你还记得你十三岁那年，有个周末，和同学出去玩被一个胖女人欺负的事情吗？当时我和你爸爸去了派出所，没答应和她和解，她被关了十五天。"

宋枝不明白妈妈为什么突然提这件事情，一时忘记了回答，回想起了当时的场景。

那时的她还是个连给闻时礼拿衣服时不小心摔倒了都会哭鼻子的小鬼，却为了救出他变得无比勇敢，就算被对方用力地拉扯头发、扇耳光，也没有放弃。

她当时只知道她要救出哥哥，哥哥需要她。

"枝枝，在听妈妈讲话吗？"陆蓉的声音拉回了宋枝的思绪。她望着夜色下芸大女寝楼下的两排椴树，说："嗯，记得，怎么了？"

陆蓉说："我今天遇到那个胖女人了。"

关于咪姐的记忆，宋枝早就有点儿模糊了。她不怎么记得那张五官挤成一团的脸，但对那条俗气的大红裙子和宽肥的身躯记忆深刻。

她一想到咪姐，就觉得倒胃口。

宋枝抬手趴在栏杆上，静静地等待着下文。

陆蓉接着说："回家后我跟你爸爸说我遇到那个胖女人了。你爸告诉我一件事，说那个胖女人从拘留所出来的当天晚上，摔断了腿。"

"真的假的啊？"宋枝觉得可信度不高。

"真的啊。"陆蓉说，"她还跑回派出所报了警，非说是小闻把她的腿弄断的，警察没找到证据，后来这件事就不了了之了。"

宋枝怔住，目光凝在了某一片椴树叶上。她感觉心在往下沉。

宋枝清楚地记得，事发以后闻时礼在病房里醒来。他看到她脸上和身上的伤后，声色温柔地对她说："哥哥去把她的腿打断。"那似乎和现在陆蓉所说的对应上了。

此时，宋枝的脑海里更是不由自主地浮现出男人眉目含笑的英俊的脸。

陆蓉一直在说话她都没听见。

最后，陆蓉说："怎么感觉你这孩子今天心不在焉的，是累了吗？早点儿睡觉吧。"

宋枝回过神，和妈妈互道晚安。

挂断电话后，宋枝没回宿舍，继续在阳台上吹风。

阳台上没有灯，光线昏暗。

宋枝用两条手臂一起趴到栏杆上，把下巴放在手臂上，觉得心里很不舒服。

咪姐摔断腿的事情真的会是他做的吗？如果是的话，那他就是为她出气，还没告诉她。

也有一种可能，咪姐自己摔断了腿，冤枉他，毕竟警察没找到证据。

但是无论是哪一种情况，都时隔多年了，现在她再去细究，似乎没什么意义了。

好比她以前喜欢他这件事，在她得知他有未婚妻后就没意义了，无论多喜欢，也没意义。

接近十一点的时候，宋枝在床上靠着玩手机，准备翻会儿朋友圈就睡觉。然后她听到宿舍门被推开的声音。

另外的两个室友回来了。

门被推开的力道有些重，发出撞在墙上又弹回去的声音，似乎开门的人带着些怨气。

会这样开门的人只有孟佳妮。

宋枝转头，果然看见孟佳妮环着手臂沉着脸踏进宿舍，手上挎着最新款的名牌包，浑身上下都是名牌，俨然一副"大小姐现在很不爽"的架势。

孟佳妮身后跟着萧圆，萧圆忍不住笑意。两个人的表情差距实在太大。

宋枝放下手机，问："佳妮，你怎么了？"

孟佳妮把包随手往桌上一扔，长叹一口气："我快无语死了！"

"啊？"宋枝问，"怎么回事？"

孟佳妮丧气地跑到她的床上坐下："你让萧圆跟你说。"

萧圆跟着坐过来："我来说！我来说！"

"事情是这样的。"萧圆兴奋地开始铺垫，"我和佳妮早上每人吃了两个白菜包，然后中午在宿舍里吃外卖，晚上的时候……"

孟佳妮做出一个暂停的手势："你说重点。"

"那行，我说重点。"萧圆说，"晚上我和佳妮在食堂里吃饭的时候，遇到一个贼帅的男人。佳妮这么花心的人，当场就勇往直前地冲了！"

宋枝听着："然后呢？"

萧圆说："然后重点来了！"

宋枝说："你说，我在听。"

"你知道吗？佳妮像以前无数次一样，上去搭讪要微信，还特别撩人地用手勾了勾那个男人的喉结，"萧圆越说越激动，"结果被那个男人无情地拒绝了，对方还让佳妮不要后悔撩拨他。"

宋枝安静地听着。

孟佳妮黑着脸坐在一旁，听到这里的时候已经在暴躁地抓头发了。

萧圆接着说："你敢信佳妮失败了吗？她撩人可从没失败过。失败就算了，重点是佳妮还是很想要那个男人的联系方式，就让我拍了照片，她将照片发到了学校的贴吧里捞人。"

"最精彩的部分来了，你看下面的评论。"萧圆把手机递给宋枝看。

宋枝接过手机。屏幕上显示着大大的贴吧标题：

"救命！这个男人我爱上了！快帮我捞一捞！"

附图是一张照片。照片上的男人坐在一张餐桌前，穿着整洁的白衬衫，衬衫的纽扣被一丝不苟地扣到最上面，虽然是最简单的寸头，却把五官衬得格外立体俊朗。

从外形上看的话，他的确好看。

宋枝翻看跟帖的回复。

"没认错的话，这位是医学院系统解剖学的教授，顾清池。"

"哈哈哈！天哪，姐妹你太勇敢了吧！"

"会捞会捞，哈哈……姐妹你是真的会捞……"

"这位姐妹真强，哈哈哈！笑死我算了！"

…………

看完后，宋枝代入感极强，觉得十分尴尬。她把手机还给萧圆后，迟疑地问："我记得……我们下学期就有系统解剖课，他说让你不要后悔，不会因为这个吧？"

孟佳妮暴躁地抓着头发："已经后悔了！"

宋枝问："那怎么办？"

"还能怎么办啊？"孟佳妮欲哭无泪，"这简直是我撩汉路上遭遇过的最严重的滑铁卢，只能自认倒霉了，希望教我们的不是他！无语！真让人无语！算了，不说我了，你今天陪陶佳去医院怎么样？"

宋枝把大致的情况说了下。

陶佳在宿舍里也不怎么喜欢说话。孟佳妮和萧圆去她的床前关心她，说了几句后就没的说了。两个人又回到宋枝的床上坐着。

"对了。"孟佳妮想到一件事情，"有个体育学院的男的说喜欢我，邀请我下周一去野炊，还让我把你叫上，说他一个室友和你是初中同学。"

宋枝问："周崇生吗？"

"好像是。"

宋枝："我答应他要去了，我们可以一起去。"

"咦？"萧圆十分惊讶，"枝枝你从不应男生邀约的，怎么这次突然答应了？你不会对你那个初中同学有意思吧？"

"不是。"宋枝把身体靠在床头上，回忆着说，"上次有个大二的学长骚扰我，你们还记得吧？就上个月的时候，他在我回寝室的路上拦着我，周崇生帮我解了围。所以我这次答应他了。"

萧圆说："原来是这样啊。"

"嗯。"

"那个人叫石齐越对吧？"孟佳妮翻了好大一个白眼，"他追过我，我嫌他丑就拒绝了。结果他到处跟别人说已经睡到我了，真让人无语。"

萧圆满脸嫌弃地"啧"了一声："他多大的脸啊？一次性追两个系花。"

孟佳妮又翻了一个白眼："真恶心，猥琐男。"

系花这个名头，还有一段趣事。

军训的时候，孟佳妮和宋枝都站在队伍第一排的中间位置。第三天的时候，她们被人拍下了照片，照片被发在学校的贴吧里，讨论热度很高。

楼里的人吵得不可开交。

隔着网络，大家的言论都非常尖锐，分成了两种留言，一时分不出胜负来。

系花之争最后也没较出个结果。倒是宋枝和孟佳妮两个人同被评为系花，正好两个人又是室友，难免一起走在校园里。别人看见她们一起出现，又一番比较。

短暂沉默后，宋枝突然说："佳妮，有个事想问你。"

孟佳妮说："问。"

"就是……"宋枝斟酌着语言，"你的鱼塘那么广，里面有没有那种的……"

孟佳妮问："哪种？"

"比如——"宋枝慢吞吞地问，"结过婚的男人。"

孟佳妮的美人脸上都是惊讶之意，她说："没有！我不会勾搭已婚男人，原则上不允许！"

"不是吧？"孟佳妮打量着宋枝，"你喜欢上已婚老男人了？"

萧圆说："这肯定是不对的。"

"我知道。"宋枝放轻声音，"我就随口问问。"

孟佳妮说："随口问？不见得吧。"

"我有一个朋友。"宋枝纠结着回答，"帮她问问。"

孟佳妮轻声道："嗯，你在向我表演无中生友。"

宋枝接不上话。

孟佳妮以一种经验丰富的姿态拉着宋枝的手劝道："枝枝，别对已婚老男人有想法。他们就喜欢你这种一看就特别好骗的清纯大学生，你这种长相老男人最爱。再说，老男人又老又丑，说不定还秃头，多恶心啊，也就有点儿臭钱。"

萧圆附和道："佳妮说得对。"

宋枝回想着闻时礼的样子，说："如果对方头发浓密，脸也特别好看，身材好，还有臭钱呢？"

孟佳妮愣住了，半晌后认真地说："你把控不住，推给我，我来把控。"

宋枝迷惑了。

萧圆："佳妮，你的原则呢？"

孟佳妮一本正经地回答："面对这种高质量男性，我没有原则。"

宋枝无奈得想笑。

孟佳妮又说："好啦开玩笑的，但是我还是不建议对已婚男人有想法。"

宋枝又听了好一会儿孟佳妮开导。孟佳妮劝她回头是岸，她还看了好几个孟佳妮专门搜的视频，视频里全是些小三被正房太太在街头暴打扒衣服的内容。

她看得头皮发麻。看完后，孟佳妮对她说："告诉你朋友，三思而后行。"

宋枝说："好的。"

"如果——"孟佳妮强调道，"如果哈，他要是和妻子早就没感情了，并且愿意为你离婚的话，你倒是可以考虑考虑。但是对方离婚前你不能和他有什么！"

萧圆说："我不同意，毕竟男人那么多，你非要盯着一个已婚男人干吗？"

孟佳妮说："可能对方太优秀了吧。"

萧圆吐槽："能有多优秀啊？说来听听。"

"刚刚已经说了啊。"宋枝细细地想了会儿才开口，"长得很好看，笑起来的时候特别勾人，不笑的时候十分沉稳。主要是他还特别靠谱，能给人满满的安全感。以前他没什么钱，现在应该很有钱了吧？似乎还变得很有名了。"

宿舍里安静下来。

一直沉默旁听的陶佳突然小声地插嘴道："不知道当讲不当讲，我好像知道是谁了……"

宋枝怔住。

她怎么忘了陶佳今天见过闻时礼？陶佳听她这么描述是很容易知道的！

她一下子慌了。

果然，孟佳妮和萧圆两个人像吃了兴奋剂一般，一个人抓着宋枝的一条手臂摇晃："谁啊？快说！很有名的话，我们认识吗？"

宋枝不打算再往下说，咬死不开口。

于是，两个人又冲到另一张床前去折磨陶佳："真的好看吗？"

陶佳声音清晰地确定道："枝枝说的是真的。他真的好看。"

"啊啊啊！"萧圆尖叫起来，"好想知道！"

孟佳妮淡定地举起一只手，说："我也想知道，毕竟要我这双眼睛看过以后，才知道他是不是真好看。"

"打住。"宋枝躺到床上，被子拉过头顶，"睡觉吧，就当我没有这个朋友。我乱说的。"

宋枝根本睡不着。她在黑暗的被窝里能听清自己浅浅的呼吸声，以及心跳声。

她想到很多从前的事。

他不让她蒙着头睡觉，不让她用手揉眼睛，不让她早恋。

他像一个真正的哥哥管着她。也许他真的只把她当作妹妹对待吧。

当天晚上宋枝做了一个噩梦。梦里，她被闻时礼的老婆褚珊珊在街头暴打，还被扒了衣服引来路人围观。有人拍了视频上传到网上，爸爸、妈妈和认识她的人全都看见了。

别人骂她："既然有胆子勾引别人的老公，就做好声名狼藉的准备吧！因为当小三的你值得！"

宋枝惊醒，满额头的汗。

发现是梦以后，宋枝不停地告诉自己，坚决不能再和闻时礼过多来往，以免再次喜欢上他，控制不住自己，让梦里的画面成真就完了。

黑暗里，宋枝从枕头下翻出手机，把亮度调到最暗避免刺眼。

她进入微信，看到昨晚十一点的时候闻时礼给她发来两条微信消息：

"早点儿睡觉。"

"晚睡的小孩是领取不到美梦的。"

宋枝在半夜醒来后，就没有再睡着，也许因为那个太过逼真的噩梦，也许因为陆蓉告诉她咪姐摔断腿的事情。她想来想去，一直没睡着，开着最暗的屏幕光玩着手机。

她刷微博到早上六点钟。

微博上有很多关于闻时礼的内容，他现在的确很出名。甚至有女生看到他无名指上的戒指后，想扒出他太太的信息来。

宋枝切换到微信界面，想着他现在是个大忙人，纠结一会儿后，还是给闻时礼发了一条消息："时礼哥，如果你忙的话，饭卡可以给我寄过来。"

发完消息后，她放下手机准备再睡会儿，想着他醒后会回消息。

令人意外的是，原本锁屏的手机屏幕下一秒亮了起来，紧跟着的是微信电话的提示音。

宿舍里静悄悄的，其余三个女生的呼吸声很均匀。宋枝怕吵到她们，赶紧把手机调成静音，然后打开看。

"时礼哥请求和你语音通话"，宋枝盯着请求界面看了两秒钟后，掀开被子放轻动作下床，趿上拖鞋，往阳台的方向走去。她很轻地打开阳台门，没让门开的时候发出声音。

人到阳台上，宋枝轻轻地把门重新关上了。

宋枝关上门后，走到门斜对着的角落里蹲下，接听闻时礼打来的语音电话。

先开口的人是他，清冷微沉的嗓音传来："你醒得这么早？"

宋枝说话时声音故意很轻，怕吵到室友："没睡着。"

闻时礼问："怎么了？"

宋枝说："做噩梦了。"

"嗯？"闻时礼问，"什么样的噩梦？"

宋枝没好意思说。

难道她要说，她梦到自己当小三，然后被当街暴打吗？她觉得丢脸。

静默几秒后，宋枝平静地道："没什么。"

闻时礼没有再问，只说："我住的地方离你的学校有点儿远。我现在出门，七点半左右到。"

宋枝很小声地吐槽："这么麻烦还要把我的饭卡拿走。"她真的想不明白他这是为什么。

闻时礼在那边低低地笑了一声，懒洋洋地说："你就当哥哥想见你吧。"

宋枝哑然。

他在说什么？他想见她？这样的话，她怎么听都觉得很暧昧吧。

简简单单的几个字，把她搞得半天说不出话来，闻时礼却像个没事人似的，说："出来的时候记得穿件外套，天气有点儿凉，先挂了。"

"哦。"

闻时礼说："先挂了。"

宋枝"嗯"了声。

挂断和闻时礼的微信语音后，宋枝慢吞吞地从角落里站起来。一阵晚秋的晨风带着凉意吹来，却没能把她的脑子吹得清醒些。

刚刚她没有听错吧？他确实说自己想见她了吧？他为什么这样说，这样很撩人，他不知道吗？

宋枝有些郁闷，回到宿舍里拿上洗漱用具到卫生间里。洗漱后，宋枝又回宿舍坐到自己的桌子前，用小台灯照着化了一个淡妆。

虽然是淡妆，但该有的一样没少，光底妆就花了她一个小时。

闻时礼说七点半到，她就一直化到了七点半。

宋枝曾经在网上看到过一句话：女孩子只有在见最重要的人时，才会不嫌麻烦地化上一整套妆。就像宋枝现在这样。

意识到这点儿的她心里有点儿慌，自己居然还会为了见他一面这样折腾，这样的苗头很不对劲儿。

但她转念间又安慰自己：女孩子出门打扮是正常的。她不是刻意为他打扮的，嗯，不是。

时间到了七点三十五分，宋枝收到闻时礼的微信，只有两个字："下来。"

他已经到了？宋枝放轻脚步再次来到阳台上，趴在栏杆上往下看。她所在的楼层是六楼，她把头探出去一些就能看到楼下。

宋枝目光往下，就那么直直地对上闻时礼的眼睛。

现在这个时间点，太阳刚刚从东方升起来。阳光穿过椴树的树叶缝隙，星星点点地落在男人英俊的眉眼上。

他照旧穿一身黑色的正装，身姿笔挺，仰头看她时面朝阳光。

以这样的高度看下去，宋枝觉得像做梦一样。

细碎的光点似乎落进他黑色的眼睛里，使那抹黑更加纯粹深沉，与他白皙的肤色形成鲜明对比——黑得纯粹，白得醒目，绘成一张很勾人的脸。

闻时礼单手插兜，朝她招招手示意她下楼。

宋枝看了他一眼，转身加快脚步回到宿舍里，从衣柜里翻出一条才买不久的白色百褶裙。她忽然想到他的话，又拿了件小外套出来。

换好衣服后，宋枝又换了鞋，然后拿着手机急匆匆地离开了宿舍，连包都没有带。

宋枝想着马上要见到他，脚步不自知地变得有些轻快，下楼梯的速度也快。

没一会儿她就到了宿舍楼下。

宋枝把速度降下来，调整了下呼吸，走到了闻时礼的面前，先打招呼："时礼哥，早。"

借着晨光，闻时礼打量着精心打扮过的宋枝，然后吊儿郎当地笑起来："为了见哥哥一面，这么大费周章呢。看不出来，你还对哥哥挺上心的。"

宋枝无言以对。

不管过去多少年，这个男人依旧自恋。他怎么能这么自恋？！

宋枝真有一种冲回宿舍卸妆的冲动。

宋枝面无表情，回答："没为你化妆，我只是有出门就化妆的习惯。"

闻时礼没揪着这件事不放，只淡淡地笑道："嗯，漂亮。"

他干吗夸她？老男人今天怎么回事？他说想见她，还夸她漂亮。

已婚人士这样对一个年轻的姑娘真的好吗？就……挺那啥的……他不守男德。

注意到宋枝的黑眼圈，闻时礼凑近些看了一眼，懒洋洋地笑道："什么噩梦这么恐怖啊？昨天见你的时候你没有黑眼圈啊。"

宋枝说："很恐怖的梦。"

闻时礼道："跟哥哥说说。"

宋枝看着他的眼睛，平静且认真地说："梦到我给一个老男人当小三，然后被他老婆发现了被当街暴打。"

闻时礼听得一怔，像是没有第一时间反应过来她的话是什么意思。过了几秒后，他才低笑出声，一边笑一边问："什么？"

宋枝重复道："我给老男人当小三被打了，打得鼻青脸肿的。"

闻时礼越听越觉得好笑，一直看着宋枝，低低地笑着，笑到最后胸口起伏的幅度都加大了，肩膀也在轻轻地颤动。

宋枝被他笑得心烦意乱："这哪里好笑了？"这明明就是件特别恐怖的事情。

"很好笑啊。"闻时礼微微收敛笑意，若有所思，说，"我在想，什么样的老男人有这么大的魅力，能让小宋枝去给他当小三。"

宋枝问道："我有这么好？"

"当然。"闻时礼从不吝啬夸奖她，"小宋枝这么好，值得拥有优秀并且真心对你的人，而不是委身于一个已婚老男人。"

宋枝给自己洗脑："嗯，我也觉得。"所以自己还是得离他远一点儿才能避免悲剧发生。

闻时礼摸出饭卡来递过去。

宋枝将饭卡接在手里，狐疑地问道："故意拿走我的饭卡又送过来，你不会真的就为了见我吧？"

"不然呢？"闻时礼笑得温和，"以前你可是很依赖哥哥的，可是现在和我越来越生疏了。我在想是不是我们不经常见面的原因，所以想制造机会和小宋枝多见一见。"

听到他解释，宋枝才知道自己想歪了，完全歪了。

他真的只把她当作妹妹来看待，觉得兄妹间感情生疏，所以才要和她见面，而不是她自己胡思乱想的那种原因。

他夸她漂亮也只是口头夸夸她而已。

"那——"宋枝觉得心中的情绪平稳了，"谢谢你给我送饭卡。"

闻时礼问："怎么谢？"

宋枝惊讶地道："啊？"

"不是说谢谢哥哥吗？"他加深了脸上的笑意，"抱歉，哥哥这个人比较较真，所以总喜欢问得清楚些。"

宋枝觉得无语，觉得老男人真的好幼稚，却不敢在面上表露出来。于是，她干脆敷衍了一句："改天请你吃饭。"

她本以为这样就能应付过去，毕竟在中国人的字典里，这就是一句客套话而已。结果，闻时礼颇为认真地拿出手机看了眼工作计划表后，抬头道："不用改天，我今晚就有空。"

宋枝当场愣住了。

闻时礼看着她的眼睛，笑着问："要请哥哥吃什么？"

又好一会儿沉默，宋枝鼓足勇气，说："我今晚没空，就改天吧。"只要她咬死改天，他就不能拿她怎么样。

她没想到，闻时礼居然答应了："好，改天。"

他打开手机备忘录："我们现在先定下来。我记着，然后把那天的时间空出来。"

"改天是哪天？"闻时礼问，一副随时准备打字记录的模样，"具体在哪里吃，中午吃还是晚上吃？"

在他含笑的目光里，宋枝的脑子开始变得不太清醒。她顺着他的话不由自主地回答："我……我都行吧。"

闻时礼问："那哥哥来定？"

宋枝几乎被闻时礼牵着鼻子走，心里觉得尴尬，却只能点头，除了点头还是点头。

于是整个事情的经过就变成了：他拿走她的饭卡在先，要请吃饭的人却是她。定时间、地点的人是他。

闻时礼问道："那就下周末？"

宋枝说："下周末我要去野炊。"

"这样啊。"他想了想，"那就下下周的周末，吃中午饭，我到时候来接你。"

宋枝被迫硬着头皮应下："好。"

"正好我最近有个重要的案子。"闻时礼说，"下下周的周五开庭，到时候就当请小宋枝吃庆功饭。"

宋枝说："不是我请你吗？"

闻时礼抬手揉了揉她的脑袋，说："哥哥还能真让你花钱请吃饭吗？"

宋枝沉默着。

过了一会儿，宋枝问："你就这么自信吗？"

"嗯？"

"我是说官司。"

"还行吧。"他像是觉得手感不错，又在她的头上揉了一把，"十拿九稳的样子，你要不要给哥哥加个油？"

闻时礼微微含胸和她对视："小宋枝给我加个油，哥哥就能十拿十稳了。"

宋枝说："哪儿有这么神奇。"

"有的。"他笑道。

宋枝挺希望他能打赢的，于是慢慢地问："你要我怎么加油？"

闻时礼盯着她不放："简单，给哥哥笑一个。"

他又让她笑。她才不要！

宋枝觉得脸上有点儿热，瞪了他一眼："我才不要，回去了。"说完她转身往宿舍楼里走，脚步很快。

她的后方传来男人隐隐约约的低笑声。

周六野炊当天，宋枝她们整个宿舍的人都起得特别早，不到七点全起了，包括格外喜欢赖床的大小姐孟佳妮。

女生出去玩，难免都要打扮一番。

宋枝没有特意打扮，只简单地描了眉毛、涂了口红，然后坐在自己的床上玩手机，等其他三个人。

孟佳妮依然是最慢的。她一向要自己看到镜子里的自己觉得要美死了才行。

收拾好以后，四个女生一起离开宿舍，前往校门口。

野炊的食材、用具等，周崇生他们几个男生都主动准备了，还提前联系好了车辆，费用的话大家 AA 制。然后宋枝等人周六早上九点在学校南门前集合就行。

她们从宿舍步行到学校南门需要近二十分钟，好在现在是霜降时节，清晨有点儿冷，所以就算走路也不觉得热。

今天是周六，这个时间点的芸大南门前基本没什么人，所以几个女生远远地就看见了一辆绿色的小巴停在那里，车边站着四个男生。

以周崇生为首的四个男生，听到几个女生的说笑声后，全部抬起头看了过去。

四个人皆眼前一亮。宋枝和孟佳妮并肩而行的画面实在赏心悦目，很难让人不去看她们。

对于男生的这种目光，宋枝从来都当没看见，甚至会觉得有些尴尬，所以有一部分人说她故意装清高。孟佳妮则完全相反，落落大方地朝几个男生露了个绝美的笑容。

周崇生没看孟佳妮，而是直接来到宋枝的面前："你来了，宋枝。"

宋枝应道："嗯。"

周崇生看了一眼她肩膀上挎着的链条包，说："给我吧，我帮你背。"

宋枝礼貌地笑了笑，说："这个包不重，我自己背就好了。"

"好吧。"周崇生挠挠头，"上车吧，你晕车吗？晕车的话可以坐在前排，这种车前排没那么晃。"

宋枝说："我不晕车，你们先上吧，我坐哪儿都行。"

孟佳妮看了一眼周崇生，微微转了一下头，笑得十分妩媚："怎么回事啊，弟弟？你怎么光问宋枝，不问其他人？"

"弟弟？"周崇生看过去，"你哪年的啊就叫我弟弟？"

孟佳妮笑道："抱歉，长得美的一律是姐姐。"

八个人全部上车。

落座的时候，周崇生想要坐在宋枝旁边，却被孟佳妮一把推开："枝枝得和我坐在一起。"

然后她就一屁股坐在了宋枝的旁边。

周崇生无语，特别无奈地坐到了前面一排的位置，也就是宋枝的正前面。

陶佳和萧圆坐在一起。

大家刚坐下，喜欢孟佳妮的那个男生就转过头搭话，他叫周嘉恒。

周嘉恒说："今天你不用动手，我烤给你吃。"

孟佳妮笑笑，看着自己新做的美甲没说话。

司机启动车子。

刚出发的时候众人兴致都很高，七嘴八舌地聊天，聊得很杂。几个男生聊游戏，陶佳和萧圆说一些明星八卦，笑得挺开心的。

宋枝和孟佳妮都没怎么参与这种话题。孟佳妮忙着回她永远回不完的微信消息，因为那些"鱼"都在等着她宠幸。宋枝则忙着在某乎上提问——

"如何和一个已婚男人保持距离？"

页面刚跳转，宋枝还没来得及看下方的答案，就听见"咔嚓"一声——拍照的声音。

她有些茫然地抬头，转头看见孟佳妮正拿着手机对着她拍照，问道："佳妮，你为什么突然拍我？"

孟佳妮放下手机，说："我刚刚回完消息，抬头发现你的侧脸实在绝绝子，你好漂亮啊！我就想拍一张照，你看嘛！"

孟佳妮把照片递给宋枝看。宋枝低头看向屏幕。

小姑娘柔顺的黑发被缩在耳后，侧脸白皙、轮廓饱满流畅，显得格外清纯无害。她的睫毛很长却不翘，和初生婴儿的睫毛很像，让一双杏仁眼看上去特别无辜，眼珠子黑黑的，很好看。

宋枝觉得这张照片上的自己的确好看："你用微信发给我吧。"

孟佳妮对自己的拍照技术很满意："我就知道你会觉得好看，你等着。"

孟佳妮把照片发到宋枝的微信上。宋枝收到照片后，先将它保存在了手机里，然后转发给了陆蓉。妈妈前几天还说想看看她的近照呢。

发完照片后，宋枝正想接着看刚刚提问的答案，孟佳妮却突然凑过来用特别小的声音说："枝枝，我跟你讲。"

宋枝不由得把头凑了过去："啊？"

孟佳妮凑到她的耳边，继续小声道："周崇生，他喜欢你。"

宋枝看着孟佳妮，也把声音放得很低，说："你搞错了吧？"

"怎么可能？"孟佳妮说，"我可是'海后'，怎么可能会错？再说，男人这种一眼就能看穿的生物，我这都能搞错的话太没用了吧。"

闻言，宋枝透过两个座椅间的缝隙看了一眼前方的周崇生。他正在和旁边的人说话，侧脸对着她。

看了一会儿，宋枝觉得周崇生这些年变化不大。

初中的时候他就长得比其他的男生高，爱打篮球，学习成绩不怎么好，总调皮捣蛋惹老师生气。

现在，他还是很爱打篮球，学习也不算上心，因为老逃课。至于感情方面，宋枝还没听他提起过。

突然听到孟佳妮这么说，宋枝有些不敢信，说："我们只是初中同学。"

孟佳妮深思了片刻，得出结论："说不定，他从初中就开始关注你了。"

宋枝的手机在这时响了一下，她以为是陆蓉发来的微信消息，便没有点开，想着一会儿再看。她继续和孟佳妮说话："我还是觉得不太可能。"

"你想呀！"孟佳妮继续分析，"他刚刚上车前一见你就要给你背包，这种事情一般是男朋友做的。而且他没问别人，就问了你，这还不明显？"

宋枝仔细地想了想，说："说不定，他只是对老同学照顾呢。"

闻言，孟佳妮翻了一个招牌美人白眼："得了吧，还照顾老同学……我告诉你，男人这种生物目的性很强。他想见你，就会想方设法见你，甚至有时会干些幼稚的蠢事。"

宋枝无端想到了闻时礼拿走她饭卡的事情。

"佳妮，"她声音变得更小了，"要是有人故意拿走我的饭卡，再专门送过来，说想见我，这种算吗？"

孟佳妮继续翻着白眼道："他都明说想见你了，还不算啊？"

宋枝问道："那你觉得他怎么想的？"

"具体情况具体分析。"孟佳妮把手机放回包里，摆出一副情感导师的架势，"得看他和你目前是什么关系，而且——等等！"

宋枝问："怎么了？"

孟佳妮皱着眉道："你说的，不会是你上周跟我们说过的那个已婚老男人吧？"

宋枝顿住了——没错，是他。

看着宋枝的眼神，孟佳妮心中瞬间明白了："是那个已婚老男人的话就算了吧，他那种最会撩人了，什么把戏都会。"

听到别人这么形容闻时礼，宋枝有点儿想笑："还……还好吧。"

孟佳妮叹道："看来被我说中了。"

"他是挺撩人的，特别喜欢把我逗生气再来哄我。"宋枝回答。

孟佳妮说："你要是踏入老男人这条歧途的话，会见识到的。"

宋枝正在纠结要怎么说的时候，不经意地低头看到了手机屏幕。

怎么是闻时礼发来的微信消息？闻时礼的消息内容还很奇怪，她看不懂。

"真好看。"

"不愧是人间绝绝子小仙女。"

"哥哥可以存下来吗？"

这男人在说什么啊？他存什么啊？

宋枝解锁手机屏幕的时候，心里突然生出了一种不祥的预感。她一下子好像明白了什么。

点进微信中闻时礼的对话框的一瞬间，宋枝觉得自己阔别多年的尴尬生涯又开始了。

她把自己刚刚的那张侧脸照发给了他。

宋枝的最近联系人列表里闻时礼和陆蓉的头像是挨着的，想必是她刚才没看清楚，所以点错了。

她现在撤回显然已经来不及了。他已经看到了，不仅看到，还用她十三岁用过的微信昵称调侃她！

老男人的记忆力没地方用吗？正常人谁会记这个啊？谁会啊？他还说要存……

宋枝尴尬了好几分钟后，开始在对话框里敲字："不行，我发错了，原本要发给我妈。"

闻时礼回得很快："哥哥已经保存了。"

宋枝无奈地说："那你还问我干吗？"

闻时礼回的话让人没办法生气："可是哥哥真的觉得很好看，才存的。你要是不开心，下次见面打哥哥两下。"

宋枝不知道该回什么，盯着自己给他的备注发呆。

时礼哥哥，这个备注是她十三岁的时候给他改的，这么多年没有变过。

现在看着这个备注，她觉得过于亲密。宋枝想了一会儿，把备注改成了他的名字。

改完后，宋枝给他回了句："存就存了吧，先不说了。"

闻时礼："行。"

车程的后半段几乎没有人说话，大家在听歌或者睡觉。

宋枝也小睡了一会儿，醒来的时候已经到温溪山了。

下车的时候，司机说："这座山上好像有野生棕熊，你们不要玩得太晚，早点儿回学校。"

几个男生大大咧咧地笑着回道："有熊？那叫光头强来啊，哈哈哈……"

"就算真有，咱们的运气也不会这么差的。"

"我觉得也是。"

司机听后笑了笑，然后帮着男生们把后备厢里的食材、用具等搬了下来。

全部东西都被搬完后，司机下山离开。

野炊的具体位置在临近山溪的地方，半山腰的一个平台，周围全是开得正盛的朵朵山茶花，花团锦簇。

人俯瞰，看见的是密林，视野相当开阔。

下车后的众人忙活起来。女生负责在草地上铺好防潮野餐垫，把箱子里提前准备好的食材拿出来摆好。男生负责支烧烤架、生火等粗活。

周崇生拿着一块塑料案板和小菜刀来到宋枝的面前："宋枝。"

宋枝正跪在野餐垫上摆碗，抬头道："啊？"

周崇生把案板放在她的面前，说："我们一起切菜吧。"

宋枝看了一眼他手里的刀，说："只有一把刀，你给我吧，我来切菜。"

她朝周崇生伸手，周崇生把刀递给她，说："那我在旁边帮你装吧？"

宋枝说："都行。"

周崇生蹲在她旁边的草地上，递给她一根黄瓜："这个切成条状。"

宋枝接过黄瓜："好。"

黄瓜刚切两下，宋枝就听到周崇生问："那个大二的石齐越没有再骚扰你吧？"

宋枝说："没有了，谢谢你。"

"不客气，我们是老同学嘛。"周崇生说，"话说，除了他，还有别的男生追你吧？"

宋枝怕切到手指，注意力全在手指上，回答得简单："嗯。"

周崇生把已经切好的黄瓜往篮子里装，一边装一边放慢语气问："宋枝，追你的人里面，有没有你喜欢的啊？"

被人关注感情生活，宋枝会觉得不自在。她抬头看了他一眼，说："问这个干吗？"

"我……"周崇生抓了抓头，愣了下，说："没，我就随便问问。"

宋枝答道："哦，暂时还没有。"

听到她回答，周崇生似乎松了口气。周崇生把篮子放在她的手边说："那你切，我过去看看他们有没有需要帮忙的地方。"

宋枝："好。"

周崇生离开后，孟佳妮踩着新款名牌高跟鞋走过来，直接坐在宋枝的旁边，说："我的妈呀，后悔穿高跟鞋出来了。"

宋枝转头，看了一眼她有些红的脚踝，问："你为什么每次出门都穿高跟鞋？"

"人家就想美美的嘛。"孟佳妮撒娇，然后把话题转移，"周崇生刚刚跟你说什么？"

宋枝低头继续切黄瓜："他问有没有人追我，还问追我的人里有没有我喜欢的。"

孟佳妮拍了一下手，说："我就说他喜欢你！"

"你小点儿声！"宋枝放下刀，想要去捂孟佳妮的嘴，"他没说别的，被他听到多让人尴尬啊。"

孟佳妮嬉皮笑脸地躲开她的手："那我问你，周崇生如果跟你表白，你答应吗？"

宋枝没有思考，直接回答："不会。"

孟佳妮问："为什么，你有喜欢的人？"

宋枝愣了下。

"没有。"她平静地说，"不为什么，就是不会答应。"

以前宋枝喜欢闻时礼的时候，他的名字就是她拒绝别人的理由。但是现在她不喜欢他了，仿佛也没有办法敞开心扉答应其他人的追求。

中午吃饭的时候，闻时礼翻出了早上宋枝发给他的那张照片——像在车上，她穿着长袖的白裙子。

在闻时礼的记忆里，小姑娘挺爱穿白裙子的。她穿白裙子的确好看。

照片应该是她旁边的人给她拍的，画面中的她正专注地看着手机。手机屏幕上的内容不算清晰，他仔细地看却也能看清。

闻时礼放下筷子，用手指把照片放大，一直放大到屏幕上都是宋枝拿着的手机部分。

屏幕上的字迹越来越大，直到他能看清——"如何和一个已婚男人保持距离？"

她搜这个做什么？难道她被哪个已婚男人缠上了？

闻时礼打算问清楚，于是捞起椅背上的外套起身。

桌边还坐着其他两位事务所合伙人，分别是魏毅和康松然。魏毅四十岁，康松然三十六岁，两个人年纪都比闻时礼大不少，却都佩服这个晚辈。

魏毅叫住闻时礼："闻律，这还没吃完呢！"

闻时礼说："你们先吃，我打个电话。"

等男人的身影消失在餐厅门口后，魏毅边吃着菜边和旁边的康松然闲聊："老康，你说，下周五的乔立坤杀人案，闻律赢的可能性大吗？"

"难说。"康松然说，"要是他都打不赢的话，别人更没可能了，因为这案子的难度本来就非常高。"

魏毅说："你说得在理，毕竟一审二审都判的是故意杀人。乔立坤连续四年申诉都被驳回了，别的律师可能连接的勇气都没有。"

康松然问："比如呢？"

魏毅道："比如你和我。"

两个人哈哈大笑起来。

大家都说术业有专攻，在律所里魏毅主要负责民事案件，康松然主打离婚官司。至于最难的刑事案件，当然要留给把无数业内前辈拍死在沙滩上的闻律。

两个人正聊在兴头上，闻时礼从餐厅门口走了进来。

魏毅抬眼问："这么快就打完了？"

"没打通。"闻时礼把外套随手搭在椅背上，淡淡地问，"温溪山上是不是信号不太好？"

康松然问："就是我们事务所旁边的那座山吗？"

"嗯。"闻时礼说。

康松然说："没去过，真不清楚。不过我倒是听说那山上最近有熊出没。有人被追了几公里，跑到山脚下才逃脱。那还是青壮年，换个体弱一点儿的女性不一定跑得掉。"

魏毅惊讶地道："有熊？"

"就那种棕色的野生熊嘛。"康松然说，"怎么突然问这个？你要上温溪山吗？闻律？"

闻时礼若有所思，说："我下午还有两个委托人要见。"

魏毅以为在和他说话："啊？"

其实，闻律师在计算时间。他接着说："从两点开始，一个人按照一个半小时算的话，五点就能结束。"

魏毅和康松然听得一脸茫然。

康松然问："结束后你还有什么工作安排？"

"没。"闻时礼表情淡淡的，说，"我今天想早点儿下班。"

魏毅有些吃惊："不是吧！你这个加班狂魔居然想早点儿下班？太阳打西边出来了！"

康松然附和道："真的奇怪了。"

闻时礼没说什么，重新拿起筷子继续吃饭，没吃多少又停了筷子。他忙碌了一上午，本来很饿，但现在莫名没什么胃口，索性一个人提前回了事务所。

下午两点。

宋枝一行人已经美餐了一顿，此刻正坐在干燥柔软的草地上围成一个圈，四个人在聊天，其余四个人在打扑克牌。大家的兴致非常高，除了宋枝。

她有点儿不开心。因为她的手机好像出了毛病，总会莫名其妙地跳出一个弹框提示她手机无 SIM 卡。手机显示毫无信号。

宋枝问其他人有没有带卡针，想把手机卡取出来重新装一下，然而其他人都说没有带。

她只能用牙签去戳手机小孔，尝试把卡取出来，好一番折腾后，终于把卡取出来了，又把 SIM 卡细心地调整了位置。

宋枝把卡槽重新推回去，手机的左上角立马显示"正在搜索中"。

很快，她的手机信号变得满格了。

宋枝把牙签放在一旁，正准备回到大家身边的时候，手机响了，来电显示是"哥哥"两个字。

他打的是电话，而不是微信电话。这个电话备注是她很多年前存的，现在她看着居然觉得有点儿暧昧。

孟佳妮在不远处招呼她："一个人在那边鼓捣什么呀？快过来。"

宋枝指了指手中的手机："我接个电话。"

宋枝背对着其余人走到一个安静的地方，在一株桃红的山茶花下停下，脚边还落了不少新鲜的花瓣。

她把电话接起来："喂。"

听到宋枝声音的闻时礼放松下来，缓缓地吐出一口气，然后漫不经心地笑道："你这么久才接哥哥的电话，我还以为你被熊吃掉了呢。"

宋枝低头，把脚边的一颗石子踢了出去，嘀咕道："哪里会有熊？就算有也不会吃我，我不好吃。"

"嗯？"闻时礼意味不明地应了一声，然后拉长声音懒洋洋地笑着说，"小宋枝怎么会不好吃呢？那种野熊最爱吃你这种小孩。"

宋枝心里无奈："你听谁说的啊？"

"听老人说的。"他笑。

宋枝一下就想到了自己曾经对他说过的话："老人说用手指月亮的话，会被月亮吃掉耳朵。"

他当时给出的回答是："等我老了，我也乱说。"

"时礼哥。"宋枝没放过吐槽他的机会，"这么多年不见，你衰老得不是一般厉害，已经到了胡说八道的地步了。"

他沉默下来。

紧跟着，听筒里传出了男人低沉悦耳的笑声。

"好了，不逗你了。"他收住笑意，淡淡地说，"你那边什么时候结束？我去接你，你等下把具体位置发给我。"

宋枝问："怎么突然要来接我？"

闻时礼回答："刚刚不是说了吗？野熊最爱吃你这种小孩。"

宋枝不满地嘟囔道："你刚才说不逗我了，现在又开始了。"

"哥哥没逗你啊。"闻时礼无奈地笑着说，"熊是杂食性动物，什么都吃，自然也吃小孩子。"

宋枝强调道："没有熊！"

闻时礼正漫不经心地翻着手里的资料，听着前方传来的敲门声，语速很慢："那万一有呢？"

宋枝心里咯噔一下。

为什么听他这种语气，她还真有点儿害怕了？

她硬着头皮道："真有就自认倒霉，难不成指望你飞过来救我吗？"

闻时礼没在意她的话，淡淡地笑了下："先不说了，委托人到了。"

闻时礼挂断电话。

宋枝心里有点儿烦躁，搞得好像她非要给他打电话一样！这男人真的莫名其妙！

想着闻时礼在电话里说要来接她，宋枝虽然心里有点儿不愉快，但还是准备把地址发过去。

她发出去的地址消息却一直在转圈。

没一会儿，旁边出现了个红色的感叹号，手机提示发送失败，并询问是否重新发送。

宋枝再次发送，还是失败。紧跟着，"无 SIM 卡"的提示框又跳了出来。

宋枝重新用牙签把卡戳出来，调整 SIM 卡的位置再重装回去。可是这次手机没有任何反应，屏幕左上角的信号格一直显示不出来。

宋枝又试了几次，结果一样。

她觉得是手机卡出了问题，看来回去后得去维修店看看。

宋枝放弃了尝试，拿着手机回到了大家身边，没有玩扑克，而是和孟佳妮坐在一起。

她俩有一搭没一搭地聊着。

两个多小时过去了，众人有点儿疲倦。陶佳小声地说："我有点儿想回去了。"

孟佳妮也说："实不相瞒，我早就想回去了。"

周嘉恒关心地问道："佳妮，你是累了还是觉得不好玩？"

孟佳妮撩着头发，懒洋洋地说："无趣。"说完，她转头问宋枝，"你呢枝枝，回去吗？"

宋枝点头："那叫车吧，我们到学校差不多七点了。"

周崇生拿出手机，说："好，我联系上午送我们的那个小巴司机，让他过来接我们。"

过了会儿，周崇生抬头对大家说："那个司机说等会儿要下雨，不愿意上山。"

会下雨吗？宋枝条件反射地抬头去看上方的天空，看见不远处的天际有成片的积雨云。积雨云缓慢地移动着，向众人压近。

她没来由地心头一紧。

孟佳妮说："会下雨吗？好烦，我新买的鞋要脏了。"

萧圆赶紧说："那我们更应该快点儿回去，另外叫一个车吧。"

周崇生说："我联系一下别的车。"

孟佳妮说："抓紧吧。"

"我尽快吧。"

周崇生在某打车软件上发布订单，路线是从温溪山到芸大，八个人。订单被发布后很快就有司机接单。

周崇生对大家说："上面显示司机过来要一个多小时，我们可以再玩一会儿游戏。"

萧圆说："好啊！"

大部分年轻人对群体游戏是热衷的，一提起玩游戏，大家困意全消，瞬间个个精神饱满。

宋枝有点儿累，想歇着，但看大家都要玩，又不好扫兴，强打着精神问："玩什么？"

萧圆提议："捉迷藏吧。"

"萧圆，你想要我的命可以直说，"孟佳妮平静地说，"但不是用让我玩捉迷藏这种方式。"

萧圆问："啥意思？"

孟佳妮把脚伸出去说："我穿的高跟鞋。"

于是，萧圆建议道："那这样吧，你来当裁判，就是看'鬼'在捂眼倒计时的时候有没有偷看。"

孟佳妮对这个建议很满意，当即就懒洋洋地往草地上一坐："行，勉为其难地让你们拥有一个美女裁判吧。"

定好裁判后，所有人通过石头、剪刀、布来决定谁当抓人的鬼。

宋枝运气不太好，一直输到最后，于是成了"鬼"。

宋枝面对一棵树站着，把眼睛用手遮住，扬声道："那我开始数了。"

"你数吧！我们躲！"

宋枝开始六十秒的倒计时报数。慢吞吞地数完后，她转身只看见了坐在原处玩手机的孟佳妮。

孟佳妮抽空看了她一眼，说："你这一分钟比南孚电池还持久。"

宋枝说："让他们躲吧，反正我找不出来。"

孟佳妮说："人要自信点儿。"

"嗯，我现在要自信地去找他们了。"

宋枝开始在周围找起来，找了一会儿还是没看到人影。

这些人躲在哪里了？

想着他们应该在比较远的地方躲着，她就又往前走了好长一段距离，脚下一路是石头和枯枝。还好宋枝穿着平底鞋，要是穿高跟鞋得多硌脚。

宋枝停下，看着前方没有尽头的深林，不准备继续往前了。

她开始掉头往回走。

真逊，她一个人都没找到。

宋枝还是觉得安全更重要，准备等下回去直接认输，接受惩罚。她一边这么想，一边往来时的方向走，想着应该不一会儿就能到。奇怪的是，宋枝走了十几分钟，都没回到原来的地方，周围的环境变得越来越陌生。

她来的时候明明不是这样的。

暮色渐渐暗下来，周围的光线随着时间的推移一点点消失。宋枝的脚踩断枯枝时发出的声音越发清晰刺耳，山风吹来的"呼呼"声也在变大。

这些小细节让宋枝开始害怕。

她迷路了。

在山中迷路可不是什么好事情，况且她还没有带手机。

虽然这才十一月初，但晚上的山上还是非常冷的，比城里冷得多。宋枝没有穿外套，只穿了长袖的白裙，下方还露出白皙的小腿，此刻她的小腿已经冷得起鸡皮疙瘩了。

她感到冷，一边揉着胳膊一边缓慢地继续往前走。

天空中没有月亮，只有成片成片的底部相接的积雨云。四周已经黑得让人看不清前路。

周围的一切落在她的眼里只剩下了模糊的轮廓。

干枯的树枝像死人的手，成堆的黑色石头像野兽的背部。

"野兽的背部"，宋枝正在想这几个字，就看见那几块石头中最边上的石头动了下，也就是看起来最像野兽背部的那块石头。

不会吧？她不会真的这么倒霉吧？然而，她还真这么倒霉。

宋枝愣在原地，眼睁睁地看着那块"石头"活了过来。

"石头"在一点点变高，一点儿一点儿，越来越高。"石头"的高度从一米变成一米五，再往上甚至超过了宋枝的身高。

它在继续变高。

它停下不再变高的时候，已经有两米的高度了。

宋枝和它隔着二十几米的距离，看不清那东西的具体样子，但能看清它的轮廓。

那东西头大且圆，身体健硕无比，背部隆起。

她无论怎么看，那都是一头棕熊。

此时，它一点儿一点儿地把头转过来。它转头的同时，天上的云层移动，月亮渐渐地露出来，洒下冷光。

借着月光，宋枝看清楚了转过头来的"石头"。

熊的眼睛在月光里冒着绿光，它直勾勾地看着她。

宋枝浑身汗毛立起，身体开始不受控地发抖，抖得相当厉害，完全出于对大自然生物的恐惧。

棕熊看到了宋枝，动了动强有力的前臂，抬起来晃了下，紧跟着咂了咂长长的嘴。

棕熊前臂落地后，朝前缓慢地移动。它正是朝着宋枝所在的方向。

宋枝想跑，可两条腿已经软得没有了力气，根本不听使唤，浑身抖得越来越厉害。

宋枝真的不确定棕熊有没有看到她，但它确实在朝她这个方向走。

就算棕熊现在看不到她，距离近的话，也会看到她。

棕熊慢慢地向她靠近，踩过的地方，树枝全部断了，它的身体笨重且庞大。

这只棕熊看上去最少有两百斤。宋枝吓得眼泪不停地往外掉，却不敢发出一点儿声音。

她想到那通和闻时礼的电话，他问她真有熊怎么办，她赌气地对他说："真有熊我就自认倒霉，难不成还指望你飞过来救我吗？"

现在她真的后悔，早知道，就该借一下手机给他发位置。

现在后悔也没用了，宋枝吓得唇色惨白，看着前方和自己距离不远的棕熊，脑子里一片空白。

她对这种动物完全不了解，压根儿不知道在野外遇到熊要怎么应对，只能站着，然后等死。

在这种危难的时刻，宋枝认命地闭上了泪流不止的双眼。随后，她感觉到什么东西一把紧紧地抓住了她的手臂。

啊！尖叫声卡在宋枝的喉咙里，她没能叫出来，因为嘴巴被捂住了。

等等？熊会捂人的嘴巴吗？

宋枝没来得及细想，整个人被一股强劲的力量拽着被迫行走。很快，她就被扯到了一棵粗壮的树后面，躲在了棕熊的盲区里。

小命得救的她下意识地抬头，目光撞进了一双清冷迷人的桃花眼里。

闻……闻……闻时礼？他为什么会在这里？

一切就像梦境一样。他突然出现，救她于危难时刻。而且现在两个人的姿势很暧昧。

闻时礼靠在树上，一只手握着她的手臂，一条手臂圈住她的腰，把她抱在怀里护着。

他的身体很温暖。宋枝在他的怀里这么一会儿的工夫，就觉得不冷了。

两个人四目相对。

闻时礼垂眸看着她，唇角带着淡淡的笑意，用一种极低的气声在她的耳边轻轻地说："哥哥这不是来了吗？"

他在回答她在电话里问的那个问题。宋枝的心重重地跳了下。

她的脸上还挂着泪，楚楚可怜却又显得十分狼狈。但这不能怪她，她真的被那头熊吓得不轻。更何况她在遇到这头熊前还听他说过，这种野生熊最爱吃小孩。

闻时礼注意到了她的眼泪，松开她的腰，却没松开她的手。他抬起手给她擦了擦眼角，低声说："不怕，按我的话照做就行。"

宋枝现在满眼里只有他，立马乖乖地点头。

闻时礼把她拉到自己的身前，让她的背靠着自己，抬手捂住宋枝的嘴。

宋枝站着不敢动。她感受到自己的后背紧紧地贴着男人坚实、宽阔的胸膛，能清楚地感受到他温热的体温。

宋枝的鼻息间充满熟悉的乌木香草味，香味清冽。

口鼻被他用一只温凉的大手覆盖，她现在感觉自己整个人像被他完全包裹了一般，安全感满满。

下一秒，她感到他温热的气息拂在耳边。他用低沉的嗓音说："嘘——乖，别出声。"

第七章　保　护

宋枝没敢发出任何声音，紧张又顺从地贴着身后的闻时礼站着。

云翳很重，再次把月亮遮住。

周遭暗淡无光，视野变得十分不清晰，他们能听见熊的脚步声向他们逼近。它每一步都会踩断不少地上的树枝，发出"咔嚓""咔嚓"的清脆的树枝断裂声。

宋枝浑身僵硬，没办法放松，根本不敢去想要是闻时礼没来的话，自己现在是什么样子。

自己会不会还在原地，近距离地和那头棕熊对视上了？

时间一分一秒地过去。

棕熊来到和两个人藏身的树同一水平线的地方，距离不算特别近，有四五米吧。

宋枝屏住呼吸，同时，感觉到耳边男人的气息也变弱了，估计他也刻意地放轻了呼吸。不仅如此，她还感觉到他握住她手臂的手指在微微地动着，小幅度地上下抚摩，摩挲着她手臂的肌肤。

他在安抚她，仿佛在告诉她：别怕。

在他的这个动作下，宋枝觉得紧张和恐惧感稍稍缓和了些，明显感觉到自己心跳的速度降下来了。

没事的，她可以一直躲在这里，等棕熊走过去就好了。更何况，现在闻时礼还在她的身后。他像一座堡垒。

又过了好几分钟。

棕熊踩断树枝行走的声音渐渐变小了，山风吹来，携着距离很近的两个人的呼吸声。

宋枝维持着姿势没动。闻时礼移开覆盖她口鼻的手，声音在她的耳边轻轻地响起："好了。"

宋枝缓缓地呼出一口气，特别小心地低声问："安全了吗？"

闻时礼淡淡地"嗯"了一声。

听到他肯定的回答，宋枝觉得忐忑的心终于可以放下了，转过身想要面对面和他说话，却忽略了两个人现在的距离非常近。以至于她转身的时候，额头撞到了男人坚毅的下颌——

肤感微凉，还有点儿粗糙。

宋枝捂住额头退后一步，抬起头，目光往上移。她看见男人线条弧度分明的喉结。他的喉结在她的注视下微微地动了下，给她带来了强烈的视觉冲击。宋枝觉得他很性感。

她从没见过哪个男人能像他这样勾人的。他就像一只专吃女人心的漂亮的男妖怪。

宋枝的心跳重新加速，她不自知地又后退了一步，想拉开两个人的距离，让自己不那么窒息。

随着她的动作，上方传来闻时礼的一声低低的笑，他说："怎么，哥哥比熊还吓人？"

宋枝维持着表面上的平静："没有。"

"没有你往后退什么？"闻时礼松开她的手腕。

宋枝解释道："我刚刚撞到你的下巴了，怕你疼，怕又撞到你，就离远些。"

闻言，闻时礼垂眼看着她的脸，散漫地笑着："哥哥在你的眼里就这么弱不禁风吗？我看倒是小宋枝更柔弱一些。"

"我还好吧。"宋枝死鸭子嘴硬，"就是没想到真的会遇到熊。"

闻时礼往树上一靠，慢慢地说："所以我让你发地址给我，你怎么不发？"

宋枝突然觉得心虚，但还是和他如实解释："我本来打算给你发的，但当时手机一直没有信号。"

闻时礼较真道："你可以用别人的手机给我发条短信，或者让别人给你开一下热点，再或者重新打电话告诉我一下。"

宋枝确实理亏，再加上有些惊吓过度，低声道："对不起，时礼哥，我下次不会这样了。"

闻时礼盯着她没出声，看着面前的小姑娘被吓得面色苍白，突然心里一软，觉得自己实在没必要像对待工作一样苛刻地对待她。而且她现在人已经安全了，就更没必要了。

但是道理还是得讲清楚，他摸出烟盒，说："宋枝，我不希望你有一点儿事情，那样我也没办法和你的爸妈交代，明白吗？"

宋枝沉默。果然他还是把她当妹妹对待吧。

"还有——"闻时礼把烟叼在唇间，一边用手护住火苗点烟，一边含混不清地问她，"说说吧，你和已婚男人怎么回事？"

宋枝直接愣住："什么？"

闻时礼慵懒地靠在树身上，把打火机揣回兜里，"吞云吐雾"间看了一眼远处的密林，又回头看着宋枝的眼睛，说："不准备和哥哥说实话吗？"

宋枝被问得一头雾水。他要她说什么啊？

现在她和他简直像两个物种在进行障碍交流似的。

两个人间白色的烟升起，光线昏暗。

闻时礼又问："最近有已婚男人纠缠你，是吗？"

宋枝还是云里雾里。她张了张嘴，欲言又止，片刻后还是问道："时礼哥，你在说什么已婚男人？"

"没有吗？"闻时礼吐出一口白烟，眯眼笑得散漫，"那你发给哥哥的那张照片上，你为什么在搜如何和一个已婚男人保持距离？"

宋枝突然明白过来他是什么意思。并且他还没意识到她搜的已婚男人是他。

闻时礼继续问道："他是不是让你很困扰？"

"……"

"跟哥哥说说。"

宋枝抿抿唇，有点儿不高兴地问："你为什么要偷看我的手机？"

"那不是你发给哥哥的照片上的吗？"闻时礼说，目光在白烟里，模糊又暧昧，嗓音也很低，"哥哥这叫光明正大地看，有什么不对劲儿吗？"

"……"

闻时礼又问："真的被纠缠的话，你就如实地告诉哥哥，哥哥有的是办法帮你解决问题。"

对于迟钝的他，宋枝不知道是该高兴还是难受，一时不知道说什么好。

"他怎么纠缠你的？"闻时礼问。

宋枝心里五味杂陈，实在不知道该说什么。但她觉得如果自己一直沉默的话，按照闻时礼的习惯，他肯定会一直追问。她沉默片刻后，随口应付道："还好，我能解决。"

闻时礼却没跳过这个话题，接着往下问："嗯，跟哥哥说说，你是怎么解决的？"

"就说保持距离。"宋枝说。

闻时礼眸光沉了沉，又问："他听吗？还找过你吗？"

宋枝想到今天闻时礼还主动打来电话，顿了下，说："应该算还在找吧。"

闻时礼问："他多大年纪？"

宋枝想尽快跳过这个话题，瞎说道："快三十了吧。"

说完后她才发现，闻时礼今年二十五岁，四舍五入的话也快三十了。

他应该不会发现吧。

"行，那这样。"闻时礼冷笑一声，"你详细地跟哥哥说说，我想知道这个纠缠女大学生的已婚老男人叫什么名字、什么职业、家住在哪里。"

"……"

"我要和他好好地谈谈。"

宋枝没想过他会追问个不停，这下要怎么圆啊？

闻时礼正色道："说。"

宋枝被搞得很紧张，结巴道："不……不用……我都没和他怎么联系了。"

"我让你说。"闻时礼完全沉下了脸色。

宋枝哽了下："我不想说。"

闻时礼又是一声冷笑："怎么，那个已婚老男人很有魅力吗？他吸引到你了，让你动了歪心思？"

目光扫过他无名指上的戒指，宋枝说："我就是不想说，没什么好说的。"

说多错多，万一说到最后，她暴露了自己想要保持距离的人就是他，那岂不是两个人都很尴尬？她还是不说好。

"宋枝，看来你上次跟我说的那个给老男人当小三被暴打的梦，并非空穴来风。"闻时礼用手指轻轻地敲着烟身，落下一点儿烟灰，"你既然很怕发生那种事情，就清醒一点儿。现在这个社会这么复杂，什么人都有，你不要被那种已婚老男人的甜言蜜语骗了。"

"……"

"老男人的肚子里全是坏水。"

宋枝没想到他会考虑得如此现实，瞪大了眼睛。

闻时礼注意到了她的表情变化。

"抱歉，我说得太直白了。"他稍稍缓和语气，"哥哥只是想告诉你事实，只有男人最懂男人。那种人对你好只是短期的，只想快速得到回报，接近你的时候全是目的。"

宋枝实在没办法把他口中描述的老男人和他本人联系起来，低声回答："他不是这样的人。他对我好不求回报，只是想对我好。"

"什么？"闻时礼像是压根儿没想到她会护短，直接气笑了，"你一个小孩了解男人多少啊？还不求回报？你简直想笑死我。"

他真的太迟钝了。

闻时礼深深地吸了一口烟，说："行，那你将他带出来给我看看。"

"……"

"一起吃个饭。"

宋枝无言以对。她去哪里给他找这么个人？

"约出来吧。"闻时礼眯着桃花眼，虽然笑着，眸底却有寒芒，"我倒要看看，到底是何方神仙把你迷得团团转。"

"干吗？"宋枝没好气地说，"约出来让他和你交流婚后心得吗？"

闻时礼愕然："什么？"

宋枝又看向他无名指上的戒指："你装什么听不懂？"

他顺着她的目光看向自己无名指上的戒指。

"你说这个？"闻时礼把烟头踩灭在脚下，抬手打量着戒指，"这个戒指是……"

闻时礼的话戛然而止。

宋枝看到闻时礼的目光落在她的身后，满面震惊。她也回头。

是棕熊。

它折返回来，出现在宋枝身后不远的地方，发着绿光的眼珠子静静地盯着她，像在看美味又新鲜的食物一样。

紧接着，那头棕熊朝宋枝举起了一只爪子，似要挥下来。爪子上的指甲起码有十厘米长。

"宋枝！"

听着男人低声说了一句，宋枝觉得心脏一瞬间停跳了，然后又开始疯狂加速。

宋枝的手腕倏地一紧。

她被他一把拉进怀里，迅速地转了个圈。铺天盖地而来的是他滚烫的体温和气息。

天旋地转，她被他抱着转了个圈，然后感觉他的身体像被什么重物击中了似的，他重重地颤了一下。

那种感觉相当强烈，强烈到她也跟着他的身体一起重重地颤了一下。

宋枝脑中一片空白，只感觉到闻时礼把自己抱得非常紧，紧到她难以呼吸，紧到她甚至能听清他胸膛里有力的心跳声。

轰隆隆，天空中惊雷炸开，乌云携阴风而来。

暴雨欲来。

好像所有不顺的事情凑在了一起。

宋枝从男人滚烫的胸膛里抬起头来，越过他单边的肩膀，再次看到了那头棕熊。

棕熊高高举起的那只爪子上有东西。

借着闪电白亮的光，她看清了棕熊爪子上的东西是闻时礼黑色西装布料的碎条，以及里面黑衬衫的布料，布料上全是鲜血。

宋枝完全怔住。

两秒后，她反应过来刚刚的感觉从何而来。那是闻时礼被棕熊重重地拍了一下。

那一下原本是要落在她的后背上的，而他生生地帮她挡下了。

可能是因为剧痛，也可能是因为雷声不断，闻时礼的身体开始发抖，抖得像筛糠似的。

被他紧紧地抱着的她对此感觉尤其明显。

宋枝还来不及说点儿什么，就见那棕熊再次高高地举起了爪子，露着尖牙就要扑过来。她紧张得尖叫："时礼哥！"

话音刚落，她被他一把推开。

闻时礼吼道："跑！"

宋枝被他推得连连后退几步，眼睁睁地看着那头棕熊的爪子朝他落下。

她看得浑身汗毛立起。

眼见那长着黑色长指甲的熊爪就要落在闻时礼的头上，千钧一发之际，他扑倒在了旁边的枯草堆里。

宋枝愣在一旁，看见枯草堆里的男人抬眼看她。他说："跑！"

危急时刻，人总来不及思考。

宋枝没想太多，弯腰在地上找了一圈，发现不少拳头大的石头。

她迅速地捡起几颗石头，朝准备再次向闻时礼下手的棕熊砸去。

其中一颗石头命中了肥大的熊脑袋。棕熊被击中后，不满地甩了甩脑袋，明显被激怒了，但她成功地转移了它的注意力。

它朝数米外的宋枝看了过去。

宋枝不知道怎么回事，胆子一瞬间变大了。她又弯腰捡起几颗石头砸了过去，颤抖着声音高喊："来追我！"

只要能把棕熊从闻时礼的身边引开就好，她不想让他再受伤害了。

要是闻时礼再受那棕熊一掌，估计会没命。

宋枝挑衅得很成功。棕熊果然转过了健壮的身体，朝着宋枝靠近。

它的每一步都很笨重而且缓慢。

雷声不断，闻时礼的声音混在雷声里，阴沉且颤抖。他吼道："宋枝，它的速度能达到每小时五十公里，你让它追你？"

"……"

"我让你跑！"

每小时五十公里是什么概念？这速度相当快，目前百米纪录的保持者飞人博尔特，极限也只有每小时三十七公里。

宋枝明白了，自己被棕熊笨重的外表欺骗了。其实它可以跑得很快。

同时，她还清楚地知道一件事：自己跑不过博尔特，更不可能跑得过面前这头体重超过两百斤的棕熊。

棕熊把两只前掌放在地上，开始提速，越来越快，朝着宋枝逼近。

一瞬间，暴雨倾盆而下。

雷声、雨声、风声、树叶的沙沙声、棕熊奔跑的声音、男人的喊声，全部混在一起落在了宋枝的耳朵里，把她的脑子搅得一团糟。

棕熊逼近到宋枝的眼前。

宋枝在它扑上来的那一刻转身跑掉，前面一片黑暗，没有尽头的密林等待着她。她不管不顾，发疯似的往前跑。

看着棕熊追着宋枝跑，枯草堆里的闻时礼头痛欲裂，心跳得像要爆炸一般。他强忍着雷声的折磨，颤抖着身体从地上爬起来，从地上捡起一块三角状的石头，开始朝棕熊的方向奔跑。

他怎么能让这样一头野兽伤害他保护了这么多年的小姑娘？

面对力量和速度都远超自己的生物时，人类会本能地觉得恐惧。

宋枝听到后方传来棕熊沉重的脚步声。

它好像越来越快。她越来越恐惧。

竭力奔跑几分钟后，宋枝感觉自己快没体力了，呼吸时喉咙里有血腥味。她想再坚持一下，脚下却不慎绊到一根粗藤蔓。

宋枝整个人重重地朝前摔倒在了泥浆里。

两边的膝盖瞬间见了血，脚踝也扭到了，剧痛袭来，宋枝却没有趴着等死，而是在第一时间翻过身坐起来，看着棕熊距离自己还有十米左右的样子。

棕熊见她摔倒，跟着慢了下来，做出随时要攻击的样子。

雨特别大，宋枝被豆大的雨点砸得脸生疼，勉强睁着眼睛，双手撑在泥里，狼狈地一点儿一点儿地往后退开。

她和棕熊的距离还在拉近，十米、九米、八米……三米……在只剩最后一米的时候，宋枝惶恐地瞪着双眼，脖子酸疼却仰头看着比自己体积大数倍的棕熊。

它居高临下，看她的眼神依然像在看美味的食物，仿佛马上要把她拆吞入腹。

就在这个时候，宋枝听到了男人沙哑的嘶吼声。

紧跟着，棕熊左边的肩膀上出现了一只手，是闻时礼白皙的手。

下一秒，宋枝看见男人阴冷的脸出现在棕熊的耳边，额头青筋暴起。

他居然直接跳到了棕熊的背上！

闻时礼左手紧紧地抠住棕熊一边的肩膀，右手拿着一块锐利的石头，紧咬牙关，没有一丝犹豫地把石头的尖端用力地刺进棕熊的右眼里。

棕熊发出了撕心裂肺的咆哮声。

闻时礼用力地把石头抽出棕熊的眼眶，再次重重地刺进去。棕熊又是一声咆哮。

宋枝被这一幕彻底吓住了，血液仿佛凝固。

眼前的男人像另外一只野兽，没有人性。

遭此重创的棕熊完全被激怒，咆哮着把背上的闻时礼甩下去，转过身，铆足力伸出前掌一扫，直接扫到了闻时礼的腰部。

野兽的力气是巨大的。闻时礼直接被扫得飞出去几米远，重重地撞在了一棵老树的树干上，发出"咚"的一声响，然后又砸到地上。

闻时礼手里的石头顺势飞了出去。

棕熊没有再和二人周旋。它瞎了一只眼睛，早没有了吃食的心思，四脚落地后飞快地跑进了密林深处。

见状，宋枝赶紧从地上爬起来，忍着膝盖和脚踝的痛一瘸一拐地往闻时礼的方向走去。

闻时礼侧身躺在地上。她在他的身旁蹲下，朝前探头想要看一下他背部的伤。

就在宋枝的目光快要触及伤口的时候，闻时礼直接平躺在地上，剧烈地喘息着："别看。"

宋枝的眼泪唰地掉了下来，混着雨水在脸上流。

察觉到她在哭，闻时礼笑了下："哭什么？棕熊不是被哥哥打跑了吗？"

宋枝看到血从他的身下流出来，哽咽道："你……你……受伤了。"

闻时礼安慰道："乖，哥哥没事。"

宋枝"哇"的一声哭出来："你流了这么多血还说没事。"

宋枝没等他再开口，双手开始在他的身上摸索："手机……手机在哪里？"

闻时礼虚弱地喘了一口气，说："裤子兜里。"

宋枝急忙从他的裤兜里摸出手机，拨报警电话，尽量稳住情绪和接线员说了具体情况和大概位置，并且表示有人受伤，需要救护车。

打完电话后，宋枝朝旁边移动了一步，蹲在闻时礼的旁边替他挡雨。

闻时礼抬手捏了捏她的脸，低声笑着说："别哭。"

宋枝抽抽搭搭地道："都什么时候了，你还在笑。"

"嗯？"他假装听不懂，还是平时那副懒散样，继续逗她，"现在是什么时候？"

宋枝说："你先别说话，让我看看你后背上的伤口。"

闻时礼躺着没动："不给看。"

宋枝问："为什么？"

"哥哥后面的衣服破了。"闻时礼说，"你这小孩怎么回事？想趁机偷看哥哥的身体吗？"

这种时候宋枝完全没心思开玩笑，但也没怪他不正经，只是特委屈、伤心地低声道："你给我看看，我看看严不严重。"

闻时礼轻声道："不严重。"

"我还没看！"宋枝眼泪掉得更厉害了，"我要看了才知道伤严不严重。"

闻时礼目光平静："对哥哥来说伤不严重。"

正当宋枝想开口时，听他低声地说了句："只要小宋枝没受伤，我的伤就不算严重。"

宋枝怔住。

她没想过，这男人连在生死危难的时刻也会这样护着她。

宋枝的眼泪带着许多感动的成分流得更加肆意。

她一瞬间庆幸自己是在雨里。他看不见她的眼泪。

雷声越发响，男人抖得越发厉害。这让宋枝不敢想象，他刚刚是忍着怎样的发病的痛苦和棕熊殊死一搏的。

宋枝心里软得一塌糊涂，伸手把他的头抱起来，用自己的身体替他挡住瓢泼大雨。

"哥哥，你忍耐一下。"宋枝哽咽着，"我们等救护车来。"

他躺在她的臂弯里，弯唇笑着："现在知道叫哥哥了？"

闻时礼的上半身在宋枝的怀里，头枕在她锁骨下方的位置。

很快，宋枝的白色裙子被鲜血染红，血还一路往下流。大片大片的裙子都被染红了，全是闻时礼后背流出的血。

宋枝咬唇移开目光不看，问道："疼吗？"

闻时礼的唇色越发苍白，眼神似乎开始涣散，集中注意力也变得很困难，但在听到她的声音后，他还是强迫自己开口回答："不疼……"

最后一个字他刚说完，宋枝就注意到他缓缓地闭上了眼睛。他的气息也弱了下来，似乎陷入了昏迷状态。

宋枝急得喊他："时礼哥，你醒醒！"

铺天盖地的大雨里，宋枝抱着昏迷不醒的男人失声痛哭，哭声被淹没在了雷雨声里。

她从没经历过这样的绝望，害怕他再也醒不过来。

闻时礼双目紧闭，平时色泽红润的唇变得没有一丝血色。他就这样微微歪头靠在宋枝的怀里，好看的眉皱得很紧，看样子哪怕陷入昏迷了也十分痛苦。

宋枝把他抱得更紧。但抱得这样紧，宋枝还是感受不到他身上的温度。她哭得越发大声。

救援队赶到了，总共两辆车，一辆救护车拉着医护人员，另一辆是警车。

　　警察和医护人员同时下车，双方人员都穿着深蓝色的塑胶雨衣，共计十余人。

　　下车后的众人皆愣了，因为眼前的画面实在像悲剧电影。

　　雷雨交加的晚上，在阴暗的树林里，白裙被鲜血染红的小姑娘的脸上带着黄灰色的泥浆，面无表情地跪坐在一摊泥水里，怀里抱着个皮囊生得极好却处于休克状态的男人。

　　男人身下漫出大片大片的鲜血，被雨水冲刷成了一摊又一摊刺目的血迹，生死未知。

　　急救医生快步到两个人的面前蹲下。医生拨开闻时礼的眼皮，用小型手电筒对着眼睛照，说："瞳孔还在动，还有生命体征，快！"

　　宋枝整个人都是麻木的，久跪的腿很麻，淋雨很久的皮肤很麻，没办法思考的脑子也很麻。

　　她就那样维持着姿势抱着闻时礼不动，直到医生示意她："小姑娘，你先松开他。"

　　宋枝的意识恢复过来。她缓慢地垂下双手，松开已经抱了许久的他，轻声地问了一句："还活着对吗？"

　　漫长的等待过程中，好几个瞬间，她都以为他死了。

　　雨实在太大，医生压根儿没听清宋枝问的是什么，直接站起来指挥急救人员，让他们用移动担架把闻时礼送上救护车。

　　移动担架在这种泥泞的地上移动很困难。宋枝跪在原地，看着移动担架的四个轮子在泥泞的地上碾出歪歪斜斜的痕迹。痕迹的尽头是救护车的后车厢踏板处。

　　闻时礼被推了上去。

　　警察来到宋枝的旁边，温和地说道："你先起来吧，小姑娘，坐警车下山吧？"说完，警察伸手拉宋枝的手臂。

　　宋枝被一把拉起来，差点儿没站稳重新跪下去。

　　她跪得太久，双腿都麻了，麻得她不停地哆嗦。

　　宋枝说："我想坐救护车。"

　　警察没听清，扯着嗓子问："什么？"

　　哭得太凶的结果就是嗓子又哑又痛，宋枝连说话都变得很困难。她没再开口，而是用手指了指救护车，示意自己要坐救护车。

　　警察立马意会，然后扬声问医生："救护车还坐得下不？她要坐。"

　　医生点点头表示可以。

　　宋枝没有第一时间过去，而是又在原地站了两分钟，等脚没那么麻了才抬脚往救护车走去。

　　她进入救护车的后车厢，坐在尾部左边的角落里。

　　医护人员弯腰围在担架旁，主治医生在最中间，其余人听他指挥。医生说给氧，就有人给闻时礼戴上氧气罩；医生说要补液，就有人立马给闻时礼的静脉输液。

　　面对有序的急救过程，宋枝一点儿都看不懂。她低着头，看着自己殷红的裙子。

　　裙子上好多好多血，全是他的。

给闻时礼输上液后，医生说："休克纠正了，现在看看伤势吧。"

宋枝抬起头来。

闻时礼输液的那只手被一个人小心地扶着，其余人合力将他的身体一侧抬了起来。

随着他的一侧身子被越抬越高，那些惨不忍睹的伤渐渐地出现在宋枝的目光里，引得她瞳孔直接固定住。

男人背部的双层布料全部被撕碎，外套和衬衫破破烂烂的。

然而，被撕碎的不只布料，还有他的皮肤。

三道醒目的野兽抓痕从男人左边肩胛骨的位置，一直延伸到右下方的腰椎处，看上去就像斜着贯穿了他的整个背部一样。

棕熊抓得又重又狠，最先落爪的地方在肩胛骨，这也是闻时礼伤得最重的地方。他的伤口深得她甚至能清晰地看见血肉下的骨头。

就连早已习惯处理各种外伤的急救医生看到后，都没忍住皱眉"啧"了声："什么玩意儿挠得这么狠？"

有人接着说："来的路上听警察说是野生熊。"

宋枝目不转睛地看着男人后背上严重的伤，后背冒出了冷汗，心情又无比复杂，怪不得那时候他不让她看伤势。

他说："只要小宋枝没受伤，我的伤就不算严重。"

宋枝鼻头一酸，有些不知所措地低下头，眼泪猝不及防地往下掉，砸在被雨淋得冰凉的手背上。

她内疚得不行，越哭越觉得头昏脑涨。

无声地哭了一会儿，宋枝觉得自己的脑袋越来越重，胃里还在"翻江倒海"，直想吐，手脚也开始发麻，指尖失去了知觉。

宋枝想向医生寻求帮助，刚抬头想说什么，还没来得及开口，就觉得一阵天旋地转。

自己像是一头栽到了地上，丧失意识前，宋枝模糊地听到了护士的低呼声。

宋枝醒来的时候已经是周一，距离她在温溪山上被野熊袭击的事已经过去了两天。

刚睁眼，宋枝完全没办法适应光线。

她用手半掩着双眼，想等眼睛慢慢地适应了明亮的环境后再睁眼。她听到旁边有点击鼠标声和噼里啪啦的键盘声，还有人翻阅纸张的声音。

于是宋枝缓缓地把脸转过去，通过指缝捕捉画面。

临窗的病床上，闻时礼穿着蓝白条纹相间的病号服坐在床上，面前放着病床自带的升降小桌子，桌子上有笔记本电脑、鼠标，以及一杯被喝到一半的水，剩下的就是些白纸黑字的文件。

他正专注地看着电脑屏幕，侧脸线条流畅，一点儿都不像平日里不正经的样子。

宋枝维持着半遮眼睛的姿势，默默地看着闻时礼。

看了好一会儿，她发现他的瞳仁随着屏幕上的文字左右移动的速度很快，快得压根儿不像正常人阅读时该有的速度。可能这就是天赋异禀吧。

这一点让宋枝不由得想到，多年前闻时礼不正经地笑着调侃她是小学鸡的画面。

那时候的他真的好欠打啊，经常气得她想给他一拳。

闻时礼注意到自己被人注视着，握着鼠标的手一松，转过头来，就看见宋枝正半遮着眼睛看他。

"小孩，"闻时礼的腔调十分慵懒，他把双臂环在身前，"你想看哥哥的话可以光明正大地看，用不着这么偷偷摸摸的。"

宋枝把手挪开，噎了几秒后直接反驳："我没有偷看你。"

男人吊儿郎当地一笑："行吧，还嘴硬。"

宋枝一阵无语。这男人现在依旧很傲慢，和多年前没什么两样。

不过看在他救了自己一命的分上，她就不和他计较了。

宋枝掀开白色的被子跳下床，光着脚几步来到闻时礼的病床前，想问问他的伤势怎么样。

她还没开口，就看见闻时礼淡淡地扫了一眼她的脚。他说："把拖鞋穿上再过来。"

宋枝低头看着自己的脚，说："地上不凉。"

闻时礼把笔记本电脑"啪"的一下合上，语气平静地重复道："把拖鞋穿上。"

宋枝抬头，跟他眼尾略挑的眼对上了。

他怎么还和以前一样喜欢管她？

不允许她晚睡，不允许她用手揉眼睛，不允许她早恋，现在连她光脚踩地他都要管一下！

"哦。"宋枝几步回去把拖鞋穿上，往回走的时候还不忘嘀咕，"怎么像个管家婆似的？"

闻时礼没在意她不满的小情绪，轻声细语道："你才退烧不久，这也才刚刚醒来，哥哥不想你再生病。你多注意点儿总是好事。"

宋枝问："我发烧了？"她怎么不记得这件事？

闻时礼说："不然你怎么比我睡得还久？"

宋枝又问："今天周几？"

"周一。"

"我睡了两天？"宋枝大惊失色，"学校不会记我旷课吧？"

闻时礼被她突然生出的担忧逗得直乐："不会，叔叔阿姨来问芸了，帮你跟导员请了两天假。"

听到爸妈来了，宋枝下意识地问："那他们人呢？"

闻时礼说："看了看你，确定你没什么大碍。我答应他们会好好地照顾你，就让他们先回去了。"

宋枝说："那好吧。"

一时间两个人沉默下来。

宋枝的目光落在他左手的无名指上，那里空荡荡的，什么也没有。先前的那枚素银的戒指不见了踪影。

"时礼哥，"宋枝指了指他的手，"你的戒指呢？"

闻时礼顺着她的目光看了一眼自己的左手，漫不经心地说道："不知道，可能丢在山上了吧。"

婚戒这么重要的东西，他居然丢了。

宋枝没有多加思考，有点儿替他紧张，下意识地问："这么重要的东西丢了，你和你老婆会吵架吧？等出院，我陪你一起去找回来吧。"

当宋枝把最后一个字说完，整个病房里都安静了下来。病房中的气氛陷入了一种莫名的尴尬。

宋枝察觉到这种尴尬，是因为发现闻时礼看她的眼神不对劲儿。他的眸光里盛着笑意，却又不全是笑意，还有些耐人寻味之意，就好像她说的话有错似的。

宋枝问："干……干吗这样看我？"

闻时礼没急着回答，而是端起水杯慢悠悠地喝了口水后，放下了水杯，修长的手指轻轻地在玻璃杯上敲了两下，懒洋洋地笑道："说什么呢，哥哥为什么听不懂啊？"

宋枝不知道他装什么，皱着眉说："我才是不懂你呢。"

"嗯？"闻时礼把她话里的关键字挑出来单独提问，"什么老婆？"

宋枝看向他的目光带着强烈的困惑之意。她抿抿唇，平静地回忆道："那天在精神病院里遇到你的时候，我就注意到你左手无名指上有一枚戒指了。"

闻时礼眉眼一挑："然后呢？"

"这还有什么然后？"宋枝有些不满他装傻，"然后我不就知道你已经结婚，有老婆了吗？"

他低笑一声，却不说话。

宋枝问道："你笑什么啊？"

闻时礼把左手抬到半空中，翻转着来回看了两遍，最后懒散地握成拳放下，说："谁说无名指戴戒指就意味着结婚了？"

"难道不是吗？"宋枝理所当然地说道，"谁闲着没事，买枚戒指往自己的无名指上套啊？"

闻时礼弯唇一笑。

没待他开口，门口传来不轻不重的敲门声。

闻时礼说："进来。"

病房门被人从外面推开，宋枝看过去。进来的是一个穿着黑色正装的年轻男子，戴着一副黑色的方框眼镜，个子不太高，臂弯里夹着个蓝色的文件夹。

男子的胸口挂着一块工牌，上面有名字：中律事务所，骆子阳。

宋枝看着进来的骆子阳，总觉得这张脸有点儿眼熟，自己好像在哪里见过他。

可她一时间想不起来，只能把原因归于对方是个大众脸。

骆子阳看见站在闻时礼旁边的宋枝，神情也一怔，但很快又看向了闻时礼："方便吗？闻律，要不我等会儿进来？"

宋枝知趣地退到一边："你们说正事吧。"

骆子阳看了她一眼，说："谢谢啊。"

"没事。"宋枝看了一眼门口，问，"时礼哥，我需要出去吗？等你们说完我再进来。"

闻时礼说："不用，你就在这里待着吧。"

宋枝乖乖地回到自己的床上，盘腿坐着。

骆子阳说："最终的辩护方案已经和乔立坤敲定了，就是上次您和他沟通后定下的那个方案。"

闻时礼："嗯。"

骆子阳继续道："下周您有两个委托人要见，提纲已经整理好，时间分别是周二和周四。"

闻时礼慢条斯理地边喝水边听着。

骆子阳继续汇报公事。

闻时礼听完后，轻声道："行，知道了。"

全部事项都说完后，骆子阳合上文件夹，却没有离开。

闻时礼脸上没什么表情，问道："还有什么问题？"

"那个……闻律。"骆子阳似在犹豫，不知该说还是不该说，"我很担心您的身体，后天乔立坤案子的终审就要开庭了，您的状态没问题吗？"

宋枝抬头看了过去。

她发现闻时礼在说公事的时候脸上没有笑容，看起来特别严肃。就比如现在，他脸上没有任何表情，淡淡地说："不用担心我。"

骆子阳挠挠头："我多嘴了。我是被乔立坤吓到了。"

闻时礼疑惑地说："吓到了？"

"是啊。"骆子阳说，"乔立坤的妈妈说，乔立坤在看守所里被关得精神有些不对。他一个劲儿地朝狱警嚷，说如果这回闻律您接手都改变不了他死刑的结局，他就一头撞死在看守所里。"

听到委托人这样的话，闻时礼作为律师难免会有心理压力，脸上却瞧不出任何痕迹。他还是那副冷淡的模样，弯唇笑了下："死了可就什么都没有了啊。"

骆子阳说："是这个理。"

这场关于公事的谈话并没有进行太久，骆子阳离开病房的时候经过宋枝的床前。宋枝盯着他的脸，还是觉得很熟悉。她偏偏想不起来自己到底在哪里见过他。

病房里安静下来。

宋枝打破沉默："时礼哥，我总觉得我在哪里见过刚刚的人。"

"是吗？"闻时礼懒洋洋地往后一躺，环臂靠在床头，"人相似，很正常。"

宋枝想了想，说："我就是觉得我见过他。"

闻时礼弯了弯唇角，然后朝她招招手："过来。"

宋枝下床，穿上拖鞋，走到他的病床前。

闻时礼伸出手，屈起食指用指节在宋枝光洁的额头上轻轻地敲了下，轻声一笑："怎么办？哥哥就是个闲得慌的人，没事买枚戒指套在无名指上。"

宋枝没想到还真有这样的人，并且他就在她的眼前。

宋枝问："为什么这样？"

"正如小宋枝所说。"闻时礼说话时多了几丝玩味之意，"哥哥闲得慌。"

宋枝欲言又止，看着他，眼神仿佛在说：你是不是有什么毛病？

闻时礼故做无辜状道："怎么这样看着哥哥？"

看着他这张勾人的脸，宋枝突然想到了什么，问道："你自己买戒指戴在无名指上，不会是为了挡桃花吧？"

闻时礼加深了笑意："小宋枝还是这么聪明。"

"还真是啊。"宋枝嘀咕道，"你哪儿有这么受欢迎？"

闻时礼慵懒地笑着，语气格外傲慢："不好意思，哥哥还真就这么受欢迎。"

宋枝嘴硬道："我不信。"

"怎么，你觉得哥哥哪里不好？"闻时礼嗓音略低时更显得迷惑人，"是长得不够好看，还是不够有钱？"

他挺好的。但宋枝不想如实说，否则他又要自恋了。她才不给他这个机会！

宋枝说："那你找个女朋友不就好了，干吗非得戴戒指？"

"女人多麻烦。"闻时礼轻笑道，"我得花钱，还要花时间，还要花精力，怎么想都麻烦。"

"对了，"闻时礼突然把话题带到了另外一件事情上，"你告诉哥哥那个纠缠你的已婚男人是谁，哥哥去帮你解决。"

宋枝当场傻眼了："什么？"

"就上次说的那个啊。"闻时礼虽然笑着，但是表情有点儿严肃，"别告诉我，你已经鬼迷心窍了，所以一个劲儿护短。"

宋枝被问得十分心虚，硬着头皮道："都说解决好了，你就不要再问了。"

"真的？"

"真的！"

闻时礼的目光里有着审视意味，搞得宋枝的心理防线都快崩了。她害怕暴露，索性尿遁，逃进了病房自带的卫生间里。

宋枝在卫生间里待了近二十分钟，脑子里乱糟糟的。

他没有结婚，没有娶当初那个从他的家里出来还丢掉了她送他的纸鹤菠萝的褚珊珊。

他现在还是一个人，没有女朋友。

宋枝抬头，看着双颊发红、唇角稍弯的自己。

她明明早就决定不再喜欢他了，可为什么得知他现在是单身的时候，还会觉得开心？

还是这种她根本压不下去也藏不住的开心。

错觉吗？嗯，这一定是被心虚搞出的错觉。

等情绪平复下来，宋枝洗了手才回到病房里。

闻时礼依旧在看手上的材料。

注意到她出来，闻时礼抬眼："要不要吃点儿东西？"

宋枝说："我等下点外卖吧。"

闻时礼拿起自己的手机，说："用我的手机点。"

宋枝刚想说不用，就想到了自己那个已经报废在温溪山上的手机，于是，走过去把闻时礼的手机接在手里，顺便问："时礼哥，你要吃什么？我一起点。"

闻时礼说："我都行。"

宋枝点点头，按亮手机屏幕发现有密码，只好把手机递过去："输一下密码。"

闻时礼没接手机，直接告诉她："931224。"

宋枝一边默念着密码一边按键解锁手机。

他的手机上没有娱乐软件，多是些办公类的常用软件。

老男人的手机里连QQ都没有，更别说现在流行的社交软件了。

年轻人爱玩的抖音、快手、微博，他都不玩，好在手机上还是有外卖软件的。

宋枝点进外卖软件的时候想到刚刚的密码，随后抬头："时礼哥，刚刚那个是你的生日吗？"

"嗯。"

宋枝先前不知道他的生日，却总是收到他送的生日礼物。

想到这里，宋枝直接说："时礼哥，下个月你过生日的时候，我请你吃饭吧，就当谢谢你救我。"

"就吃顿饭？"闻时礼轻啧一声，"没想到小宋枝还挺抠儿。"

宋枝低下头，随手翻着一家又一家的外卖，轻声道："我没说只请一顿饭。"

男人含笑的嗓音传来："哥哥逗你玩呢。"

宋枝没说话，点进一家粥店后，点了两份南瓜粥，还点了一些小菜。

付款的时候需要密码，她准备问的时候，闻时礼说："还是刚刚的那个密码。"

宋枝一边付钱一边嘀咕："你这个人防范意识太差了吧，付款密码都随随便便告诉别人。"

付完钱，宋枝抬眼对上了男人迷人的桃花眼。他笑着的时候总显得十分风流。他字字清晰地说道："在哥哥的眼里，小宋枝不是别人，是值得信任的人。"

宋枝的心重重一跳，像被什么东西击中了似的，连带着整个人都有触电的感觉。

宋枝维持着表面上的平静，把手机放到他的枕头边，把话题岔开："听你事务所里的人说，你后天要参加庭审，问过医生了吗？身体状态允许吗？"

闻时礼轻描淡写地说道："一点儿外伤而已，不碍事。"

宋枝亲眼见过那个伤口，伤口贯穿了闻时礼的整个背部，可不是他口中的一点儿外伤。

宋枝说："你不要逞强。"

"这么担心哥哥？"闻时礼眯眼浅笑，尾音上扬得厉害，打趣的意味很重，"我听护士说，你当时哭得特别惨，怎么，怕哥哥死了？"

宋枝当时哭得确实挺惨，但她不想给这个老男人得意的机会，说道："那是雨，我没哭，并且我当时很平静。"

"你平静到一直抱着哥哥不放？"

"……"

"那哥哥是不是可以理解为——"闻时礼拉长声音，故意慢半拍，悠然地说完剩下的话，"小孩你只是单纯想要占我便宜？"

"……"

"那哥哥多吃亏。"

宋枝再次被这个男人不要脸的程度震撼到了。她搞不明白，他到底是如何做到能面带笑意、一点儿都不害臊地说出这些话的。他还说得特别理直气壮，像是真的吃了多大的亏似的。

宋枝翻了好大一个白眼："谁稀罕占你便宜？"

闻时礼不仅没被打击，反而更加臭不要脸地继续调侃她："不稀罕为什么抱着哥哥不放，你这不是自相矛盾吗？"

"……"

"就算你承认，哥哥也不会和你计较。"

在他含笑的目光里，宋枝觉得很不自在。很快，她转身快步爬上了自己的病床，背对着他躺下，碎碎念道："才不想和你扯。"

半小时后，外卖送到了。

宋枝从外卖小哥的手里接过外卖，关上门后，走到了闻时礼的病床前。她看着他面前小桌子上的电脑资料等东西，问："要不去我的床上吃？"

说完后，宋枝觉得有点儿不对劲儿。在他深沉的目光里，她主动解释："我的意思是，你去我的床上，用我床上的桌子吃。"

解释完后，宋枝还是觉得有点儿不对劲儿。

下一秒闻时礼的目光投过来，他像在忍着笑意，说："嗯，哥哥去你的床上吃。"嗓音自带欲感，稍有笑意，就显得很勾人。还是这样容易引人遐想的话，更加让人觉得暧昧。

宋枝拎着外卖的手抖了下。她平静地说道："你爱吃不吃。"

闻时礼眼角的笑意深了些，他用有些无辜的口吻低声问道："哥哥哪儿有说不吃？"

宋枝无话可说。她和他拌嘴从来没有赢过，这已经是常态。

宋枝几步回到自己的病床前，把床侧的小桌子拉起来，再横着放下，把粥和小菜从袋子里取出来摆好，爬上床，靠坐在床头的位置。

闻时礼暂时放下了手上的工作，到她的病床上，盘腿坐在床尾的位置。

两个人面对面而坐，中间隔着一张小桌。

闻时礼拆开包装袋，取出一次性筷子和黑色的塑料勺递给宋枝。

宋枝接过来，习惯性道谢。

"跟哥哥不用这么客气。"闻时礼说，"随意一点儿。"

"哦。"宋枝低头小口小口地喝粥，又想到骆子阳说闻时礼后天要参加庭审的事情，还是决定多嘴说两句，"时礼哥，你今天和明天要好好地休息一下，后天加油。"

"哥哥上次说过。"闻时礼抬起头，目光温柔含笑，"小宋枝给哥哥笑一个，我就能十拿十稳了。"

宋枝一时语塞，想到自己上次在女寝楼下拒绝过他这件事。她当时直接掉头跑了。这次的话，她要是再拒绝实在说不过去了。毕竟他现在人在医院里，都是为了救她。

她笑一下，没什么难的。

想了会儿，宋枝冲着男人牵起嘴角露出笑容，万万没想到的是，闻时礼看了她一眼后轻笑一声道："行了，你还是别笑了。"

宋枝收住笑容，十分不满地问："我笑起来没有很丑吧？"

闻时礼放下勺子："哥哥不是这个意思。"

宋枝追问："那你是什么意思？"

闻时礼抬手，指了指她的嘴巴和眼睛，说："人开心大笑的时候，会牵动唇周和眼周的肌肉。可刚刚你笑的时候眼周肌肉没有动，就像被逼着笑一样。"

"……"

"没有小月亮，所以哥哥不爱看。"

她就笑一下，还有这么多讲究。老男人的事情真不少。

宋枝有一点儿没听懂，问："什么小月亮？"

闻时礼目不转睛地看着她的双眼，嗓音带着明显的笑意："你笑起来时眼睛会弯起来，像小月亮一样，哥哥不是告诉过你吗？"

宋枝耳朵开始发烫，结巴道："我……我忘了。"

"忘了？"

她硬着头皮"嗯"了声，然后就听见闻时礼特别意味深长地懒洋洋地"啊"了声。他说："小宋枝现在长大了，哥哥说的话一句不听了，也记不住了。"

宋枝被他突然地指责整蒙了，说不出话。

虽然算是指责，但他从头到尾语气都很温和，不会真的让人觉得不适或者害怕。

对于她在温溪山上不给他发位置这件事，宋枝觉得还是要好好地道歉，于是口吻一下子变得严肃认真起来："时礼哥，对不起。要是我听话，给你发地址了，就不会发生这样的事情了，你也不会受这么严重的伤住院了。"

小姑娘倏地认真道歉，让闻时礼有些措手不及："干吗呢？哥哥又没怪你。"

宋枝真的很内疚："还是怪我。"

"哥哥没怪你。"闻时礼说话时语气里包容和安抚的成分很重，"你也别怪自己。"

"……"

"听到没有？"

宋枝觉得自己就像个被惯坏的小孩，因为不听话给大人惹出了大麻烦，结果大人一边收拾烂摊子还要一边安慰她。

闻时礼这样，她真的有点儿感动。

宋枝脱口道："谢谢你，时礼哥，你就像爸爸一样。"

闻时礼差点儿怀疑自己的听觉失常了："什么，我像你爸？像宋院长？"

宋枝被问得怔住。

"小孩，你真的好没良心啊。"闻时礼重新拿起勺子，舀了一勺粥，却没急着喝，继续说，"我救你，你非但不感激我，还反过来诬蔑我老。"

宋枝想解释一下自己并不是说他老的意思，但看他的样子实在觉得无语，索性顺着他的话往下说："我没诬蔑你，你本来就老。"

"你讲点儿道理吧。"闻时礼伸手屈指轻轻地在她的脑门上敲了下，"哥哥就算再老，也不至于和宋院长一样大吧。"

闻时礼继续道："你这叫倒打一耙。"

宋枝说："还不是跟你学的。"

"跟我学的？"

"对啊。"宋枝开始叙述他过往的言论，"从前我从咪姐的手里救下你，你不是也没感激我吗？你还说我断了你的财路！"

闻时礼轻笑一下："想不到你还挺记仇。"

"那当然。"宋枝"哼"了一声，"要是下次你再遇上这种事情，我会注意的。我绝对不断你的财路。"

闻时礼弯唇，笑弧明显："那可能有点儿困难。"

宋枝问："为什么这么说？"

闻时礼漫不经心地说："现在能包得起哥哥的有钱女人怕是没几个。"

宋枝不想再给这个男人自恋的机会，于是迅速地把话题转移："那个乔什么坤的杀人案。"

"乔立坤。"他补充道，"怎么了？"

宋枝说："我有点儿好奇，他做什么了？"

她刚问完就后悔了，自己是不是问错了？他看起来不像是个会耐心给无关人员讲案情的人。

可她不知道的是，闻时礼对她向来有耐心。他温和地问："好奇吗？"

宋枝轻轻地"嗯"了一声。

"行，那哥哥给你讲讲。"

闻时礼真的详细地给她讲了部分案情，包括事件的经过，还有一审、二审的结果，其余涉及专业领域的内容没有深讲。

详细的经过是这样的：

委托人乔立坤，现年 25 岁，闽芸本地人。2015 年夏，乔立坤与好友十余人在一家酒吧里聚会喝酒。其间，一名女子小兰主动和乔立坤搭讪，并与他一起跳热舞。随后自称小兰男友的周强带着几个人找乔立坤的麻烦，两方发生口角并斗殴。周强被打伤后怀恨在心，手持酒瓶把乔立坤的脑袋打破，并且把人推倒在地上后再次进行殴打。殴打过程中，周强始终骑在乔立坤的身上，用拳头殴打他，并且不停地用酒杯底砸乔立坤的头部。乔立坤在混乱中摸到掉落在地上的水果刀，向周强的腹部刺了两刀。被害人周强由于脾脏破裂，在送医途中死亡。

这个案子一审、二审的结果全是死刑缓期两年执行，如今审判监督程序又被提起，重新被审理，并于后日开庭。

宋枝听下来，心里也跟着紧张，觉得这场官司的难度实在太大。

他真的能改变死刑的结果吗？

宋枝安慰道："你不要有太大的心理压力，尽力而为就好。"

闻时礼笑着说："哥哥知道，谢谢小宋枝。"

聊完乔立坤的案子，两个人又闲聊了一会儿其他的事情。基本上是宋枝在讲，闻时礼听着。他时不时也会发表一点儿自己的看法和意见，唇角始终带着淡淡的笑意。

两个人很久没有一起吃饭了。

现在他们在同一张病床上面对面坐着，窗外阳光明媚，画面怎么看都很和谐。

喝完粥以后，宋枝有点儿犯困，就睡了一觉。

当她醒来的时候，骆子阳正好在敲门。

敲门声传来的那一刻，闻时礼下意识地转头看向她的床位，注意到她已经醒了，似乎松了口气，淡淡地说道："进来。"

骆子阳推门进来，还是早上那副打扮。

骆子阳一边往里面走，一边取下自己的黑框眼镜。

宋枝坐起来看过去，看见没戴眼镜的骆子阳，瞬间从原本迷糊的状态变得清醒。

她想起来自己在哪里见过骆子阳了。他是她十八岁生日的时候，给她送生日礼物的同城快递员。

宋枝叫住骆子阳："你好。"

骆子阳停住。闻时礼也看了过来。

宋枝微微转过头，看着骆子阳重新把黑框眼镜戴上，问道："我们见过对吧？"

骆子阳的表情僵硬了下，很快他笑道："巧合吧？"

"不是巧合。"宋枝说，"你给我送过快递，忘记了吗？"

宋枝的生日和六一儿童节是同一天，她每年生日的时候都能在街道上看到彩色的气球，还有参加完文艺会演被家长牵着手回家的小孩子。不论男孩女孩，眉心都会画一个红心。一派温馨喜悦的景象。

她十八岁生日那天也不例外。那天正好是周五，街道上无比热闹，随处都是举着风车奔跑的小孩。

宋枝结束了一周高强度的高三生活回家。

在家里和爸妈用过晚饭后，宋枝坐在房间里的书桌前玩手机，面前的窗户开着，阵阵盛夏的晚风拂面而来。

没一会儿，风越来越大，吹得宋枝有点儿冷。她起身关窗户的时候，注意到了在天际翻滚的乌云，应是雷雨欲来。

关好窗户拉上窗帘，宋枝又玩了一会儿手机，然后觉得有点儿口渴，就到客厅里接水喝。

宋枝还没走到饮水机的地方，就听到门铃在响，脚尖一转去开门。

她把门拉开，看见外面站着个个头不高、眼睛小小的年轻男子。他穿着白色的衬衫、黑色的裤子，手里拿着一个精美的盒子。

宋枝看了一眼男子的脸，又看了一眼他手里的盒子，开口礼貌地问："您找谁？"

男子显得有些紧张，明显顿了下，笑道："我是快递员，请问你是宋枝吗？"

宋枝答道："我是。"

男子把手里的礼物盒递过去："你的快递。"

宋枝伸手接过快递，低头看了一眼男子脚上被擦得锃亮的皮鞋，微微一笑："穿皮鞋送快递很不方便吧？马上就要下大雨了，你快回去吧，辛苦了。"

男子面露一丝尴尬，连忙道："没事、没事。"

宋枝问："你是哪家快递公司的？"

"啊？"

"怎么连快递单号都没有？"宋枝抱着盒子看了一圈。

男子回答："因为是同城快递，所以没有单号。"

宋枝没有再细究这一点，而是好奇地说道："谁送的？"

"闻律——"男子话说到一半迅速改口，"闻时礼先生送的。"

最后，男子离开时，还说了一句话，让宋枝印象非常深刻。

他说："闻先生祝你生日快乐，天天开心。"

宋枝和骆子阳面对面对视着。她的话让骆子阳束手无策。周围完全安静了。

骆子阳看向闻时礼，寻求帮助："闻律，这……"

闻时礼温和地说道："哥哥等会儿给你解释，先让他过来说正事吧。"

宋枝说："好。"

在骆子阳向闻时礼汇报公事的时候，宋枝一句话都没有听进去，一直在回想自己十八岁生日当天收礼物时的画面。

谁会穿着皮鞋送快递？这不合理。

骆子阳没有停留过久，说完正事后就离开了病房。

病房里无人说话，四周都静悄悄的。外面月明星稀，秋风萧瑟。

闻时礼下床走到窗边，推开窗户开始抽烟，思绪逐渐回到了数月前。

五月末的间芸接连下了几天雨——雷暴雨。

雷暴雨折磨得他每天都非常痛苦，精神类药物大把大把地服用，效果却甚微。

状态不济的他实在不宜驾驶车辆。儿童节当天，他让助理骆子阳开车送他到莲庆。

行车途中，骆子阳问："闻律，这一趟去干吗？"

闻时礼坐在后排的位置上，神情显得有些疲惫，眸光倦怠，听到他的话时倒清醒了几分，笑着答道："见一个小孩。"

"小孩？"骆子阳不理解，扫了一眼早就被放在副驾驶座上的精美的礼物盒，"这么大费周章，还专门跑一趟？您的时间多珍贵啊。"

闻时礼弯唇一笑："没办法，那个小孩比我的时间珍贵得多。"

骆子阳误以为对方真的是个不大的小孩，随口问："几岁了？"

"今天满十八。"

近十个小时的车程让闻时礼越发疲惫，他已经超过三十个小时没有睡觉了，达到了一种肉体醒着，灵魂却在沉睡的状态。

晚上九点钟，黑色的宾利停在了宋枝家小区的门口处。

骆子阳说："闻律，我们到了。"

闻时礼抬手整理了下领带："把盒子给我。"

骆子阳把副驾驶座上的礼物盒递给闻时礼后，下车绕过车头拉开后面的车门。

闻时礼单手拿着盒子，抬脚下车。

谁料他的一只脚刚落地，天空中就炸开了一道雷。雷声大得能震痛人的耳朵。

闻时礼浑身颤抖，眸光凝住，呼吸一顿。很快，他出于本能反应，直接收脚退回车里，整个人往后紧紧地靠在座椅上。

这阵势吓得骆子阳立马慌张起来，他问道："闻律，还好吧？"

骆子阳知道他的老板有精神方面的疾病，最怕雷雨天。跟在老板身边的这两年里，他偶然撞见过几次老板发病的样子，每一次都被吓得不轻。

闻时礼的身体不受控地颤抖，呼吸逐渐混乱。他从西装内衬的口袋里摸药瓶时手抖得十分厉害，另一只手中的礼品盒因此滑落在身旁。

他好不容易翻找出小药瓶，又因为手抖，药瓶掉到了脚垫上。

骆子阳忙上前弯腰捡起药瓶来，把药瓶塞到男人的手里："这里，闻律！"

闻时礼迅速地拧开瓶盖，倒出几粒药在掌心里，仰头一口气将药送到嘴里。

骆子阳急忙拉开副驾驶座的门，取出扶手箱中的矿泉水，拧开后到后车门前将水递到男人的手边："闻律，水！"

闻时礼的手抖得没办法握住水瓶。骆子阳只好把瓶口递到男人的唇边："快喝一点儿！"

闻时礼浑身发抖，喝水把药片咽下。

骆子阳拧好瓶盖，随手将水瓶放到坐垫上，看着那个礼物盒子："我扶您上去？"

"不……我不能这样上去……"闻时礼的嗓音跟着身体发抖。他捂住胸口，像是难以呼吸，"你送上去。"

骆子阳拿起那个礼物盒，说："好，我这就去。"

"别说我在下面！"闻时礼提高音量咬牙道。

骆子阳问："为什么？"

没有为什么，他不能让小孩担心。毕竟还有一周的时间，她就要参加高考了，在这种至关重要的时间点，他不想她被任何人影响，包括他在内。

骆子阳正准备抬脚离开，又被闻时礼叫住："等等。"

骆子阳停住，等待他吩咐。

闻时礼剧烈地喘息着，一边喘一边盯着骆子阳身上黑色的西装外套，说："把外套脱了，就说是同城快递。"

骆子阳问："还有其他的要求吗？"

"帮我带句祝福。"

"……"

"祝她生日快乐，天天开心。"

送完礼物的骆子阳回到车上时，闻时礼的情况非常不乐观。他正处于癫狂崩溃的临界点。

他痛苦地蜷缩在座椅里，开始用头重重地撞车窗，仿佛这样就能缓解痛苦一样。与此同时，他还飞快地重复说着一句话，像在安慰自己。

骆子阳一边阻止他用头撞车窗的行为，一边听清楚了他用极快的语速重复的那句话到底是什么。

只有短短的八个字：雷声是云朵打呼噜。

骆子阳不懂他为什么要说这句话，也不懂这句话意味着什么。

只有闻时礼知道这句话的含义，还有那个笑起来眼睛会弯成月亮的小姑娘。这句话是她说的。

"哥哥别怕。雷声是云朵打呼噜。"

两个人沉默良久。

宋枝双腿悬空坐在床上。她低头抠着自己的手指，低声打破沉默："我生日那天，你回来过对吗？"

她不认为骆子阳会独身一人千里迢迢专门跑一趟给她送礼物，毕竟骆子阳是他的助理。既然骆子阳在，那他就在。

闻时礼点了今晚的第二支烟。他并不觉得这件事有什么好隐瞒的，直接承认："嗯。"

宋枝抬头，看着窗外的夜色和窗边身姿颀长的男人。

半晌后，她问："为什么？"

闻时礼转过头，目光穿过青白的烟与她对视，眸光深沉似长夜："哥哥答应过你，会回来看你。骗小孩这种事情，我做不出来。"

宋枝说："我没问你这件事情。"

闻时礼问："那是什么？"

宋枝："我问的是，你既然当时回莲庆了，为什么不见我？"

闻时礼怔住。

那次的狼狈他记忆犹新。他沉默片刻，抽了口烟后徐徐地吐出白烟，慢条斯理地解释："哥哥当时犯病了，不想吓到你。"

对于这个解释，宋枝丝毫不买账："我又不是没见过！"

闻时礼耐着性子，语气格外温和："既然你见过，就该知道我犯病时有多吓人。万一哥哥伤到你怎么办？"

宋枝笃定地说道："你不会。"

闻时礼说："万一呢？"

"这件事没有万一。"宋枝很确定这一点，"你不会伤害我。"这种信心源于他一次又一次给过她的满满的安全感。

闻时礼说："已经过去了。"

"过不去。"宋枝越想心里越来气，"你明明回莲庆了，却不见我，说到底你还是食言了。"

"我的错，好不好？"闻时礼每次认错时态度都非常好，但嘴依旧很贱，"没想到小宋枝会因为见不到哥哥闹脾气，我有点儿意外。"

如果他知道她暗恋他好多年的话，会不会更意外？

宋枝打住自己的念头，不想再和他讨论这件事，于是转移话题："你后背上的伤口还疼吗？"

闻时礼的手肘支在窗台上，他整个人懒洋洋地靠着，听到她的话后，故意流露出疼痛的表情，嗓音却含着笑："好疼。你给哥哥呼呼？"

"你幼不幼稚啊？"宋枝白了他一眼，"多大的人了？还说呼呼。"

闻时礼笑道："跟你学的。"

宋枝无语，几秒后说："再说，你穿着衣服我怎么给你吹？"

宋枝话一说完，就后悔了。不出意外的话，这个老男人又会调侃她了。

她失算了。

果然，闻时礼低笑了两声，眸光变得无比玩味，轻佻却不下流。他在"吞云吐雾"间，温柔地笑道："变着法要哥哥脱衣服？"

"……"

"小孩你怎么耍流氓啊？"

啊啊啊，他不要脸！他怎么可以这么不要脸？

宋枝被逗得很尴尬，什么话也讲不出来。这次她真的失算了。

闻时礼看着小姑娘的面色逐渐变红，心情直赴佳境，眼角眉梢处的笑意都在加深，一双桃花眼越发风流勾人。

他想着不再逗她，可又实在觉得她有趣，没忍住说了句："你不说话，哥哥当你默认了？"

宋枝好想从这间病房里逃走啊……再连夜买火车票逃离这座城市。

她的沉默让他变本加厉。

男人索性灭掉烟头，朝宋枝张开双臂，一副任凭摆布的模样，低声笑道："既然小宋枝费尽心思想占我便宜……那来吧，哥哥不反抗。"

宋枝就没见过这么没脸没皮的人。她完全没有办法和他交流，准确地讲，是她单方面接不住他的话。

宋枝注视着他带笑的脸，过了好一会儿，不自在地移开目光看向别处，用特不满的语气抱怨："懒得和你说。"

闻时礼双手垂落，眉目舒展："怎么不和哥哥说呢？"

宋枝有点儿委屈："我说不过你。"

闻时礼记得，多年前小姑娘不开心的时候小脸也总这么拉着。

她可怜得如一只被抢走胡萝卜的小白兔。他每次看见她，都会生出捉弄她的心思，可又舍不得真把她弄生气。

"不开心了啊？"闻时礼微微转过头，打量着神色有些别扭的她，"哥哥就逗逗你。"

宋枝想抽他两下："不准！"

闻时礼轻笑出声，嗓音低沉。他举起双手："好好好，不准。"

宋枝抿抿唇没出声。

闻时礼转身把窗户关上，再拉上浅蓝色的窗帘，把夜色和月光都关在外面，病房里越发安静。

这种只有两个人的环境，算二人世界吗？

宋枝在恍惚间没注意到闻时礼已经停在了她的眼前。他正静静地看着她。

回过神的她被吓得一激灵。

宋枝问："你干吗？"

"刚刚站得远没看清。"闻时礼和她站得很近，"现在看清楚了。"

宋枝没听懂，微微皱眉道："看清什么？"

闻时礼说："你的脸。"

宋枝问："我的脸怎么了？"

闻时礼说："你的脸很红。"

他不是才答应过不逗她吗？老男人总骗人！

宋枝单手捂住自己的半边脸，假装淡定地说："你答应不逗我了，怎么说话不算话？"

闻时礼耸耸肩，表现得相当无辜："没逗你啊，实话也不让说吗？"

宋枝放下手，加重了语气，一字一顿地道："我没有脸红！"

闻时礼朝着洗手间的方向抬了抬下巴，示意她："去照照镜子，看看你的脸红不红。"

宋枝打死都不会去。她直接踢掉拖鞋爬上病床，整个人钻进了白色的被子里，把脑袋捂住，面朝下趴着不动，鼻间还充满了淡淡的消毒水味。

宋枝陷入了一片黑暗里。

这样的黑暗并未持续太久，仅十几秒的时间，被子就被男人一把掀开了。

"让你不要把头捂在被子里，跟你说过很……"他还没说完，话就被宋枝翻身打断。

两个人目光相对。

小姑娘的眼珠黑得并不纯粹，糅着些深棕色，如同上好的琥珀。她的内眼角有些下勾，似一弯未成形的月，睫毛上翘的弧度完美，可爱得像个洋娃娃。

画面被按下了暂停键，像偶像剧里的特写画面。

闻时礼一手落在床侧的扶手上，一手悬在半空中，维持着俯身的姿势，与双手还捏着被子的宋枝对视。

两个人又沉默了好一会儿。

闻时礼的目光沉寂，不动声色地滑过她的眉眼。他低声把刚刚的话说完："跟你说过很多次，你别把头捂在被子里。"

"哦。"宋枝松开捏着被子的手，迅速把脸转到一边，"我知道了。"

闻时礼弯唇一笑："乖。"

宋枝没吱声。

闻时礼抽身站好，问道："饿不饿，点外卖吃？"

"都……都行。"宋枝说。

闻时礼扫了她一眼："怎么还结巴了？"

宋枝强撑着，让自己在表面上无比镇定，歪曲事实道："你刚刚有点儿凶，吓到我了。"

闻时礼似乎觉得荒唐，轻笑一声，说："我凶？"

宋枝点头："嗯，你凶。"

闻时礼摇头失笑，似乎被她的话弄得有些无奈："行吧，那哥哥温柔一点儿。"

宋枝转移话题："点外卖。"

闻时礼走到自己的床边，拿起枕头边的手机，正准备往回走时，宋枝说："你点就好了，我随便吃点儿就行。"

"行。"

在闻时礼点外卖的时候，宋枝背过身躺着。她捂着胸口的右手能清晰地感觉到自己怦怦直跳的心脏。

为什么自己还会这么紧张？这么多年她就一点儿长进都没有吗？

宋枝：枝枝你不行，真的，太逊色了，像个小丑一样。

宋枝现在只想知道怎样才可以控制脸红，不然每次被他看见都很尴尬。

纠结了半天，宋枝都没想出一个合适的方法。她控制不住自己脸红，也控制不住自己的呼吸和心跳。

外卖被送到后，宋枝发现几样菜多是她以前特别爱吃的——糖醋排骨、番茄炒蛋，还有水煮肉片。还有一样菜是她以前特别不喜欢吃的——绿叶蔬菜。

宋枝从小就挑食，喜欢吃肉，不喜欢吃蔬菜。

她很小的时候，陆蓉还会强迫她吃几口蔬菜。她越来越大后陆蓉就完全没辙了。她吃口蔬菜跟要折寿似的。

在摆外卖的时候，宋枝故意把那碗蔬菜放到最边上的位置，试图忽视它。

坐在她对面的闻时礼注意到了她的小动作。他不动声色地伸手，把那碗素炒凤尾移到宋枝的面前。

宋枝的脸拉下来。

闻时礼明知道她讨厌吃蔬菜，还故意将蔬菜摆到她的面前。他故意的吧？他肯定是故意的。

宋枝没把不满的情绪表现出来，不过也没有夹一点儿那碗凤尾菜。她只当面前摆着一碗空气。

这还没完，让宋枝没想到的是，闻时礼居然直接往她的碗里夹了好多凤尾菜。他说："饮食要均衡，光吃肉不好。"

宋枝苦恼地盯着碗里的凤尾菜，条件反射地用筷子夹起它，想将它放到一边。

闻时礼突然出声："干吗呢？"

宋枝说："我不想吃。"

闻时礼正色道："不想吃也得吃。"

宋枝可怜兮兮地说："可我觉得这种菜真的好苦。"

"哥哥知道。"闻时礼淡淡地说，"那你就苦着吧。"

在宋枝还想挣扎一下的时候，闻时礼眯着桃花眼冲她笑着说："不听话的小孩是要被抓去喂野熊的。"

现在宋枝听到熊就害怕，却还嘴硬："我会自卫的。"

"是吗？"闻时礼眉梢微微一挑，饶有兴致地说，"那你说说，你会怎么自卫？"

宋枝无比认真地回答："我会装死。"她记得在网上看到过一种遇到熊后的逃生方法，那就是躺着装死，熊就会自动走开。

闻时礼听得直乐，唇边的弧度加深，慢条斯理地说道："你知道我赶到的时候，看到你是什么样子吗？你那不是在装死。"

"……"

"而是在等死。"

宋枝无法反驳。

那时的她被突然出现的野熊吓得半死，差点儿晕过去，哪里还能想那么多？

不想被抓去喂熊，她选择乖乖地吃菜。

闻时礼说："听医生说，你明早出院。"

宋枝点点头。

闻时礼说："我让骆子阳送你。"

宋枝向来没有麻烦他人的习惯，咽下口里苦涩的蔬菜，说："不用麻烦他，我坐公交车回去就行。"

闻时礼又说："那我亲自送你。"

宋枝连忙拒绝："不用！你好好地养伤吧。"

"哥哥不放心你一个人回去。"闻时礼说，"要么我送你，要么骆子阳送你。"

宋枝顿了好几秒，被迫服从："那还是麻烦你的助理吧。"

吃完外卖，宋枝到洗手间里洗脸刷牙，毛巾和牙具等都是骆子阳提前备好的。宋枝刷牙的时候忽然想到了二十岁的闻时礼，那时候的他将野心深藏。

她曾问过他："哥哥你想要多少钱？"

他说："很多。"

现在的他应该有很多很多的钱了吧？那他有没有足够快乐？这些年，他有没有经常笑？

宋枝洗漱完回到病房里。

看着埋首在电脑前工作的闻时礼，宋枝不晓得自己哪根筋没搭对，问了句："时礼哥，你现在快乐吗？"

闻时礼的思绪被打断，走神了一瞬间。他从电脑屏幕前抬起头，眸光投过来，懒洋洋地道："嗯？"

宋枝重复道："你现在快乐吗？"

"快乐啊。"闻时礼浅浅地笑着，眉眼温柔，"看着小宋枝就觉得开心。"

宋枝说："我不是说这个。"

闻时礼问："那是什么？"

宋枝想了想，说："你以前不是想挣好多钱吗？现在应该足够有钱了吧，这样就会快乐吗？"

似乎没想到她会突然这么问，闻时礼仔细地思考了一会儿，收敛了一些唇角的笑意，看上去像是苦笑："没有想象中快乐。"

他稍稍一顿，垂下目光，嗓音变得很低："我还是会觉得很孤独。"

在这一瞬间，宋枝觉得自己的心好像跟着他的话重重地抽动了一下，呼吸变得十分艰难。

为什么听他说孤独，她会这么难受？

她不全是难受……还有心疼。

宋枝慢吞吞地来到他的病床前，轻轻开口："时礼哥，如果你工作不忙的话，我有空可以经常找你玩。"

闻时礼重新抬起头，目光依旧温柔："好，哥哥会腾出时间来的。"

"还有——"他又变得吊儿郎当起来，面上的笑意不正经，"你真的要对哥哥好点儿。"

宋枝不理解，问道："为什么？"

闻时礼屈起食指，用指节刮了刮她的鼻梁，笑意盈盈地说："要不是我及时赶到，明天的小宋枝可能不是出院，而是出殡。"

"……"

哇，这个老男人的嘴巴……好毒！

宋枝的心疼感一扫而空。她不满地说："你在咒我死？"

"哥哥不敢。"闻时礼笑得很愉悦，"我不过实话实说，你自己想对不对？难不成你还能徒手打跑那头熊？"

她没这个本事。她更做不到像他一样，随手抓起块尖石头就发疯似的跳到棕熊的背上刺它的眼睛。

宋枝败下阵来："好吧，你说得对。"

闻时礼眯眼浅笑："所以，除了请哥哥吃饭，你还准备怎么报答哥哥？"

宋枝挠挠头，一时间真的想不出来。

"这样吧。"闻时礼说，"当年你救我的时候，我答应过你一个请求。现在换你，你答应我一个请求，这样公平吗？"

宋枝觉得这挺合理，但还是忍不住念叨："你不能提什么过分的要求。"

闻时礼眉梢一挑："行。"

宋枝继续道："你要提前问我，我觉得可以才会答应。"

"没问题。"闻时礼伸出小拇指，"拉钩。"

"……"

他怎么越老越幼稚？

宋枝吐槽道："又不是三岁的小孩子。"

闻时礼面无表情地说道："三岁半了。"

宋枝沉默了一会儿，还是把自己的小拇指送了上去，与他拉钩。他的手依旧很凉。

他一边和她拉钩，一边伸手揉她的头发："说好了啊，答应哥哥一个要求，不许变卦。"

"……"

"变卦的话找不到男朋友。"

她临睡前病房里熄了灯，外面的走廊里安安静静，偶尔传来护士的脚步声。四周很昏暗，只有闻时礼的电脑屏幕还发着亮光。

宋枝睡觉时习惯朝右侧躺。

睡意渐渐来袭，宋枝快要睡着的时候，看见闻时礼下床过来替她盖被子。她迷迷糊糊地睁开眼，看着男人英俊的脸近在眼前。

他看着她，眼睛黑得很纯粹。

两个人四目相对。

闻时礼俯身，替她把被子拉到胸口的地方，然后，在她的耳边用很轻的气声道："记住，下次遇到熊别装死。"

男人的热气拂到宋枝娇嫩的耳朵上，让她觉得痒痒的，像羽毛尖轻轻地扫过一般。

宋枝睡眼惺忪，缓慢地问："为什么？"

"因为装死没用。"他说话时薄唇停在她的耳侧，"你不如直接喊'哥哥救我'。"

每一个字都被他说得相当有诱惑力。

宋枝的睡意散去不少，眼睛睁大，越发清醒。她看着上方男人流畅的侧脸轮廓，说不出话，心跳疯狂加速。

闻时礼正好转过脸，目光与她的目光对视："记住没？"

宋枝不理解地问："为什么装死没用？"

闻时礼双手松开被子，直起腰站好，温柔地摸了摸她的头，说："熊只是不吃腐肉而已，你光躺着有什么用？傻不傻？"

"……"

"睡觉吧。"

闻时礼回到自己的病床上，重新进入工作状态。宋枝还处于发蒙的状态。

他过来对她说些暧昧的话，把她弄得睡不着后他自己倒是回去专心地工作了？

这个男人还能再不厚道一点儿吗？或者，他压根儿没意识到自己多撩人？就像当初他意识不到自己多浪漫一样。

老男人真的很迟钝。

可能因为睡前被闻时礼撩得心跳有些乱，宋枝整晚上都没睡好，总是做一些古怪的梦，并且大多数时候梦到了闻时礼。

她梦到了二十岁时略青涩的他，和二十五岁成熟沉稳的他。

画面不停地变化着。

宋枝还梦到自己和他成了男女朋友，甚至特别羞耻地梦到了……自己和他接吻。

他们接吻是在电影院里。只有银幕光的放映室里光线昏暗，暗红色的座位将气氛衬得越发暧昧，周围没有人，这让他肆无忌惮地转过脸吻她。

男人唇舌微凉，却又把每个细节做得火热。到兴头上，他还会在她的耳边缠绵地低声叫她的小名："枝枝。"

…………

梦到这里，宋枝醒了，看着面前正在查房的护士，半天没反应过来这是梦还是现实。

一旁，不知何时醒来的闻时礼又在对着电脑工作。

他很专注。宋枝盯着他看了一会儿，终于分清楚，这是现实。

她居然做了春梦，还在梦里和他在电影院里接吻！

啊啊啊！她真没出息！

宋枝坐起来暴躁地抓了两把头发，恨不得回梦里把自己掐死。

注意到她的动作，闻时礼转过脸问："怎么了？"

宋枝没脸和他对视，索性让自己的目光停在空中的某一个点上，尽量把语气放得无比平静："没什么。"

闻时礼说："有什么烦心事可以跟哥哥说。"

救命，难道她要说："我昨晚做了春梦，春梦的对象是你。梦里我和你看电影，但是你没看电影，在一个劲儿地亲我。"

这……这……这……这她要怎么说？宋枝没这个脸。

她平静地掀开被子下床："没事，我准备出院了。"

"那你收拾一下吧。"闻时礼没有多问，"我让骆子阳给你准备了新的衣服和鞋子，就在柜子上。"

宋枝看向病床边的柜子，柜子上有两个购物袋。他总这么细心。

她拿着袋子到卫生间里，把袋子里的衣服和鞋子拿出来。新的衣服和鞋子跟她原来的有点儿像，米白色的休闲套装和白色的休闲平底鞋。可能闻时礼让骆子阳买这种的衣服和鞋子。

换好衣服后，宋枝从卫生间里出来。

闻时礼松开鼠标，叫她："宋枝，你过来。"

宋枝一边往上拉着外套拉链，一边朝他走去："干吗？"

等离得近些，宋枝才发现他的手里拿着一个白色的手机盒。

闻时礼说："你手机不是坏了吗？哥哥给你买了个新的，手机卡的话你得自己补办一下。"

宋枝看到白色盒子上的手机品牌标志，是被咬了一口的银色苹果。

宋枝接过盒子打开看了一眼，手机是最新款的 XS max。

她记得孟佳妮上周新换的手机就是这个款式，小一万块钱。

宋枝觉得这样白拿手机真的很不好，于是抿抿唇，说："时礼哥，我回去后给妈妈打电话说一声，然后把手机钱和衣服、鞋子的钱一起给你。"

"嗯？"闻时礼轻笑了声，漫不经心地说，"你和哥哥客气什么劲儿？"

宋枝嗫嚅道："就觉得这样挺不好的。"

"这有什么不好的？"他环着手臂往床头上靠去，慵懒地说，"给小宋枝花钱，我会觉得开心。"

宋枝盯着盒子，慢吞吞地说道："那万一以后你女朋友不开心怎么办？"

闻时礼不理解："我花我的钱，她这都要不高兴？"

"你不懂女生。"宋枝说，"如果我男朋友给其他女生买东西的话，我心里就会特别不舒服，就是吃醋吧。"

闻时礼确实不懂。他若有所思，然后含笑道："那哥哥不找女朋友了。"

宋枝愣住。

她的目光从手机盒子上移到了他的脸上。

他眯眼笑得温和，接着对她说："没人能阻止我对小宋枝好。"

宋枝的心猛地跳到嗓子眼儿，整个人都觉得有点儿热。现在明明正值凉爽的深秋时节啊。

"那如果你一直不找女朋友的话……"她只能靠转移话题来掩饰自己的慌乱情绪，"你就会从一个老男人变成一个老光棍儿。"

老光棍儿……闻时礼多少觉得自己被内涵到了，唇角露出几分无奈的笑意，像对她完全没辙似的："老光棍儿就老光棍儿吧。"

宋枝"嗯"了一声，想了下补充道："最后变成一个老不死的。"

听到这里，闻时礼失笑出声，宽宽的肩膀轻轻地颤着，眉眼温柔。他笑了好一会儿才止住笑意，调好略微混乱的呼吸后，说："哥哥对你这么好，小宋枝到时候可得给我推轮椅。"

宋枝认真地说："把你推到陡坡上，然后我直接松手，再对你挥挥手说'去吧'。"

她最后一个字刚说完，男人的手指就直接伸了过来，捏住宋枝软软的一侧脸。他力道很轻，没弄痛她，一边捏她一边质问："小孩，我发现你真的半点儿良心没有啊。"

"……"

"把哥哥推到陡坡上然后松手？还挥手让我去吧。"

宋枝不满地说道："那你昨天还让我出殡呢！"

"行。"闻时礼捏着她的脸没放，甚至还扯着她的脸左右晃了下，"还挺记仇。"

宋枝故意嚷嚷道："疼！"

听到她喊疼，闻时礼下意识地松开了手："哥哥没下狠手啊！"

宋枝抬手搓了搓刚刚被他捏过的地方，哼了声没理他。

"看在我给你买新手机的分上，原谅哥哥。"闻时礼指了指她怀里的手机，"这次错了，下次还敢。"

她无语。这个男人嘴真的好欠。

宋枝不想再搭理他，抱着手机盒子转身："我走了。"

"办好手机卡后跟我说一声。"闻时礼笑着说，"免得让你请我吃饭的时候找不到人。"

她"嗯"了声便出了病房。

在回去的路上，骆子阳特别八卦地问她："宋枝小姐姐，你和我们闻律是什么关系呀？他怎么对你这么好？你们不会在谈恋爱吧？"

坐在后座上的宋枝马上否认："没有！"

骆子阳还是觉得好奇："那他为什么对你这么好呀？"

宋枝也不知道，想了会儿，疑惑地说道："你怎么不直接问时礼哥呢？"

"谁敢问闻律的私生活啊？反正我没这个胆子。"骆子阳"啧"了声，接着说，"再说我们一伙人还以为闻律这个人从来没有私生活呢。"

宋枝问："为什么这么说？"

骆子阳说："闻律是一个工作狂嘛，除了工作还是工作。我们劝过他，说钱是赚不完的，人生在世，要学会及时行乐，但闻律压根儿听不进去。"

闻时礼这两天在病房里的状态好像的确是这样的。他一直在工作，每天都特别忙的样子。

宋枝没忍住，假装不经意地打听："那他这些年没有谈恋爱吗？"

"闻律不可能谈恋爱的。他嫌女人麻烦。"说到这里，骆子阳想到了一件事，"你看过闻律手上的戒指没，那就是他为了挡桃花自己戴上去的。"

她安静地听着。

骆子阳又说:"我看闻律对你这么好,还以为有情况呢,结果又白激动一场。"

宋枝现在的心情有点儿复杂,脑子里突然生出一个大胆的念头。

其实她还挺想……和他有点儿情况。

骆子阳继续问:"你和闻律到底是什么关系啊?"

"他以前在我家里住过。"宋枝说了大概情况,"在四五年前吧。"

闻言,骆子阳颇为失望地"啊"了声:"那不就是哥哥和妹妹的关系吗?"

宋枝顿住,一时不知道该怎么接这话。

他们在旁人看来就是兄妹。很多时候连她自己都这么觉得——她和闻时礼只是兄妹。

骆子阳叹息道:"这也没办法发展成情侣,看来闻律要一直单身了。"

宋枝听着有点儿不舒服,犹豫着问:"为什么没办法发展成情侣?"

"你想嘛。"骆子阳开始给她分析,"你们以前就认识,也一直以兄妹的模式相处,这种模式很难被打破的。"

宋枝一下子沮丧起来,骆子阳说得好像挺对的。

他一直把她当妹妹,从没有过逾越的举动。两个人间仿佛有一道无形的屏障,很难被打破。

宋枝回到宿舍时,宿舍里一个人都没有,其他三个人去上周二上午的高数课了。

现在的时间是十一点,她就算赶过去也快下课了。宋枝决定还是借她们的笔记看吧。

不过宋枝没有闲着,收拾了一下个人的小柜子,取出身份证,准备到学校附近的手机营业厅补办电话卡。

宋枝乘公交车到了营业厅附近,步行了十分钟左右,到达手机营业厅。

这会儿人有点儿多,宋枝自觉地排队。

宋枝办好手机卡从营业厅出来的第一件事,就是给陆蓉和宋长栋打电话报平安,让他们不要担心,自己现在已经安全回学校了。

打完电话后,宋枝凭着记忆存号码。新手机上的通讯录完全是空的,她先存好爸妈的号码,然后又连贯地打出了一串数字。

打完后,她发现这不是闻时礼的号码吗?她什么时候把他的号码记得这么熟了?

愣怔片刻后,宋枝还是把他的号码存进了电话簿里,备注是全名——闻时礼。

存好号码后,宋枝直接用流量下载微信,还有一些其他的常用软件。

宋枝一边下载,一边顶着太阳往公交车站台的方向走。

在间芸,这个季节的太阳不算热,但阳光还是有些刺眼。

手机屏幕被光照得有些看不清,宋枝只能调到最大亮度才能看清楚屏幕。她正准备再下载两个软件,陆蓉打电话来了。

她点了接听,然后把手机听筒放到耳边:"妈,怎么啦?"

陆蓉说:"刚刚和你打电话的时候忘记了一件事情。"

宋枝问:"什么事?"

"你陈叔叔拜托我,让你给陈斯打电话,你好好劝劝他。"陆蓉在电话那头叹了口气,

"陈斯上学期期末连挂三科，这学期又因为不断逃课被辅导员警告。你陈叔叔气得不行，就把他臭骂了一顿，结果陈斯居然嚷着要退学！"

宋枝听得皱眉："他又不是小孩子，怎么这么幼稚？"

"就是啊。"陆蓉说，"我们怎么劝他都没用。你陈叔叔想着陈斯从小就很喜欢你，你们又是同龄人，比较容易沟通，就想让你打个电话劝劝他。"

陈叔叔从小就对宋枝特别好，过年给她红包，平时也经常给她买零食，一个温和亲切的长辈。

更何况这就是一通电话的事情，不算什么麻烦事。

宋枝没有理由拒绝，当即应下："嗯，我给陈斯打电话吧。"

说到这里，她又想到自己的通讯录里还没有陈斯的手机号，又懒得去微信上问，于是对陆蓉说："妈，你把陈斯的手机号发给我，我怕打微信电话他接不到。"

陆蓉说："那先挂了吧，我给你发过去。"

宋枝说："好。"

挂断电话后，宋枝收到了陆蓉发过来的短信，内容只有一串手机号码。

盯着那串号码看了好一会儿，宋枝反应过来一件事情。

她记不住除了爸妈以外任何人的手机号，却记住了闻时礼的手机号，还记得这么牢，也不知道他能不能记住她的号码。

宋枝没有深想，趁着还没到公交车站台，拨了陈斯的号码。

陈斯接她电话的时间从来不超过手机响三声。

电话一接通，陈斯清亮的声音就带着热切传了过来："枝枝你居然主动给我打电话！哇，我简直'垂死梦中惊坐起'！是不是想我了？"

诗人元稹要是知道自己的诗被这么用，估计能当场扇陈斯几个耳光。

陈斯还是那么傻。

宋枝问："在干吗？"她总觉得直接进入主题有点儿唐突，于是决定先闲聊一会儿。

陈斯说："我在拉屎。"

宋枝忍着自己想挂电话的冲动，有点儿恼火地说："你说这个做什么？恶不恶心？"

陈斯不理解地说道："哪里恶心？你应该问问我拉的什么屎。"

宋枝的白眼翻出天际。

"我拉的——"陈斯用油腻且深情的语气说，"是和你的开始。"

"……"

啊啊啊！他恶心、油腻到让人无语！

宋枝长长地呼出一口气，缓解自己内心的不适感："陈斯，我有正事和你说，不想和你开玩笑。"

他沉默了一秒，说："你说呗。"

"我听陈叔叔说你要退学。"宋枝斟酌着用词，"我劝你还是好好地想想吧，学历是这个社会的敲门砖。我知道你家里有钱，但你总不能一直依靠家里吧？"

陈斯听后却不在意地说："我以为什么事呢！"

"陈斯！"宋枝逐渐失去耐性，"你能不能别总这么幼稚啊？"

陈斯一时没说话。宋枝也跟着沉默，来到公交车站台，在不锈钢长椅上坐下。

回学校的公交车还没来。

半晌后，陈斯认真地说道："我觉得你说的有道理。所以我深思熟虑后，决定干一件大事！"

宋枝问："什么大事？"

陈斯一本正经地说："我要退学去找你。"

宋枝简直满头的问号，从不耐烦转为了暴躁："你来找我干吗啊？"

"娶你啊。"陈斯说得像煞有介事，"男人当先成家再立业。我要去你读大学的城市开个酒吧，然后和你谈恋爱。"

"……"

回学校的公交车远远地驶来。

宋枝用自己最后的耐心对陈斯说："陈斯，我劝你不要退学、好好读书，就跟你说这么多。"

"枝枝——"

没等陈斯再说什么，宋枝直接挂断了电话。

公交车在她的面前停下，宋枝上车刷卡后，发现人有点儿多，只剩下最后排有空位置。她握着扶手杆，一路走到最后排靠窗的位置坐下。

公交车行过两个站后，宋枝想到了一件事——闻时礼让她办好手机卡以后跟他说一声。

宋枝登录微信，等数据加载完毕，翻到闻时礼的微信，纠结了一会儿后，发了一句："我的手机卡办好了。"

闻时礼可能在工作，没有第一时间回复她。

她的微信上还有许多其他的新消息，大多是室友和周崇生发的，在问她人有没有事情。

宋枝有点儿晕车，没有一一回复，回学校的时候，正好中午十二点钟。

宋枝到食堂里吃完午饭后才回寝室，推开寝室门的一瞬间，里面的说话声戛然而止。

三个女生一同看向门口的她。

两秒后，三个人异口同声地说："枝枝！"

上铺的孟佳妮迅速下床，急忙趿上拖鞋，冲到宋枝的面前拉着她上下左右地看："你没事吧？我们担心死了。"

宋枝摇头微笑道："我没事。"

陶佳和萧圆也跟着过来。

陶佳说："枝枝，那天我们等你等到很晚你都没出现。"

萧圆说："对啊，后来车来了，我们就在车上等你，等啊等，最后等到了救护车和警车，才知道你出事了。"

宋枝一时间觉得不太好意思。明明是她自己迷路了，浪费了大家的时间。

"抱歉。"宋枝说，"我那天找你们的时候迷路了，怎么走都回不到野炊的地方。"

孟佳妮连忙道："你人没事就好，说什么抱歉的话？先进来吧。"

四个人关上门。

宿舍中间有一张浅黄色的长桌，上面摆放着课本、笔等，更多的是女生的小玩意儿——化妆品、香水、护肤品这些东西。

宋枝接了杯水，到长桌前坐下。

孟佳妮在她的旁边坐下，问："那天你真的遇到熊了？"

"嗯。"

"太吓人了吧！"萧圆颇为震惊，同时想到了另外一件事，"本地新闻说现场还有一个男的，谁啊？不是我们中间的人啊。"

宋枝不想暴露闻时礼，说得相当模糊："就以前认识的一个哥哥。"

孟佳妮对这句话非常敏锐："不会是上次你说的已婚男吧？"

宋枝看了一眼陶佳。陶佳回给她一个眼神：放心吧，我会保密的。

宋枝暗松了一口气，然后说："是他，不过我误会他了。他没有结婚，甚至现在还没有女朋友。"

萧圆站在长桌对面，听到这话后猛拍了一下桌面："这就有戏！"

"没戏。"一说到这件事，宋枝很惆怅，"他只把我当妹妹。"

孟佳妮问："他说过把你当妹妹吗？"

宋枝抓了抓头发，说："这倒没有，但我目前和他的相处模式就像兄妹一样。"

"骨科吗？"萧圆平时最爱看禁忌骨科小说，一时间激动起来，"我想嗑，呜呜呜！骨科永远的神！"

宋枝示意她冷静，解释道："我和他没有血缘关系。"

孟佳妮懒洋洋地托着下巴，倏地轻笑一声，眉眼显得格外美艳："既然没有血缘关系，怎么没戏？但是你要先学会吸引。"

宋枝不理解："听不懂。"

"……"萧圆和陶佳也听不懂。

整个宿舍只有孟佳妮一人有丰富的恋爱经历，情场从不失手，哦，除了上次在细胞学教授顾清池的身上栽过跟头外。

孟佳妮懒洋洋地说道："顶级的猎手往往以猎物的方式出现。"

宋枝还是听不懂。

孟佳妮解释道："意思就是，你再喜欢他都不要主动，得吸引他，让他来追你。"

"我觉得……"宋枝相当没自信，"他不可能主动追人，更别说追我。他就是个工作狂。"

孟佳妮对自己的技术很有信心："不试试你怎么知道呢？"

宋枝问："怎么试啊？"

"对啊，怎么试啊？"萧圆很好奇，"我也想有机会试试。"

旁边的陶佳只是听着没说话。她一直话少。

"说得简单点儿吧。"孟佳妮托着腮的手落下，她开始分析，"男人这种生物天生好强。所以你要先激发他的占有欲，让他吃醋。"

"……"

"这是第一步，也是最重要的一步。"

宋枝若有所思，认真地问："要是他没吃醋怎么办？"

孟佳妮说："没吃醋就放弃吧！一个男人要是对你有意思，那就会有占有欲，所以说这一步能直接试探出那个男的到底喜不喜欢你。"

"原来是这样。"宋枝点点头，今日份的新知识已接收。

孟佳妮说："对，试出结果后我们再讨论。"

这天一直到晚上，宋枝都没想出该用什么方法去测试闻时礼对她有没有占有欲。

"啊啊啊！"

宋枝的思绪被孟佳妮的尖叫声打断。

萧圆和陶佳去了自习室，现在宿舍里只有她和孟佳妮两个人。宋枝条件反射地坐了起来，问道："怎么了？"

孟佳妮撩开避光蚊帐，从对面的上铺上探出头，说："救命！我做了件蠢事！"

宋枝说："你不要着急，慢慢地说。"

孟佳妮深深地吸了一口气，然后一口气把话说完："我养的鱼太多聊不过来，就把他们拉到了一个微信群里，想一起聊。"

"……"

"然后我不小心把顾清池拉进来了！"

宋枝听得怔住。除了孟佳妮，别人做不出这种事情来。

宋枝认真地说："那正好可以试试顾教授吃不吃醋。"

"顾清池他肯定不吃这套啊！"孟佳妮欲哭无泪，很快，话锋一转，"要不你也拉一个鱼塘群，试试你家那位哥哥？"

"……"她哪儿来这么多鱼啊？

再说，她真这样做的话，闻时礼可能非但不会吃醋，还会严肃地教育她。他会用特正经的口吻对她说："宋枝，你不能这样，这样不对。"

算了算了，宋枝当即否定："不行，他不吃这套。"

"好好好，先不说你家哥哥。"孟佳妮已经火烧眉毛，"我好尴尬啊，你快帮我想想我怎么解释啊！"

宋枝被她弄得也有点儿着急，开始出谋划策："你就说打广告吧！"

孟佳妮眼睛一亮："可以！"

很快，孟佳妮的眼睛黯淡了下来。她问："什么广告只拉年轻的男人啊？"

"……"

"我想到了！枝枝，快点儿帮我个忙。"孟佳妮一边飞速地打字，一边说，"你在网上找一张割包皮手术的小广告，我就说帮医院打广告。"

宋枝直接傻眼。什么东西？割……割包皮手术？

　　宋枝的脸有点儿发烫，孟佳妮还在催促："快！我先打字应付着，他们已经问我了！"

　　室友有难，宋枝不得不帮。

　　宋枝拿起手机点进某度，搜索间芸本地的男科医院广告。

　　首页居然真的有割包皮手术的广告图片。宋枝羞耻地把图片保存下来，然后点开微信，给孟佳妮发了过去，问道："收到了吗？"

　　孟佳妮忙着打字："等下。"

　　打完字后，孟佳妮跳出群聊界面，点到聊天列表里，说："没看到啊！你发给谁了？"

　　宋枝慌乱地拿起手机，仔细一看，差点儿晕过去。

　　她发给了闻时礼。她居然发给他了！宋枝差点儿当场去世。

　　这下换宋枝尖叫了："啊啊啊！"

　　孟佳妮吓了一跳："怎么了？怎么了？"

　　宋枝一边叫着，一边点开了和闻时礼的对话框，长按那张广告图，再点"撤回"。

　　"你撤回了一条消息。"

　　还好还好，不然她太尴尬了。

　　正当宋枝松了一口气的时候，闻时礼发来了一条微信消息，每一个字都把宋枝打进了尴尬的深渊。

　　闻时礼："割包皮？第二根半价？"

第八章　喜　欢

宋枝根本无法想象，现在手机屏幕那边的闻时礼是怎样的表情，救命啊啊啊！

这绝对是宋枝尴尬生涯里最绝的一回。

现在的她简直能抠出一套三室一厅来。

孟佳妮像是猜到了什么，不敢相信地瞪大了美眸："不是吧？枝枝，你该不会把图片发给你喜欢的人了吧？"

宋枝绝望地抬头："我完了。"

孟佳妮做出十分感动的表情，纤细的手指揪着衣领说："枝枝，你不愧是我的好姐妹，就连尴尬都要陪着我，我爱你。"

宋枝把那张广告图重新发给孟佳妮，然后焦躁地在床上来回滚了两圈："佳妮，他会不会把我当变态？"

孟佳妮说："你就说手滑发错了。"

呜呜呜，他真的会信吗？

宋枝深吸了几口气，迫使自己冷静下来，然后颤抖着手指给闻时礼发过去一条微信。

"我手滑，发错了……"

闻时礼回得格外快："发错了？"

很快，他又甩过来第二条："你确定？"

不然呢？

难道他真的以为她要让他去割什么包皮吗？

这男人什么思路？！

宋枝："就是发错了。"

宋枝："你忙吧，不用回我了！"

然后，在长达五分钟的时间里，闻时礼都没有再发新的消息过来。

在宋枝正琢磨着这起社死事件应该已经过去了的时候，闻时礼直接甩了一条十几秒的语音过来。

宋枝感觉自己的心脏"咚"的一下往肚子里坠，惴惴不安，无比惶恐。

这时候对面上铺的孟佳妮已经处理好了她的社死事件，向宋枝发起了关心问话："怎么样，解决没？"

"我先听个语音。"宋枝耷拉着脑袋，把手机听筒放到耳边。

听筒里传出男人慵懒含笑的嗓音："既然不是发给我的，那小宋枝是发给谁的？能不能告诉哥哥？哥哥想知道——"他在这里稍稍做了半秒的停顿，让接下去的话听着越发暧昧不清。

"究竟是谁，让小宋枝关心得这么细致？"

"……"

宋枝被问得头皮发麻。

要是其他小广告还好，偏偏涉及那么隐私的部位。

呜呜呜，她真的觉得自己好惨。

宋枝哭丧着脸说："佳妮，我跟他说发错了，结果他问我那是要发给谁的。"

孟佳妮说："看样子还挺不好糊弄。"

"是的。"宋枝懊丧无比，"他很聪明的，而且总能说一些让我没办法接的话。"

听完后，孟佳妮用一句话总结："那只能说明他道行比你深。"

孟佳妮问："他情史丰富吗？"

"不丰富吧？"宋枝想了一下，"我以前就认识他，没见过他谈恋爱。"

孟佳妮说："那他算天赋异禀。"

"好像也不是。"宋枝回忆起一些和闻时礼相处的细节，"他给我的感觉就是很愚钝，并且撩而不自知，总之就是把我当妹妹吧。"

"无语。"孟佳妮翻了个白眼，"别老拿妹妹说事了，你可不是他亲妹啊！那你还不赶紧想办法让他把你当个正常异性？"

宋枝盯了一会儿和闻时礼的聊天界面，长叹了一口气："算了佳妮，先不说这些，帮我想想看我现在该怎么回他？"

孟佳妮说："你家哥哥很精，还是实话实说吧。"

"……"

既然孟佳妮都这样说，宋枝更不认为自己能有什么其他方法把这事儿搪塞过去。

她只好如实向闻时礼交代。

知道前因后果的闻时礼回道："行，原来是这样啊。"

宋枝看到这句话后，总觉得有些意味深长，左思右想后还是问了："难道你觉得我真的会推荐男的去做那种手术吗？"

闻时礼："没有。"

他耐心地发过来一串话向宋枝解释："我误以为是哪个男的要求你帮他找医院做这种手术，在我看来这很猥琐，想提醒你小心点儿。"

看完这条消息后，宋枝躁乱的心完全静了下来，甚至觉得有一丝甜。

她还特别想就这个话题继续和他聊几句。

宋枝："如果真这样怎么办？"

闻时礼："那你把哥哥的手机号给他，让他来找我。"

闻时礼："我来给他割，割以永治。"

宋枝简直要在屏幕前笑出眼泪来，心情变得十分愉悦，问："什么时候学的医？"

闻时礼回答："就刚刚。"

哈哈哈……

老男人还挺幽默。

宋枝突然想到他明天还要参加庭审，不想再占用他的宝贵时间，乖巧地发消息："先不说啦，时礼哥你早点儿休息，明天加油！"

闻时礼："谢谢小宋枝，晚安。"

宋枝："晚安安。"

周四上午九点，乔立坤杀人案在间芸市高级人民法院重新审理开庭，引得多方媒体以及各电视台一大早就在法院蹲守。

全程会在网络上直播。

上课前，宋枝在女厕隔间里，利用最后十分钟看现场直播。

作为被告委托律师的闻时礼，自然备受多方关注。他西装革履，从宾利上下来时，众人都扛着摄像机飞速向他奔过去。

"闻律，请问这次您的把握大吗？"

"对于外界评论你是'杀人魔的救星'这件事，你怎么看？"

"作为目前口碑最好的金牌刑事律师，此次案件会有压力吗？"

"……"

那些记者的问话都很犀利，甚至不少提问都带着浓浓的恶意。

隔着屏幕，宋枝都会觉得紧张，甚至有些窒息。

在她看来，闻时礼如多年前在莲庆墓园时一样，在面对一干记者的毒辣提问时，脸上没有一丝慌乱和惧色，眉眼间皆是平静、冷淡。

对着诸多镜头，他的目光仿佛隔着屏幕与宋枝对视。

不知怎的，在这一刻，宋枝的呼吸都跟着停顿了一秒。

她总觉得他在看她。

闻时礼对着面前的一堆话筒，脸孔英俊严肃，唇角无一丝笑意，不紧不慢地只说了一句话："尽力而为，问心无愧。"

"……"

呜呜呜，他好帅啊！

宋枝捧着手机露出了甜甜的笑容，在心底给他打气：哥哥加油！

庭审一直进行到中午十二点。

宋枝正好下课，和其他三个室友出了教室，准备去食堂吃饭。她刚准备发消息询问闻时礼时，就收到了他的微信。

闻时礼："别忘记这周末要和我一起吃饭。"

宋枝一边走路一边低头打字："没忘。"

闻时礼："周末我到学校去接你，我们中午去吃。"

宋枝刚回过去一个"好"字，就不小心撞到了一个人，抬头发现是周崇生。她下意识地道歉："不好意思，我没看路。"

周崇生说："没事，我在等你。"

一旁的萧圆直接"哎哟"了两声："等我们枝枝干什么呀？要约她呀？"

周崇生没否认，却说起另外一件事："宋枝，我给你发的微信怎么都没回？一直联系不上你，我很担心。"

一句担心，直接引起了周围三人的起哄声。

尤其是孟佳妮，毫无顾忌地凑到宋枝耳边，快速无比地小声说："我就说他喜欢你，你还不信，啧啧啧，人家找上来了。"

"……"

对于这样的场景，宋枝觉得不适且尴尬，只能客套、礼貌地说道："我没事，谢谢关心。"

周崇生没管起哄声，朝她清爽地笑笑："那这周末我能约你吃个饭吗？"

"啊？"宋枝没犹豫，"不行，我有约了。"

周崇生似乎没想到会被拒绝，眼睛里的光瞬间暗淡了几分："那下下周行吗？"

周围还有很多人，宋枝觉得直接拒绝有点儿伤人面子，于是笑笑道："再说吧，我先去吃饭了。"

她说完，直接拉着其他三人快步离开。

四个女生手挽手走在芸大的椴树小路上。

不知谁先提到了刚刚周崇生约宋枝的事情，很快就引发了一场激烈的讨论。

孟佳妮说："我跟你们说，我早就说过周崇生喜欢她！我属预言家，信我总没错。"

萧圆说："讲真，周崇生挺好看的，听说有不少女孩子喜欢他。嗐，阳光运动大男孩谁不爱啊？"

陶佳默默听着不说话。

陶佳心里很清楚，宋枝绝对不会喜欢周崇生的。因为周崇生固然不错，但比起那位金牌刑事律师来说，到底不在一个水平，差得太远，连做情敌都没资格的那种。

宋枝被这事弄得有点儿心烦："我会和他说清楚的，我有喜欢的人。"

"直接拒绝。"孟佳妮说，"最乖的永远是下一个。"

从食堂吃完饭以后，宋枝回到宿舍躺在床上发呆。

她觉得自己好像还和以前一样，什么都没有变。

她还是习惯性地会把他当作拒绝别人的理由。

那这样是不是说明——

自己还是很喜欢他，只是不想承认罢了？

周五晚上的宿舍里很安静，孟佳妮照常外出约会，萧圆和陶佳相约图书馆。

宋枝没什么安排，就独自在宿舍里待着。

实在有些无聊，宋枝洗了一盒冬枣在桌前坐下，准备找部电影来看。

在某播放软件搜寻了十分钟后，宋枝锁定了一部高分美国爱情电影，名字叫《怦然心动》。

评分真的好高，她就看这个吧。

在观看到第三十分钟的时候，宋枝看到男主角布莱斯把喜欢自己的女主角朱莉送的鸡蛋丢掉时，心情一下变得特别难受。

这让她一下想到了当初那个被丢掉的纸鹤菠萝。

送给喜欢的人的东西被丢掉，本就是一件特别让人难过的事情。

不管过去多久，宋枝每每想到此事，再好的心情都会跌落谷底。

上万只纸鹤，她数不清地重复折叠着，纸鹤最后却与一堆垃圾做伴。

宋枝越想越难受，连嘴里嚼着的冬枣都如蜡似的无味。

旁边的手机在这时候响起。

宋枝暂停电影，转手拿起手机，看见来电人是闻时礼。

她想着现在宿舍里没有人，直接接应该没关系。

宋枝在接听电话的同时，眼睛扫到 iPad 左上角的时间：九点五十八分。

他怎么会突然给她打电话？

宋枝来不及细想，手机听筒里传来闻时礼熟悉温润的嗓音，带着不明显的沙哑："小宋枝，明天能和哥哥一起吃饭吗？"

宋枝手里还剩半颗冬枣，咬了一口后，含混不清地说："不是约的后天周末吗？"

那边安静了下来。

宋枝听到有车辆喇叭的声音。

在她想开口的时候，听到闻时礼的嗓音重新从听筒那边传来："明天不可以吗？"

语气里透出些许颓丧和不易察觉的期盼。

宋枝咀嚼的动作停下，她直接咽下冬枣，小心翼翼地开口："时礼哥你怎么了？声音也有点儿沙哑。"

"烟抽多了吧。"闻时礼懒洋洋地在那边笑着，"不知道你还记不记得，哥哥对你说过的一句话。"

宋枝问："什么？"

"我说过。"闻时礼停顿了一秒，把接下来的每一个字都说得认真清晰，"哥哥只要一见你，就会觉得很治愈。"

"……"

不知道是不是宋枝的错觉，她竟然从中听出几分深情来。

他在车内拉着她的手写字的画面，一时间清晰地浮现在脑海里，竟让宋枝不受控制地开始耳根发热，连带着说话也有些不利索："记……记得啊，然后怎么了？"

"然后——"闻时礼长长地叹息一声后，嗓音变得很低，"哥哥明天就想见你。"

"……"

"或者今晚。"

宋枝再次瞄了一眼 iPad 的左上角，看着已经跳到十点的时间，说："今天真的有点儿晚，你是不是遇到什么事情了啊？"

不然他怎么会无缘无故地说这种话，还迫切地想要见她。

闻时礼却只淡淡地说道："没事。"

宋枝心里很疑惑，又觉得今天真的太晚了："那就明天一起吃饭吧，我明天不忙。"

得到她的同意后，闻时礼的情绪明显有所缓和，连带着语调都放松不少，更显得温柔亲和："好，那我们明天见。"

"嗯。"宋枝说，"明天见。"

就在宋枝以为通话到这里就要结束时，闻时礼突然问她一句："刚刚在吃什么？听着嘎嘣脆的。"

宋枝的一句"拜拜"就这么卡在了喉咙里。

她盯着面前几颗光秃秃的深棕色冬枣核，如实告知："冬枣。"

闻时礼说："听声音很好吃。"

一般当人形容某样东西看上去、闻起来很好吃的时候，那基本上就是想吃。

于是，宋枝下意识地说："我这里还有，挺新鲜的，我明天给你带点儿。"

可惜，闻时礼却不是这么个意思。他在那头轻轻笑了下，说："哥哥不吃。"

宋枝"哦"了一声，说："还以为你想吃呢。"

"但哥哥有个无礼的请求。"

宋枝沉默了一秒，平静地说："说来听听。"

我倒要看看有多无礼。

闻时礼说："等我到家后想再给你打个电话，听你吃冬枣的声音。"

"……"

宋枝愣住了，两秒后直言不讳地说道："有一说一，你这请求是挺无礼的。"

谁会没事要求在电话里听人吃冬枣啊？

没有吧？

老男人果然思路清奇，不走寻常路。

闻时礼的声音接在一声车辆的喇叭声后面，带着点儿吊儿郎当和无赖的口吻："作为你的救命恩人，哥哥这点儿小小的请求你都没办法满足吗？"

宋枝以手托腮，嘟囔道："你这是道德绑架。"

他慵懒地低声笑道："那我成功了吗？"

"……"

"我就纳闷儿。"宋枝此时的表情分外不理解，"普普通通吃冬枣的声音有什么好听的啊？"

闻时礼倒解释得颇有理由："冬枣普通，嘎嘣脆的声音也普通，可是吃冬枣的人不普通。"

这怎么听都像是暧昧的情话……

宋枝遏制住自己脑子里疯狂抛锚的神经，加快语速道："行了别说了，我吃还不行吗？"

"嗯？"男人尾音上扬，"看来小宋枝被我绑架成功了。"

宋枝的心跳在加速："让你别说了！"

"好，哥哥不说了。"闻时礼的语气听上去比才通话时好了许多，"到家后打给你。"

宋枝轻轻"嗯"了一声："那先挂了。"

"嗯。"

挂断电话后，宋枝盯着盒子里寥寥几颗冬枣发呆，像是没缓过神。过了好半天，她依旧觉得他的要求很无礼。

重点是他知道自己无礼，还要她答应！还道德绑架！

她还……还让他得逞了。

呜呜呜……

这么几颗冬枣想必也不太够。

宋枝在心里谴责了一番某人不厚道的行为后，又起身去洗了一盒冬枣，然后重新坐下继续看电影。

又是大半个小时过去了。

电影还没看完，闻时礼的电话就打了进来。

暂停电影后，宋枝把冬枣扒到面前，接通后平静地问："想问一下，我这边是直接开始吃吗？"

闻时礼懒洋洋地笑道："吃吧，我躺在床上了。"

他要听着她嚼冬枣的声音睡觉？

什么鬼嗜好啊！

宋枝忍着不悦，把 iPad 调至静音，一边看着无声电影一边吃冬枣。

在咬冬枣的时候，她故意咬得很重，发出清脆的果肉撕裂声，一边嚼一边故意含糊地问："够不够脆？"

安静了两秒后，男人失笑出声，败下阵来似的说："够。"

宋枝见自己难得占据上风，抓住机会调侃他："请问闻律您还满意吗？"

他忍着强烈的笑意："满意满意。"

在她还想占据更多上风的时候，闻时礼低声问她："你这样逗哥哥，让哥哥怎么睡？"

宋枝立马噤声。

他要是一直不睡，那她不得一直吃冬枣？

不行不行，绝对不行！

宋枝立马变乖了，说："那你好好睡觉吧，我不说话了。"

闻时礼问："怎么不说话了？"

"你不是要睡觉吗？"宋枝疑惑，"我说话的话你会睡不着啊。"

闻时礼问得特别理所当然："晚安都不跟哥哥说，哥哥怎么睡？"

这男人睡个觉怎么这么麻烦啊！

她以前还没发现。

她调侃他，他就不能睡了。

她不说晚安，他又不能睡。

宋枝强行压住自己吐槽他的冲动："晚安。"

闻时礼说："怎么不像微信上那样说？"

她直接怔住。

微信上说的是……晚安安。

她用的叠词。

但那是她在打字的情况下说的啊！

要是让她在电话里和他说"晚安安"，那好羞耻啊……

才不要！

半天没等到晚安的闻时礼直接懒洋洋地开口催道："快点儿，哥哥想听。"

"……"

你想听我就要说吗？

什么强盗逻辑！

宋枝用特别坚决的口气拒绝："不要。"

"不要？"他像是没料到自己会被拒绝一样，在一瞬的沉默后轻笑道，"哥哥救的原来是只小白眼儿狼啊，哥哥现在后背还疼着呢，你就一点儿都……"

"打住！"宋枝打断他，深吸了一口气，"我说还不行吗？"

她实在不想背上"没心肝""小白眼儿狼"的骂名。

闻时礼鼻腔里"哼"出一声笑，像是很满意自己得逞了。

宋枝酝酿了半分钟后，直接打脸先前态度无比坚决的自己，又快速又小声地说道："晚安安……"

啊啊啊！

真的好羞耻！

她不活了，呜呜呜。

没想到的是，闻大律师还是不满意，甚至挑刺道："声音太小，听不到。"

宋枝忍气吞声地重复："晚安安。"

闻时礼说："没有感情。"

"……"

宋枝实在忍无可忍："你睡不睡？不睡我挂了。"

"睡。"他回答得迅速。

宋枝说："好，现在谁都不许再讲话，谁再讲话谁就是狗。"

那边安静下来。

iPad还在播放着电影。

由于刚刚忙着和闻时礼说话，宋枝漏看了好长一段剧情。她嘀咕道："害我好多剧情都没看到。"

说完的那一刻，她猛地意识到了什么。

嗯……

她瞬间变成狗了。

每日的社死灾难时刻还是来了，她躲不掉的。

可能她天生就是社死体质吧，还只是在他面前。

宋枝现在只能期待他没有听见，无事发生最好。

老天保佑！

怎么说呢？

也许老天没有这个闲工夫来管这种鸡毛蒜皮的小事情吧。

她默默祈祷完，便听到男人吊儿郎当地笑着调侃她："还不赶紧给哥哥学一声汪汪叫？"

宋枝直接耍赖："你烦不烦？"

闻时礼很无辜地说道："你自己说的，谁先说话谁是狗，现在还嫌哥哥烦？"

她无法反驳，只好再次用挂电话威胁："你再这样我挂了！"

闻时礼说："行，我刚刚失聪了，什么都没听到行吗？"

宋枝懒得理他。

两个人果真谁都没有再说话。

沉默持续到宋枝咔哧咔哧地把一整盒冬枣消灭完，她小声问："睡着了吗？"

如果他睡着了，她就可以挂电话了。

没想到，闻时礼秒回答："还没，你再吃点儿。"

"……"

两斤冬枣下肚后，宋枝撑得不行。只有听着手机里传出男人均匀规律的呼吸声，她才觉得自己这个罪没有白遭。

电影正好结束，画面上滚动着英文的演职员表。

宋枝把平板电脑收起，把塑料盒丢掉，再到卫生间洗漱。

她的一系列动作都放得很轻，生怕吵到好不容易睡着的男人。

刷牙的时候宋枝静下心思考，还是觉得今天的闻时礼格外反常。

他遇到什么不好的事情了吗？

她明天问问看吧。

宋枝吐掉口里的泡沫，洗脸后回到宿舍，擦好护肤品后拿着手机爬上了床，放下遮光蚊帐，躺进被窝里把小被子盖好。

她刚想把头钻进被窝里的时候，倏地想到他不让她捂着脑袋睡觉，一下就停住了动作。

等等……

潜意识里自己居然这么听他的话。

宿舍里静悄悄的，其他人都还没有回来，以至于听筒里传出的男人的呼吸声特别清晰。

正好手机就放在宋枝耳边。

好羞耻。

这样就像他睡在她的身边一样。

啊啊啊！

打住！

宋枝你在想什么啊？

清醒点！

宋枝用手轻轻搓了一下自己红透的耳朵，想把微信电话挂掉。

当她的手指落到挂断键上面的时候，却没舍得按下去。

她还……还想听，呜呜呜。

她想听着他的呼吸声睡觉。

五秒钟后，宋枝慢慢地把手指蜷进掌心，羞得不停地用指尖摩擦着掌心的纹路。

就这么挂着吧，仅此一次。

做好决定后，宋枝把充电线扯过来给手机插上，然后侧躺着用脸对着手机。

宋枝嘴角带着甜蜜的笑容，闭上了眼睛。

不得不承认——

她还是很喜欢他。

她像多年前一样，喜欢哥哥，喜欢得不得了。

宋枝整晚都美梦香甜，却在兵荒马乱的尖叫和吵闹声中醒来。

事情的经过是这样的。

十点钟，宿舍的其余三人都醒了，只有宋枝一个人在睡。

地上的三人为了防止吵到宋枝，各自的动静都非常小。

所以宿舍内十分安静。

而正因为这样安静，才能让三个人无比清晰地听到从宋枝的床上传出了男人绵长的一声低吟，类似于刚起床时伸懒腰的声音。

男人的声音极其优越，越回味越觉得勾人得很。

宿舍里一下就炸开了。

孟佳妮和萧圆对视了一眼后，同时互相掐着对方的胳膊发出激动的尖叫声："啊啊啊！"

278

旁边桌前的陶佳直接被叫得整个人都傻了。

在这种情况下，宋枝不可能还睡得着。

她醒了，但又没完全醒。

她慢吞吞地撑着侧边的床面坐起来，把遮光蚊帐撩起来，睡眼惺忪地盯着面前陷入激动的两个人："你们叫什么啊？"

萧圆露出意味深长的笑容："我们听到你床上有男人的声音！"

什么男人？

宋枝一脸蒙，还完全在状况外。

当宋枝后知后觉地反应过来时，已经晚了，开着免提的手机里传出了男人在清晨时独有的微微沙哑的暧昧声："小宋枝？"

救命！

宋枝瞬间清醒，直接无比迅速地把电话挂掉，面不改色地道："没什么。"

显然这回答没办法说服二人。

孟佳妮笑道："哟，这就连麦睡觉啦？进度生猛呀！"

萧圆说："声音真的好迷人啊！快点儿告诉我是谁？不然今天绝不放过你！"

宋枝被逼问得心脏快要骤停，却说什么都不肯交代。

经不住萧圆的纠缠，最后她只好说："这样吧，我只要能和他在一起，就告诉你们，不能的话说也没必要了。"

"枝枝，没必要藏这么紧吧。"萧圆摸着下巴表示疑惑，"你那个哥哥不会是网恋对象吧？我看小说里网恋就很爱连麦睡觉。"

宋枝摇摇头："真的不是网恋。"

"总之，"她加重了语气，"到时候真的能在一起，我带他和你们一起吃饭。"

萧圆很满意这个提议，不再继续逼问。

孟佳妮则说："宝贝，别忘记我教你的，先激发他的占有欲，想方设法让他吃醋。"

宋枝说："我尽量吧……"

对话结束后，宋枝看了一眼手机上的时间，发现已经十点了。

她要快点儿收拾了，不然等下该来不及了。

闻时礼的微信消息发了过来："等下来接你。"

宋枝回过去一个"好"。

然后她看着消息上方的那行字陷入了沉思。

通话时长：729:56。

她居然打了这么久。

他要是问起来的话，就说自己是忘记挂断了，而不是有心不挂断的！

对，就这样。

宋枝下床洗漱换衣服，然后坐在桌前化妆。

在上底妆的时候，她觉得胃有点儿不舒服，胀得难受。她没在意，接了杯热水喝了几口后继续化妆。

热水并非万能的。

胃部的不适感没有半点儿消散，反而愈演愈烈，她甚至有点儿想吐，想必是昨晚冬枣吃多了。

希望这回老男人讲点儿良心，别说她是小白眼儿狼了。

她都吃成消化不良了，再说她白眼儿狼的话她绝不认！

宋枝出了宿舍楼，往校门口方向去，路上给闻时礼发微信："我马上到。"

周末出学校的人很多，宋枝怕他看不见，想了想又发了一条消息："穿的白色裙子。"

很快，闻时礼回复："到哪儿？"

宋枝不假思索地回复："到小腿的位置。"

闻时礼："……"

他为什么要发点点？

正当宋枝不理解的时候，闻时礼又发过来一条："我说你人现在到哪里了？"

"……"

今天他们还没见面她就社死了。

宋枝尴尬得要死，也佩服自己的阅读理解能力。她甚至能想象闻时礼现在脸上带着怎样得意的笑容。

她平静地回复："校门口。"

闻时礼："嗯，我在校门口。"

五分钟后，宋枝步行到了学校正门，隔着百米的距离，她远远地就看到了靠在黑色宾利车身上抽烟的闻时礼。

他单脚支地，姿态闲散，眉眼间覆着一层朦胧的薄雾，为他的英俊平添几分筹码。

时值深秋，天气转凉了不少，可他只穿着单薄的黑色衬衫，领口不羁地松开两颗扣子，露着弧线流畅的锁骨。

在那层薄雾里，他抬头望过来。

闻时礼深沉的目光越过百米的距离，越过无数脚步速度各异的路人，准确地落到宋枝身上。

他吸烟的动作随着目光一同停住。

至少在这一刻，闻时礼很明白自己的目光为什么停留。

看着小姑娘远远地朝他走来，他才反应过来一个事实——她再也不是当年那个遇事只会哭鼻子的小孩了，身高长了不少。

她的变化真的很大，但变的不只是身高。

小姑娘的五官完全长开了，眉眼清纯又透着几分野性的美感，眼瞳亮得似星星，加上精心打扮过，怎么看都觉得赏心悦目，像一朵汲满养分盛放的白玫瑰。

她朝他走过来的时候，路过她的男生都会回头看她。

他承认，小姑娘现在怪漂亮的。

宋枝停在男人面前的时候，发现他似乎看她看得有点儿走神，于是伸手在他面前晃了晃："我脸上有东西吗？"

闻时礼回过神，唇角牵出淡笑："没，哥哥在想事情。"

宋枝说："那我们走吧。"

闻时礼说："嗯。"

闻时礼替她拉开副驾的车门，等她上车后又把车门关上，然后绕过车头坐进驾驶座里。

宋枝把包包取下来放在腿上。

闻时礼提醒道："安全带。"

宋枝把安全带系上。

他问："想吃什么？"

宋枝想了下，在车辆启动的时候慢吞吞地说："时礼哥，今天我想吃点儿清淡好消化的。"

"嗯？"闻时礼转头看了她一眼，"肚子不舒服？"

宋枝揉了揉胃部："好像昨晚冬枣吃多了。"

闻时礼说："不能少吃点儿？"

"……"

这男人是真的够坏。

宋枝皱眉，格外不满："不是你让我再吃点儿的吗？"

闻时礼轻笑道："哥哥让你再吃点儿，但没让你把自己吃到消化不良啊，这样显得我很坏一样。"

宋枝"哼"了一声："你本来就很坏。"

"算了。"闻时礼认命般失笑道，"看在小宋枝昨晚对哥哥那么好的分上，今天哥哥就不和你拌嘴了。"

宋枝抓着他话里的字眼发问："我就昨晚对你好吗？"

闻时礼笑道："每晚。"

他说得这么暧昧做什么？

宋枝揣着开始乱跳的心，淡定地问："你是什么意思？"

闻时礼漫不经心地"啊"了一声："没什么意思啊，不就顺着你的话说一说吗？"

原来是这样。看来又是她想歪了。

车厢内安静下来。

宋枝想到孟佳妮嘱咐她的话，还有周崇生约她吃饭的事情，沉默片刻后，假装不经意地试探道："时礼哥，要是有男生约我吃饭，是不是就说明他喜欢我？"

闻时礼目视前方，没有正面回答宋枝的问题，而是淡淡地问："想谈恋爱了？"

宋枝被问得心里咯噔一下。

很快，她调整好自己的情绪："没有。"

闻时礼说："那你不理他就好，反正那些凡夫俗子配不上你。"

什么奇葩的词？他真的挺目中无人的，狂得要死。

宋枝低头，抠着手指低声暗示："我总不能一直单身吧？"

"怎么不能？"闻时礼气息绵长地笑了下，"你不是骂哥哥老光棍儿吗？到时候小宋枝你也是单身的话，就是两个老光棍儿了。"

算了算了，他的愚钝程度她没办法形容。

宋枝放弃了试探，直接把话题跳过，拿早上的事情撒气道："你早上干吗突然发出声音？害得我室友乱叫一通。"

"我还没说你呢。"他眯眼笑道，"和哥哥打一整晚微信电话，舍不得挂？"

好在宋枝早有准备，她脸不红地撒谎："我只是太困忘记挂了。"

闻时礼拖着尾音懒洋洋地"啊"了一声："原来是这样。"

宋枝嘀咕："真自恋。"

闻时礼问："所以你的室友叫什么？"

"……"宋枝不打算告诉他室友因为觉得他的声音好听才叫的，不然又给他自恋的机会。

她把脸转向窗户："没什么。"

闻时礼只笑不语。

宾利减速准备靠边停下。

宋枝看着窗外的街道，发现没有任何餐厅，只有菜市场入口和一排门脸房。她转头问道："这附近好像没有吃东西的地方。"

闻时礼解开安全带，说："我下去给你买盒消食片，再带你去吃东西，你乖乖地在车上等我。"

宋枝乖乖地"嗯"了一声。

闻时礼开门下车，绕过车头，往右边一家绿色招牌的连锁药店走去。

看着男人高大笔挺的身姿，宋枝觉得心里暖洋洋的。

他有时候好坏，但更多时候又特别好，好到让她没办法不心动的地步。

坐在车上等待的几分钟里，宋枝没有玩手机，而是托腮看着窗外发呆。

药店旁边几米远的地方就是菜市场。

菜市场门口有一排卖菜的农民，个个皮肤黝黑，面上都是褶子。他们面前放着发黑的扁担和菜篮子，还有铺在地上的薄塑料布。薄塑料布上有各种新鲜的时令蔬菜，还有很多土鸡蛋。

宋枝记得妈妈曾经说过，这些农民因为付不起菜市场里的摊位租金，只能在菜市场外面摆摊，遇到城管的时候还得拼命地跑。

她这样想想，觉得他们挺辛苦的，生活从来都不容易。

此时，宋枝看见闻时礼手里拿着一盒药从店里出来。

她准备等他回来就问问，昨晚他为什么那么反常。他是不是遇到什么不好的事情了？

秋日的阳光下，他的眉眼似在生光，那样的一张脸她从哪个角度看都挑不出任何毛病。

闻时礼行走时步伐沉稳。

隔着一层暗色的车窗玻璃，宋枝正看得入迷时，突然看到一个白色的东西砸向闻时礼。

她大叫："时礼哥！"

然而豪车的隔音效果太好，闻时礼压根儿没听见。

宋枝瞪大了眼睛，眼睁睁地看着那个白色的东西砸在了男人太阳穴的位置，然后黏腻的液体飞溅出来。

光看着就觉得很痛，宋枝完全怔住，仔细地看清后发现那是颗鸡蛋。

碎裂的鸡蛋滑落在男人的宽肩上，蛋壳正好停在肩膀上。蛋液顺着男人的手臂快速地往下滑，沿着袖口滑到了男人拿着药盒的手上，再一滴一滴缓慢地落到灰尘满满的地面上。

闻时礼的脚步顿住，脸上没有明显的表情。他歪头看着狼藉的肩膀，闻到了浓烈的鸡蛋腥味。

他抬头，就和菜市场门口的一个农民老妇对上了目光。

老妇的个头很矮，一米五左右，背有点儿佝偻，显得更矮了。她的胸口剧烈地起伏着，像是非常生气。

和闻时礼对视一瞬间，她又弯腰从脚边的篮子里拿出了两个土鸡蛋，直接砸了过去。

闻时礼没有半分闪躲，只是将眼睛闭上。

两颗鸡蛋分别在男人的额头上和眼角处爆开。液体四溅，白色的蛋壳落到地上，瞬间引来了不少路人的目光。

宋枝慌乱地打开车门下车，飞快地跑过去，一把拉住男人的手臂，心疼地吼道："你为什么不躲开？"

质问完，她又转头盯着那个老妇："你为什么拿鸡蛋砸人？"

隔着几米的距离，宋枝清楚地看见老妇气得浑身发抖，混浊的双眼饱含愤怒。

老妇抬手指着闻时礼，颤抖着说道："他有什么脸躲开？帮杀人犯辩护的魔鬼！"

宋枝一愣，回头对上闻时礼的眼睛。他看她时目光很平静，开口淡淡地说道："她是周强的母亲。"

那不就是乔立坤杀人案中的死者周强吗？

宋枝完全能理解周强母亲的怒气从何而来，但她不能接受这种行为，试图讲道理："老人家，他又不是杀害你儿子的凶手，不过是个律师。你这样是不是不太好？"

"他也是凶手！"周强的母亲愤怒地说道，"那个乔立坤本来已经被判了死刑，就是因为闻时礼这个被钱蒙蔽双眼的黑心律师，乔立坤要被改判了！"

围观的人渐渐多了起来，甚至有人拿出手机拍照。

宋枝问道："现在庭审结果都没有出来，乔立坤哪里被改判了？"

"你旁边的那个魔鬼有失手过的案子吗？"周强的母亲说到这里，居然一屁股坐到地上，拍打着地面哭了起来，"只是可怜我那个冤死的儿子哟！被人捅了那么多刀，死后却等不到一个公正的结果！都怪有闻时礼这种魔鬼律师！"

路人纷纷同情这位受害者的母亲，低声议论起来，都是对闻时礼不好的词汇。

见到这样的阵仗，宋枝不受控制地觉得愤怒，浑身开始战栗。

她不想让他被这么多人指责，不想让他置身流言蜚语的中心。

她还拉着他的胳膊。

在接下来的议论声快要变大的时候，闻时礼毫不犹豫地做出了一个举动。

她将手直接下滑，握住他微凉的手掌，转过头对上他的眼睛。

"哥哥，别怕。"宋枝把每一个字都说得认真且坚定，"我们走。"

看着小姑娘这副随时战斗的模样，闻时礼竟然笑了，唇角弯了下："好。"

周强的母亲看着两个人要离开，怒意再次被引燃，直接从地上爬了起来，抓着篮子里的鸡蛋接二连三地掷过来。

眼看着鸡蛋就要砸到宋枝的身上，闻时礼动作迅速地伸手将小姑娘拦腰一搂，将她紧紧地抱进了自己的怀里，微凉的手掌落在她的后脑勺上小心地护着，然后转过身背对着砸来的鸡蛋。鸡蛋尽数砸在他的头上、肩胛骨上、后背上。

一直没什么明显反应的闻时礼，在这一瞬间沉下了脸色，回过头阴鸷地盯着周强的母亲："你最好适可而止。"

在闻时礼的威压感下，周强的母亲给不出任何反应，连哭都忘记了继续。

宋枝的脸上覆着他身上的乌木香草味。她从他的怀里把脸抬起，紧张地说道："时礼哥，你没事吧？"

闻时礼眼睑微微垂下，看着她："没事。"

宋枝说："那我们快回车上吧。"

闻时礼淡淡地"嗯"了一声。

两个人来到黑色的宾利前，后面还有不断的骂声。周强的母亲说闻时礼是名副其实的魔鬼，说他坐实了杀人犯帮凶的名头。

宋枝听着很难受，身旁的男人却没有任何反应。

闻时礼拉着她来到副驾驶座旁，拉开车门道："进去。"

宋枝乖乖地上车坐好。

在关上车门前，闻时礼转身，目光一寸一寸地扫过那些围观的路人的脸，尤其是那些拿着手机拍照的人。他用平静的语气说："你们骂我没关系，我不会在乎。但是如果我在网上发现任何有关今天这件事的视频，我会以侵犯肖像权和个人隐私权的名义起诉你们，到时候一个都别想跑。"

有些举着手机的路人明显被闻时礼震慑到，颤抖着把手机放下。

闻时礼将目光转向那些还在录像的人身上："头铁就等着收传票。"

丢下这么一句话后，他替宋枝关上了车门，绕过车头上车。

闻时礼一坐进车内，宋枝就闻到了很重的鲜鸡蛋味，腥腥的，很不好闻。她忙从包里翻出纸巾，伸过手去胡乱地擦着。

闻时礼身上实在有太多鸡蛋液的痕迹，宋枝根本不知道怎么擦才能擦干净。

闻时礼垂眸，看着小姑娘素净洁白的手正在不停地胡乱擦他的衣服，心里一暖，开口温和地说："你别擦了，反正也擦不干净，哥哥回家洗洗就好。"

小姑娘的手没停下，还在胡乱地擦他的腹部、肩膀、锁骨、脖子，再到下巴。

纸巾还在往上。

眼看着纸巾就要戳到眼睛，闻时礼笑着抬手握住她的手腕："好了，真的不用再擦……"

闻时礼的话戛然而止。

他话说到一半时，回头对上了宋枝满含泪水的大眼睛，小姑娘琥珀色的眼睛完全被水光包裹。很快，泪水就顺着她的眼角流到了白皙的脸颊上。

看见宋枝眼泪的闻时礼有点儿慌："哭什么啊？"

他转头看了一眼窗外围观的路人："先离开这儿，哥哥再哄你。"

闻时礼收回目光，迅速发动车子，动作利落地打着方向盘驶离这儿。

宋枝把纸攥成一团捏在掌心里。掌心里的纸团带着鸡蛋液，黏腻腻的，她的手也跟着黏腻腻的，脸上的眼泪也黏腻腻的。

这些真的好让人崩溃。她完全不能接受闻时礼被这样对待！

她想让他好好的，让他快乐幸福。

而不是像刚刚那样，他在大街上被人砸鸡蛋，被人臭骂。

目睹全过程的她真的很难受，比她自己受委屈还要难受。

车子重新停下，停在了一棵茂盛的椴树下，阳光透不过来。宋枝的眼前变得稍微暗了些。

她控制不住自己的眼泪，低着头，看见泪水一颗一颗地往下掉。

下一瞬间，男人微凉的手指覆到了她的右脸上，带着点儿力量，将她的脸扳了过去。

宋枝被迫与他的桃花眼对上。

她总觉得他不笑时显得有些冷淡，就像现在。

他的表情阴沉，似风雪天。

闻时礼瞧她瞧得认真，手指在她的脸上安抚性地摩挲了两下，认真地问："为什么哭？"

宋枝哽咽道："哥哥……我不想让任何人欺负你，以前不希望，现在不希望，以后也不希望。"

闻时礼的心在小姑娘带着哭声的话结束的那一刻跟着往下陷，落进一片布满阳光的沼泽里。

宋枝哭得太凶，脑袋昏沉沉的，没察觉到男人眼里情绪的变化，只自顾自地哽咽着问："昨晚……你……是不是也遇到类似的事情了？"

闻时礼认真地看着她的眼睛，说："差不多吧。"

昨晚下班从事务所出来的时候，他刚点上一支烟，就有人泼过来一桶漆黑的污水。他浑身湿透了，刚点上的烟也被泼灭。

骆子阳冲上前就要与人理论。他一把拉住骆子阳，淡淡地说道："算了。"

"可是闻律……"

"我说算了。"

闻时礼轻轻地掸着手臂上的污水，漫不经心地抬头看了一眼拿着水桶的人，能认出对方又是某一位受害者的家属。

他面上没有情绪，眼神也冷，什么也没说就抬脚离开了。

也许这样会有人误会他软弱可欺。其实不然。他与受害者家属计较太多能得到什么呢？他什么也得不到，只会徒增不少的骂名。

除了这一点，他单纯地觉得这些报复行为对他根本造不成任何实质性的伤害，顶多花点儿时间洗个澡、换身衣服。相比较从前他受过的非人的虐待行为，这已经好太多了。

但他看着小姑娘因为他受欺负哭成个泪人，相当内疚，不停地问自己：是不是这样不对？是不是要学会反击？

他的手还停留在她的脸颊上，她的眼泪已经到他的指缝里，手指上湿凉。

闻时礼轻轻地叹了口气，用手指帮宋枝擦眼泪，语气要多温柔有多温柔："好了，不哭了好不好？"

"……"

"哥哥一看你哭就心疼得紧。"

宋枝抽噎了两下，深呼吸，稍稍稳住了情绪，说："我不哭可以。但是你要答应我，以后遇到这种情况不能任凭别人欺负。"

闻时礼说："行，哥哥打回去。"

听到他的回答，宋枝不知道该哭还是该笑："我没让你打人，你还能不知道打人犯法吗？"

闻时礼很配合："好，不打人。"

宋枝抬手握住他的手腕，把他的手从自己的脸上拿下来，用纸巾擦他手指上的眼泪。沉默着擦了一会儿，她想到了一个问题："前面你一直沉默，最后为什么要让那些人删掉视频？"

闻时礼淡淡地说道："我倒无所谓，主要是因为视频里有你。"

宋枝怔住。

闻时礼又说："我不希望你被曝光在大众的面前，这会影响你的生活。"

他对她真好，处处为她考虑。

外面的街道上连一个行人都没有，树影重叠，阳光明媚，这样的一个时刻，在封闭的车厢里，她像是和他在一片无人区里。

氛围烘托到了一个暧昧的阶段，让宋枝很想表白。

虽然她现在还没测出他对她有没有占有欲，但是她很明白，自己对他有占有欲，迫不及待地想要他成为她的唯一。她想光明正大地占据他所有的偏爱和温柔。

"时礼哥，"宋枝打破沉默，"你还记得我十三岁时，你被咪姐迷晕的事吗？当时来处理案子的警察姓钟，你应该记得。"

闻时礼不知道话题为什么突然变了，但他还是配合地说："记得，怎么了？"

宋枝握着他手腕的手指不由得收紧，掌心开始冒汗。她说："钟叔叔那时候说我很护短。"

闻时礼看了一眼小姑娘握着他手腕的手："嗯？"

"现在我也很护短。"宋枝看着他深黑的双眼，声音开始发抖，"时礼哥，你是我的短，一直都是。"

"……"

"我会永远保护你。"

她都暗示到这个地步了，他该懂了吧！猪都能听得懂了。

很快，闻时礼给出了反应。他抬手轻轻地拍了拍她握着他手腕的手，收敛笑容，认真严肃地说道："我能感受到你的心意。"

他懂了！啊啊啊！爱情来了！

"放心。"闻时礼把手抽回，又在她的脸上捏了捏，"哥哥也会永远保护小宋枝的。"

宋枝刚刚激动的心仿佛掉进冰窟窿。他继续认真地说道："我保证，比永远还要远。"

宋枝铆足的劲儿在这一瞬间没了。

算了……她整个人无力地往座椅里靠去。

闻时礼看着她，问："怎么了？"

宋枝揉着发疼的太阳穴，说："没事，你先回家洗洗吧。"

"真没事？"闻时礼觉得有哪里不对劲儿，但说不上来具体哪里不对劲儿。

宋枝有气无力且可怜巴巴地抹去了眼角的一滴泪："真没事。"

闻时礼说："开车了？"

宋枝"嗯"了一声。

车子启动。宋枝的心随着窗外移动的景物一起后退，退到了不知名的街区里。

她一直都知道这个男人愚钝，但是从来没有想过他会这么愚钝。

她都暗示到这里了，他居然还不懂。可她也没办法对他直白地说"我喜欢你"。

她就像在下一盘死局的棋，没有出路。

闻时礼居住的地方在间芸市有名的别墅区，云水湾99号。

这里寸土寸金，住在这儿的全是名流上层。

停车坪里。

宋枝下车后看着面前六层的独栋别墅，忍不住感叹："时礼哥，你算是业内头部的律师了吧？你当初真该劝劝我。"

闻时礼关上车门："劝你什么？"

"劝我学法。"宋枝说，"我也想买这么大的别墅。"

闻时礼失笑道："算了吧，劝人学法千刀万剐。"

"……"

"不过呢，"闻时礼带着她往别墅大门的方向去，"你要是想住可以随时来住。空房间有

287

很多，没有人住。"

宋枝碎碎念："住进独居男人的家里不太好。"

闻言，男人转过头看她："和哥哥这么见外？"

宋枝没搭话。

闻时礼又说："放心，哥哥不会居心不良的。"

"……"可是她会啊！

宋枝忍住想翻白眼的冲动，不出声，踩过一条铺满鹅卵石的弯曲小路，途经一片被打理得不错的青草坪。闻时礼的别墅前院有几方花圃，长二三十米、宽五米，种满了尚未开花的小雏菊，只有绿茎暴露在阳光下。

宋枝放慢脚步，好奇地说道："时礼哥，你很喜欢小雏菊吗？"

"嗯？"闻时礼顺着她的目光看了一眼没开花的小雏菊，"喜欢。"

他回答完还不忘问宋枝一句："你喜欢吗？"

宋枝说："我也喜欢。"

闻时礼很自然地说："那等来年三月份，小雏菊的花期到了，你可以来看看。"

"好呀。"

两个人来到别墅大门口。

闻时礼低头把手指按在指纹锁上，随着"嘀"的一声解锁提示音后，门开了。

进门的时候，宋枝随口问道："为什么种小雏菊，而不是其他的花呀？"

闻时礼没有正面回答，只淡淡地笑道："小雏菊不好吗？"

"好。"宋枝说，"我就问问。"

闻时礼只笑不语。他没有告诉她，选择种小雏菊，纯粹是因为他当年第一次见到她的时候，她穿着一条纯白色的小裙子，裙摆上一朵清新的小雏菊非常醒目，醒目到治愈他好多好多年。

那些小雏菊和她一样，他每次一看到小雏菊，就会觉得治愈，觉得自己好像从没受过伤。

闻时礼从鞋柜里拿出一双黑色的拖鞋，放到宋枝的脚边，说："哥哥这里没有女孩子可以穿的拖鞋，你只能将就一下了。"

宋枝弯腰脱鞋表示理解："没事，我能穿。"

小姑娘慢吞吞地换鞋。闻时礼换好鞋以后，就在旁边默默地看着。

宋枝解开小皮鞋的纽扣，把脚伸出来，再脱掉白色的袜子，露出细嫩白皙的小脚。

闻时礼盯着她的脚看了几秒："你的脚怎么这么小？"

"哪里小？"宋枝说，"我穿三十六码。"

闻时礼几乎没有思考，俯身弯腰伸手把她的脚握住。宋枝的整个脚都被他握进了掌心里："这还不小？我一只手就能握住。"

"……"

宋枝愣在原地，一只脚踩进宽大的拖鞋里，一只脚被他握在掌心里。

他的手指微凉，却又让人觉得温暖。

宋枝的耳朵一下子红了。

她条件反射地把脚抽回："你干吗？"

也许是她的动作有点儿大，语气也重，闻时礼稍稍一愣，很快他反应过来，开口："抱歉。"

宋枝深吸了一口气，说："没事，你快去洗洗吧。"

闻时礼说："那我先去洗。房子你可以随便参观，每个房间都能进，别拘束。"

宋枝点点头："好。"

闻时礼上楼去洗澡。

宋枝在一层闲逛，左看看右看看。别墅面积挺大的，有两千多平方米，采用的是简约欧式风格，色调以白为主，装修、家具等从简，却又不失高级感，和他这个人挺像的。

一层主要是客厅和餐室，还有一个露天小台子是用来烧烤和喝下午茶的地方。

宋枝看完后从旋转楼梯往上。

二层有影音室、健身房、台球厅。

宋枝站在影音室门口，甚至能想象闻时礼一个人坐在羊绒地毯上看电影的画面。他的手边或许会放一瓶他喜欢的酒。应该没有零食，他这个人不爱吃零食。

继续往上，宋枝停在三楼的楼梯口，左右一扫，看见门都是开着的，全是卧室。

她在第二间卧室的门前停下。

透过一掌宽的门缝，宋枝看见卧室床头的柜子上，摆着一个彩色的纸鹤菠萝。

纸鹤菠萝顶端两片绿色的纸鹤堆成的叶子特别醒目。彩色的菠萝身，绿色的顶。这不就是当初她送给他的那个纸鹤菠萝吗？这也正是被褚珊珊扔在垃圾堆里的那个纸鹤菠萝。

宋枝垂落在身侧的手不由自主地紧握成拳，几秒后，她推门进到卧室里，完全没注意到浴室里已经停了水流声，径直朝那个纸鹤菠萝走去。

听到浴室门被推开的声音，宋枝回神，转头看向声源处。

她与裹着浴巾的男人对上了目光。

周遭沉寂。

宋枝的眼神里带了错愕之意。她压根儿没想到会误打误撞地进了他所在的卧室，还看见这么活色生香的一幕。

这就是……美男……出浴吗？

半身裹着浴巾的男人袒露着匀称的腹肌，每一处线条都恰到好处。再往上就是胸肌和结实的双臂。

闻时礼的身材属于那种完全符合女孩审美的好身材，和肌肉男没有半点儿关系，再配上白色的皮肤，很勾引人。宋枝没忍住自下往上看了两遍后，撞上男人略带玩味的目光。

紧跟着，他抛过去一句话："看够没有？"

被他这么一问，脸皮本来就薄的宋枝急忙扭头收回目光，替自己刚刚光明正大地打量他解释："你说房间都能进，我可以随便参观，我就没敲门直接进来了。"

他没有出声回答。

就在宋枝以为他很不悦的时候，听到他慢条斯理地说："嗯，所以也能随便参观我。"

宋枝差点儿一口气没提上来："谁要参观你啊？"

闻时礼说："你刚看得不是挺乐在其中？怎么看了还赖账？"

宋枝自知嘴皮功夫敌不过他，直接说："我懒得和你扯，你赶紧把衣服穿上，我先出去。"

"不用。"他慵懒地说，"你就站在那儿。"

宋枝站着没动，听到闻时礼把衣柜门拉开的声音，还有他翻找衣物时发出的窸窸窣窣的声音，以及钢制衣架碰撞在一起的声音。然后房间完全安静了下来，他开始不紧不慢地穿衣服。

又是一段时间过去。

闻时礼的声音自后方传来："好了。"

宋枝的目光扫过纸鹤菠萝的绿色顶。她转过身，看着衣装整齐的男人，把手往纸鹤菠萝的身上一指："它为什么在这里？"

闻时礼没觉得有什么不对劲儿："它不应该在这里吗？"

他似乎觉得好笑，唇角弯得很柔和："你送我的东西，不在我这里，那在哪里？"

宋枝哽住。

她一时接不上话，只好重新把目光投到纸鹤菠萝上，注意到少了样东西。

宋枝双手把纸鹤菠萝捧起来，看了一圈，说："我记得当时送你的时候还有一张卡片。"

她还记得卡片上有自己当初一笔一画写下的一句话——希望哥哥天天快乐，纸鹤菠萝代替我陪着你。

闻时礼用搭在肩上的毛巾擦着头发，看着十分闲散，开口时的语气带着些惋惜遗憾之意："卡片被哥哥弄丢了。"紧跟着，他又说，"但是上面的话哥哥还记得。"

宋枝看着他抬脚靠近。

随着两个人的距离被拉近，她闻到他身上好闻的沐浴露的味道，是一种淡雅脱俗的清香，和他整人的感觉一样。

"小宋枝说——"他在她的面前停下，含胸垂眸看着她的眼睛，声音低沉且语气暧昧地说，"祝我天天快乐，会代替纸鹤菠萝陪着我。"

宋枝屏住呼吸，不受控地后退了半步，嘀咕道："说话就说话，突然靠这么近干吗？"

闻时礼抽身站好，吊儿郎当地笑了一声："还害羞。"

宋枝愣了一下，反驳："我哪儿有害羞？"

闻时礼说："行，你说没有就没有。"

宋枝收回目光，低头看纸鹤菠萝时用手摸了摸，自说自话般开口："还以为再也看不到了呢。"

闻时礼把毛巾从肩膀上扯下："差点儿吧。"

宋枝问："什么差点儿？"

"你送我的纸鹤菠萝。"闻时礼轻笑一声,"差点儿就再也看不到了。"

宋枝不禁想到那次去找他,看见褚珊珊扔纸鹤菠萝的画面,难免有怨言和不满之意:"那还不是你默许你当时的女朋友扔的?"

闻时礼听到这话,神情明显一滞,缓了几秒后才不太确定地开口问:"女朋友?我哪儿来的女朋友?"

宋枝皱着眉说道:"褚珊珊啊。"

闻时礼思索片刻后,认真地提问:"褚珊珊是谁?"

宋枝提醒道:"就是你当时实习的事务所的老板的女儿。"

闻时礼沉默。

过了好一会儿,闻时礼像是终于想起来褚珊珊是哪个人了,恍然大悟般懒洋洋地"啊"了声,轻描淡写地说了一句:"那个女人啊。"

宋枝说:"对啊。"

"别说了。"闻时礼说,"太招人烦。"

宋枝不太明白他是什么意思,只好问:"能跟我说说吗?"

对于她的要求,他从来都答应得愉快:"能啊。"

事情的经过很简单。

几年前的闻时礼初来间芸,在一家有名的事务所里实习。他天资过人又勤奋,很快就受到了老板的青睐。老板一连交给他数个案子,他都完成得不错。

老板的女儿褚珊珊对他一见钟情。褚珊珊直白大胆,直接对外单方面宣称她是他的女朋友。后来,褚珊珊在闻时礼完成了一个八位数的案子后,当众向他求婚,却遭到了他无情的拒绝。

褚珊珊为了这个男人几乎发狂。他越拒绝她,她越想要得到他。她百般地对他好,费心地展示女人柔情似水的一面,送早餐、等他下班、嘘寒问暖等自是不在话下。

在持续数周后,褚珊珊失去了耐心。她深夜守在闻时礼的公寓门口前,缠着他要个最终结果。她问:"有可能还是没可能?"

闻时礼连眼皮都懒得抬一下:"没可能。"

褚珊珊问:"为什么没可能?"

"抱歉啊。"闻时礼浑身自带一种又傲慢又冷淡的气质,人十分淡漠,以至于说出来的话有点儿不正经,"真的没有那种世俗的欲望。"

褚珊珊心里憋着一团火气,忍了忍,几乎有些卑微地说:"我哪里不够好?我对你……"

闻时礼抬手打断她的话,没有往下听的耐心:"行了。"

他撇下不甘心的褚珊珊,要进门。

褚珊珊突然情绪失控,一把扯住他的胳膊:"你不要不知好歹!"

闻时礼的眼睛懒洋洋地一瞟,目光落在女人紧紧抓着他胳膊的手上,语气冰冷:"放开。"

褚珊珊没放手，开始说一些伤人的话："闻时礼，你能有今日的成绩和名气，不是依靠我爸爸吗？我看上你，是你的福气，你怎么不懂？"

"谢谢你。"闻时礼说，"你还是把福气留给别人吧。"

褚珊珊被他漫不经心的态度彻底惹恼。

深夜的楼道里，连呼吸声都变得很清晰，她强迫自己冷静，却收效甚微，怒气被推至一个高点上。

褚珊珊把他拽得更紧："你不就是个没有背景的孤儿吗？在我的面前有什么可骄傲的？我告诉你，只要你还想在我爸的手底下干，你就得听我的！"

闻时礼的情绪没有受到丝毫影响，面上甚至带着几分温柔的笑意。他看着褚珊珊，目光里带着点儿同情，不过更多的是冷漠："我会尽快离开事务所。"

显然，褚珊珊没有想到他会这样回答，当场怔在原处。

闻时礼抬臂拨开褚珊珊的手。

褚珊珊死死地盯着他的脸，几乎咬牙切齿地说道："你住的公寓也是我爸爸名下的。他免费让你住的！"

"放心。"闻时礼说，话一句比一句气人，"我会搬走的，就在下周。房子我都找好了。"

"……"

随着一声关门声，闻时礼把聒噪的女人留在了门外。

他解开领带，一边解衬衫纽扣一边往浴室里走。

冲澡的时候，他又想到褚珊珊长久以来的一系列行为，不禁有些心烦。

然后，他想到了穿着雏菊白裙的宋枝，于是忍不住感叹，原来人与人的差距会这么大。

这件事过后，褚珊珊难得消停了几天，却再生事端。

8月28号，闻时礼接到宋长栋的电话。宋长栋让他到派出所里接偷跑出远门的宋枝。

在送宋枝去车站的路上，闻时礼不停地接到褚珊珊的电话。她要他别忘记晚上事务所全部人员一起聚餐。

把宋枝送上动车后，闻时礼回到公寓里，却发现屋子空了。他的个人物品全部被搬走了。

在他准备联系物业看监控的时候，褚珊珊打来电话，用一种得意的语气对他说："我从爸爸那里拿到你公寓的钥匙。我把你的东西都搬到我这里啦！我把地址发给你，你过来和我一起住吧！"

褚珊珊没有听到他回答。闻时礼沉着脸直接挂断电话。

照着褚珊珊给的地址，闻时礼赶到后问的第一句话是："我的东西在哪里？"

褚珊珊伸手想拉他："就在左边的房间里，时礼，你……"

"滚。"闻时礼嫌恶地避开女人伸过来的手，绕道进到左边的房间里。

他好一顿翻找。

十几分钟后，闻时礼满头大汗地从一堆凌乱的物品里起身，沉着脸看向卧室门口的褚珊珊："用千纸鹤做的菠萝在哪里？"

褚珊珊没见过这么吓人的闻时礼，一时间害怕得讲不出话。

闻时礼重复道："用千纸鹤做的菠萝在哪里？"

褚珊珊紧张得很，嗓子也跟着发紧，好几秒后才试探性地说："我看那个……就是廉价的彩纸，也不值多少钱，我就扔了。"

"你扔了？"闻时礼皱起好看的眉，一改平日的温润模样，"谁允许你随便动我的东西的？"

"我……"

"你有病吗？"

"……"

闻时礼没忍住骂了句脏话。

褚珊珊被他骂得不知所措，认识他以来，还没听过他骂脏话。这是第一次，并且他还是骂她。

没等她反应过来，闻时礼就脚步匆匆地离开了。

那件事的后续是闻时礼驱车赶到间芸最大的城市垃圾处理中心，询问当时的值班人员从他所在的区域运来的垃圾堆放在哪里。

值班人员问他："很重要的东西吗？"

闻时礼毫不犹豫地回答："非常重要。"

"就那一大堆。"值班人员抬手指着堆积如山的垃圾，"你要找的话得快点儿，因为快要下雨了。"

闻时礼说："谢谢。"

天际已暗。

昏暗的天色像是把垃圾场变成了单独的世界。值班人员回到值班室以后，垃圾场内只剩下了闻时礼一人。

他拿出手机，打开手电筒开始寻找。

在接下来长达两小时的时间里，他见识到了种类繁多的城市垃圾——废旧的电池、腐烂的水果、空的可乐瓶、破了的洋娃娃等。

他却一直都没有找到宋枝送的那个纸鹤菠萝。

没办法，他只能继续找。他答应过她，会好好地保存她送的纸鹤菠萝，总不能食言吧。

要是她知道纸鹤菠萝不见了，会不高兴的。他不想让她不高兴。

乌黑的天空闪过白光，隐隐传来轰隆隆的雷声，如怨女低吟，越逼越近。

他抬头看见一道接一道的闪电，知道就要大事不妙。

闻时礼的身体开始出现反应——颤抖和冷汗。

他额头的青筋突起，伴随着呼吸急促。连在垃圾堆里翻找的手也不受控地颤抖着，他不得不加快速度。

好在老天不负有心人。

在雨滴落下的瞬间，闻时礼从一堆黑色的塑料袋里，看到了纸鹤菠萝绿色的顶。

他愣怔了一瞬间，很快反应过来，从兜里扯出提前准备好的干净塑料袋，把纸鹤菠萝捡起来装进袋子里，再牢牢地系好，确保雨水流不进去，最后特别小心翼翼地抱着纸鹤菠萝，把它护在胸前。

四十分钟后，闻时礼抱着那个纸鹤菠萝回到了空荡荡的公寓里，发现褚珊珊在那里等着他。

正值雷雨天气，他犯病犯得厉害。

褚珊珊捂着嘴，瞪眼看着抱着纸鹤菠萝蜷缩在地上发抖的男人，完全不敢上前，所有道歉的话全部卡在了嗓子眼儿里。

他一身雨水，很狼狈，和平日里斯文有礼的男人判若两人。

褚珊珊完全没办法接受这种反差，吓得连连后退，几秒后，落荒而逃。

从那以后，褚珊珊再没有联系过闻时礼，也再没有提过要和他在一起这件事，更是逢人就说："那就是个疯子。"

得知事情真相的宋枝半天缓不过劲儿来，那次让她痛苦的经历到头来却是一场误会。这让她的内心更加五味杂陈。

心情复杂归心情复杂，宋枝没放过这个调侃他的机会："哦，搞了半天你还是个母胎单身人士。"

闻时礼眉梢一挑，似笑非笑地说道："什么？"

宋枝说："你没听清就算了，好话我不说两遍。"

闻时礼问："你那算什么好话？"

"你不是听清了吗？"

闻时礼难得落于下风，倒也没有和宋枝贫嘴，温和地问："饿不饿？哥哥去给你熬点儿粥喝。"

宋枝抿了抿唇，说："有点儿饿，但也有点儿消化不良。"

闻时礼说："稍等。"很快，他拿来了那盒从药店里买来的消食片，打开盒子取出一板，摁开锡箔纸取出两粒药，"伸手。"

宋枝乖乖地伸手，手心向上。

闻时礼把药放到她的掌心里，含笑说道："这种药你可以直接嚼碎吞下，这样就不会再喷到我的衣服上面了。"

"……"她尴尬的经历在眼前重现。

宋枝没忍住，很不满地质问他："你干吗非要故意提我丢脸的事情？"

闻时礼笑着反问："难道不是一段轻松美好的回忆？"

"才不是。"宋枝不想和他多说，"你去熬粥吧。"

闻时礼说："好。"

宋枝把两粒消食片放到嘴里嚼碎，微甜带酸的味道在嘴里散开。

酸酸甜甜的，就像她喜欢他的感觉一样，让人欲罢不能。

她的目光落在纸鹤菠萝上。宋枝冒出个无厘头的想法：这纸鹤菠萝要是能开花，闻时礼那颗榆木脑袋是不是也会开窍？

这好好笑。

没关系，如果他没开窍的话，那她就再努力一点儿。她一点儿一点儿地朝他靠近。

骆子阳难得在休息日的时候不加班，却放松不下来，只能干躺在床上发呆。

他会这样，纯粹是因为他的老板闻律最近太反常了。

周二那天送宋枝小姑娘回学校以后，骆子阳回到病房里，继续向闻律汇报与案子相关的工作。正事说完以后，鲜少说闲话的闻律突然抛出一个问题给他。

他当场怔住。

闻时礼说："你说，要是一个男人喜欢上了一个认识很多年的小姑娘，会不会不太好？"

骆子阳认真地思考后，说："两个人差距大吗？"

闻时礼说："挺大的，六岁半。"

骆子阳往下说："那不就代表，男人认识小姑娘的时候，小姑娘还很小吗？"

"是的。"闻时礼回答道。

骆子阳激动起来："那个男人真不是东西，变态吧！"

骆子阳骂完以后，忽然觉得病房里的气氛有些不对劲儿。他试探性地开口："闻律，怎么了？我没说错话吧？"

闻时礼面上平静，语气毫无波澜地说道："那个男人就是我。"

骆子阳疑惑了。

空气沉寂下来。

骆子阳和男人深沉的目光对上，心里忍不住咯噔一下，舌头开始打结："闻律您听我解释！我的意思是那个男人不是东西，而不是您不是东西！不对不对，我的意思是……"

闻时礼抬手打断他的话，骆子阳立马闭上他那越描越黑的嘴巴。

闻时礼像自嘲般轻笑了一下："你没说错，我也觉得我不是东西。"

骆子阳不敢接话。

"可是——"男人声音变低，语气认真地说，"我还是想试试。"

骆子阳壮着胆子问："不会是宋枝小姑娘吧？"

"是她。"

还真是她啊！

骆子阳真后悔在车上对宋枝说过那些话，还说她和闻律绝不可能，现在真打脸。

沉默半晌后，骆子阳还是觉得不敢相信："闻律，您确定那是喜欢吗？毕竟您是这么不近女色的一个人。"

"我也不确定。"闻时礼说，"我只知道，当我看着她傻傻地面对黑熊站着，我冲过去的时候什么也没想，就想着要保护好她，要一直保护她。"

闻言，骆子阳摸着下巴若有所思，说道："您对她有很强的保护欲，这也是一种喜欢。"

闻时礼有些烦躁，把面前的电脑合上："我也觉得是这样，但我现在怕吓到她。"

骆子阳说："对啊，吓到小姑娘的话，以后连朋友都做不成了。"

"那怎么办？"他问。

好问题。

但重点在于，骆子阳也没什么相关经验。

老板发问又不得不答。他索性胡乱分析道："这样吧闻律，您先不要表现出来，暗示她、撩她，看她什么反应。"

"然后呢？"

骆子阳说："如果她没什么明显的反应，您就不要轻举妄动，再观察一下。"

闻时礼对感情一窍不通，决定多问一句："那具体该怎么做？"

闻时礼再次把骆子阳问住了。

片刻后，骆子阳硬着头皮胡编乱造："您和她不是以前就认识吗？可以多提提以前的事情，勾起她和您的美好回忆，循序渐进，您能懂我的意思吗？"

"行。"闻时礼胸有成竹地说，"完全能懂。"

四天过去后，骆子阳躺在床上回想两个人在病房里的话，还是觉得奇幻，就像在做梦一样。

他完全想不到闻律有朝一日会因为感情问题困扰。

骆子阳唏嘘时，手机响了起来。

骆子阳拿过床头的手机一看，赫然显示两个字：闻律。

骆子阳心里咯噔一下，条件反射地从床上坐起，迅速地接起手机，尊敬地问："闻律，有什么事情吗？"

闻时礼心不在焉地搅着锅里面的粥，开口道："你跟我说的方法不管用。"

骆子阳心想完了，面上却装镇定："具体说说怎么个情况。"

"你不是让我撩她、暗示她吗？没用。"闻时礼把勺子搁在一旁。

"怎么暗示的？"骆子阳问。

闻时礼说："她原来送过我一个纸鹤菠萝，附着一张卡片，卡片上写着纸鹤菠萝会代替她陪着我。我刚刚和她说话的时候，故意说反这句话，说她会代替纸鹤菠萝陪着我。她没反应，甚至还嫌弃我说话时离她近。"

骆子阳听得眉头直皱："我总觉得她不喜欢您。"

闻时礼沉默，心情瞬间不好了。

眼前锅里的虾仁粥翻滚着，香味四溢，目光固定在其中的一个点上，他说："是你的方法没用。"

骆子阳说："那第二种方法您试了没？提一提以前美好的事情。"

闻时礼用漫不经心的口吻遮掩自己不悦的情绪："也说了，还是没用。"

骆子阳问："怎么说的？"

"她今天消化不良。"闻时礼回忆着细节，"我递消食片给她的时候，让她不要像以前一样把药片喷到我的衣服上。"

骆子阳瞬间感到无奈:"您真这么说的?"

"嗯。"

骆子阳沉默了,长时间地沉默。

闻时礼几次以为骆子阳挂了他的电话,俊眉微蹙,出声问:"在听吗?"

骆子阳虚弱的声音传来:"有……但是……"

"但是什么?"他问。

骆子阳说:"但是我劝您还是放弃吧。"

闻时礼相当不满意这个回答:"不行。"

"慢慢来吧。"骆子阳束手无策,"她现在身边没有其他的男生就还好,您再观察观察,但有其他男生的话,就另当别论了。"

闻时礼正想说点儿什么的时候,厨房门口传来了一声清脆的叫声:"时礼哥。"

他条件反射地把电话挂断。

这种感觉就像他考试的时候作弊,被老师现场抓包一样,还让人怪不自在的。

在主卧里等闻时礼熬粥的时候,宋枝接到陈斯来电。电话里,陈斯告诉她,他一个小时后将登上前往间芸的飞机。

站在落地窗前看风景的宋枝当场怔住。

"你没开玩笑吧?"宋枝说,"你真的准备退学过来开酒吧?"

陈斯语气轻松地说:"真的过去啊,不过酒吧一时半会儿开不起来。我爸骂我逆子,不肯给我创业资金。"

宋枝相当无奈,说:"陈叔叔骂得对。"

陈斯辩解道:"我又没真的退学,只不过休学一年出来体验体验生活,实在不行我再回去读书呗。"

他休学总比退学好。

宋枝沉默片刻,问:"那你准备过来做什么?"

陈斯说:"我有个高中同学在间芸开密室逃脱,生意还不错。我准备在他那里帮忙。"

现在再劝也没用了,宋枝只好说:"好吧。"

陈斯说:"枝枝,我对那边不熟,你能不能接一下我啊?就间芸陶山机场,下午五点。"

宋枝说:"可我今天有约怎么办啊?"

"求你了,枝枝!"陈斯耍起赖皮,"要不然你就和你的朋友一块过来嘛,看在我原来每周都给你带好东西吃的分上,你就……"

"行了行了。"宋枝打断他的话,"我先问问,等会儿答复你。"

陈斯连忙道:"好!"

宋枝挂断电话,目光自窗外收回,转身往门口走去,准备下楼问问闻时礼有没有空。

宋枝下了楼梯,凭着参观过一遍的印象往厨房的方向去。离厨房还有一段距离时,她隐约听到男人低沉的声音,他像在和谁打电话。

脚步未停，她出现在厨房门口："时礼哥。"

厨房里，闻时礼站在一锅正煮得咕嘟咕嘟的白粥前，看见她时，动作迅速地把电话挂断。

宋枝觉得奇怪，随口一问："你在和谁打电话？"

闻时礼把手机揣回裤兜里，说："工作上的一些事。"

宋枝狐疑地道："那你怎么和做贼一样？"

闻时礼没有继续这个话题，朝她招招手："过来，你跟哥哥说想吃点儿什么小菜，我给你做。"

宋枝进入厨房，站在他的旁边，看着锅里翻滚的粥，闻了闻："好香，煮的什么？"

闻时礼用勺子舀起来一些粥给她看："虾仁粥。"

宋枝看着软糯的白粥里混着粉色的虾仁，瞬间胃口大开，转头道："就随便做点儿小菜吧，拍黄瓜和海带丝可以吗？"

闻时礼道："当然可以。"

宋枝想到那通和陈斯的电话，准备问问："对了，时礼哥，陈斯让我下午去陶山机场接他，你有没有空？"

闻时礼问："陈斯？"

宋枝点点头。

闻时礼半天没想起来这是哪一号人物："陈斯是谁？"

宋枝说："陈叔叔的儿子呀，你原来在我家里见过他。陈斯咋咋呼呼的，特别爱打游戏，还成天说要娶我。"

听到最后一句话，闻时礼终于想起来了陈斯究竟是谁，喉间哼出了一声意味不明的笑："就他啊！当初差点儿和你早恋的那个小子？"

宋枝愣了一下，想解释一下自己当初没有差点儿和陈斯早恋，但转念一想，真要解释给他听的话，不就暴露自己当初的心思了吗？

算了，他误会就误会吧。

宋枝问："那你下午有空吗？"

闻时礼神色淡漠，语气里也听不出什么情绪："你让我去接他，我肯定没空，但如果你让我陪你去一趟，那我有空。"

他左思右想，觉得无论如何都不能给陈斯那个小子机会——和小姑娘单独相处的机会。

宋枝没瞧出异常，问："那你就是答应下午陪我去一趟了？"

闻时礼"嗯"了一声。

宋枝眉眼弯弯地笑了起来："谢谢时礼哥，这样我就不用打车了。"

看着她开心，闻时礼也露出淡淡的笑意，抬手揉了一把她的头发："你去餐室等我，我给你拍黄瓜、拌海带丝。"

宋枝没避开他亲昵的举动，乖乖地点头："那我先出去了。"

"嗯。"他笑道。

宋枝离开厨房，去餐室的路上给陈斯发微信消息："我下午接你一下吧，你乘哪趟航班？"

陈斯很快发过来航班信息，附带可爱柯基的表情包："枝枝我爱你！"

宋枝觉得油腻，没回消息。

到了餐室里，宋枝看了一眼上方简约的北欧铁艺吊灯，心道这男人品味还不错，然后随手拉开一把椅子坐下，把手机放到桌上。

没一会儿，闻时礼端着一个木质隔热托盘到餐室里，托盘上放着两碗粥，还有她要吃的两样小菜。

闻时礼站在她对面，把一碗粥放到她的面前时，注意到桌面上未锁屏的手机，手机上清晰地呈现了陈斯的那句"枝枝我爱你"。

男人不经意地一皱眉。

宋枝沉浸在粥香里，没有注意到男人目光里隐隐不悦的情绪，夸赞道："时礼哥，你熬的粥还是这么香。"

闻时礼驴唇不对马嘴地回了一句："你们平时都这样聊天？"

宋枝一怔。

很快，她注意到闻时礼在看她的手机，有种被大人抓到早恋的错觉。

宋枝不自在地伸手把手机屏幕按灭。

没等她开口，闻时礼懒洋洋地说："爱来爱去，幼不幼稚？"

宋枝解释道："我平时没有和他这样聊天，只是他单方面喜欢这样对我说而已。"

闻时礼问："喜欢说爱你？"

"算吧。"宋枝说，"你又不是不知道，陈斯一直对我这样，我都习惯了。"

对于闻时礼来说，习惯是一种可怕的东西，比如他习惯抽烟，习惯失眠，习惯一系列精神类疾病带来的生理疼痛和心理负担，习惯被人指着鼻子骂"杀人犯的救星"。

习惯这些的他，竟一时接受不了她习惯陈斯对她说甜言蜜语。

他却始终能做到面不改色。

宋枝看不出一丝异样，拿起勺子，舀了一勺粥吹了吹后喂到嘴里，然后发出一声满足的感叹声。

宋枝："味道真好！"

他在她的对面坐下，唇角的笑带着一丝宠溺："你想喝就过来，哥哥给你熬。"

"嗯嗯。"

闻时礼内心不悦，导致胃口不好，简单地吃了几口后就放下勺子不再动，开始有一搭没一搭地和宋枝聊天。

也不知道是谁先把话题带到恋爱上的。闻时礼轻描淡写地问了一句："你喜欢陈斯那样的？"

宋枝瞪着眼："怎么会啊？"

那你喜不喜欢我这样的？闻时礼把这句话咽回肚中，沉默着，觉得问出来会暴露出他很强的目的性。

没办法，男人天生就是猎者，好胜欲深埋在骨子里。

他总不能输给那个只会打游戏的小子吧？那他太没面子了。

即使陈斯对他威胁不大，闻时礼还是觉得危机感很重。尤其他两轮试探失败后，更觉得成功的可能性直线式下降。

和她认识这么多年，他一直扮演着合格的哥哥的角色，对她嘘寒问暖，与她和谐相处。

他喜欢她到底是从什么时候开始的？

他开始厌倦这种关系，也开始厌倦和她的相处状态。

闻时礼觉得不满足，不想再玩兄妹游戏，想玩一玩成人间的恋爱游戏。

喝完粥，宋枝有点儿困倦，就到三楼的一间客房里睡了一觉。

醒来的时候临近四点，她今天得去陶山机场接陈斯。

宋枝爬起来，下楼时发现闻时礼坐在客厅的沙发上抽烟、喝茶，他的腿上还放着一个亮着屏幕的 iPad。

她走过去问："还在忙吗？我们要出发了。"

闻时礼把 iPad 放到一边，然后将烟按灭在玻璃缸里，说："走吧。"

宋枝应道："嗯。"

离开的时候，闻时礼拉着她的手，强行在密码锁上录她的指纹。宋枝被他掌心的温度热得有些发蒙，问："干……干吗？"

他没抬眼，拿着她的手指继续录指纹："你可以随时过来，不用经过我同意。"

宋枝任由他握着她的手指。

两个人指温相触，自有一番暧昧意味。

很明显，她没法拒绝这样一番暧昧。

宋枝倏地想到美剧里年轻的男女在别墅里开 party（派对）的画面，不禁笑着问："那我是不是可以带同学过来玩呀？然后把你的家搞得一团糟，你会生气吗？"

录完指纹，闻时礼松开她的手指，轻笑道："我能因为这点儿小事生你的气？请家政人员打扫一下不就行了吗？"

宋枝心间春柳拂动，面上强装淡定："也是，反正你不差钱。"

闻时礼失笑："就你聪明。"

两个人一起到停车坪上。

闻时礼依旧先帮她拉开车门，等她坐好后自己再上车。

黑色的宾利平稳地出发，驶出别墅区，再驶上城市的主干道，往陶山机场去。

遇到一个大幅度的左转弯时，闻时礼单手利落地打着方向盘，懒洋洋地问："下周有什么安排？"

宋枝说："还不知道。"

闻时礼说："那……"

"哦，对了。"宋枝想到一件事，"我一个室友和我提过，好像下周想约我一起去玩密室逃脱。"

孟佳妮说星光广场四楼新开的一家密室逃脱很好玩，想让整个宿舍的人一起去玩一下，具体的时间却又没确定。

宋枝转头问："怎么了？想下周再一起吃饭吗？"

"不行吗？"闻时礼一笑，"你欠我的饭还没请，反倒我又伺候了你一顿饭。"

宋枝嘀咕道："我又没说要赖账。"

"这样吧。"她说，"下周如果不和室友去玩密室逃脱的话，就请你吃饭。"

闻时礼淡淡地说道："周末不是两天吗？两天都去玩密室逃脱？"

他就这么缺她这顿饭吗？她好无语。

宋枝耐着性子解释："我得先问问具体哪天吧！"

闻时礼说："行。"

"等等。"宋枝抓住他话里的字眼，"什么叫又伺候了我一顿饭？"

闻时礼说："不是伺候吗？"

宋枝不理解地说道："就熬个粥，怎么就用上'伺候'这个词了？"

男人低声一笑，笑容在阳光下："因为——"他稍稍一顿，然后十分吊儿郎当地笑着，用半开玩笑半认真的语气说，"你是我的小祖宗啊，一直都是。"

宋枝瞬间心跳如擂鼓，像要在这车厢里窒息了一样。

她完全陷入了一种沉溺的感觉里，沉默良久。

闻时礼在红绿灯前转头，以屈起的手指托腮看着宋枝有些发红的脸："脸红什么？你自己都心虚，觉得我说的没错是不是？"

宋枝抬手搓了搓自己的脸："我这是热的。"

他随手一指车内的空调出风口，说："现在车里的温度只有二十三摄氏度。"

宋枝嘴硬道："那我也热！"

闻时礼低声一笑，没正经地叫她："小祖宗，你摸着良心回答我，我从以前到现在，伺候你伺候得少吗？"

他说的每一个字她听着都觉得很……怎么说呢……就……很暧昧？

算了，她就当自己色欲熏心吧。

一个小时的车程后，黑色的宾利停在了陶山机场的停车场里，两个人先后下车。

秋日的夕阳光照在远山的枫树林上，熠熠生辉，像观世音菩萨头上的一圈金光。

宋枝眺望远方，指着那片枫树林对正在关车门的闻时礼说："你看夕阳的光照在枫树林上，像不像观音头上的一圈金光？"

他合上车门，顺着她手指的方向看去，目光与她的目光落在同一片区域里。须臾后，他淡淡地笑道："你不觉得更像佛祖头上的金光吗？"

宋枝刨根问底："哪个佛祖头上的光是这样的？"

闻时礼绕过车头，来到她的面前，自然地抬手屈指，在她的鼻梁上轻轻地刮了下，漫不经心地说道："如来啊。"

301

宋枝捂住鼻子后退了半步，心想还真是，如来头上的光不就是这样的吗？

两个人往机场大厅走去。

宋枝走在前面三四米的位置。闻时礼单手插兜，慢悠悠地跟在后面，像在散步。

在路上时，宋枝突然想到了一个问题："时礼哥，你信佛吗？"

他回答得很散漫："不信。"

宋枝"哦"了一声，又问："那你拜过佛吗？"

闻时礼说："没拜过。"

"拜佛有什么用？"闻时礼从内心深处对此不屑，语气也冷淡，"求人不如求己。我要是等虚无的佛来度我，早就化为一抔黄土了。所以拜什么佛？"

宋枝吓得心跳都停了一下，未经思考直接转身，冲到闻时礼的面前抬手把他的嘴捂住，难免有些害怕："你乱说什么啊？谤佛会遭报应的！你不怕遭报应吗？"

闻时礼的口鼻都被小姑娘的手捂住了。他只露出了高挺的鼻梁和深沉的双眼。

他目不转睛地看着她。

宋枝有些着急："你说话啊！"

闻时礼没有出声，只是一直看着她，迷人的桃花眼轻微地眯起来，很像在笑。

对上他含笑的双眼，宋枝一瞬间恍惚。

就在这一瞬间，她觉得那些光不在佛祖的头上，而在他的眼睛里。

又过了一会儿，宋枝突然反应过来，因为自己把他的嘴捂住了，所以他没办法说话。这真让人有点儿尴尬。

宋枝悻悻地把手收回，不自在地掌心相抵，来回搓着，声音变得又轻又小："反正你以后不要这样了。"

闻时礼抬起手，手指在她刚刚停留过的地方轻轻地擦过。他漫不经心地一笑："怎么，小宋枝信佛？"

"也谈不上信吧。"宋枝抬脚继续往前走，"小时候我经常跟着爸妈去拜佛，还往功德箱里捐过很多钱，总觉得得怀着点儿敬畏心。"

闻时礼拖着尾音慵懒地"啊"了一声，像听进去了，又像没听进去。

对于他这散漫的态度，宋枝有些不满："你到底有没有听进去？"

闻时礼笑道："在听啊。"

宋枝翻着白眼道："那你能不能认真点儿？"

闻时礼问："还要怎么认真啊？"

"反正！"宋枝把语气加重，转头看了一眼慢悠悠跟上来的男人，"你不要再说让佛祖来拜你的话，听着太狂妄了。"

闻时礼像个听训的老实人，一言不发。

其实，宋枝比谁都清楚，他这个人就是狂妄，甚至已经形成了一种无法剔除的劣根性。他目中无人，绝情傲慢，谁都不放在眼里，也从不把事情往心里去。兴许这是他自我保护的一种手段吧。

听他不说话，宋枝也不好再说什么。沉默了一会儿，她想聊点儿其他的话题来缓和气氛，正准备开口的时候，闻时礼突然叫了她一声："宋枝。"

"啊？"她回头。

闻时礼周身都显得清寒，就算立于金灿灿的夕阳光里，身上也瞧不出一丝烟火气。他停在原地，在几米远的位置面带笑意地看着宋枝，嗓音清晰低沉地问："你不让我谤佛，是怕佛祖不高兴，还是怕我遭报应？"

宋枝被问得明显一怔，思考着他话里的因果关系。三个数后，她平静地分析道："不一样吗？"

闻时礼懒洋洋地笑着："哪里一样？"

宋枝说："你谤佛惹佛祖不高兴了，佛祖就会让你遭报应啊。"

"你讲清楚一些。"闻时礼非要揪着她问明白，"到底是怕佛祖不高兴，还是怕我遭报应？"

宋枝抿着唇不说话。

闻时礼追问道："回答哥哥。"

宋枝没搭理他，扭头继续往前走，脚步不由自主地加快，快得像在小跑。

他在后面追，一边追一边坏笑道："说话啊。"

被他追到最后，宋枝索性跑了起来，手里的包和白色的裙摆都在晃荡，晃荡在风里，晃荡在男人的眸光里。

他放慢脚步，看着小姑娘的背影，心一个劲儿地下陷，真想永远能这样看着她，哪怕只有背影，也足够了。

他们来到接机大厅。周围的人非常多，多到摩肩接踵的地步。

宋枝瘦瘦的，在人群里显得很无助，被人轻轻一挤，就觉得要窒息了。她刚被挤到一处准备喘口气，结果旁边立马又来了一个人高马大的男人。

宋枝还在想要如何避开身体摩擦，此时一只骨节分明的手握住了她的手臂。

闻时礼站在她的身后，伸手将她拉到自己的面前，用身体帮她辟出一方清净地。

宋枝终于得以喘息。

男人低沉的嗓音自她的头顶落下："就站在这儿等。"

宋枝"嗯"了一声，乖乖地在他的身前站好。

出口渐渐地涌出大量的人。周围不停有人喊着名字说"这里"，然后迎上去。

陈斯慢得出奇。直到四周的人散去，陈斯才拖着个红色行李箱慢悠悠地出现在宋枝的目光里。

闻时礼看见陈斯，下意识地问身前的宋枝："是他？"

宋枝说："对，好慢啊。"

陈斯一眼就看见了穿着白裙亭亭玉立的宋枝，瞬间双眼放光，取下戴着的 AirPods（苹果无线耳机）塞进包里，拉着行李箱百米冲刺般冲向了宋枝。

行李箱的万向轮疯狂地在光滑的地板上摩擦，发出声音。

"枝枝！"陈斯叫她。

宋枝实在难以招架这样热情的他。

她想，就让陈斯这样冲向她的话，她会不会被扑倒在地上？

宋枝一时做不出反应。

眼看陈斯就要冲到她的面前，宋枝相当认真地退了半步，出声制止道："陈……"

"斯"字还没出口，宋枝注意到左耳侧伸出了一只手——指骨清晰，肤色白皙。

陈斯正想一把抱住宋枝，诉说自己的相思之苦，忽然感觉自己的脑门被人重重地一按，整个人被一股不可控的阻力制住了。

陈斯没办法再往前，只能被迫停下。

他有些焦躁地抬手，用力地推开按在自己脑门上的手："谁啊？"刚吼完，他就看见了立在宋枝正后面的闻时礼。

男人长身玉立，一身手工黑西装精致妥帖，脸很英俊，眉眼冷淡，一如当年般清冷，一点儿没变。

陈斯的嘴巴直接张成了"O"形，半晌后，他指着闻时礼夸张地说道："你你你……你为什么会在这里？"

闻时礼淡淡地扫了他一眼，不说话。

宋枝解释道："是这样的，我今天约好和时礼哥一起吃饭。我在电话里和你讲了呀，你还说让我把他叫上。"

"我不知道是他啊！"陈斯以前就看闻时礼不顺眼，现在更觉得他不顺眼，"我要是知道他在，我宁肯走路回去，死在路上都不让他接我。"

闻时礼环臂站立，目光中有几分威压感，淡淡地笑着嘲讽："行，那你走路回去，宋枝我们走。"

陈斯说："你这人怎么这样？"

闻时礼反问："你不是不稀罕吗？"

陈斯："……"

"你们怎么一见面就吵？"宋枝扶着脑袋，觉得头痛，"先走吧，拜托！"

陈斯丧气包似的跟在宋枝的旁边，非常不满意多出来了一个闻时礼。

闻时礼则单手插兜走在前方，怎么看都很傲慢。

陈斯瞅了几眼男人的背影，凑到宋枝的旁边低声说："他怎么还这样？像谁欠他钱一样。"

宋枝小心地看了一眼前方的闻时礼，然后用食指竖在唇边警告："嘘，你别说他坏话，他一直这样。"

陈斯轻喷一声后，安静了下来。

宋枝早已习惯闻时礼这样。

他总在外人面前冷着脸，不苟言笑，但在她的面前时，嘴欠得要命。

三个人来到停车场。

闻时礼拉开副驾驶座的门等宋枝。陈斯看见他的车是宾利，走过去拍了两下男人的肩膀，说："可以啊，哥们儿，混得不错。"

闻时礼很抗拒旁人突然触碰他，眉间微微一皱，说："我跟你很熟？"

陈斯"喊"了一声："还是这么不讨喜。"说着，他弯腰准备坐在副驾驶座上。

闻时礼直接伸手拎住陈斯的后衣领，一把将人扯开："这里不是你坐的。"

陈斯很气愤。

宋枝跟上来，对陈斯说："先把行李箱放在后备厢里吧。"

陈斯心不甘情不愿地让开，拖着行李箱往后面走去。

闻时礼抬了抬下巴，示意宋枝上车："上去。"

宋枝答道："哦。"

宋枝坐到副驾驶座上，乖乖地把安全带系好。

闻时礼和陈斯相继上车。

陈斯坐在后排右边靠窗的位置，也就是宋枝的后面。他身体前倾，把头凑到副驾驶座和驾驶座中间，转过脸对宋枝说："枝枝，你现在没谈恋爱吧？"

宋枝诚实地摇头："没。"

陈斯感动得一塌糊涂，说："你在等我对吧？枝枝你真好！"

宋枝觉得无语。

这时候，闻时礼发出了一声冷笑，握着方向盘的手指轻轻地敲了下。

陈斯感到不悦："你笑什么？"

"不让笑？"闻时礼反问。

陈斯轻咳一声："倒也没有。"

宋枝总觉得这两个人之间的氛围有点儿奇怪，于是开口道："要不等下一起吃饭？"

陈斯欣然同意："好哇！"

陈斯的话音刚落，宋枝看着闻时礼流畅的侧脸线条，试探性地开口："行吗？时礼哥？"

闻时礼对她向来纵容："行。"

宋枝当下松了一口气。陈斯问："枝枝，咱俩什么时候单独吃饭？我有好多话想对你说。"

宋枝觉得直接拒绝他有点儿不礼貌，于是委婉地说："再说吧。"

闻时礼的目光落在前方。他看着洒在沥青路上的阳光，竟觉得阳光有些刺眼。

他微微眯眼，眼底有不自知的寒芒。

最终，因为宋枝，三个人来到了间芸商业圈美食街的一家中餐馆里。

这个时间点用餐的人很多，中餐馆里面没有位置，因此三个人只能坐在餐馆外的彩色大伞下，伞边和四周都有明亮的彩灯。这些彩灯把餐馆的氛围烘托得特别好。

宋枝觉得坐在外面挺热闹的，还能看一些杂耍手艺人和在街上变魔术的。

宋枝询问闻时礼的意见："坐在外面可以吗？"

闻时礼说："行。"

陈斯问："枝枝，你怎么不问我行不行？"

宋枝问："那你说行不行？"

陈斯答道："我行！"

宋枝白了陈斯一眼，然后对服务员说："我们三个人就坐在外面。"

女服务员微笑着说："好，请稍等。"

三个人围着一张空桌坐下。陈斯非要赖在宋枝的旁边，闻时礼则独自坐在他们的对面。

很快，服务员倒好茶水，拿来菜单，问："先生，你们吃点儿什么？"然后，服务员把菜单放在了闻时礼的面前。

闻时礼把菜单推到宋枝的面前，说："你点。"

宋枝接过菜单看了几眼，选择综合征使她犯难："我也不知道吃什么。"

陈斯把菜单抽走，说："那我来点吧。"

陈斯随口报出了几个菜名，宋枝都不爱吃。

等他点完菜，闻时礼才把菜单拿了过来，说："再加糖醋小排、红烧土豆牛腩和紫菜蛋花汤。"

服务员一一记好，问："还要别的吗？"

"不要了。"闻时礼合上菜单递过去，"对了，所有的菜都不加香菜，谢谢。"

陈斯问："为什么不加香菜？香菜多好吃啊！"

宋枝平静地说："因为我不吃香菜。"

"你不吃香菜？"陈斯大为震惊，"我怎么不知道你不吃香菜啊？我记得你不吃小葱啊。"

宋枝说："你记错了。"

陈斯小声道："那好吧。"

等菜时，宋枝不停地安抚自己有些激动的情绪。

他还记得她不吃香菜这么细节的点，这很难让人不心动。

她十三岁时，他耐心地将她牛肉面里的香菜一一挑出来的画面仿佛就在眼前。

那时候她问过他："哥哥，你以后也能像现在这样帮我挑香菜吗？"

他告诉她，他会让店家不加香菜的。现在他做到了。

他没有食言，更不会骗她，哪怕是一件很小的事情。

路人凑热闹的声音打断了宋枝的思绪。

宋枝顺着嘈杂的声音看过去，发现一群人正围着一个戴着黑帽子、披着黑斗篷的女人。女人化着小丑妆，帽子上插着一根彩色的羽毛，一看就是魔术师。

女魔术师手里提着一个金属制的鸟笼，里面有一只小麻雀。

宋枝被这场景吸引了注意力，看得十分仔细。

他们所坐的位置就在魔术师的旁边，她可以清楚地看见那人的一举一动。

宋枝捧着杯荞麦茶喝着，一边喝一边看。

女魔术师用暗红色的绒布把整个鸟笼盖住，里面还传出了两声麻雀的叫声。

好多人在围观，看她准备变什么魔术。

女魔术师从地上拿起一块厚重的红砖，像是提前准备好的，然后在众人注视下，抬起手直接往下砸。

"哇——"宋枝看得吸了一口凉气。在四周此起彼伏的声音里，她看见女魔术师用红砖把鸟笼砸扁了，鸟笼彻底扁了。

那只小麻雀还好吗？带着疑惑，宋枝看见女魔术师把盖在鸟笼上的红布拿开。

扁扁的鸟笼里空空如也。

这好神奇！

宋枝看得十分认真，漂亮的深棕色眼睛亮晶晶的。她对面的闻时礼看她看得也十分认真。

她在看魔术，他在看她。

接下来，女魔术师把红布重新盖上，用手提着鸟笼，把鸟笼用力地往上抖了两下。

鸟笼很快被抖回原本的模样。

女魔术师再次把红布揭开，鸟笼里赫然站着一只活泼的小麻雀。这只小麻雀还叽叽喳喳叫个不停。

宋枝不禁跟着路人拍起手来："好厉害啊！"

女魔术师取下头上的黑帽子，弯腰鞠躬，然后把帽子翻过来，去接路人投来的零钱。

四周全是人们拍掌叫好的声音。陈斯更是叫得比谁都大声。

宋枝把荞麦茶放下，收回目光，注意到闻时礼正目不转睛地看着她，于是问道："怎么了？"

闻时礼弯唇道："没事，就是觉得你居然会被这种小伎俩吸引，怪可爱的。"

宋枝竟判断不出他这到底是好话还是坏话，又端起茶杯，喝了一口，问："你不觉得很厉害吗？"

陈斯附和道："对啊，你不觉得吗？"

闻时礼笑得斯文温和，慢慢地说："不觉得。"

宋枝问道："为什么？"

闻时礼说："那个女人的手上有两只麻雀，第一只其实已经死掉了，在第二次她揭开红布时出现的是另外一只麻雀。"

陈斯反驳道："不可能！"

闻时礼淡淡地扫了他一眼，不说话。

也许是真的对闻时礼这种冷淡的态度很不满，陈斯不服气地向他挑衅道："那你敢不敢和我打个赌？"

闻时礼一言不发，实在懒得玩这种小孩子的游戏。

陈斯却觉得他在示弱："你厌了？"

闻时礼轻嗤："幼稚。"

"你就是不敢嘛！"陈斯用胳膊碰了一下旁边的宋枝，"枝枝你看，他不过如此，天天

307

装得那么高冷，其实连个赌都不敢打。"

宋枝一时无语。

正当她想制止陈斯阴阳怪气地说话时，闻时礼却利落地开口道："你想赌什么？"

宋枝怔住了。

她完全不明白这有什么好比的，也不明白男人为什么天生好斗，胜负欲和得失心都很强，她更不明白此时此刻闻时礼内心的想法。

他想的是：这个臭小子居然想在宋枝的面前压我一头！做他的春秋大梦吧！

陈斯兴奋地说："我赌只有一只鸟，并且鸟没死。我要是赢了，你得喊我一声'爸爸'！"

宋枝无奈地说："陈斯，你怎么这么喜欢恶趣味啊？"

"枝枝你怎么回事？"陈斯猛地一拍桌面，"我们刚开始赌呢，你已经偏心了！"

宋枝解释道："我哪里偏心？你明明就是很喜欢恶趣味啊。"

闻时礼懒洋洋地笑了一声，抬手向宋枝示意自己没事，然后慢悠悠地问陈斯："那要是你输了怎么办呢？"

陈斯笑道："我会输？我绝不……"

闻时礼打断了他的话，说："你就说，你输了怎么办？"

陈斯突然愣住了，稍稍一顿，然后问："那你想怎么办？"

闻时礼不紧不慢地端起茶杯，喝了口茶，缓缓地咽下茶水后才抬眼，目光在宋枝的脸上一扫而过，最后落在了陈斯的脸上。

"这样吧。"闻时礼轻笑一声，"你要是输了，就不准再约宋枝单独吃饭。"

岁欲 著

折枝

下 册

青岛出版集团 | 青岛出版社

第九章　想　你

　　闻时礼的话一出口，宋枝和陈斯同时愣住了，完全做不出反应。

　　宋枝不理解：你们打赌为什么要带上我？

　　陈斯不理解：我俩打赌关枝枝什么事情？

　　气氛一下子变得尴尬了。

　　闻时礼却始终从容不迫，面上的笑意不减分毫，语气轻松地用陈斯说过的话反问道："你是尿了还是不敢？"

　　陈斯半点儿刺激都经受不住，当即把桌子一拍："谁怕谁啊？赌就赌！"

　　闻时礼轻笑："好。"

　　宋枝不动声色地喝了口茶，脑子里乱糟糟的，不停地想闻时礼为什么要这样说，为什么不让陈斯单独约她。

　　下一刻，陈斯直接把宋枝的疑惑问出了口："我说，赌归赌，但我还是想知道，你干吗不让我单独约枝枝吃饭？你这个老男人不会是居心不良，对枝枝有想法吧？！"

　　闻时礼正准备放下茶杯，听到这么一句话，拿茶杯的手一顿。

　　宋枝未经思考，听到这句话后，二话没说给陈斯的肩膀来了一巴掌："你别乱说话！"

　　陈斯捂着胳膊上下搓着："咝——轻点儿啊枝枝。"

　　闻时礼不紧不慢地把茶杯放下，唇角的弧度弯得恰到好处。他看着陈斯说："不希望你耽误宋枝的学业。"

　　陈斯相当不满："和我谈恋爱怎么就耽误学业了？现在大学生谈恋爱不是很正常吗？"

　　宋枝谈恋爱很正常，但不是和你。

　　闻时礼笑而不语，目光转向旁边收拾道具准备离开的魔术师。他对宋枝说："你悄悄地跟着她，就会知道真相。"

　　宋枝看一眼已经拎起鸟笼准备离开的女人："现在吗？"

　　闻时礼说："再等会儿她可就走了。"

　　宋枝说："好吧。"

宋枝从座位上站起来，绕过几张桌子，从中餐馆撑起的彩色大伞下走过，默默地跟着前方拎着鸟笼的魔术师。

那女人走得不快不慢，步伐适中，宋枝跟得倒也不吃力。

走了约百米后，魔术师左拐进了一条巷子，那里有一排整齐的大型垃圾桶。

宋枝停在巷口不动。

她看见那个女人从宽松的斗篷里抖落出一只死掉的麻雀。麻雀掉在了垃圾堆的最上方。

虽隔着一段距离，但宋枝看得很清楚。小麻雀的眼睛都没闭上，黑漆漆的，身体被砸得很扁，鸟喙里流出殷红的血。

宋枝能明显地看出这只麻雀刚死不久。

她有点儿难过。原来世上没有真正的魔术，都是些唬人的障眼法罢了。

怀着这份怅然的心情，宋枝原路返回到中餐馆。她心不在焉地走在人群里，抬头就看见闻时礼的目光温柔地投来，与她的目光正好对上。

这一瞬间激起了她的心潮。

她真的很喜欢这种感觉。他能一眼看到人群中的她，好像他满心满眼都是她。

当然宋枝很明白，这只是她脑补出来的情节。现实是，闻时礼可能只是随便一看，并没有什么特殊含义。

闻时礼望着宋枝离去的方向，看着她的背影消失在人群里。静静地看了半晌后，他又在人群里看见了慢慢返回的宋枝。她正在一点儿一点儿地朝他靠近。

夕阳完全落下，暮色渐渐覆盖了地面。

人群里的宋枝却耀眼得像一轮永远不会落下的太阳，带着温暖和光亮一步一步地走向他。

他不相信世间有真正的魔术，却相信会有真正美好的童话。

譬如宋枝朝他走来的每一步。

譬如宋枝唤的每一声温柔的"哥哥"。

再譬如在嘈杂的声音里，他与她四目相对，目光在透明的空气里碰撞，碰撞出旁人难知的爱意，一份只有他自己才懂的情意。

宋枝回到中餐馆的桌前，正准备坐下，陈斯就迫不及待地拉着她的手臂问："怎么样怎么样，是不是我赢了？"

闻时礼将目光扫过陈斯的手："你说话就说话，动手动脚的做什么？"他说这话时语气很平淡，叫人听不出情绪，却又给人很强的压迫感。

陈斯絮絮叨叨："我又没碰你，你怎么这么多话？"

闻时礼说："这很不礼貌。"

陈斯觉得这男人的话多少有点儿道理，还是老老实实地把手收了回去。

宋枝慢吞吞地坐下，坐下后故意不说话，想看闻时礼有什么反应，想让他主动开口问她。

闻时礼依然很淡定，整个人慵懒地靠在椅子里，对答案没有任何求知欲。

宋枝没忍住，先开口："你怎么不问我？"

闻时礼觉得好笑："我已经知道了，还问什么？"

"装什么啊？"陈斯看不惯这男人一副掌控局面的样子，给宋枝递了个骄傲的眼神，"来，枝枝，告诉他真相，让他被啪啪地打脸喊我爸爸！"

"……"

宋枝转头看着双眼冒光的陈斯，觉得真相实在残忍，但又不得不说："陈斯，我刚刚跟过去，看到那个女魔术师扔掉了一只死掉的麻雀。"

陈斯差点儿拍案而起："真的假的？！"

闻时礼依旧淡定，慢悠悠地饮茶却不语，像是早就知道是这样的结果。他也确实知道结果，而且遇事不慌是他向来的行事准则。

宋枝点头："真的，我亲眼看见了。"

陈斯还是不愿意相信："不可能啊！那不是变魔术吗？！"

听到这里，闻时礼毫不留情地嗤笑一声："猪脑子都知道魔术都是假的。"

陈斯怔了一秒，反应过来后大怒："你骂我是猪脑子？！"

"没有。"闻时礼纠正道，"我的意思是，你不如猪脑子，而不是骂你猪脑子。"

陈斯说："你这样羞辱我，还不如直接骂我猪脑子。"

"……"

闻时礼表现出贴心，温和地说道："行吧，猪脑子。"

"……"

陈斯忍无可忍，直接站了起来，伸出双手想揪闻时礼的衬衫衣领："我今天和你拼了！"

宋枝一把拉住陈斯："算了算了。"

陈斯扭头看宋枝："枝枝你还是挺担心我的。"

宋枝平静地道："你打不过他。"

陈斯一怔。

宋枝说："而且，你挡着服务员上菜了。"

服务员端着两盘菜尴尬地站在旁边："要不我等会儿再上？"

"不用。"宋枝把陈斯扯过来坐好，"现在上。"

菜一一上桌。

陈斯面对美食，注意力被转移。他直接动筷吃了起来，一副要化悲愤为食欲的模样，吭哧吭哧地往嘴里填菜。

对面的闻时礼长腿交叠，十指相扣放在膝上。他慢条斯理地提醒道："别忘记赌约。"

陈斯翻着白眼，嚼着肉含混不清地道："要你多嘴？！"

宋枝问："时礼哥，你怎么不吃？"

闻时礼说："我没什么胃口，你多吃点儿。"

宋枝劝道："你多少还是吃一点儿吧。"他好像总是忘记要好好吃饭。

闻时礼淡淡一笑："我真的没胃口。"看见别人坐在你身边，我就很倒胃口。

闻时礼全程没有拿筷子，见两人吃得差不多了，起身结了账。

来到商圈的停车场，几人上了车。

陈斯老实地坐在后排，闻时礼通过后视镜淡淡地扫了他一眼："你去哪儿？"

陈斯报出一个地址。报完地址后，他想到一件事："要不你先送枝枝回学校吧，我还想和她多待一会儿。"

闻时礼又扫了他一眼，没说话。

宋枝主动道："我都行。"

闻时礼还是没说话。

陈斯报的地址是朋友的公寓，就是他那个开密室逃脱俱乐部的朋友。他目前借住在那里。公寓距离商圈不算很远，只要半小时的车程。

让人奇怪的是，闻时礼专门挑了一条车很少的路，油门踩得很猛，十五分钟后，他就把车稳稳当当地停在了陈斯要去的公寓楼下。

陈斯有点儿晕车，忍不住抱怨："你要死呀，开这么快，老子又不急。"

"抱歉。"闻时礼脸上没有表情，道歉也说得十分没诚意，"我有点儿事情，赶时间。"

"……"

陈斯忍住胃里翻江倒海的呕吐感，扶着车门下车，从后备厢里取出行李箱："老子以后再也不坐你的车了！"

闻时礼哂笑："你还想坐我的车？想得美。"说完他就直接踩油门离开了。

宋枝没有晕车，但因为刚吃过饭，坐快车多少还是有点儿不舒服。刚想让他开慢一点儿，她就发现车速已变得很慢，而且此时正值晚高峰，他还挑了条堵车的路。

宋枝疑惑地问："你怎么走这条路？很堵呀。"

闻时礼说："没事。"

宋枝说："你不是说有事情，要赶时间吗？"

闻时礼淡然地说道："倒也不是很赶。"

宋枝望了一眼前方看不到尽头的车队，红色的尾灯渐次亮起，像深海里的虹灯鱼。她看了会儿，说："也不知道要堵多久。"

正巧车又停了，闻时礼把手搭在方向盘上，转头看向宋枝："堵再久都没关系。"

只要我和你能单独在一起，就真的没关系。

宋枝没听出他话里的暧昧，而是好奇另外一件事："你怎么知道女魔术师手里有两只麻雀？你怎么看出来的？"

闻时礼说："第一只麻雀左边的翅膀上有一个芝麻大小的白点，而第二只没有。"

闻言，宋枝表示震撼："那么小的白点儿，谁能注意到呀？"

闻时礼笑了："所以有那么多人拍手叫好。"

宋枝打心底佩服他："时礼哥，我总觉得你什么都知道，什么都懂。"

闻时礼温柔地弯起唇角："那我现在把知道的告诉小宋枝，小宋枝也懂了。"

宋枝低下头，几不可闻地嗯了一声。

他真的好温柔。

在堵车四十分钟后，宋枝看一眼前方长长的车队，小声抱怨："我不明白这条路为什么这么堵，好像永远都很堵。"

闻时礼评价："因为间芸的道路规划不合理，并且驾驶员的开车习惯不好，所以容易造成这种'幽灵堵车'。"

宋枝问："什么是幽灵堵车？"

闻时礼耐心地和她解释："就是前方没有发生任何事故，但还是堵得寸步难行。"

听到这样的话，宋枝更加不理解："那你为什么要选这条路？"

闻时礼单手搭在方向盘上，神情放松，人却保持沉默。

宋枝转头，发现他注视着前方数道亮度不一的车光。她问："你干吗不说话？"

他也转头看她。

两人四目相对。

每次宋枝看他的眼睛时都会紧张。他的眼像无尽的黑夜，有着说不清的深沉。

然后，他笑着说："你就当哥哥想和你多待一会儿吧。"

宋枝几乎能听到自己的心脏急剧下坠的声音，好大一声，震耳欲聋。

时隔多年，宋枝依旧没办法做到在他含笑的目光下游刃有余。

她像个深夜被巡逻人员当场逮住的偷渡者，渡不过一段少女的暗恋心事，也渡不过他眸底的微光。

他的话音刚落下，宋枝就慌乱地收回目光，把脑袋摆正，又垂下头。她心虚的目光径直落到自己的链条包上，手指紧张地缠着金属链条。

即便这么紧张，宋枝还是壮着胆子问："为什么要和我多待一会儿，你不是还有事情要忙吗？"

男人低沉的嗓音自左方传来："没关系。"

宋枝紧张得开始结巴："什……什么没关系？"

"哥哥的意思是，每次看到你就会觉得被治愈了。"他稍稍一顿，"所以想多看看。"

"……"

哦，原来是这样。宋枝带着失望放下了惴惴不安的心。

她最近总是容易胡思乱想，产生错觉，隐约觉得他会不会也喜欢自己。

嗜，怎么会呢？

晚上九点多，黑色的宾利终于缓缓地停在芸大的南门门口。

在宋枝准备下车的时候，闻时礼温和地嘱咐："最近降温，昼夜温差大，你注意加衣服，别冻感冒了。"

宋枝把包一拎："嗯。"

"还有这个。"他说。

宋枝回头。

他手里拿着的是消食片。他说："如果你明天还是消化不良，就再吃两片。"

宋枝把药接在手里："好。"

打开车门，宋枝一只脚刚刚沾地，就听见闻时礼再次开口说："别和陈斯单独出去吃饭。"

宋枝觉得他管天管地的，一时不耐烦起来："你像我爸一样。"

闻时礼没在意她的话，继续叮嘱："你到宿舍后给我发微信消息说一声。"

宋枝下车站稳，转身挥手："知道啦，拜拜。"

闻时礼说："别忘记你欠我的饭。"

宋枝把车门关上，听到他说欠饭的事，不禁想到他后背上的伤。她双手扒着车窗，像只小白兔似的，眼睛亮晶晶的，说："时礼哥，你后背上的伤还没完全好，要多多注意忌口。"

闻时礼唇角一弯："嗯，去吧。"

宋枝站直，再次挥手说"拜拜"，然后转身离开。

闻时礼目送她离开。直到那道穿着白裙的人的身影完全消失在夜色里，他才启动车子离开。

宋枝回到宿舍的时候，发现其他三个人在。

陶佳靠在床头读一本心理学类的书；萧圆戴着耳机边听歌边看小说；孟佳妮则敷着白色的面膜，满脸不愉快地坐在长桌前看手机。

宋枝推开门，正好和孟佳妮不高兴的眼神对上。宋枝苦笑一下："孟大小姐，谁又惹你不高兴了？"

孟佳妮把面膜一把揭下："别提了，我好烦。"

宋枝愿意当个倾听者，拉过一条板凳在孟佳妮的旁边坐下："和我说说。"

孟佳妮把敷过的面膜揉作一团丢进垃圾桶里，丧气地道："我今天和一个纯情小男生出去约会，一起吃浪漫的烛光晚餐，小男生被我迷得团团转。"

一般来讲，开端听上去不错的事情后面都会出现变故。

宋枝问："然后呢？"

孟佳妮一边按摩着脸一边说："结果中途遇到了顾清池。他真的有病，跑过来当着小男生的面问我上次推荐给他的包皮手术是在哪家医院里做的！"

"……"

"小男生就逃跑了。"

宋枝一时不知如何接话，只觉得整件事情充满戏剧性。

孟佳妮停止按摩脸，放下手一本正经地问："你说他是不是有病？"

在学校里的时候，宋枝偶遇过顾清池几回。她注意到那位教授总是一本正经的，穿着洁白的衬衫，留着寸头，五官精致又冷淡，看着实在不像孟佳妮口中说的那种人。

宋枝疑惑地问："你是不是招惹人家了？"

"也不算招惹吧。"孟佳妮的语气变得有些虚，"上次野炊那天晚上，我下车后摔了一跤，脚流血了。我在路边等车时遇到了顾清池，央求了他一下，他就带我回家了。"

听到最后一句的时候，萧圆直接把耳机取下："顾教授带你回家了？你怎么才说？！"

孟佳妮说："什么都没发生嘛，我也没说。"

宋枝啧了一声，揶揄地笑道："你肯定撩拨人家了。"

孟佳妮觉得面上挂不住。她不愿继续深聊这个话题，摆摆手道："别说这事了，你今天干吗去了枝枝？"

"我呀，"宋枝说，"去机场接了个朋友。"

孟佳妮问："没和你家那位哥哥吃饭吗？"

宋枝说："吃了。"

孟佳妮八卦道地问道："你们有什么进展？"

宋枝有些颓然："没进展，和以前一样，他依旧像个慈祥的老父亲，对我关怀备至。"

孟佳妮有些无语："你要不换个人追吧，感觉这个人的'攻略'难度好大。"

知道实情的陶佳插嘴道："难度真的挺大的。"

她们再说下去，宋枝的心情就会变得不好。陶佳及时打住："下周要不要去玩密室逃脱？不玩的话我还有别的安排。"

孟佳妮说："玩，就周六去。"

宋枝问："几个人去？"

孟佳妮说："就咱们四个，到时候过去和陌生人组队就行。"

宋枝说："好吧。"

宋枝和孟佳妮唠叨完以后，忙着洗澡、敷面膜，还洗了脏衣服，完全忘记了要和闻时礼发微信说一声自己到宿舍了。

临睡前，宋枝收到了闻时礼发来的一条阴阳怪气的微信消息。

闻时礼问：你回宿舍前是要爬长城吗？

他这是在暗暗指责她没给他发微信消息。

宋枝觉得他幼稚，有点儿好笑，不过她还是老实地回了条消息：我洗澡、洗衣服去了，忘了。

他很快回过来一条消息：晚安。

宋枝也想在对话框里输入"晚安"，刚刚把拼音"wan"打出来，聊天界面上又跳出来一句话：哥哥今夜想你。

啊！他在搞什么？！

宋枝心里的小鹿开始狂奔，又跑又跳，还不停地往心墙上撞，撞得她直接一个鲤鱼打挺从床上坐了起来。

宋枝捂着胸口左思右想，觉得他不正常，索性直接问：你喝酒了？

闻时礼回复：嗯。

那他就是单纯地在发酒疯。

宋枝又躺回原位，翻了个白眼，把手机举在上方回消息：睡了。

闻时礼回复：拜拜。

另外一边，闻时礼身处嘈杂的酒吧里，舞池里年轻火热的男女躯体在相互碰撞。陪他喝酒的是骆子阳。骆子阳看着屏幕上的"睡了"和"拜拜"，也陷进为难里。

闻时礼冷淡地看着他："现在怎么办？"

骆子阳说："啊？"

"啊什么啊？"闻时礼将眉梢轻轻一挑，"你让我发想她，所以她这么回复代表什么？"

骆子阳攥着手里的酒杯，不安地道："闻律师，我真的觉得人家小姑娘不喜欢你。"

"……"

"还有，"骆子阳认真地分析，"我觉得你对宋枝小姑娘的感情，不见得是喜欢。"

闻时礼喝了口冰酒，摇晃着酒杯轻笑道："不是喜欢那是什么？"

骆子阳说："只是纯粹的保护欲。喜欢一个人，会觉得内心滚烫难耐，看到她就心跳加速，一天到晚都想见她，严重的时候甚至会影响工作效率。"

闻时礼说："喜欢是这样的？"

"对呀！"

骆子阳问："看到宋枝小姑娘的时候，您会心跳加速吗？"

闻时礼仔细地回忆："不会。"他只会觉得很温暖。

骆子阳又问："工作的时候你会想到她吗？"

"也不会。"闻时礼不理解，"工作的时候哪里有心思想别的？"

骆子阳把酒杯放下，拍了一下手："那不就完了嘛。你对她的感情根本就不是喜欢，只是哥哥对妹妹的保护欲。"

闻时礼皱眉："那我看到别的男生在她旁边心里就不爽，又是怎么回事？"

骆子阳一本正经地胡说八道："天底下有哪个父亲看到女儿的男朋友时是高兴的，没有吧？所以你觉得不爽也很正常。"

在周遭的嘈杂声里，闻时礼的声音显得格外清冷："你的意思是，我像她爸？"

骆子阳怔住了。

闻时礼扫一眼骆子阳手边的酒杯："你自罚三杯吧。"

骆子阳心里叫苦，面上却不敢反抗，苦着脸端起酒杯仰头灌下。

今晚闻时礼喝得不多，但他觉得自己已经醉得不行了。脑子混乱不堪，他不停地想到送宋枝回学校的时候，在校门口，她说他像她爸一样。

她真叫人哭笑不得。他哪儿有那么老？

至于他对她是喜欢还是保护欲，他真的分不清。没人教过他这些，也没人教过他什么才是爱。

十二月的间芸，温度一路走低，人们陆续换上厚厚的保暖冬装。

这个周六，宋枝几人要去玩密室逃脱。

在食堂里吃过午饭后，宋枝和三个室友离开学校，在校门口拦下一辆的士前往目的地——零塑密室逃脱俱乐部。

这家密室逃脱俱乐部的游戏在美团上的销量最高，评分也不错，孟佳妮就在平台上团票，去的时候直接把订单兑换码给店员看一下就行。

孟佳妮翻看着网友们的附图评价，看完评价后"咦"了声："这家密室逃脱俱乐部的游戏一共有五个主题，但我不知道我团的是哪一个。"

宋枝和孟佳妮同坐在后排里，宋枝坐在孟佳妮的旁边，听到这话后，说："你点进订单详情界面看看。"

孟佳妮说："哦，我看看。"

一分钟后，孟佳妮苦恼地说道："枝枝，我还是没看见，你帮我看看。"说完她就把手机递了过去。

宋枝低头去看，看到界面上显示着订单详情，伸手把界面往下拉了些："主题在这里，是血腥雕塑。"

孟佳妮顺眼看过来："字这么小，是怕我看到吗？"

宋枝笑笑，没接话。

在孟佳妮准备把手机收回去的时候，宋枝注意到一件事："佳妮，你怎么团的是八人票？"

孟佳妮说："我忘记告诉你们了。"

同在后排里的萧圆转过脸："什么？"

孟佳妮说："我把周崇生他们宿舍的四个人带上了，就是上次一起去野炊的那几个人。"

萧圆说："那个宿舍有个叫周嘉恒的喜欢你对不对？你们还在暧昧？"

孟佳妮完全忘记了这人："管他张嘉恒、李嘉恒的，我不是因为这个。"

萧圆纠正道："人家姓周，叫周嘉恒。"

孟佳妮觉得无语。

宋枝想到上次拒绝周崇生一起吃饭的事情，觉得今天碰面会有点儿尴尬，于是问："不是因为这个，那是因为什么？"

孟佳妮说："因为你呀。"

"我？"

孟佳妮拍拍她的手："你现在不是心有所属吗？周崇生还一直喜欢你，你不如借今天出来玩的这个机会和他讲清楚，省得以后闹心。不过，我擅自做这样的决定是不是有些冒昧？"

宋枝觉得讲清楚也挺好，不过有个问题："周崇生没和我表白过，我直接拒绝别人会显得很奇怪。"

"放心。"孟佳妮拍着胸脯保证，"周崇生已经在微信上和我说好了，准备今天和你表白。我暗示过你不喜欢他，他还是说要试试。"

宋枝一下变得苦恼："啊，他为什么要这么坚持？"

孟佳妮笑道："还说别人坚持呢，你不也坚持喜欢一个人？像我这种人是没办法理解的。"

萧圆理智地点评："你果然与常人不同，希望你不要在顾清池教授的身上栽跟头。"

孟佳妮一听到那个名字，表情瞬间变了："别说他，晦气。"

萧圆憋着笑没说话。

的士缓缓地在商场门口停下。

孟佳妮打开车门，纤长的美腿往下迈时说道："我才看不上顾清池，他包皮长，我嫌弃。"

宋枝紧跟其后下车，笑道："光天化日下讲话文明点儿，你怎么知道顾——""教授"二字卡在她的喉咙里。

宋枝怔住，前方两步远的孟佳妮也怔住了，刚刚下车撞到宋枝的萧圆抬头后也跟着怔住，副驾驶座上的陶佳慢悠悠地下车后，也怔住了。

几米外，顾清池站在一个蓝色的路标旁，身材修长笔挺。他依旧穿着白衬衫、黑西裤，外面搭一件驼色大衣，半敞的领口将脸部线条衬得格外流畅。

都说寸头最能考验一个男人的长相，很显然，顾清池经得起这样的考验。他的气质更是胜似谪仙。

他平静的目光从四人的脸上扫过，最后定在孟佳妮精致美丽的脸上。他似笑非笑地问："我的包皮长不长你知道？"

孟佳妮无语。

他又说："一天不学好，净会乱说话。"

他一副老师训斥学生的派头。这让孟佳妮很不爽。

孟佳妮将双臂环在胸前，下巴微抬，一副甚是骄傲的模样："你又不是我的老师，管我干吗？"

顾清池把指间的烟熄灭。他的脸上没什么表情，语气也淡："放心，下学期就是了。"

孟佳妮觉得面子上挂不住，嘴硬道："那我退学。"

顾清池看她的目光就像在看一个不懂事的孩子。几秒后，他轻轻地吐出两个字："幼稚。"

孟佳妮的火气完全冒了上来。她刚准备再和这男人唇枪舌剑几百回合时，就听到了一个清亮的女声："清池。"

孟佳妮顺着声音传来的方向看去，就看到一个年轻貌美的女人手里拎着几个婴幼儿用品的包装袋过来。那女人特别自然地把东西递到顾清池的手里，然后看向这边的四人："你的学生啊？"

顾清池淡淡地回答："暂时还不是。"

女人礼貌地朝几人笑了下，然后亲昵地挽住顾清池的手臂："那我们走吧。"

顾清池说："嗯。"

孟佳妮冷笑一声："顾清池，你是狗吧？"

宋枝、萧圆和陶佳同时倒吸一口冷气。

孟佳妮这么大胆吗？

顾清池脚步一顿，转过脸淡淡地看向孟佳妮："怎么？"

孟佳妮直言不讳："你告诉我你没有女朋友，结果直接有老婆了，你这还不是狗？"

顾清池没搭理孟佳妮，直接带着身旁的女人离开。

宋枝没见过孟佳妮在男人面前吃瘪的样子，一时间还有点儿反应不过来。还是萧圆轻声提醒："我们先去密室逃脱那边吧，别在这里傻站着了，人都走了。"

孟佳妮把长长的头发一甩，不屑地说道："谁稀罕顾清池？"

萧圆说："对对对，大小姐说什么都对！"

宋枝拉着孟佳妮："走吧佳妮。"

四人进到商场左边的一栋写字楼里，零塑密室逃脱俱乐部就开在这栋楼的四层。

坐电梯的时候，四人遇到了周崇生宿舍的几个人，看样子他们也刚到。

周崇生主动站到宋枝的旁边低声打招呼。他说了声"嗨"，又随口扯出一个话题："最近天气一下变得好冷。"

宋枝得知他喜欢她后，就没办法做到和他从容地聊天，只能生硬地接话："是挺冷的。"

叮的一声，电梯到了。

在周崇生继续和她搭话前，宋枝急匆匆地离开了电梯。

出电梯后，八个人经过一条长长的封闭式走廊，再拐过两个弯，终于看到了零塑密室逃脱俱乐部的招牌。

宋枝走在最前面，一进门就看到了一张熟悉的脸。

陈斯居然在这里。

门口有张黑色的长吧台，陈斯坐在吧台里面，从电脑面前抬起头来。看见宋枝，陈斯的眼睛直接放光，然后他中气十足地喊她："枝枝！你怎么会在这里？！"

这一声直接吸引了所有人的注意，店内的其他玩家看了过来。

宋枝把食指竖在唇间："嘘，你小声点儿，干吗这么大声？"

孟佳妮懒洋洋地扫了陈斯一眼，问宋枝："你们认识？"

宋枝说："认识，我爸爸好友的儿子。"

陈斯忙放下鼠标，从吧台里绕出来。

周崇生来到宋枝的旁边，打量着快步走过来的陈斯："我怎么觉得他好眼熟，他以前也在树德读书吗？"

宋枝说："嗯，比我们高两届。"

说到高两届，周崇生一下子想起陈斯来："他是不是成天在学校里说和你定了娃娃亲的那个人？"

旧事重提只剩尴尬，宋枝有些尴尬："对。"

情敌相见，分外眼红，就这么短短十几秒的时间，周崇生和陈斯之间已经形成一种无形的敌对磁场。只有两个人才能感觉到，他们的眼神在空中碰撞出火花。

他们都能感觉到对方喜欢宋枝。

周崇生伸手故作礼貌地说："你好，我是宋枝的初中同学，现在是她的校友。"

陈斯握他的手："哦，我是枝枝的发小，她光屁股的样子我都见过。"

宋枝忍无可忍："你小时候哪里见过我光屁股？你别乱说话呀陈斯。"

陈斯嘿嘿地笑两声："我就打个比方嘛。"

周崇生松手："那你和宋枝也不是很熟。"

陈斯说："呵呵，比你熟一点儿。"

孟佳妮实在懒得听这两个男生拌嘴，直接插嘴道："老板呢？我们在网上团了票，现在能不能玩？"

陈斯回过神来："老板是我的朋友，现在不在，这里暂时由我负责。"

宋枝想到接陈斯的时候，他说过有个朋友在间芸开密室逃脱俱乐部，没想到就在这里，真的很巧。

陈斯问："你们预约的是哪个主题？"

孟佳妮说："血腥雕塑。"

"那个啊，稍等。"陈斯绕回到吧台里面，在电脑上进行确认，确认后告知她们，"血腥雕塑的房间十分钟前进去了一组人，游戏时长是一个小时，你们去那边的沙发上坐着等一下吧。"

孟佳妮有些不悦："还要等五十分钟啊。"

宋枝说："那也没办法，我们去坐着等吧。"

八个人来到店内左边宽敞的休息区，两张 U 形布艺沙发面对面摆开，完全能容纳八个人。

宋枝坐在最角落的位置，无聊地拿出手机浏览朋友圈打发时间。她往下翻了两页后，看到了上午十点闻时礼发的一条朋友圈。

太阳打西边出了吗？他居然会发朋友圈。

仔细一看，宋枝发现是一篇转载的新闻报道，红色的标题很醒目：《时隔三年，乔立坤杀人案迎来转机！》

宋枝点进去看，两周前庭审结果已经出来，乔立坤防卫过当致人死亡，由死刑改判为有期徒刑八年。

文章下面的评论严重两极分化。

有人说，天底下没有王法，杀人居然可以不偿命，这一切的原罪都在刑事律师。

有人说，刑事律师存在即合理，拿人钱财替人办事很正常。

评论里还有些骂闻时礼骂得特别难听的话。

宋枝直接退出来没有再看。她心里觉得难受，不想看到他被任何人骂。

退出后，宋枝随手给闻时礼的这条朋友圈点了一个赞。

宋枝没有再看朋友圈，退回到聊天列表的界面。

闻时礼的那一栏出现提示有新消息的红点，宋枝点进和他的微信对话框。

闻时礼：哥哥赢了官司，请你吃大餐，你今天有没有空？

宋枝慢吞吞地回过去两句话：不行，我在和室友玩密室逃脱。改天吧。

这时闻时礼向宋枝转了笔五位数的钱，金额数目的后四位数字是"9999"。

他为什么突然给她转钱？

宋枝不解地发过去一个问号。

一分钟后，闻时礼直接发过来一条十几秒的语音消息。

宋枝把播放方式转为听筒模式，点了下语音条后把手机放到耳边，听筒里传来男人慵懒含笑的嗓音："哥哥今天高兴，所以小宋枝今天的开销我包了。"

宋枝从耳边拿下手机，回复：我今天出来玩开销就几十块，不用这么多，再说你高兴给自己花钱不行吗？干吗给我花钱？

另一边，闻时礼看到宋枝发过来的消息，脸上露出几分笑容，模样英俊又温和，和工作的时候俨然是两个模样。

咚咚咚。

办公室的门被骆子阳急促地敲响，正准备回微信的闻时礼思绪被打断，他抬起头说："进来。"

骆子阳迅速地打开门进来："闻律师，大事不好了！"

闻时礼靠在黑色的软椅里，慵懒地仰头靠着椅子，放下手机，望着天花板慢悠悠地说道："有事说事。"

骆子阳说："我听你说过，宋枝小姑娘这周去玩密室逃脱了对吧？"

闻时礼盯着白色的天花板，语气散漫得很："能不能讲重点？"

骆子阳急得直搓手："我担心宋枝小姑娘去的地方不正经。"

话音落下，闻时礼不加遮掩地轻笑一声："密室逃脱还有不正经的？又不是去洗浴城。"

骆子阳说："我刚刚听前台那两个小姑娘说，现在的密室逃脱流行那种玩法，比如要一男一女接吻才能拿到线索。"

闻时礼一愣，目光自天花板上收回，径直投向骆子阳："还有这么不正经的游戏？"

"对呀！"骆子阳说，"所以你得问问宋枝小姑娘去的是哪家密室逃脱俱乐部，同行的有没有男生，特别是那种喜欢她的男生，说不定那男生就想借着这个机会做点儿什么呢！"

闻时礼问："她们说的是哪家俱乐部？"

骆子阳仔细地回忆，然后说："好像叫什么零塑？就在离咱们事务所不远的那个新商圈，开车二十分钟就能到。"

"你先出去。"闻时礼一下子变得有些心烦，"我问问。"

"哦，好。"骆子阳离开了办公室。

闻时礼重新拿起手机，打字的速度不自觉地变快了：你在哪儿玩？

看到消息的宋枝觉得有些莫名其妙，这男人的话题变得太快了吧。她还没来得及回复，闻时礼又发过来一条消息：有男的和你一起玩？

宋枝狐疑地问：你怎么知道？

闻时礼：喜欢你的男的？

宋枝抬起头，看了一下以周崇生为首的四个男生，老实地回复：只有一个喜欢我，其他人没有。而后她立马想到在这里当店员的陈斯，又发了句抱怨的话：间芸真的好小，陈斯也在我玩密室逃脱的这个地方。他在这里帮朋友忙。

闻时礼想：居然有两个。

他有种不妙的预感，问：在天街路的那个商圈？

宋枝回复：哇，你怎么什么都知道？

宋枝又回复：你不会跟踪我吧？

闻时礼没有再回复，径直抓起椅背上的风衣外套起身，绕过办公桌往门口大步走去。

骆子阳守在门口，看到门从里面被拉开，闻时礼清冷的脸出现在视野里。骆子阳觉得心咯噔一下："不是吧不是吧，宋枝小姑娘真的去玩那种不正规的密室逃脱了？天哪，她千万不要被吃豆腐呀！"

闻时礼被念叨得心里烦躁，却还是把工作吩咐好："你做好来访记录，等我回来处理。"

骆子阳说："收到！"

零塑密室逃脱俱乐部。

坐在休息区里的宋枝相当疑惑，为什么闻时礼什么都知道？但他没有再回消息。

这时候，前面一组玩血腥雕塑的玩家陆续从里面出来。他们个个神采飞扬，看样子这个游戏挺好玩的。

陈斯在吧台里扬声道："枝枝，你们过来，我让工作人员带你们进去。"

宋枝起身，把手机放回包里，伸手轻轻地碰了碰身旁的孟佳妮："该我们了。"

八人陆续来到吧台处，把各自的私人物品进行寄存。

陈斯给每个人发了一个荧光手环，让他们戴着。荧光手环可以防止在密室昏暗的环境里看不到同伴。

一切就绪。

陈斯叫来密室的工作人员领八人进去。

八人掀开密室的黑色帘子踏进去，四周瞬间变得昏暗，可视度降得很低。

工作人员说："两人一组，男女配对。"

宋枝有点儿不满，为什么不能女女一组？她想和佳妮在一组。但工作人员都这么说了，她又不好不配合。

三个男生直接开始起哄，把周崇生一把推到宋枝的面前。

周崇生不好意思地挠挠头："他们都组好了，只剩下我和你了。"

"随便吧，没事。"宋枝平静地说道，"一个游戏而已。"

周崇生忍着心里那股愉悦："嗯。"

血腥雕塑这个主题共有十六个房间，两人一组，分别在房间里寻找线索，集齐一个房间的全部线索后就可以离开，再进到下个房间里面。

游戏正式开始，四组人分头行动。

密室外面。

陈斯坐在吧台里，看着电脑前的数十个监控画面。房间里面的情况，包括说话的声音，他都能知道得清清楚楚。

他双手托腮，盯着屏幕上认真找线索的宋枝，满脸笑容，想：枝枝真的好可爱呀。

他看到屏幕上的宋枝和周崇生成功地离开了一个房间，再进到一个有白色丘比特雕塑的房间里。

陈斯怔住了。他忘记了，爱神丘比特雕塑所在的房间，一男一女必须在爱神面前接吻，完成接吻任务后才能离开房间。全程由人工智能判断玩家是否接吻了，完全不受人工干预。

"请玩家在爱神面前接吻十秒钟。"

机械女音回荡在昏暗的密室里。宋枝听得冒出一身鸡皮疙瘩。

周崇生试探的声音传来："宋枝，要不我们……"

宋枝怔住了。

机械女音再次响起："请玩家在爱神面前接吻十秒钟。"

看着傻站在原处的宋枝，陈斯急得噌的一下站起来，然后眼前就掠过一阵风。

一个人直接从门口冲进来，陈斯定睛一看，闻时礼出现在吧台对面。黑色的风衣衬托得他眉眼冷漠。他浑身透着凉意，匆匆赶来后，第一句话问的就是："宋枝她在哪儿？"

陈斯怔住了。

闻时礼轻轻一皱眉，显然没什么耐心，直接抬手屈起食指在吧台上连叩出三声清脆的响声："问你话呢。"

几秒钟过后，陈斯脑中灵光一闪，有办法了！

陈斯把电脑屏幕一扳，正对着闻时礼。他指着宋枝所在的那一小块画面道："这人要亲你妹！你快进去阻止他！"

闻时礼没说话。

"你不是说现在谈恋爱影响枝枝学习吗？！"

闻时礼的目光落在屏幕上。他看着画面上已经怔在原地做不出反应的宋枝，漂亮的桃花眼不自觉地轻微眯起来，然后他冷静地问："在哪个房间里？"

陈斯扫一眼监控画面，确定房间位置后急忙催促："从那个入口进去左转第三个，你倒是快点儿啊，磨磨叽叽的！"

闻时礼跑向密室的入口。身后的陈斯还在不断地催促他。

闻时礼左转，来到第三个房间的门口，伸手拧门把手，发现门被反锁了。他神色阴沉，在昏暗的环境里盯着门缓缓地后退，退开几步后，直接抬脚往门上用力一踹，发出巨大的声音。

整扇门被闻时礼踹倒了，应声砸在地上，激起一片尘埃。

"请玩家在爱神面前接吻十秒钟。"

冰冷的机械女音的提醒让宋枝变得格外不自在，周围暗淡无光的环境让她越发觉得

323

窒息。

周崇生站在离她两米远的位置，不敢贸然靠近，只小声询问："宋枝，要不我们就在这个雕塑前亲一下，不然出不去。"

"不行。"宋枝拒绝得很果断，"我的初吻不能献给游戏。"

这不浪漫，非常非常不浪漫。她不喜欢。

周崇生说："那怎么办？我们总得出去吧。"

宋枝没接话，心里烦躁无比。

"宋枝，我有话对你说。"周崇生说。

宋枝想：完了，他不会要表白吧。

周崇生鼓起所有勇气，说："其实，我一直暗恋你，这个房间也是我提前和工作人员打过招呼，特意让我们进来的。"

他还真的表白了。救命，这个气氛这么暧昧，宋枝想，这简直让自己进退两难！

"所以，"周崇生还在继续说话，"你能不能答应我，和我试一试？我会对你好的，我真的好喜欢你。"说完他就朝宋枝靠近。

出于条件反射，宋枝直接抬起一只手把嘴捂住，生怕周崇生直接亲上来。

周崇生的脚步没有停。

砰！

随着一声巨响从门口传来，宋枝被震得浑身一抖。

谁在踹门？

她捂着嘴，转头看向门口，有一丝昏暗的光自密室走廊照进来。

一个男人踏光而来。他把光踩在脚下。他的身量颀长，宽肩窄腰，浑身带着慑人的气息。

宋枝维持着捂嘴的动作，目光落在男人的脸上，对上了一双漂亮的桃花眼。

闻时礼。他为什么会突然出现在这里？

这一幕实在让人难忘。

暗恋多年的男人如神仙下凡，突然出现在眼前，画面唯美得堪比梦中仙境，足够让她心动好多年。

闻时礼步步逼近。

周崇生被迫停在一米开外的地方，有些茫然地看着这个突然踹门进来的陌生男人，不明白他这样做的目的是什么。

而接下来的一幕，让周崇生的眼睛直接瞪到最大。

宋枝还没来得及反应，就见闻时礼已经站在眼前。他没有任何犹豫地握住她捂嘴的那只手的手腕，一把拉开。

他的另一只手轻轻地捏住她的下巴，带着点儿力道往上一抬。她的脸被迫向上抬起。

"时……"她连一声完整的时礼哥都没能喊出来。

宋枝感觉到唇上贴来两片微凉的柔软之物，眼前的男人精致的眉眼放大至极限。他没有闭眼睛，漆黑的眼睛直直地盯着她的眼睛，仿佛在对她说：看清楚吻你的人是谁。

宋枝的脑子里轰地爆炸了。

有人往她高高的心墙上投下一颗炸弹，把所有东西都炸得粉碎。一颗急剧跳动的心也跟着变得稀巴烂，她完全没办法思考。

他身上乌木香草的味道清新又成熟，瞬间霸占了宋枝的呼吸。

不只呼吸，她所有的感官都被他一一侵占，眼前是他清晰且英俊的脸，被他握着的手腕和下巴的肌肤在发烫，面上能感觉到他温热的呼吸，耳朵还能听到他的呼吸声有点儿紊乱。

接吻的他也会紧张吗？

旁边就是白色的爱神丘比特雕塑，丘比特手里拿着一把逼真的弓箭。弓箭正瞄着二人所在的方向。

这一次，被击中的又会是谁的心？

一切的一切，在昏暗暧昧的环境里变得无比浪漫，浪漫得像蜜桃汽水一样甜美。

机械女音开始倒数十个数。

"十。"

"九。"

"八。"

……

随着最后数到一，闻时礼缓缓地松开宋枝，面不改色地盯着她看。

宋枝整个人都傻了。他莫名其妙地冲进来亲了她，还这么理直气壮地看着她，这男人到底要干什么？！

宋枝的心脏跳得快要从嗓子眼儿蹦出来，喉咙跟着发紧。她磕磕巴巴、无比艰难地问："你……你……你干吗？"

闻时礼脸上的阴沉一扫而光，他转而带着灿烂的笑容，说道："还能干吗？亲你呀。"

他真不要脸！

唇上的灼热感未散，宋枝满面通红，红到耳根。她一时讲不出话来。

陈斯在这时候从外面冲进来，嘴里骂着难听的脏话，毫不犹豫地朝闻时礼挥去一拳头。

宋枝吓得大叫："陈斯！"

闻时礼丝毫不慌，神色寡淡得很，直接抬手把陈斯的拳头整个握住，拦截在半空中。

他慢条斯理地道："说话就说话，动什么手？"

陈斯被愤怒点燃了："你这个臭男人，也不看看自己干了什么事情！"

闻时礼一点儿都不生气，儒雅地笑着问："不是你让我赶紧进来阻止他们接吻的吗？"

陈斯简直要当场气出脑血栓来，失控地抽回手，咆哮道："我让你阻止！没让你自己亲上去！你有病吧！"

闻时礼漫不经心地笑笑："我又没亲你。"

陈斯真想和这个人同归于尽。闻时礼真的好不要脸。

注意到地上的门，陈斯更加愤怒："你还把门踹烂了？！"

"我赔。"闻时礼摸出名片夹，取出一张白底烫金的高级名片递到陈斯的手边，"我可以出十倍的价格赔。"

陈斯反手把名片打掉在地上："谁稀罕你的臭钱。"

闻时礼问："那你准备自己贴钱吗？"

被这么一问，陈斯又特没骨气地把名片从地上捡起来。

闻时礼自然地拉起宋枝的手："出去吧。"

然后他没有管愤怒的陈斯和完全呆滞了的周崇生，径直离开了一片狼藉的密室。

刚出房间，宋枝用力地把手抽回，别扭地说道："我自己走。"

闻时礼停下，回头看她，温和地问："生气了？"

宋枝没吭声，也没有再搭理他，而是选择自己闷头往前走。

望着她的背影，闻时礼苦笑着跟了上去。

来到外面，宋枝到寄存柜前把自己的包和手机拿出来。

闻时礼来到旁边低声询问："哥哥帮你拿好不好？"

宋枝拒绝得很果断："不要。"

"真生气了？"闻时礼耐着性子开始道歉，"对不起，但我是故意的。"

对不起，但他是故意的？这是什么逻辑的道歉啊！

宋枝回头没好气地瞪了他一眼，完全不想搭理他，直接扭头就走。

男人沉稳的脚步声一直从后方传来。

电梯还停在高楼层，宋枝现在心浮气躁懒得等，直接选择走楼梯。

她有点儿生气，下楼的脚步也落得重，小靴子噔噔噔地把楼梯踩得特别响。

"宋枝。"后面的闻时礼叫她。

她不理他，继续往前走。

"小宋枝。"

她还是不理他。

"枝枝。"

她依旧不理他。

闻时礼把她的手腕握住："你听哥哥说。"

宋枝被迫停下，转身正对着他。闻时礼松开她，没急着开口，而是伸手从她手上取过包，挎在自己的手臂上。

宋枝的脸又红又烫。她索性先发制人："你为什么突然亲我？！"

她问完后，脑子里闪过一个荒谬的想法。

"你……"她迟疑地问，"不会是来帮我过关游戏的吧？"

闻时礼眯着桃花眼浅笑道："我放着一大堆工作不做，专门跑过来亲你，你觉得是为了帮你过关游戏的吗？在你眼里，哥哥就这么闲吗？"

听到他的话以后，宋枝觉得浑身上下都有一股热气在不停地涌动，搅得她内心不安。

闻时礼微微俯身，以便他的视线与她保持在同一水平线上："怎么办？我就是害怕小宋枝被别人亲。"

　　宋枝嘀咕："我当时捂着嘴你没看见吗？他亲不到我。"

　　"那我就是想亲你行不行？"

　　宋枝觉得脸上越发滚烫，像整个人要烧起来似的。她捏了捏自己发红的耳垂，轻声问："为什么？"

　　"还能为什么？"闻时礼失笑地捏捏她的脸蛋，"非要我讲明白吗？"

　　一阵眩晕感涌向宋枝。他不会喜欢她吧？

　　为了印证内心的想法，宋枝鼓起勇气问道："你不讲明白我怎么知道？"

　　闻时礼认同般点头："行，我讲明白。"

　　"宋枝，"他郑重其事地唤她，神情极其认真，"哥哥喜欢你，想和你谈恋爱。"

　　在话音落下的一瞬间，宋枝的鼻尖一酸，她突然很想哭。

　　那个暗恋他多年的自己带着满腹的心酸和委屈在脑海里出现，然后对她说："枝枝你看，美梦成真了！"

　　在安静的楼道里，两人站在楼梯拐弯的平台上，四目相对，一动不动。

　　周围的空气似在无形中升温。

　　很快，闻时礼察觉到宋枝的眼底浮起一层雾，看着她像马上就要哭出来。他被吓得不行，忙用手指把她眼角一滴滚出来的泪擦掉："怎么了？"

　　宋枝吸吸鼻子没作声。

　　闻时礼俊眉微蹙："哥哥也没这么吓人吧，表个白就把你吓哭了？"

　　也是，认识多年的兄长突然表白，换谁都会被吓到。

　　算了。闻时礼深呼吸一口气，缓和情绪后改口说道："别怕，我收回刚刚那些话。"

　　宋枝想：表白还能收回，真有他的。榆木脑袋就是榆木脑袋，就算开窍也只是一瞬间。

　　宋枝觉得满腔的感动直接消失，只剩下震惊和不解："怎么会有你这样的人？"

　　闻时礼一头雾水："嗯？"

　　"跟人表白到一半再收回。"宋枝的语气里带着强烈的不满与谴责，"就像是你在饭馆里，把吃到一半的炒饭端回给老板一样。"

　　这例子还挺形象，闻时礼想。

　　他轻笑一声，桃花眼弯弯的很温柔。他维持着微微俯身的姿势与她平视，道："哥哥这不是怕吓到你嘛，担心对你的冲击太大。"

　　这个冲击确实挺大。

　　宋枝嘀咕道："那也没有表白到一半再收回的道理。"

　　"那你的意思是，"闻时礼的语气很慵懒，有几分卖关子的意思，"想听哥哥接着表白？"

　　这男人真是傲慢。明明表白的人是他，他还一副吊儿郎当的模样，光看着就让人非常上火。

　　被拆穿心事，宋枝觉得面上有些挂不住。她一边碎碎念着"谁稀罕听你表白"，一边伸手去抢闻时礼手臂上挂着的包："还给我。"

闻时礼避开她的手："哥哥的话还没说完呢。"

宋枝开始沉默，心想我倒要看你还要说些什么，但不得不承认，她还挺期待的。

她做梦都没想过会有这么一天——闻时礼会向她表白。

闻时礼站直身体，目光微微下移。他看着她，伸手揉一把她的发顶后开始说剩下的话。

"我说过，一见到你我就会觉得很温暖，你就像个小太阳，照亮了我阴暗的人生。我自私地希望你能一直照着我，并且只照着我。我不能没有你。"

宋枝静静地听完，却没有想象中愉悦，只有一丝若有若无的怅然和失望。

原来他只是因为见到她觉得温暖，所以想要跟她在一起，而不是因为喜欢她。

注意到她的表情不对，闻时礼及时开口问："你看上去很不开心，怎么了？"

宋枝有些郁闷，问："只是因为我温暖吗？"

"当然不是。"他回答得果决，"我对你有强烈的保护欲和占有欲，见不到你的时候会很想你，刚刚亲你的时候心跳加速，呼吸变乱，这些难道不算喜欢吗？"

宋枝觉得他没必要把刚刚的事拿出来讲："你还好意思说刚刚的事？"

闻时礼眉梢一扬，笑得肆意："我怎么不好意思？"

"你那是强吻！"宋枝突然想起五年前感冒后和他裹着小被子在沙发上看电视剧的事情，"也不晓得当初谁说过，自己绝对不会做出强吻这种事情来，呵呵。"

宋枝最后的"呵呵"很有灵性，充分表达了她对某人强吻的矛盾言行的嘲笑。

但某人不要脸的程度远超她的想象。

"那必然不会是我。"闻时礼把账赖得一干二净，"我不会讲这种话，毕竟我知道自己是挺流氓的一个人。"

"你也知道你是流氓！"宋枝一想到在密室里发生的那一幕，就脸红不已，"你冲进来直接亲我的这种行为，就是在要流氓。"

"我错了，下次还敢。"

宋枝被他这副没皮没脸的模样气得不行，觉得他一点儿都不正经，完全没有好好表白，索性道："喜欢我的人那么多，你排队去吧。"

"小宋枝这么抢手？"闻时礼突然想到亲她的时候还有异性在场，"也是，刚刚不就有两个情敌吗？但问题不大，我这人呢比较勇敢，敢为人先，所以可以捷足先登。"

宋枝差点儿被他说服。不过她很快反应过来，直接给他泼冷水："我还没答应你，你算哪门子的捷足先登？"

闻时礼笑道："暂时没答应而已。"他好像对待任何事物都势在必得，包括对她也一样。

察觉到这一点的宋枝不禁好奇地问："你就这么确定我会答应你吗？"她看着他的眼睛，"不怕我拒绝你吗？"

听到这两句话后，闻时礼收住面上的笑意，神情变得认真，同她对视的眉眼间有着隐隐的深情："没人会比我对你更好的，小宋枝。"

宋枝没说话。

"哥哥想和你在一起。"

宋枝心里甜蜜得快要冒泡，面上却还要装作平静，不想让他太如意。

太过容易得到的东西都不会被珍惜。

"那我得好好地考虑一下。毕竟你的条件在那里摆着，我得慎重。"

闻时礼一愣："我的条件？"

宋枝开始帮他认清自我："你今年二十五岁，算大龄单身青年，第一点，年纪很大，人很老。"

闻时礼忍着笑配合："那第二点呢？"

"第二点，"宋枝一本正经地说道，"人特别幼稚，嘴还特别欠，真没几个女孩能受得了。"

闻时礼想：往我身上贴的女人数不胜数，看来小姑娘是真没见过，才会这样诋毁我。

"那还有没有？"闻时礼把手往扶手栏杆上一握，懒洋洋地借力站着，似乎完全做好了再听一万个缺点的准备。

宋枝却没法往下说了，除了刚刚说的那两点外，他这人真是没的说，有钱、有相貌、有身材，还温柔有耐心。

闻时礼故意追问："在你眼里，哥哥只有这两个缺点？剩下的全是优点？看来小宋枝对我的印象还蛮不错的。"

宋枝想：他真让人无言以对。

闻时礼温声道："哥哥不勉强你，你回去好好考虑，考虑好以后跟我说。"

宋枝暗藏着激动，小声地答应："好。"

这还用考虑吗？！她超想和他在一起！

但是女孩子应该矜持，宋枝还是假装要回去深思熟虑。

就在宋枝准备转身下楼的时候，闻时礼突然抬头往上面看，语气冰冷："谁在那里？"

话音甫落，闻时礼对上一双眼白发黄的眼睛。那双眼直勾勾地盯着他，令人莫名地觉得瘆得慌。

被发现后，对方迅速逃离，消失不见。

宋枝跟着抬头看过去的时候，那里已经没有人了："怎么了？"

"可能又是哪个受害者家属。"闻时礼说，"见怪不怪。"

宋枝有点儿害怕："那你要小心一点儿，别受伤，也别任人欺负。"

闻时礼温和地说："好，我不想让你担心。"

两人从安全通道下到一楼。宋枝还准备往下去负一层的时候，闻时礼说："不下去，我的车在外面的马路上停着。"

宋枝啊了一声："外面的路上好像不准停车吧。"

"来不及想太多。"闻时礼说，"我怕稍微晚一点儿，你的初吻就没了。"

宋枝跟着他往建筑外面走，抱怨道："我的初吻现在也没了呀！"

"给我可以。"他相当厚脸皮，"但给别人的话不行。"

来到外面，宋枝一眼就看见黑色宾利停在一个禁停标志下方，并且现在旁边站着几个交警。

不过交警好像在处理旁边的一辆违章停车。

那辆车的男车主似乎很不配合，和交警起了激烈的冲突，声音特别大，他嚷着："老子今天就是不给钱！我就停了两分钟！凭什么？！"

每次看到这种人，宋枝都会觉得特别无语："时礼哥，这种行为你怎么看？"

闻时礼笑着搭话："我看'刑'，日子越来越有'判头'了。"

宋枝指责："你也违章停车了。"

闻时礼说："但我不会和交警起冲突，错就是错，对就是对。错就认罚，有什么闹的？"

听他这样说，宋枝心里挺暖的。她觉得他虽然自幼被虐待，没感受过什么温暖，但能树立如此正确的三观还是挺不容易的。

宋枝思考的工夫，两人已经来到车旁边。

在和男司机纠缠的交警中走出来一人，他抹着汗对闻时礼说："这里不能停啊，罚款两百。"

闻时礼很配合，掏出钱包取出两张百元大钞递给交警，礼貌地说："不好意思，刚才有点儿急事。"

有那个男司机野蛮行为的衬托，交警瞬间觉得眼前的闻时礼无比讲道理，接过钱后语气很好："没事，下次注意。"

闻时礼点头："嗯，给您添麻烦了。"

交警开出一张单子，让闻时礼签字后，示意他可以开车离开。

闻时礼替宋枝拉开副驾驶座的门，宋枝坐进去后想问问题，却被他打断："有话等会儿说，我先把车开走。"

宋枝乖乖点头说好，再系上安全带。

闻时礼上车启动车子，一边往左打着方向盘一边懒洋洋地问："刚刚想说什么？"

"虽然两百块对你来说不算什么，但我觉得，"宋枝稍稍一顿，继续往下说，"你完全可以把车停在停车场，干吗非得停在路边？"

闻时礼笑道："我不都说了嘛，急事，怕你被别人亲。"

没等宋枝回答，他又含着笑缓缓说了句特别暧昧的话："枝枝，你永远是我的当务之急。"

到芸大后，闻时礼把车停在路边，执意要亲自把宋枝送到宿舍楼下。

宋枝拗不过他，只能让他送。

初冬下午的太阳暖洋洋的。芸大有一条银杏路，是从校门回女生宿舍的必经之路，因为道路两边种着挺拔的银杏树，故此路被叫作银杏路。

十一月的银杏树依旧高大，无数金黄的叶子自高枝飘落，纷纷扬扬，很是浪漫。

宋枝和闻时礼并肩走在这样一条浪漫的银杏路上，脚下踩过金黄的银杏叶，在风吹过来的时候，似乎闻到了糖炒栗子和糖葫芦的味道。

旁边正好有四五个女生在说说笑笑，手里拿着糖炒栗子和糖葫芦。

宋枝盯着那串糖葫芦发呆，想到多年前，她还强制给闻时礼喂过糖葫芦。他不喜欢酸甜口味的东西，但她撒着娇喂过去的时候，他的嘴张得倒是很自然。

"别看了。"闻时礼觉得好笑，"想吃哥哥给你买，不至于看得这么仔细。"

宋枝收回视线："我在想事情。"

闻时礼若有所思，认真地发问："在想什么时候答应我？"

宋枝想：他真的好不要脸。

"我还没考虑好，你急什么？"宋枝的脚步慢下来，她转过头飞快地偷看一眼他的侧脸，"哪有你这样的？"

闻时礼双手插兜，故意放慢速度后的步伐相当懒散，语气也漫不经心的："讲道理，你还真不能怪我着急。"

宋枝较真地说："那请闻律师阐述一下不能怪你的原因。"

"我年龄大呀，"闻时礼歪着头看她，"今年二十五岁了，四舍五入一下也算年过半百，再不谈恋爱就要入土为安了。"

逻辑鬼才，脸皮不够厚的人绝对讲不出这样的话。

宋枝很服气："你四舍五入得太夸张了吧。"

闻时礼一脸无辜，懒洋洋地笑着："还不是因为你总说我老，还时不时喊我老男人，我这么想也合理。"

他还挺会替自己开解的。

"那你着急也没用。"暗恋多年的宋枝难得有朝一日扬眉吐气，自然要把这口气吐个够才行，"还是得等我慢慢考虑，考虑好再答复你。"

闻时礼欣然点头："行，你慢慢考虑。"

不知不觉，两人已经来到女生宿舍楼下。在分别的时候，闻时礼叫住了宋枝："考虑的时候别忘记了，没有人会比哥哥对你更好。"

宋枝说："你这是道德绑架，谁规定你对我好，我就必须要和你在一起？"

闻时礼笑着捏捏她的脸："确实没这个规定，那我只能希望自己能走狗屎运，能成功绑架到你。"

可恶，她又被这个老男人撩拨得心脏狂跳。

宋枝躲开他的手，面上强装镇定："别捏我的脸，这样很暧昧，我还没答应你。"

闻时礼手停在半空："我以前都是这样捏你的。"

"那是以前。"宋枝冷哼一声，"现在是现在，不一样，反正不能随便捏。"

不论小姑娘什么模样和表情，落在闻时礼的眼里，他都觉得娇憨可爱。

他的心在持续沦陷，从未停止。

他收回手："好，那哥哥以后想捏你的脸就提前打招呼行不行？"

宋枝抿唇，犹豫地问："怎么打招呼？"

"比如这样，"闻时礼伸出手指，落在她的脸颊边，神色温柔，眼中含笑，"哥哥能不能捏下小宋枝的脸？"

他的指尖距离她的脸颊只有半厘米的距离，宋枝能清楚地感觉到他指尖的温度。她的脸颊隐隐有痒的感觉，但又不太明显。

怔了片刻后，宋枝回过神来，后退一步避开他的指尖，嗫嚅道："再说吧。"

说完她就红着脸掉头往宿舍楼里跑去。

闻时礼垂下手插进兜里，一直目送小姑娘的白色身影消失在楼梯转角处，才心满意足地转身离开。

他浑身上下都有卸重后的轻松感，原来把喜欢说出来会让人这么轻松愉快。

这是一种他从未有过的感觉。

宋枝一路飞奔上楼回到宿舍，把包随手扔在桌上后，整个人面朝下扑到床上，把脸埋在枕头里，听到了自己放大的心跳声。

她真的没想过有朝一日会听到闻时礼对她表白。这完全像个白日梦。

在床上趴了会儿，宋枝坐起来，拿起手机给陆蓉发微信：妈，你找找我衣柜里下面的盒子，那里面有瓶香水，你给我寄过来。

陆蓉回复得很快：行，天冷注意加衣服！

宋枝回复：好。然后她发过去一个表示乖巧的表情。

那瓶闻时礼送的香水，她还一次没有喷过呢。他应该很喜欢那个味道吧，所以在重逢后两人第一次遇见时才会那么关心她有没有喷香水。

现在她的心里甜得冒泡，甚至开始幻想喷着他送的香水和他约会了，真让人害羞！

太过兴奋的后果就是容易疲惫犯困，宋枝在床上高兴了一会儿就觉得困，不知不觉睡着了。

她醒来的时候，宿舍的其他人已经回来了，并且就坐在她的床沿盯着她，三双眼睛都带着审视的目光。

宋枝一个激灵抱着被子坐了起来，边揉眼睛边问："干吗？吓我一跳。"

孟佳妮抱着手问："老实交代，你和周崇生是什么情况？"

萧圆说："对，快说！"

"什么呀，"宋枝睡眼惺忪，一头雾水，"我怎么听不懂你们在讲什么？"

孟佳妮说："我们一出来，你和周崇生两个人都不在了，你们偷偷干吗去了？打电话你不接，发微信也不回，该不会你俩真的有什么情况吧？"

宋枝用手抓抓凌乱的头发："我和周崇生能有什么情况？"

萧圆问："那你们人呢？"

如果不告诉她们，她们就会一直问，宋枝索性老老实实地把密室里发生的事情详细讲了一遍，三人听得全部一脸震惊。

孟佳妮说："你家哥哥这么厉害吗？当着情敌的面强吻你？"

萧圆说："这就是传说中的言情小说照进现实吗？我单方面宣布你们就地结婚。民政局我已经替你们扛过来了。"

陶佳说："真厉害。"

宋枝被萧圆疯狂摇晃着肩膀："快！告诉我你家哥哥是谁？"

宋枝被晃得头晕目眩："你冷静点儿萧圆。"

孟佳妮摇头："萧圆已经疯了。"

"没错！我已经疯了！"萧圆一脸兴奋，"来人，把我杀了给大家助助兴！"

宋枝失笑，刚想说点儿什么，就听到萧圆收住笑意小声道："不知讲不当讲，佳妮和顾教授也挺般配的，就是不知道……"

"你打住，"孟佳妮听到那人的名字脸色就冷下来，"别提那个人。"

萧圆笑得非常耐人寻味："我还是头一回听到佳妮这么骂别人呢。"

孟佳妮说："你再这样说我会生气的。"

萧圆正色道："好好好，我错了大小姐。"

宋枝还有点儿疲倦，伸手推一把还在喋喋不休的两人："你们去桌边坐着，我再躺会儿。"

其余三人怕吵到她，听话地起身离开。

宋枝又睡了半个小时，孟佳妮把她叫醒："走，去食堂吃饭。"

她迷糊地应着："嗯……好。"

宋枝掀开被子坐起来，伸个懒腰打了个哈欠，然后下床到宿舍门口换鞋，下楼去食堂吃饭。

芸大一共有四个食堂，距离宋枝住的宿舍楼最近的二食堂步行五分钟就能到。

二食堂有四层，学生们一般在一、二、三层就餐，想开小灶的时候才会去第四层。第四层的饭菜价格略贵，只有像孟佳妮这种消费水平高的富二代才会常去。

孟佳妮这人嘴挑得很，基本只去第四层，每次还要拉着宿舍里的人一块儿去。宋枝一个月有三千块钱生活费倒也能承受，就是萧圆和陶佳两个人的生活费都是一千多元，总是去四层的话可能坚持不到月底。

所以孟佳妮每次强行拉着三人去，都会主动买单。宋枝每次转钱给她她都不要。

今天三人照常被孟佳妮拉着去四层。

四个女生手挽手上楼，宋枝在最边上。到三楼转角处的时候，宋枝突然感觉脖子被人从后面用力掐住。她下意识地尖叫："啊——"吓得旁边的三个女生浑身一抖。

旁边的孟佳妮最先反应过来，回头看见一个穿着老旧松垮灰色外套的中年男人从后面用力掐着宋枝的脖子，另一只手里有一把明晃晃的水果刀。

男人的一双眼睛非常瘆人，深色眼珠的占比很小，最起码比正常人少一圈，眼白泛着黄色，看着特别不正常，直勾勾地盯人时会让人觉得恶心又害怕。

男人掐着宋枝的后颈，水果刀直接抵着宋枝侧颈的位置。他声音沙哑地咆哮："滚开！全部滚开！"

宋枝完全失去思考能力，颈侧的肌肤传来冰凉的触感。

孟佳妮保持冷静，抓着萧圆和陶佳二人迅速让开，生怕刺激到对方伤害宋枝。

这边的动静渐渐引起了周围人的注意。

在看到男人将水果刀抵在姑娘的侧颈上时，所有人不禁倒吸一口凉气，接下来的反应却不一样。

有人迅速掏出手机报警。

有人在忙着拍照、录视频发朋友圈。

有人急忙拉着身边的人一起站在远处围观。

……

男人掐着宋枝的脖颈，用水果刀威胁她："走！"

宋枝浑身发抖，处于高度紧张恐惧的状态。她只能被迫跟着男人的步伐，缓慢地上楼梯。

看男人挟持着宋枝一路上到食堂的天台，孟佳妮飞快地拨通 110，向接警员冷静地说着情况："我的朋友被人持刀劫持，没错，对方手里有刀……在芸大，芸大的二食堂，请你们快点儿过来。"

孟佳妮打完电话，发现萧圆已经吓得哭了起来："枝枝怎么办啊！"

陶佳被带得跟着掉眼泪："为什么会选枝枝……"

二食堂天台。

这里鲜有人来，四周没有任何防护措施，只有一堵到腰部位置的水泥墙，通往天台的门常年用一把小锁锁着。

黄眼男人直接把锁踹掉，然后掐着宋枝的脖子来到水泥墙边，一个用力，让宋枝的整个上半身悬在水泥墙外。

近二十米的高度，她掉下去不死也得残废。

下方围观的人群发出尖叫。

宋枝一阵头晕目眩。她看着下方黑压压的人头，浑身冒着冷汗，心脏剧烈地跳动，腰在冷硬的水泥墙上摩擦得很疼。

这像是一场突然降临的噩梦。

黄眼男人依旧把水果刀紧紧贴在宋枝的颈侧。他冲下方的人群撕心裂肺地吼了一声："把闻时礼给我叫来！"

芸大二食堂楼下的空地上聚集着很多人，人群里时不时发出一声声尖叫。所有人仰头看着上方天台的边缘位置。年轻姑娘被水果刀挟持着一动不动，上半身完全探出水泥墙外。

空气都随着这一幕变得紧张，情况万分危急。

听到黄眼男人情绪激动地喊话以后，宋枝浑身发抖，颤抖着问："为什么要叫闻时礼过来？"

黄眼男人恶狠狠地说道："少废话！"

宋枝不敢再说话，但有一点可以确定，这人的目标并不是她，而是闻时礼。她不知道他究竟想做什么。

黄眼男人将水果刀紧贴着她侧颈的肌肤，用力到只要她稍稍一动就会见血的程度。

她很害怕，被刀刃死抵着的感觉真的很糟糕。

哪怕自己现在身处危险之中，宋枝也还在想这人把闻时礼叫来要做什么。

二十分钟后，警方到达现场。两辆警车里下来了八个人，警察仰头一看这阵仗，立马通知消防过来准备安全气垫。

消防员过来的速度很快。身穿制服的年轻消防员们迅速从车上拉下一个大大的气垫，准备充气撑开，却没想到这个举动直接把黄眼男人完全激怒了。

"拿走！"黄眼男人咆哮着，把宋枝的上半身狠狠地推到水泥墙外威胁，"把垫子拿走！不许铺！否则我立马杀了她！"

张光生作为这次出警行动的负责人，站在几名警察最前方，叉着腰仰头对黄眼男人服软说道："好好好，我马上喊他们把垫子撤走，你不要激动行不行？"

紧接着他对旁边的一名警察说："让消防把气垫挪开。"

迫于无奈，消防员们只好把垫子拿开，面前一大片坚硬的空地又露了出来。

张光生继续仰头和黄眼男人交流："你想要什么，我们都会尽量满足你的需求，你告诉我，我能做主。"

黄眼男人声音沙哑地怒吼："闻时礼！把闻时礼那个畜生给我叫来！"

张光生继续问："是不是那个闻律师？"

"对！"黄眼男人情绪激动，"就是那个畜生！"

张光生抬起双手，在空中不停地往下按："不要激动，我马上联系他过来。"

张光生和闻时礼算半个熟人，闻时礼刚来间芸混的时候他们就打过交道，基本上是为了一些案子上的事情。虽说警察独立办案不与律师打交道，但闻时礼会在见委托人的时候经常见到张光生。

张光生向来很欣赏他，见到他时会主动打招呼、递烟，并且说上两句，聊聊近期的案子，这样算下来他们倒确实算半个熟人。

张光生揉揉太阳穴，摸出手机拨打闻时礼的电话。

那边处于无人接听的状态。

在第二通电话的响铃快要结束的时候，谢天谢地，他接了。

张光生急忙开口："闻律师，你来一趟芸大。"

闻时礼看一眼坐在对面的委托人，淡淡地说道："没空。"

张光生瞥一眼黄眼男人手中掐着的小姑娘，小姑娘早已被吓得面色苍白："你快点儿来一趟吧，就当帮我一个忙，有人挟持了一个芸大女学生，然后指名道姓要见你。"

"见我？"闻时礼一点儿都没往心里去，"见我干什么？这种事情你们警察处理不就行了？"

张光生就知道这人叫不动。

黄眼男人在上方咆哮："半小时内他不过来，我就捅死这女的！"

闻时礼听到这句话，总觉得有些熟悉。

张光生也在这个时候想到了黄眼男人的身份："哎呀，这男的是周强的哥哥周东啊！"

闻时礼神情一凝。

张光生接着说："今天庭审结果出来了，乔立坤被改判有期徒刑，估计周东为这事心里不痛快，想把你逼出来就……"

闻时礼没听进去后面的话，只问："人质穿什么衣服？"

天已暗，隔着几十米的高度，张光生没法看得太清楚："好像穿的是白裙子。"

闻时礼噌地从椅子上站起来："白裙子？"

张光生仔细地看："对，白的。"

对面坐着的委托人看着闻时礼面色骤变，自觉地道："我这事不急，闻律您先忙？"

"抱歉。"闻时礼对方点头示意，而后迅速地抬脚往外走，一边加快脚下的速度一边说，"老张，帮我稳住周东，我马上过来。"

张光生知道他这人疯起来不要命，没忘嘱咐："开车注意安全。"

挂断电话，张光生把手机揣回裤兜里，又仰头用手做喇叭状朝上方的周东喊："周东！我已经联系到了闻律师，他马上就过来，你冷静点儿！"

周东把头探出水泥墙，冲下方喊："还不够！"

作为警察，张光生的首要任务就是确保人质的安全，所以这时候不论周东提什么要求，他都会竭力满足。于是他喊着回答："你说！还要什么？！"

周东说："叫记者来！要很多记者！"

张光生不知道周东要求叫很多记者来要做什么，但见周东情绪激动，也不敢再多说什么，只让身边的警察赶紧联系媒体。

男子持刀闯入校园劫持女学生这样的社会新闻，媒体通常会很喜欢。

时间一分一秒地过去，夜色降临，如一张编织的黑色大网从四面八方笼过来，似乎要把所有人都笼罩在网内。

二十分钟以后，一辆黑色的宾利鸣着笛以飞快的速度冲向人群，二食堂楼下的人听见声音后迅速地避让开一大片空地。

黑色的宾利直接停在人群的最前方。

天台上方的宋枝看到熟悉的车辆，不禁鼻头一酸，眼泪猝不及防地开始流。

他真的过来了呀。

宾利前方的两扇车门同时打开，闻时礼和骆子阳同时下车。在律所里时，骆子阳看到闻时礼丢下委托人匆匆离开，没多想直接跟了过来。看到现场的状况，骆子阳不禁吓得倒吸一口冷气。

骆子阳看见宋枝被人用刀抵着脖子压在水泥墙上："闻律师，真的是宋枝小姑娘！"

闻时礼抬头，阴冷的目光准确地和宋枝通红的双眼对上。他一瞬间溃不成军，似乎有一只无形的手自黑暗里伸来，紧紧地握住他的心脏，要把他的心捏碎一般。

前所未有的恐惧感席卷了他，让他不寒而栗，让他心生畏惧。

这一场仗他不战而败。

宋枝看到闻时礼看向她的眼神里全是心疼和绝望，没绷住，呜咽地哭出声来。周东把她重重地往水泥墙上推搡了一把："哭！哭大点儿声！让他听见！"

宋枝的腰生疼，整个人被压得有些呼吸困难。听到周东的话后，她反而死死咬着嘴唇不发出声音。

周东用水果刀抵着她威胁："给老子哭！"

宋枝明显感觉到那刀刃上的力道越来越大，身后的周东发疯一样掐着她的脖子摇晃，想让她号啕大哭，哭给下方仰头看她的闻时礼听。

什么叫杀人诛心？这就是。

有警察递过来一只黄色的喇叭，张光生接过喇叭，递到闻时礼手边，低声说："你问他想要让你做什么。"

闻时礼接过喇叭，打开开关，举起喇叭放在唇边，维持着冷静沉声问周东："周东，你伤害她并没有任何意义，有什么话你可以跟我讲。"

周东陷进疯狂里，看到闻时礼后他的情绪更为激动："你个没有良心的畜生！眼里只有钱的败类！你死有余辜！"

闻时礼漆黑的眼睛映出宋枝苍白的脸。他揣在裤兜里的那只手不由自主地握紧，掌心冒出冷汗："对，我死有余辜。"

他只能顺着周东的话往下说。

"你让我上去，我来替她行不行？"闻时礼主动开口提议。

周东不肯买账："滚！"

闻时礼牢牢地盯着那抹白色的身影："那你想要什么？"

"我想要乔立坤杀人偿命！"周东沙哑恐怖的声音里透着恶意与憎恨，"但是你毁了一切，你就是杀人犯的帮凶！"

他越说越激动，索性把手里的水果刀一把丢到远处，然后双手一把抱住宋枝。

"啊——"

随着宋枝的一声尖叫，下方所有的人都看见周东直接把宋枝整个人抱起来，然后把她的上半身送出水泥墙外。

视线晃荡，一阵难以忍受的眩晕感直冲宋枝脑门。她的双脚完全离开地面，身体悬空，唯一的支点就是腰间那堵薄薄的水泥墙，还有周东一双使着力的手。

她的头斜朝下，长发披散，遮住半张脸，目光穿过乌黑的发丝，撞上闻时礼慌乱的眼神。

在这样一个瞬间，宋枝在混乱中突然明白一件事情：她一直都说，他是她的短。

但她没有意识到，从某个时候开始，她竟然变成了他的软肋。

他脸上的恐慌不会骗人。他真的也很喜欢她吧。他也怕失去她吗？

闻时礼举着喇叭的手骨节泛着青白。他的声音轻轻颤抖着："周东，你要我做什么都行，你冷静一点儿。"

周东又把宋枝的身体往外送了一点儿，进而对着闻时礼大吼："你给老子跪下！"

所有人听得一怔。这是什么无理的要求？

骆子阳凑过来，眉头皱得厉害："这个周东真的有病，他居然让你跪下。闻律师，当着这么多人的面，你不要跪，让警察和他谈吧。"

闻时礼沉着脸不说话。

周东抱着宋枝在空中晃了晃："你跪不跪？！"

闻时礼在间芸绝对算是知名人物。他是近年来名声大噪的金牌刑事律师，出庭无败绩，风光无限，最少十年内无人能出其右，现在却被受害者家属威胁下跪。

今日他如果跪下了，那明天所有社会新闻的头条都会是他下跪的照片。

接到消息赶到现场的媒体不在少数，有七八家。记者们扛着摄影设备、举着话筒飞快地从车上下来，占据最佳的拍摄地点，并且直接开始连线电视台进行现场报道。

"观众朋友们晚上好，我现在位于芸大食堂楼下，可以清楚地看到天台上一男子挟持了一名女大学生，该男子要求闻律师当场下跪。镜头转一下，让大家看一下现场的情况。"

这天的风真的很大，尤其在天台上，冬季夜晚的风带着凉意，一阵又一阵地刮到宋枝的脸上。长发飞散拍打着她的脸颊，带来阵阵痛感。

她的上半身悬在半空，头朝下，明显感到失重感和恐惧感。

只要周东一个失手，后果不堪设想。

听到周东的要求的张光生，也觉得这事实在离谱得很，两步蹿到闻时礼旁边："让我再和他谈谈。"

张光生不知闻时礼有没有听进去。他没有任何反应，仰头看天台，目光直直地锁住半截身体悬在空中的宋枝。

她的脸色苍白。她在哭，一定很害怕。

都怪他。罪魁祸首是他。没有他的话，她就不会遭遇这样的事情。

在这种时候，自责没有任何用，他很快找回理智，耳边充斥着各家媒体报道的嘈杂声，还有警方部署营救方案的声音，和人们不停的议论声。

"你们说他会不会跪啊？"

"他凭什么跪啊，那女的和他有啥关系吗？"

"女的好像是临床医学专业的，好像是那个系花。"

"……"

不过短短几分钟时间，周东已完全失去耐性，做出一个让所有人都受到惊吓的举动来。

他直接把一只手完全松开，仅用一只手抓着宋枝后腰的白裙布料！

宋枝感觉身体瞬间往下掉了一些。她有种强烈的濒死感，吓得想尖叫，想大哭，但看到下方被逼下跪的闻时礼时，却硬生生把所有委屈哽在喉间。

她发出来的只有一声比一声绝望、无助的呜咽声，传到众人耳朵里，不禁让人的心跟着疼。

每一声呜咽闻时礼都听得很清楚。他额头的青筋隐隐突起来，腮帮被咬得死紧。

周东看着他，单手拎着宋枝在空中晃荡，声音嘶哑，充满愤怒："我只数五个数！你个畜生要是不跪，我就直接松手把她丢下去！看你能不能接住她！

"给老子跪下！

"五！

"四！"

没等周东数到一，闻时礼直接对着喇叭低声说道："停，我跪。"

周东停止倒数。

闻时礼随手把喇叭扔掉，揣在兜里的那只手也拿了出来。

旁边的骆子阳直接瞪大眼睛："闻律师，你真跪啊？！"

数台摄像机对着闻时礼，周围的声音渐渐变小，直至完全安静。

所有人不约而同地沉默了。

在宋枝通红的双眼的注视下，闻时礼单膝弯曲缓缓往下，一点儿一点儿靠近地面，直到单膝完全跪下去。他的目光平静温润。他一直看着宋枝，似乎在告诉她：别怕，有哥哥在。

宋枝喉间一哽，强忍许久的眼泪在他膝盖落地的那一刻决堤而出。

他真的为她给人下跪了。

在她模糊的视线里，男人的另一只膝盖也缓缓落在了地上……

现场几百双眼睛皆看着跪在最前方的男人。他身着黑色风衣，跪得相当笔挺，面上无波无澜，似乎一点儿也不觉得下跪是件丢脸的事情。

倒是围观的人们表情复杂，震惊、疑惑、不解、诧异，多种情绪交织在一起。

闻时礼跪在地上，面无表情地仰头望着上方的周东，扬声说道："你满不满意？满意的话能不能先放开她？"

周东疯魔般哈哈大笑起来："你个畜生也有今天！帮杀人凶手辩护，你迟早要遭报应！"

闻时礼没理会他的冷嘲热讽，伸手捡起手边的喇叭，对着喇叭冷静地说道："放开她。"

"老子偏不！"周东的情绪再次激动起来，他一边说一边哭起来，"我弟弟死得那么惨，乔立坤最后居然只判八年，要不是你这个畜生，会这样吗？！会吗？！根本就不会！"

与此同时，张光生指挥三名警察从二食堂后门进到楼里，上去后潜伏在天台门口，伺机而动。

张光生来到闻时礼旁边，低声说道："说点儿什么转移他的注意力。"

"周东，"闻时礼语气平静，条理清晰地说道，"我作为一名刑事辩护律师，只是诉讼程序中的一个角色而已，起的也只有制衡作用，并不代表法律，更不代表正义，没办法做任何决定。

"再说任何事物存在即合理，你弟弟周强也有辩护律师，我们走的都是正常辩护程序，我做的和他做的都是一样的事情，不过立场不同罢了。"

周东被这一番话激怒："你别给我扯这些！都是因为你，你就是罪魁祸首！如果不是你，乔立坤他就是死刑！他……"

在周东情绪失控、注意力被转移的时候，张光生利落地用对讲机下命令："现在行动，他手里没刀！"

埋伏在天台的三名警察得令后迅速采取行动，飞快地冲向还在嘶吼怒骂的周东，一把抓住他，同时也抓住宋枝的手臂。

宋枝觉得手臂被警察叔叔用力握着，然后又是一阵天旋地转后，脚重新沾地。

悬空了大半个小时的身体没站稳，宋枝一个趔趄跌坐在地上，胸口剧烈起伏着，喘着粗气，长长的头发乱糟糟地披散着，身体颤抖，浑身发软。

周东被警察按在地上制服，然后警察给他戴上手铐。

不过一晃眼的工夫，闻时礼已经奔至天台。他二话没说直接冲向周东，一把揪住周东的衣领直接一拳招呼了上去。

"哎！"

警察们爆发出制止声，迅速把闻时礼拉开："闻律师，这打不得啊，交给我们处理吧！"

看见闻时礼，地上的宋枝狼狈地用手撑着地挪动，朝他的方向伸手："哥哥……"

她的声音很小，还在颤抖。

但闻时礼清楚地听见了。他迅速朝她走过去，握住她伸过来的手后顺势蹲下，一把将她搂进怀里。

他的一只手握住她的手，另一只手放在她的后脑勺上，将她按进自己的怀里。

闻到熟悉的乌木香草味，宋枝惊慌不定的心稍稍安定下来。她颤颤巍巍地抬起双手，手缓慢地落在他宽厚的肩背上，然后一点儿一点儿地抱紧他，紧到不能再紧。

拥抱在一起的两人甚至有一种窒息感，却依旧舍不得松开彼此。

她的脸埋在他的颈窝里，眼泪落在他温热的肌肤上。她呜咽道："哥哥，我真的好害怕……"

闻时礼温柔地抚摸着她的后脑勺，一下又一下，轻声说道："现在没事了，别怕，我会一直陪着你。"

警察押着周东离开，天台上只剩下两人，周遭静得可怕，只有风的声音很清晰。

两人就在这样的风里紧紧相拥。

良久过后，宋枝主动松开闻时礼。经过一番安抚后，她平静下来，低头看一眼他的膝盖，抽噎着问："你为什么要跪啊？"

闻时礼满不在乎："那又怎样？"

"刚刚下面有那么多记者。"宋枝说，"他们肯定会拿你下跪的照片大做文章。"

闻时礼搂着她的腰低头看她，两人的距离非常近："随便吧。"

宋枝哽咽了下："男儿膝下有黄金。"

闻时礼看着小姑娘替他考虑的样子，一颗心软得一塌糊涂。他却没表露出来，只温和地说道："和你的性命相比，黄金算什么东西，又值几个钱？"

他真的不在乎这些，名声、骄傲、自尊这些东西，与她的安危比起来实在不足一提，甚至可以说完全没有可比性。

"枝枝，"他温和地叫她，骨节分明的大手捧住她的半边脸颊，"没有你的话，我要黄金有什么用？"

"我只要你平平安安的。"他说。

宋枝把被风吹乱的头发顺在耳后，垂下手的时候下意识地握住他的手指："哥哥，我也希望你平平安安的。"

闻时礼的目光从上往下地打量她，落在她的手上时，他的心里忍不住庆幸，庆幸她安然无恙。

宋枝没松开他的手，主动往他怀里凑，把脸贴在他的颈部，感受着他温热的体温，怯怯地低声说道："我很害怕。"

闻时礼任她握着手，温和地说道："别怕，我会陪着你。"

宋枝像是没听进去："所以我能不能跟你在一起？"

闻时礼这人的情商长期处于离线状态，完全没听懂她话里的暗示，耐心地说："你现在不就和哥哥在一起吗？"

"我指的是，"宋枝羞得难以启齿，每说一个字声音都会变小一分，"那种在一起。"

到最后她的声音完全听不见了。

闻时礼的手被她攥着，另一只手也不得空，正抱着她。风声忽然变大，他低头问她："啊？你说什么呢？"

宋枝苍白的脸上涌上一抹红晕，内心在反复地自我安慰：别紧张，枝枝，他都表白过了，没什么好紧张的，他还能不答应你吗？

在心理建设完毕后，宋枝鼓足勇气想要把话再说一遍，可刚抬头就有一阵巨大的风吹来，吹得本就紧张的她有些哆嗦。

注意到她抖得厉害，闻时礼说："先下去吧，这里太冷。"

宋枝说："我的话还没说完。"

他温和地哄她："下去再说，乖。"

宋枝心里憋着的那股劲瞬间泄掉，她垂着头，松开他的手，把所有涌到喉间的话咽回肚里。

闻时礼把手臂横穿过她的双膝腿弯，轻松地将她横抱起。这是一个超级标准的公主抱姿势。

宋枝为保持平衡，双手不由自主地搂住他的脖子，乖乖地让他抱着走。

他抱着她离开天台，步伐沉稳。

在下楼梯的时候，宋枝总觉得现在不说的话，可能要等很久才有机会说，而她不想再等了。

她迫切地想要和他在一起的心在疯狂地跳动。

"哥哥。"宋枝将双手挂在他的脖子上，头微微低着。她不敢抬头看他，只觉得他放在腰侧的那只手将她的肌肤熨得滚烫，"我想和你在一起。"

话音刚落，她感觉男人的脚步顿住了。

仅仅过了一秒，他继续抬脚下楼，速度比刚刚慢了不少，却保持着绝对的沉默。

他明明听见了还不理她，怎么回事？他不会反悔了吧？

他今天刚跟她表白，如果几个小时后就反悔，真的太说不过去了。

宋枝沉不住气了："闻时礼，你有没有听到？"

男人低沉的嗓音响起："有。"

宋枝说："那你干吗不回答我？"

他再次沉默。

这搞得宋枝的一颗心火烧火燎的。她刚想再说点儿什么，就听到他淡淡地说道："回去再谈这个吧。"

他的一句话让宋枝憋着的最后一点儿劲全部泄掉了。

她无奈地说："好吧。"

回答完以后，她多少还是有点儿不甘心，说："现在我不害怕，也不冷，你可以说的。"

闻时礼却坚持："回去再说。"

宋枝被他抱着来到二食堂楼下，周围很嘈杂，有围观的学生们，还有尚未离开的记者。一见到闻时礼抱着她下来，记者立马举着话筒冲了过来。

闪光灯不停地亮着，宋枝觉得刺眼，条件反射地转过脸面对他的胸膛。

见到围拢过来的记者，闻时礼皱起眉来，一脸的不悦。

骆子阳很有眼力见儿，跑过来把那几个记者推开，然后再小跑到黑色宾利前，把副驾驶座的车门拉开。

闻时礼放轻动作，把宋枝放在座位上，正准备关车门时，插进来一个辨识度很高的女声："打扰一下，我们想和枝枝说两句话。"

宋枝微微转头，看见了孟佳妮，还有她身后的萧圆和陶佳。

闻时礼用手扶着车门，看向宋枝："你们认识？"

宋枝可以肯定，只要她说句不认识，闻时礼会立马冷着脸把车门甩上。她忙点点头："认识，她们都是我的室友。"

闻时礼的手从车门上滑落："那你们聊。"说完后他谁也没看，直接走到不远处等。

宋枝把身子侧过来坐着，两只脚踩在车门的门槛上，方便说话。

孟佳妮站在最前面，弯腰扶住她的肩膀上下打量："你没事吧？我们都吓得魂飞魄散。"

萧圆红着眼睛哽咽道："对啊，我还以为你要没了……"

陶佳抹着泪不说话，习惯性沉默。

在经过闻时礼一番安慰后，宋枝觉得情绪还算稳定。她反过来安慰三人道："我没事啦，当时我也挺害怕的，不过好在有惊无险。"

孟佳妮说："枝枝，下次你再有危险，我绝对会保护你的，我说到做到。"

宋枝露出笑容："那大小姐，一言为定。"

孟佳妮说："一言为……"

最后一个"定"字还没说出口，孟佳妮突然察觉到眼前一暗。

天本来就暗，现在这一瞬变得更暗。

她抬头，撞上一双清冷的眼睛："顾清池？"

顾清池一动不动地看着她："没事？"

孟佳妮翻了个白眼，不耐烦地说道："我能有什么事？"

顾清池说："我听说医学院的系花被劫持在天台上，顺便过来看看。"

有人认出顾清池来。有他的学生上来问好，语气热切："顾教授晚上好！您怎么来啦？也过来看热闹吗？"

顾清池点头示意，没有开口说话。

孟佳妮不待见他："哦，那你随便看。"

对于她的态度，顾清池有些不满："孟佳妮，你什么态度？"

"我什么态度？"孟佳妮本就美得极具攻击性，动怒时也别有一番风情，眉毛轻轻一挑，谁也不放在眼里，"你管我什么态度，还是回家给孩子喂奶去吧。"

就在孟佳妮越骂越来劲，且顾清池的脸色越来越难看的时候，闻时礼插身过来，手扶上车门："借过，我关个门，你们继续。"

孟佳妮往侧边让开一步，小嘴还在不停地说："顾教授该不会以为我被人劫持了，所以担心得专门跑一趟吧？"

砰！

随着车门关上的声音，世界变得一片安静。

宋枝再也听不到孟佳妮的声音，只能透过一层暗色的车窗看见她还在不停地说些什么，模样骄矜得很，而她对面的顾清池始终没什么表情。

闻时礼上车，把车门关上后帮宋枝系安全带。他俯身靠近，身上的乌木香草味在放肆地蔓延。宋枝不由得屏住呼吸。她看着他近在咫尺的英俊侧脸，心跳得真的很快。

他似乎没有察觉，替她系好安全带后直接坐回座位上。

闻时礼给自己系好安全带后，问她："送你回宿舍？"

宋枝沉默两秒，温暾地说道："那我晚上做噩梦怎么办？"

闻言，他若有所思地说道："那你跟我回家吧，晚上我陪你睡。"

宋枝一怔。

闻时礼自知话有歧义，纠正道："我的意思是我陪在你的床边，看着你睡。"

宋枝明白过来："也行。"

在回去的路上，闻时礼接到了张光生打来的电话。

张光生说："你明天带那个小姑娘来趟派出所，要做下笔录。"

闻时礼淡淡地说道："嗯，知道了。"

挂断电话后，闻时礼把手机放到一边，目视前方开口说道："没吃饭吧？"

宋枝说："没有。"

经过这么一番折腾，她还真的有点儿饿。

闻时礼问："想吃什么？"

宋枝想了想，说："我想吃点儿辣的。"

"那川菜行吗？"闻时礼说，"我有个专门做川菜的私厨，手艺很地道。"

宋枝正想说川菜，听到这话直接说："好。"

闻时礼将车内的空调温度又往上调了些："还怕不怕？"

只要他在旁边，宋枝就会觉得安全且安心。她摇头说道："不怕，你在就不怕。"

闻时礼轻笑一声："嘴还挺甜。"

宋枝没笑，特别认真地问："那你会一直在吗？"

"不出意外的话，"他笑着说，"未来几十年都是在的。"

这男人爱开玩笑的性子始终没变，总能把刚刚好的气氛毁掉。

宋枝无言以对。

两人到闻时礼的别墅的时候，时间已过晚上十点，黑色的夜空中星星寥寥无几，月亮显得有点儿寂寞。

闻时礼拉开副驾驶座的门，单手抚在车门上看着她："能走吗？"

他话外的意思是：不能走就抱你。

宋枝浑身的力气被恐惧惊慌消耗得所剩无几。她嘀咕道："能走是能走，但是……"

闻时礼没等她说完，直接朝她弯腰伸手："小祖宗，我抱你。"

宋枝还在嘀咕："我的话都还没说完呢。"

闻时礼直接将她横抱在怀里，用脚踢上车门："不说我也知道，你不想自己走。"

闻时礼抱着她离开停车坪，穿过鹅卵石小道来到别墅门前："开门。"

宋枝没反应过来："啊？"

闻时礼说："上周才录过你的指纹你就忘了？"

宋枝想起这事来，立马腾出一只手来，往指纹锁上一摁。

"嘀嘀"两声后，门自动打开。

闻时礼抱着她进门，来到客厅，把她轻轻地放在沙发上后到厨房去泡茶。

没一会儿，他端着一杯温度刚好的红茶出来。

宋枝看着那杯放在茶几上的红茶，说："晚上喝茶会影响睡眠的。"

"红茶不会。"闻时礼在她身旁坐下，"红茶属于发酵茶，里面的茶多酚被氧化了，所以不会影响睡眠的。"

宋枝把茶杯捧在手里，尝了一口："还挺好喝，这是什么红茶？"

闻时礼说："祁门。"

宋枝慢吞吞地又喝了几口，想厚着脸皮问回去的时候能不能带点儿。她还没问出口，他突然叫了她一声："宋枝。"

她抬头："啊？"

他慢条斯理地说道："你不是说要和我谈谈吗？你说，我听着。"

第十章 脱 单

红茶的甘醇在舌尖漫开，宋枝却没有心思细细品尝，听到他的话，大脑直接短路："说……说什么？"

闻时礼轻笑一声，声音暧昧又低沉："你觉得呢？"

宋枝放下手里的白瓷茶杯，转头对上他的眼睛。他望着她的目光里含着隐隐的笑意，更多的是叫人看不穿的深意。

静默片刻，宋枝有点儿紧张地开口："我不知道要说什么。"

闻时礼往沙发里懒洋洋地一靠，整个身体都陷进去，两条长腿随意地伸着，黑色领带被扯松了。他看着特别没个正行，像个玩世不恭的二世祖。

他转过头打量着宋枝，过了一会儿才不紧不慢地开口："你就说，"稍稍一顿后，他话里的笑意加重，"在下楼梯时和我说的话。"

"所以我能不能跟你在一起？

"哥哥，我想和你在一起。"

宋枝能清楚地记得自己在下楼梯时对他表白说的话，但没想到他会这么厚脸皮地让她再说一遍，还是在他家这种私人地方，真让人难为情。

宋枝的心跳在偷偷加速。她看着他的眼睛，张了张嘴，什么都没说。

她很快又想到一件事情：今天主动表白的人难道不是他吗？他还强吻她了。

为什么现在的局面会是这样？他无比气定神闲地坐在她旁边，优哉游哉地看着紧张到快要窒息的她。

她真的想不通为什么会变成这个样子。

宋枝鼓起勇气说："难道不是你要对我说点儿什么吗？"

闻时礼说："我？"

宋枝点头："你。"

"小宋枝，你被吓傻了吗？"闻时礼的语气里尽是藏不住的笑意，"到底是谁在我抱着下楼的时候说要和我在一起，我说回去再谈，还不乐意，非要我立马给个答案？"

宋枝再次体会到尴尬的感觉。

她自己记得。不需要他来重述一遍！

不正常的红爬到耳朵上，再蔓延到宋枝白皙细腻的脸蛋上。她别开眼睛不敢看他，只低声抗议："你别说了……"

瞧着她的模样，闻时礼轻笑一声："害羞了？"

他就非要说出来吗？这人怎么回事呀？真让人无语。

宋枝没吭声。闻时礼索性变本加厉，坐起身把脸凑过来，低笑着问："是不是害羞了？"

她抬手推他，想把他推开。闻时礼直接握住她的手腕，握得很紧。

宋枝整个人都怔住了，像要被他掌心的温度烫得烧起来。

她重新转头看他："你抓着我干什么？"

闻时礼没松开手，淡淡地笑着说："我感觉再不抓住你，你就会羞得跑开了。"

宋枝嘟囔着"哪有这么夸张"，心里却在想自己还真有可能害羞到跑开。

闻时礼握着她的手腕没放，慢条斯理地说道："还不说吗？"

宋枝没有挣脱，由他握着，可心里还是有点儿不满："你明明都知道，还要我说什么？"

他轻笑一声："这不是没听够吗？"

没听够是几个意思？

"再说，"闻时礼握着她的手腕，手指轻轻地来回摩挲着她的腕骨，"你也没明说喜欢哥哥，那我怎么知道你的真实想法？"

宋枝低头看一眼左边手腕上他的手指，觉得那块肌肤有点儿痒痒的，红着脸闷声说道："我都说了想和你在一起。"

她还要怎么说？她表达的喜欢还不够明显吗？他简直在故意为难人。

闻时礼没放过她，幽幽地笑道："想在一起也不一定是因为喜欢。"

宋枝没好气地说道："那不然还能因为什么啊？"

闻时礼若有所思地看了她几秒，而后勾唇淡淡一笑："行吧。"

宋枝一脸蒙。

行吧？他这又是什么意思？到底是行还是不行？

宋枝把手腕从他的手中抽出来，害羞又紧张地小声问："你什么意思呀？"

闻时礼并未正面回答她，而是把那杯还剩三分之二的红茶端起来，递到她手边。

宋枝看一眼白瓷杯里红润透亮的茶水，皱眉："我现在不想喝。"

他又将茶杯送近两厘米："边喝边听我讲。"

他还有很多话没讲。

见男人神色认真，宋枝不敢不听话，乖乖地把茶杯接过捧在手里，象征性地抿了一口茶后问他："你想讲什么？"

闻时礼重新靠回沙发里，脑袋枕着手，慵懒地歪头看着她："你真的要考虑清楚，宋枝。"

如此郑重的口吻让宋枝一下就变得又紧张又忐忑，还有些慌乱："考虑什么？"

闻时礼注视着她："到底要不要和我在一起。"

望着他漆黑的眼睛，宋枝觉得自己好像回到了多年以前，站在爸爸办公室的门口，风卷夕阳余晖，他坐在桌前转头与她第一次对视。

初次的对视实在让人太过难忘，以至于宋枝总是觉得，自己并不是在后来沦陷在他点点滴滴的温柔呵护中的，而是那一眼对上的时候就注定会喜欢上他。

时至今日，这么多年过去了，她还是如此热烈地喜欢着他，从没有改变过。

既然这样，那她还需要考虑什么呢？

想到那些年拼命隐藏喜欢他的自己，宋枝有点儿感慨，还有点儿委屈："哥哥，你是不是觉得，我说想和你在一起只是一时兴起？"

你真的不知道我喜欢了你好多年，从十三岁到十八岁，整整五年。

其中的心酸难过无人知晓。

"我不是那个意思。"闻时礼温和地解释，"我并不觉得你是个莽撞行事的小孩，除了上次独自出远门跑来间芸玩以外，其他时候你都很乖。"

他又说："我让你考虑清楚，是因为这种事情不能反悔。"

宋枝听得半懂："谁要反悔？"

闻时礼摇头失笑。

宋枝会错意，激动地说道："你要么别答应！答应的话就不可以反悔！"

谁谈恋爱反悔啊，那不就和分手没两样吗？

闻时礼稍稍收敛脸上的笑意，看着她的眼睛，认真、清晰又缓慢地说道："宋枝，我怕你反悔。"

她整个人直接怔住了。

他又说："你不可以反悔。"

叮咚——

门口传来门铃声。

闻时礼说："私厨到了，我去开门。"

宋枝点点头。

他站起来，在她头上轻轻揉了一把，低声说道："你考虑清楚，我回来的时候给我答案。"

宋枝涨红了脸继续点头没说话。

男人挺拔修长的背影消失在拐角处，直到完全看不见，宋枝才收回视线。

周围静悄悄的，静到足以让她听清楚自己的心怦怦跳个不停。

按照他的意思来讲，那现在是不是代表只要她说好，他们就能在一起了？

她真的要开始和他谈恋爱了吗？

可能别墅里的暖气开得比较足，宋枝竟觉得热，还觉得口干舌燥的。她把杯中剩下的红茶一口气全部喝完,把杯子放下,双手捂着自己的胸口平复呼吸。

别紧张枝枝,是他先表白的。

她越想越紧张,好激动啊!

闻时礼把私厨带到厨房里,吩咐完要做的菜以后,从冰箱里拿出一瓶冰镇的苏打水往客厅的方向走去。

经过一个转角后,他看见了在沙发上正襟危坐的小姑娘。

宋枝的双手交叠放在腿上,背挺得很直,脸很红,表情却很严肃,一副要说重要事情的样子。

闻时礼拿着苏打水在她旁边坐下,一边拧开瓶盖一边问:"考虑好没?"

宋枝转头看着正仰头喝水的他,看他凸出明显的喉结上下滚动。她酝酿了一下才开口:"哥哥,我考虑好了,也考虑得很清楚。"

闻时礼把嘴里的苏打水咽下去,也转头看她:"嗯,你说。"

两人四目相对。

宋枝从他漆黑的眼睛里看到了自己表情认真的脸。她直直地看着他,一字一顿地说:"我们在一起吧。"

闻时礼现在并没有喝水,喉结还是不由自主地滚了下,声音低了些:"确定不后悔?"

宋枝说:"嗯。"

闻时礼说:"我最后问一次,你真的不后悔吗?"

"对啊。"宋枝语气加重,"奇怪,我都说了考虑好了,你还要反复问我会不会后悔。"

因为我没有办法做到在拥有光明后再度失去。枝枝,你不会明白你对我有多重要。

于我而言,你是河上漂浮着的救命稻草,是无垠沙漠里罕见的一处绿洲,是暗夜里唯一闪烁着的星星,是光,是救赎,是另外一种人生。

"那恭喜我吧。"闻时礼抬手亲昵地捏捏她的脸,"快恭喜哥哥,小宋枝。"

宋枝听得云里雾里的:"恭喜什么?"

他眯着桃花眼笑的时候总是很温柔,好比现在,目光似春水:"恭喜哥哥成功告别单身,终于不再是老光棍儿了。"

宋枝的思维有一瞬的停滞。看着男人斯文温柔的脸,她怔怔地问:"告别单身?"

闻时礼眉梢一扬:"不然呢?"

这个回答让宋枝明白过来他的意思。她的心被整个提起来:"你的意思是你答应了?"

闻时礼坐得离她近,拉手也方便,直接拉住她的一只手笑道:"也恭喜小宋枝成功告别单身,不会步我的后尘做几年的老光棍儿。"

他的掌心温热,手指却很凉。宋枝的一只手被他整个握住,所以这种温度的反差感很明显。

出于紧张的缘故,没一会儿她的手心就沁出一层薄薄的冷汗。

宋枝微微蜷缩手指,轻声说道:"你别握得这么紧。"

他握得越紧,她越害羞紧张。

闻言，闻时礼的力道有所放松，但他没完全放开她。他摩挲着她的手指，问："现在还怕不怕？"

宋枝诚实地摇头："一点儿都不怕。"

只要有他在她身边，她就不怕，安全感直接被拉满。

"不怕就好。"闻时礼的口吻虽淡，却能从中听出几分自责，"如果不是因为我，你不会遭遇这种事情。"

宋枝反将他的手握住："你别这么说，不怪你，你没错。"

闻时礼怔住，从来没有人会用如此坚定的口吻告诉他，你没错。

他听过最多的声音就是对他的各种谩骂：杀人犯的救世主、疯子律师、为坏人开脱罪行的恶魔等。

尤其在他名声大噪以后，这些声音从来都没停过，甚至多到他时常开始自我怀疑。他做这一行究竟是对还是错，是善还是恶，是光明还是黑暗？

而现在宋枝看着他的眼睛，告诉他：没错。

他的目光不禁变得温柔如水。他看着宋枝，低声问："你为什么觉得哥哥没错呢？"

宋枝认真思考，眼眸微动："你本来就没错，像你说的，你只是程序设定里的一个制衡角色，像周东这种极端的人也只占少数，以后肯定不会发生这种事情了。"

闻时礼的眼底有微光流转，暗藏着感动："谢谢小宋枝。"

他被人相信的感觉真的不错。

"还有，"他稍稍一顿，直视她的双眼，"没有以后，我不允许再有这样的事情发生在你身上。"

宋枝从他眼里看到了强烈的保护欲。这让她觉得温暖。

有一点却让她觉得很好奇。她问："哥哥，你到底为什么会选择成为一名刑事律师？"

闻时礼吊儿郎当地笑起来："我想做个精英败类。"

宋枝把手从他的掌心里抽出来："你能不能正经点儿？"

"哪儿不正经？"闻时礼继续轻笑道，"我生下来就是个没有用、只会浪费空气的败类，后来我就想，不如多读点儿书，做个精英败类，至少听着还凑合。"

她听得皱眉："你能不能不要这样说自己？"

闻时礼敛住笑容，静静地看了她好一会儿，最后低低地嗯了声。

宋枝的心情一下变得不太好了。

其实她能理解他。他的原生家庭无比恶劣，处处都是恶意。他小小年纪就遭受了许多非人的折磨。

无数痛苦和血泪浇灌出了一个拥有危险人格的他。他把阴暗、敏感、自卑刻进骨子里，最善用笑容和玩笑来掩饰自己的累累伤痕。

注意到她的表情变化，闻时礼立马妥协般开口："我以后不这样说了，你别不开心好不好？"

宋枝没看他，垂着头没吭声。

闻时礼说："真生气了？"

他边问边凑过来，把头稍稍低下，侧着脸去看她的眼睛："我真的不会再说了，你要是不信的话，哥哥给你发个毒誓。"

说着他就抬手竖起三根手指："我发……"

宋枝直接利落地将他的手按下去，长叹一口气，表示非常不理解："屁大点儿事发什么毒誓，你是不是闲得慌？"

闻时礼无辜地说道："还不是为了逗小宋枝开心。"

宋枝认真地说道："你以后不要说这些妄自菲薄的话，我就很开心。"

闻时礼安静地听着，表情温和。

宋枝继续说："在我眼里，不对，在很多人眼里你都很优秀，真的真的很优秀！所以不准你再说自己是败类。"

"行。"他答应得爽快，"我不说了。"

见他还算配合，宋枝的心情有所缓和。她的余光注意到他的膝盖处有一点儿东西，她仔细一看，原来上面沾着一些灰土，两边膝盖上都有，估计是跪着的时候弄的。

宋枝伸手去拍，想把灰尘拍掉。他看着她的动作没阻止，却说："不用拍，换下来洗就行。"

她没停下动作，继续垂眼认真拍着，一下又一下。

闻时礼静静地看在眼里，这一幕让他觉得很舒服。她总能给他带来被治愈的感觉，仿佛她拍掉的不是西装裤管上的灰尘，而是他心里的阴郁。

小姑娘的表情专注认真，恢复了血色的嘴唇饱满水润，让人忍不住想要亲上去。

几乎没有过脑子，他俯身过去，直接用手按住她的后脑勺就要吻上去，动作快得宋枝低呼一声："哎——"

然后她下意识地抬手捂住嘴。

闻时礼被迫在距离她的唇只有两厘米的位置停下。

四目相对。气氛变得诡异且尴尬。

两厘米的距离真的很近，近到足以令两人的呼吸交融，眼神彻底交汇在一起。

他的一双桃花眼深沉得像要把人都吸进去。

宋枝的心扑通扑通地狂跳。她捂着嘴瓮声瓮气地问："你……干吗？"

闻时礼的唇角慢慢勾起来，他低低笑着，嗓音温和迷人："能不能亲你？"

不能！

她好紧张！她还没做好准备呢，进度怎么可以这么快？

宋枝捂着嘴的手没敢放下来，她继续闷声说道："不能。"

闻时礼稍稍歪着头，看一眼她捂着嘴的手，又去看她的眼睛，喉间懒洋洋地滚出一个上扬的音："嗯？"

这一声"嗯"好性感。男色真的会冲昏人的头脑。

"我亲自己的女朋友都不能吗？"他问得缓慢又温柔，让人完全难以抵抗。

宋枝把捂嘴的手放下，怕他立马亲上来，二话没说直接双手抵住他的胸膛一把推开："今天这个日子不好，要等过了十二点才算正式在一起，你才可以亲我。"

这个理由拙劣到她自己都觉得俗气。

没想到他却意外地配合。他收手坐回原位："行，哥哥听你的。"

今天确实不是个好日子。

宋枝的脸开始发红。她转移话题："那我们现在干吗？"

"还能干吗？"闻时礼觉得好笑，"上楼洗澡，洗完澡吃东西，难不成要一直等到十二点吗？"

宋枝的脸红得更厉害了。她反驳道："我没有要等到十二点的意思，你这人怎么回事？！"

闻时礼忍着笑："那你还坐着不动？"

宋枝一时没反应过来，干坐着没动。

闻时礼看着她："你这是要坐到十二点等我亲你对吗？就这么迫不及待？"

"我哪有？！"她噌地站起来，"我现在就去！"

说完她直接抬脚就走。

看着她移动迅速的背影，闻时礼实在想笑，扬声提醒："那边是厨房。"

宋枝尴尬地停住脚步，回头板着脸问："那去哪里洗澡？"

闻时礼好心指着室内电梯的方向，笑道："三楼卧室，上周不是才来过吗？"

宋枝说："忘了。"

"没事，常来就不会忘了。"闻时礼起身往电梯的方向走去，"来吧，我带你上去。"

宋枝一边朝他的方向靠近，一边小声念叨："谁要常来。"

闻时礼笑而不语。

两人来到闻时礼的卧室，床头的纸鹤菠萝依旧醒目。他没开卧室里的吊灯，只开了一盏全铜制的白羽毛落地灯，暖黄色的灯光很温柔。

宋枝来到落地灯前，拨弄羽毛的尖端，指尖痒痒的："哥哥，这个好看。"

闻时礼已经到嵌入式整面衣柜前，在里面翻翻找找："喜欢就拿去，我买个新的就行。"

宋枝玩羽毛的手立马收了回来："我不要，我现在住在宿舍，拿了也没用。"

他淡淡地笑着说："在宿舍也能用啊。"

宋枝说："反正我不要。"

两分钟后，闻时礼找出一件白色的长袖 T 恤衫和一条黑色休闲裤，走过来把衣服递给宋枝："你今晚穿这个睡觉吧，可能有点儿大，但我专门找了条有松紧绳可以调节的裤子。"

宋枝接在手里看了看："嗯，没事。"

闻时礼说："那你去洗澡。"

宋枝没多想，随口一问："你呢？"

"总不能和你一起洗吧。"闻时礼的脸上露出不正经的笑容，"我只能去隔壁洗了。"

这男人嘴欠的毛病到底什么时候能改？

宋枝白了他一眼："你想得美。"

闻时礼唇角的笑意加深："总有一天能看到的，不着急。"

在他面前，宋枝的思维总是跟不上："看什么？"

闻时礼微微俯身，唇落在她耳边，暧昧地低笑着问："你猜看什么？"

他温热的呼吸洒在她的耳郭上，痒痒的。

没等宋枝反应过来，闻时礼已经转身离开卧室，留宋枝一个人待在原地发怔。

十几秒后，宋枝大脑的神经线路重新连接上，她瞬间明白过来他的话是什么意思。

很快，她的整张脸都红成熟番茄的颜色，红色蔓延至耳根，再到脖颈，哪儿都是红的。

啊！这个老男人！

宋枝红着脸快步冲进浴室里，用最快的速度脱下衣服，打开花洒，把水温调得有点儿低，让水直接从头冲下。

好热好热，她得赶紧降降温才行。

全怪闻时礼！

浴室里热气弥漫，四周光滑的大理石纹路瓷砖上凝结出水珠。宋枝关掉花洒，抹掉脸上的水往周围看了一圈，看见盥洗台旁边有个落地毛巾架，上面整齐地堆放着深灰色的毛巾和浴巾。

这些都是闻时礼的私人物品，她擅自使用的话会不会不太好？

宋枝来到毛巾架前，心想自己现在也算他的女朋友，用一下的话没关系吧？

她还在纠结的时候，门口传来敲门声。

浴室门外传来闻时礼清冷的声音："宋枝，架子上的毛巾可以随便用。"

宋枝应着："啊，好。"

宋枝随手拿一条毛巾擦干净身体，把他给的衣服、裤子换上，再开始擦头发。擦到一半，宋枝的余光注意到身上的衣裤大得离谱。

原本穿在他身上刚好的衣服套在她身上，完全可以当裙子穿，裤子更是长得在脚跟堆出好几层褶皱来。

宋枝把毛巾挂在脖子上，然后弯腰去把裤脚一圈一圈地卷起来，足足卷了四下。

这也太大了吧。

她想到闻时礼的那两条格外修长笔直的腿，又觉得这裤子这么长也合理。

这时候，浴室门口又传来闻时礼的声音："穿好衣服后把吹风机拿出来，我给你吹头发。"

宋枝在卷另外一边的裤脚："好，我等会儿就出来。"

卷好裤脚后，宋枝起身伸手从墙上取下挂着的吹风机，然后拉开门出去。

她看见闻时礼就坐在落地羽毛灯边上的沙发里，穿着质地精良的黑色绸面睡衣睡裤，这套衣服衬得他气质越发清冷。

注意到动静，闻时礼抬头看见她，上下打量两眼后笑道："穿我的衣服还挺好看。"

宋枝得意地说道："那是因为人长得好看。"

"说得在理。"他轻笑着，又朝她招招手，"来哥哥这里，哥哥给你吹头发。"

宋枝拿着吹风机朝他走过去，卷起来的裤脚有点儿松，在走动的时候慢慢落下，最后直接掉到了拖鞋后面。

她没发现，还在继续往前走。

这一疏漏直接导致了意外发生。

宋枝的左脚踩到了长出许多的裤脚，身体一歪，没来得及反应，右脚也踩到了裤脚，整个人失去平衡朝前摔去，直接摔进一片温柔里——她被他接了个满怀。

闻时礼原本在她走过来的时候抬起了一只手，想接她手里的吹风机，现在倒好，她拿着吹风机，整个人摔到了他的怀里。

那只手也被迫停在空中，姿势非常微妙。

他索性顺势将手落在她的腰处，顺手揽住，再稍稍收力，使两人贴得严丝合缝。

宋枝全身压在他身上，湿漉漉的发梢在滴水，一滴又一滴落在他的黑色睡衣上。

她的心跳在疯狂加速，她觉得很窘迫。

为什么会发生这样的事情？

这又是一次尴尬的经历。如果不出意外的话，闻时礼的嘴肯定不会闲着。

果然，耳畔传来男人懒洋洋的低笑："这还没到十二点呢，你就着急向哥哥投怀送抱？"

"我哪有啊？"宋枝嘀咕，"我只是不小心踩到了裤脚，谁让你的裤子那么长。"

闻时礼嗯一声，忍着笑："所以这就是你向我投怀送抱的理由。"

他真的好不要脸。

被他这样抱着，宋枝好不容易压下去的燥热又起来了，整个人都开始觉得热。她尝试着想要站起来，却发现很困难："你能不能先放开我？"

"凭什么？"他笑得很随意，"是你自己摔在我怀里的。"

宋枝说："那你总不能一直抱着我不放吧。"

"枝枝，"他注视着她红得似能滴血的耳根，声音温柔，"你怎么知道不能呢？"

一直抱着她也不是不可以，他觉得还挺舒服的。

宋枝全身像是要烧起来一样热，她羞得不行："哥哥，你放开我……"

闻时礼低声笑着问："害羞了？"

宋枝刚想否认，就听他说："你要是不承认的话，我就一直抱着你，抱到你承认为止。"

他又说："如果你又不想承认又想我放开的话，可以试试强行挣脱。"

因为不想承认自己害羞了从而给他得意的机会，所以宋枝选择尝试强行挣脱。她松开手里的吹风机，任它掉到柔软的地毯上，然后用两只手一起去推男人结实的胸膛。

可是无论她怎么努力，她腰间横着的那只手臂就像是铜条一样锁着她。

折腾了一会儿，宋枝身心俱疲，无力地趴在他身上抱怨："你的力气怎么这么大？"

相较于她的无力，闻时礼则显得非常愉快："我这身也不是白健的。"

他盯着她红透的耳朵不放："还不承认你害羞？"

宋枝抬头对上他的眼睛，心脏跳得快要爆炸。

闻时礼与她对视，落在她腰间的手又恶劣地收力，将她整个人搂得更紧："告诉哥哥，你是不是害羞了？"

两人现在这样亲近，她被他抱得这么紧，还和他对视，她简直羞得快要窒息了。

要是她死不承认，他就会一直抱着她。

这太让人难为情了。

沉默了一会儿，宋枝咬了咬下唇，用蚊子般的声音嘟哝着承认："我就是害羞了。"

闻时礼搂着她笑，问："那干吗不承认？"

"我要是承认的话，那不就会更害羞了吗？"宋枝别开眼睛不看他，"你非要抓着不放，烦不烦？"

闻时礼懒洋洋地啊一声："原来是这样，那你到底是哪儿害羞？"

她害羞就是害羞，还哪儿害羞？他问的是什么奇怪的问题？

没等她开口，闻时礼将唇靠近她的左耳，距离近到她动一下能立马碰上，声音也变得沙哑了几分。他缓缓地问道："是不是耳朵害羞？"

宋枝整个人都要爆炸了。他的撩拨让她措手不及，无力招架。

宋枝的左耳感受着男人温热的气息，红得更加过分，甚至可以说红得有些触目。她哽了哽喉头，结巴着道："别……别这样。"

"哪样？"他故意装作听不懂的样子，吊儿郎当地笑着问，"我不就问问。"

被他抱得紧，宋枝没办法躲开："你都要亲到了……"

闻时礼说："那就亲一下。"

话音甫落，他直接在她的耳郭边落下一吻。他的薄唇凉凉的，有点儿湿润，亲在她又红又烫的耳朵上面。

他没有长时间地停留，只浅浅地亲了下。可宋枝还是被这个耳朵吻镇住了，大脑直接无法思考，只能怔怔地趴在他身上。

看着完全呆滞的她，他觉得好笑："傻了？"

宋枝回过神，用手捂住耳朵大声说："你干吗？！"

闻时礼实在太喜欢看她这个样子了，愉悦地笑起来，胸腔震动着，带着趴在他身上的她一起动："好了，不逗你了。"

他松开她。

宋枝迅速从他身上爬起来，退开两步，看他的眼神就像看一个老色鬼。

闻时礼懒洋洋地靠进沙发里，欣赏着她脸上的羞涩，斯文地笑着扮演一个无辜者："我没干吗，就想安慰一下你的耳朵，让它别害羞。"

他好不要脸啊。

宋枝无语了，懒得和他扯，毕竟和一个律师拌嘴并不是什么明智的选择。她上前弯腰捡起他脚边的吹风机，来到床头的插座前，把吹风机的插头往里面插。

闻时礼含笑的嗓音自后方传来："哥哥给你吹。"

宋枝生硬地说道："才不要。"

紧跟着，她的后方传来男人起身的细微声响。

他在一步一步靠近。

宋枝刚把插头插好，正准备打开开关的时候，一只骨节分明的大手从身侧伸来，自然地接过她手里的吹风机。

他握住她一边的肩膀，把她往旁边的沙发上推："坐着。"

对于他刚刚的流氓行为，宋枝没有真的生气，就单纯觉得他挺坏的。但可恶的是她居然没办法拒绝这份坏。

现在他又主动过来要给她吹头发……

大多时候他还是很好、很温柔的。

宋枝乖乖地坐下，让他给她吹头发。呼呼的风声在耳边响起，风暖洋洋的，吹得她昏昏欲睡。她打个哈欠："有点儿困。"

"等下吃了再睡。"他说，"你不是想吃川菜吗？吹好头发下去，私厨就差不多弄好了。"

宋枝说："嗯。"

"哥哥，"她又想到一件事，"你会一直对我这么好吗？"

"为什么这么问？"

宋枝说："我看很多情侣，在恋爱初期，男的对女的很好，可越到后面，女的越来越喜欢，男的却越来越冷淡。"

"我不喜欢做保证。"闻时礼淡淡地说道，"时间会给你答案。"

宋枝问："什么意思？"

闻时礼说："字面意思，让时间告诉你答案。你可以一年后再看我对你是什么样，五年后、十年后又是什么样。"

他说得还挺有道理。一个男人说什么真的不重要，做什么才重要。

宋枝听得心里甜滋滋的，在心里默默地说：那我也会一直喜欢你的，一直一直喜欢你。

吹好头发以后，闻时礼收到了骆子阳发来的"关心"微信。

骆子阳：闻律师，我觉得你今天真的不该跪的。你跪了，人家小姑娘也不一定会喜欢你。

骆子阳：这行为太卑微了，容易适得其反，只会让你贫瘠的感情状况越发雪上加霜。

骆子阳：实在不行你就放弃吧。

默默看完几条微信消息后，闻时礼冷笑一声。

宋枝正好去浴室放毛巾回来。

闻时礼说："过来。"

宋枝走过去："干吗？"

闻时礼用手指按住对话框下方发送语音的按键，然后把手机递到宋枝嘴边，笑着问："告诉他，你是哥哥的什么？"

宋枝看一眼屏幕，发现是骆子阳："啊？"

闻时礼说："你先说。"

宋枝老实巴交地回答："女朋友。"

闻时礼利落地松开手指把语音发送过去，紧跟着得意地笑着又发了条语音过去。他用懒洋洋的口吻说："抱歉啊，你老板我呢，事业情场双得意。"

晚上十一点，私厨已经做好几样地道的川菜并摆上桌，有剁椒鱼头、麻婆豆腐、水煮肉片、芙蓉鸡片、炝炒凤尾和一锅排骨玉米汤。

川菜味重色艳，香味四溢，勾得人食欲大发。

宋枝和闻时礼到餐厅的时候，私厨正好收拾完从厨房里出来。私厨是位四十多岁的男人，皮肤黝黑，面相憨实，粗眉毛，小眼睛，梳着规矩的三七分发型。

私厨看见男人旁边的宋枝，先是一愣，然后咧开嘴老实地笑着，用一口不太正宗的普通话说："闻律师，头回看见你家有客人呢。"

在李鑫的记忆中，他每次来做菜都只和保洁或者园丁打过照面，还没在这栋房子里见过其他人。

"不是客人，"闻时礼淡淡地纠正，"是女朋友。"

宋枝有点儿不好意思，看一眼私厨，礼貌地微笑着点了点头。

李鑫同样点头回应："哦哦，这样，那我就不打扰了，闻律师，我先回去了。"

闻时礼说："嗯。"

待私厨离开后，餐厅里只剩下两人。

宋枝走到亮光岩板餐桌前，拉开一把同色系的椅子，边坐下边问："时礼哥，刚刚那个厨师说话的口音怎么那么怪，他喊你'闻律思'？"

她没听错的话就是"闻律思"。

闻时礼没忍住，轻笑一声："不就是平舌音、翘舌音不分吗？你不要学。"

宋枝捣乱般说道："就要。"

她学着刚刚私厨的口音开玩笑，喊他："闻律思，你快坐，别客气，就当自己家一样随意些。"

闻时礼在她对面的位置坐下："行，你想学就学，到时候改不回来别哭鼻子。"

宋枝大为疑惑："这还能改不回来？"

"习惯成自然听过没？"闻时礼说，"我一年前办过一个案子，我的委托人欺负一个结巴的人，学人家说话，结果后来改不回来，自己也成了结巴。"

闻时礼接着说："委托人就一直结巴着说话，结果那个结巴的人误会委托人一直在学他，实在忍无可忍，给委托人的水里下了老鼠药，委托人没喝，发现后第一时间就把那个结巴的人揍成了脑震荡。"

宋枝听得后脊背一阵发凉，小心翼翼地说道："我不学了……"

看着小姑娘认怂的模样，闻时礼的唇角一勾，他抬抬下巴示意："快吃吧，这私厨的手艺不错。"

宋枝说："好。"

第一口，宋枝尝的是水煮肉片。

在沾满辣椒和热油的肉片喂进嘴里的一瞬间，她不禁惊奇地嗯了声，含糊着说道："这个好正宗啊。"

闻时礼往她碗里夹着肉片："是吧？那你多吃点儿。"

宋枝的确有些饿，再加上这些菜的味道实在好，一餐下来吃了不少。

闻时礼倒是没怎么动筷，就喝了几口汤。

宋枝说："你就吃这么点儿？"

闻时礼说："嗯。"

他没有晚上临睡前吃东西的习惯，喝几口汤也只是为了陪她。

宋枝站起来准备收碗筷，却听见闻时礼淡淡地说："我来，你先上去洗漱躺着。"

宋枝说："没事，我帮你一起收拾吧。"

"真不用。"他温和地说道，"又不麻烦，往洗碗机里一放就行了。"

宋枝说："那好吧。"

宋枝站起来，把椅子推回到桌底："那我先上去啦？"

闻时礼嗯一声。

宋枝又想到一个问题："那我睡哪个房间？"

"我的房间啊。"他觉得好笑，"不然你想睡哪儿？"

宋枝解释："我知道，但我不想把你挤到别的房间去，还是我去睡别的房间吧。"

闻时礼投过来的目光里带点儿深意，还有不明的笑："不想把我挤到别的房间去？"

宋枝说："对呀。"

"这样啊。"他轻轻笑了一声，"那一起睡吧？"

怎么可以这样？！

宋枝的小脸上写满正经和严肃："不行，你还是去别的房间睡吧，我先上去了。"

她不再给他嘴欠的机会，说完后直接掉头离开餐厅。

在她离开后，闻时礼慢悠悠地站起来开始收拾餐桌，把碗筷放到洗碗机里，然后把桌面用抹布擦干净，椅子归位。

一切弄好后，他来到客厅，没急着上去，而是坐在沙发上点燃了一根烟。

烟雾缭绕。

他慵懒地躺在沙发里，长腿交叠搭在茶几上，在吞云吐雾的时候仰头看着上方白色的天花板。

这是他以往的常态。结束一天的工作后，他拖着疲惫的身体回家，深夜躺在客厅的沙发里抽烟、发呆。他会后悔买了这么大一栋房子，会觉得冷清，冷清得恐怖。

城市里有万千孤独的人，他不过是其中一个。

他觉得这样寂寞的感觉很强烈。

今天却不同，楼上的卧室里有个温暖的小太阳在等他，从今往后，像今天这样的日子只会越来越多。

想到这里，内心似乎得到了安慰和救赎，他觉得买这样大的房子似乎没什么不好。

抽完烟，闻时礼在一层的储物室取出医药箱，乘室内电梯上楼。

宋枝回到主卧，洗漱完躺到床上。

这是他的床。

男性特有的味道太容易让人上瘾，乌木香草的味道将她整个人裹住，好闻得不行。

宋枝激动得把头钻进被窝里，闻到没办法呼吸才重新出来，出来时脸发红，心跳加速。

这味道能让人上瘾，怎么闻都闻不够。这是专属于他的味道。

一时间睡不着，又久不见闻时礼上来，宋枝无聊得开始玩手机。

她点开微信，消息列表的第一位是陈斯，他发了四十多条消息。

宋枝呼出一口气后，点进了和陈斯的对话框查看消息。他发来了很多愤怒的表情，还有看上去就十分痛心疾首的话。

陈斯：闻时礼真是个畜生啊！我让他进去阻止那男的亲你，没想到他居然自己亲你了！

陈斯：枝枝，他对你真的图谋不轨！你要提防他！

陈斯：不行，老子越想越气！枝枝，你把他的地址给我好吗？老子要和他拼命，他居然当着老子的面亲你！"

陈斯：枝枝，回我消息，求你了行不行？

……

看完三页的消息，宋枝真的不知道该怎么回复陈斯。

她能明白陈斯的心意，但喜欢和爱从来都没办法强求，不然世间就不会有那么多痴男怨女为情所困了。

但她到底要怎么回复？

在她纠结的时候，耳边传来开门的声音。闻时礼拎着个医药箱进来，看着她愁眉苦脸的模样，不禁问："怎么了？"

宋枝如实说道："陈斯给我发了好多微信消息，但我不知道怎么回复。"

闻时礼说："就说你和我在一起了。"

"啊？"宋枝说，"那会不会很伤人？我怕他一时不能接受。"

闻时礼关上门走过来："你不说才是真的伤人。"

宋枝觉得有道理："还是委婉点儿吧……"

闻时礼扫一眼她的手机，有些不悦："明天再说，这么晚了还说什么？我不喜欢。"

万一等下陈斯被刺激得疯狂地打电话，他会觉得很烦。

对于他的直白，宋枝瞪眼："这就不喜欢了？"

闻时礼在床沿坐下，理所应当地说道："你的男朋友还没有吃醋的权利？"

这个理由让宋枝没办法反驳，心里还觉得有点儿甜。于是她轻声说道："我明天再和他说吧。"说完她注意到了他手里的医药箱："你拿这个干吗？"

闻时礼将她身上的被子掀开："上药。"

宋枝问："上什么药？"

闻时礼没有回答，大手直接落在她腰部的衣物处，二话没说就把衣服往上推。

宋枝低呼一声："哎！"她双手按住他的手阻止道，"你干吗？！"

"这里要搽点儿药。"闻时礼勾起嘴唇浅浅一笑，"不然你以为我要干吗？"

宋枝说："可我没受伤。"

闻时礼的手依旧放在她的腰部："先看看再说。手拿开，乖。"

宋枝有点儿害羞，慢吞吞地把手拿开。衣服被一点儿一点儿往上推，露出雪般白皙细腻的肌肤，以及几处擦伤的红痕。

她觉得惊奇："还真的有，我都没发现。"

闻时礼问："洗澡的时候你不觉得疼？"

她洗澡的时候忙着给自己降温了，腰上有点儿火辣辣的感觉，但她没在意，看来擦伤是在水泥墙的摩擦造成的。

闻时礼把她的衣服推到一个合理的位置，说："用手捏着衣服，别让它滑下来。"

宋枝用手抓住衣服。

闻时礼取出药膏，拧开，挤了一些在指尖上，再在她腰部的伤处细心涂抹，动作温柔细致。

宋枝脸上的温度逐渐升高。

药膏抹在肌肤上凉飕飕的。他的指腹抚过肌肤，又痒又凉，她没忍住，咯咯笑了两声："痒……"

闻时礼正好涂完药，扯过纸巾将手一擦，直接往她的胳肢窝挠去："这儿痒不痒？"

宋枝最怕被挠胳肢窝了，当即把双臂夹紧求饶："救命……我真的怕痒！"

闻时礼停下动作："别乱动，才涂了药。"

"谁让你弄我的？！"宋枝控诉他的罪行，"明明是你先挠我痒痒的。"

闻时礼把药膏丢进医药箱里，一边关箱子一边吊儿郎当地笑道："那你以后别惹我，不然我就挠你痒痒。"

宋枝说："你这是明晃晃地威胁。"

"嗯。"他笑着，"就是威胁你。"

宋枝无话可说，但也不想认输："那我要挠回来。"

她直接爬起来去挠他。

闻时礼坐在床边上，任她怎么挠，依旧纹丝不动。

宋枝说："你不怕痒啊？"

闻时礼说："不怕。"

"听老人说，"宋枝收回手悻悻地说道，"不怕痒的人心都特狠。"

闻时礼简直想笑："这又是哪个老人说的？"

"不知道，反正就是老人说的。"宋枝说。

"行吧。"他笑。

看着他不正经的模样，宋枝有点儿担心："那你真的心特狠吗？"

她又联想到他的遭遇，觉得他心狠也正常。

没想到，他却敛住笑容，身体凑近看着她的眼睛，慢条斯理地柔声说道："我的心是狠，但是枝枝，哥哥什么时候对你狠心过？"

替宋枝涂完药，闻时礼把药箱放回到一层的储物室里，再上楼回到次卧洗漱。

闻时礼从来只在清晨起来时刮胡子，眼下却格外反常地拿出电动剃须刀，对着镜子细心地把胡子全部刮干净。

闻时礼瞥一眼手机屏幕上的时间：十一点五十二分。

十二点将至。

怎么说呢？他还怪紧张的。

在法庭上给委托人辩护都能做到从善如流，他居然会因为这种事紧张。

宋枝躺在充满他的味道的床上，盖着柔软舒适的被子，很快便昏昏欲睡。意识慢慢模糊，她浑然忘记了自己说过的话。

要等到十二点，两人才算正式在一起，他才可以亲她。

闻时礼重新进到房间里的时候，宋枝根本没有注意，已经处在半寐半醒的状态。

闻时礼的脚步很轻，踩在地毯上更是没有一点儿声音。

四周安静得能听清宋枝趋于平稳的呼吸声。闻时礼停在床边，目光温柔地向下，落在她的脸上。她有一张很受男孩欢迎的脸蛋，有种清纯美，勾人却不自知。

以前他看她就觉得她是挺可爱的一个小孩子，现在以异性的视角来看，才发现原来她这么惊艳。

落地窗两边的深蓝色窗帘没有完全被拉拢，中间留有半米左右的空隙，一缕月光趁人不备悄然入室，在地毯上铺下一片清辉。周遭静默，一旁的羽毛灯散发着暧昧温暖的灯光，与月光交织在一起，缠绵不已。

闻时礼的手臂垂下去，他弯腰从旁边床头柜上拿起窗帘的遥控器，按关闭键。

在窗帘缓缓闭合时，他顺势俯身往下。

他距离她很近，停在她耳边，低低地唤她的小名："枝枝。"

见她没有任何反应，他含着笑继续低声问："哥哥想亲你，行不行？"

宋枝睡眼惺忪，分不清梦与现实，呢喃着："你说什么……"

"我说，"闻时礼将薄唇送到她耳朵边更近的地方，放缓语速，慢条斯理地重复道，"哥哥想亲你。"

宋枝困得不行，也没仔细听他在讲什么，皱着眉不耐烦地转过脸，没有理会他。

很快，男人低沉的声音再次传来："你不说话，我就当你同意了。"

唇上一软，特殊的触感和温度让宋枝浑身一惊。她直接把眼睛睁开，对上他近在咫尺的黑眸。

他在亲她……

窗帘完全被拉拢。地毯上的月亮清辉被迫消失，室内余下的只有暧昧的暖黄色灯光，还有两人逐渐紊乱的呼吸和心跳。

闻时礼吻住她没离开，宋枝也没做出任何反应。

两人就这么僵持着。

过了好一会儿，闻时礼突然加深了这个吻，轻咬一下她的下唇后，用舌尖直接顶开。

宋枝只能被迫承受他的攻势。

可能怕吓到她，闻时礼没有太过放肆，在吻了片刻后就离开了。

他看着小姑娘一副受到莫大委屈的样子，觉得好笑："怎么是这副表情？"

宋枝哽住了，半晌，慢吞吞地问："你……你干吗？"

"亲你呀。"闻时礼将手放在她的腰侧，把身体撑在她上方的位置，垂眼看着她，继续说，"你说过了十二点我就能亲你了。"

宋枝隐约记得自己的原话不是这样的，但现在计较也没什么用了。

见她不说话，闻时礼用手摸摸她的脸："好了，睡觉吧。"

宋枝非常不满，心说我刚刚明明就要睡着了，结果你跑过来把我亲醒，亲醒后又立马要我睡觉，这是什么人啊？

宋枝板着脸，用带着点儿起床气的语气说："我睡不着。"

闻时礼在床沿坐下来，问："为什么睡不着？"

他居然还好意思问？她真的服了。

宋枝置气般一把将被子拉过头顶，钻进被子里，把变红的脸和乱了的呼吸都藏起来，在里面闷声闷气地说道："都怪你吵醒我了。"

"我的错。"闻时礼把盖住她的被子往下拉，"但你别捂着头睡觉。"

宋枝气呼呼地躺好："那你说现在怎么办？"

闻时礼不带犹豫地说："我哄你。"

"你怎么哄？"

"给你讲故事。"

"什么故事？"

"看你想听什么。"

宋枝看他的认错态度还算良好，又想到自己还没有被他哄睡觉过，一时间觉得这主意不错。她突然想到上次在宿舍吃冬枣哄他睡觉的事情，于是说："那你要一直讲，我没睡着就不能停。"

闻时礼相当配合，细心地替她掖好被角："好，哥哥讲到你睡着为止。"

闻时礼还没给别人讲过故事，没有这方面的经验，索性再次问宋枝："你想听什么？"

宋枝平复着呼吸和情绪，随口道："都行。"

闻时礼说："那我给你讲真实案件吧。"

宋枝轻轻嗯了一声。

"1996年的时候，我国破获过一起性质极度恶劣的连环杀人案，案发地点在一座北方城市，凶手名叫林雨向，在短短三年的时间里奸杀了二十一人，还对女性死者的尸体进行严重破坏。"闻时礼像法制频道的主持人，语速平缓地说，"那时候警方的办案难度大，天网系统尚不完善，没有第一时间抓到林雨向。"

闻时礼又说："受害者有相同的特征，都是长发，穿红色的高跟鞋。这起案子震惊全国，一时间街上很少看到女性穿红色高跟鞋，不少人甚至将头发剪短。"

听到这里，宋枝问："那这样有用吗？"

"没用，后来林雨向随机挑选作案目标，在第八次作案后，受害者没有出现过相同特征。"

这个案子很难讲，细节颇多，警察的侦破环节曲折坎坷，但闻时礼娓娓道来，讲得很清楚。

听完案件后的宋枝没有丝毫睡意，反而十分清醒。这也不能怪她，谁给女朋友讲睡前故事会讲如此血腥的惨案啊？

宋枝瞪着眼睛看他："怎么办？我还是睡不着。"

"没事，哥哥继续给你讲。"闻时礼温和地说道，可接下来要讲的案子更惨，"再给你讲一个，美国的一对夫妇，将自己五岁的女儿亲手杀害，然后……"

"停。"宋枝深吸一口气，"你不要再讲这种故事了，如果你真的想让我睡觉的话。"

闻时礼有些无辜，笑道："那哥哥只会讲这种的，怎么办？"

宋枝说："你可以上网查查。"

网上什么内容都有：如何哄女朋友睡觉，让女朋友快速入睡的实用小妙招，不告诉别人的哄睡小技巧……

闻时礼一路看下来都没找到一条实用的，反而看到了很多网友不可描述的回答。他呼出一口气："算了，不查了。"

宋枝觉得疑惑："不会吧，百度里没有吗？"

闻时礼淡淡地说道："不用那些，不靠谱。"

"你都没试，怎么就知道不靠谱？"宋枝撇嘴，"你该不会想偷懒，不想哄我睡觉，所以故意这么说吧？"

闻时礼把单手撑在一侧，懒洋洋地坐在她边上，饶有兴致地挑眉问："你确定要我试试？"

宋枝根本不知道他查到了什么，只是以为他不想哄她。于是，宋枝不假思索地点头："对呀，试试看，不然我一直睡不着怎么办？"

闻时礼的唇角弯起来，喉间滚出一声意味不明的低笑。

宋枝看着他："你笑什么？"

"你自己看看就知道我在笑什么了。"闻时礼边说边将手机递到她的眼皮子底下。

宋枝定睛一看，然后人直接傻了。

点赞数最高的答案：哄女朋友睡觉还不简单吗？把她伺候舒服了她自然就乖乖睡了。

1楼：完全同意。

2楼：我就是这样做的，每次女朋友都睡得好快。

3楼：不行我阳痿，能换个方式不？

……

宋枝看完恨不得当场人间蒸发。她没来得及说话，眼前的手机已经被男人拿走了。很快，她听到闻时礼慵懒地笑着问："怎么样啊，是不是要哥哥试一试？"

宋枝直接隔着被子踹他："流氓！离我远点儿！"

"我真冤枉。"闻时礼故作无辜地耸耸肩，"我都说算了，明明是你说让我试试，现在还倒打一耙，窦娥都没我冤。"

宋枝又轻轻踹他一脚："你少装！"

两人认识了这么多年，他什么德行她太清楚了。他就是一条大尾巴狼。

闻时礼坐着没动，任她随便踹："好，不闹了，我给你讲儿童故事，就是幼儿园小朋友听的那种，很适合你。"

宋枝忍住想揍他的冲动："你什么意思，说我幼稚吗？"

闻时礼假意正色说道："不敢。"

"你有什么不敢的？"宋枝不想和他拌嘴，选择认输，"随便吧，儿童故事就儿童故事吧，希望我能快点儿睡着。"

如果不是那个吻，她早就睡着了。

"从前有一片大森林，森林里有一只很可爱的小白兔，小白兔每天都会去地里拔萝卜……"男人清冷的嗓音讲儿童故事有种奇妙的反差感。

宋枝听得想笑，神经越发活跃，人也越发清醒。闻时礼讲完三个儿童故事后，看着宋枝一双瞪得像铜铃的眼睛，陷进为难中。他不禁反思，自己为什么要忍不住把小姑娘亲醒，还保证要将她哄睡着？照现在这个情况看，这根本就是天方夜谭。

宋枝听得意犹未尽，虽然很不愿意承认自己适合听这种幼稚可爱的小故事，但还是开了口："继续啊。"

闻时礼起身接了杯水，把水一口气喝下去，说："稍等，哥哥歇会儿。"

"不准歇。"宋枝有点儿霸道，"谁让你把我弄醒的？你得承担后果。"

闻时礼认命般地摇头笑笑："行。"他放下水杯，重新回到床边坐下，拿起手机，"我接着给你讲，下一个故事是《小乌龟报恩》。"

……

凌晨三点，宋枝的眼睛依旧睁得大大的，看着特别精神。

闻时礼又困又累。他拉过宋枝的一只手当枕头，整个人躺下，把脸压在她的手臂上，嗓子已经有些哑了。

"哥哥错了，我们睡觉好不好？"

"不行，我还没睡呢。"宋枝感受到手臂上传来的压力，伸手轻轻推了他一下，"继续给我讲，你答应了，不能骗人。"

"就骗一次。"

闻时礼直接伸手将宋枝整个捞进怀里抱着，将她的头按在自己的胸口。再开口说话时宋枝都能感觉到他胸腔的震动："睡觉。"

"闻时礼！"

"哥哥抱着你睡，快点儿睡，晚安。"

昨晚究竟是几点睡着的，宋枝不记得了，记忆中唯一的画面是男人精致熟睡的眉眼。

他用她的手臂当枕头睡了一整晚。

醒来的时候，宋枝左边的手臂完全失去知觉，麻痹感顿时传遍全身，让人觉得从头到脚的血液都不顺畅了。

而压着她的手臂的闻时礼依旧睡得很香。

看来昨晚她让他讲故事讲到半夜三点，确实是为难他了。

她也不知道现在几点了。

宋枝想把手臂抽出，几番尝试都没能成功。她看一眼他的脸，又把视线往下移，看到他不仅枕着她的手臂，还把她的腰搂得紧紧的，完全不给人挣脱的机会。

宋枝无奈，只好干等着，等到他醒为止。

床头柜上的手机响起铃声。

这是某品牌手机的原始来电铃声，正巧她和他用的是同品牌手机，一时间她不知道究竟是谁的手机在响。

摸不准这男人有没有起床气，宋枝用手指轻轻戳戳他的胸口："那个，手机在响……"

闻时礼的眼皮一动，眉心微蹙。

手机还在响。

宋枝又碰碰他落在她腰间的那只大手："时礼哥，醒醒。"

暂缓片刻，闻时礼终于缓缓睁眼，睡眼惺忪，漆黑的眸子没有平日里那么精明冷静，而是黑得相当纯粹，没有一点儿杂质。

宋枝对上他的眼睛，小心翼翼地重复道："手机在响，我想接一下。"

刚睡醒的闻时礼显然不在状态，连目光都有些涣散。他眯了眯眼，瞧了宋枝半晌，两秒后抬头直接在她的眼角处吻了一下，又很快躺回原处。

"你干吗？！"宋枝的声音稍稍变大，"不接电话，干吗突然亲我？"

他用慵懒的声音笑着说："我还以为在做梦。"

宋枝没和他计较，继续提醒："电话。"

闻时礼搂着她的腰的手没松开半点儿，只转过身体，用另一只手取过床头柜上在响的手机，眯眼一瞥："我的。"

宋枝正好抬头，看见屏幕上显示着三个字：骆子阳。

在接电话前，闻时礼清了清嗓子，开口时恢复了与平日完全一样的清冷与公式化："什么事？"

他没有开免提，但隔得近，宋枝还是能听清骆子阳的声音。

骆子阳说："闻律师，这都快十一点了，您为什么还没到律所啊？"

闻时礼的生物钟向来准时，每天早上他都在七点醒来，今天居然一觉睡过头了。

闻时礼说："下午我会过来，我这边有点儿事。"

骆子阳说："好吧好吧。"

电话还未挂断时，闻时礼的头微微一动，让宋枝本来就发麻的手臂不堪重负，酸涩的感觉迅速蔓延。她没忍住，倒吸一口凉气："嘶——"

闻时礼下意识地问："哪儿疼？"

静默几秒，骆子阳用看破不说破的口吻严肃地说道："闻律师，您先忙，我这边就不打扰了。"

很快，听筒里传来电话挂断的忙音。

闻时礼没有管，把手机随手放到床头柜上，坐起来，又问宋枝："哪儿疼？"

宋枝跟着坐起来，揉着左边的手臂："你压了我一整晚，不疼，很麻。"

闻时礼帮她一同揉，揉了会儿温和地问："好点儿没？"

宋枝说："好点儿了。"

他继续帮她揉着："对不起啊，哥哥不是故意的，但你可以把手抽出来的。"

宋枝翻了一个白眼："你把我压得死死的，我怎么抽？"

闻时礼的眉眼含着笑。他意味深长地说："纠正一下，我只是压着你的手，没压着你。"

"闻时礼，你要不要脸？"宋枝瞪大眼睛，"你别张口就乱说。"

闻时礼点头，低声笑起来："行，小孩现在长本事了，敢直接喊我的全名。"

没等她反驳，他继续笑着说："你刚刚说我把你压得死死的，怎么个压法？是不是这样？"

宋枝正想问哪样的时候，突然感觉一股力像突然间涨潮的浪一般拍打过来，忽的一下，人被拍得正面仰倒。

闻时礼掐着她的腰，位于上方，低头瞧她，笑得像妖孽一样勾人："是不是这样，嗯？"

宋枝的呼吸一顿，她脑子里一片空白。

他的动作很快，快到她根本来不及反应，就已经成了现在这个姿势，暧昧得有些过分。

"拿话刺激我做什么？"闻时礼懒洋洋地笑，在她的腰上轻轻捏了一把，"早上的男人胃口都很好，我要没点儿自控力还真不行。"

宋枝不知道哪根神经没搭对，居然接道："那你有吗？"

"有什么？"

"自控力。"

闻时礼俯身，在她的额头上轻轻地落下一吻，又蹭蹭她的鼻尖笑着说："放心，暂时还有。"说完他就抽身下床离开。

宋枝躺在原处，心跳快得不行，心脏好像立马要从胸腔里蹦出来一样。她按着胸口，脸又不受控地变红了。

闻时礼走到嵌入式衣柜前取出一套西装："我到隔壁洗漱、换衣服。"

宋枝低声应道："嗯。"

等他离开卧室后，宋枝直接抱着被子在床上打滚儿，从床头滚到床尾，又像个傻子一样把脸埋在枕头里面笑。

所有的一切好像做梦一样，美好得像童话。

独自的闹腾结束后，宋枝到浴室里洗漱，用昨晚他给她准备的新牙刷，和他用同一支牙膏。

牙膏的味道很清新，带着淡淡的茶味。

宋枝的脸部肌肤很敏感，尤其换季时很容易发红，不敢乱用洗面奶。在看到盥洗台上只有一瓶男士洁面啫喱后，她只好作罢。

她用手在水龙头下面掬水往脸上泼，三两下洗好脸后离开浴室，回到房间换上自己的衣服。

刚换好衣服，她就听到了开门的声音。

宋枝应声回头。

闻时礼推开门进来。他穿着得体的高级手工黑西装，配同色领带，衬得肩宽腰细腿长。她一时没移开视线。

同样，闻时礼也没移开视线，盯着她身上的白色连衣裙。

半晌后，他抬脚朝她靠近，在距她只有一个身位的地方停下，微微转头，温声笑道："待会儿哥哥带你重新买两套衣服，这个不穿了。"

宋枝看一眼身上完好的裙子，不太理解："怎么不穿了？"

"看见这条裙子，就会想到你昨天被劫持的画面。"他的语气里满是怜惜，"哥哥看着就心疼。"

宋枝没想到一条裙子能让他这样，当即说："那好吧，我以后不穿了。"

闻时礼微微点头："真乖。"

"但是你不用给我买新的。"她说，"学校里我还有很多衣服，不要破费。"

宋枝自幼养尊处优，家庭环境优渥，但好在没养成奢侈浪费的恶习，也不喜欢和人攀比找优越感。

"我给自己的女朋友花钱，算什么破费？"闻时礼说得极为理所当然，"花再多都不算破费，都值得。"

宋枝发现这男人迷人的地方在于他浪漫而不自知，比如像现在这般不经意却杀伤力极大的情话，再比如他用最后五块钱给她买了一朵玫瑰花。

"那随你吧。"宋枝心里很甜，但面上还是保持着淡定，"但是我要提醒你，不要铺张浪费，浪费可耻。"

闻时礼连连点头，笑着说道："对对对。"

宋枝带上手机，随着他离开房间下楼。下楼的时候闻时礼告诉她，今天还要去派出所做个笔录，又问她想什么时候吃东西。

宋枝想了想，说："才起来，不是很想吃，做完笔录再吃吧。"

闻时礼说："行。"

外边艳阳高照，是个大晴天。天蓝得如一面洗过的镜子，连一丝云都没有。

宋枝坐到副驾驶座上，系上安全带后立马打了个哈欠。闻时礼上车注意到了，关心地问："没休息好？"

他还好意思问？

宋枝懒得看他，把脸转向窗外，有些困倦地说："都怪你。"

闻时礼表现得很诧异："怪我？"

"不怪你怪谁？"宋枝把额头抵在窗上，冰凉的触感让她清醒了几分，"没人会讲刑事案件哄女朋友睡觉，你是第一个，前无古人，后无来者。"

闻时礼被她的话逗得直乐，轻笑两声，吊儿郎当地把脸凑过去问："那我还挺厉害。"

宋枝没好气地说道："你挺不要脸是真的，昨晚还骗人。"

"昨晚真的熬不住了。"闻时礼抽身坐好，给自己系上安全带，"没想到你那么能熬，鹰都睡了你还没睡。"

宋枝把话题扯回原点："那还是得怪你给我讲那么血腥的案子。"

在他开口前，宋枝继续说："更过分的是，你还压着我的手睡了一整晚，我都没办法抽出来。别人都是女朋友枕着男朋友睡，到你这里完全倒过来了……我越想越气，怎么会有你这样的人？害我一晚上都没怎么睡好。"

闻时礼转过头，看着小姑娘把额头抵在车窗上，自言自语般念叨。他不觉得烦躁，只觉得温馨，眼神里都是宠溺的笑。

宋枝一回头，就看见他目光温柔地看着她，于是，疑惑地说："不是吧？"

"嗯？"

"我骂你，你还这么温柔地看着我，你是不是哪儿不对劲？"宋枝顿了一下，"你会不会有受虐倾向？"

闻时礼听到她的话，直接轻笑出声。他把一只手搭在方向盘上，冲她稍抬下巴，笑道："那你试试看？"

"试……试什么？"

"折磨我。"

车厢里的暖气开得很足，空气中弥漫着淡淡的乌木香草味道。在去派出所的路上，宋枝绞尽脑汁地想了半天，才给陈斯发了一条不长不短的微信消息，内容如下：

陈斯，我很感谢你喜欢我，也非常谢谢你从小就对我特别好，但我一直都把你当朋友。以前，我就明确地告诉过你我不喜欢你。我有喜欢的人，这一点你是知道的。当然，我没想过要伤害你，也希望你快点儿振作起来，好好生活。

陈斯回复得很快：是他吗？闻时礼？

宋枝的手指悬在键盘上方，几秒后落在字母 e 上面，打出一个字：嗯。

陈斯没有再回复。

在宋枝看来，这件事情就算告一段落了。至于以后她和陈斯的关系，只能顺其自然了。

他们可能会继续当朋友，也可能连朋友都没的当。

放下手机，宋枝揉揉有些酸涩的后颈，往后一靠，合上眼睛休息。

男人的声音从旁边传来："做完笔录后你去我的事务所睡会儿？我有单独的休息室。"

宋枝没睁眼，温暾地说道："嗯。"

还没去过他工作的地方，她多少有些好奇。

突然想到一件事，宋枝睁开眼，转头看他的侧脸："说到做笔录，你以前是不是经常去派出所做笔录？"

闻时礼目视前方，笑着问："怎么突然这么问？"

宋枝想到以前那些关于他的流言："据说你经常因为揍人进局子，但能巧妙地让对方的伤情鉴定没办法判定是轻伤。"

"那是以前。"闻时礼轻笑道，"哥哥现在是个良好的社会公民，不会动手的。"

宋枝的眼神一顿："我还想到一件事情。"

他笑："那你接着说。"

宋枝想到自己趴在宿舍阳台的栏杆上与陆蓉打的那个电话，那是上个月的事情。

电话里，陆蓉告诉宋枝，咪姐去派出所报案，一口咬定是闻时礼打断了她的腿。

"你还记得咪姐吗？"宋枝问道。

"那个浑球啊。"闻时礼冷笑一声，"这不能忘。"

"我听说咪姐拘留结束的当天晚上，"宋枝盯着他的侧脸，注意着他的目光变化，想从中窥探出点儿什么秘密，"摔断了腿。"

可波澜不惊才是闻时礼的常态，他漫不经心地一笑，冷冷地吐出两个字："报应。"

"嗯，我也觉得。"她应着，不动声色地继续试探道，"就是不知道这报应是老天爷给的，还是人为的。"

他回答得滴水不漏："不管是哪一种，都是报应。"

宋枝深知再和他绕弯子没意义，开门见山地问："是你做的吗？"

闻时礼稍稍一怔："什么？"

他的反应自然得叫人瞧不出毛病，更辨不出真假。

宋枝把话摊得更开来讲："咪姐摔断腿的事，是你做的吗？"

正巧遇到一个一百二十秒的红灯，车缓缓停下，闻时礼把手搭在方向盘上，转头看着她，眼里带些意味不明的笑："那晚天黑路滑，还在下雨，她不慎摔倒又怎么能怪我呢？"

他的语气无辜得仿佛咪姐摔倒真和他没有半点儿关系。

一坨肥硕的肉重重地摔在湿漉漉的青苔路上，会发出沉闷的响声，他在那声响里蹲下，手肘抵着膝盖，眉眼温柔："怎么回事啊咪姐？路这么滑，您也不注意着点儿。"

女人抬起一张又丑又胖的脸看着他："你……"

"我？"他自然地笑笑，而后站起来，锃亮的黑皮鞋在下一秒踩在胖女人的腿弯处，并且逐渐用力。听着一声接一声的惨叫，他眯眼笑道："你欺负我家小朋友的时候，有没有想过会有这一刻？"

宋枝心里五味杂陈："我没想到，你真的会为我去找咪姐秋后算账。"

红灯还剩九十九秒。

几秒后，闻时礼打破沉默："这有什么想不到的？她要是再伤你重些，另一条腿也得断。"

宋枝的脊背一阵发凉，声音变弱："看不出来你这么喜欢暴力……平时都没发现。"

他的手伸过来，轻轻捏住她的脸扯了两下："平时不敢表现出来，我怕吓到你，把你吓跑了我就没有小媳妇了。"

他在说什么话？小媳妇？真有他的。

"我跟你才哪儿到哪儿啊，你别乱喊。"宋枝抗议着，说这话时却不敢看他，只低头抠着自己的手指甲，"你净乱说话。"

没想到他压根儿不承认："我这怎么能叫乱说话呢？"

接着他直接向宋枝抛出一个重磅质问："怎么，难道你以后不想嫁给哥哥？"

这让她怎么接？！

宋枝抠手指的动作一顿，抬头对上他含笑的桃花眼："我们才刚刚开始，你说这些干什么？"

闻时礼答非所问："嗯，进度是挺慢的。"

这男人完全和她不在同一个频道上，两人交流困难。

宋枝没说话，把头转开，视线落在窗外，看见一辆电瓶车与汽车并排停着。电瓶车后座的女孩羡慕地一直盯着黑色宾利看。

因车窗防窥，女孩并不能发现宋枝在看她。

宋枝坐在这样的豪车上就会让人羡慕，更别说和闻时礼这样的人在一起了。

在这一瞬间，宋枝意识到了一件事：他真的很优秀。

红灯开始倒计时，最后五秒。

红灯变成绿灯。

宾利缓缓起步。

闻时礼的目光重新回到前方。他再开口时语气分外正经，没有半点儿混不吝和吊儿郎当。他说："枝枝，哥哥要是有什么做得不好的地方，你及时说，我才好及时注意改正。"

不知道他为什么突然这么说，宋枝还是如实回答："挺好的。"

他像是没听到她的回答，自顾自地继续说："毕竟我还挺想的。"

宋枝说："挺想什么？"

"和你有以后。"

派出所里没暖气，一踏进去就觉得冷意往骨头缝里面钻，宋枝稍一哆嗦后缩缩脖子，连脚步都变慢了许多。

半分钟后，她的肩头多出一件男士黑西装。

西装在她身上显得很大，两只袖子长长地垂在两侧，风一吹就晃了起来。

西装里面倒很温暖，因为带着他的温度。

闻时礼伸手握住她的肩头，低声说："披着。"

宋枝用手拢紧领口，乖乖地嗯了声。

询问室在派出所一楼的尽头。

宋枝走过湿冷的地面，来到询问室，已经有两名警察等在那里，其中一名她有印象，大家都叫他老张。

张光生看到她，露出笑容示意她坐："别紧张，我问几个问题。"

闻时礼停在门口。

张光生转头看他，笑着说道："做笔录不让听，你知道的，去外面等吧。"说完他就让另外一名年轻警察去关门。

闻时礼默默离开。

老张问得很详细，包括案发的具体时间，还有具体经过，以及周东在挟持她的时候说过哪些话，在事发前她有没有见过他。

宋枝非常配合，条理清晰地一一回答问题。

最后，老张问她："你觉得周东的作案动机是什么？"

宋枝觉得动机只有一个，平静地道："拿我威胁闻时礼，他觉得闻时礼在乎我。"

老张说："看得出来，不然闻律师也不会为了你下跪，毕竟他是那么高傲的一个人。"

想到他下跪的画面，宋枝就有点儿难过，抿抿唇不再说话。

老张把两页纸递给她："签字，再按个手印你就能走了。"

宋枝说："好。"

签好字，就着老张递过来的一盒半旧印泥，宋枝摁下大拇指的指印，然后站起来，离开了询问室。

闻时礼在外面抽烟，脚边有两三个烟头，看着都是刚刚抽的。

见她出来，他把烟踩灭在脚底："完了？"

宋枝说："嗯。"

"那走吧，先买衣服还是先去吃饭？"

"我都行。"

回到车上，宋枝一边系安全带一边问："警察叔叔怎么不问我要不要调解之类的？"

闻时礼启动车辆："你的意见不重要。"

"我可是受害人。"宋枝皱皱眉头，"为什么我的意见不重要？那谁的意见重要？"

闻时礼耐心地给她解释："当众劫持人质威胁他人，这本质上属于刑事案件，不属于民事纠纷，没有调解一说，直接走司法程序。"

宋枝问："他会坐牢吗？"

"肯定会啊。"闻时礼单手利落地打着方向盘，"最少五年吧。"

宋枝点点头："敬畏法律。"

"民事和刑事都分不清，你还敬畏法律呢？"他又开始调侃她，"小法盲枝枝。"

宋枝简直想给他两拳："我不就是没学过嘛，要是学过我也知道！"

你懂法了不起吗？！

闻时礼弯唇笑笑不说话，只是觉得小姑娘有点儿急眼的样子怪可爱的。所以他才会每次都忍不住逗她。

这时候，宋枝的手机响起了电铃声。电话是陆女士打来的。

宋枝接听电话，陆蓉着急的声音传来："你这孩子，怎么不在学校宿舍呢？"

宋枝说："啊？"

陆蓉说："我和你爸爸到你的学校宿舍来找你，你室友说你昨晚没回来，你现在人在哪里？"

宋枝问："你们怎么会突然到学校找我？"

陆蓉说："昨天发生那么大的事情，我们能不过来吗？要是提前跟你说要来，你又会嫌麻烦不让我和你爸爸来。你现在人在哪里？"

宋枝觑一眼男人："我……我现在和闻时礼哥哥在一起。"

说完，宋枝把手机拿远，捂住话筒的位置。

"时礼哥，"她压低声音，"我爸妈来了。"

"叔叔阿姨？"

"对，问我现在在哪里。"

闻时礼淡定地说道："那正好，一块儿吃个饭。"

宋枝没多想，听到这话后直接对陆蓉说："那你和爸爸就在学校门口等我们吧，我们现在过来。"

挂断电话后，宋枝听到闻时礼慢悠悠地说道："要不要买点儿东西？"

宋枝蒙住了："买什么？"

"这不要见岳父岳母了吗？"他说，"空着手去多不好。"

宋枝很清楚，以这男人一贯的性子，他能做出厚着脸皮直接当面叫爸妈的事情来。

不行，她得阻止这种事情发生。

"你不要乱叫，也不用买东西。"宋枝说，"现在告诉我爸妈还有点儿早。"

闻时礼若有所思地问："那什么时候不算早？"

宋枝收回视线，看向前方车辆的尾灯，说："不知道，反正现在太早了。"

闻时礼的目光与她落在同一处地方。他的手指轻轻在方向盘上敲了敲："那这样，你告诉哥哥一个不算早的时间。"

"奇怪。"宋枝非常不能理解，"你这么急做什么？"

闻时礼笑了："我得娶到手才能放心。"

宋枝秉着就事论事的道理，分析道："不一定吧，婚姻又不是爱情的终点，还有婚内出轨的，比如老婆给老公戴绿帽的。"

听到"绿帽"二字，闻时礼眉梢一挑，哼笑一声："小宋枝你有几个胆子？还想着给哥哥戴绿帽？"

宋枝想，她哪句话说要给他戴绿帽子了？

宋枝反击道："很难想象以你的理解能力，到底是怎么考上大学的。"

"确实。"闻时礼说道，"我要是理解能力再好一点儿，高考语文就能拿满分了，而不是在阅读上面扣掉两分。"

差点儿忘记他是2010年莲庆的理科状元，宋枝当即便觉得脸有点儿疼。

下一秒，他看着后视镜打方向盘，不经意般问："小宋枝高考语文多少分？"

宋枝不想说。她的分数肯定没他的高，她才不想给他嘲笑她的机会。

闻时礼轻轻笑着："怎么不说话？有一百四十分没有？"

宋枝说："你烦不烦啊？"

"哦。"他又笑了一声，"看来是没有。"

和闻时礼拌了一路的嘴，以至于到芸大的时候，宋枝口干舌燥，很想喝水。

陆蓉和宋长栋就站在芸大校门口。

陆蓉穿着高领针织毛衣和阔腿裤，戴着无框眼镜，梳着中长发，典型的现代高知女性打扮。旁边站着的宋长栋穿着驼色薄款风衣，身材高大，看着与陆蓉相当登对。

宋枝下车后小跑过去，站在二人面前。

陆蓉拉过她的手上下检查，见没什么问题，才拍拍她的手臂："你这孩子，担心死我和你爸爸了。"

宋长栋啧一声，说道："你都多大了，还半点儿不让人省心。"

宋枝乖巧地笑着撒娇："我也不知道你和爸爸会过来嘛。再说昨天那事也不是我能控制的，不过还好有时礼哥，才化险为夷。"

顺着她的话，陆蓉和宋长栋往后看去，目光落在款款而来的闻时礼身上。

他穿着合身精致的黑色西装，袖口的银针在阳光下反着光，姿容清朗，气质稳重，在这种人多的地方行走，立刻吸引了周围一大片人的目光。

"好久不见，叔叔阿姨。"闻时礼停下，朝陆蓉和宋长栋微笑，"我很惦记你们。"

宋长栋觉得太阳打西边出了："你小子会惦记我？今天抽什么风说这种话？"

陆蓉说："人家小闻好好和你说话呢。"

宋枝说："对啊。"

宋长栋觉得自己又回到了那段妻女同时维护闻时礼而孤立他的日子，倍感不适："得，反正你们总帮他说话。"

闻时礼笑得更为温和："哪有？"

宋长栋说："你小子别得了便宜还卖乖。"

宋枝忙出来打圆场，说："爸，妈，上车吧，先去吃饭，你们都等累了吧。"

陆蓉说："上了年纪，这腿站一会儿就有点儿疼。"

宋长栋说："那赶紧上车吧。"

闻时礼带着三人去吃饭的地方。宋枝坐在副驾驶座，陆蓉和宋长栋二人坐在后排。

宋长栋伸手按了一下真皮坐垫："可以啊你小子，现在彻底出人头地了。"

闻时礼微微一笑说道："凑合吧。"

"每次和老陈喝茶，老陈就替你吹牛，"宋长栋叹了一口气，"把我念得耳朵都起茧子了。"

闻时礼说："陈教授没吹牛，都是事实。"

宋枝觉得无语，这男人跟谁说话都很傲慢，没有例外。

一路上，陆蓉与闻时礼闲聊，聊间芸的水土情况、天气状况、城市幸福感等，偶尔还带着宋枝聊两句。

为方便说话，宋枝侧身而坐，既能看到闻时礼，又能看到陆蓉。她发现闻时礼在和陆蓉说话的时候非常幽默风趣，经常逗得陆蓉掩嘴笑个不停，氛围把控得相当好。

这男人原来可以这么八面玲珑吗？以前在家时他对陆蓉的淡漠都是装的？

直到下车，宋枝也没能想明白。

宾利停在一家中餐厅门口，闻时礼替陆蓉先拉开车门。

宋枝没等他，选择自己开车门下车。她急着进去喝水，简直要渴死了。

闻时礼把车钥匙递给上前来泊车的工作人员，而后领着三人往里面走。他是这家餐厅的常客，也是 VIP。

服务员直接将几人带到包间区。

整个餐厅的装潢都古色古香的，浮雕壁画，熏香拂面，每个包间里都有一幅不同的毛笔画。他们所在的这间是一幅万马奔腾图。

待菜上齐后，心情不错的陆蓉对闻时礼说："小闻，你破费了，点这么多菜。"

闻时礼略一点头，笑道："您多吃点儿就不算破费。"

"这孩子情商真高。"陆蓉拿起筷子，笑得亲切，"那阿姨就不和你客气了。"

闻时礼说："阿姨不用和我见外。"

"你小子今天真的不对劲，"宋长栋没急着动筷，直勾勾地盯着闻时礼，像是要把他脸上看出个洞来一样，"是不是有什么事情没说？"

闻时礼说："是有那么一件。"

宋枝心里一个激灵，忙放下喝到一半的茶杯，把手放到桌下抓住他的袖口，意在提醒他不要乱说话。

闻时礼顺势将她的手一把握住，再十指相扣紧紧抓着。

宋枝想：天啊，爸妈还在对面坐着，他就敢这么大胆，在桌子下面和她牵手，还十指相扣。

宋长栋说："有事你就说，别这么反常。"

宋枝紧张得简直快要窒息了，不动声色地用另一只手端起茶杯假装喝水，同时用被抓住的那只手不停地用力回握他，一下比一下用力，仿佛在警告：你敢乱说话你就完了。

闻时礼回应着她，把她的手握得更紧，而后面不改色地对宋长栋说道："想打听下莲庆最近的房价。"

"我还以为是什么事情。"宋长栋拿起筷子，"你还担心房价啊？"

宋枝心里长松一口气。

她又听他笑着说："随口问问。"

宋长栋说："上次听老陈说，你先前那个事务所老板的女儿向你求婚了，你该不会准备买婚房吧？"

桌下，男人的手故意松开又握紧，故意与她纠缠。宋枝想抽离但没办法。

闻时礼格外淡定地笑道："买套婚房也行，不过不是为了前事务所老板的女儿。"

宋长栋问："新谈了一个啊？"

"嗯。"

宋长栋夹了一块排骨放在碗里："莲庆的？"

闻时礼忍住笑："嗯，对。"

宋枝被他握得有些恼火，不禁用脚去碰他的小腿，想让他赶紧松开手，没想到他却握得更紧了，像是要一次性把一辈子的手都牵完一样。

"莲庆的房价和间芸的差不多吧，好点儿的地段差不多都是三四万一平方米。"宋长栋说，"如果你到时候真的要买房就跟我说，我有个做房地产的朋友，他那儿好像有新楼盘要开盘。"

"没问题。"男人面上带着斯文有礼的笑容，语气温和，"谢谢宋院长费心。"

话说到这儿，闻时礼才缓缓松开宋枝的手，完全松开前，还故意轻轻捏了捏她小拇指的指腹，捏得宋枝的小拇指麻麻的。

他真的好讨厌。

一顿饭吃到尾声，喝了太多水的宋枝想去洗手间，旁边的闻时礼跟着她一同站起身："这里的洗手间有点儿偏，我带你过去。"

宋枝摆摆手："不用麻烦，我问服务员就行。"

"不麻烦。"闻时礼的语调轻缓温和，"正好我要出去结账，顺路。"

"好吧。"宋枝说。

两人相继离开包间。

包间里，陆蓉忍不住笑着夸赞闻时礼："在外面这几年，小闻这孩子越来越懂事了。"

宋长栋用牙签剔牙，冷笑道："高智商的危险人格，这类人有高情商，擅长伪装，对你的态度全凭他的心情，或许他今天心情还算不错。"

听到这话，陆蓉多少有点儿不太乐意："人家小闻多好一人，你非要这么说人家才行？"

宋长栋的动作一顿："主要是我太了解他了。他在我那里做了那么久的治疗，我能不知道？"

陆蓉说："我看你就是对他有偏见。"

"行行行，我有偏见。"宋长栋不想与陆蓉发生争吵，"我不说他行了吧？"

陆蓉说："你别忘了我们来之前说的事。"

宋长栋说："没忘呢。"

两人在来之前就商议过，见到闻时礼的话，要当面好好感谢他甘愿下跪救宋枝。

新闻闹得很大。在来的路上，他们就听到不少人在讨论这件事情。

陆蓉说："等下你态度好一点儿。"

宋长栋说："我知道，那小子对枝枝确实不错，真是当亲妹妹对待。"

"是呀，小闻把枝枝照顾得多好啊。"陆蓉说，"亲哥哥都不见得有这么好的，所以你不要对人家那么苛刻。"

宋长栋耐心地应着："遵命。"

闻时礼把宋枝带到洗手间："去吧，我去结账。"

眼见他往完全相反的方向去，宋枝叫住了他："你不是说顺路吗？这完全就是两个方向。"

闻时礼回头看她："怕你迷路。"

宋枝想，她又不是智障。

上完厕所，宋枝洗完手后从女洗手间出来，来的时候没注意到，这里洗手间外走廊上的壁灯还挺好看的，铁制牡丹状的灯花，散发着朦胧的黄光。

她想看看另一边的墙上有没有对称的壁灯，一转头，就看见了站在壁灯旁的闻时礼。他姿容清绝，眉眼淡然，那双风流含笑的桃花眼正一眨不眨地望着她。

宋枝走过去："你怎么还在这儿，结账了吗？"

闻时礼说："嗯。在等你。"

宋枝心里一暖，笑了笑："那我们回去吧。"

宋枝正要抬脚，手腕被男人拉住。她转头看他："啊？"

闻时礼上前一步，朝她逼近。

一种难言的压迫感朝她袭来，宋枝脚尖一转，被迫后退："干……干吗？"

闻时礼握住她的手腕，低声问："你为什么不愿意告诉叔叔阿姨？"

"就是觉得有点儿早。"

闻时礼问："那什么时候不算早？"

宋枝说："过段时间吧。"

"过多久？"

宋枝没回答。

"你总要给我一个具体时间。"

宋枝不清楚他为什么会抓着这个问题不放，想了想，说："我决定好后跟你说，可以吗？"

他今日出奇地难缠："不可以，现在说。"

这男人怎么回事？

没等宋枝开口，只见男人用三根手指轻轻捏住她的下巴，微微用力朝上一抬，她被迫抬头。他俯身近距离地去看她的眼睛："小宋枝，你别玩我。"

她不得不承认，他严肃起来的时候很吓人。

压迫感扑面而来，呼吸一顿，宋枝紧张得心跳加速："你……你在说什么？"

玩？她玩他什么？

两人眼睛的距离只有两三厘米，闻时礼将她抵到墙上，微微歪着头，视线直直地看着她："我和你是来真的。"

宋枝有点儿委屈："我也没和你开玩笑啊。"

"你这样藏着掖着，不告诉叔叔阿姨。"闻时礼的声音越说越低，最后他移开视线不看她的眼睛，似有些狼狈，沉默半晌后轻轻地说，"会让我觉得你只是和我玩玩，没有以结婚为目的。"

他又说："你只是在对我耍流氓。"

宋枝简直比窦娥还要冤，根本不能理解这男人的思维。

她对他耍流氓？今日最无语的事件非此莫属。

宋枝转头去看他的眼睛，认真地说道："哥哥，你看看我，我这张脸有流氓样吗？"

闻时礼与她对视，目光一一掠过她的眼睛、鼻梁、嘴唇。最后他没忍住，眸光一黯，直接托着她的下巴吻了上去，一边吻一边含混不清地说道："挺有的……"

宋枝想：到底谁是流氓啊！这男人一边亲她一边还说她是流氓！他是人吗？！

男人的唇舌温热，吻她的力道用得刚刚好，托着她下巴的手半点儿没松，生怕她逃跑似的。

宋枝仰头承受着他的纠缠。

他的吻带着温热的呼吸，路过她雪白的颈，弧线优美的锁骨，再往上，他含住了她小巧敏感的耳垂。

宋枝的身体轻轻一颤，耳朵被他滚热的气息"围剿"，叫她无处逃遁。

宋枝推推他的肩膀，委屈巴巴地小声说："哥哥，有人来了怎么办？"

"小流氓。"闻时礼压根儿不管会不会有人突然出现，吻着她的耳朵，声音低沉地说道，"你给哥哥个具体的时间，不然我真的没有安全感。"

原来是因为没有安全感。宋枝一下就能理解他为什么会抓着这个问题不放了。

她用手继续推着他的肩膀："你先松开我。"

闻时礼说："松开你就说？"

"嗯。"

得到肯定的回答，闻时礼这才松开她。此时的宋枝早已满面绯红，一副被欺负的小可怜样。

闻时礼撤回双手，目光在暖黄的光里也跟着变得温柔："说吧，哥哥听着。"

"过年吧。"宋枝认真想了下，觉得这个时间点不错，"就今年过年的时候，你跟我回家，我跟爸妈说。"

他对这个答案相当满意，当即便眯眼笑道："好。"

"闻时礼。"一个突兀的女声插进来。

在暧昧时被人打断，算不上什么好体验，宋枝甚至有些被吓到，肩头轻轻一颤，慌乱地从闻时礼身前退开，站到一边，羞得把头垂得低低的。

而后，她听到闻时礼用一种冷漠的口吻开口："有事？"声音冷漠得像零下几十摄氏度的冰雪。

他从不会用这样的口吻对她说话，她还是第一次听见他发出这样的声音。

那女人究竟是谁？

出于好奇，宋枝抬头，看见了站在三米开外女洗手间门口的年轻女人。那女人脸上带着嘲讽的笑，看着她和闻时礼，那样的目光甚至有些不屑。

不用过多的反应时间，宋枝就认出了那人——褚珊珊，那个丢掉纸鹤菠萝的女人。

褚珊珊把手插在玫红色的风衣口袋里，看着闻时礼，冷笑着说："你当初不是说不想谈恋爱吗？"

现在她居然看到他把一个小姑娘按在走廊墙壁上亲，还说些那么卑微的话。他没有安全感？鬼知道这男人当初傲成什么样子，谁都不放在眼里，居然会说"没安全感"这种话？这实在令人笑掉大牙。褚珊珊想。

"不想和你谈而已。"闻时礼擅长杀人诛心，语含嘲讽，"没说不想和她谈。"

作为他口中的"她"，宋枝在下一瞬就感觉到褚珊珊的目光落到了她的脸上，这让她非常不自在。

褚珊珊看着宋枝的脸，愣了下，旋即恍然大悟般说："原来你不是他的亲妹妹啊……"

宋枝实在不知道说什么来接她的话，索性什么都没说。

很快，褚珊珊笑着问她："你知道你身边的这个男人是个疯子吗？"

"我不允许你这么说他。"宋枝皱着眉，一下变得很不高兴，"你没得到他就这样说他，真的挺没意思的。"

褚珊珊听得眼角一抽："谁稀罕啊！"

"不稀罕你在这里阴阳怪气的干什么？"宋枝说，"不知道的还以为你在这里眼红得不行呢。"

褚珊珊脸色一变，张口就要再说些什么。宋枝却没给她这个机会，直接拉着闻时礼的手："哥哥，我们走，不和小人计较。"

闻时礼弯唇一笑："好。"

看着两人亲密牵手离开的背影，褚珊珊气得在原地跺了三下脚。

去死吧疯子情侣！

回包间的路上，闻时礼揉揉宋枝的头发，温和地说道："谢谢小宋枝保护哥哥。"

宋枝嘀咕："我就是看不惯别人说你。"她还真的挺护短的，谁说他都不行。

其实，宋枝也好奇，为什么他这么多年都没有谈恋爱。她问："除了刚刚那女的，应该也有其他女人喜欢你吧，你怎么一直没谈恋爱？"

"不想谈。"

"那你为什么和我谈？"

闻时礼没有立刻回答。

快要到包间了，两人松开牵着的手。宋枝催促："快说呀，等下要进去了。"

闻时礼的眉目里透着认真："那些女人只是芸芸众生里的甲乙丙丁，而你不一样。"

你是救赎我的光。闻时礼想。

宋枝说："啊？哪儿不一样？"

他没详说，只笑着答："因为你是小宋枝，所以不一样。"

见两人重新回到包间里，陆蓉忙给宋长栋递眼色。宋长栋立马会意，开口："臭小子，不管怎么说，这回你救下了枝枝，我们还是要感谢你。"

闻时礼略一点头："没事。"

"平时你也多照顾着枝枝些。"宋长栋说，"她一个女孩子在外面读书，多少会有需要帮忙的地方。"

闻时礼暧昧地看着宋枝，慢条斯理地说道："放心宋院长，我会好好照顾枝枝的。"

比如他刚刚在洗手间外面的走廊里就"照顾"得挺好。以后他也会常常这么照顾。

宋长栋毫无察觉，甚至有些欣慰地说："那就好！"

四人从中餐厅出来，工作人员已经将车开到门口停好。闻时礼先一步拉开后座的车门，等待陆蓉和宋长栋上车。

陆蓉上车后，宋长栋正准备上车，似乎又突然想到了什么，转头去看闻时礼："还有件事情。"

闻时礼微微一笑，说道："您说。"

"枝枝现在长大了，学校里肯定会有不少毛头小子追求她，你帮我盯着点儿。"宋长栋一本正经地说。

闻时礼神情一怔，立马露出会意的笑容："嗯，没问题。"

宋枝在旁边尴尬得讲不出话，心想：爸爸，要是你知道我在和闻时礼谈恋爱的话，真的不会揍他吗？

宋长栋继续说："不过，到时候如果枝枝真的谈了恋爱，你要给她把把关，男方看着不行的你要及时制止她。"

闻时礼的眼里蓄满笑意。他语气轻松地说："好，我会的。"

宋长栋满意地点头，还伸手拍了拍闻时礼的肩膀，说了句"不错"后才欣然上车。

闻时礼关上车门，转头对上宋枝的目光。

小姑娘的眼神仿佛在质问：你的良心不会痛吗？他笑着看着她，表情格外耐人寻味。

在爱情面前，良心值几个钱？

宋枝的父母原计划看一下宋枝就坐当天的飞机回莲庆，闻时礼却提议休息一晚再走，免得一天内来回实在太过劳累。他替二人订好了五星级酒店的套房，还订好了翌日回程的机票。

见他安排得这么妥当，宋枝的父母不好拒绝。

把陆蓉和宋长栋送到酒店后，闻时礼准备带宋枝去买衣服。宋枝却想到还有一点儿老师留的课后作业没做，想要回学校。

闻时礼听后表示理解："那衣服下次买，我送你回学校。"

宋枝乖乖点头："好。"

回学校的路上，宋枝想到一个问题，问他："你干吗突然对我妈妈那么好？"

闻时礼慢条斯理地道："得讨好丈母娘啊。"

宋枝无语。

"中国有句老话说得好，"闻时礼笑着说，"丈母娘看女婿，越看越喜欢。"

宋枝愣了好几秒，才缓缓点评："看不出你还挺会来事。"

看上去闻时礼心情不错，笑着回了句"谬赞"。

到学校门口停好车，闻时礼和昨天一样坚持要步行把她送到宿舍楼下。

两人再次走在银杏路上。

风吹过，金黄的银杏叶便成片成片地在空中飞舞。

女生宿舍楼。

六层的阳台上，萧圆正端着一盆洗好的衣服出来晾，不经意地往下一瞥，惊得直接把盆往地上一丢，转头冲着宿舍里面嚷嚷："佳妮！陶佳！你们快出来看啊！"

孟佳妮说："什么呀？"

陶佳说："外面有什么？"

萧圆说："昨天那个帅哥律师！"

宿舍里面迅速响起几人下床的声音。

男人的身形颀长笔直，初冬的阳光映得他神采奕奕，英俊得一塌糊涂。尤其在他与宋枝对视的时候，含着笑意的桃花眼几乎温柔得要溢出水来。

这是什么人间绝色？

孟佳妮和陶佳也一起冲到阳台上。三个八卦的女生都维持着一样的姿势——两只手扒在阳台栏杆上，探着脑袋往下面看，嘴里不时发出些感叹词。

闻时礼把宋枝送到女生宿舍楼下，单手插兜，伸出另一只手在她蓬松的发顶上揉了一把："去吧。"

察觉到周围有人在看，宋枝不好意思地抓抓头发，很轻地说："嗯。"

闻时礼看了眼腕表，对她说："上去吧。"

宋枝说："你呢？"

闻时礼说："回事务所。"

宋枝说："好。"

和闻时礼分别后，宋枝回到宿舍。一进宿舍，宋枝就看见孟佳妮和萧圆两人抱着手臂站在桌前看她，一副"坦白从宽，抗拒从严"的样子，只有坐在桌尾处的陶佳淡定点儿。

孟佳妮说："枝枝，你瞒得我们好苦。"

萧圆附和："你好狠的心。"

"我没想过瞒你们的。"宋枝解释，"当时说过嘛，能成就告诉你们，没成就不说了。"

孟佳妮挑重点问："那成功了吗？"

被这样追着问感情状况，宋枝还真有点儿不好意思。

倒是孟佳妮再次开口说道："不过，看昨天他为你下跪的架势，想不成功都很难吧？"

宋枝腼腆地点点头："在……在一起了。"

"啊！！！"萧圆直接爆发出尖叫声。

宋枝和孟佳妮一同捂住耳朵。

等萧圆尖叫的声音停下后，孟佳妮竖了个大拇指，点头赞许："厉害，枝枝。"

宋枝说："哪儿有？"

"我阅男无数，所以我负责任地说一句。"孟佳妮说，"你家哥哥真绝。"

听到别人夸闻时礼，宋枝还挺开心的，觉得应该回夸一下，于是说："顾教授也挺好的。"

孟佳妮听到这名字心里就不爽："别说他。"

宋枝说："好好好，不说了。"

三人又叽叽喳喳地聊了好一会儿，宿舍内总算安静下来。三人各自做自己的事情。

宋枝去自习室做课后作业。

等下午吃完饭回到宿舍的时候，宋枝看到桌上放着几个购物袋。萧圆说："店家亲自送过来的，写的你的名字。"

宋枝翻看里面的衣服，都是些时下新款的秋冬装。她合理地怀疑这是闻时礼买给她的。

她给闻时礼发了条微信消息：衣服是你买的吗？

他可能在忙，并没有第一时间回复。

大概一小时后，闻时礼回复：嗯，你试试看合不合身。

宋枝说：好。

孟佳妮过来看了看衣服的吊牌，不禁点头说道："他是真舍得给你花钱啊，就这一件小外套得一万多呢。"

"这么贵啊。"宋枝接过吊牌看了一眼，"还真是。"

萧圆在旁边感叹："当小说照进现实……"

闻时礼舍得给宋枝花钱这一点，不只是体现在买衣服这件事上，还有更加夸张的事。

第二天，宋枝收到了一个与她身高相仿的箱子，箱子上并没有写明是什么东西。

四个人就围在箱子前分析这是啥。

等拆开箱子后，宋枝差点儿晕过去，箱子里是他家卧室里的那个全铜制的白色羽毛落地灯。

萧圆说："哇！好看！"

陶佳说："闻律师好浪漫。"

孟佳妮觉得这个灯眼熟，用手机一查："这是意大利知名设计师 JIN 的作品，换算成人民币要三十六万。"

宋枝想，她不是说过不要吗？！

等室友们起哄完，宋枝把灯挪到宿舍角落里，然后去阳台上给闻时礼打电话。

等电话接通，她立马开口问："你干吗把你家的灯给我？"

闻时礼轻笑道："没，给你重新买的。"

宋枝无语。

"你上次不是说那灯好看吗？"他的声音很温柔，"好看就天天看。"

宋枝的心里又甜又复杂，最后她维持着淡定说："我就看不惯你这种有钱人奢侈的嘴脸。"

闻言，男人低声笑起来，很霸气地回了她一句："那又怎么样？"

闲聊了一会儿，他告诉她："我最近手头事情很多，会很忙，可能没什么时间分给你。"

宋枝完全能理解："没事。"

"我一有时间就会找你的。"闻时礼说，"见面的话会提前约你。"

宋枝说："好。"

两人再次见面是在一个月后的平安夜，12月24日。

这天也是闻时礼的生日。

宋枝从没忘记过他的生日，提前两周就开始挑选生日礼物。她在网上看各种送男朋友礼物的攻略，答案五花八门，让送什么的都有。

看到其中一条建议是送男朋友跳跳糖，帮助男朋友找回童年的快乐，宋枝没忍住笑出声来。

第十一章　爱　我

　　周六，宋枝和孟佳妮去商场给闻时礼买生日礼物。逛了一个上午后，她挑了条 Hermes 经典款的深蓝色暗纹真丝领带。

　　她和孟佳妮一致觉得这领带的颜色和款式都和闻时礼很搭。

　　买完领带后路过一家零食店，宋枝看到了摆在最外面的七彩卡通包装的跳跳糖，想帮男朋友找回童年的快乐。

　　宋枝鬼使神差地进到店里，拿了一包跳跳糖付款。

　　孟佳妮问："你还吃这个啊？"

　　宋枝不好意思说是买给闻时礼的，只好承认："嗯，突然想吃。"

　　孟佳妮挽着她的手臂晃了晃："我们枝枝真是一个可爱的小朋友，放心，姐姐会好好保护你的！"

　　宋枝笑道："那就谢谢孟大小姐了。"

　　直到平安夜前一天，闻时礼都没有约她见面，看来他真是忙得不行。

　　宋枝主动发微信询问：明晚能抽空一起吃饭吗？

　　晚上十一点，她接到了闻时礼的电话。男人的嗓音带着浓重的倦意。他却依旧很温和地对她说："明天一起吃饭，我会提前订好餐厅。"

　　宋枝有点儿担心："你忙得过来吗？实在没时间就算了吧。"

　　"不能算了。"他那边传来车流的声音，他的声音混在里面，听着更为低沉，"小宋枝想过平安夜对不对？哥哥会陪你的。"

　　宋枝意识到一件事，这男人可能忘记明天是他自己的生日了。

　　宋枝正好在整理柜子，看着装有领带的礼物袋，也就没提醒他，想明天给他一个惊喜，于是说："那明天见。"

　　"明天见。"他笑。

　　第二天离开宿舍的时候，孟佳妮提醒宋枝："带把伞啊，今晚要下雨。"

　　听到这话，宋枝用手机查询天气预报，看到预报说只有小雨便放下心来。这么好的日子，可别打雷下大雨。

最后她还是带了把伞出门。

间芸是座南方城市，每年的冬天基本上不会下雪。空气里湿度大，温度在三四摄氏度，不似北方的冰冻三尺，却别有一番侵骨寒意。

得知今日有雨，宋枝特意带伞出门，怕二人约会途中下雨没有伞。

按照她对闻时礼的了解，他是不会带伞的。

因为习惯淋雨的人没有伞。

两人约在芸大校门口见。远远地，宋枝就看见了靠在黑色宾利上抽烟等她的男人。他穿了一件黑色大衣，衣摆在小腿的位置，衬得整个人的身量修长且挺拔。偏偏他又单脚支着身体站得慵懒，故平添了几番闲散的味道。

她扶住肩膀上包的链条小跑过去。她穿着米色羊角大衣，整个人看着很活泼。

宋枝停在闻时礼面前，递过手里拿了一路的苹果："哥哥，今天平安夜，吃个苹果吧！祝哥哥平安喜乐，得偿所愿。"

那个用透明彩纸精心包好的苹果十分美观，上面还系了个粉色的小蝴蝶结。

闻时礼把苹果接在手里，眯眼微微一笑，俯身在她耳边低声说道："谢谢小宋枝，哥哥现在已经得偿所愿了。"

"嗯？"宋枝转过头对上他的眼，"你的愿望是什么？"

"是你啊。"他盯着她笑得温柔。

宋枝的耳朵一红，她有些不好意思地伸手推他："上车吧。"

去吃饭的路上，闻时礼注意到了她放在腿上的生日礼物，随口问："你拿的是什么？"

宋枝怕惊喜提前暴露，所以随口说道："伞。"

折叠雨伞确实在里面。

闻时礼没有起疑心，淡淡地嗯一声后便没有再多问。

宋枝今天格外安静，一路上脑子里都在默默演练把生日礼物送他的流程。

两人在一家音乐餐厅吃的晚饭。

餐厅里全是情侣，闻时礼颇为感慨地说："没想到，有生之年我还能跟女朋友一起过平安夜。"

宋枝认真地回答："以后每年都会有的。"

她要和他长长久久地在一起。

吃过晚饭后，闻时礼载着她回到桃湾别墅区。

学校有门禁，十一点关宿舍门，现在才不到九点，宋枝打算待一会儿把礼物送给他再回学校。

进门时，宋枝说："时礼哥，我待会儿还得回学校。"

"知道。"他从鞋柜里取出一双女式拖鞋，弯腰放在她的双脚前，"我会送你回去的。"

那是一双崭新的粉红豹女棉拖。

宋枝低头看着拖鞋："你买的？"

闻时礼说："嗯。"

宋枝笑着问："你怎么挑了这种？"

闻时礼一边换鞋，一边问："不喜欢？"

"那倒不是，就觉得你的眼光还挺……"宋枝斟酌着用词，几秒后找到了一个合适的形容词，"还挺有少女心的。"

闻时礼换好鞋，直起身来，望着她微微一笑，说道："我记得以前你房间的床上放着一个相同的公仔，就觉得你应该喜欢这玩意儿。"

宋枝觉得空气在这一刻都是甜丝丝的，但面上还是波澜不惊，说："哦，这叫粉红豹。"

闻时礼问："为什么不叫申公豹？"

"因为这个是粉色的。"她说。

"那也可以叫粉色的申公豹。"

宋枝弯腰，把靴子的拉链拉开，穿上粉红豹棉拖鞋："放过申公豹吧，别人和你无冤无仇的。"

闻时礼溢出一丝笑："行，听你的。"

叮咚。

两人的背后传来门铃声。

闻时礼越过她，把门拉开。外面的人说："您好先生，您订的蛋糕。"

看着递过来的蛋糕，闻时礼没伸手接："我没订过。"

"是我订的。"宋枝凑到男人身旁，接过那蛋糕，"谢谢啊。"

外卖员说："不客气。"

外卖员离开。

闻时礼把门重新关上，盯着宋枝手里的蛋糕："我记得你的生日不是这天，是儿童节。"

这男人忙到连自己的生日都能忘记，对自己也太不上心了吧。

宋枝捧着八寸的蛋糕盒，说："今天是你的生日。"

闻时礼一怔。

她接着说："没关系，我记得就好，以后我都会记得的。"

宋枝往客厅的方向走去："哥哥，你把客厅的灯关掉，我们来点蜡烛、许愿。"

闻时礼想应一声好，却发现喉间发紧，说不出话来。

被人记住生日原来会有如此不一样的感觉，一瞬间他竟很想哭。

客厅的灯关掉了，满室漆黑，外面寒风萧索，几棵梧桐树随之摇动，黑色影子伴着月光投进客厅里。

树影晃动着，时间分秒不停地流淌而过。

宋枝察觉到眼前暗了下来，嘀咕道："我还没插蜡烛，你就把灯关了，那我怎么看得见？"

一双男人的手从后面伸过来将宋枝抱住。她瞬间僵住了。

然后，她感觉到闻时礼把下巴轻轻地放在她的肩窝里，在她耳边轻声说道："不是你让

384

哥哥关的吗？"

宋枝有点儿紧张："可……可我还没点蜡烛。"

投射进来的树影伴着月光持续地摇晃。

闻时礼把她抱在怀里，低声说："这样也能看得见，有月光。"

宋枝说："那你得先放开我。"

他没有照做，依旧抱着她："想抱你一会儿。"

男人好听的嗓音放轻音量讲话时，无论说什么都像是在讲动人的情话。宋枝没有喝酒也要醉了。

"谢谢小宋枝。"他又说。

宋枝微微走了一下神。

她隐约觉得这男人现在有点儿感性且脆弱，握住他环在她腰间的手，问："怎么了？"

她的耳边传来他温柔的笑："没事。"

闻时礼这才松开她。宋枝转过身面对他，笑得灿烂："我们来插蜡烛。"

他看她时眼底有着不自知的深情："好。"

宋枝把蛋糕取出摆在茶几上面，蛋糕是八寸大的。借着月光，他能看清蛋糕的模样：蛋糕是浅蓝色的，上面有几只立体的海豚，表面呈现海浪状的波纹。

他一看就知道，这蛋糕是精心挑选的。

蛋糕的正中间有两行白色的小字。

祝哥哥生日快乐。

天天开心。

闻时礼看到这两行小字，唇角一弯，深沉的目光抹去平日的清冷，化作一汪春水。他含笑看着正在插蜡烛的宋枝。

宋枝把彩色的细长蜡烛往上面插，一根接一根。

在插完第八支的时候，闻时礼出声说道："可以了吧？"

宋枝捅他："你才八岁啊？"

闻时礼无语。

"你挺没有自我认知的。"宋枝没理他，自顾自地继续往蛋糕上面插蜡烛，"二十五岁，二十五根蜡烛，一根都不能少。"

闻时礼像是败下阵来，苦笑着说道："行，一根都不少。"

插上二十五根蜡烛的蛋糕看上去满满当当的，尤其在蜡烛全部点燃后，更像是一团火。

宋枝看着那些火苗顿了下，说："时礼哥，考验你的肺活量的时候到了。"

"我要是能一口气全部吹灭的话，"蜡烛的光将他的脸衬得越发英俊，他还在笑，显得越发勾人，"那你就亲我一下。"

宋枝瞪眼："你怎么吹个蜡烛都要讲条件？！"

闻时礼故作无辜："今天可是我的生日，不行吗？"

宋枝觉得这实在不好拒绝，只好说："那你试试吧。"

"好。"

宋枝观察到他并没有深吸一口气然后再吹，而是直接开吹，从左到右，轻而易举地把蜡烛全部吹灭了。

视线重新昏暗下来，她却意识到了一件事："你还没许愿呢！"

哪有人不许愿就吹蜡烛的？！他是第一个吧！

闻时礼被她的反应逗笑了，摸摸她的脸颊，说："不好意思，哥哥头回过生日没什么经验，下次注意。"

宋枝觉得不行："重新点上吧，许愿后再吹。"

"不用。"他说，"我的愿望就在眼前。"

是你。

宋枝微微一怔，只见他转过脸来朝她靠近，五官逐渐放大，一张脸好看得令人窒息。

他低声说："你答应的，全部吹灭就让我亲。"

还没等她开口，他的唇就已经覆上来，薄薄的两片，软软的，带着点儿清新的薄荷味。

宋枝紧张得把眼睛闭上，心脏重重地跳着。

她刚闭上眼，就感觉到他已经离开。她后知后觉地睁开眼，注意到闻时礼意味深长地看着她，揶揄道："觉得不够？"

宋枝脸上燥热起来："我哪有啊？！"

"没有还闭着眼做什么？"

宋枝羞得不行，把手边装有生日礼物的袋子拿起来递给闻时礼："喏，给你的生日礼物。"

闻时礼的眸光一滞，他缓慢地接过袋子，似乎没想到还有礼物。

他拿出来一看，是一条质地精良、款式不错的领带，还是他常买的品牌。

小姑娘真的对他上心了。

宋枝的眼睛亮亮的，笑得像弯弯的月牙。她充满期待地等他的反应："怎么样？喜不喜欢？"

闻时礼捧着领带盒，低声说："喜欢。"

这是他收到的第一份生日礼物，还是她送的，他怎么能不喜欢？

他把盒子重新合上，轻轻装进袋子里，抬头对她说："谢谢小宋枝，哥哥会常戴这条领带的。"

宋枝满意地说道："喜欢就好。"

轰隆！

惊雷声突然炸开，声音大得似乎能将房顶掀翻。

男人眼底的微光在这一刹那完全消失。他颤了一下，身体完全僵住了。

宋枝慌乱地回头，看着窗外漫天的闪电。

糟了。

"时礼哥，你的药在哪里？"宋枝的心一下子提了起来，她转过头问他。

闻时礼没有反应，依旧僵在那里。

"哥哥！"

闻时礼依旧不给任何回答，怔怔地看着窗外天空中不停划过的闪电，表情呈现出黯然的样子。很快，他像以往无数次一样，身体蜷缩在一起，双手痛苦地抱着头，从沙发上滑落到地毯上跪着，开始用额头去撞茶几。

他砰的一下撞上去，听着就很疼。

宋枝不会让他再撞第二下，急忙把手放在茶几边上，让他的头撞到她的掌心里。

她是真的心疼得不行。

"哥哥！"她用力地将他从茶几前推开，"你在这里待着别动，我去给你找药。"

说着她站起来就走。

仅仅两步后，她就寸步难行。

宋枝回头，发现闻时礼狼狈地趴在地上，抱着她的一只脚，脸色苍白，痛苦至极。他颤抖着祈求："枝枝……别走……"

宋枝心疼得要命，急忙蹲下去拉他："你干吗啊？！我不走，你起来！"

他像是什么也听不进去，固执地抱着她的腿，不停地哑着嗓子颤抖着说道："别走，别离开我，求求你。"

这并非宋枝第一次见到闻时礼发病，但绝对是最为震撼的一次。

她从没想过他会这么狼狈、卑微。

就像现在，闻时礼狼狈地伏在地上，一只手臂抱住她的腿，另一只手剧烈地颤抖着，攥紧了她大衣的衣角，声音沙哑地重复着哀求她的话。

"求求你……算哥哥求求你……

"不要走好不好？

"没有你，我没办法活……救救我……"

他的每一声哀求都化作尖刀捅进宋枝的心里。她痛得要命，像黑暗里有人握着刀柄，故意往她最痛的地方反反复复地捅着。

宋枝的鼻间一酸，她忍着哭意蹲下，想要掰开他抱住她右腿的手臂："哥哥，我真的不会走，你先放开我，我去给你拿药。"

他什么都没听进去，只看见她要掰开他的手。

这怎么可以？

他不能松开，绝对不能松。他不能让她走。

在短短十几秒的时间里，闻时礼的表情从慌乱变为恐惧。他害怕窗外一声大过一声的雷鸣，更害怕宋枝掰他手指的这个动作。

宋枝根本没想到这个举动会让闻时礼完全失控。

只见他松开环住她右腿的手臂，下一瞬，他发疯般将她扑倒在地。

"啊——"

随着宋枝一声受惊的低呼，她的视线有几秒钟的模糊，等反应过来的时候，她整个人已经躺在地毯上了。

男人的身躯位于正上方，昭示着绝对的压制。

宋枝有些被吓到："哥哥？"

闻时礼的左手撑在她耳侧的位置，右手颤抖着抚上她的半边脸颊。

他俯身慢慢往下。两人的距离渐渐拉近。

宋枝看见他的额角暴出明显的青筋，满头冷汗，眼角微微发红，还蓄着泪。

很快，一滴泪砸到宋枝脸上。

她微微一怔。

闻时礼停在与她相距不过几厘米的位置。他抚着她的右手抖得厉害，黑眸阴沉，看她的眼神透着疯狂："你居然要走？！"

宋枝想解释："我是去给你拿……"

"你不准走！"他打断她，表情绝望地低吼，"谁都能丢下我，只有你宋枝不行！你不行！"

闻时礼从来没有吼过她。这是第一次。

宋枝有些招架不住。

她觉得窒息，鼻间的酸意加重。她艰难地哽咽道："哥哥，你不要这样行不行？我害怕。"

闻时礼失去了理智，也失去了思考能力。他的眼神越发绝望，泪水还在不停地往下掉："所以你也要抛下我了，对吗？"

原来男人落泪也能像断线的珠子一样，眼泪成串成串地往下掉。

眼泪全部砸在宋枝脸上，是温热的。

宋枝抬手，抓住他抚在她脸颊上的右手，认真地看着他的眼睛："我不会抛弃你的，哥哥，永远不会。"

如果连我都不能接受这样的你，那谁还能接受？

听到这话，闻时礼绝望的表情有一瞬间的凝滞。他仿佛听懂了她的话。

一声惊雷轰然炸开，将原本有缓和趋势的闻时礼推至更痛苦的深渊。他颤抖得更加厉害，呼吸变得短而急，大大地张着嘴巴，像岸边濒死的鱼。

他狼狈地跌坐到一旁的地上，蜷缩着身体，捂着胸口剧烈地喘息，然后痛苦地低吟，冷汗淋漓，泪流不止。

宋枝获得自由，赶紧从地上爬起来，跑到三楼的主卧里找药。药放在床头柜的第二层，宋枝一会儿就找到了，拿着药匆匆下楼折返回客厅。

客厅里，闻时礼已经不在刚刚的位置。

借着闪电的白光，宋枝四顾一番，发现闻时礼跪在客厅偌大的落地窗前，正失控地用头一下又一下地去撞玻璃。

砰砰砰的碰撞声混在雷声里，像是在与之抗衡，似乎这雷雨和他只能有一个存在。

宋枝握着药瓶冲过去，手忙脚乱地蹲在他身旁，一边拧药瓶盖一边安慰他："哥哥，我们吃药，吃了药就会好了。"

闻时礼没有任何反应，头还在用力地撞玻璃。

砰砰砰！

宋枝倒出两片药在掌心里，抬眼看见玻璃上已经有一团血迹，转眼一看，男人的额头已经磕得见血了。

她真的没办法接受他这样伤害自己。

她没控制住情绪，尖叫着："闻时礼！"

这一声混在雷声里，刺激得闻时礼浑身重重一抖。他停止用头撞玻璃，缓缓地转过脸与她对视，目光阴冷瘆人，似北方零下几十摄氏度的寒夜。

他似乎不能接受，也不理解宋枝吼他。

宋枝记得很清楚，他在发病时偶尔会没办法认出她来，但她始终相信，他不会伤害她。因为他是闻时礼。

闻时礼不会伤害宋枝，永远不会。

对视了一会儿，闻时礼挥手打翻她手里的药瓶。宋枝整个人都怔住了。

他怎么会这样？

药瓶飞出去很远，里面的药片全部洒落出来，白花花的，落得一地都是，被深红的地毯一衬，显得有些触目惊心。

宋枝被吓得不轻，强忍的情绪在瞬间崩溃，眼泪决堤般地流。

她霍地站起来，哭着问："你到底要干吗？！"

闻时礼跟着站起来，目不转睛地盯着她。

几秒后，闻时礼倏地抓住她的一只手腕，抬脚逼近。

宋枝本能地后退，男人沉沉的气息压过来。

宋枝整个人被制住，到最后无路可退。她的后背抵上落地窗玻璃，触感生凉，冷意沿着裸露在外的后颈渗进身体，迅速往全身蔓延，在皮肤上激出一层细密的鸡皮疙瘩。

她的呼吸间充满了他身上乌木香草的味道。

她在他和玻璃中间，无处可逃。

闻时礼的另一只手抬起来，轻轻握住她的脖颈，没有用一丝力，似乎只想将她温柔地掌控住。

宋枝没有做任何动作，只稍稍屏着呼吸与他深沉的眼睛对视，再多情的桃花眼都敌不过寒潭般的阴郁，仅仅是对视就会让人觉得恐惧。

他完全失控了，彻底疯掉了。

闻时礼抓着她的手，握住她纤细的颈，然后低下头，狠狠地吻住了她的唇。

宋枝周身的血液似乎凝固了。

这个吻完全令她猝不及防，毫无预兆地落下，粗暴又激烈。

他疯狂地吻她，没有怜香惜玉，没有任何理智。他毫无章法地舔咬着她娇嫩的唇。

宋枝只能仰头被迫承受，耳边不仅有雷雨声，还有他紊乱的呼吸声。

他吻得实在太过热烈、疯狂。

窗外倾盆的暴雨和摇晃的树叶，都是两人接吻的背景板。漫天闪电不停歇，乌云滚滚而过，竟有一种别样的浪漫。

他将她抵在落地窗玻璃上，把她吻得大脑缺氧。

男人骨节分明的手指缓缓往后移动，落在她后颈的位置，带来酥麻的感觉。

他再往上，用修长的手指轻轻插进她乌黑浓密的头发里。

这个吻粗暴且没有技巧，但淋漓尽致。

漫长的一段时间后，他仍未尽兴，手指自头发里抽出来，落在她红红的耳朵上面。他用指腹轻轻摩擦着她的耳郭，自上而下，来来回回。

宋枝几乎只能任他摆布，随着他撩拨的动作不停地轻轻颤抖。

他一边摩挲着她的耳郭，一边含住她的下唇轻咬，还含混不清地喘息着哀求："能不能救救我？……"

下一秒，他放过了她的唇。

宋枝还没来得及喘口气，颈侧就被他咬了一口。

她感到那里凉凉的，湿漉漉的。

他的唇很凉，舌却是火热的。他不停地吻她的颈部，还连亲带咬，就好像她是道很可口的菜肴一样。

宋枝颤抖着，眼泪顺着脸庞滑落，滴到他的下颌上，惹得他动作一停。

闻时礼察觉到了什么，缓缓地从她的颈间抬起头来，对上宋枝通红的双眼。

对视片刻后，他像是反应过来了什么，认出眼前在哭的人是宋枝，也意识到刚刚自己做了什么。

闻时礼像受到了什么刺激，倏地松开她，猛地退后，声音嘶哑地喃喃着："我到底在做什么？……"

宋枝站着没动，垂下双手抽噎了下，靠在玻璃上看着他，没说话。

闻时礼的眼角发红，看着她的目光充满歉意和愧疚。他不知所措地重新上前："枝枝……"

宋枝抬手委屈地抹着眼泪。

看到她哭，闻时礼在雷声里颤抖着道歉："对不起，哥哥错了……"

他没控制住自己，膝盖一软，跪倒在她面前，嘴里还在道歉："真的对不起……"

看着面前痛苦又狼狈的闻时礼，宋枝实在不忍心去责怪他。她弯腰拉起他的一只手臂，说："你真觉得对不起我，就听话。"

"好……"他虚弱地喘息着，"我听。"

宋枝控制住情绪，说："吃药，回房间。"

闻言，跪在地上的他伸手去地毯上随手抓起几颗药塞进嘴里，直接吞下。

"你不难受吗？"宋枝心疼地说道，"傻不傻？"

她忙去倒了一杯水递给他："喝水。"

闻时礼听话地接过杯子喝水，手抖得厉害，喝水的时候总有水洒出来。

宋枝扶着他的手喝水。

等他喝完，宋枝将杯子放到一边，然后去扶他："我们回房间吧。"

闻时礼点点头。

好在有室内电梯，宋枝不用像多年前的那个雨夜一样，一步一步艰难地将他扶回去。

那段记忆令宋枝毕生难忘。

扶他回到房间后，宋枝去浴室用温水打湿一块毛巾，拧干，然后回房间给他擦额头上的冷汗。

此刻的他有一种病态的美感，眉眼清冷，整个人又很脆弱，叫人很难不疼惜。

宋枝擦到一半，他握住她的手："你能留下来陪我吗？"

宋枝说："我现在回去也进不了宿舍了。"

看到他的状态有所缓和，宋枝说："你那个药还挺管用的，看你现在好多了。"

"不是药有用……"他长长地呼出一口气。

宋枝把毛巾随手放到一旁的柜子上，在床边坐下："那是什么？"

闻时礼躺着，目不转睛地看着她的眼睛，一字一顿地说道："是你。"

宋枝微微一怔，后知后觉地反应过来。他对她做了一些不可描述的事情后，状况确实有所缓和。

这是什么原理？是注意力被转移的效果吗？

他轻轻握住她的手，低声说道："这场雷雨今晚会一直下。枝枝，哥哥需要你。"

宋枝双手撑着床，俯身在他的脸颊上轻轻亲了一下，然后看着他安慰道："放心，我今晚会一直陪着你，不要害怕。"

闻时礼的眼神缓和了很多。他诚恳地道谢："谢谢你，小宋枝。"

紧接着，他问了句："那我能抱着你睡吗？"

看着这样虚弱、狼狈的闻时礼，宋枝没有拒绝的理由，也不忍心拒绝他，轻轻嗯一声后说："我先去洗漱。"

他不舍地缓缓松开她："好。"

宋枝到落地窗前，把窗帘拉拢，不留一点儿空隙。确认完全看不见外面的闪电后，她才到浴室里面洗漱。

盥洗台的架子上面两层全部摆满了女性用品，有泡沫洁面乳、身体乳、面膜、眼霜，甚至还有两包未拆的卫生巾。

她能想到的基本上都有，这全部是闻时礼提前替她准备好的。

这样的细节会让人觉得很温暖。他总是这样温柔地对她。

想起今晚闻时礼卑微地求她别走，每一句话都是他离不开她，他需要她。宋枝想，其实她不仅是被需要的那个，更是需要他的那个。

她的生命中不能没有闻时礼。

洗漱完回到卧室里，宋枝看见闻时礼已经不在床上，而不知道什么时候滚到了地上，缩在床头的那个角落里，抱着头瑟瑟发抖。

窗外雷声不断，丝毫没有停的迹象。

宋枝快步走过去蹲在他旁边，怕他认不出她，所以温和地说："哥哥，我是枝枝，你不是要抱着我睡觉吗？"

闻时礼把额头抵在墙上，听到声音后，颤抖着回头看她。

四目相对，他伸手将她用力地抱住，手臂紧紧圈住她的肩膀，哆嗦着，像疯了一样质问她："你去哪里了？！你为什么才回来？！"

洗漱的时间只有十分钟，宋枝没想到他会变得这么严重。他抱她的力道太大，以至于她的胸腹都感受到强烈的挤压感，连呼吸都变得有些困难。但她还是没有推开他。

她抬手轻轻拍着闻时礼的后背安抚："对不起，下次不会了。"

两人就这么相拥了许久。

闻时礼的情绪稍有些缓和。他冷静下来，但身体还在不受控地发抖。他松开她，脸色苍白，看着她，红着眼虚弱地低声说："别离开我。"

宋枝心里纠结，但只是摇了摇头："不会的。"

"我只有这么一个请求，枝枝。"男人的桃花眼里布满恐惧，像是生怕她不要他一样。他近乎讨好般拉起她的手，亲在她的食指上，"你别离开我。"

"都说了不会的。"宋枝拉起他的手，"回床上吧。"

闻时礼很配合，颤抖着强撑着身体站起来，在宋枝的搀扶下，慢吞吞地走到床边，整个人虚弱地躺上去。

看着近在眼前的宋枝，闻时礼清醒了几分，意识也恢复了："枝枝？"

宋枝说："啊？"

"没事。"他弯着苍白的唇冲她笑，"衣柜里有给你准备的睡衣。"

"好。"宋枝答。

来到嵌入式衣柜前，宋枝推开衣柜门，果然看见里面挂满一整排的女装，基本是她平时穿的那类简约款的衣服。而闻时礼的衣服全部被挤到角落里，可怜巴巴地挤在一起。

宋枝取出一条白色的长袖睡裙去了浴室。

怕时间长了闻时礼又发病滚到地上，宋枝换衣服的动作很快。她三两下就穿好睡裙往外面走。

白色睡裙上有一只啃胡萝卜的小兔子，这样的卡通睡裙配上宋枝灵动的脸，怎么看都很可爱。

她小跑着奔向闻时礼的时候，闻时礼觉得朝自己奔来的似乎不只是一个活生生的人，还是一个浪漫温暖的春天。

"哥哥，要关灯睡觉吗？"宋枝停在床边，指了下那盏亮着的白色落地羽毛灯。

闻时礼常年缺乏安全感，睡觉的时候从没有关灯的习惯。他没有办法在黑暗里入睡。他尝试过数次，每次都以失败告终。

如果强行要他在黑暗里睡觉，他会呼吸困难，浑身冒汗，心跳加速，会有一种强烈的濒死感。

闻时礼艰难地坐起来，跪在床上，膝行过去伸手环住宋枝的腰，将脸埋在她的怀里，呢喃："关不关灯都可以。"

只要有你在，我就没关系。

宋枝睡眠浅，对光敏感，没有开灯睡觉的习惯，听他这么说，就理解为开灯与否都行。于是，她说："那我去把灯关掉了？开着灯我睡不着。"

闻时礼迁就道："好。"

宋枝摸摸他的脑袋，像在摸一条温顺的大狗："那你先松开我，我去关灯，然后我们睡觉。"

闻时礼每次松开她的时候都特别磨蹭，像下次就抱不到了一样。

最后一点儿光源消失后，房间里变得一片黑暗，暗得伸手不见五指。宋枝凭着记忆慢吞吞地往回走，膝盖抵到床沿，弯腰用双手摸到床面，再脱掉拖鞋爬上床。

床很大，她从床尾上的床，此刻正手脚并用地往前，想爬到床头枕头的位置躺下。

在柔软的床上爬了几步后，宋枝的手按到了一处坚硬之物，那是和柔软的被子完全不同的坚硬，还热热的。

"这……这是什么？……"宋枝不禁嘟囔着。

"枝枝，"闻时礼的语气里带着些哭笑不得的意思，"那是哥哥的腹肌。"

她的手怎么这么不听话！它往哪儿摸呢？！

按在他腹部的手开始发烫。宋枝觉得很难为情，悻悻然地想要收回手，可才抽离，就被他一把握住了手腕。

他的手指温热有力，握着她稍一用力，完全没有准备的宋枝整个人直接朝前面栽去。

随着扑通一声闷响，宋枝准确无误地扑进了男人滚烫结实的怀抱里，额头正好磕在他的下巴上面。

她唑了一声，趴在他身上揉着额头："你干吗？"

闻时礼还在颤抖着，却不忘一手抱紧她的腰，一手握着她的手腕，低低地说："你答应了让我抱着睡觉。"

她趴在他身上睡觉？这怎么睡啊？！

宋枝简直一个头两个大。黑暗里的她早已羞得满面通红。她嗫嚅着："也不是这么抱着睡吧？我先下来。"

她往旁边挪动身体，由于他抱得很紧，这个动作产生的摩擦力不小。

他丝毫不愿意松开半点儿。

黑暗里的闻时礼严重缺乏安全感，只有在抱着宋枝的时候才会觉得好受些，所以他不肯有一丝妥协。

一分钟后，宋枝终于费力地从他身上挪到床上，还没来得及歇会儿，就感觉到腰上那只男人的手在用力。

"等等，你，哎——"宋枝的话还没说完，人就已经被重新抱到了他身上。

宋枝无奈地用双手撑在他身侧。黑暗里看不清他的眼睛，她只能垂头轻声问他："做什么？"

　　闻时礼沉默不语，只默默收紧圈住她的腰的那只手。

　　宋枝柔顺漆黑的长发与这暗夜融为一体。长发下垂，扫过闻时礼的脸、颈部和锁骨。

　　他缓缓闭上眼睛，在颤抖中感受着她轻柔的发梢扫过肌肤带来的痒意。

　　他的鼻息间有她洗发水的味道，是清甜的蜜桃味，甜而不腻，像她这个人一样。

　　闻时礼圈住她的腰，抬手温柔地抚摸她的脸，沙哑地问："枝枝，你爱不爱我？"

　　还没有听谁说过爱他，他想听她说。

　　宋枝没料到他会突然这么问，但还是没有任何犹豫地告诉他："爱。"

　　我爱了你五个春秋，怎么会不爱你？又怎么舍得不爱你？

　　"那你说，"他的声音又低又弱，每一个字都在发抖，"你会永远爱我，哪怕在新鲜感和激情消退过后，也不惜违背人性来爱我。"

　　宋枝听得认真。她觉得作为他的女朋友，有给他足够安全感的责任。

　　"我会。"她位于他的上方，长发披散，营造出独有的浪漫氛围，"哥哥，我会永远爱你，会违背人性来爱你。"

　　最后一个字说完，宋枝就感觉到他抚摸她脸的那只手拿开了。他把手放在她的脑后，用力一压，她的头被迫往下，唇准确无误地落在他的唇上面。

　　轰隆。

　　惊雷炸响在窗外，这声音在寂静的夜里被放大数倍。

　　闻时礼在这雷声里颤抖不止，抖得唇都在哆嗦，却还是没有停止亲吻她。

　　可他完全控制不住自己发抖的身体，最后抖得根本没办法吻到她的唇上，而是毫无章法地吻着她的嘴角、下巴和脸颊。

　　密密麻麻的吻像被风吹斜的雨点一样。

　　宋枝很担心他："你没事吧哥哥？"

　　她贴着他，能感觉到明显的颤抖。

　　闻时礼恐慌至极，身体发抖，颤声哀求："枝枝……你亲亲我，亲我好不好？"

　　宋枝的心在扑通乱跳。她既紧张又担心："你先平静点儿。"

　　轰隆，又一声惊雷声落下，他抖得越发厉害，声线不稳，开口只能吐出零碎的字词："枝枝，救……救救……我。"

　　宋枝趴在他身上，见他这样，也顾不得想太多，小手捧着他的脸，大拇指摸到他凉凉的唇后，没有犹豫地低头吻了上去。

　　她的吻生涩笨拙，没有任何技巧可言，也不像他那样浓烈到充满侵略和进攻性，只会反复地往他唇上亲，一下又一下，连舌头都不会伸。

　　即便如此，她还是惹得闻时礼没办法控制住自己。

　　他感受着小姑娘的唇一下又一下地亲上来，唇上柔软的触感分散了他的恐惧，给他腾出精力胡思乱想。

他从不认为自己是个好人，腮帮一咬，用力一转。

他完全没有给宋枝任何反应的时间。等回过神时，宋枝发现两人的位置已经完全对调。

她的头落在柔软的枕头上。黑暗里，她上方是呼吸紊乱的闻时礼。他迎面喷出温热的气息，并且越来越近。

紧跟着宋枝的唇被什么咬了一下。

那是他的牙齿。

像在客厅的落地窗前一样，闻时礼失控般疯狂地吻着她，掐她的腰的手越来越用力。他咬着她的下唇，然后舌头往里探，与她的舌头纠缠在一起。

宋枝感受到非常强的压迫感和侵略感，像很快就要被他吃掉了。

她在好几个瞬间都被吻到无法呼吸。

男人的唇舌游移，吻过她颈部的每一寸肌肤，连亲带咬，毫不怜惜，再辗转到她敏感的耳部。

他含着她娇嫩的耳垂亲吻，拉起她的手放在左边胸口，含糊地说道："这里好痛。"

宋枝被他撩拨得浑身轻颤不止，不受控地跟着他一起颤抖，承受着他给的吻，轻声问："那怎么办？"

男人沉默一秒，在她耳边诱惑她似的问："你能不能和哥哥一起痛？"

宋枝完全没听懂。

他很快又把她的唇重新吻住，修长的手指掀起她睡裙下摆位置的一点布料。

这相当具有暗示性。饶是宋枝再笨，也能懂他是什么意思。

宋枝完全屏住呼吸。她现在又害怕又紧张，还被他热烈地纠缠着，整个人像是要疯掉了。

闻时礼大发慈悲般松开她，薄唇挪到她的左耳边，用温柔又深情的口吻说道："我也会永远爱你。"

宋枝听得骨头都酥了。

她没有办法不信任他，因为他是闻时礼。

那一晚，闻时礼听到了这世间最美妙的情话，就是宋枝对他说的那句"哥哥，我愿意"。

闻时礼的眸光一暖，体内的火苗瞬间烧得更旺了。那团火自下而上迅速地蹿起，颇有一番燎原之势。

他再也没办法思考任何东西，满心满眼都是小姑娘。

夜空的雷鸣在此刻对他造成不了任何威胁，甚至变成了这场情事的背景音。

雨声混呢喃，喘息叠惊雷，真的很让人难忘。

第二天，间芸晴空万里，在彻夜的雷雨洗礼后，这座城市似乎变得新了几分，天空蓝得像面镜子，一丝云都没有。

几只飞鸟从窗外飞过，将透明的空气划开一道道口子。

宋枝完全是被痛醒的。

那是一种难以用语言描述的痛意，又酸又痛，还有酸胀的异物感。

她迷迷糊糊地睁开眼，面前是一张男人熟睡的脸，清朗的眉眼，薄唇紧抿，呼吸均匀规律。

他睡得还挺香。

宋枝心里有点儿不平衡，凭什么她一个人被痛醒？

想到这里，宋枝伸手推了一把男人赤裸的胸膛，碰到后觉得有些烫手，立马收回来："闻时礼。"

闻时礼的眼皮微微一动，他没睁眼，只慵懒地发出一个单音："嗯？"

宋枝不满地说道："你再不醒，我就走了。"

听到她要走，闻时礼条件反射地在被窝里把她的手腕握住，眯着眼睛看她："往哪儿走？"

宋枝说："我上午还有课，得回学校。"

闻时礼说："我送你。"

宋枝想看看现在的时间，手抓住被子的一角。刚掀开一半被子，她的脸色陡变，她又迅速地把被子盖回到原位。

就那么短短两秒的时间里，男人暧昧的目光早已将她一览无余。他还不忘调笑："哥哥昨晚哪儿没看过？"

宋枝脸腾的一下变红了："你烦不烦？！"

"别激动。"他抬起头凑近她，在她的脸上轻轻地亲了下，"嗓子都哑了，就别这么大声说话了。"

她的嗓子的确哑了。

宋枝哽了一下，没说话，觉得喉咙有点儿痛。她想到昨晚那些点点滴滴，就羞得恨不得找个地缝钻进去，当场消失最好。

宋枝伸手在被窝里一通摸，半天没摸到东西，最后特别小声地问："我的睡裙，还有……还有内裤在哪里？"

闻时礼半撑着身体，手托腮看着她："好像被我压着。"

宋枝说："那你还不让开。"

闻时礼没正行地笑道："你自己来拿。"

宋枝把手伸到他那边，上下来回摸了摸，终于摸到了自己睡裙的一角。她抓住睡裙一扯，发现睡裙被他压住了，根本扯不动。

她耐着性子说："你让一下。"

闻时礼想逗逗她，故意没动。

宋枝把被子拉到肩膀的位置，然后坐起来，一只手还拽着睡裙的一角，声音却变得很小："让一下。"

闻时礼还是没让，反而笑着问："这么想走啊？"

宋枝身体的各个部位都又酸又痛。她没衣服穿，他还故意一直逗她，她不知道现在几点，怕上课迟到，这些加在一起简直让她委屈到要崩溃了。

本来想着忍忍就过去了，但听到男人得意的笑声，宋枝就难以忍受了，觉得他此时此刻一点儿都不在乎她。

眼泪啪嗒一下掉在了被子上，宋枝没控制住情绪，抽噎起来。

这一哭，闻时礼被吓坏了。

闻时礼忙坐起来，收敛住脸上吊儿郎当的笑容，把睡裙从被窝里扯出来递过去："怎么还哭起来了？对不起，哥哥错了。来，给你裙子。"

宋枝把头扭到一边，伸手拍打掉他手里的裙子，很明显在生气。

闻时礼看小姑娘的手紧紧揪着被子，露出光滑的双肩和锁骨。她抽抽搭搭地哭得十分伤心。他内心一下充满了罪恶感。

闻时礼重新拿起睡裙，整理了一下，从宋枝头上套下去，再拉起她的两只手分别穿过左右衣袖，帮她穿好了裙子。

他下床拿过纸巾盒，抽出几张纸后坐到靠近她的床边上，伸手替她擦眼泪。

闻时礼一边擦一边带着歉意地哄她："不哭了好不好？"

宋枝越想越气不过，直接抄起手边的枕头砸他："你个老男人一点儿良心都没有！心被狗吃了吗？！"

闻时礼没有躲开她的枕头攻击，坐在那里让她砸个痛快。但他有些发怔，完全不明白她为什么会说他没良心。

宋枝砸了几下后停手，看着他一动不动，还以为被自己砸傻了，抽噎着问："砸痛你了？"

"那倒没有。"闻时礼把手里的纸巾揉成一团，扔进垃圾桶里，"只是在想我哪里没良心。"

宋枝又抄起枕头往他的肩膀上重重砸了两下："看来你不仅没良心，还不自知！"

闻时礼分毫不躲，无奈地笑着，觉得很冤枉："那你告诉哥哥，哥哥哪里没良心？或者说哪里做得不对让你不开心了？"

宋枝红着眼睛，瞪着他控诉道："我那么痛，你也不问我一声，只知道一个劲儿地逗我。"

闻时礼稍稍一怔，而后反应过来："你那里痛啊？"

宋枝抽噎着没作声。有时候，不回答也是一种回答，沉默就是答案。

闻时礼听到她说痛，心一下有些慌，加上她又在哭，他更不知道如何是好。他也不知道自己的哪根筋突然没搭对，竟然抽风地伸手抓住她的脚腕，俯身过去作势就要检查："我看看。"

宋枝被他的这个举动吓得直接一脚踢在他的左边肩膀上："你干吗？！"

这一脚不算太重，却来得有些猝不及防。

闻时礼被踢得重心往后，一个没留神直接倒在了地毯上。他像是被这一脚踢醒了，回过神后立马认错："不好意思啊，哥哥没恶意，就想看看是不是有伤口。"

"你是不是白痴？"宋枝把脸别开，嘟囔道，"伤口怎么可能在外面？"

闻时礼从地上爬起，身上只穿着一条黑色平角内裤，身材好得很。

此刻窗帘没拉开，室内一片昏暗，他俯身将双手撑在床上，低头去看宋枝："哥哥真的不知道你痛，知道的话不会逗你、惹你哭。哥哥真的错了，原谅我好不好？"说完他还讨好般亲了亲她的眼角。

宋枝知道他并非真的不在乎她，所以也没有特别生气，就是有点儿委屈。见他的态度这么诚恳，她也不好再摆脸色，乖巧地点点头，委屈巴巴地说："你骗我，你昨晚说不痛。"

闻时礼摸摸她的脸，疼惜地笑道："都会有点儿痛的，一点儿都不痛是不可能的。"

宋枝简直被他的话搞得无语，一个字也接不上来，直接转移话题，说道："我上课要迟到了。"

闻时礼站直身，拿起床头柜上的手机一看："现在是八点二十，你几点的课？"

宋枝说："十点。"

"那来得及。"他放下手机，往衣柜的方向走去，"吃个早饭去都来得及，我送你。"

宋枝掀开被子想要下床，微微一动就痛得不行。

可想而知，昨晚他有多不怜香惜玉。

闻时礼从衣柜里替她取出一套搭配好的冬装："你先去洗漱，洗漱完来换。"

他拿着衣服回头，就看见了满脸怨气盯着她的宋枝。

宋枝下床的动作有些不自然。他察觉后，走过来把衣服随手放在床上："哥哥抱你去洗漱？"

宋枝觉得自己应该坚强点儿："不用，你总不能抱着我去上课吧。"

"枝枝，"他倏地笑了，眉眼透着认真，嗓音格外温柔，"你怎么知道哥哥不能呢？"

宋枝知道他能，但她不想。她板着小脸正色道："不需要。"

靠着坚强的意志力，宋枝慢吞吞地走到浴室里面洗漱，每走一步都有一种被牵扯的痛感。她不禁开始回想昨晚那些画面。

宋枝吐掉嘴里的泡沫，刷完牙后抬头，看着镜中脸色通红的自己，真的觉得像在做梦。

她和他居然做了那种事情……

虽然情侣间做亲密的事情很正常，但是两人才刚刚在一起一个多月，会不会太快了？

还没来得及深思这个问题，宋枝就注意到了自己脖子上遍布的红痕，那全部是闻时礼又亲又咬弄出来的，画面非常壮观，几乎整个脖子和锁骨上都是红痕。

糟了糟了，等下回学校被人看见了怎么办？！

宋枝匆匆洗完脸离开浴室。

闻时礼已经穿戴整齐，正在慢条斯理地系领带，看到宋枝出来，朝她招招手："过来。"

宋枝忍着痛慢慢走过去："干吗？"

闻时礼把系到一半的领带塞到她手里："会不会系？"

宋枝摇头："不会。"

闻时礼唇角稍弯，笑得温柔："那愿不愿意为哥哥学一下？我想让小宋枝给我系领带。"

宋枝觉得这没什么，还有助于增进情侣间的感情，一口应下："好啊。"

宋枝想到脖子上的"草莓印"，用手指了指，害羞地问："这些怎么办？"

闻时礼歪头看一眼那些红痕，又想到昨晚两人的热烈缠绵，没忍住，低头在她的脖子上亲了一口："什么怎么办？你想在我身上'种草莓'完全没问题。"

宋枝喉头一噎："你想得美。"

"行。"闻时礼无奈地摇头，"是我想得美。"

"我的意思是，"宋枝说，"我回学校上课的话，被同学看见了不太好，主要还是我不好意思。"

闻时礼又在她的脖子上亲了下，然后意犹未尽地说："这好办，围一条丝巾就行。"

宋枝问："你这里有吗？"

闻时礼说："有啊。"

宋枝说："你这里怎么什么都有？"

闻时礼说："人生头一回也是最后一回交女朋友，不得准备周全点儿宠着吗？万一你一个不满意跟别人跑了怎么办？"

宋枝觉得他讲的情话总是恰到好处，听着就觉得很甜蜜。但她面上还是没有表现出来，以防他骄傲。她就简单地说："那你给我拿一条吧。"

见她现在没有不开心，闻时礼又忍不住逗她："那你求我，我就给你拿。"

拿条丝巾都要讲条件，他未免太不绅士了。

宋枝不满地说："这还要我求？怎么求？"

"简单。"他再次俯下身来，与她的视线处于同一水平线，微微眯着的桃花眼里似有无限春光，嗓音低沉迷人，"像昨晚那样求我。"

宋枝脸上一热，别开目光指责他："你今天特别不正经。"

"没办法。"闻时礼专注地看着她的眼睛，"你得包容一下，毕竟熬到我这个年纪才开荤的男人不容易。"

宋枝阴阳怪气地说："听你的口气，你还挺自豪。"

闻时礼完全把她的话当表扬来听，唇角一弯："还行，不然你嫌弃我不干净怎么办？"

宋枝叹了一口气："你先快点儿给我找条丝巾。"

考虑到她不能迟到，闻时礼没有再逗她，从衣柜里翻出一条浅粉色的丝巾，亲手给她系成一个漂亮的结。

宋枝低头看一眼那个粉色的结："你在哪儿学的？"

闻时礼说："无师自通。"

宋枝狐疑："你该不会是在别的女孩子身上练出来的吧？"

"这么不相信哥哥？"闻时礼眉梢一挑，"难道你就不能理解为我是专门为你学的吗？"

宋枝觉得自己的确有点儿小人之心，当即说："好吧，是我误会你了。"

闻时礼笑得温和："没事，反正我不会生你的气，等我，我去洗漱一下。"

宋枝点点头："好。"

等闻时礼洗漱完，两人乘室内电梯下楼。电梯里，闻时礼低头看一眼她的腿："要不要请假休息一天？"

宋枝摇头："不用，我不想耽误课程。"

闻时礼沉默片刻，又说："那你上完课后回宿舍，记得多补会儿觉，昨晚你没睡好。"

宋枝点点头："知道。"

原本闻时礼提议在家里吃完早饭再出发，但宋枝怕来不及："到时候在路边的早餐摊上随便买点儿什么就可以了，先出发吧。"

闻时礼自然依着她："好。"

从桃湾别墅区到芸大的车程刚好一小时，上车后宋枝有些闷闷不乐，双眼垂着，嘴角往下拉，怎么看都是一副不开心的模样。

闻时礼转头瞥她一眼："怎么这副表情？"

宋枝哽了一下，却说："没事。"

闻时礼注意到前面十几米远的路口处有卖早餐的，于是说："在前面给你买点儿吃的？"

宋枝低着头轻声说："都行。"

闻时礼靠边把车停好，问她："想吃什么？"

宋枝心不在焉地说道："随便。"

小姑娘今天很反常。

闻时礼没着急下车，解开安全带后把脸凑过去，温和地问："怎么不开心？"

宋枝用两只手紧紧地捏着安全带，没说话。

闻时礼扫一眼她的手，感受到她的紧张和焦虑后，伸手握住她的手："告诉哥哥。"

宋枝有点儿委屈："你能不能……"

"嗯？"

"你能不能买早餐的时候，顺便……"宋枝把头垂得很低，像是难以启齿般，声音越来越小，"帮我买一颗紧急避孕药？"

闻时礼一怔，似乎觉得好笑："买什么？"

宋枝说："避孕的药。"

"吃什么药？"闻时礼暧昧地握着她的手摩挲，声音变低，"怀孕了就生下来，我养得起。"

宋枝抬头看着他的眼睛，皱着眉说："我不能理解你为什么会说出这种话来，这是你养不养得起宝宝的问题吗？"

闻时礼的脸上仍带着笑："那不然是什么？"

宋枝怔住，完全没想到他会这样说。

宋枝被气得不行，直接甩开他的手，解开安全带开门下车，一系列动作都非常迅速。

闻时礼说："枝枝……"

他的声音被宋枝甩上的车门隔绝。他的手悬在半空，没能抓住她的衣角。

宋枝背着包开启疾走模式，埋着头走得飞快，快到甚至会带起一阵风来，吹得长发随风飘动。

很快，她的后面传来男人追上来的脚步声："枝枝。"

他一把从后方握住她的手腕："枝枝，你听我说。"

宋枝完全没有听他讲话的欲望，手臂一摆就想把他的手甩掉，却发现他握得很紧，无论怎么甩都甩不掉。她只能被迫让他拦住了。

闻时礼拉着她的手没松，几步绕到她的正前方。两人停在一棵光秃秃的树下，上方枯枝横斜，四周薄雾弥漫。

间芸的冬季总是湿冷难熬。宋枝开口时嘴里呼出白气来："放开我，我不想和你讲话。"

闻时礼最怕小姑娘不搭理他，当下放软态度，温和地说道："刚刚在和你开玩笑，我怎么舍得让你吃药？紧急避孕药对身体的伤害性那么大。"

宋枝听得微微一愣，说："你什么意思？"

闻时礼拉起她的手放在自己掌心里，用两只手捧着搓："冷不冷？"

宋枝没抽回手，也没拒绝他的这份关心，只是又问："你什么意思？"

"还能有什么意思？"闻时礼垂眸看她，唇角含笑，而后微微俯身，特别小声地在她耳边说，"不用吃药。"

宋枝完全听不懂，转头对上他一双深沉的黑色眼眸："啊？"

和闻时礼四目相对良久，宋枝的脸肉眼可见地一点点变红。他欣赏着她羞赧可爱的模样，站直身子，伸手揉揉她的脑袋："你要相信哥哥永远不会做伤害你的事情。"

宋枝又害羞又无语，一时间不知道说什么好，索性把头低着，不敢看他。

闻时礼拉着她的手转了个方向："买早餐，送你去学校。"

宋枝乖乖地嗯一声。

他就是单纯地爱逗她，爱开玩笑而已，并没有真的不在乎她，或者做一些伤害她的事情。

宋枝被他拉着走，心里不停地反思，自己刚刚的行为好像有点儿过了，怎么能直接摔车门走人呢？

好在闻时礼对她的耐心向来充足，不然他才不会追上来哄她。

宋枝觉得自己还是得解释一下，毕竟感情是两个人的事情。她反握住他的手："哥哥。"

闻时礼回头："嗯？"

"对不起，我误会你了。"宋枝说，"我只是一下没想起来昨晚的事情。"

闻时礼眯眼浅笑："没关系的。"

买好早餐，闻时礼回到车上，开口第一句就是："说吧。"

宋枝喝着豆浆装不懂："说什么？"

宋枝瞬间恍然，想到昨晚最后的画面，那时两人都已经精疲力竭，他还是温柔地将她抱到浴室里，替她洗热水澡。

当时她又痛又累，体力消耗得差不多了，很快就困得意识不清，只隐约记得他的手指好舒服。他沾着白花花又柔软的泡沫抚摸她，与她肌肤相贴。

他的每个动作都是那么温柔。

周二全天只有四节课，课程结束后宋枝就回到宿舍里补觉。她一觉睡到晚上六点多，最后被室友叫醒。

孟佳妮站在她的床边，俯身和她讲话："你还要继续睡吗？"

宋枝睡眼惺忪，有些发怔。

"现在要不要去食堂吃饭？"孟佳妮问她，"还是我帮你打包一份回来？"

宋枝懒洋洋地伸着懒腰："帮我带一份吧，谢谢。"

随着她伸懒腰的这个动作，孟佳妮一眼就看到了宋枝脖颈上密密麻麻的"草莓印"。

孟佳妮没忍住："不是吧枝枝。"

宋枝显然还没意识到："啊？"

孟佳妮弯腰，伸手把被子掀开，指着她的脖子："你这是怎么回事？！"

反应过来的宋枝睡意全无："佳妮，你听我说，这……"

"你不会和你家哥哥那什么了吧？"孟佳妮打断她，直戳要害。

宋枝坐起来，把枕头垫在腰后靠着，又随手抓起床上的一个兔子玩偶挡在脖子上："这个说来话长。"

孟佳妮用手拨弄一下兔子的耳朵："还知道不好意思？你就告诉我，你们是不是那什么了？"

宋枝很清楚，她不可能瞒得过孟佳妮，索性老实摊牌，深吸一口气后闭眼，艰难地点了点头。

孟佳妮惊得眼睛都睁大了："真的啊？"

就算和孟佳妮是好闺密，谈及这种私密的事情，宋枝还是有些难以启齿。她紧紧地抱着兔子玩偶，超小声地说："真的。"

孟佳妮一屁股坐在床沿："我得和你好好谈谈。"

现在宿舍里只有宋枝和孟佳妮两个人，其他两个人还在图书馆。

孟佳妮确认宿舍门关好后，回过头皱着眉问宋枝："枝枝，你能不能跟我说，你是怎么想的啊？"

宋枝苦着脸抓抓头发，嘟囔道："也没怎么想，顺其自然就那个了。"

"怎么个顺其自然？这么快啊？"孟佳妮满脸问号，"你们两个刚在一起一个多月，哪有这么快的啊？是不是他要求的？"

宋枝没说话。

"算了，不用说我也知道是他要求的。"

宋枝想到昨晚闻时礼发病时的样子，解释说："他平时并不是心急的人，昨晚是临时有些状况，而且我相信他。"

孟佳妮说："相信男人会倒霉的。"

"男人在上床的时候什么话都能说出来。"孟佳妮的眼里含着几分嘲讽，"我才不相信有什么突发状况，无非就是精虫上脑。"

宋枝用双手抱着兔子玩偶，小声说道："我还是相信他。"

孟佳妮的眉皱得更紧："那你有没有想过，万一他得到后就不再珍惜你了，你该怎么办？"

宋枝怔住了。她还真没想过这个问题。

"我真的见过太多这种事！"孟佳妮加重语气，突出事情的严重性，"得到后就开始玩冷暴力，故意失联，和其他女人暧昧，这样的男人太多了。你这么天真，到时候哭都来不及。"

宋枝从来不怀疑闻时礼对她的真心，固执地说道："他不会这样对我的。"

孟佳妮的语气冰冷："那万一呢？"

宋枝说："什么？"

孟佳妮问她："万一他真就这么对你了呢？"

宋枝有点儿不敢去想象孟佳妮的话。沉默几秒后，她有些郁闷地说道："佳妮，你不要说了，我相信他，他要是真的这么对我，我就……"

孟佳妮问："你就怎么样？"

宋枝说："我就不理他。"

孟佳妮觉得宋枝傻得可爱："一个男人不爱你的时候，哪里还会关心你理不理他啊？你不理他还正合他意呢。"

宋枝说："等他真的对我实行冷暴力了再说吧，至少目前还没有。"

宿舍里一时间安静下来。

在一番沉默后，孟佳妮伸手拍拍宋枝的肩膀："枝枝，我没有要离间你和你哥哥的意思，只是不希望你受到伤害。你是一个很好的人，我很喜欢你，把你当亲妹妹一样看待。"

宋枝点头，轻声说道："谢谢你佳妮，我明白。"

孟佳妮只比宋枝年长一岁，却因为阅人无数、经历丰富，所以思想行事都较为成熟。很多时候她都会把自己代入大姐姐的角色照顾宋枝。

宋枝心里也很清楚，孟佳妮从来没有恶意，只希望能够将她保护好。

"好了，反正你自己多多注意就好。"孟佳妮站起来，"既然你都起来了，那走吧，一块儿去吃饭。"

宋枝点头："好，马上。"

和孟佳妮一同到食堂吃过晚饭后，宋枝独自回到宿舍。孟佳妮中途接到电话邀约，便抛下她赴约去了。

回到宿舍后，宋枝无聊得开始看剧。

这是一部讲述生离死别的感人的韩剧。男主患癌症后不愿意让女主知道，便假装自己出轨离开，却又忍不住经常跑到女主打工的地方偷看她，最后晕倒在店门口。得知真相的女主感动不已，坚持与病床上的男主举行婚礼，陪伴他走过人生的最后一程。

看到最后，宋枝早就泪流满面，面前堆满擦过眼泪的纸。她呜呜地哭着，还抽噎着自言自语："太……太感人了吧……"

真是让人落泪的绝美爱情。

这样的情绪没有持续多久，宋枝就被来电铃声打断。

电话是闻时礼打来的。

宋枝擦干眼泪，但说话时还有些抽噎。她接电话的时候，说话就像在哭："喂？"

听到她的声音，那端的闻时礼明显一怔，说："你哭了啊？"

宋枝努力控制着，但还是有些抽噎："没……没事。"

闻时礼抬头，望着女生宿舍六楼亮着灯的其中一间，说："我在你的宿舍楼下，你下来一趟。"

宋枝看一眼面前 iPad 上的时间："现在快十点了，学校有门禁，不让外人进出，你怎么进来的？"

闻时礼笑笑："你先下来。"

宋枝说："哦。"

十分钟后，宋枝换好衣服下楼，看见闻时礼就站在女生宿舍楼下的一棵椴树下面。

这个时间点回宿舍的女生挺多，路过他的时候她们都会忍不住回头偷偷瞄上两眼。

月光如洗，树影和穿着黑色风衣的英俊男人怎么看都很赏心悦目。

冬天晚上的间芸，温度只有零摄氏度左右，不似冰天雪地的北方那么冷，空气中却有一种直钻骨头缝的湿冷寒意。

宋枝一路小跑过去，冷风把小脸吹得通红。

见她过来，闻时礼抽出揣在大衣里的手，解开大衣，双手张开，等她一靠近就直接将她整个人裹进温暖的大衣里。

宋枝的周身瞬间被暖意包围。她稍稍一怔，然后推他："你干吗？周围这么多人。"

闻时礼的大衣足够宽敞，裹住一个小姑娘绰绰有余。他搂着她没放，只说："我抱我的女朋友有什么问题？"

宋枝说："这里是学校！"

闻时礼眉梢一挑，轻笑道："学校又怎样？你们学校不让谈恋爱吗？又不是中学。"

宋枝说不过他："那你先松开我，我们换个地方。"

闻时礼说："好。"

闻时礼松开她，拉起她的一只手放进还有温度的口袋里："去哪里？"

宋枝看一眼左右，说："去操场后面吧。"

操场后面距离女生宿舍不远，步行几分钟就能到，这里的人通常很少，现在这个时间点更是一个人都没有。这里的两盏灯坏掉了，所以没有月光的时候周围特别黑。

黑夜里，宋枝突然听到了男人意味不明的低笑声。

两人走在一条林荫小道上，月光透过层层叠叠的树叶落在男人英俊的眉眼间，将他的姿容衬得越发出尘。

宋枝转头，盯着他眼角处一点儿斑驳的月光："你笑什么啊？"

闻时礼转头看着她的眼睛，笑得更加灿烂："小宋枝，你老实说。"

宋枝蒙了："说什么？"

闻时礼眼角的笑意加深："你是不是故意选了这么个黑灯瞎火的地方，想对哥哥做点儿什么？"

宋枝头回发现这个男人这么会多想。她会对他做什么？

宋枝翻了个白眼，无语到想笑："你是真的自恋。"

闻时礼说："谢谢夸奖。"

宋枝说："我没有夸你。"

"我知道。"闻时礼眯着眼，笑得温柔，"但我还是谢谢你。"

他到底怎么做到又自恋又不要脸的？真让人佩服。

"话说，"宋枝还是没想明白，"你到底是怎么进来的啊？"

闻时礼弯唇笑道："这还不简单，我给保安大爷塞了盒华子。"

宋枝问："华子是什么？"

闻时礼说："烟。"

哇，这保安太不靠谱了吧。

宋枝皱眉，说："保安怎么能随便放人进学校？上个月才发生持刀挟持的恶性事件，安保工作怎么还是这么差劲？学校真是一点儿记性都不长。"

"别不开心，人家保安也不容易，经不住我软磨硬泡。"闻时礼说，"况且人家认得我。"

闻时礼安抚她，笑着说："我在你的学校已经出名了。刚刚过来的路上，好多学生指着我小声说'他就是那个在二食堂楼下下跪的律师'，所以保安也认识我，不然干吗冒着丢工作的风险放我进来？"

宋枝觉得他说得蛮有道理："好吧，那你找我有什么事情？"

闻时礼从口袋里摸出一支药膏递过去："拿着。"

宋枝接过药膏，四周太黑，根本看不清药膏上面写的什么。药膏用铝管包着，铝管上还残留着属于他的温度。想必这支药膏是在他手里被握了一路带过来的。

宋枝顺手把药膏放进羽绒服口袋里，问道："这是什么药膏？"

闻时礼没回答，而是上前一步，单手伸进她的羽绒服里，隔着一层薄绒打底衣握住她纤细的腰肢。

宋枝怕痒，歪了下身子躲开，咯咯笑道："你干吗呀？！"

她把脚往后一挪，想躲。

后方就是一棵粗壮的大树，宋枝往后退，脚不小心踩到地上扭曲生长的老树根上，身体不稳，撞到冷硬的树干上。

握住她腰的闻时礼也跟着上前。两人的距离迅速拉近。

冷风呼呼而来，似乎吹不进两人的这一方小天地。

宋枝被迫站在树干和男人中间，且姿势怎么看都很暧昧。他抵着她，握着她的腰，两人的身体紧紧地贴在一起。

他身上的温度要高一些，热气源源不断地往她身上传去。

闻时礼把大衣掀开，将她整个人往怀里面一裹，抱进怀里。他俯身，在她的耳垂上亲了下，而后笑了笑，低声说道："还说不想对哥哥做什么，小撒谎精。"

宋枝觉得这人不要脸的程度已经无人能敌："我哪里有啊？明明就是你把我弄得很痒。"

闻时礼弯了弯唇角，带着玩味的笑，在她耳边慢悠悠地问："哪儿痒？"

宋枝的心跳瞬间乱掉了。她真的经不住他的撩拨。他们的水平完全不在一个级别，每次她都会被他弄得脸红心乱。

前方的篮球场传来篮球砸地的声音，无规则的砰砰声响个不停，就像此刻宋枝的心跳。

闻时礼看着她羞得说不出话的模样，心里怜惜得不行。

她的害羞是只属于他的，是他一个人的。

几秒后，闻时礼收敛脸上的不正经，抬头看着别开脸的她："你看着我，枝枝。"

宋枝很抗拒："才不要。"

"不和你开玩笑，说正事。"闻时礼搂着她，手在她的腰上轻轻拍了拍，"快点儿。"

宋枝一点点把头转回来，由于害羞，目光有些躲闪，却还是听话地盯着他的眼睛，安静地等待下文。

闻时礼搂她的手收紧了些，斑驳细碎的月光落在他的眉眼间，衬得他的一双桃花眼越发显得深情。他认真且诚恳地说："对不起，哥哥给你道个歉。"

宋枝的神情一滞，她有些摸不着头脑："突然道什么歉？"

闻时礼低头，在她的眼角吻了下，而后抬头温和地说道："为昨晚弄痛你给你道歉。"

"药膏是用来涂那里的。"闻时礼说。

宋枝的手伸进口袋里摸到那支药膏，她抿唇不语。

她又听闻时礼耐心温和地说："药膏是清凉镇痛的，据说很有效。你今晚试一下，看明天还痛不痛。"

在这样一个瞬间，宋枝突然想到了她和孟佳妮的对话，不禁想，眼前的闻时礼这样关心、爱护她，怎么会舍得对她进行冷暴力或者不要她？

他怎么舍得？他怎么敢？

宋枝有些感动："好。"

闻时礼又在她的脸上亲了一口，还用手捏了捏她的脸："乖，一定要涂。"

"哥哥。"

"嗯？"

宋枝踮脚，把脸埋进他温热的脖颈里，像小猫似的蹭了蹭，撒娇道："下周一起跨年吧。"

闻时礼没说话。

"我们的第一个新年来啦！"

他一怔，眉梢一扬，笑得满目温柔："好。"

元旦有三天假期，宋枝考虑到回家的话大半时间都得花在路上，再加上还有二十多天就要放寒假了，索性留在了学校里。

毕竟她还答应了闻时礼，三十一号那天晚上要一起跨年。

假期的第一天，宋枝和室友们出去聚餐吃火锅。几个女生的食量都不算大，没吃多久就纷纷放下筷子聊天，主要在听孟佳妮讲她过去辉煌的情史。

聊到一半，萧圆问："佳妮，怎么没听你说最近有新约会啊？"

陶佳说："对哦，我也发现了。"

宋枝托着腮，转头问："你不会真被顾教授降住了吧？"

只要一提到顾清池，孟佳妮总表现得不屑又冷漠，其余三人会心地相视一笑，没有再往下说。

孟佳妮突然开口："顾清池这条狗。"

正当宋枝想开口问的时候，突然看到一只手端着酒杯伸到她的面前。

"宋枝小学妹，一起喝一杯？"

宋枝扭头一看，发现站在面前的是以前被她拒绝过的大二学长石齐越。

石齐越就在隔壁桌吃饭，跟他一起的七八个男生此刻全在怪叫着起哄。

"老石，上啊！"

"石哥厉害！"

石齐越长着满脸的红色痤疮，看着坑坑洼洼的，令人观感不适，再加上他的两只眼睛特别小，看上去非常猥琐，眯着眼睛笑的时候就越发显得下流。

宋枝看一眼那杯泛着白泡沫的冰啤酒，礼貌地笑笑："我不喝酒，谢谢。"

石齐越笑着劝她："没事，就一杯。"

"她说了不喝酒，你听不到吗？"坐在一旁的孟佳妮冷冷地开口，美艳的脸上满是不耐烦的神色。

石齐越瞥她一眼："又没让你喝。"

那杯酒还悬在宋枝眼前。

孟佳妮倏地站起身，伸手把那杯酒一推："你烦不烦？能不能一边去？"

石齐越端着一杯酒，不少酒洒到了他自个儿身上。

随着这一变故，周围起哄的声音瞬间消失，其他桌的人纷纷看过来。

石齐越低头看着自己被弄脏的白色外套，登时来了火，抬头冲孟佳妮嚷："你有病吧？"

"你才有病！"孟佳妮不甘示弱，声调一扬，直接吼回去，"宋枝不想和你喝酒，你还凑过来做什么？"

石齐越这人好面子，见还有不少哥们儿看着他，觉得不能被一个女人压了风头。他把手里的酒杯重重地往桌上一放，发出砰的一声，杯子里剩余的啤酒又溅出了不少。

宋枝被这一声震得浑身一颤。

大小姐哪能受这种气？孟佳妮当即变脸，指着石齐越，美艳的眉眼带上了几分攻击性：

"你没完没了了是吧？上次你到处造谣和我睡过的事情我还没找你算账，你还敢跑到我面前嚣张？！"

石齐越说："老子还不稀罕你呢！你狂什么啊，就因为你是个系花啊？"

孟佳妮用手拢拢长发，将其顺到一边的肩膀上，歪了歪头，笑了："不只因为这个，还因为我对猥琐男过敏，所以你能不能滚远一点儿？"

石齐越说不出话来。

孟佳妮接着说："别以为有几个臭钱就不得了，不好意思，我家比你家更有钱。"

石齐越面上青红交加，脸色颇为难看。

他正准备再说点儿什么的时候，一个冰冷的男声插了进来："你们在做什么？"

众人循声望去。

顾清池出现在两米开外的地方，身着驼色风衣，面无表情，整个人无比严肃。

他的视线扫过所有人，最后停留在孟佳妮脸上。

石齐越的哥们儿跑过来把石齐越拉走，一边拉一边说："那是咱们学校的教授，算了石头哥，有什么事回头再说。"

顾清池的出现让这场闹剧得以收场，气氛却有些尴尬。

孟佳妮还站着，看着别处，没看顾清池，满脸的高不可攀。

宋枝拉了拉孟佳妮的手："佳妮，坐下吧。"

孟佳妮抱着手坐下。

顾清池还站在原地看着孟佳妮，声音比较冷淡："没必要生气。"

孟佳妮翻白眼："关你屁事。"

宋枝、萧圆和陶佳都很想问孟佳妮一句：大小姐，你用这种态度对待下学期的任课教授，真的不怕挂科吗？

顾清池显然没有半点儿生气的意思，脸上也没情绪起伏，只淡淡地朝几人颔首："你们继续。"

宋枝礼貌地说道："谢谢顾教授，顾教授再见。"

顾清池说："不客气。"

等顾清池离开后，宋枝才从桌下戳戳孟佳妮的手臂，说："别板着脸啦，顾教授已经走了。"

孟佳妮冷冷地说道："晦气。"

"别这样。"宋枝说，"好歹顾教授算帮了我们。"

孟佳妮又是一个白眼："谁稀罕他帮忙？没有他帮忙我也能搞定那个家伙。"

宋枝安抚道："对对对，大小姐最厉害了！"

"不过言归正传。"宋枝说，"谢谢你啊佳妮，要不是你帮我解围，我真不知道怎么办了。"

孟佳妮的神色有所缓和："没关系，以后有这种事情我都会保护你的。枝枝，你得请我吃饭。"

宋枝笑得温柔："完全没问题。"

顾清池来到结账的吧台处，掏出一张卡递过去："7号桌和13号桌一起结。"

收银员接过卡："好的。"

结完账后，顾清池并没有第一时间离开，把卡收回钱包里又说："借用一下纸笔。"

收银员递过来纸笔。

顾清池在纸上写下自己的电话和姓名，对收银员说："麻烦你帮我留意一下13号桌，如果有人骚扰那几个女孩子的话，麻烦你第一时间联系我，谢谢。"

收银员说："好的先生。"

四个女生出去的时候，发现已经结完账了。宋枝说："看不出顾教授还挺大方。"

孟佳妮叹了口气："他要是一顿火锅钱都出不起，那得有多穷，再说他家很有钱的。"

宋枝说："家底你都摸清楚了？"

孟佳妮不愿深聊，摆摆手没有再开口。

四人打车回学校。

在车上，宋枝收到了闻时礼的微信消息，问她安全回学校了没有。

宋枝：现在回去。

闻时礼：好。别忘记明天一起跨年。

宋枝看着消息，唇角不由自主地翘起来，回了一个可爱的兔子表情包和一句"好"。

隔了会儿，她又发了条消息：我明天想吃川菜。

第二天，闻时礼让那位专门做川菜的私厨李鑫提前准备了一整桌川菜，道道色香味俱全。

他接宋枝回家的时候，李鑫刚做好菜。

别墅内供暖充足，人一进去就会觉得热。宋枝脱下厚厚的羽绒服，随手放在客厅沙发上，再跟着闻时礼一同到餐厅用餐。

两人吃过饭后，到二楼的影音室看电影。

闻时礼在手机上选片，问她："想看什么？"

宋枝问："你呢？"

闻时礼说："我都行。"

宋枝想了想，说："那选一部动作片吧。"

闻时礼滑手机的手指一顿。他眉梢一挑，意味深长地看着她："动作片？"

宋枝知道他在故意曲解她的意思，当即皱眉说道："你个老不正经的，一天到晚脑子里都在想什么？"

闻时礼故作无辜："我可什么都没说。"

影音室里的灯光是暗蓝色的，将整个空间烘托得神秘又暧昧，最适合情侣单独相处。

这个灯光可是闻时礼提前调好的。

暗蓝色的灯光中还掺杂着星光般的小点点缓缓流淌着，怎么看都很浪漫。

闻时礼把手机递过去："要不要看这个？"

宋枝说："什么？"

宋枝走到他身边，低头一看，屏幕上显示的内容简直刺痛她的双眼：天线宝宝。

宋枝看着封面上的几个彩色天线小矮人，还是开了口："你要看这个？"

闻时礼说："不，我觉得你喜欢看这个。"

宋枝没忍住，在他的胳膊上重重地拧了一把："你一天不逗我会死吗？！"

闻时礼被拧得眉一皱："真拧啊？"

宋枝说："不然呢？！"

闻时礼捂着被她拧过的部位，弯腰吊儿郎当地冲她笑："你真的半点儿都不心疼哥哥。"

宋枝从他手里夺过手机："我自己选，懒得和你扯。"

闻时礼唇角的笑加深。

在经过一番粗略的浏览后，宋枝最后选择了一部宫崎骏的《千与千寻》。看着屏幕上的内容，闻时礼在一旁点评道："这不还是动画片吗？"

宋枝无奈地说道："拜托，这哪里一样啊？"

闻时礼说："哪里不一样？不都是动画片？"

宋枝企图和他解释两者间的区别："这个和天线宝宝不一样，天线宝宝只能给很小的孩子看，但是《千与千寻》是大人小孩都可以看的，再说你让三四岁的小孩来看《千与千寻》，他们还不一定看得懂呢。"

闻时礼说："所以两者都是小孩看的。"

宋枝觉得他爱逗她这一点简直无药可救："算了，看电影吧。"

闻时礼憋着笑："好。"

这个房间里没有沙发，但是铺了柔软的地毯，人坐上去会觉得非常舒服。

宋枝挑最中间的位置坐下。闻时礼则准备推门出去。她叫住他："你干吗去？"

闻时礼说："给你准备了零食，我去给你拿。"

宋枝说："哦，好。"

看着男人出去的背影，宋枝心里泛起一丝甜意。虽然他经常逗她，但是他对她的好她都记在心里了。

她永远吃他这一套：温柔，体贴，事无巨细。

闻时礼拿着零食回到影音室的时候，电影已经播放了五分多钟。宋枝建议道："要不退回去吧，从头开始看？"

闻时礼来到她身边坐下："不用。"

闻时礼把手中装满零食的袋子打开，翻过来一倒，随着包装袋摩擦发出的声响，各种零食出现在宋枝手边。

借着暗蓝色的光，宋枝低头一看，发现零食种类还不少，有薯片、巧克力、果冻等，还有一杯刚冲泡好的奶茶。

宋枝说："哪里吃得完这么多？而且我刚吃完饭。"

"没让你全部吃完，撑傻了怎么办？"闻时礼笑着说，"你挑喜欢的吃一点儿就行，我记得你以前看电视的时候就很爱吃零食。"

没想到他还能记得这么小的事情。以前宋枝确实爱吃零食，后来慢慢长大怕长胖就不怎么吃了。

宋枝拿起一包薯片撕开，说："我就吃一点点，不然会长胖。"

闻时礼说："长胖没关系的。"

"有关系。"宋枝放一块薯片在嘴里，含糊地说道，"我怕长胖。"

本来以为闻时礼可以理解女生怕长胖这种很常见的事情，可宋枝没想到，闻时礼居然懒洋洋地笑着说："别怕，最近猪肉都在涨价。"

宋枝咽下嘴里的薯片，转头推一把男人的胳膊："你说什么呢，你说我是猪？"

闻时礼被推得身子朝旁边一歪，很快又调整回来，靠在她身上，吊儿郎当地笑着装无辜："哪有？"

"你别靠着我！"宋枝把身体朝另外一边歪，想离他远点儿。

闻时礼就像一块狗皮膏药似的，一个劲儿往她身上蹭："不要，就要靠着你。"

宋枝说："谁让你说我是猪？"

闻时礼揣着明白装糊涂，故意逗她："哥哥哪有说你是猪？只是单纯举个例子。"

"你就是在说我。"宋枝根本避不开他的身体接触，"还有，你好重。"

"可我就想靠着小宋枝。"他笑着说。

这男人偷偷骂她是猪还想靠着她，想得美。

宋枝用肩膀去顶他，他还是纹丝不动地靠着她。她有些恼火："你过去一点儿。"

闻时礼说："不行。"

"你好烦，闻时礼，你……"和他闹腾的时候，她差点儿把奶茶碰倒了，"小心奶茶，你不要闹了。"

闻时礼动作停住，用手稳住奶茶，轻笑着坐回原位："行。"

宋枝看一眼屏幕，发现漏掉了不少剧情，很苦恼，不禁又开始责怪他："都怪你，我都没看到刚刚讲了什么。"

闻时礼把手机掏出来："我给你从头放行不行？小祖宗。"

宋枝冷冷地哼道："这还差不多。"

"话说，"闻时礼眉梢一扬，转头看着盯着屏幕看的小姑娘，"你怎么和我在一起后，动不动就叫我全名？"

宋枝把热奶茶端起来："还不是因为你有时候招人讨厌。"

闻时礼扫一眼她的手，注意到她端着奶茶杯的底部，伸手去调整她手指的位置："握着杯套这里，不然等下会觉得烫手。"

宋枝问："那会不会烫嘴？"

"我没用很热的水泡。"闻时礼说，"如果你怕烫的话，可以放一会儿再喝。"

"我试试。"宋枝说。

宋枝喝了一小口奶茶，发现并不烫，温度很合适，喝下去胃里暖暖的，还是她很喜欢的白桃味。

正喝着奶茶看着电影时，宋枝的余光留意到闻时礼的手伸了过来。她下意识地回头看他："你干吗？"

闻时礼的手停在半空。他苦笑一下："想抱抱你。"

宋枝转头，用怀疑的目光看着他："你不是想挠我痒痒吧？"

闻时礼弯了弯唇角，伸手一把搂住她的腰把她往怀里带："真的只是抱抱你，这么警惕做什么？"

宋枝嘟囔道："一朝被蛇咬，十年怕井绳。"

"你这话可不对，小宋枝。"

"哪儿不对？"

闻时礼没急着回答她，而是伸手将她手里的奶茶拿走，放到一边，搂着她慢条斯理地说道："我这不是还没咬你吗？"

还没明白他话中的意思，宋枝就感到唇上一凉。

她微微瞪大眼睛，近在咫尺的是男人的一双含情风流的桃花眼，眼角眉梢都带着笑意。

四目相对，宋枝听到心跳在耳边炸开的声音。

他的唇很凉，眼里的情愫却很炽热。

甜甜的白桃味在两人的唇齿间漫开，浪漫又缱绻。

这个吻很短暂，不过两三秒的时间，他离开前还不忘轻轻咬了下她的下唇。

他咬得不痛，所以显得调情的意味十足。

闻时礼看着愣住的她，笑着说："现在才算咬了。"

屏幕上，女主千寻已经误闯进鬼怪神灵休息的世界，背景音空灵神秘，画面的光衬得整个房间都跟着忽明忽暗。

宋枝抿唇，盯着闻时礼半晌，有点儿害羞，只好有些急促地说："你看，又是因为你，我错过了电影的开头。"

闻时礼只好又拿手机重放："从头看。"

"你能不能不要闹了？"宋枝转头不看他，盯着屏幕说，"好好看电影，不然我就生气了。"

拿生气威胁人是小女生才会做的幼稚事情，但闻时礼愿意迁就她的这份幼稚。

他身体凑近搂着她，把自己的下巴放在她的肩窝里："好，不闹了。"

在宋枝警告过后，接下来的观影时间里，闻时礼还算老实，除了搂着她不放，时不时在她的脸上亲一口外，没有什么额外的举动。

宋枝很享受这种两人独处的甜蜜时光。她靠在他的怀里，吃着零食，喝着奶茶，偶尔会和他交流一下剧情。

尾声部分，电影里的一个角色白龙对女主角千寻说："我只能送你到这里，剩下的路你要自己走，不要回头。"

当两人看到这里的时候，闻时礼突然在她的耳边说："剩下的路，我要和你一起走。"

宋枝说："什么？"

"哥哥想和你一起走剩下的路。"他用双手圈住她的腰，语气认真，"我不想一个人。"

宋枝盯着屏幕，思绪却在发散，想到他许多悲惨的过往，于是轻声说道："我不会让你一个人的。"

我永远不会。

电影结束后，宋枝发出满足的感慨："真好看，你觉得呢？"

"还不错。"闻时礼平时很少看电影，更别说这种类型的，但和她一起看下来感觉竟然出奇地好。

宋枝放下喝空了的奶茶杯："那以后我们每周都一起看一部电影吧。"

他揉揉她的头发，宠溺地笑着说道："好，依你。"

闻时礼看一眼手机上的时间，说："才十一点，还有一个小时才跨年，要不你先去洗澡？"

宋枝想了想，觉得可以："好。"

这时，他的手机响了。

闻时礼扫一眼屏幕上的来电人，对宋枝说："一个委托人的家属打来的，我接一下。"

"那你接。"宋枝从柔软的地毯上爬起来，"我上楼洗澡。"

"嗯。"

宋枝往影音室的门口走去，后方传来男人接电话时清冷的嗓音："你好，请问这么晚有什么事情？"

"我已经向派出所提交会面申请，下周三……"

第十二章 合 照

洗完澡后，宋枝换上冬天穿的厚睡衣。睡衣是羊羔绒材质的，摸上去软软的，纯白色的睡衣上有小草莓的图案。

这也是闻时礼亲自挑选的。

宋枝刷完牙准备洗脸，刚把洁面泡沫挤到手上，就听到浴室门外传来闻时礼的声音："宋枝。"

宋枝搓着掌心里的泡沫，问："啊？干吗？"

"你换好衣服了没有？"

"好了。"

"那哥哥能不能进去？"

"可以。"

得到准许，闻时礼推开门进来。他身上穿着长长的睡袍，黑发半干，俨然一副刚刚洗完澡的模样。他说："我在隔壁洗的澡，但是我的牙刷在这边。"

闻言，宋枝往旁边挪开两步给他腾位置："来吧。"

两个人待在一起的时候，做一点点小事都会觉得有趣。

比如现在，宋枝就着手里的白色泡沫，抬手往他的鼻尖上一点，笑得明媚："像不像蛋糕？"

闻时礼看一眼镜中的自己，鼻尖上有一小团白色的泡沫。

"像。"他笑了。

宋枝又往他的额头、下巴还有脸颊上抹了些。抹完后她笑得一脸狡黠。

闻时礼见她这么开心，唇角稍弯，单手撑在盥洗台上看着她："既然把泡沫往我脸上抹这么开心的话，你就多抹一点儿。"

宋枝的眼睛笑得如一弯月亮："好啊。"

她把手上所有的泡沫都抹到闻时礼的脸上。

闻时礼没有半点儿反抗，任由她闹腾，等她闹完，方才慢条斯理地笑道："该我了。"

宋枝问："该你什么？"

闻时礼直接用行动回答。他俯身低头，双手捧着她的脸，然后将自己的脸贴上去。

两人肌肤相贴。泡沫是冷的，彼此肌肤的热度却是真实的。

他用脸蹭她的脸，把泡沫往她的脸上蹭。宋枝觉得很痒，轻声喊道："别弄！"

她还用手去推他的胸口。

闻时礼没放开她，一个劲儿地蹭。她越痒，他越要蹭。

宋枝脸上痒得不行，手开始胡乱地推搡他，却一个不注意，手指钩到他浴袍的带子，哗啦一下，浴袍直接往两边敞开。

两人同时停下动作。

宋枝的表情僵住。她有些机械地一点儿一点儿低头去看。他也随着她低头的动作，跟着一同低头去看。

浴袍里面没有穿其他衣服，闻时礼脸上浮现出耐人寻味的表情，目不转睛地盯着她，唇角的笑容更是别有深意。

他气息绵长地笑了一声："小宋枝，你没必要这样，想看的话可以直说。"

宋枝的目光似被烫到，她飞快地扫了一眼，然后把脸往旁边一转，不自在地说："谁想要看啊？"

闻时礼将两边的浴袍一收，手指拈着浴袍的系带，不疾不徐地重新打了个蝴蝶结："不想看，那你扯哥哥的浴袍带子做什么？"

宋枝与镜中的自己对上视线，看到自己的耳朵尽是红色。她有些不好意思，却还是假装平静，说道："不小心扯到的，再说丑不拉几的有什么好看的？"

"什么？"闻时礼的眉梢一扬，他呵笑一声反问她，"丑？"

宋枝点头："就是丑。"

两人面对面站着，脸上都是白色的泡沫。他看着她，她看着镜子，画面有点儿滑稽。

他眼里的笑意渐渐加深。

闻时礼上前半步，拉近二人的距离，紧跟着微微俯身，转头去看她的眼睛，用脸挡住她看镜子的视线。

宋枝对上他漆黑的眉眼："干吗？"

"哥哥那儿不丑。"闻时礼将声音放低，营造出一种浪漫的氛围，看着她的眼睛认真地说，"你是不是看错了？"

其实，宋枝没太看清。她的脸皮向来薄，刚刚也不过匆匆瞥了一眼而已，具体什么模样根本没看清。

宋枝老实巴交地说道："其实我没看清楚。"

闻时礼说："还想看？"

宋枝想，她明明就是单纯的字面意思，怎么会被他曲解为一种暗示啊？这老男人的脑袋里到底在想什么？

"谁还要看啊？"宋枝被他盯得心慌，索性直接往后退了一步，"我只是说没看清，没说还想看。"

闻时礼吊儿郎当地一笑："想看也行。"

宋枝气得跺脚："不想！"

见小姑娘有些气急败坏，闻时礼轻笑出声，安抚道："好好好，不想，哥哥理解你的口是心非。"

这人的脸皮怎么这么厚啊？为什么还会有那么多人说他难以亲近？

宋枝深吸一口气，想强压住心头有些暴躁的情绪，却没压下来。她没忍住，直接用还沾着泡沫的手推他："你给我出去。"

闻时礼被她推着往外走，懒洋洋地迈着步子："我还没洗漱呢。"

"我不管。"宋枝没了耐心，"你出去。"

然后，闻时礼就直接被宋枝赶出了浴室。他站在门口，看着眼前砰的一声合上的门，唇角露出的笑意尽显宠溺。

有女朋友朝自己发脾气原来是件挺快乐的事情。

闻时礼到隔壁次卧的浴室里把脸洗干净，把弄脏的浴袍换下，换上一套黑灰色珊瑚绒的睡衣。

他回到主卧室，宋枝正好从浴室里出来，小姑娘显然一副被惹到的模样，满脸不高兴。

闻时礼到落地窗前的沙发上坐下，背对外面漆黑的夜空，语气含笑："还不高兴呢？"

宋枝没搭理他。

闻时礼朝她招招手："过来。"

宋枝说："才不要。"

闻时礼爱看她耍小脾气的模样，目光柔和，连带着声音都很温柔："过来，哥哥哄你。"

宋枝没有真正生气，只是站在原地看他："我还没弄完。"

闻时礼问："还要弄什么？"

宋枝说："我没找到护手霜。"

闻时礼抬起下巴示意浴室的方向："就在盥洗台上面的架子的第二层，绿色的那支就是。"

宋枝说："哦。"

宋枝回到浴室，果然在盥洗台的第二层架子上找到了一支绿色的护手霜，瓶身有一朵淡黄花蕊的小雏菊。她挤出一点儿护手霜，在手上闻了闻，味道很清新。

第一下挤得不太够，宋枝挤第二下时没控制住力度，挤得太多了，一大坨护手霜在手背上，根本用不完，但她又不想浪费。

有了！她可以给闻时礼也来点儿护手霜。

宋枝拧上护手霜的盖子，把护手霜放回原位，然后离开浴室。

闻时礼正坐在沙发上看手机。

"时礼哥。"宋枝朝他靠近。

"嗯？"

宋枝停在他面前，示意他看手背上的护手霜："我挤得有点儿多了，你要不要搽点儿？"

闻时礼看一眼多出的那部分护手霜："你擦掉不就行了。"

"不行。"宋枝说，"不能浪费，我妈从小就教我要节约。"

闻时礼像是被说服了，笑着点了下头："行，哥哥迁就你。"

紧跟着，他把交叠的长腿放下，手指在腿上轻轻一点："坐这儿。"

宋枝看一眼他的两条大长腿："站着也能搽。"

闻时礼笑着说："你不坐哥哥腿上的话，我就不给你搽。"

秉着不想浪费的原则，宋枝还是慢吞吞地往他腿上一坐，屁股刚沾到他的腿，腰间就突然多出一只大手来。

他从背后单手抱住了她。

宋枝："哎，你这样抱着，我怎么给你搽啊？"

闻时礼的低笑声在耳边传来："就这么搽。"

他相当喜欢和她有肢体接触，不放过任何机会，并且不肯做出一丝让步。

闻时礼抱着她没松开，把另一只没抱她的手伸到她的胸口处："你先搽这只，等会儿再搽另外一只。"

宋枝拗不过他："好吧。"

以前宋枝就觉得他的手长得很好看，骨节分明，手指修长，肌肤纹理较常人要淡一些，再加上冷白色的皮肤，看上去就有种无瑕的通透感。

她从自己的手背上取了一点儿护手霜，再搽到他的手背上，然后用掌心给他涂抹均匀。

在给他的手指涂护手霜的时候，他故意与她十指相扣。

宋枝停下来，抬眼看他："还没搽完。"

闻时礼笑着说："我知道。"

宋枝说："那你先松开。"

闻时礼说："握会儿。"

又过了一会儿，闻时礼手指一松，像是要松开宋枝。宋枝正准备继续帮他搽，发现这男人松到一半的手又重新抓住了她的手。

两人再一次十指相扣。

宋枝忍不住地道："你幼不幼稚啊？"

"你没听过一句话吗？"闻时礼懒洋洋地说道，"男人至死是少年。"

"至死是幼稚鬼还差不多。"她犀利地评价。

闻时礼罕见地没有同她拌嘴，反而轻轻一笑："你要这么理解也行。"

宋枝说："本来就是。"

闻时礼没有再继续幼稚的行为，松开她的手，配合着让她好好搽护手霜。

搽完一只手后，他换手，用搽好护手霜的那只手搂着她的腰。

宋枝挤出的多余的护手霜，刚好够搽闻时礼的一双大手，没有浪费。

她正准备从他的腿上站起来，就听他问："有搽脸的吗？"

宋枝说："有啊，你要？"

闻时礼平时只用男士洁面乳，不爱搽那些花里胡哨的东西。他的皮肤天生就好，也从没出现过什么问题，但他很享受这种与她相处的感觉。所以，他想趁此机会与她多相处一会儿。

闻时礼想了下，找了个理由："我觉得我的脸有点儿干，你给我搽点儿东西？"

闻言，宋枝抬手在他左边的脸颊上来回摸了两下，然后发表摸后感："不干啊，蛮好的。"

这小姑娘真笨啊。

闻时礼只好坚持说道："就是觉得干。"

"好吧，搽点儿也行，反正是保湿的。"宋枝从他腿上站起来，"我去弄点儿面霜，等我。"

他淡淡地嗯一声，把心底那点得逞的愉悦掩饰得很好。

两分钟后，宋枝被他拉住手臂，轻轻一拽，人又坐到他的腿上。

这次的姿势不太一样。

宋枝这次没有背对他坐，而是侧对着他，整个人的重量都落在他身上，两条腿半悬着，脚尖勉强点地。

宋枝坐在他的腿上，人比他高出半个头："脸抬起来一点儿。"

闻时礼用双手搂住她的腰，配合地微微抬头。

宋枝取了点儿手背上的面霜给他搽脸。

她的手指温暖，带着质地水润的面霜路过他的额头、鼻梁、脸颊、下巴，动作轻柔仔细。

闻时礼能感受到她的这一份温柔，心脏仿佛都跟着她的动作一同变软。他近距离地望着她，眼神虔诚，如同在看暗夜里的神明。

他看了会儿，不禁说："你能经常给哥哥这样搽脸吗？"

宋枝觉得这没什么，想也没想就应下："好啊。"

得到应允，闻时礼的心情更加好，唇角笑容加深："谢谢小宋枝。"

宋枝说："不用客气。"

给他搽完面霜后，宋枝觉得臀下有异样感，像是有什么东西戳着。她盯着他的眼睛问："你不觉得有什么东西硌得慌吗？"

闻时礼一怔，随即反应过来，然后没忍住笑出声，笑声低沉悦耳，肩膀轻微颤抖。

他意味深长地说："你说丑的那东西。"

宋枝当场傻了，像是被雷劈到一样，整个人呆住了。

她好像明白了……

两人尴尬地对视。他的目光玩味十足，她的眼神慌乱。

又是想钻地缝的一天，她为什么要问出这种问题来？！

后悔，她现在很后悔。

宋枝左思右想，都不知道怎么打破这种僵局，又不想维持下去，索性倒打一耙："你有毛病。"

闻时礼被说得蒙了："我？"

宋枝维持着表面的平静："对，你。"

闻时礼觉得无辜得很，笑着说："我没做什么啊。"

宋枝决定把倒打一耙进行到底："什么叫你没做什么？都怪你好不好！"

闻时礼说："这也能怪我？"

宋枝说："不怪你怪谁？"

"拜托，小宋枝。"闻时礼这下真的觉得自己无辜，连说话的语气都充满无奈，"这不是我能控制的。这是正常反应。"

宋枝面不改色，淡定地说道："你不准有。"

闻时礼一怔。

趁他不备，宋枝直接从他腿上站起来，目光飞快地扫过他，然后说："希望你下次注意。"

闻时礼简直要被她的话气笑了。他不能有正常反应，下次还得注意。小姑娘这不是口出狂言了，而是口出暴言，真是厉害。

闻时礼盯着她，半晌没说话，唇角始终挂着抹耐人寻味的笑容。他悠悠地说道："我知道了。"

宋枝说："你知道什么了？"

闻时礼起身，屈起指节在她的鼻梁上轻轻地刮了一下："原来小宋枝喜欢这个。"

闻时礼说："那很可惜，哥哥没办法满足你。"

在听到他的这两句话后，宋枝有些崩溃，忍不住说："你有毛病吧，我没这个意思。"

闻时礼眉梢一扬："你的话不就是这个意思？"

宋枝说："反正不是。"

"那你给哥哥解释一下。"他忍着笑，控制住脸上的表情，正色说道，"你说不能有正常反应，到底是什么意思？"

"哎呀。"宋枝有些急，"我不想和你说，你真的好烦。"

没再给他任何开口的机会，宋枝直接一溜烟地跑出了房间。

闻时礼坐在原地，哭笑不得。这还是他的错了？

宋枝跑到一层的客厅，拿着手机往沙发上一坐，耳朵热得厉害，脸也红了。

她在回想刚刚在卧室里的场景，不就在他身上坐了一会儿，他至于吗？

宋枝正在胡思乱想的时候，听到旋转楼梯处传来男人沉稳的脚步声。她知道他一般习惯使用室内电梯，只有心情特别好的时候，才会单手插兜优哉游哉地独自走楼梯。

她转头看向楼梯口的方向，看见闻时礼手里拎着个白色袋子。

为了缓解尴尬，宋枝主动开口打破沉默："你拿的是什么？"

闻时礼朝她靠近："给你买的。"

宋枝有些好奇，盯着那个袋子问："什么呀？"

闻时礼径直往别墅大门的方向走去，扭头看着她，笑道："你跟我来。"

宋枝说："哦。"

宋枝站起来，跟着他往外，走到一半转为小跑。

她的语气轻快活泼："你先跟我说是什么？"

闻时礼还是没告诉她，只说："你先出来。"

他打开别墅的大门。

间芸寒夜的冷空气瞬间涌来，冻得宋枝脖子一缩，不禁咝了一声："这风真要命。"

闻时礼看一眼她身上穿着的厚睡衣："要不我上去给你拿件外套？"

"不用不用。"宋枝盯着他手里的袋子，"你先跟我说这是什么东西，为什么还要到外面来？"

闻时礼把袋子拎至她面前，打开袋子，语含笑意："你看看。"

宋枝低头往袋子里一看，里面有几个长方形的粉红色纸盒，扁平状的盒子熟悉又亲切，底部印有某烟花厂仙女棒的字样。

宋枝有些惊喜，伸手从袋子里取出一盒仙女棒，翻来覆去看了很久，最后抬头，亮晶晶的眼睛看他："你怎么知道我爱玩这个？！"

"以前听阿姨随口提过，说你小时候每年都要玩这个仙女棒。"闻时礼笑着说，"不给你买你就赖在别人的烟花摊前不肯走。"

确实有这么一件事，宋枝有些不好意思，嘟囔道："那都是小时候不懂事，现在我不会了。"

没想到闻时礼居然说："现在会也没关系的。"

宋枝一怔："为什么？"

"在哥哥这里，你永远都可以做小孩子。"闻时礼抬手，温柔地摸摸她的头，"不用懂事也行。"

宋枝觉得内心深处好像被什么东西一下戳中了，有着难以言表的感动。

在从小孩成长为大人的过程中，不少人都告诉她要懂事，要听话，要不负众望。他却告诉她，不懂事也没关系的，可以永远都做小孩子。

谁都知道，只有小孩子才最快乐，最无忧无虑。

宋枝的鼻尖有些发酸。她忍不住说出心里话："时礼哥，你除了逗我玩、让我生气的时候，真的都很好。"

闻时礼说："嗯？"

在冷风里，宋枝的鼻头有些发红。她吸吸鼻子，重复道："你不逗我的时候，都挺好的。"

闻时礼漫不经心地一笑："小气鬼。"

宋枝一下子不悦起来："干吗说我？"

"哥哥对你这么好，"闻时礼眯了眯桃花眼，"逗你一下都不行，这还不小气？"

看在他今晚表现不错的分儿上，宋枝没有回嘴，只说："不和你说了，我要玩这个仙女棒了。"

闻时礼笑着说："玩吧。"

宋枝便低头开始拆仙女棒的包装。

闻时礼的目光始终停留在她身上，没有片刻转移。哪怕他掏出烟来点火时，也没看一下火苗，而是越过那团火苗，把目光停留在她专注的小脸上。

这是最好的新年礼物。

院中光景不错。

一个月前，这里的前院还没有灯，他知道她怕黑，最近才叫人在这院里装了两盏路灯。

宋枝拆开盒子，从中取出两支仙女棒，跟闻时礼说："借个火。"

闻时礼朝她靠近："嗯。"

宋枝手里拿着仙女棒，想等他拿打火机给她用，却没想到他直接俯身，两指夹烟，薄唇含着烟嘴，朝她一点儿一点儿靠近。

他用他燃得正盛的烟头给她点仙女棒。

宋枝没反应过来，只因为这个画面真的太过美好，美好得像是韩剧里的经典名场面。

男人的眉眼慵懒，桃花眼深沉，脸在她胸口的位置。他微微歪着头，用指间的烟给她点燃仙女棒。

当仙女棒的火星开始飞溅，他黑色的眼眸也跟着亮了，目光闪烁。他的眼中开出无数朵小小的火花。这一刻的画面，足够让宋枝惊艳好多年。

"既然让你借了火，"他慢条斯理地开口，在这种浪漫的环境下，他的声音显得更加迷人，"你得赏我个吻。"

宋枝还没回过神，有些慌乱地抬头，就被他亲了下嘴唇。

他就亲了一下，很快离开。

注意到她在发愣，闻时礼笑道："怎么，赏哥哥一个吻你很不情愿？"

宋枝回过神来："没有。"

闻时礼说："那你发什么呆？"

"我就是在想……"宋枝胡扯一个理由，"你刚刚用烟给我点仙女棒，脸和眼睛离火那么近，不怕被烫到吗？"

闻时礼徐徐吐出一口烟雾，英俊的脸庞笼罩在青白色的烟雾里，嗓音始终含着笑："那是冷光，不烫。"

宋枝不知道仙女棒的原理，但也信他说的："好吧。"

"不愧是你，"闻时礼又开始调侃她，"连这个都不知道。"

宋枝转过身背对他："不想理你。"

闻时礼厚着脸皮绕到她面前，稍稍扭头打量她："又生哥哥的气了？"

宋枝盯着手中的仙女棒发出的火星看："谁让你说我。"

"行，不说了。"闻时礼败下阵来似的，说，"谁让我们小宋枝是气球做的呢，动不动就生气。"

看在仙女棒的分儿上，不和他计较，宋枝自我安慰着。

小情绪来得快去得也快，宋枝很快就沉迷在仙女棒的乐趣中无法自拔，没一会儿就玩光了一整盒。

宋枝跑回到闻时礼身边："还有吗？"

"多着呢。"闻时礼把手中的袋子递给她，"慢慢玩。"

宋枝开心地接过："谢谢哥哥！"

夜色里，少女的眉眼清丽，小鹿般的眼睛灵气十足，在月光下挥舞着仙女棒，笑得明媚如春，整个画面都无比美好。

闻时礼真想让时间停在这一刻。

闻时礼做不到让时间停止，但可以选择记录这样美好的时刻。他拿出手机，点开相机，对着宋枝，没有犹豫地按下拍照键。

快门声连着响了好几下。

宋枝听到声音，看过去，看到举着手机的男人，然后又听到了快门声。

她笑容不变："你在拍我啊？"

闻时礼说："嗯。"

宋枝手中的两支仙女棒正好燃尽，她小跑着回到闻时礼身边，兴奋地说："快给我看看！看你把我拍得好不好看。"

她想，现在很多男性的拍照技术委实堪忧，能把刘亦菲拍成如花的更是大有人在。

闻时礼打开相册，把刚刚拍的那几张照片翻出来，一张一张地给宋枝过目检查。

照片居然出人意料地好看，一轮弯月，一盏路灯，一个笑颜明媚的少女手里拿着闪着火花的仙女棒，属于完全不用美化就能发朋友圈的作品。

宋枝说："你把这几张照片发给我，我晚点儿发朋友圈。"

"好。"闻时礼不忘邀功，"怎么样，你男朋友的拍照技术是不是还不错？"

宋枝不敢夸得太厉害，怕他飘得没边，只说："凑合。"

闻时礼说："这还凑合啊？"

宋枝憋住笑，就爱看他怀疑自己的模样，于是肯定地说道："嗯，凑合吧。"

宋枝再次点燃两根仙女棒，正准备到小雏菊花圃那边玩，就被闻时礼一把拎住后衣领："宋枝。"

宋枝被迫后退："哎，干吗？"

闻时礼说："跟哥哥一起拍一张。"

上次她和闻时礼拍合照是在2013年的除夕夜，那时候她十三岁，在火热暗恋他的阶段，没想到五个春秋过去了，她的美梦成真，和他成了情侣。

在宋枝走神的间隙，闻时礼已经自然亲密地搂住她的肩膀，把她带进怀中。他举着手机："别发呆，笑一下。"

宋枝收回思绪，立马对着镜头露出灿烂的笑，眼睛弯得像月牙儿。

两人的跨年合照定格在屏幕上。

照片上，宋枝看着镜头，笑得甜美可人，而闻时礼没有看镜头，在看屏幕中的她，目光充满温柔。

两个人中间是燃得正盛的仙女棒，无数的小火花见证了这份甜蜜。

宋枝跑到小雏菊花圃边继续玩仙女棒。

闻时礼留在原地，把刚刚那张两人的合照设为手机屏保。他看着屏幕上的宋枝笑得那么阳光，内心就觉得非常温暖。

看了会儿手机屏保后，他把合照和宋枝的单人照一起发给了她。

"宋枝。"闻时礼叫了声。

宋枝玩得正欢，回头问："啊？什么？"

闻时礼走过去，停在她面前："你能不能把我们的合照设为手机屏保？"

宋枝问："为什么？"

闻时礼弯了弯唇角，笑着说："如果有别的男生骚扰你的话，你就把手机屏保给他看，并对他说，别不自量力，你没我男朋友好看。"

宋枝真是无语了。

这个男人到底是怎么做到能每天换着花样想方设法地拐着弯夸自己的？

宋枝小声说道："就没见过你这么自恋的人。"

闻时礼笑得有几分得意，懒洋洋地接话："那你现在见到了。"

宋枝还想说点儿什么，只见闻时礼略一俯身，看着她的眼睛，认真、温柔地说："新年快乐，枝枝。"

宋枝对上他的目光，没反应过来。

"如你所说，"他温和地笑着，"2019 年，我们的第一个新年，来了。"

一阵寒风吹来，将宋枝手中的仙女棒吹得越发明暗不定。他黑色的眼眸也跟着闪烁。

宋枝凝视着他眼中的碎小的火光，吸吸鼻子，说："新年快乐，哥哥。"

我们的第一年，来了。

玩完几盒仙女棒以后，宋枝已经困倦不已，站在雏菊花圃前打了个哈欠，说："好困。"

闻时礼蹲在地上收拾她扔掉的那些燃过的细铁棒："你先上楼躺着。"

宋枝点点头："嗯。"

回到卧室，宋枝把卧室的吊灯关掉，只留那盏白色羽毛落地灯，然后上床。

床和枕头都很柔软，没几分钟，宋枝就有了睡意。在她快要睡着的时候，她感觉旁边的位置微微往下一陷，想必是闻时礼上床了。

宋枝实在太困了，没有睁眼，却还是能感觉到身上的被子被掀开。闻时礼躺进来，被子重新落下。

紧跟着他的一只手伸过来，从她后颈的位置绕过，攀住她的肩膀，再稍一用力，她整个人就被他搂进怀里。

那股熟悉的乌木香草味在空气中弥漫开来。她被他的味道包围着，脸上突然一凉。

宋枝知道，那是他在她的脸上亲了一下。她不禁皱眉小声嘟囔道："你不要打扰我睡觉。"

他含笑的嗓音从耳边传来："亲一下都不让？"

宋枝有些不爽地在他怀里扭动一下："我想睡觉。"

闻时礼没有再乱来，只依着她说："快睡吧，晚安。"

宋枝困得没有再理他。

隔了一会儿，她又听到他轻声问她："要不要听故事？"

这次，宋枝终于艰难地把眼皮撑开，睡眼惺忪地看着近在咫尺的他，质问："你到底让不让我睡觉？"

闻时礼语气很无辜，问："我怎么不让你睡觉了？"

"我现在可以睡着，不想听故事，你安静就行。"宋枝说，"再说，你讲的那些故事，可能我听了就得清醒到天明。"

她的话听得闻时礼直乐："有这么夸张？"

宋枝说："就是有。"

闻时礼看着怀里满脸困倦还和他说话的小姑娘，心一软，没忍住又在她唇上亲了一口："那不讲了。"

"最后一下。"宋枝皱眉，"我睡着后你不要再亲我。"

闻时礼妥协地笑着："好好好。"

宋枝重新闭上眼睛，开始酝酿睡意，却不知道为什么，一下就想到闻时礼在雷雨夜发病的模样。她好像从来没听他说过为什么会这样。

宋枝重新睁眼，轻轻喊他："哥哥。"

闻时礼说："嗯？"

原本闭上眼睛想要和她一起睡觉的男人也重新睁眼，视线稍稍往下，看着怀里的宋枝："你说。"

宋枝静了两秒，慢吞吞地问："你为什么会在雷雨天发病啊？"

似乎没想到她会突然问这么一个问题，闻时礼一怔，然后问她："为什么突然这么问？"

"我就是好奇。"宋枝说，"但是你不想说的话也没关系。"

闻时礼与她对视，眼神始终柔和："跟你没什么不能说的。"

宋枝的脸靠着他的胸膛。她仰着头和他说话："那我听你说。"

闻时礼问："你主要好奇什么？"

宋枝说："就好奇为什么一到雷雨天你就会犯病，而不是其他时候。你以前在雷雨天经历过不好的事情吗？"

谈到这些话题的时候，闻时礼的脸上很难再有往日里对她的那种笑容。他的薄唇抿成一条直线。

"是有那么一段经历。"他说。

他的记忆回到九岁那年。

那时的闻时礼已经经历过滚油灌喉、尖针缝嘴、谩骂殴打等各种残忍的事情，心智远比同龄人成熟，早已形成冷漠孤僻的性格。

四年前，媒体报道苗慈用滚油灌亲生儿子的喉咙，引发了不小的社会舆论，有不少人站出来纷纷谴责她。

从那以后，苗慈再也没有少过他的吃穿，却依旧在精神上对他进行着压制。她会经常说打压他、侮辱他的话语，也还是会打他。

苗慈折磨人的手段很有一套。

有一天，苗慈发现家中的冰箱出了问题，冷冻室里的肉类全部坏掉了。她发现后，第一反应就是质问在家的闻时礼："是不是你弄的？"

闻时礼面无表情："不是我。"

苗慈瞪着他："就是你弄的是不是？！"

他坚持："不是。"

苗慈没有再问他，而是随手抓起手边的一个东西，直接朝他砸过去："你做错事还不承认是不是？！"

一个很硬的东西直接砸中了闻时礼的太阳穴，他觉得脑子嗡的一下要爆炸了。

在那个瞬间，九岁的闻时礼看到眼前浮现了几颗闪闪的星星，可他很清楚，那并不是星星，而是痛感引发的短时眩晕。

砸他的东西啪的一下掉到脚边。那是个订书机。

闻时礼没有低头去看，也没有任何反应，只是站着，一直站着，仿佛这样一直站成永恒。

他习惯了承受各种毒打，比起被滚油灌喉来说，一个订书机把太阳穴砸出个大大的血包实在不算什么。

苗慈见他没有认错悔过的意思，又扇了一个很重的巴掌："还不承认！"

那时闻时礼的声音还很青涩，口吻却很坚定："没有就是没有。"

苗慈被他的回答彻底激怒。闻时礼看见她凶神恶煞地逼近，再一把揪住他的外套衣领，拉拽着把他弄到浴室里。

苗慈把他的棉外套扯下来丢在地上。

闻时礼站着没动。他安静地看着苗慈取下花洒，打开冷水，对着他的脸冲水。

闻时礼浑身哆嗦了一下，水很快把衣服、裤子打湿了。他硬生生地忍着，感觉凉意铺天盖地袭来。

正值寒冬腊月，这种凉意几乎是直入骨髓地折磨着他。

把他浑身淋得透湿以后，苗慈把他丢到客厅的阳台上，厉声说道："你就在这里反省一个晚上，反省到你肯主动认错为止！"

苗慈说完直接把阳台门反锁了。

室外温度只有三四摄氏度，浑身透湿的闻时礼有着旁人难以想象的倔强，就算今晚冻死在这个阳台上，他也绝不主动向苗慈低头认错。

因为他根本就没错。

很快，天空中乌云翻滚，电闪雷鸣，一场暴雨来了。

闻时礼缩在阳台的一个角落里，双手抱着膝盖坐着，整个人因为寒冷抖得像筛糠一样，牙齿控制不住地上下碰撞。

冷，好冷，真的好冷……

雨还是无情地落了下来，豆大的雨点迅速而密集地打在他的身上时非常痛。闻时礼强忍着疼痛，听着一声大过一声的雷声，心理防线彻底崩塌。

最后他倒在雨里，蜷缩成一团，颤抖不已，面色惨白，呼吸困难，有种强烈的濒死感。

冬季寒夜，雷鸣大雨。

在淋了三个小时的雨后，他终于失控，暴躁地从地上挣扎着爬起，疯了一样用头去撞那扇锁上的阳台门。

砰砰直响的撞门声吵醒了苗慈。

苗慈走到阳台门前，隔着透明的玻璃看着雨中满身狼狈的他："知道错没？！"

闻时礼颤抖着，双眼通红地瞪着她，一个字都没说。

"你还敢瞪我，你个小兔崽子，你……"

苗慈话还没说完，对面李大爷的阳台门打开了。李大爷手里拿着个手电筒，照向二人这边，抻着脖子喊道："你咋又折磨孩子了？你再不放孩子进去我就报警了！"

苗慈并不想惹麻烦，不得已把阳台门打开。闻时礼狼狈地跌进客厅里，面朝下一动不动地趴着，像是死了一样。

苗慈却头都没回进了房间。

被锁在阳台上淋雨，这并不是苗慈第一次对他进行这样的惩罚，也绝不可能是最后一次。

听完这些，宋枝眼圈红红的。她真的好心疼，声音都有些哽咽："哥哥，她怎么可以这样对你？你真的好惨。"

发觉她的声音不对劲，闻时礼漫不经心地一笑："怎么还哭了？"

宋枝说："你还笑得出来？"

"我有什么笑不出来的？"闻时礼将她搂得更紧，"人不能总活在过去的痛苦里，得学会往前看，你觉得呢？"

宋枝收拾好情绪，低低地嗯一声。

他能这样轻描淡写地说出以前那些痛苦的经历，得有多么强大的心理素质才能做到。

宋枝也知道，他告诉她的只是冰山一角。

她在想，他这人的成长经历和成长环境，无论说给谁听，听者都会摇着头说一句惨吧，怎么能让人不心疼呢？

宋枝心疼得要命，恨不得把所有的好、所有的爱，一下子全部掏出来，再一股脑儿塞给他。

他要不要都无所谓，她就想全部给他。

"枝枝。"

"嗯。"

"哥哥好热。"

宋枝一点儿都不觉得热，反而觉得很暖和，于是说："大冬天的，哪儿热？"

闻时礼的眼神变得深沉。他看着她，弯唇笑道："不是那种热。"

宋枝蒙了："那是哪种热？"

闻时礼目不转睛地看着她，手臂用力，将她搂得更紧一些，身下微微一顶，低沉缓慢地说道："这种热。"

饶是宋枝在这种事情上再愚钝，也能明白他这是什么意思，脑子里似乎有一道闷雷炸开，把大脑炸得一片空白。

紧跟着她就感觉有熟悉的异物贴着自己。

宋枝有些不自在，红着脸在他怀里轻轻一动："你这人怎么这样啊？"

闻时礼佯装不懂，唇角带着笑，故意用不正经的口吻逗她："哪样啊？"

没等她说话，他反倒恶人先告状般笑着问她："又不准哥哥有反应啊？"

宋枝非常不自在地挪动一下腿的位置，本想离他远些，却不承想适得其反，因为摩擦贴得更紧了。

男人发出一声诱人的闷哼。

宋枝听得头皮一阵酥麻，连带着骨头都在发软，再被他怀里的温度一烫，人像要化掉了。

她不理解，一个男人怎么能做到这么勾人的？

但重点不在这里。

宋枝板起脸，摇摇脑袋稳住自己有些乱了的心跳，心想：绝对不能被他蛊惑了。

她严肃地问："你没事瞎哼唧什么？"

闻时礼觉得难耐，低低地倒吸一口气，声音变得有些沙哑："你蹭到哥哥了。"

宋枝这方面经验少，不知道为什么轻轻地蹭了他一下，他就有这么大的反应，嘟哝道："哪有你这么弱不禁风的？"

闻时礼直接被她的话逗笑了，忍着欲望跟她对话："这是弱不禁风的事吗？"

宋枝说："那不然还能是什么？"

也没给他说话的机会，宋枝索性直接给他打上标签："干脆以后叫你闻黛玉好了。"

闻时礼并不急着第一时间辩驳，只搂着她，用带着薄茧的手指温柔暧昧地抚过她娇嫩白皙的耳郭。

宋枝的耳朵特别敏感，被他逗弄得身体轻轻一颤。

然后，他揉捏着她精巧的耳垂，凑到她耳边低笑着说："枝枝，这不是弱不禁风的问题，是我没办法控制。"

他每说出一个字，宋枝的耳垂就变红一点儿，红得好像能渗出血似的，被暖黄的灯光一照，更显出一番艳色。

宋枝的心跳猛然加速。她似乎能够清晰地听到心脏跳动的声音。

闻时礼的唇擦过她耳部的肌肤，带着些许诱惑之意。

他问她："枝枝，要不要和哥哥'不可描述'一下？"

宋枝被他撩拨得浑身发软，觉得意志力的防线在逐步崩塌，可脑中不知怎么又想到了另外一个问题，忍不住怪他："你真是的。"

"嗯？"闻时礼停下动作，不明所以，"怎么了？"

宋枝把他推开，手还停留在他脸上，看着他的眼睛说："我还在为你小时候的事情伤心难过，你却一点儿反应都没有，满脑子都想着那种事情！"

闻时礼握住她放在脸上的手，抓着她的食指放在唇边亲了下，贴着她的身子懒洋洋地笑道："怎么没反应？你还没感受到？"

宋枝一顿，几秒后，有些急眼地说："我说的不是那种反应！"

"那是哪种？"闻时礼就爱看她急眼的样子，也擅长装傻充愣，"那你告诉哥哥好不好，到底是哪种？"

宋枝气得一个字都说不出。

闻时礼得意地笑着，继续问她："还有你说的那种事情，又是什么事情？"

听着他一句又一句的玩笑话，宋枝整个人都要疯掉了。她躺在他怀里，脸红耳热，周身的血液都跟着滚烫起来。

闻时礼把她完全拿捏住了，笑着继续逗她："怎么不理哥哥？"

情急之下，宋枝想也没想，直接将他的嘴捂住："你不准再说话了，睡觉！"

闻时礼沙哑的嗓音闷闷地自她的掌心传出："睡不着。"

宋枝把他的嘴捂得更紧了一些："你还说！"

闻时礼眯眯笑起来，眼弯成特别温柔的弧度，平日里深沉的黑眸在此刻盛满了温柔。

见他安静了，宋枝松开捂他嘴的手："好好睡觉，不准再逗我。"

闻时礼没说话，而是拉着她的手放进被窝里，嗓音又沉了些："你让哥哥怎么睡？"

宋枝的手被带着摸到了某样东西。

她一下子很无措，像被烫到般，猛地把手收回，害羞地轻声问："你就不能收敛一下吗？"

闻时礼失笑，对她的话感到好笑且无奈："这要怎么收敛？"

宋枝问："真的不能控制一下吗？"

她稍稍一顿，又说："你老这样不难受吗？对身体应该也不好吧。"

闻时礼说："得不到释放才最难受。"

宋枝沉默了。

见她不说话，闻时礼真的忍不住了，直接凑上去吻住她的唇，有些用力地在她的唇上咬了下，含混不清地说："枝枝，哥哥真的忍不了了。再忍我就要爆炸了。"

宋枝的脸上阵阵发热。她被亲得大脑缺氧，只能跟随他的动作配合，羞得双眼紧闭。

闻时礼吻在她的耳垂上，竭力控制着内心的欲望，说道："等哥哥一下。"

宋枝羞得没出声。

很快，眼前一暗，房间里唯一的光源消失，耳边传来塑料袋撕开的声音。

她知道他在撕什么。

翌日清晨，宋枝在阵阵手机铃声中醒来。她从男人怀里抬头，眯着眼看着床头的手机。

那是闻时礼的手机。

宋枝推推睡得正熟的闻时礼："哥哥，电话在响。"

闻时礼懒洋洋地回应："嗯？"

宋枝重复："电话。"

闻时礼沙哑地说："帮哥哥拿一下。"

"哦。"

宋枝从他怀里爬起来，趴在他身上，伸手摸到床头柜上的手机，下意识地看一眼来电人，不看不知道，一看吓一跳。

手机上面赫然显示着三个字：宋院长。

爸爸？

宋枝头皮一紧，睡意全消，用手拍拍男人的肩膀："是我爸！"

听到电话是宋长栋打来的，闻时礼也睁开眼，看一眼表情有些担心的宋枝，递给她一个安抚性的眼神："没事，我接一下。"

他接过宋枝递过来的手机，滑动接听，声音恢复几分清醒："宋院长。"

宋长栋的声音从听筒里清晰地传出："臭小子，刚睡醒啊？"

闻时礼说："嗯。"

宋长栋说："你上次跟我说在莲庆买房子的事情，我给做房地产的朋友打过招呼了，给你留意了几处不错的地方。你什么时候有空回来看看？"

他要买房？宋枝疑惑，这里不是有这么大一栋别墅吗？他为什么还要买房？

闻时礼答："好，我过年就回去。"

"那没问题，离过年也只有一个多月了。"宋长栋说，"对了，你最近和枝枝联系过没有？她最近在学校那边怎么样？"

闻时礼的目光落在小姑娘的脸上，手暧昧地搭在她的腰间摩挲着，脸上露出玩味的笑容："挺好的，您放心，我把她照顾得很好。"

宋长栋说："那就好，那我先去忙了。"

闻时礼说："好。"

等他挂掉电话，宋枝问："你要在莲庆买房啊？"

闻时礼说："嗯。"

宋枝问："为什么啊？这里住着不舒服吗？"

"枝枝。"他搂着她,声音温柔,嗓音有着清晨特有的慵懒,"我想给你一个家。"

宋枝一怔。他又说:"你在莲庆长大,人都有恋乡情绪,以后跟我结婚了你要是想家了,就可以回去住。我也准备在那边开一家连锁事务所。"

宋枝问:"可你不是很讨厌莲庆那座城市吗?"

"嗯,是挺讨厌的。"闻时礼捧着她的脸,在她的额头上亲了下,"可我一想到那座城市有你,就觉得没什么大不了的。"

宋枝感受到额间的一点儿凉意,有些感动,趴在他身上盯着他的脸,问:"那要是我毕业以后工作的地方不在间芸,也不在莲庆呢?"

闻时礼说:"嗯?"

"我的意思是,"宋枝稍稍一顿,"总不能我在哪座城市,你就在哪座城市买一套房吧?"

那日的清晨,闻时礼的黑眸里满是深情,英俊的脸上挂着宠溺的笑,温柔遍布他的眼角眉梢。他看着她的眼睛,笑道:"你怎么知道我不能呢,枝枝?"

转眼间,宋枝迎来了医学生最为痛苦的考试周。这一周,整个医学院的学生背水一战,要背的东西多得离谱,要记的点细得惊人,就算平时勤勤恳恳的学霸,在期末考试前还是背不完书。

高强度的学习任务下,熬夜是家常便饭,红牛、咖啡更是手中不断,就连平时最贪玩的孟佳妮,也和宋枝一起到图书馆复习。

四个女生晚上回到宿舍以后,个个形容枯槁。但她们还不能睡,还要开着台灯奋战到凌晨四点。

医学生考试周的苦,有谁能懂?

宋枝恨不得一天有二十五个小时。她忙得完全忘记自己还有个男朋友。那一周里,她没有主动联系过闻时礼,就连闻时礼主动发来的微信消息,也鲜有回复。

她就算回复了,也只有三个字:在复习。

闻时礼知趣地没有再打扰她,只让她好好复习,安心考试。

结束所有的考试,宋枝元气大伤,整个人至少瘦了三斤。

离校那天,宋枝和萧圆、陶佳三人打扫宿舍卫生。孟佳妮大小姐自然不可能做这种粗活,给每个人点了一杯星巴克的榛果拿铁,然后先行离开。

对于孟佳妮的这种娇气行为,宋枝愿意理解与迁就。其他两人也一样。她们都无法讨厌孟佳妮,毕竟有钱、性格好还仗义的大小姐,谁会忍心讨厌呢?

打扫完整个宿舍后,宋枝带上行李箱和随身物品离开宿舍。一只脚刚刚踏出宿舍门,她就看见了等在外面的闻时礼。

他今天没有穿正装,而是穿着一件黑色冲锋衣,同色长裤。他懒洋洋地靠在她宿舍对面的墙壁上看着她,唇角挂着一抹懒洋洋的笑容。

这样的打扮让他多出几分少年感,看上去只有二十岁。

宋枝没想过他会出现在她的宿舍门口,语气自然带着些惊喜:"时礼哥,你怎么在这里？你没说过要来啊。"

闻时礼站直身子，上前一步，自然地接过她手里的行李箱和两个袋子："不放心你一个人去机场。"

宋枝心里一阵温暖，同时又想到另外一件事："你今天不是要上班吗？"

"我把上午的时间腾出来了。"闻时礼脚尖一转，"走吧。"

宋枝露出灿烂的笑容："谢谢哥哥！"

闻时礼把两个袋子放在行李箱上，一手拉着行李箱，一手牵着宋枝的手，漫不经心地笑道："可别谢我，你没把我这个老男朋友忘了就好。"

宋枝跟在他身后："哪有这么夸张。"

"怎么没有？我看这周你恨不得我消失。"闻时礼说。

"魔鬼考试周嘛。"宋枝乖巧地笑着，主动将他的手握得更紧，"不过我想知道，你那时候每到期末考试也会这么痛苦吗？"

两人一同下楼。闻时礼淡淡地说道："还好吧。"

"也是。"宋枝脚步轻快，"以你的智商，考试自然难不倒你。"

距离过年还有一周的时间，闻时礼手头的工作还没忙完，所以只给宋枝买好了回莲庆的机票，他还得过几天才能回。

两人到机场的时候正好十二点。闻时礼带着宋枝在快餐店吃过午饭，将她送上了飞机。

宋枝下飞机后的第一件事，就是给闻时礼发微信消息：安全落地。

很快，闻时礼的电话打来了。宋枝接起："喂。"

闻时礼的声音温和，在听筒里辨识度也高。他温和地问她："到家再跟我说一声，别忘记跟叔叔阿姨说我除夕去你家吃饭。"

宋枝下意识地点头，意识到他看不见后，又开口道："知道，我都记着呢。"

"好。"闻时礼说，"回家记得多吃点儿，看你瘦得厉害，还有，我查过，最近莲庆的天气比较干燥，你记得开加湿器。"

"好。"

闻时礼还没说完："你这周为了考试没少熬夜，回家后就不要玩手机玩得太晚，睡前泡个脚，喝杯牛奶，别超过十一点睡觉。"

"还有，"闻时礼丝毫不带停顿地继续嘱咐，"你还有三天就会来月经，近期不要吃辛辣刺激的东西，来月经的时候贴个暖宝宝在小腹上，再就是……"

"还没说完啊？"宋枝直接打断他，"拜托，我是十八岁，又不是八岁，你这么絮絮叨叨的，搞得我像没有生活自理能力一样。"

闻时礼轻笑一声："关心你都不行？"

宋枝咧着嘴："有你这么啰唆的吗？怎么比我爸还唠叨？不是我说你，闻时礼，是不是因为你上了年纪，所以才这么啰唆啊？"

办公室里，闻时礼到饮水机前接了一杯热水，摇头失笑："才在一起多久，你就开始嫌弃哥哥，还经常直接叫我的全名。"

宋枝有恃无恐，故意说道："就叫，闻时礼，闻时礼。"

闻时礼藏不住眼底的笑意和宠溺，慢悠悠地答："在呢。"

"懒得和你说了。"宋枝清脆的声音混在机场嘈杂的声音里，"我要去取行李箱了，到家再给你发微信吧。"

闻时礼说："好。"

挂断电话，宋枝去取行李箱。取到行李箱后，她直接往外走。

来接她的是陆蓉。

见面后，陆蓉高兴地给了宋枝一个大大的拥抱，然后帮她把行李放到后备厢里。

陆蓉关切地问道："累不累？"

宋枝笑着："还好。"

在车上，宋枝告诉陆蓉，闻时礼会在除夕夜来家中吃饭。

陆蓉欣然接受："当然可以啊，随时欢迎小闻过来。"

宋枝小心翼翼地问："那爸爸呢？"

"这有什么好反对的？就吃个饭而已。"陆蓉说。

宋枝一阵心虚，如果不是单纯地吃个饭呢？她沉默了会儿，试探性地问："妈，你觉得时礼哥这人怎么样？"

"小闻这孩子呢，我一直对他印象不错。"陆蓉语气赞许地说，"看着冷冰冰的，为人处世都很好，上回从间芸回来后，我经常在你爸面前夸他呢。"

宋枝沉默了会儿，又小声说道："可我觉得爸爸不怎么喜欢他。"

听到这里，陆蓉在红绿灯的间隙转头，看一眼坐在副驾驶座上的宋枝："你这孩子今天怎么回事？你又不和小闻谈恋爱，问这些做什么？"

宋枝想，偏偏她就在和闻时礼谈恋爱，而且两人已经发展到了最后一步，事情已经无任何转圜余地。

宋枝还是没有当场和陆蓉摊牌的勇气，笑着糊弄过去："没有啦，就随口问问。"

陆蓉没有在意："这样啊。"

到家后，宋枝把行李拿到房间开始整理。她没有带太多东西，只带了些常穿的衣物、常用的护肤品，还有闻时礼送给她作成年礼的那瓶香水，柑橘茉莉味的。

在间芸和他初遇的时候，他说她身上没有他送的香水的味道，还问她为什么不喷他送的香水，当时她胡诌了一句心情不好，所以没喷。

在一起后，她喷上这种香水和他约会。他笑得温柔迷人："看来小宋枝今天心情不错。"

她说："你说过，香水是女孩子的第二层皮肤。"

她又说："我很喜欢哥哥送我的这层皮肤。"

闻时礼不放过每个逗她的机会，把她搂在怀里，在她耳边低语："怎么从你口中说出来就这么吓人呢？"

她嗔笑着把他推开，怪他破坏气氛很有一套。他再次厚着脸皮贴上来，将她抱得更紧。

宋枝把香水从行李箱里取出，轻轻放到书桌里侧的位置，动作小心，好像对待宝贝一样。

整理完，她到衣柜前拿出那些风干玫瑰来闻，还是很香。

他送的一双小白鞋、两条裙子，安然地躺在最下层。宋枝分别拿起来细看，心中不禁充满感慨，原来一个人眨眼间就能长大，快得根本来不及反应。

不过还好，长大后可以美梦成真，能和十三岁时暗恋的男人在一起。

在衣柜前蹲着看了会儿，宋枝起身，到桌边拿起手机，打开云盘，翻看里面储存的照片。

两分钟后，她找到了五年前除夕夜和闻时礼的合照。

照片上的男人少年感十足，目光温柔，唇角带着几分笑意。十三岁的她与他站在一起，小小的一张脸，神态天真，表情因为害羞有些不自然。

两人旁边漆黑的夜空中有着大片大片炸开的烟花。

如今，五个春秋过去了。

宋枝盯着那张照片看了很久，然后决定今年的除夕夜也要和他拍一张合照，再把两张照片放在一起对比。

临睡前，她接到了闻时礼的电话。她说："除夕夜一起拍照。"

闻时礼笑着说好。

他突然问："你还记不记得，2013年的除夕我们一起拍过一张照片，那张照片还在吗？"

宋枝很惊讶他还记得："当然在。"

"你发给我吧。"闻时礼说，"我存一下。"

宋枝说："等等。"

宋枝把通话改为免提，翻找出那张照片，给闻时礼发了过去："好啦。"

"拍得还挺好。我在想要不要拿我们的照片当朋友圈背景，免得有些女的骚扰我。"

一听到有女的骚扰他，宋枝就很不开心，发出"灵魂拷问"："你的微信里怎么会有女的？"

闻时礼解释："都是委托人，或者是工作上需要打交道的人。"

宋枝的语气冷了下来："哦。"

闻时礼察觉到她的不悦，温和地笑着哄她："别不开心，我这不觉悟挺高嘛，想着用我俩的照片当朋友圈背景。"

"这还差不多。"宋枝刚说完，就想到一件事情，"你的微信是不是加了我爸妈？"

闻时礼嗯了声。

宋枝说："那不行，现在还没和我爸妈说我们俩在一起了，要是被看到的话我们都会死得很惨。"

"我觉得不会。"闻时礼冷静地分析道，"你不会死得很惨，只有我会。"

宋枝扶额，头痛地说道："这不是重点，重点是不能当朋友圈背景。"

没等他开口，她又说："这样，你发条屏蔽我爸妈的朋友圈吧。"

闻时礼说："可以。"

一分钟后，闻时礼温和的嗓音从听筒传来："我发好了。"

宋枝说："我看看。"

宋枝缩小通话界面，点开朋友圈，下拉刷新，却没有新的内容出来。

"没有啊。"宋枝不解，"你真的发了？"

闻时礼说："发了。"

宋枝说："那可能因为我在打电话，流量不稳定，等过几分钟再看吧。"

闻时礼说："好。"

宋枝万万没想到，这等几分钟，就直接等出了大事情。

和闻时礼有一搭没一搭地聊了会儿天，宋枝再次点进朋友圈刷新，还是没发现他说的那条朋友圈，便说："你截个图给我，我看看。"

"嗯。"他说，"马上。"

很快，宋枝和闻时礼的微信对话框里弹出一张朋友圈内容的截图。朋友圈的内容是两张他和她的亲密合照，分别是五年前除夕夜的合照，和上次跨年玩仙女棒时的合照，还有一句特别简洁的话：已有女友，非常优秀。

宋枝的心一下子甜得冒泡泡。她藏不住嘴角的笑意，可还没开心五秒钟，就看见下方有两个灰色的小人标志。

她知道那是微信的分组标志。

宋枝的心猛地一跳，笑容僵在嘴角，她颤抖着说道："你把那个分组点开截图给我看看。"

闻时礼淡淡地说："好。"

很快，闻时礼把第二张截图发过来了。

宋枝差点儿一口气没提上来："我让你把我爸妈屏蔽掉，没让你设为仅他们可见啊！"

闻时礼的语气无比淡定："我弄错了？"

"当然啊！你弄错了！"宋枝对着电话吼。

闻时礼丝毫不慌张，反而对她激动的反应觉得好笑："慌什么？"

宋枝压住情绪："你说我慌什么？"

他仍在笑，不疾不徐地问她："那现在怎么办？"

"还能怎么办？快删掉啊。"宋枝说，"不能这样被我爸妈看见吧？这太不尊重他们了，等你过来亲自告诉他们比较好。"

闻时礼表示认可："有道理，我马上删。"

就在宋枝准备长松一口气的时候，卧室门被敲了三下，吓得她浑身一颤。

外面传来宋长栋严肃且没有温度的声音："宋枝，开门。"

宋长栋鲜少会连名带姓地叫她。

她想：完蛋了。

她的脑中一片空白，心里涌出的全是此生命数将尽的绝望想法。

她用手虚掩着嘴，把声音压得很低，着急地向电话那端的闻时礼求助："怎么办啊？我爸在敲我的门。他肯定看到了。"

　　闻时礼慢条斯理地说道："别急。"

　　"这还不急？！"宋枝压着嗓子朝他吼，"我爸现在就在我房门口等着。他让我出去！这都怪你！"

　　男人低沉的轻笑声自听筒里传来，宋枝觉得匪夷所思："你还有心情笑？一点儿都不管我的死活吗？！"

　　"哪有？"闻时礼的声音听上去像在极力憋着笑，却还是十分温柔，"哥哥怎么舍得呢？"

　　这时，宋长栋严肃的声音再次从门外传来："宋枝，你在里面干什么？"

　　宋长栋说："快点儿把门打开。"

　　宋枝慌得不行，呼吸都变得有些乱。她加快语速低声问："你听到了没有？我爸在叫我，现在怎么办啊？"

　　"你就说，"闻时礼稍稍一顿，声音含着笑，"是我先勾引你的。"

　　宋枝一顿，说："本来就是。"

　　"本来就是？"他似乎觉得好笑，也被她的回答搞得没脾气了，"行，那就是吧。"

　　闻时礼的声音很慵懒："你就直接跟宋院长说，等过几天我亲自上门和他解释。"

　　宋枝说："真害怕我爸会揍我一顿。"

　　"不会，"闻时礼笑了，"要揍也是揍我吧。"

　　宋枝仔细一想："也是。"

　　闻时礼说："除夕那天我争取早点儿回来，别怕，有哥哥给你担着呢。"

　　宋枝说："好，那先不说了。"

　　她挂断电话，把手机放在桌上，深呼吸两口气后，走过去开门。

　　打开门，宋长栋那张没有表情的严肃的脸出现在眼前，一瞬间宋枝的心跳都快停止了。

　　她小心翼翼地笑着说："爸爸，这么晚了，还有什么事情吗？"

　　宋长栋目不转睛地看着她，反问："你觉得有什么事情？"

　　宋枝尽量维持着自以为看着不错实则僵硬的乖巧笑容装傻，说道："我不知道呀。"

　　"不知道是吧？"宋长栋皮笑肉不笑地冷哼一声，"那到客厅来，我和你好好谈谈。"

　　宋枝心里咯噔一下。

　　宋长栋转身到客厅沙发上坐下，朝书房的方向喊："蓉蓉，来，你出来一下。"

　　陆蓉穿着睡衣从书房出来："什么事啊？"

　　宋长栋没有直接回答，而是看了一眼还愣在房间门口的宋枝："你还不过来，还站在那儿干什么？"

　　宋枝紧张地应了一声，抬脚走过去。

　　客厅里的沙发呈 L 形，宋长栋和陆蓉坐在长沙发的中间，宋枝则坐在侧面的短沙发上。

　　宋长栋把手机放在茶几上，果然，屏幕上显示着闻时礼发的那条朋友圈，合照醒目，文字亮眼。

陆蓉把手机拿起来，仔细一看，然后笑着说："照片拍得不错。"

宋长栋说："这是重点吗？！"

陆蓉怔住。

宋长栋伸手指着那行字给陆蓉看："你好好看看。"

宋枝把头深深低下，完全不敢看爸妈。

陆蓉看见"已有女友，非常优秀"这行字后，先是一怔，然后眼睛一亮，语气带着诧异："枝枝，你在和小闻谈恋爱啊？"

宋枝想：别问了妈妈，您能不能除夕那天去问闻时礼啊？

宋长栋插嘴，语气显然相当不悦："这还用问吗？不是明摆着的事情？"

陆蓉把手机放回茶几上，脸上露出欣喜的笑："那不挺好的嘛，我看小闻这孩子就不错，换别人我还不放心呢。"

宋长栋差点儿以为自己的听力出了问题，怔了一秒后，原本靠在沙发上的身体直接坐了起来："你说什么？"

陆蓉把刚刚的话缓慢地重述："我说，小闻那孩子人不错！"

宋长栋一巴掌拍在桌上，怒吼道："不错什么了不错？那臭小子有啥不错的？！"

陆蓉沉下脸，皱着眉说道："你凶我？"

宋长栋自知情绪失控，立马缓和语气对陆蓉说："没凶你，我的意思是，闻时礼他……"

陆蓉打断他："你没凶我为什么刚刚那么大声和我讲话，还拍桌子？"

宋长栋的气势弱下来："我……"

"你什么你？"陆蓉给正好抬头的宋枝递了一个眼神，示意她赶紧回房间，然后又说宋长栋，"难道你刚刚大声讲话、拍桌子不是事实吗？"

得到暗示，宋枝立马站起来，匆匆说道："爸爸，等除夕那天时礼哥过来亲自和你讲吧，我先回房间啦。"说完她一溜烟似的跑回房间。

听到闻时礼除夕要到家中来，宋长栋没控制住站了起来："宋枝！你等等！他还敢到家里来？看我不揍死那个臭小子！"

陆蓉跟着站起来："你又在吼什么！"

宋枝冲回房间关上门，把陆蓉教训宋长栋的声音一并关在门外。她靠着门捂着胸口，长松一口气：好在有妈妈，她有惊无险。

不过看陆蓉的样子，她还挺喜欢闻时礼的？

这个发现让原本慌乱的宋枝有一点儿安心，这样总比爸妈两个都反对要强吧？

陆蓉也一直在帮闻时礼说话，看来上次在间芸的时候，闻时礼把陆蓉"收买"得很到位嘛。他还挺有远见。

宋枝到桌前拿上手机，关灯上床，钻进被窝里看闻时礼发来的微信。他问她有没有被骂得很惨。

宋枝：你还好意思说，都怪你。

宋枝：不过刚刚我爸真的好生气，说不定除夕那天真的会揍你。

闻时礼发过来一条十几秒的语音。宋枝选择用扬声器播放。

男人清冷的嗓音带着几分笑意，充满了整个被窝。

"能和小宋枝长长久久的话，挨点儿打算什么？再说你男朋友我什么样的打没挨过？别担心。"

在听前半部分的时候，宋枝心里忍不住泛出感动和甜蜜，可当她听到后半句的时候，心情又变得复杂，怜惜、哀伤等情绪交织在一起。

那条语音她反反复复听了好几遍，然后选择收藏。

两分钟后，宋枝回过去一句话：要是你选择分组的时候仔细一点儿，就不会发生这种事情了。

很快，闻时礼又发过来两条语音。她依次点开。

"枝枝。

"你怎么知道哥哥不仔细呢？"

宋枝盯着屏幕直接怔住。她扯开盖在头上的被子，呼吸着外面新鲜的空气。

她很久都没有反应过来他是什么意思。

过了好一会儿，宋枝幡然醒悟，整个人从床上弹起来坐着，飞快地打字质问闻时礼：你故意选错分组的！你就是想让我爸妈看到对不对？为什么！

闻时礼回过来一条语音，嗓音慵懒。他慢条斯理地说道："早日尘埃落定，免得你后悔。"

这老男人的心思她真是服气。

宋枝躺倒在床上，抓狂地来回滚了好几圈，然后毫不犹豫地给闻时礼回了三个字：你是狗！

和陆蓉吵架，宋长栋从没赢过，被训一顿后他左思右想都想不开，直接一通电话打到了陈广轩那里。

陈广轩睡得正熟，被电话吵醒，自然十分不耐烦。

他眯着眼睛，摸起手机一看，是老宋。

他想：十一点还打电话过来，不知道有什么事情。

陈广轩将电话接起，闭着眼睛，手指揉着眉心不悦地说道："有啥事快说，都这么晚了。"

宋长栋难以克制怒气的声音传来："你教出来的好学生！闻时礼那个不知道天高地厚的臭小子，居然追我女儿，在和我的女儿谈恋爱！"

没有人能在陈广轩面前说闻时礼的不是，谁都不行，哪怕有多年的交情也不行。

陈广轩直接睁眼，从床上坐起来，把床头台灯揿亮："小闻咋了？我教得有问题吗？他哪里差了？再说他谈恋爱咋了啊，不让谈啊？"

宋长栋踱步到阳台上，火冒三丈："他在和我女儿谈！"

· 437 ·

怕吵到旁边的陈太太，陈广轩动作迅速地掀开被子下床，离开房间到客厅里，一副准备好好掰扯个高低的模样。

陈广轩说："他和枝枝谈又怎么了？"

宋长栋说："和枝枝就是不行！"

"哪有这种道理啊？"陈广轩点燃一根烟叼在嘴里，含混不清地说，"万一就是枝枝先喜欢闻时礼的呢？"

"你别胡说。"宋长栋被气得不行，"无论怎么看，都是那个臭小子拐了我家闺女吧？"

对于闻时礼的事，陈广轩半分不肯让步，哎哟一声："那可不一定啊，我的得意门生的那张脸多招小姑娘喜欢啊，枝枝喜欢不也很正常吗？再说，现在他有钱、有地位，哪里配不上枝枝啊？"

宋长栋加重语气："这不是配不配得上的问题！"他想到自己曾经对闻时礼说过的话，顿时越发气愤了，"亏我还让他好好照顾枝枝！这个臭小子！"

陈广轩哈哈笑了两声："这不照顾得挺好的吗？都谈起恋爱来了。"

一个晚上，宋长栋连连败阵。他说不过陆蓉，也吵不过陈广轩，两个回合下来只把自己气得眼冒金星。

在和陈广轩长达一小时的电话交战失败后，宋长栋有些无力地回到客厅。口干舌燥的他一口气喝了整整三杯水，然后决定等除夕那天见到闻时礼后，要把他揍得认错才行。

宋枝拿着药回房间，刚进门，就注意到闻时礼站在距离门不过半米的位置等她。

宋枝指了一下桌边："你去那边坐着，我给你涂药。"

宋枝转身将门关上，回头发现闻时礼站着没动，她也停下动作："怎么了？"

闻时礼并没有回答她，而是抬脚朝她靠近。

宋枝微微一怔，低头看着靠近的男人伸过来一只手，他的手越过她的腰侧，摸到门锁。

随后她就听见门被锁上的声音。

宋枝不明白这个举动的意图，抬头看他："你干吗？"

闻时礼弯唇无声地笑。

正当宋枝想要再问他时，人已经被紧紧地抵在门上。他身上清雅的男式香水味道和他的重量在瞬间袭来，她屏住了呼吸。

宋枝一紧张，手里的药膏没拿稳，掉到男人脚边。她低头一瞥，弯腰欲捡，手伸到半路却被他握住了。

闻时礼把她的手按在门上，一条长腿微屈，便将她完全抵在门上。

宋枝不明白他要做什么，近距离地与他对视，心跳得很快，却什么话都讲不出。

闻时礼盯着她，抬起另一只手来轻轻捏住她的下巴。

随着他修长的手指微微发力，宋枝只能被迫抬头。他的眸色沉如黑夜，里面有她再熟悉不过的欲望。

这种眼神，宋枝只在他的床上见识过。

她的感觉没出错，闻时礼直接吻了下来，唇凉舌热，技巧娴熟。

宋枝的脑子像放烟花似的炸开。她一面心跳加速，一面思绪混乱地想：他以前也没有感情经验啊，为什么吻技这么上乘？

在二人独处时，闻时礼从来都很肆无忌惮。他没有半分收敛，脸上的笑意反而在加深，声音越发暧昧地和她说："幸好你来月经了，不然我又得被宋院长揍一顿。"

宋枝没有在第一时间反应过来他话中的深意，愣愣地问："为什么还要被我爸揍？"

闻时礼的手自她耳边往下滑，从羽绒服下摆探进去，隔着一层薄薄的打底衣，准确握住她的侧腰。

他的手大，能轻而易举地握住她的大半个腰。

暧昧的气息在流动。

他稍稍用力，将她的腰握得更紧，意味不明地笑了声，把话说得相当露骨："因为我会在这……"

宋枝的大脑一片空白。他在讲什么？！她的爸妈现在就在一门之隔的客厅，他是真的胆子大也不怕挨打啊！

宋枝觉得他没个正行，再往下说只会越来越离谱。她抬手推他一把，趁着他后退一步的空当，忙从他身前跑开。

闻时礼弯腰将药膏捡起，转身看着羞红脸站在书桌前的宋枝，无声地笑了笑。

他走过去拉开椅子，懒洋洋地往上面一坐，手肘往后搭在椅背上："来吧。"

宋枝怔住，说话都开始有些结巴："干……干吗？"

"还能干吗？"闻时礼一扬眉梢，晃了晃手里的药膏，"你不是要给我涂药吗？"

"原来是涂药。"宋枝心里长舒一口气。

"不然呢？"闻时礼的脸上全是正经人的斯文、温和，就好像她才是思想有问题的那个，"你想哥哥干吗？"

宋枝假装淡定，手伸过去想拿他手里的药膏："才没有。"

"其实，我也不想干吗，就想……"闻时礼握住她伸过来的那只手，笑得风流，一双桃花眼里蓄着春光。他张嘴用唇语对她说了两个字。

读懂了那两个字的宋枝，整个人触电般猛地将他握着的手抽回。

她转身背对他，愤愤地说道："你活该被我爸揍！"

"是是是，是我活该。"他的手从后面伸过来，拉着她的手，他讨好地哄着，"那枝枝同情我一下，给我涂药。"

宋枝没搭理他，把手抽回，生气地说道："痛死你得了。"

听她这么说，闻时礼索性故意卖起惨来，用吊儿郎当的语气笑着说："啧，好疼，嘴角这儿流血了最疼，还有眼睛这儿，到处都疼。"

宋枝还是忍不下心不给他涂药，慢吞吞地转过身，拧开药膏的盖子："你再胡说八道，我就真的不管你了。"

闻时礼悠悠地一笑："没有胡说八道，我是认真的。"

宋枝说："你还说！"

"好好好，不说了。"闻时礼举起双手做投降状，摇头失笑，"听你的。"

我都听你的。

宋枝没再怪他，仔细地给他脸上的伤搽药。宋枝搽药的时候，他会故意喊疼，然后要求她给他边吹边搽。

她轻轻地往他脸上吹着风。他舒服得把眼睛闭起来，闭眼时显得睫毛又长又密。

刚给他搽完药，宋枝就听到陆蓉的声音从门外传来："枝枝，小闻，出来吃饭了，菜快凉了。"

宋枝应道："马上。"

宋枝把药膏盖拧上，想到一件事："你今晚住在哪里？"

今天一大早，陆蓉就把闻时礼以前睡的那个房间收拾了出来，打扫得特别干净，还铺上了新的三件套。

"酒店。"闻时礼说，"我在来的路上已经订好房间了。"

宋枝说："哦，那行。"

闻时礼问："怎么了？"

"没事。"宋枝说，"我妈把隔壁房间收拾出来了，说要让你住。"

"这样啊。"闻时礼站起来揉揉她的头，"既然你这么想让哥哥住你家的话，那我就把酒店房间退了吧。"

宋枝想，她哪有啊？！

宋枝刚想反驳他，就听见他特别不要脸地笑着说："住你家也挺好，方便亲你。"

她抬手拨开他还在揉她头发的手，嘟哝道："你就不怕我爸看见后搽你？"

"不怕。"闻时礼唇角的一点儿鲜红血迹将他的笑脸衬得越发迷人。他放慢语速说，"他搽我一拳，我就亲你一下。"

宋枝无言以对，又听他说："礼尚往来。"

宋枝说："礼尚往来这个成语不是这么用的。"

"我知道。"闻时礼的眉眼间带着笑意，怎么看都很勾人，"大概就是这么个意思。"

在除夕当天被暴揍一顿，这样的事对于任何人来说都很不愉快，可闻时礼似乎不这么觉得。他带着瘀青的眼角和破裂的嘴角，在宋家年夜饭的桌上笑得相当愉快。他的胃口也变得比平时好太多。陆蓉给他夹再多的菜，他都会礼貌地道谢后全部吃下去。

宋枝不禁想：哪有这么傻的人？被揍后还笑得这么开心。

饭后，宋枝帮着陆蓉收拾。在厨房里擦流理台的时候，陆蓉端着一摞盘子进来，站在她旁边问："枝枝，你想好了没有？"

宋枝动作一顿："什么？"

"就是你和小闻啊。"陆蓉说，"你爸让我和你谈谈，真的想清楚了没？小闻有严重的精神类疾病，你也知道的，这可不是件小事。"

宋枝的表情有短时间的凝固，然后她露出笑容："妈，我知道，我不介意，也不害怕。"

陆蓉看了她半晌。

宋枝本以为妈妈还会再说什么。陆蓉却拍拍她的肩膀说："我和你爸爸都尊重你的选择，毕竟感情是两个人的事，只要你不后悔就行。"

宋枝重新用抹布擦起台面来，低头小声说："他不会让我后悔的。"

他永远不会做让我受伤的事情。

陆蓉会心一笑："那就好。"

第十三章　雪　山

2019 年的新年过得非常愉快、温馨，其中还有一段小插曲。

夜空中璀璨的烟火盛放，屋里的四人坐在客厅里看春晚。宋枝每年都只对小品节目感兴趣。她剥开一颗白桃味的糖放进嘴里，正准备专心看小品时，接到了孟佳妮的电话。

宋枝怕讲电话影响到看得专心的爸妈，想到阳台上去接，刚站起来就被闻时礼拉住手腕。

闻时礼用唇语问她："干什么去？"

宋枝扬扬手里的手机，小声答："我室友打来的电话，接一下。"

等宋枝去阳台上后，宋长栋用遥控器调小电视的声音，叫了闻时礼的名字。

闻时礼下意识地应道："您说。"

宋长栋的表情严肃，语气认真："我就这么一个闺女。"

闻时礼说："我知道。"

宋长栋沉默了很久，半天后才用略带悲伤的口吻说："臭小子，我只给你一次机会，如果你辜负了枝枝，你就给我等着。"

在闻时礼的字典里，就没有"辜负"这两个字。他几乎没有思考就直接说："不会，您放心。"

宋长栋似乎还不放心："如果你真的辜负了枝枝，那到时候怎么说？"

"我真的不会。"闻时礼苦笑，"如果您非要我回答的话，那我只能说，真有那么一天的话，您想怎样都行。"

阳台上，宋枝接起孟佳妮打来的那通电话："佳妮。"

孟佳妮那边静得出奇，和宋枝这边噼里啪啦爆炸的烟花声形成鲜明的对比，想必她应该在一个特别安静的地方。

孟佳妮说话的声音也有故意压低的嫌疑。她特别小声地说："枝枝，我有事拜托你。"

宋枝懒洋洋地趴在阳台栏杆上，一只手撑着脸仰头看着绚烂的烟花："你说。"

"你在十分钟后给我打个电话。"孟佳妮说，"就说有特别重要的事情要找我，让我赶紧从家里出来。"

　　这样的话术和场景都似曾相识，好像是在相亲的时候，如果看对方不满意，孟佳妮就会托朋友打电话让她借故脱身。

　　宋枝不假思索地问："你在相亲啊？"

　　"没，我说出来你都不敢信。"孟佳妮躲在卧室的厕所里，把声音压到最低，"现在顾清池那个人在我家。"

　　宋枝真的有点儿不敢相信，为什么顾教授会在孟佳妮的家里，还是在除夕这种阖家团圆的日子？

　　孟佳妮缩在厕所的一个墙角里，手不停地抠着瓷砖缝隙里的白灰："他今晚还要住在我家，我不能继续在家待着，你等下给我打电话，我就有理由出来了。"

　　宋枝不介意帮这个忙，但觉得有个问题："会不会太刻意了啊？"

　　孟佳妮一顿，又问："那不然你给我个理由，必须从家里出来的理由。"

　　宋枝认真思考。

　　数秒后，宋枝嚼碎嘴里的糖咽下去，说："你就说发烧或者身体不舒服吧，要去医院。"

　　孟佳妮特失望地啊一声："这样听着更假啊。而且顾清池会逮着我摸我的头。"

　　宋枝说："那这样，我想到了。"

　　孟佳妮的语气里充满对宋枝的信任："你说。"

　　宋枝说："你就说痔疮。"

　　孟佳妮沉默的时间变长，许久后，她幽幽地说道："仙女不会长这种东西，而且在顾清池面前我说不出口。"

　　宋枝说："你真的不考虑吗？这样说你就可以说要去医院动手术，还随时可复发。"

　　孟佳妮不说话了，沉默也是一种回答。

　　宋枝妥协道："好吧，十分钟后我给你打电话。"

　　"谢谢枝枝江湖救急！"孟佳妮说，"还有一件事情，我出来后能不能直接过来找你？这样显得真实点儿。"

　　"可以啊。"宋枝一口应下，"你不介意的话，可以直接住我家，和我住一个房间。"

　　得到应允，孟佳妮高兴得没控制住声音的大小："枝枝你最好了！"

　　紧接着，宋枝就听到一个男人冰冷的声音从听筒里传来："孟佳妮，你在里面过年？"

　　听筒里传来忙音，宋枝看一眼手机屏幕，显示电话已挂断。她忍不住翘着唇角笑了下，没想到佳妮和顾教授还挺精彩。

　　闻时礼在这时推开了阳台的门。

　　宋枝听到声响，转头看到了他："你也出来干吗？不看小品吗？"

　　闻时礼来到她旁边，拿出手机点开相机："你不是说今晚要一起拍照吗？"

　　宋枝顺从地靠过去，与他的脸贴近，两人后面的夜空里炸开缤纷的烟花，一如五年前灿烂。

　　随着快门声，两个人的笑脸定格在屏幕上。

宋枝看了几秒照片，说："挺好看的，发给我，情人节的时候发朋友圈。"

闻时礼把手机揣兜里："好。"

宋枝把刚刚孟佳妮来电话的事情跟闻时礼大概说了下，然后问他："你怎么看？"

闻时礼像是没听懂："什么？"

宋枝说："就这件事情啊，你怎么看？"

"不就是男女间那些事，"闻时礼将她的手拉起来，放在嘴前哈气，然后用自己的手给她不停地搓，"我没什么特别的看法。"

宋枝觉得这样聊天没意思，咧了咧嘴没再说话。

闻时礼很及时地察觉到了她的微表情，扭头细看一番，实在觉得可爱，忍不住笑着说："好，我来说下看法。"

宋枝来了兴趣，眼睛稍亮了些："那你说。"

闻时礼回想宋枝刚刚阐述的事情经过，然后说："只要一个男人会找一个女人，就代表他喜欢那个女人，因为真的喜欢就是会忍不住去找她。"

宋枝八卦的心被勾了起来："真的啊？"

闻时礼说："说到底，男人属于天生的行动派，目的性极强，从不做无用功，也从不轻易试错。"

宋枝听明白了，直接举一反三："那如果你不找我的话，是不是就代表你不喜欢我了？"

"可以这么理解。"闻时礼将她的手拉到唇边轻轻一吻，嗓音温柔，语气里充满耐心，"放心，我不会不找你，哥哥忍不住的。"

听到他的话，宋枝心里甜丝丝的，但还是平静地说："男人的嘴，骗人的鬼。"

"我不解释，时间会告诉你答案的。"闻时礼唇角的笑意加深，五光十色的烟花和宋枝的脸一起印在他黑色的眼眸里，然后齐齐盛放。

宋枝就这样沦陷在他的眼里。

感动完以后，宋枝主动踮脚，在男人没受伤的那边唇角上落下一个吻，害羞地低声说道："那你要一直找我。"

闻时礼拉着她的手放在自己的大衣口袋里，拉近两人的距离，低笑道："当然。"

说完他就低头想要亲她。

宋枝别开脸："别！"

阳台和客厅中间有一扇透明的窗，在客厅沙发的位置正好可以看到阳台上的情况，所幸刚刚宋枝吻的那一下又快又短暂，陆蓉和宋长栋根本没看见。

闻时礼停在半路，神情似笑非笑："怕被看到？"

宋枝轻轻地嗯一声。

闻时礼问："那你干吗勾引哥哥？"

宋枝有一瞬的愣怔，下意识地反驳："我哪有勾引你？"

"没有？"闻时礼眉梢一挑，"那刚刚亲我的是小狗。"

男人眸色深沉，眼底欲望四起，贪婪的目光肆无忌惮地扫过宋枝的眼睛、鼻子、嘴唇、白皙的锁骨、柔软的耳垂。

半晌后，他的嗓音变得有些低沉，慢慢地说："可惜了。"

由于他的目光实在太过直白，宋枝的脸上有些热："可惜什么？"

闻时礼微微一眯桃花眼，笑得风流："可惜等不到你的月经结束我就要走。"

宋枝顾不上他的胡言乱语，只关心他要走这件事："你去哪儿？"

闻时礼的嗓音恢复清冷，他认真地告诉她："有工作，要出差。"

宋枝问："去很远的地方吗？"

闻时礼想了想，说："雪城。"

雪城，一座距离莲庆有四千多公里的北方城市。这不是一般远。

听说他要去这么远的地方，宋枝一下就有点儿不开心，愣了好一会儿，又问："去多久？"

闻时礼很会照顾她的情绪，当下就低头，在她的额头上温柔地吻了下，温声哄着："快的话一周，慢的话一个月，我会尽快回来的。我在那边也会天天给你发消息，有空就跟你视频聊天，别不开心好不好？"

宋枝知道他向来话少，但在哄她这方面从没吝啬过金口，这么一想，似乎也没那么不开心了："好吧，那你要说到做到，每天都联系我。"

闻时礼眯眼浅笑，进行正面回应："说到做到。"

正当宋枝还想说点儿什么时，余光瞥到窗边站着一个人。宋枝扭头，发现宋长栋目不转睛地盯着闻时礼看，抬手一指："你个臭小子刚刚亲枝枝了是吧？"

宋长栋直接冲到阳台上，抓着闻时礼的手臂就往屋里拽："来来来，你给我过来！"

宋枝喊："爸爸！"

陆蓉也上来劝："长栋！"

闻时礼笑得自然，漫不经心地随着宋长栋的动作往里面去，还宽慰母女二人："没事没事，宋院长舍不得下死手——哒。"

宋长栋直接拧住闻时礼的一只耳朵："你看我舍不舍得？"

客厅里很快乱作一团，一人打，两人拦。闻时礼一声不吭地忍着痛。

这是宋家最热闹的一个除夕夜。

到最后，宋长栋看着闻时礼被他拧得通红的两只耳朵，也没忍住，扑哧一声笑了出来。

"这臭小子……"

宋枝摸摸男人通红的耳朵，忍不住责怪道："爸！你看你都把他的耳朵拧成什么样了！"

陆蓉帮腔说道："可不是吗？"

闻时礼的脸上始终挂着温和的笑。他一边说着"没事"，一边抬手摸了摸宋枝的脸，凑上去迅速在她脸上亲了下，然后特得意地冲宋长栋挑眉一笑："怎样？"

宋长栋想：行，你有个性，不怕疼是吧？

宋枝下意识地抬手，摸了下被闻时礼亲过的地方："闻时礼，你完了。"

闻时礼笑得得意："请便。"

然后，宋长栋再次从沙发上跳起来，朝闻时礼伸出魔爪："你个臭小子，居然敢故意挑衅我！好得很！来，我让你知道花儿为什么那样红！"

很快，客厅里再次乱作一团。

等过了零点，守岁结束，宋枝回房间洗漱、睡觉，临睡前收到了孟佳妮的短信：我明早到莲庆，你直接把你家的地址给我，我火速过去。为了躲顾清池那个人，我什么都做得出。他真的好难缠啊！

宋枝觉得有趣，笑笑后把小区详细的地址发了过去。

她又打开修图软件，给她和闻时礼的合照调了个好看的滤镜后，放下手机关灯睡觉。

初一清晨的莲庆相当热闹，鞭炮声不断，一家接一家地响个不停。宋枝就在阵阵噼里啪啦的声音里醒来。

她没睁眼，懒洋洋地躺着不动，想再赖会儿床。

枕边的手机响起，宋枝迷迷糊糊地伸手，凭着肌肉记忆滑动接听键，把手机放在耳边："喂。"

孟佳妮的声音从听筒里传来："我还有二十分钟到你家楼下，累死我了。"

宋枝的睡意消失了几分："这么快？"

孟佳妮的声音听着很疲惫，还带着委屈："八点了，你还没起床啊？我快要晕倒了。"

"我……"宋枝艰难地从被窝里钻出来，坐起来抓了一把头发，"我马上起来收拾，等你到我家小区门口给我打电话，我下来接你。"

孟佳妮说好，然后挂断了电话。

新年穿新衣，陆蓉有每年春节给宋枝备新衣服的习惯。今年也不例外，陆蓉准备的是一套米白呢子大衣搭白色内搭蕾丝裙，连黑色的小靴子也是新的。

宋枝花很短的时间把自己收拾好，换好衣服，拿上手机拉开卧室的门。

闻时礼坐在客厅沙发的最边上抽烟，在吞云吐雾的间隙见她出来，唇角扬了抹笑，朝她招招手："过来。"

宋枝扫视一圈客厅，朝他走过去时问："我爸妈呢？"

闻时礼把烟头摁灭在玻璃烟灰缸里："去超市买汤圆了。"

莲庆地处南方，初一早上的习俗便是吃汤圆，意在一家人在新的一年团团圆圆。

今早陆蓉起来后，在冰箱冷冻室里没找到汤圆，才发现是忘了买，便叫上宋长栋一块儿出门买汤圆去了。

"这样啊。"宋枝若有所思，"那哥哥你喜欢什么馅的汤圆？"

"你喜欢哪种？"闻时礼反问她。

宋枝想了想，说："我喜欢红糖汤圆，不过花生馅的也可以将就。"

等她靠近，闻时礼握住她的手腕，轻轻一扯，让她顺利坐在自己旁边，淡淡地笑着："那我也喜欢红糖汤圆。"

其实，他不喜欢汤圆，相当不喜欢，汤圆太甜、太腻。

宋枝问："那等下你要吃几个呀？十六个够吗？"

闻时礼说："都行。"

"你知道的吧？"宋枝看着他的眼睛，认真科普，"汤圆要吃双数的，比如说八个、十个这种，不能吃单数的，否则就不能和家人团团圆圆。"

"我没有家人。"闻时礼懒洋洋地往沙发上一靠，双手枕在脑后，语气格外漫不经心，"我只用和小宋枝团团圆圆就行。"

他的语气充满笑意，却让宋枝听着很不是滋味。她始终心疼他的遭遇。

宋枝不想在初一清晨把气氛搞得压抑，随即露出灿烂明媚的笑容，甜甜地说道："哥哥，新年快乐。"

闻时礼腾出一只手，伸到口袋里，摸出一个厚实的大红包，爽快地拍在宋枝的掌心里："枝枝也是，新年快乐。"

宋枝下意识地低头，手里的红包沉甸甸的。红包像是特别定制的，上面有烫金的花体字，用小篆写着两竖行字：枝枝新年快乐，要天天开心。

宋枝掂了掂手里沉甸甸的红包，抬头问："你给我包这么大的红包？"

"嗯。"闻时礼说，"塞不下了，一个红包里只能塞那么多。"

男朋友给女朋友发大额新年红包，向来也无可厚非。宋枝没有推辞，乖巧地说："那谢谢哥哥。"

闻时礼说："还有给你的新年礼物。"

宋枝说："还有啊？"

闻时礼又从大衣口袋里摸出一个首饰盒，打开来，里面是一条铂金材质的小雏菊项链，花心用粉钻制成，在日光下熠熠生辉。

他的手伸过来，落在宋枝颈部："你这里太空了。"

宋枝觉得这条项链漂亮至极，从首饰盒里取出来仔细地看，爱不释手。

她真的很喜欢，项链很衬个人气质。

待她看了一会儿，闻时礼从她手中取过项链："我帮你戴上。"

宋枝稍稍转身背对他。

闻时礼将她一头浓密柔顺的黑发拢在一边肩膀上，露出光洁白皙的脖颈。

很快，冰凉的感觉从颈部传来，宋枝抬手，在锁骨中间准确地摸到了那朵镶钻的雏菊，高兴地转过头，眼睛亮晶晶地盯着男人："好看吗？"

闻时礼靠近，在她细嫩的锁骨上轻咬一口，又亲了两下，低低地说："好看。"

就在他准备再对她做点儿什么时，宋枝的手机响了。

电话是孟佳妮打来的。她说她到了，现在就在宋枝家小区的大门口。宋枝说了声"马上下去"后挂断电话，匆匆起身出门。

小区大门口，孟佳妮一见到宋枝，就像见到救命稻草一样，一把抱住她诉苦："枝枝，我终于见到你了，谢谢你愿意在年初一收留我度劫。"

听到最后两个字，宋枝不禁笑出声来："哪有这么夸张啊？"

孟佳妮松开她："就有嘛。"

"这么说的话，"宋枝说，"顾教授是你的劫了？什么劫，情劫吗？"

孟佳妮不愿多谈顾清池，有些烦躁地摆摆手："不说了，你带我上去吧。"

宋枝帮她拎着手里的东西："好。"

到宋枝家后，孟佳妮才发现客厅里还坐着一尊大佛。闻时礼慵懒地在沙发里半躺半坐，长腿交叠，指间有一根燃到一半的香烟。

无论怎样看，他都像是一个玩世不恭的贵公子，没一点儿正行。

孟佳妮有点儿尴尬，这男人给人一种孤僻傲慢的感觉。她扯出个笑容，生硬地憋出一个字："嗨。"

闻时礼没有搭理她，连目光都未曾偏一下，搞得气氛越发尴尬。

孟佳妮的脸美得极具攻击性。她属于那种很难让人忽视的"浓颜系"大美人，五官留白很少，一眼看过去就会觉得她的那双眼能杀人，很少有人能做到对孟佳妮这种大美女视而不见。

宋枝觉得闻时礼这样对孟佳妮有点儿没礼貌，于是出言提醒："我朋友和你打招呼呢！"

闻时礼徐徐地吐出一口烟，桃花眼微微眯着，扫一眼孟佳妮，懒洋洋地说道："啊，你好，抱歉，我怕随便和女孩子说话宋枝会不高兴。"

宋枝面上一热："我哪有这么小气啊？"

其实和他走在路上，别的女孩子多看他两眼她都会不高兴，但被他这么说出来，她觉得挺没面子的。

闻时礼弯唇无声地一笑，没搭话。

孟佳妮扭头，用带着怨念的目光看着宋枝："我是来避难的，不是来'吃狗粮'的。"

"知道啦。"宋枝推着孟佳妮往前走，"你到我房间里去吧。"

没一会儿，陆蓉、宋长栋回家了，见到孟佳妮后非常高兴，煮了一锅红糖馅的汤圆叫她一起吃，中午更是做了一桌的好菜，一个劲儿地叫孟佳妮多吃点儿。

孟佳妮难以招架陆蓉的热情，就算在减肥，也还是非常配合地吃了不少。

饭后，孟佳妮回宋枝的房间补觉。闻时礼陪着宋长栋喝下午茶、聊天。聊到在莲庆买房一事，宋长栋问："买房写一个人的名字还是两个人的？"

宋枝怪宋长栋问得太过直接，当下便皱眉："爸！"

莲庆不算超一线城市，好歹也是个一线城市，想要在好点儿的地段买套房，没有几百万搞不定，宋长栋问得太直接了。

对于这一点，闻时礼似乎毫不在意，抿口茶后抬眼，唇角露出一丝笑意："一个人。"

宋长栋的脸色立马就有点儿不对劲。他想：一个人，就写闻时礼一人的名字？那枝枝不就没保障了？

注意到爸爸的表情变得僵硬难看，宋枝忙开口打圆场，笑着说："没事，我和时礼哥在一起又不是图他的钱。"

她想，她对他的感情，当真纯粹到不掺杂一丝世俗的杂质。

陆蓉也跟着缓和气氛："现在两人还在谈恋爱嘛，还没到那一步呢。"

宋长栋磕掉一截烟灰，手撑在膝头上，皱眉对她说："枝枝，你还小，你不懂。"

"宋院长，我想您是误会了。"闻时礼脸上带着斯文温和的笑，他耐心地解释，"我说写一个人的名字，是写宋枝的名字，不是我的。"

他一说完，整个客厅都安静下来。

宋枝都没想到他会这样说。

半晌后，宋长栋用有点儿讶异的口吻打破沉默："你真的愿意？"

闻时礼似乎觉得好笑："我有什么不愿意的？"

他的反问直接把宋长栋问得沉默了。一时间，宋长栋觉得自己在以小人之心度君子之腹，面上难免觉得尴尬。

没想到闻时礼情商超高。他用自责来化解："怪我，怪我说话说一半没讲清楚。"

宋长栋默不作声地低头喝茶，在心里给闻时礼加了不止十分：这臭小子还挺上道的。

宋枝完全没回过神："什么，你要给我买房？"

闻时礼一挑眉："今天下午就去。"

当天下午，宋长栋就联系了那位做房地产开发的朋友。莲庆一环内的黄金地段有一处公寓正好开盘，宋长栋提前联系了朋友，朋友事先预留了几套房源。

看房需要事先验资，售楼部的工作人员在对闻时礼进行验资的时候，边上的宋枝忙着在微信上回复朋友、同学们的新年祝福，压根儿没听见闻时礼的具体资产有多少。

验完资后，售楼部经理亲自来接见他们，对闻时礼一个劲儿地点头哈腰。

在看房的时候，售楼部经理带他们看了最好的房源，楼层位置和户型都相当不错。

闻时礼看上去没什么兴致，每一套房都只是意兴阑珊地扫上几眼，无论售楼部经理如何激情地介绍，他的表情从始至终都很冷淡。

每看完一套房，他都会走到宋枝身边问一句："怎么样？"

宋枝觉得都还行，没有特别中意的，就说："还可以吧。"

"那就接着看。"他笑道。

看到一套高楼层的房子时，宋枝站在与客厅相连的露台上，俯瞰整座城市的冬日风光，看万里高空的光线洒落，折射出七彩的光，不禁感叹道："好好看啊！"

陆蓉和宋长栋也一并点头："确实不错。"

闻时礼来到她身边，温和地问："你喜欢？"

宋枝转头，对上男人深沉的黑眸，露出兴奋的笑容："喜欢！"

闻时礼揉揉她的头："买。"

那天，她说一句喜欢，闻时礼就给她买了一套房，房子位于莲庆一环中心寸土寸金的地段。

在签合同的时候，宋枝一笔一画地写下自己的名字，有种虚幻的感觉，像做梦一样。

闻时礼在旁边抽完一支烟，转过来，看她签完名字后，对售楼部经理淡淡地说："刷卡。"

尘埃落定，四人从新楼盘里出来。

陆蓉和宋长栋隔着老远一段距离跟在两人后面。陆蓉说："早就跟你说了，小闻这孩子靠谱。"

宋长栋说："我也没说不行啊。"

"那你把人家小闻打得那么惨？脸上的瘀青现在都还没消。"陆蓉语气里带着责怪，"你看到没有，小闻刚刚刷卡的时候，连眼睛都没眨一下。你想想看，现在这个社会，几个男人能做到这样？"

宋长栋有点儿没底气，嘖了一声，说："那我以后不打他不就完事了吗？"

回去的路上，陆蓉开车，宋长栋坐在副驾驶座休息，宋枝和闻时礼坐在后座上。宋枝凑过去，超小声地问："肉疼吗？"

闻时礼没听清，也把头凑过去："什么？"

两个人的脑袋靠在一起。

宋枝抬头，把嘴放在他耳边，问："我说，你今天一下子花了那么多钱，不肉疼吗？"

闻时礼转过脸近距离地看着她，学她的语气压低嗓音说："赚钱不就是花的吗？给你花更有动力。"

突然一个急刹车，宋枝重心不稳，整个人朝前倒去，嘴唇准确无误地撞到了闻时礼的双唇。

他先是一怔，很快眉眼间就染上笑意，甚至故意重重地亲了她一下。

宋枝的唇磕到他的牙齿上，有些疼。

仓皇间，宋枝和后视镜里的宋长栋对上视线，吓得立马和闻时礼分开。

闻时礼还停在原处，眼里满是笑意，俨然一副意犹未尽的模样。

宋长栋通过后视镜正好看到这一幕，当即气得跳脚："当着我的面，臭小子！"说完他就转过身把手伸到后座来想要揍闻时礼。

见状，宋枝立马嚷道："爸！他给我买了一套房！"

宋长栋直接收手。这下他真的没脾气了。

闻时礼的脸上浮现懒洋洋的笑。他往后座上一靠，意味深长地说道："原来房子就是免死金牌啊。枝枝，看来我得多给你买几套。"

到家后没几分钟，闻时礼有一通工作来电，通话时间长达一个小时。在讲完电话后，他从阳台回到客厅，对宋枝说："枝枝，我明天就得走。"

宋枝在剥橘子，刚剥到一半手一顿："这么急啊？"

闻时礼淡淡地嗯了一声。

陆蓉搭话道："大过年的，不多休息几天啊？"

"不了。"闻时礼唇角勾起一抹笑，"得去挣枝枝的彩礼钱。"

宋枝剥下一块橘子皮朝他身上扔："别贫嘴！"

那块橘子皮打到男人的胸膛后往下掉，他顺势用手接住，笑了："没贫，我认真的。"

陆蓉在旁边满脸欣慰地看着两人，怎么看都觉得般配。

隔着几米的距离，闻时礼手一扬，橘子皮在空中画出一道完美的抛物线，准确地落进茶几边的垃圾桶里。

宋枝继续剥着橘子，好奇地问："什么案子这么急啊？"

闻时礼说："一桩伪证案。"

宋枝平时对刑事案件知之甚少，只能按照字面意思理解："作伪证被抓吗？"

闻时礼说："嗯，不过这次的被告有点儿特殊。"

宋枝把剥下来的橘子皮拿在手里，也学着闻时礼刚刚的样子，扬手一投，只见橘子皮特不给面子，啪的一下掉在垃圾桶边上。

她有点儿尴尬。

闻时礼无声地笑了，弯腰捡起橘子皮，朝宋枝扬扬下巴："看着。"

他再次抛出完美的抛物线，将橘子皮精准地投进垃圾桶里。

宋枝觉得没面子，直接转移话题，顺着他的前一句话问："被告为什么特殊？"

闻时礼把身体靠进沙发里："被告是七个律师。"

宋枝整个人都怔住了。

七个律师？

"我没听错吧？"宋枝有点儿怀疑自己的耳朵，"被告是律师，还是七个？"

闻时礼给出回答："对。"

听到这里，原本准备回书房写会儿剧本的陆蓉立即顿住脚步，怀揣着好奇心转身回到沙发前坐下。

上完厕所回到客厅的宋长栋隐约听到几句，也跟着在陆蓉旁边坐下。

补完觉的孟佳妮揉着眼睛出现在房门口："你们在聊什么？"

宋枝回头："聊时礼哥最新接手的案子，被告是七个律师。"

孟佳妮一瞪眼睛："好家伙，那我也要听。"

孟佳妮快步走到宋枝旁边坐下，挽着宋枝的一只胳膊，懒洋洋地靠到宋枝的肩膀上。

闻时礼扫了两人一眼："我也想靠。"

宋枝淡淡地白了他一眼："快讲吧，我们都等着听呢。"

闻时礼轻笑："行，依你。"

四人围着闻时礼，听他娓娓道来。

案件发生在雪城，七名刑事律师在同一天都因涉嫌妨害作证罪被抓，事情的起因是一桩七人代理过的故意杀人案。

那桩故意杀人案当时有七名被告，在警方的调查过程中已全部认罪，可在各自的委托律师介入沟通后，七名被告在庭审当天拒不承认检察院出具的一切证据，当场翻供。

故警方认为是七名律师教唆嫌疑人违背事实、改变证言作伪证，直接将七人拘捕了。

七名刑事律师被捕的消息一经曝出后，引发了业内的高度关注。

这事必定不能坐视不理。

众律师再三商议后决定，对七名律师提供法律援助，并且首选的辩护律师就是目前业内稳坐第一把交椅的闻时礼。

雪城目前已有一支二十几人的律师队伍，团队已经奔波了好几天，但进展甚微，而且队伍里不能没有主心骨。

闻时礼原本答应他们初四的时候再过去，可他们那边催得相当紧，警方不给他们会面机会，他们完全不知道该如何是好。于是，他们请求他尽快赶到雪城，参与对七名律师的营救。

宋枝听得似懂非懂："律师不就是帮人辩护的吗？也能被抓？"

孟佳妮说："我也没听懂。"

闻时礼淡淡地说："这就是'刑法306'的威力。"

宋枝又问："什么是'刑法306'？"

闻时礼耐心地向她解释："根据《中华人民共和国刑法》第三百零六条，在刑事诉讼中，辩护人、诉讼代理人毁灭、伪造证据，帮助当事人毁灭、伪造证据，威胁、引诱证人违背事实改变证言或者作伪证的，处三年以下有期徒刑或者拘役；情节严重的，处三年以上七年以下有期徒刑。"

"这么严重啊？"宋枝听到会被判好几年的有期徒刑，就觉得吓人，"那你有把握吗？"

闻时礼说："尽力而为，问心无愧。"

这句话，宋枝记得他在被采访的时候也说过，看来那些律师也相当信任他。

宋长栋说："那你这回不能输，这可关乎着你们律师的名誉。"

陆蓉说："对。"

闻时礼看上去没什么压力，神色慵懒，笑着搭腔道："可不是吗？"

宋枝将橘子分为两半，递给孟佳妮一半，掰了瓣橘子正准备吃的时候，就看见闻时礼目不转睛地盯着她手里的那瓣橘子，还张开了嘴。

很明显，他要她喂他，还是当着爸妈和孟佳妮的面。

宋枝当没看见，转移视线，不动声色地把橘子喂进自己的嘴里。

闻时礼合上嘴，应景地露出无奈的笑。

有宋枝在的时候，孟佳妮觉得这男人看上去没那么孤僻傲慢，就大着胆子，边吃橘子边好奇地问了几个有关雪城律师案的问题。

闻时礼倒是肯卖宋枝面子，一一回答，就是语气始终很冷淡，一点儿都不像他和宋枝说话时那般温和。

过了会儿，宋枝想起一件事："你是一个人去雪城吗？"

闻时礼说："还有骆子阳。"

宋枝有些惊讶："骆助理现在应该在老家过年吧。"

闻时礼唇角一弯："很巧，他的老家就在雪城。"

这老板也太坏了吧，过年都要把人抓出来加班。宋枝忍不住腹诽。

聊到这里，闻时礼从沙发上起身，对宋枝说："宋枝，我房间里的窗帘拉不上，帮我看看。"

"哦。"宋枝没多想，跟着他站起来。

来到房间里，宋枝到窗帘前伸手一拉，来回都能拉得动。她疑惑地说道："这好好的啊，能拉上。"

她的腰间多出一双大手将她圈紧。

宋枝一怔，感觉后背贴上了男人温热紧实的胸膛。他把下巴搁在她的颈窝里，暧昧地说："小没良心的，一瓣橘子都不肯给哥哥吃。"

宋枝意识到他说窗帘拉不上都是骗她的，他简直是只千年的老狐狸。

宋枝的手还捏着窗帘，她不由得收紧手，硬着头皮说："那橘子不好吃，酸。"

闻时礼在她耳边哼笑一声："是吗？"

宋枝低低地嗯一声。

"哥哥不信。"闻时礼歪头亲了下她的耳垂，"除非让我尝尝。"

宋枝的耳朵最敏感，她痒得轻颤一下，小声说："那我现在出去再给你剥一个。"

闻时礼说："我不要尝那个。"

那你想尝什么？

宋枝都没来得及问这个问题，他就单手扳着她的脸，重重地吻了下来。

那是一个激烈又不失温柔的吻，极尽缠绵。

他纠缠着她的唇舌，倒真有几分品尝的意思在里面。

宋枝屏住呼吸，面上感觉到男人的气息。她不敢在和他接吻的时候睁眼，只能一面承受着他的吻，一面把眼睛紧紧闭着。

与他接吻的画面像回放的慢镜头，浪漫又美好。

好几分钟后，松开她时闻时礼气息稍乱。他低头凝视她的双眼，嗓音低沉："哪里酸？明明很甜。"

宋枝深深地呼吸着，尽量让自己看起来平静些，可还没平静下来，闻时礼已经拉上她的手，放在他皮带的暗扣处，蓄意勾引她。

宋枝感觉脑袋快要爆炸了，紧张得有些结巴："不行，我那个还没完呢。"

闻时礼将她的手指拉到唇边，盯着她的眼睛，轻轻地吻住她的指尖，温和地说道："可以吗？"

宋枝愣住了。

一个小时后，宋枝在厕所的镜子前，看着自己麻木的双手发呆。她挤了些洗手液在掌心搓揉着。

她闭上眼，满脑子都是刚刚少儿不宜的画面。

当天晚上，宋枝和孟佳妮并肩躺在床上，脸上敷着同款补水面膜。

孟佳妮说："怎么凉飕飕的？"

听到这话，宋枝转头一看："窗户没关，我去关。"

宋枝下床去关窗户，来到窗边，看着漫无边际的夜空，才发现今晚没有月亮和星星。

她瞥到楼下的一个人影。

宋枝停住关窗户的动作，又把窗户重新推开。她家在四楼，可以清楚地看到楼下的景象。

她没有看错，那盏路灯下站着的就是顾清池。

宋枝差点儿把面膜揭掉，忙喊："佳妮，快起来！"

孟佳妮说："啊？"

为方便说话，宋枝直接把脸上的面膜扯掉："顾教授在下面！"

孟佳妮直接从床上弹了起来。

与此同时，孟佳妮的手机上弹出一条微信消息，是简单的两个字：下来！

孟佳妮的目光扫过屏幕上的那两个字，心情复杂。她迅速下床，穿上拖鞋往窗边跑："让我看看。"

宋枝侧身让开。

孟佳妮出现在窗边的那一刻，路灯下的男人似乎察觉到了什么，没有犹豫地抬起头。他的目光清冷，准确无误地对上孟佳妮的视线。

孟佳妮在心里骂了一句粗口，吓得直接从窗边缩回头，捂着胸口紧张地说道："枝枝，你赶紧关窗，把窗帘拉上。"

宋枝不明所以："啊？"

孟佳妮催道："快点儿！"

宋枝说："好。"

宋枝不敢看楼下的顾清池，一把将窗户关上，再拉上窗帘。

整个卧室都安静下来。宋枝和孟佳妮无声地对视。

半晌后，宋枝打破沉默："佳妮，你很怕他吗？"

孟佳妮没说话，扯下脸上的面膜丢进垃圾桶。

过了一会儿，孟佳妮才叹口气说："顾清池这人很小气。"

宋枝说："小气？"

"嗯。"

宋枝不理解，顾教授看上去不像那种抠门儿的男人。她问："他小气到什么程度，吃饭要你付钱？"

"不是金钱上面的小气。"孟佳妮自己都不知道该怎么说，索性选择不说，"算了，我不想说他，睡觉吧。"

看孟佳妮回到床上钻进被窝躺着，还站在窗边的宋枝有些不知所措："你就睡觉了？"

孟佳妮的语气非常理所当然："那不然干吗？"

宋枝说："可是顾教授还在下面啊。"

"他在就在呗。"孟佳妮拍拍身侧的位置，向宋枝发出邀请，"快点儿过来，他喜欢等就等，和我没关系。"

这说到底是两个人的事情，宋枝不好再多说什么："好吧。"

宋枝到床上躺下，关灯后，在黑暗里突然问出一个问题："佳妮，你刚刚说顾教授小气，那他记不记仇？"

"记啊，他怎么可能不记仇？"孟佳妮说，"这世上最记仇的非他顾清池莫属。"

"那完了。"宋枝心里一片冰凉。

孟佳妮问："怎么了？"

宋枝说："我觉得下学期的系统解剖学，我们两个很有可能挂科。"

黑暗里，两个小姑娘沉默良久，久到都以为对方已经睡着的时候，孟佳妮底气不足地开口："他应该没有那么公私不分吧……"

半夜，睡前喝了太多水的宋枝上完厕所回卧室，到窗边撩起帘子，眯着眼透过缝隙往下望。

一人、一路灯屹立在那处，倍显孤寂。

正值数九隆冬，人在呼吸时都会有白气。顾清池在灯下抽着烟，周身烟雾缭绕，叫人一时分不清他周围那团到底是白气还是烟雾。

宋枝惊得睡意消散了几分。

宋枝放下窗帘，转身走到床边，拿起放在枕头边的手机看了一眼时间：凌晨三点二十分。

看到时间这么晚了，宋枝没有犹豫，伸手拍拍孟佳妮的肩头，小声叫她："佳妮，醒醒。"

孟佳妮的眼皮微微一动，她迷糊地回应："嗯……嗯？"

宋枝弯腰，在孟佳妮的耳边轻声说："现在三点多了，顾教授还在下面，好冷啊，你要不要下去看看？"

孟佳妮以为在做梦，梦里面听到了顾清池的名字。为什么她做梦都是他？

孟佳妮有些不耐烦地将头缩进被窝里。

宋枝怔住了。孟大小姐的起床气很吓人，她不敢再叫，只能默默地躺下睡觉。

第二天早上，宋枝再次醒来的时候，发现床上并没有孟佳妮的身影。她忙下床，跑到窗边掀起帘子往下看，发现楼下也没有人。

楼下没有顾清池的踪影，屋子里也没有孟佳妮的踪影。

宋枝洗漱完换好衣服，到厨房里问正在做早饭的陆蓉："妈，你看到我的同学了吗？"

陆蓉正在往锅里下馄饨："没有。"

宋枝说："我的同学不见了，她去哪里了？"

"你打个电话问问。"陆蓉用勺子轻轻搅动着锅里的白色馄饨，"对了，你把那袋垃圾和客厅的垃圾拎下去扔了，回来的时候叫小闻起床，早饭很快就好了。"

厨房门口有一包厨余垃圾，宋枝弯腰把垃圾提起来："他还没起床？"

陆蓉说："没呢。"

宋枝拎着两袋垃圾出门，坐电梯下楼，出电梯后还要经过一个转角才能到外面。

在刚刚转过那个角的时候，她目睹了让人震惊的一幕。

宋枝看见孟佳妮被顾清池逼至角落，顾清池一手搂着她的腰，一手抬起她的下巴，笑着问："小姑娘，谁教你睡了男人后可以随便跑路的？"

顾清池说："好歹我也算你的半个长辈，也是你父亲的好友，你就没想过后果？"

两句话包含的信息量相当大。

作为第一线的围观群众，宋枝惊得当场往后退，退到转角的另外一边两个人看不见的地方。

四周太过安静，静到一丁点儿的声音都能听得见，宋枝清楚地听见了孟佳妮挣扎着破口大骂的声音："顾清池，你就是个……"

剩下的话宋枝没听见，因为她直接掉头钻回了电梯里。

她不能听这种墙脚。

直到进家门的时候，宋枝才反应过来自己原本是要下去扔垃圾的。陆蓉端着两碗馄饨从厨房里出来，看着门口的她问："哎，你这孩子怎么回事啊，不是让你下去扔垃圾吗？"

宋枝低头看一眼手里的垃圾，也有些无奈。

闻时礼的房门打开了，他一眼看到门口的宋枝，又看一眼她手里的垃圾袋，朝她走过去："我去扔吧。"

宋枝立马后退一步："不用。"

闻时礼说："嗯？"

宋枝把垃圾放到门口："等一会儿再扔就行。"

闻时礼说："没事，哥哥现在去帮你扔掉。"

"真的不用。"宋枝拉着他的手臂，一个劲儿地把他往屋里拽，然后关上门，"吃了早饭我下去扔就好。"

闻时礼觉得她有点儿反常，但也没有再坚持，跟她一起到餐桌前吃早饭。

吃早饭的过程中，宋枝都有点心不在焉，满脑子都是刚才不小心偷看到的那一幕。

她给萧圆发了条微信消息：原来小说真的会照进现实。

闻时礼要坐的那班飞机在上午十一点。早饭过后，宋枝一家三口就开车送他到机场。

路上有点儿堵车，以至于他们到机场后所剩的时间不多。

闻时礼脚步匆匆，宋枝小跑着跟在他后面，很委屈地提醒："哥哥，你不要忘记联系我。"

他像是没有听到，没有回头，脚步也没有半分停留。

周围人来人往，嘈杂不已，宋枝想着闻时礼没听到也很正常。他突然转过身，捧着她的脸，不顾周围的目光，在她的唇上落下一吻，低声说："乖乖等我回来，哥哥没忘，每天都会找你的。"

宋枝说："这可是你说的，每天。"

闻时礼摸摸她的脸："嗯。"

最后，他的身影消失在安检口。

一想到可能会有长达一个月的时间和闻时礼见不到面，宋枝心里就空落落的。她站在人流如织的机场，体会到一种忧伤的寂寞。

回家后，宋枝的心情非常低落，看着孟佳妮回来，也没有八卦的欲望，只安静地看微博。

微博连着跳出好几条有关雪城的内容，宋枝不禁感叹如今网络大数据的可怕。她不过是前几天在百度上搜过雪城的信息，想看看那里和莲庆的距离有多远而已。

其中一条微博是雪城的风景介绍，宋枝点开仔细看了看，介绍上说，雪城有一座著名的雪山，其形神似老人的半张脸，故被命名为白发峰。据说一起看过白发峰的情侣就会永远在一起，直至白发苍苍，生死不分离。

光看介绍宋枝都觉得浪漫得要命。她把介绍白发峰的微博转发给闻时礼的微信，并附上了一句话：我也想和你去看。

她的深层意思是：我想和你白头到老。

五个小时后，宋枝接到了闻时礼的电话。他说的第一句话是："我去拍雪山给枝枝看。"

宋枝躺在床上翻了个身，藏着心里的喜悦，平静地说道："算了吧，工作要紧，你去的地方离雪山很远的话就算了。"

"不远，挺近的。"他笑道。

宋枝问："真的？"

闻时礼拉着行李往机场外面走："真的，到时候我给你打视频电话，这样也算我们一起看过了。"

宋枝心里一阵温暖，乖乖地嗯一声："你别耽误工作，照顾好自己。"

闻时礼懒洋洋地笑着，嗓音低沉："我又不是小孩，只有你才是。"

两人简单地聊了几句后，闻时礼挂断电话，看到骆子阳跑过来，骆子阳接过他手里的箱子："闻律师，新年快乐！"

闻时礼淡淡地嗯一声，然后问："你们这儿的白发峰在哪儿？"

"那个啊，"骆子阳说，"很远的，我们在城南，那座山在城北。"

闻时礼沉默了。

骆子阳与男人并肩往机场外走去。骆子阳问："是先回酒店还是去和其他律师碰面？"

闻时礼说："先碰面。"

骆子阳问："您不休息啊？"

闻时礼说："不休息，忙完后得去看雪山。"

作为从小在雪城长大的本地人，骆子阳不明白那座白发峰有什么好看的，于是说："就一普通雪山，真没啥好看的。"

闻时礼弯唇笑笑，只说："得看。"

初七那天，经过闻时礼和多名律师的努力，警方终于松口，答应他们可以会见被拘留的七名律师。

这算取得了重大的突破。

会见完毕，闻时礼独身前往位于城北郊外的白发峰。骆子阳事先替他订好了位于半山腰的一处民宿。

忙碌了一天的闻时礼早已精疲力竭，在车上直接睡着了。

三个小时后，司机叫他："先生，到啦！"

闻时礼下车。

他站在白发峰的山脚下，仰头看着高耸在夜色下的皑皑雪山，月亮在最顶点的位置，给雪山顶涂上了一层淡黄色。

一分钟后，刚洗完澡的宋枝收到了闻时礼的微信视频通话邀请。

宋枝裹着浴巾，到桌前拿起手机。

视频接通，闻时礼看见露着白皙香肩的宋枝，喉间不由自主地一紧。他目不转睛地看着她，嗓音沉了些："你是不是知道哥哥现在吃不到你，所以故意的？"

宋枝有些害羞，嘟哝道："哪有啊？"她想了想又说，"要不先挂了吧，我换好衣服再给你打回去。"

闻时礼自然不愿意："不用，就这样。"

宋枝看一眼屏幕上的时间："快十二点了，你怎么还在外面啊？你在哪儿？"

闻时礼将手机拿得离自己远一些，把自己的脸放在屏幕一角，露出后面大片大片的雪山："看到没？"

宋枝仔细一看："你这是在哪儿呀？"

"白发峰。"闻时礼笑得温和，"你不是想和哥哥一起看这座山吗？我来了。"

宋枝仔细地看着屏幕里月色下的雪山，只觉得风景真美："真漂亮啊，你等下拍几张照片发给我吧。"

闻时礼轻笑着说："行，那你怎么奖励我？"

怎么还要讲条件？宋枝想。

宋枝问："你想要什么？"

闻时礼的目光暧昧地掠过她的嘴唇、锁骨、肩膀。他说："你觉得呢？"

宋枝的脸上一阵发热。她只能装不懂："请你吃饭。"

"这样啊。"闻时礼拖腔带调地说，"那你就是饭后甜点。"

听他这么一说，宋枝觉得不只脸上热，身上也有些热："我不和你说了，换衣服睡觉了。"

闻时礼没有再逗她，只说："好，睡前记得关窗，晚安。"

宋枝说："别忘记给我拍雪山的照片。"

闻时礼说："好。"

那晚，宋枝收到了一张拍得极好的雪山照，月光、白雪、夜幕，所有元素拼凑出一张氛围感很强的雪山照。

她保存照片的时候不禁想：这样就算一起看过白发峰了吧？她和他，会白头到老，永远在一起吧。

宋枝却怎么也不会想到，收到那张雪山照以后，她就和闻时礼完全断了联系。

这突然的变化让她无法接受。

在这以前，闻时礼每天都会找她。如他答应的那样，就算再晚都会在微信上找她，每天说晚安更是必不可少，但初八那天晚上零点过后他就再也没有找过她。

一开始宋枝有点儿不满，最后发展为生气。她想质问他，可主动拨电话过去，发现他的手机关机了。

她有些慌了，开始不停地打他的电话，可怎么打都是关机。

宋枝的状态渐渐变得不对劲。她开始吃不下饭，睡不着觉，一整天都觉得心慌气短，走路都觉得步子虚浮。

真正的崩溃发生在一周后。

那天是正月十五，晚上，陆蓉带她去看本地的灯会，现场的人非常多，多到肩膀碰肩膀的地步。

中途宋枝和陆蓉走散了。她被挤得喘不过气，四下张望着找陆蓉，可人实在太多，怎么找都找不到。

周围人声鼎沸，欢声笑语不断，更有万盏彩灯，衬着天上高悬的明月，一派其乐融融的景象。

宋枝放弃寻找，站在人群中央不再动。

有人重重地撞了她一下，还骂她："你没长眼啊？"

宋枝还是站着没动。她身陷茫茫人海，目光涣散地看着各式彩灯，思绪飘散，想到了和闻时礼的曾经，鼻子突然一酸，呜咽着哭出了声。

她的哭声和这欢乐的气氛格格不入，周围的路人投来怪异的目光，上下打量着她，然后纷纷避开她走。

宋枝难以控制住潮水般涌来的痛苦，哭得不能自已，满脑子都是闻时礼的脸，还有无尽的困惑：他为什么会这样？

闻时礼，你知不知道我很想你？

雪城，这里有经年不化的白雪，民风淳朴，辟出一方与闹市隔绝的世外桃源。

近几年雪城的旅游业发展迅速，不少游客因白发峰的浪漫慕名而来。现在正值旅游旺季，民宿、酒店都特别不好订，好在闻时礼入住的这家民宿的老板和骆子阳是亲戚，骆子阳打过招呼后，老板专门预留了一间打开窗就能看见雪山的好房间。

民宿有个诗情画意的名字：瑰雪居。

闻时礼在初七晚上十一点到达。站在瑰雪居民宿的四层建筑下，他跟宋枝打了通微信视频通话。

那通视频电话并没有持续太久，刚好九分钟。

挂断电话后，闻时礼拉着行李箱往民宿里面走，到门口时发现有个老者盘腿坐在民宿门口的台阶上，面前摊开着一块白色泛黄的布，上面用黑色水笔潦草地写着两个字：算命。

老者穿着一身洗得发旧的道袍，很有几分旧时古人的味道，可又有着矛盾的现代装扮：一条黑色围巾缠得遮住半张脸，头上还戴着防风帽。

闻时礼觉得这副打扮很稀奇，不由得多看了一眼。

也正因为他多看的那一眼，老者叫住了他："这位先生。"

闻时礼脚步一停。

老者一手落在盘着的腿上，一手指着破布上的"算命"二字："我给您算算？"

闻时礼温和地婉拒："不必。"

他不信神佛，没有信仰，更不会迷信路边算命的。

老者像是料到会被拒绝，哈哈大笑两声，说："这里太冷，我看先生您身上的外套不错。"

闻时礼想到小时候在冬季挨冻的经历，没多想，松开行李箱握杆，脱下身上价格不菲的黑大衣，弯腰递到老者面前。

老者乐呵呵地接过外套，状似不经意地问："先生不敢让我算？"

闻时礼轻笑一声。他只不过觉得迷信无趣，何来不敢一说？

雪城的寒凉空气瞬间铺天盖地地卷来，攻击着露在外面的颈部肌肤，直往他的骨头缝里钻。他手心朝上把手伸过去，浅浅一笑："有何不敢？"

老者仔细端详着他的掌心，表情渐渐严肃。

这人看上去还挺像模像样的，闻时礼来了几分兴趣，问："算出什么来了？"

老者没说话。

就这么持续了数分钟的时间，闻时礼觉得门口实在有些冷，想到民宿里面去，就笑道："看不出什么也没关系，老人家，你……"

话还没说完，就听见老者严肃地说道："你这是有大劫啊！"

常人通常不愿意也不喜欢听到对自己不利的话，闻时礼却相反。他没对老者的话表现出任何排斥，反而饶有兴致地蹲下，笑着说道："不妨展开说说。"

老者眉头紧皱，说："你命数不顺。"

闻时礼淡淡一笑："是挺不顺，还有呢？"

老者说："感情也不顺。"

闻时礼伸出去的手并未收回："您看仔细没有？我的感情非常顺。"

老者叹着气摇摇头，似乎不愿意多说，却又用缓慢的语速补充道："先生近日有灾，还望多多保重。"

闻时礼没将这话往心里去，弯唇无声地笑笑后起身，拉着行李箱到民宿前台办理入住手续。

前台有一名中年男性，他有点儿谢顶，体形圆润，看着很憨厚。

在办理入住手续的时候，闻时礼随口问："门外那个算命的算得准吗？"

谢顶男咧嘴嘿嘿一笑："甭管他，疯子一个。"

闻时礼若有所思："这样啊。"

办理好入住手续，闻时礼乘电梯上楼，他要住的房间在最高的第四层。

闻时礼进房间后的第一件事就是来到窗边推开窗户，拿出手机拍外面的雪景。

黑夜白雪，有着说不出的浪漫。闻时礼看着月色下沾染着岁月尘烟的雪山，心里生出一种强烈的想要和宋枝长相厮守的念头。

他拍下两张绝美雪景照，点开微信给宋枝发了过去，并留言：晚安。

半夜，闻时礼在一阵异响里醒来。

他不知道现在的具体时间，可能是凌晨三点，也可能是四点。

那种异响像一声又一声的闷雷，响个不停，但闻时礼可以肯定那不是雷声，因为他对雷声实在太过敏感。

那到底是什么声音这么震耳欲聋？

闻时礼起身，穿上外套来到窗边，掀开帘子，看到外面卷来铺天盖地的白雾，速度快得令人发指，不，不对，那不是白雾，而是雪！

这是雪崩！

外面传来嘈杂的声音，都是同层住户逃生时发出的响动，脚步声、尖叫声、哭喊声，全部混在一起。

闻时礼没有犹豫，转身一把抓过桌上的手机便往外跑。

他打开房门，过道上已经挤满了人，电梯前更是被人围得水泄不通。

闻时礼转身，迅速从安全通道下楼。他下楼的速度非常快，几乎一步跨三级台阶往下跑，可再快哪能快得过雪崩的速度？

雪崩有多快？猎豹的时速是115公里，而雪崩的速度是猎豹的三倍。

在闻时礼奔至第二层和第一层的楼梯转角处时，人直接被掀翻，后背重重地撞在冷硬的墙上，随之而来的是阵阵冷意。

震耳欲聋的崩塌声将他包围，眼前漫过无尽的白色。

轰！

随着一声巨响传来，闻时礼的视野陡然一暗，建筑在瞬间"分崩离析"。

闻时礼头晕目眩，感到强烈的失重感。上层建筑在崩塌，下层结构在瓦解。他跌坐在墙角，眼睁睁地看着几根钢筋带着大块水泥墙皮掉落下来，砸在他的双腿上。

"啊！"他发出撕心裂肺的叫声。

在自然灾害面前，人类渺小得如一只蚂蚁。他没有任何反抗的能力。

他会死吗？

剧痛折磨得闻时礼浑身哆嗦。他看着不停掉落的钢筋、泥土、白雪、飞散的尘埃。月光照亮他惨白的脸，手指微微一动，他察觉到手里还握着手机，心想：自己得跟宋枝说一声，免得她联系不上他会担心。

闻时礼的手指颤抖着，他刚刚翻到宋枝的手机号，一块石头直接砸在他的后脑勺上，他双眼一黑，瞬间失去了意识。

他的手也缓缓垂落在身侧，手机自掌心滑落。

手机在黑暗里散发着微弱的光，白雪一点儿又一点儿地覆盖在上面，逐渐模糊了屏幕，但还是不难看出屏幕上是一串手机号和一个备注：我的枝枝。

雪崩的黄金救援时间只有十五分钟，在十五分钟内被找到的人，存活率有百分之九十。

人被完全掩埋在积雪下时，人体的温度会迅速下降，降到一定程度时，便会影响机体的正常功能，休克、窒息也只是分分钟的事情。

低温不是雪崩的主要死亡原因，缺氧和二氧化碳中毒才是。

事发后四十分钟，几十名救援人员和十余只搜救犬赶到现场。下车后，搜救犬四处飞奔着搜寻幸存者，救援人员也用生命探测仪快速进行搜寻。

最先找到闻时礼的是一只边境牧羊犬。

边牧到一处时直接停下，而后疯狂地用两只前爪刨着积雪，一边刨一边大声吠叫示意："汪！汪汪汪！"

经过专业训练的搜救犬的救援准确度高达百分之九十九，边牧的吠叫很快吸引了两名搜救人员的注意。

搜救人员来到边牧旁，拿着铁锹喊道："过来！都过来！挖这里！这里有人！"

几名搜救人员迅速挥动铁锹实施救援行动。边牧也在旁边用两只爪子快速地刨雪。

约莫五分钟后，经过众人和边牧的努力，积雪下面终于出现一张男人惨白的脸，男人双目紧闭，薄唇发紫，好像已经没有了气息。

救援人员迅速抬来担架："快！"

救援人员合力抬开压在他身上的钢筋水泥，因为剧烈的疼痛，闻时礼皱着眉，虚弱地睁开了眼。

被掩埋了四十几分钟，他却觉得无比漫长。

救援人员将他小心翼翼地抬到担架上，就在几人要将他抬到救护车里的时候，他突然开口："手机……手机……"

救援人员把头贴到他嘴边："你说什么？！"

闻时礼艰难地张着发紫的唇："我……我要打电话。"

救援人员看着面前这个浑身是血的男人，皱着眉说："现在打什么电话啊！"

闻时礼看不清东西，满目血光。因为血流到他的眼睛里，模糊了视线，他只能隐约看到救援人员的轮廓。他很坚持："打电话……"

救援人员见他这样子真可怜，摸出了自己的手机。

救援人员刚把手机递过去，闻时礼就支撑不住，再次陷入了昏迷。

救援人员忙喊："快！"

没多久，有不少媒体赶来，对现场进行录像或者拍照。

雪城雪崩一事却没有被报道出来。

据说，那天瑰雪居的入住客人里，有一位身份神秘的集团继承人，集团为避免股票动荡，撤掉了这条社会新闻。

所以不会有人知道白发峰发生了什么。那场雪崩里的闻时礼多么希望宋枝能知道他身上所发生的事情。

　　他想告诉她：枝枝，哥哥没有不理你，也没有故意不找你。你能不能不要生哥哥的气？

　　被掩埋在废墟里，闻时礼在完全丧失意识前，脑子里闪过宋枝的脸和她说过的好多话。

　　"哥哥，雷声是云朵打呼噜。

　　"哥哥，你是我的短。

　　"哥哥，我会永远爱你。"

　　当时他就想，不知道还有没有机会再听她叫一声哥哥。

　　元宵节，圆圆的月亮高悬在夜空，莲庆灯会上人头攒动，处处张灯结彩，更有不少猜灯谜的游戏，欢声笑语不绝于耳。

　　宋枝就在这样欢乐的气氛里哭得满面泪光。

　　她看着面前五颜六色的灯，视线模糊成一团一团的水光。

　　也不知道这样在人群中站了多久，陆蓉终于找到了她。看着泣不成声的她，陆蓉吓了一大跳，拉着她的胳膊往人群外挤。

　　到一处安静的空地上，宋枝啜泣的声音被放大。陆蓉问："怎么突然哭起来了？"

　　宋枝没吭声。

　　在陆蓉的记忆里，宋枝只有小时候摔倒的时候会哭得这么厉害，长大后没见她哭得这么厉害过。陆蓉面露急色："枝枝，你快告诉妈妈呀！"

　　宋枝抽噎着，尝试着张口，却发现一个字都说不出来。她真的好难过。

　　陆蓉不再追问，想等宋枝的情绪稍有缓和后再说。

　　作为一个母亲，她很清楚这种时候应该多给女儿一点儿时间和理解。

　　这一场沉默实在太久，久到灯会散场，久到街上没有几个人了。陆蓉始终在旁边默默陪伴着女儿。

　　风吹干了脸上的眼泪，却怎么都吹不散宋枝内心深处的绝望和哀伤。宋枝深深吸了好几口气，平复了情绪，沙哑着嗓子开口："妈，你说一个男人为什么会突然不理自己的女朋友？"

　　陆蓉怔住了："什么？"几秒后，陆蓉反应过来，"小闻不理你啊？"

　　被这么一问，宋枝好不容易止住的眼泪又掉了下来。她哽了一下，又抽噎着说："是完全联系不上。"

　　陆蓉问："怎么会这样啊？"

　　宋枝摇头："我不知道，妈，你说，"她稍稍一顿，眼睛里浮现一抹惧色，"你说他是不是出了什么事情？"

　　陆蓉说："他那么大个人，能出什么事情？"

　　宋枝激动起来，声音变大了一些："那他怎么可能不理我？他说过会每天联系我的！他说过的！"

他不会骗她的。他怎么舍得骗她呢？

"枝枝，你先别激动。"陆蓉拉住宋枝的手，安抚地拍了拍，"也许他的工作很忙呢？律师这一行你也知道的，不比其他工作轻松。"

宋枝由于哭得太久，声音沙哑："再忙能忙到失联一个星期吗？"

说完这一句话，宋枝直接转身离开。

陆蓉追了上去："枝枝！你去哪里？"

寒风如刀，刮在脸上生疼。宋枝任凭眼泪肆意地流下，面无表情地回答："我要去报警。"

陆蓉说："报警？！"

宋枝加快脚下的步伐，走得越来越快，直接朝辖区派出所的方向跑了起来。

她的脑子里只有一个念头：她想见他。

陆蓉加快速度追上来，一把拉住宋枝的胳膊："不要这么冲动，枝枝。"

宋枝被迫停下，转过头，说："我没有冲动。"

陆蓉说："你可以先联系他身边的人。"

宋枝很崩溃，说的每一个字都带着浓浓的哭音和深深的无助："我不认识他身边的人啊！就认识一个助理，但我没有他的联系方式。"她说到最后，眼泪越发掉得厉害。

看女儿如此伤心，陆蓉叹口气，主动拉着宋枝往前走："走吧，去报警，妈妈陪你去。"

母女俩步行去了就近的辖区派出所。

夜里十点多，派出所里安静、冷清，只有一个值班民警在窗口守着。

宋枝擦干眼泪走过去："我要报警。"

民警从电脑屏幕前抬起头，问："什么事情？"

宋枝说："我的男朋友不见了。"

民警问："多长时间联系不上了？"

宋枝说："一周。"

民警松开手里的鼠标，问："失踪报案的话要直系亲属，让直系亲属拿和失踪者相关的关系证明文件过来报案。"

"他没有直系亲属。"宋枝眼角蓄着泪，声音里充满委屈，又哽咽着说，"我就是他最亲的人。"

民警问："没有直系亲属？"

宋枝抽噎着"嗯"了一下。

民警有些为难，想了下，说："那你记不记得他的身份证号？"

宋枝记得闻时礼的生日，同一个地区的身份证号前面六位数字都一样，但不知道他身份证号的最后四位数字。她只好缓缓地摇了摇头。

民警说："那这个不好搞啊。这怎么找？"

宋枝深吸一口气，忍住抽噎，说："我男朋友很有名的。你能不能通过他的名字在数据库里找找？"

民警一听有些乐了："多有名？"

宋枝说："他叫闻时礼。"

他是全国最有名的刑事律师，也是数次上过莲庆社会新闻头条的人。

一听"闻时礼"三个字，民警还真认识："那个律师啊？"

宋枝点点头："对。"

陆蓉突然插嘴："稍等，我们能提供身份证号。"

宋枝回头："妈，你怎么会有他的身份证号？"

陆蓉："你忘了吗？枝枝，以前小闻在你爸爸的医院里进行过一段时间的治疗，医院有病人资料的存档。再说，我们也能联系你陈叔叔查学校的档案。"

民警："有身份证号当然最好，你们赶紧联系下吧。"

陆蓉说："好，稍等一下。"

陆蓉给宋长栋打电话，简单地叙述了事情的原委。十分钟后，她收到了闻时礼的身份证号。

陆蓉把身份证号报给民警。民警进行记录，记录完后又询问了几个问题，就让他们留下联系方式，然后回去等通知。

离开派出所前，宋枝再三重复："有结果请第一时间联系我，谢谢。"

警察办案的效率很高。宋枝报案的第二天，雪城的两名警察就来到当地的一家医院，直接到住院部的前台询问护士："这里是不是有一名叫闻时礼的患者？"

护士翻看住院名单后告知警察："有的，一周前白发峰雪崩的伤者之一。"

其中一名警察挥手："走，带我们去看看。"

护士带着一高一矮两名警察前往单人病房区。

推开病房门时，骆子阳刚到门口，想去医院对面的餐馆吃个午饭，看到两名警察出现在门口，问："请问有什么事吗？"

高个子警察说："让我们进去看看。"

骆子阳赶紧侧身让路。

病房里宽敞明亮，正中间放着一张病床，上面躺着的男人面色苍白，脸上罩着呼吸机，双目紧闭，唇上没有血色。

两名警察来到病床前，矮个子警察拿出手机，手机里有一张闻时礼的身份证照片。在仔细进行比对后，警察说："是他。"

高个子点点头表示同意。

骆子阳上前再次问道："什么事啊？"

矮个子警察说："有个小姑娘报案说这名患者失踪了。"

小姑娘？

骆子阳一下子反应过来，猛拍一下大腿："是宋枝对不对？！"

莲庆警方并没有告知雪城警方报案人的详细信息，矮个子警察只好说："这个我们这边暂时不清楚。"

骆子阳摆摆手："没事，一定是她。"

早在闻时礼刚出事后骆子阳便想联系宋枝，但苦于没有宋枝的联系方式，就想等闻时礼醒后亲自联系宋枝。可闻时礼的状况不佳，一周过去了都没有苏醒的迹象。

骆子阳对两名警察说："你们来了正好，那麻烦二位要如实转达，那个小姑娘是闻律师的女朋友，怕她担心。"

矮个子警察说："没问题，我们会详细告知，所以还要问一下这位现在是什么情况？他原本来这边是要做什么的？"

骆子阳叹口气说道："脑震荡，肋骨在雪崩时被压断了三根，大腿开放性骨折，经过医生抢救后没有生命危险，就是不知道什么时候才会醒。他原本是过来出差的。"

"行，那我们就先回去了。"

"好，辛苦了。"

两名警察离开了病房。

到医院楼下的时候，高个子警察接到了所长的电话，通话时间只有短短的一分多钟，可接完电话后，高个子警察的表情变得特别严肃。

矮警察忙问："怎么了？"

高个子警察说："上面吩咐，和雪崩相关的人员信息通通不能外泄。"

"啊？"矮个子警察有些茫然，"那怎么和莲庆那边交代？"

"就说人没失踪，目前就在雪城，说不准他过两天就醒了。"

"我能问下为什么不能外泄吗？是不是因为雪崩遇难人员里有某个集团的继承人？"

"不是因为这个。"

"那是啥？"

"遇难人员里有一个人的背景是……"高个子警察弯腰凑到矮个子警察的耳边，轻声说出了对方的身份。

矮个子警察听完后直瞪眼，猛地转头和高个子对视："真的？"

"真的啊，不然所长能亲自给我打电话？"

矮个子警察说不出话了。

高个子警察说："所长接的也是上面的指示。"

第二天，宋枝收到了莲庆派出所的回复：闻时礼人在雪城，并未失踪，建议自行联系。

得知这一消息的宋枝在房间里发了很久的呆，怔怔地站在窗边，看着冬日晴空下的飞鸟，心如死灰。

他人就在雪城，并未失踪，那他为什么不联系她？他不要她了吗？

就算他真的不要她了，为什么要用这种方式分手？

那些来自孟佳妮的提醒开始在宋枝的耳边回响。孟佳妮说，太容易得到的东西男人就不会珍惜，指不定哪天就会开始玩冷暴力。

宋枝真的不愿意相信他是这样的人。他可是满眼都是她的闻时礼啊……

这时候，陆蓉敲了三下门，问："枝枝，听你在讲电话，怎么样，是有小闻的消息了吗？"

宋枝握着手机的手还在颤抖。她平静地回复："有了。"

陆蓉问："妈妈能进来吗？"

宋枝说："进来吧。"

陆蓉推开房门进来："警察怎么说？"

"说他没出事，人就在雪城。"宋枝的喉间发紧，"让我自己联系他，可是我联系不上他……"

沉默了一会儿，陆蓉说："你爸在外面，说想和你谈谈，你先出来吧。"

宋枝跟着陆蓉到客厅。

宋长栋坐在茶几前，看着脸色极差的宋枝，心疼得直皱眉："他人是不是没事？我看啊，他就是单纯地不想联系你了！"

听爸爸说得这般笃定，宋枝的鼻子一酸："怎么会呢？"

"怎么不会？"宋长栋重重地放下手里的茶杯，"那他为什么不联系你？你能给他找什么借口？打他的电话一直关机，他可能连手机号都换了！"

宋枝想反驳，却发现自己居然找不出一个合适的理由来。

客厅里很安静，好几分钟后，宋枝轻声问："那他为什么要给我买房子？"

"你觉得他差那点儿钱吗？"宋长栋冷笑一声，"他也许是为了心里好受些，补偿你罢了。毕竟他还是你陈叔叔的学生，不想把事情做得太绝。"

宋枝愣住了。

是这样吗？

宋长栋又说了好多好多话，那些话钻进宋枝的耳朵里面，刺激着她的神经。陆蓉也跟着他一起说。

听到最后，宋枝也开始相信，闻时礼真的是新鲜感过了，单纯地不想要她了。

可宋枝还是不甘心："他对我是真的好。"

"我知道啊！"宋长栋说，"他喜欢你的时候对你的好肯定都是真的啊，不喜欢的时候也是真的不喜欢。再说他又是那样的高智商极端人格，最擅长伪装，就连生气的时候都可以是笑眯眯的，装作喜欢你又有什么难的？你和他继续谈恋爱我还害怕呢！早点儿断了也好！"

陆蓉拍拍宋枝的背："算了吧枝枝，他都不联系你了。"

宋枝红着眼，认命般地点点头："我知道了。"

那她就这样吧。

元宵节后的第三天，宋枝返校。

上午十点钟的飞机在万米高空中飞行，宋枝关掉阅读灯，看着外面漫无边际的蓝天白云，还有变为很小一块的城市，看着看着，眼泪就无声地从脸庞上滑落。

宋枝放任难过的情绪侵吞自己，心想：难过到一定程度后就不会再难过了吧。那时候她也就不会再想他了。

到达学校时已经是下午，宋枝拖着笨重的行李箱上六楼，中途看见好几个女生有男朋友帮忙提箱子，一下就怔在原地，想到了放寒假时的场景。

那天，她一踏出宿舍门，就看见了靠在墙上等她的闻时礼。他的目光温和，唇角有几分温柔的笑意，他熟练地伸手接过她手里的行李。

砰。

思绪被迫断掉，一个帮女朋友拎行李箱的男生不小心撞到了宋枝，撞掉了她手里提着的袋子。

男生赶紧道歉："不好意思啊。"

宋枝回过神，摇摇头弯腰把袋子捡了起来。

宋枝呼出一口气，没事，不就是拎个行李箱吗？没有男朋友也可以的。

在心里给自己打完气后，宋枝握紧行李箱的拉杆，刚往前走一步就听到咔嚓一声。她转头一看，看到行李箱的万向轮坏了一个，没办法再拉着走，只能提起来。

盯着那个坏掉的万向轮，宋枝在原地站了好久好久。换作以前，她绝对不会这么矫情，因为一个行李箱的轮子坏掉就站着发呆。

可现在不知道怎么回事，她觉得这是件特别让人难过的事情。

由于行李箱没办法正常使用，宋枝上到六楼的时候已经满头大汗。

宿舍里只有孟佳妮一个人，她已经铺好床铺，此刻正坐在床上低头玩手机。听到有人进宿舍的声音，孟佳妮抬头，看见宋枝后明显吓到了。

孟佳妮放下手机朝宋枝走过去："天哪，我的枝枝，你这是经历了什么？怎么瘦得这么厉害啊？快脱相了。"

宋枝握着行李箱的手指收紧。她逞强地说道："我没事。"

自从闻时礼失联后，她就没有好好地吃过一顿饭。她根本没有任何食欲，甚至看见食物就会觉得反胃，十天的时间瘦了六斤，本来就瘦的她看上去非常憔悴。

"你可别和我说没事！"孟佳妮从她手里拿过行李箱放到一边，拉着她往里面走，"来，和我好好说说，我给你出出主意。"

宋枝和孟佳妮一同坐在下铺的床沿上。孟佳妮着急地问："快说，怎么回事？"

宋枝不知道从何开口，只是沉默。

等了会儿，孟佳妮焦灼地追问："你倒是说呀，枝枝。"

宋枝的眼圈微微发红。她低声说："我真的不知道该怎么说……"

孟佳妮问："你就说你为什么会变成这样。"

宋枝的喉间有些发紧。她沉默片刻后，才有些困难地开口："闻时礼不联系我了。"

孟佳妮听得皱眉："不联系你？玩失踪？"

"我也不知道他是怎么回事，已经十天没联系我了。"宋枝有些哽咽，"他去雪城出差，我以为他出事了，还报警了，结果警察说他没事，让我自己联系他。"

这简直让人听得冒火，孟佳妮提高声音："什么鬼啊？！要分手也不是这么个分法吧，既然要玩失踪，他干吗还给你买那么贵的房子，搞得那么深情？"

这也是宋枝不理解的一点。

宋枝说："我爸说可能他心里愧疚，所以房子是给我的补偿，还说他也不差那点儿钱。"

孟佳妮听后，若有所思地点点头："还真有可能是这样。"

孟佳妮分析道："据我的经验，部分男人是有点儿良心的，不想分手分得太难看，所以都会给女方一些财物做分手费。"

宋枝沉默了会儿，苦笑道："那我是不是还得感谢他还算有良心？"

他们睡过几次，他就给她买了一套房，真大方。

孟佳妮最不擅长安慰人，看着委屈得快要哭出来的宋枝，简直一筹莫展。僵持片刻后，孟佳妮直接起身："走，我带你去找他评评理。"

宋枝抬头："去哪里找他？"

孟佳妮说："他的事务所啊。"

宋枝说："可他现在人在雪城。"

孟佳妮将长发一甩，冷冷一笑："那就砸了他的事务所，逼他出现。"

"不行。"宋枝站起来，"我不想这样。"

孟佳妮说："为什么不想？就算要分手也要当面说清吧，我最看不起玩冷暴力的男人。"

宋枝摇摇头，无奈地说："我很了解他，他最讨厌被人威胁，同时也最不怕被人威胁。"

孟佳妮沉默下来，重新往床沿上一坐："那你说现在怎么办？"

宋枝红着眼说："我再给他三天时间，如果三天后他依旧没有联系我，我就删除他的一切联系方式。"

孟佳妮问："你确定？"

宋枝说："确定。"

孟佳妮问："你不会舍不得吗？"

宋枝没有回答这个问题，因为她很清楚地知道，这件事不是她舍不得就可以改变的。

她再舍不得又能怎样呢？所以她只给他三天时间。

很可惜也很令人无奈的是，三天过去了，她依旧没有收到闻时礼的一通电话、一条短信或一条微信消息。

他依旧没有联系她。

宋枝彻底死心，在一个深夜，红着眼删掉了闻时礼的所有联系方式，电话、微信无一幸免，还把两人的合照也删得一干二净。

自那以后，每当有知情者问她有关闻时礼的事，她都只会淡淡地回复：我们没有联系了。

那个说要永远保护她、爱她的闻时礼，不见了。

第十四章　荒　唐

时间转眼来到四月，距离和闻时礼失去联系已经整整两个月了，宋枝从悲伤中抽身，专心投身到学习和各种社团活动中。只要够忙，她就不会有空去想闻时礼。

有一天下课后回到宿舍，孟佳妮兴高采烈地告诉所有人："我下周过生日！你们都要来！"

宋枝问："哪天啊？"

孟佳妮："四月二十一号。"

萧圆说："那不就是下周六吗？那我可以去。"

陶佳说："我也有时间。"

孟佳妮很满意，转头问宋枝："你也要来吧？"

宋枝打趣道："好啊，谁敢缺席大小姐的生日宴？"

"枝枝你皮痒是不是？欠收拾！"孟佳妮笑骂道。

宋枝说："那你来呀。"

两个小姑娘就在宿舍里开始你追我赶，幼稚得不行，也很欢乐，没一会儿直接开始四人混战。

每每这种时候，宋枝都不禁会想：没有闻时礼生活也能继续，她也可以笑得很开心，有什么大不了的，又有什么过不去的？

她不停地这样进行自我安慰，可还是没有办法忽视那些在长夜里涌上心头的惆怅和失落。和他相处的点点滴滴不断在她眼前重现。

她有时候做梦也会梦到他，梦里的他温柔依旧，眉眼间的笑意也依旧。

醒来时，她发现一切不过梦一场，抬手一抹，脸上尽是湿漉漉的泪痕。

那年的四月，温度正好，不冷不热，几乎每天都是晴空万里。孟佳妮生日当天的安排很常规，几人先一起吃个饭，再转场到 KTV 唱歌。

今天参加生日宴的总共十五个人，其中有孟佳妮的初中和高中好友。

孟佳妮作为今天的主角，自然盛装打扮，穿着最新款的香奈儿春装，留着大波浪鬈发，化着妩媚的复古妆容，踩着七厘米细跟黑色尖头高跟鞋。

她往街边一站，惹得不少异性频频回头。

当宋枝和孟佳妮一起出现在众人视线里的时候，孟佳妮的好友们惊讶了好一番："哇，佳妮，你遇到对手了，你旁边的妹子好漂亮！"

孟佳妮将头发一甩，红唇一扬："不好意思，我的美无懈可击。"

大家纷纷笑着说是。

还有几个人没到，她们得等。

宋枝到一边默默地看手机，正好收到了周崇生发来的短信：听说你和那位律师分手了，我还有机会吗？或许你可以给我一个追求你的机会。

宋枝纠结半晌后，还是礼貌地回复：谢谢你，但我暂时没有谈恋爱的打算。

那一瞬间，宋枝站在街边，看着面前往来如梭的车辆，突然就明白了一件事情：好像除了闻时礼，她没有办法再接受任何人。

对于这个认知，她有点儿沮丧，丧得有人叫了好几声她的名字她都没注意。

孟佳妮直接走过来挽住她的手臂："干吗呢？走啦！"

宋枝回过神："哦，好。"

十五个人分别打了四辆车，前往吃晚饭的地点。

宋枝宿舍的几人同坐一辆车，上车后没多久，萧圆就八卦起来，问孟佳妮："你今天生日，你家顾教授来不来呀？"

孟佳妮纠正道："那不是我家顾教授，再说他不会来的。"

萧圆问："为什么不会？"

孟佳妮撇撇嘴："那人无趣得很，不喜欢热闹的场合，所以肯定不会来的。"

萧圆顿悟："原来是这样。"

孟佳妮把聚餐地点选在一家连锁火锅店。

他们拼了两张大长桌，硬是把十五个人凑在了一起。吃到一半，众人纷纷开始拿出给孟佳妮准备的生日礼物。

孟佳妮什么都不缺，大家送礼物也只是为应个景。不管收到什么，她都会表现出特别开心的样子收下。

宋枝送的是一个珍珠发卡。

孟佳妮打开盒子后，直接把发卡拿出来别在头发上，笑眯眯地问大家："好看吗？"

大家乐呵呵地捧场："好看！大小姐最美！"

"谢谢你啊枝枝。"孟佳妮露出诚恳的笑，"我很喜欢。"

宋枝说："不客……"

还没说完，宋枝的视线直接定在孟佳妮的后方，那里站着个目测身高一米八九的高挑男人，背影挺拔似某人，就连发型也有几分相似。

孟佳妮注意到她的视线不对劲，问："怎么了？"

宋枝瞬间变得六神无主，噌的一下从座位上站起来，一不留神打翻了面前的饮料。

杯中装的是鲜榨西瓜汁，她今天穿的白裙子第一个遭殃，瞬间染上了一片鲜红。

孟佳妮说："枝枝！你怎么了？！"

宋枝没有回答，也没有管被弄脏的白裙子，而是直接朝那个男人冲过去，一把拉住男人的手臂，含着眼泪颤声喊："闻时礼！"

男人回头。

宋枝看见了一张完全陌生的脸。

男人的目光里带着不解："小姑娘，你有事吗？"

宋枝的喉间一紧，她颤抖着缓缓松开男人的手臂，眼泪夺眶而出。

她强忍着哭意道歉："对……对不起，我认错人了。"

"哦，没事。"

宋枝狼狈地转身，低着头像无头苍蝇似的费力地找到女洗手间，冲进去用冷水洗脸，试图让自己镇定些。

清醒点儿，她没有闻时礼了！她没有闻时礼了……

时隔数月，宋枝还是没办法彻底走出来，在心里重复着这句话，只觉得痛苦得不能自已，眼泪根本控制不住。她扶着洗手台缓缓蹲下，头埋在双膝里，泣不成声。

没过一会儿，孟佳妮找到她，在她身边蹲下："枝枝，你怎么了？"

宋枝的声音闷声闷气地从膝间传出："我认错人了……"

孟佳妮长叹一口气，说："你真的这么想见他就去找他。他不可能一直出差到现在吧？我陪你一起去。"

宋枝抬起头，眼睛又红又肿："不要，这没有意义。"

一个不主动联系你的人，找到了又能怎么样呢？

宋枝不敢去想他用冷漠的态度对待她会是什么样，也完全无法接受，所以绝对不会去找他。

孟佳妮拍拍她的肩膀："起来洗把脸出去吧，大家还在外面等着。"

宋枝说："好。"

宋枝站起来的时候腿有些发麻。她双手撑在洗手台上，低头的那一瞬突然一道银光闪过，有东西掉在洗手池中，发出清脆的一声响。

她定睛一看，是那条闻时礼送给她做新年礼物的雏菊项链。

为防止项链掉进水池的洞里，孟佳妮将那条项链捡起来，检查了下："接口处断了，拿去修一下。"

宋枝缓慢地转头，看着躺在孟佳妮掌心的那条雏菊项链，不禁用手摸了摸自己空空如也的脖颈。

项链怎么会突然断了呢？

宋枝心里有种不祥的预感，总觉得自己会遇到什么不好的事情。

宋枝小心翼翼地将那条断了的雏菊项链接过握在手心，脸上的血色一点儿一点儿消退。

孟佳妮看着她，说："要不等下吃完饭我叫个车送你回宿舍吧？"

宋枝摇头："不用，我没事。"

宋枝很清楚，伤春悲秋并没有什么用，回不来的永远回不来，生活还得继续。

孟佳妮还是很担心："真没事？你不要怕扫我的兴，别逞强。"

宋枝说："嗯。"

宋枝弯腰，用手掬水洗脸。孟佳妮到一旁扯了几张纸递过来。宋枝接过，轻声说了句谢谢。

孟佳妮本来还想劝劝，但想着让宋枝一个人回宿舍她指不定会更难受，兴许待在人多热闹的地方会好点儿，便没有再开口。

两个小姑娘重新回到桌边。

其余人都向宋枝投去关心的目光："怎么回事啊？"

孟佳妮挥挥手，笑着打马虎眼："没事没事，继续吃，今天我请客，不宰我一顿肥的我都看不起各位的饭量。"

好友们纷纷大笑："大小姐阔气啊！"

大家的注意力很快被转移，没有人再追问宋枝。

宋枝正好坐在孟佳妮旁边，转过头，朝孟佳妮投去一个感谢的眼神。

孟佳妮凑过来低声说："放心，姐姐罩着你呢。"

聚餐在晚上八点多钟结束，一行人转场去唱歌，去的是间芸一家大型连锁娱乐场所Rose。那里什么娱乐项目都有，比如说桌球、麻将，还有滑冰场、按摩房、洗浴场等，也有KTV。

Rose实行会员制，非会员就算有钱也进不了。孟佳妮是常客，还是Rose的顶级VIP，从她踏进会所的那一刻起，身后就跟着一串人。

孟佳妮不喜欢被人阿谀奉承，自然也不喜欢任何形式的虚与委蛇，有些不耐烦地摆手："让领班带我们过去就行，别这么多人跟着。"

领班忙说好，扭头朝后面的七八个人说："你们别跟着。"

领班带着一行人到顶级配置的KTV套房里。服务员用推车送来酒和小食品，洋酒和啤酒都有，外加两桶冰块、果盘和十几碟小零食。

很快有人点歌唱上了，包间里渐渐热闹起来。

孟佳妮作为今日的寿星，被簇拥在中央，一时间也没工夫管宋枝。宋枝一个人坐在昏暗的角落里，手里拿着杯不知名的洋酒。那酒喝起来甜甜的，她觉得不辣喉咙。

宋枝接连喝了好几杯酒，没过一会儿觉得有些头晕。她这才反应过来自己上了这种酒的当，看来这酒的度数不低。

她不敢再喝，放下酒杯默默地坐着，听孟佳妮的朋友们唱歌。

有一个男生点了一首苏打绿的《我好想你》，声音和苏打绿的主唱最少有九成相似，唱得感情饱满、婉转动人。

屏幕上的歌词在一句一句地滚动。

我好想你好想你

却不露痕迹

我还踮着脚思念

我还任记忆盘旋

…………

人在难过的时候听苦情歌就会很有代入感，仿佛自己就是女主角。宋枝也不例外，觉得每一句歌词唱的都是她自己。

听着听着，她的眼角开始变得有些湿润。

宋枝抬头扫视一圈，发现每个人脸上都洋溢着开心的笑容。她还是去洗手间冷静一下吧，不然哭出来的话太破坏气氛。

包间里有单独的卫生间，宋枝过去的时候发现里面有人，只好去外面的洗手间。

宋枝刚到门口，孟佳妮走过来，在震耳欲聋的背景音乐里大声问："你去哪儿？！"

宋枝用嘴型说："厕所。"

孟佳妮比了个 OK 的手势。

宋枝在洗手间待了将近半个小时，回包间的时候迷了路，头晕乎乎的，出来前也没看一眼包间号，只好透过每扇包间门上的透明彩窗往里看。

在其中一扇包间门前，宋枝往里面看的时候，看到了一张熟悉又猥琐的脸——石齐越。

石齐越穿着咖啡色的高领毛衣，把脑袋衬得又小又滑稽，脸上坑坑洼洼的红色痤疮比上一次看见的时候还多。他正吊儿郎当地抽着烟，一眼和门外的宋枝对上视线。

宋枝吓了一大跳，赶紧转身就走。

她还没走两步，手直接从后面被人拽住。她的后面传来石齐越猥琐的笑声："跑什么？你是不是在找我呀，宋枝小学妹？"

宋枝转身，想要把手抽回："我没有，你放开我。"

石齐越握着她的手没放："你不找我往我的包间里看什么？"

宋枝加大挣脱的力气："我找不到自己的包间而已，你放开！"

石齐越紧紧地拽着她往自己身前拉，一边拉一边下流地笑着说："你找不到包间正好啊，来学长的包间里面玩，我请你！"

"不，不用！"宋枝用一只手紧紧地撑着墙壁，往后倾斜身体，"你再不放开我就叫人了啊！"

石齐越冷笑一声，直接加大力气，猛地拉扯着宋枝往他的包间里去。

宋枝发出尖叫："啊！"

男女的力气天生悬殊，石齐越三两下就轻轻松松地把宋枝拽到了他的包间里，再把宋枝重重地扔在地上："你叫啊！现在叫啊！这里的包间隔音，随便你叫！"

宋枝跌坐在地上，摔得臀和腿传来阵阵麻痹的痛感。她迅速从地上爬起来，朝门口冲去。

石齐越直接伸手重重往她肩膀上一推，再次将她推倒在地。

有人关掉音乐，包间里瞬间安静下来。

宋枝再次重重地摔倒在地上。她仰头看一眼石齐越，又转头看一眼后方沙发上坐着的十几个男生，颤抖着问："你到底想干什么？"

石齐越来到她面前，居高临下地笑着说："你好好陪学长喝点儿酒，唱会儿歌，我不会太为难你。"

宋枝低头，盯着自己擦破皮流血的手掌，低声说："我拒绝。"

石齐越在她面前蹲下："学妹，来说说，你今天穿的什么颜色的内裤啊？"

怎么会有这么猥琐恶心的男人？真叫人想吐。

宋枝气得发抖，恨恨地盯着石齐越："你别乱来，你要是乱来的话，我就……"

"你就找你的律师男朋友教训我？"石齐越扬声大笑，"全校都知道你和那个贼厉害的律师分手了，你还指望他给你出头啊？"

一说到闻时礼，宋枝的心就像有块巨石压着一样，喘不过气来，眼圈一下就红了。

石齐越那张长满痤疮的脸凑近。他无比下流地问："你和那个律师睡过没有啊？"

其余的男的全都因为石齐越下流的问话哄地大笑起来，还不停地起哄。

"石头哥你试试不就知道了？"

"就是嘛！"

"笑死！"

"滚。"石齐越笑骂，"在这里？"

宋枝把脸别开，心里又怕又气，声音也抖得不行："让我走。"

石齐越说："不可能的，除非你脱光了给哥儿几个看看。"

宋枝瞪眼："你疯了吧！"

"那没办法咯！"石齐越故作无辜地耸耸肩，"那你只能陪我们喝酒唱歌了，不过你先回答我。"

宋枝咬着牙沉默，浑身都开始发抖。

见她不说话，石齐越觉得无趣，弯腰扯着她的衣服，把她往沙发所在的方向拽，一边拖拽一边说："来，给大家看看你今天里面穿的什么。"

"啊！不要！"宋枝尖叫起来，用尽力气挣扎，却发现在做无用功。

门在这时候被人一把推开，孟佳妮从外面冲进来，看到里面的场景后直接破口大骂："姓石的，你是什么东西？你胆子够大啊！"

石齐越动作停住，转头看去。

发现来人是孟佳妮后，石齐越眼神一黯，露出一抹凶恶之色，然后朝两个男生使了眼色。那两个男生直接朝孟佳妮走过去。

孟佳妮警惕地后退一步："你们要做什么？"

那两个男生没理她，而是直接开门出去，守在门口。

孟佳妮见状心道不妙，但看着被石齐越揪着衣服的宋枝，她也顾不得太多，直接上前猛地推一把石齐越："你松开她！"

石齐越被推得有些猝不及防，松开宋枝后，恼怒地伸手一把扯住孟佳妮的头发。

宋枝怕得要命，但还是勇敢地扑上去，一边用力拍打石齐越的手一边喊："你松手！你放开她！"

孟佳妮忍着痛没出声，直接一脚踢在石齐越的裤裆中间，痛得石齐越吼了一声。两面夹击，让他极为恼火。他冲那些看戏的兄弟喊："还不过来拉着！"

"拉哪个啊石头哥？！"

"都拉着！"

原本坐在沙发上的那些男的一窝蜂似的拥上来，分别控制住宋枝和孟佳妮。

石齐越单手捂着被踹痛的地方，痛得五官扭曲。他指着孟佳妮不停地点头："好，很好！孟大小姐，上次在火锅店你让我丢脸的账还没算，正好今天新账旧账一起算！"

孟佳妮毫不惧怕，直言道："那是因为你犯贱！你要是不犯贱，我根本不稀罕搭理你。"

石齐越冷笑着，目光逐渐变得阴森。

有两个男的拉着孟佳妮，石齐越直接上前，二话没说就开始扯孟佳妮身上的衣服，一边扯一边恶狠狠地说道："老子扒光你，看你还怎么放肆！"

孟佳妮的眼睛逐渐睁大。看石齐越粗暴无比地撕扯她的衣服，她开始发疯一般挣扎："你们完了！你们都给我等着！"

石齐越直接将她的外套扯下来，又去扯她里面的衣物："老子等着！"

宋枝惊恐地看着眼前的一幕，也不知道在这一瞬间哪里来的力气，直接挣开两边男生的控制，冲上前一口咬在石齐越扒孟佳妮衣服的那只手上。

随着石齐越的一声惨叫，宋枝整个人都被甩飞出去。

砰！

宋枝的额头直接磕到桌角上，痛得她眼冒金星，很快就觉得有一股温热的液体顺着脸颊往下滴。

与此同时，病床上昏迷已久的男人突然睁开眼睛，张着嘴大口喘着气，像是刚做过噩梦，满额头的冷汗。他张嘴，艰难地喊了声："枝枝。"

他的内心有种强烈的不祥的预感。

男人从病床上挣扎着下来，跌落在地，又艰难地爬起来，踉跄着往前跑，嘴里不停地在喊："枝枝……枝枝！"

推开病房门，男人撞到了一个端着托盘经过的护士。他发疯似的握住护士的肩膀剧烈地晃动，哆嗦着唇问："宋枝在哪里？宋枝在哪里？！"

包间里，洗墙灯、筒灯、激光灯等数种光源组合出蓝色的满天星图案，将室内照得迷离。

疼痛带来的眩晕感把宋枝折磨得视线模糊。她抬手，摸到额角流下的温热液体，空气里弥漫着血腥味，混在酒气里，形成一种怪异的味道。

稍缓半分钟后，宋枝狼狈地喘着气抬头，有血液顺着眼角流到眼里，看东西仿佛隔着一层半透明的血纸。透过那层纸，她隐约看见有什么东西在一点儿一点儿往下坠，轻盈的，浅色的，那是一个女生骄傲的尊严。

她觉得那群以石齐越为首的围着孟佳妮的男人都不是人，全是些周围散着乌烟的魔鬼，似要将活人拉进地狱里。

猥琐猖狂的笑声萦绕在孟佳妮耳边，随着越发放肆的笑声，她的最后一点儿尊严也坠到冰凉的地板上，然后碎掉。

孟佳妮永远都不会想到，她会在十九岁生日的当天遭遇这种事情。

这种难以启齿的事情荒唐、不可理喻，她在最后竟然放弃反抗、挣扎，失去最后一点儿力气。

石齐越靠近，脸上带着令人作呕的笑，周围瞬间爆发出起哄声。他们高吼着"石头哥厉害"。

世界在这个时候是喧闹的。

石齐越兴致勃勃地对周围的人说："兄弟们！这个贱人一天到晚心高气傲的，装清高给谁看？！我今天倒要好好治治她！让她知道老子的厉害！"

闪光灯在亮，没人记得闪光灯是什么时候开始亮的，也没人留意他们是什么时候开始录像的，可能是现在，也可能是从最开始。

如果非要问孟佳妮的骄傲是在什么时候被击碎的话，那一定是这一刻——经历了那些羞辱和折磨后，她还要被拍照、录像。

石齐越对着孟佳妮的脸录像，挑衅地捏着她的下巴问："大小姐怎么不嚣张了？被这么多人看爽不爽啊？"

砰！

香槟酒瓶砸在石齐越的头顶上，所有人都没反应过来，全部傻眼了。

石齐越被砸得当场倒在地上哼哼唧唧。随着一阵天旋地转，他看到了站在自己旁边的宋枝。她额头的血流满半边脸，颤抖的双手握着半截瓶身。

和石齐越混在一起的能有什么好人？他们个个大着胆子朝宋枝逼近。

宋枝头晕目眩，看不清东西，根据人影还是能判断最少有三个人在朝她走近。

她挥舞着手里的半截酒瓶，声音嘶哑地吼："别过来！"

那几人果真不再动了。

在这里干耗着不行，得出去找人帮忙。宋枝没有犹豫，直接转身朝门口跑。

其中一个男的手疾眼快，直接抓住了宋枝外套的衣领！

宋枝丢掉手里的酒瓶，三两下脱掉外套脱身，飞快地冲到门口，一把拉开门。

外面守着的两个人压根儿没注意，等回过神时宋枝已经跑出去好几米远。

他们赶紧追上去。

宋枝慌不择路地跑，选择了一条通往洗手间的路。

后面几人见她跑进死路，便不慌不忙地放慢脚步，优哉游哉跟上去。

宋枝一头扎进洗手间里。

镜前，身形高挑的男人看到冲进来的满脸鲜血的小姑娘，目光一顿，关掉水龙头，惊讶地说："宋枝？"

宋枝用手背抹掉眼里的血泪，看清洗手台前站着的顾清池，狼狈又踉跄地跑过去，一把抓住顾清池的手臂："顾……顾教授！救救佳妮！"

顾清池一皱眉："慢慢说。"

宋枝的思维混乱不堪。她根本没有头绪去说来龙去脉，只用力地拽着顾清池往外面走，嘴里不停地重复一个字："快。"

听到孟佳妮出事了，顾清池不敢耽搁，被宋枝拉着一路快步出去，迎面撞上寻过来的三个男生。

三个男生里有两个是社会上的混混，只有一个芸大的学生。

只要是在芸大读书的，就不会不认识教授顾清池。那男生看到宋枝拉着顾清池，直接停在原地。旁边的人跟着停下，不解地问："怎么回事？"

男生和顾清池对上视线，来抓人的气焰骤降："是……是我们学校的教授。"

"啊？"

另外两人明显觉得扫兴，脸上写着不满，又因不想惹更多的麻烦，便沉着脸转身快步离开。

顾清池赶到包间的时候，里面的人早已散尽，只有满地的狼藉证明事发时的混乱。

孟佳妮躺在地上，蜷缩着光洁白皙的身体，抱着自己的双臂，浑身发抖。

顾清池的心跳有短时间的停止，眼里浮现暴风雪般的冷意。

深蓝色的灯光洒在那具躯体上，衬得她的肤色越发冷。

顾清池快步走过去，脱下羊绒大衣，蹲下身把地上的孟佳妮扶起来，把她裹进带有温热体温的大衣里，紧紧地抱在怀里。

他安抚性地捧着孟佳妮的脸，亲了亲她的额头，沉声冷静地说："别怕。"

孟佳妮似被抽走灵魂，目光涣散，难以聚焦。

贴着顾清池颈部温热的肌肤，感受着他掌心的温度，她好半晌才说："顾清池，我好脏。"

顾清池低头，在她耳边温柔地低语："不脏。"

"你还会要我吗？顾清池。"

顾清池没有犹豫，将她搂抱得更紧，只说了一个字："要。"

医院，深夜的长廊上冷冷清清的，绿色长椅掉了漆，消毒水味道和白炽灯渲染出一幅未加滤镜的旧电影画面。

骆子阳从家中赶到医院，沿着走廊走到底，推开左边的一道门，里面空荡荡的。冬季的晚风吹动着蓝色窗帘，室内不见半点儿人影。

骆子阳心里直叫不好。他在半小时前接到医院的电话，护士说闻时礼情绪激动，要马上离开医院，但闻时礼目前的身体状况不允许。众人多番阻拦，请骆子阳尽快赶到医院劝阻。

闻时礼没有直系亲属，骆子阳办的陪护证，当时填的也是他的联系方式。

骆子阳重新回到电梯里，下到一楼，来到门诊部大厅，那里最接近大门口。

骆子阳刚出电梯，脚步很快地拐了个弯，远远地就看见医院的几名保安拦着身穿蓝白条纹病号服的闻时礼。看样子他急着离开，可身体虚弱，和几名保安僵持得满头大汗。

骆子阳小跑过去："闻律师！"

闻时礼回头，瞧见是他，深呼吸一口气，沉声说道："我要出院。"

骆子阳有些为难："可医生说您现在的身体状况还需要……"

闻时礼没耐心地打断他，重复那几个字："我要出院。"

主治医生在一旁用特别公式化的口吻说："出院是可以，但是我不建议，如果您非要出院的话，那后果自负。"

闻时礼的眼里满是寒意，声音也冷得不行："我自己负责不就得了？你们拦什么拦？"

见他这般坚持，主治医生挑着眉毛点点头："行吧，那您签一下离院责任书再走。"

护士拿来离院责任书给闻时礼签字。闻时礼接过纸笔，潦草地签下自己的名字。

骆子阳说："闻律师，您在这里等我，我去给您办出院手续。"

闻时礼沉着脸没说话，算是一种回答。

骆子阳刚走出去没两步，就听见闻时礼在后面叫他："你等等。"

骆子阳转身问："怎么了？"

闻时礼脸色苍白，躺了两个月的他更为清瘦，伸出去的那只手越发骨节分明："手机给我，我给宋枝打个电话。"

"哦。"骆子阳摸出手机递过去。

几名保安自行散开。

闻时礼拿着手机到医院大门口。四月的夜晚还挺冷，他站在风口，冷意就直往骨头缝里钻。

闻时礼没在意这份冷，滑开手机，点开拨号键盘，手指流利地输入号码。

他在心里快速默背出那串记得滚瓜烂熟的数字。

风阵阵刮来，面上凉意不断，闻时礼把手机听筒搁在耳边，听里面传来莲庆本地手机号固有的电话铃声。

铃声一直响到最后一秒，电话无人接听。

闻时礼紧跟着又打了好几个电话，一直无人接听。

他看了一下时间，晚上十一点，她睡了？

小姑娘可不会在这个点乖乖睡觉。这个点她通常在看一些少女漫画或者看各类的剧，也会看微博，或者在微信里和朋友聊天。

总之，她可不会在这个点睡觉。

不消一会儿，骆子阳办完出院手续回来，看着眉头紧锁的男人，小心翼翼地开口问："没打通啊？"

闻时礼心烦意乱，淡淡地嗯一声。

"没事的。"骆子阳把一沓缴费单胡乱地叠在一起，揣进外套口袋里，"你刚昏迷那阵警察就来过。宋枝报警说你失踪了，警察肯定给了她回复，你不用太担心。"

闻时礼把手机递到骆子阳面前："我心里很不安，她为什么不接我的电话？"

骆子阳接过手机揣进另一边的空兜里，说："睡了吧？"

闻时礼沉着脸不说话。

这家医院的大门口种着几棵棕榈树，挺拔的棕榈树叶色葱茏，被冰冷的月光一点缀，叶尖似悬着滴露水。

闻时礼看着一片树叶良久，最后语气平静地开了口："今天几号？"

骆子阳："四月二十一号。"

四月二十一号，离宋枝开学已有一个多月的时间。闻时礼呼出一口气，又问："回间芸最近的航班是什么时候？"

骆子阳拿出手机查看。

比起大城市，雪城的航班班次要少得多，骆子阳在订票软件上查看后，无奈地说："最近一班飞机在后天早上。"

"后天……"闻时礼皱眉，显然对这个答案非常不满，可采取其他交通方式只会更慢，毕竟近四千公里可不是什么短距离。

骆子阳觑着男人的神色，试探性地问："那给您订一张后天的票？"

闻时礼言简意赅地说："订。"

他的手抬起放在胸口处。他感受到那里传来一种切实的不安感。

周一，闻时礼在雪城双云机场登上了飞往间芸的那一班飞机。骆子阳同行。

这两天他一直在骆子阳家中借宿，其间没少给宋枝打电话，保守估计电话打了上百通，却没一通接起来的。昨天晚上他再拨过去时，手机干脆提示对方关机了。

照他目前的身体状况，坚持出院已经很勉强，再加上联系不上宋枝，躁郁攻心，少不了一场重感冒。

他咳嗽就没停过，嗓子嘶哑，一双眼睛里布满血丝。

骆子阳问："下飞机后先去哪儿？"

闻时礼手握成拳放在唇前，转头剧烈咳嗽几声，声音虚弱，但没半点儿犹豫："去宋枝的学校。"

五个小时后，闻时礼风尘仆仆地赶到宋枝的学校，一路上似要把肺都咳出来了。他撑着虚弱的身体，好不容易才一步三歇地到了芸大的女寝楼下。

四月，女寝楼下的椴树正盛，树叶繁茂，阳光都难以寻到缝隙，只留星点金光在地面。

闻时礼踩在其中一点儿碎屑金光上，努力顺着因剧烈咳嗽乱掉的呼吸。余光里出现一抹熟悉的人影，他转过头去，与对方有些惊讶的目光对上。

在成人的世界里，有一条不成文的恋爱准则：超过一个月不联系就可以默认为分手。

萧圆不理解，眼前这位已经和宋枝分手很久的有名律师，为什么会突然出现在女寝楼下？还是在宋枝出事的两天后。

两人互相对视半晌。

先开口的是闻时礼。他的嗓音嘶哑，却还是很有礼貌："你好，你是宋枝的室友对吧？我找一下宋枝。"

两人上次在二食堂楼下见过。那时宋枝没有向他依次介绍室友的名字，他只记得一个孟佳妮。

萧圆刚从图书馆回来，顺路拿份外卖炒饭。看着椴树下的男人，她没有搭理的打算，冷冷地瞧一眼后扭头就走。

她的步伐很快，外卖的塑料袋子随着她的快步走在半空发出沙沙声。

闻时礼抬脚追上去，短短几步已经耗尽他的力气。他虚弱地喘着，忍着腿部传来的疼痛，拦在萧圆面前："抱歉，麻烦你……"

萧圆打断他："我帮不上你的忙。"

闻时礼自认没有得罪过宋枝的这位室友，不明白萧圆为什么会用这种尖锐又冷漠的态度对他。

但他还是耐着性子说："能麻烦你帮我叫一下宋枝吗？我找她有事。"

萧圆冷冷地看着他。

闻时礼补充："是真的有事。"

沉默几秒，萧圆冷淡地说："宋枝不在宿舍，也不在学校。"

得到这样一个答案，多少有点儿在闻时礼的意料之外，现在不是放假期间，宋枝不在学校会在哪里？

他不甘心地追问："她在哪儿？"

萧圆有些不耐烦："你既然这么关心她，怎么不自己联系她啊？"

闻时礼的胸腔起伏不定。他困难地呼出一口气，声音变弱："我联系不上她，打电话给她她不接。"

"她不接那就是不想理你啊。"萧圆翻了个白眼，"再说你现在出现有什么用啊？！"

她话里话外都带着些责怪的意思。

闻时礼先是一怔，而后反应过来："宋枝出了什么事情？"

他却没得到任何回答，只见萧圆特不耐烦地皱着眉，越过他走了。

直觉告诉闻时礼，一定有哪里不对劲。

他再次追上去。

这一次，他直接追进了女寝楼里。

宿管阿姨直接从桌前出来，拦住了闻时礼："这里是女生宿舍！不能上去！"

萧圆停住脚步。

这一举动多少引发了些骚动，不少女生频频看过来。

楼梯口处，萧圆缓缓转过身，隔着一段距离看着闻时礼，表情带着些嘲弄："声名赫赫的闻律师，如果真的想找到一个人，应该不是什么难事吧？"

骆子阳从外面跑进来，拉着闻时礼的手臂劝道："算了闻律师，我们再想其他办法。"他担忧地低头看一眼闻时礼的腿："您这腿该休息了。"

雪崩时闻时礼的右腿开放性骨折，抬出来的时候都能看见里面的骨头。他刚出院，本该静养才对，哪里经得起这样奔波？

他来时匆匆又心切，没见到宋枝，巨大的失落感将闻时礼包围。一下变得疲软的他竟有些站不住脚，身体微微虚晃两下，像要一头栽到地上。

骆子阳将他扶住，说："回事务所吧，找人的话康律有路子。"

闻时礼走出女寝楼，抬头发现满目都是白晃晃的日光。

这令他有种眩晕感。

"你说，"他抬手挡住阳光，透过指缝去看高空中像块白饼似的太阳，声音嘶哑缓慢，"宋枝会不会生我的气了？"

芸升事务所里有律师行业各领域里最顶尖的律师，永远不愁接不到案子，案子永远堆积如山，等待律师们处理。尤其是这两个月闻时礼不在，律师们更是忙得不可开交。

律所有三个合伙人，除闻时礼外，另外两个是魏毅和康松然。他们都是注册律所时被闻时礼临时拉来凑数的。因为我国律师事务所绝大部分是合伙制，这两人相当于挂个名，手上没什么实权。

康松然主接离婚案。魏毅则接一些小型刑事案件和知识产权案。

魏毅今日很头痛。

他外甥两天前闯了祸，在一家叫 Rose 的场所消遣时和两名女生起了冲突，据说其中一名女生光着身体从包间里被抱出来，另一名女生头破血流的。

两名女生要以猥亵的名义起诉魏毅的外甥。

警察进行现场调查后没有找到直接证据，在对现场十几个男生的手机进行依次检查后，都没有发现证据，故此当场释放了他外甥和他外甥的朋友。

两名女生愤怒至极，扬言定要将他外甥一群人送去坐牢。

事务所的会议室里，魏毅看着对面的外甥，外甥脑袋上缠着一圈白纱布，臊眉耷眼地坐着一声不吭。魏毅真的很头痛："齐越，你跟舅舅说实话，你们一伙人到底有没有猥亵那两个女生？"

石齐越窝在椅子里，不耐烦地说道："我就和她们开玩笑啊，谁知道她们那么小气？"

"开玩笑？"魏毅的语气变得严肃，"你得和我说实话，不然舅舅帮不了你。"

魏雪坐在旁边鼓励道："儿子，你说实话，没事的！天塌下来有妈妈和舅舅给你顶着呢！"

魏雪就这么一根独苗，绝不能让他有任何闪失。

石齐越在经过一番内心斗争后，还是决定告诉魏毅实情，想着他好歹也是自己的舅舅，看在妈妈的面子上，也不能见死不救。

石齐越说："确实有点儿那方面的意思吧……我没想着真搞强奸，单纯看那姓孟的女的不顺眼，想整她，挫挫她的锐气。"

魏毅逮着重点问："所以你们有对两个女生实行猥亵行为，是吧？"

石齐越有点儿烦躁，含含糊糊地说："算吧。"

魏毅沉默。

石齐越觑着舅舅的脸色，用胳膊肘撞了一下魏雪，小声喊了声妈。

魏雪忙开口："就算真猥亵又怎么样啊？老弟，你们干这一行的，不就是能把黑的说成白的，死的说成活的吗？"

魏毅并不着急开口，四十多岁的一张脸上多少带着点儿岁月感，加上此刻表情严肃，瞧着便越发威严。

须臾后，魏毅端起茶杯喝了口，啧了一声，深吸一口气后吐出，才缓缓说道："这个案子我能帮齐越打，但能否胜诉我没办法保证。"

一听胜诉没保证，石齐越一下子急了："舅舅！我不想坐牢啊！"

"我知道。"魏毅皱眉，"但我不是能把黑的说成白的，死的说成活的的那种律师啊，又不是人人都是闻时礼。"

闻时礼三个字像是点醒了石齐越。石齐越立马激动起来，一把抓住身旁魏雪的胳膊："妈，舅舅说的那个律师很厉害啊！让他来接我的案子！"

魏毅一听，直接乐了。

石齐越不满："你笑什么啊舅舅？"

魏毅笑着说："我这么跟你说吧，闻律师非重大刑事案件不接。重大刑事案件包括什么呢，连环杀人案，影响恶劣的碎尸案，涉案金额上千亿的金融诈骗案，你让他来接你这桩小小的猥亵案，不纯粹在搞笑吗？"

况且前两天魏毅和骆子阳联系过。骆子阳告诉魏毅，闻律师会在今天回间芸，但身体不佳，不见得会接案子。

魏雪听得半信半疑："那个人真有这么厉害啊？"

"那可不。"魏毅从来都很佩服闻时礼的能力，"他发挥得好的话，能把法庭上敲小槌的那个送进去。"

这话有夸大和开玩笑的成分在里面。

魏毅摆正脸色："得了不说笑了，反正就一句话，小小一桩猥亵案，闻律师不会接。"

"这就是你考虑不全了。"魏雪说，"你和他共事这么多年，多少有点儿交情吧？你好好去和那位闻律师说一下呀，我们又不是出不起高价，能保证胜诉的话要多少钱都行。"

对面坐着的是自己的亲姐姐和亲外甥，魏毅真的很为难。

石齐越忙哀求："求求你了舅舅……"

魏毅长叹一口气，只说："尽量，我尽量。"

话刚说完，会议室的门被推开，来的不是别人，正是话题主角闻时礼。

推开门的闻时礼看到里面还有其他人，礼貌地点头致歉："抱歉，打扰一下。"

他把目光转向魏毅，问："康松然在哪儿？"

魏毅想了下，答："在尽头那间会议室见委托人。"

闻时礼说："好。"他关上门离开。

魏毅愣了一瞬。他缓慢地把头转回来，眼神在魏雪和石齐越两人脸上来回转，最后压低声音神秘地指了指门口，说："看见没？那就是闻律师。"

石齐越接下话茬："我认识啊，他上次还在我们学校的二食堂跪过，第二天新闻满天飞，想不认识他都很难吧？"

闻时礼在芸大的那一跪，至今还是人们茶余饭后的谈资，法学院的学生们更爱议论他。

魏雪轻拍一下桌子提醒魏毅："那你还不快点儿去？跟闻律师好好说，让他接下小越的案子。"

魏毅忙起身。

在魏毅开门离开的前一瞬，石齐越叫住了他："舅舅。"

魏毅回过头问："怎么？"

石齐越欲言又止，片刻后摸了摸鼻子，低声说了句没事。

魏毅哦了一声："等我回来。"

魏毅离开会议室，径直往前，一路走到尽头那间会议室的门前等闻时礼出来。

门的左右两边都摆放着一盆绿萝。绿萝这种常绿藤本植物适合贱养，养得越随意长得越好，眼前这两盆多分枝，枝悬垂，翠绿色的叶片为薄革质，层层繁茂。

没有哪家事务所或者公司里会摆满绿萝，魏毅也不理解。

事务所的绿萝都是闻律师买来的，他算不上照料得很精心，但不允许任何人往绿萝的花盆里倒喝剩的咖啡和茶水，更不准往里面扔烟头，发现一次罚款两百块钱。

有人问过："为什么呢？"

闻律师却只淡淡一笑，并不回答。

会议室的门被从里面打开，闻时礼看见了等在外面的魏毅："有事？"

魏毅搓搓手，摸出烟盒打开盒盖递了过去："是有那么一件事要麻烦你。"

闻时礼接过烟："你说。"

魏毅赶紧摸出打火机，用手护着火苗送去替男人点烟："我有个外甥，他前晚……"

等听完来龙去脉后，闻时礼的脸上没什么表情，淡声道："这么小的一个案子，你做不就行了？"

魏毅似很苦恼："我外甥嫌我没你有水平，你看怎么样？"

闻时礼沉默片刻。

燃掉三分之一的烟蓄了截烟灰，他用手指轻点烟身，抖落掉那截灰，慢条斯理地说："我不太想接，手头有点儿私事，加上雪城的那七个律师的伪证案子还没处理完，三天后开庭，我处理完私事还得过去。"

魏毅说："这完全不影响呀，猥亵案难度不高，而且不是立马开庭，等你处理完私事去雪城回来都来得及。"

闻时礼不语。

魏毅心里没底，打起感情牌来："你看咱俩认识这么多年了，你当时从上个事务所退出要单干的时候，问我愿不愿意跟着你，我二话没说就跟你出来了，是吧？你就当帮我老魏一个忙，那要不是我外甥，我也不好意思来和你开这个口。"

闻时礼深吸一口烟，实在不太想接，索性扯个借口："我贵，你的外甥不一定出得起价。"

魏毅说："钱这方面你完全不用担心，帮我个忙好吧？"

再拒绝就会显得太不近人情，总归还要在一起做事，为人不能太绝情，闻时礼徐徐吐出烟雾："行吧。"

"太好了！"魏毅说，"那你现在和我过去，和我外甥还有我姐说一声吧，让他们安个心。"

闻时礼点点头。

魏毅跟在闻时礼的后面，注意到闻时礼走路的姿势和以前不一样了，走得慢不说，右腿还有点儿使不上劲的感觉。他上前询问："闻律师，你这腿没事儿吧？"

右腿很疼，几乎每走一步都会牵扯出撕裂的刺痛，闻时礼却面不改色地说："没事。"

来到会议室门口，魏毅上前替闻时礼把门拉开，里面坐着的石齐越和魏雪直接站了起来，表现出极大的尊重。

闻时礼抬手示意："坐。"

石齐越和魏雪坐下。

魏毅替闻时礼拉开椅子时，高兴地对二人说道："闻律师卖我的面子，说接！"

石齐越大喜过望，眼睛都睁大了三分："真的啊？！"

魏毅笑着说："这不能有假。"

闻时礼进来前把烟灭掉了，但还想抽，开口第一句说的是："介意我抽烟吗？"

石齐越耸耸肩："当然不介意，您随意。"

魏毅忙递来烟和火。

刚点上烟，闻时礼还没来得及抽上一口便剧烈地咳嗽起来，胸腔剧烈地起伏。

等平复咳嗽后，闻时礼开门见山地问石齐越："确定对方女生没证据，是吧？"

石齐越点点头："对，我让朋友们把视频全删了。"

闻时礼若有所思地点点头。

魏雪插话进来："闻律师，委托费您想要多少都行，主要是到时候让我儿子无罪释放。"

闻时礼抽着烟，略一点头："好说。"

石齐越试探性地问："难吗？"

闻时礼说："不难。"

"意思就是无罪释放没问题是吧？"

"没问题。"

在刑事案件上能打包票胜诉的律师只有闻时礼。为规避风险，其他人都不敢开这样的口，也只有闻时礼敢。

心里惦记着让康松然找人的事情，闻时礼不想多待，起了身："你们聊，我还有点儿事。"

魏毅说："好。"

闻时礼开口后，魏毅问石齐越："这下满意了吧？"

石齐越当然满意，但还有一件事他没有说："舅舅，还有件事。"

魏毅说："啊？"

石齐越支吾两声后，选择一口气说出来："那两个女的里，有一个是闻律师的前女友。"

静默半晌，魏毅把眉毛皱成一个川字，用特严肃的语气质问："你为什么不早说？！"

石齐越被吓了一跳。

魏雪一把揽住石齐越的肩头，不满地说道："你突然这么大声干吗？凶什么啊？前女友又怎么了，他还能因为一个前女友不赚钱啊？哪有这个道理？！"

魏毅说："姐，你知不知道他当时为了救那小姑娘，给匪徒跪过的事啊？"

那条新闻魏雪自然在麻将桌上听人讲过，但她觉得这说明不了什么问题："跪过怎么了啊？小越他爸爸年轻时追我那阵还说把命给我呢，现在不照样在外面乱来？"

石齐越嘀咕着附和："就是，他们都分手好久了，估计早就不联系了。"

"小越说得对。"魏雪说，"有钱不赚王八蛋，再说他都答应了，还害怕什么？"

魏毅沉默了。他仔细一想，好像也是这么个道理，毕竟闻律师那样有钱的英俊男人，要什么样的小姑娘没有，何至于在一棵树上吊死？

石齐越不再说话，也觉得没什么好担心的，甚至心里有点儿窃喜，说小人得志也不为过。闻时礼接了他的案子，他很高兴。

与此同时，他低头看手机，在短信内容里添加一张刚刚谈话时偷拍的照片，并附带一句话，点击发送。

叮。

宋枝刚到家给手机充上电，开机就收到了一条彩信。

彩信是一张照片，照片上是数月不见的闻时礼。他身着黑色正装，里面搭一件黑衬衫。她知道他不爱穿白衬衫，领带系得随意，有些松散。

他有些消瘦，正在抽烟，白色烟雾模糊了他英俊的眉眼，眼睛没看镜头，不知在看哪里。他像是有些走神，也不知道在想什么。

照片下面还有一句话：嘿嘿，我是石齐越，你的前男友接了我的案子，你能不能找到比他更厉害的人来和我打？

他的挑衅嚣张至极。

康松然托在航空公司上班的管理层级别的朋友查到了一条关于宋枝的航班信息：23日，也就是今天下午两点，从间芸飞往莲庆。

两点，正好是闻时礼下飞机出机场的时间。

他有所不知，机场门口有一条长长的通道，他出来时在左侧，宋枝进去时在最右侧。

两人可以算擦肩而过，也可以不算。有时候事情就是这么阴错阳差。

骆子阳替闻时礼补办完手机卡买完新手机回来，就直奔闻时礼的办公室。

办公室里，闻时礼正在抽烟，一根接一根。

没等骆子阳开口，闻时礼就言简意赅地说："订最近的一班去莲庆的机票。"

骆子阳说："啊？"

闻时礼冷淡的声音重复："订票。"

"可是……"骆子阳很迟疑，"您的身体真的不能再……"

闻时礼打断他："我没事。"对于闻时礼来说，见不到宋枝才是真的有事。

宋枝盯着那张照片看了很久，久到她都没反应过来眼泪在不停地往下掉。

泪光闪烁，屏幕上静静地躺着几滴透明的泪珠。

她的每一寸目光都被照片上的男人占据。

宋枝想到了许多和他之间的往事。

他总爱不正经地逗她、开玩笑，又会在她最需要的时候出现，给予她最大的安全感，也会在发病的时候紧紧地抱着她，求她别走。情到浓时，他还要她许下会永远爱他的承诺。

可到头来呢？

衣柜最底层还放着他送的玫瑰干花、小白裙、香水，那些东西都还在，但好像已经没什么意义了。

可能物是人非便是这样。

宋枝抬臂，用手背擦着眼泪，擦到一半时想到以前闻时礼好几次将她的手拉下，不让她用手背揉眼睛的事情，心头只觉酸涩。

她一个没绷住，失声痛哭起来。卧室里响起了无助绝望的哭声。

须臾，哭声引来了陆蓉。陆蓉没敲门，直接推开门快步走了进来："枝枝！怎么突然哭起来了？"

宋长栋紧随其后进了房间。

宋枝双手捧着手机没有回答，眼泪啪嗒啪嗒一个劲儿地往亮着的屏幕上掉，其中一滴正好落在男人的眉眼间。他的脸模糊了，似水中的月亮让人看不清。

陆蓉凑过来一看："这不是小闻吗？"

宋长栋伸手把手机拿走："我看看。"

看到照片后，宋长栋抬头看哭得正凶的宋枝，皱眉正色问："怎么回事？"

宋枝情绪失控，不停地抽噎，紧紧地咬着下唇。

宋长栋用手指点了一下屏幕，照片自动缩小，紧跟着他就看到了照片下的那句话，那句极具狂妄和挑衅意味的话：嘿嘿，我是石齐越，你的前男友接了我的案子，你能不能找到比他更厉害的人来和我打？

"混账东西！"看完石齐越发来的那句话后，宋长栋的脸色陡变。他气得面部肌肉抽搐，"他真是个没有心的魔鬼！"

初夏，四四方方的一扇窗框着外面的夕阳，橙红色的余晖斜照进来，洒在宋枝的脸上，将她眼底的悲凉照得明显，也让她的绝望无所遁形。

宋枝抬手覆住双眼，挡住让她无所遁形的光，任凭眼泪从指缝间流出，颤抖着声音轻声说了两个字："算了。"

他们就这样吧。

宋长栋把手机重重地往桌上一放，胸口剧烈地起伏，愤怒地扬声骂道："路边的流浪狗被人喂了几次都会冲人摇尾巴，闻时礼连条狗都不如！亏我们一家子对他那样好！呸！"

陆蓉摇头叹了口气："小闻看起来不像是那样的人啊，他……"

"你还帮他说话！"宋长栋怒火攻心，直接打断陆蓉，急眼说道，"你再帮他说话，别怪我冲你发火！"

陆蓉不好再说什么，毕竟事实摆在眼前，证据面前，不容置喙。

宋枝哭得大脑缺氧，一阵又一阵的眩晕感直冲脑门，搅得她难受得直想吐。

她放下挡眼的手，抽抽噎噎地说道："爸，妈，我想一个人待一会儿。"

想到女儿前日被人欺负，现在又被闻时礼反咬一口，宋长栋实在咽不下这口气，后悔莫及，说："枝枝，爸爸早就告诉过你，闻时礼不靠谱，就是一个活脱脱的疯子！现在他还为了几个臭钱反咬你一口！"

陆蓉一把拉住宋长栋的胳膊："枝枝说想单独静静，我们出去吧。"

宋长栋皱眉："我还没说完，闻时……"

"行了！"陆蓉打断他，拉着他往外走，"下次再说。"

随着关门的声音，周遭瞬间安静下来，静得可怕。

在这样一份安静里，宋枝渐渐平复下来，什么也不做，就那么站着，目光涣散地看着被框在外面的夕阳。

外边的夕阳在一点点下沉，沉到青山绿树脚下。她真像被黄昏抛弃的最后一抹余晖啊。

待最后一缕光散去，宋枝对着将暗的天空轻轻问出一句话：你为什么要这样对我？

宋枝站得双腿都有些发麻，才转身慢慢走到床边，脱鞋上床躺下，给自己盖好被子。

被子不薄，很温暖舒适，可她还是觉得好冷，似乎连骨血都是冰凉的，身体也不受控制地轻微颤抖。

难受到极点时，人会很疲倦，在眼泪打湿小半边枕头后，宋枝睡着了。

晚上九点四十分，宋枝家的门被人从外面拍得震天响，似乎不开门这人立马就会直接砸门进来。

去开门的是宋长栋。

拉开门的那一瞬间，看见来人时，宋长栋脸色一变，皱着眉，二话没说直接握拳要打人。

闻时礼没有躲，也没准备躲。

那一拳准确无误地打在闻时礼的左脸上，力气很大，他的一侧唇角直接裂开，渗出大颗大颗的血珠。

他整个人更是直接被揍得重心不稳，脸往右一偏，朝前跟跄一步，往白色的墙上直直撞去。

闻时礼用单手撑住墙面。

他刚站稳，宋长栋就从后面揪住他的领子，一脚重重地踹在他的伤腿上："你怎么还有脸出现在我面前？！啊？！"

剧痛袭来，闻时礼疼得额头冒出冷汗，青筋突出。他强忍着疼痛，身体抵在墙上哆嗦着说道："宋院长，揍完以后能不能让我见见枝枝？"

听他嘴里说"枝枝"，宋院长更加气不打一处来，直接将他转过来面对着自己，再双手紧紧揪着他的西装衣领质问："你有什么资格见枝枝？！你没资格！"

喉咙传来一阵痒意，闻时礼开始剧烈地咳嗽起来。

宋长栋紧紧抓着他的衣领不放，不管他咳得正厉害，只重重地将他扯起来，重新撞到冷硬的墙上，发出沉闷的响声。

"我警告你，不准再出现在我们面前！"说完，宋长栋直接撒手，转身作势要回屋。

眼下的闻时礼虚弱至极，止不住剧烈的咳嗽，但眼见着宋长栋就要关门，赶紧冲上前抓住门，断断续续地艰难地说道："我……喀喀喀……我要……喀喀……要见她。"

宋长栋心里厌恶，脸上也没好脸色，颇不耐烦地一把推开他的手，把人推出去几步远，没有犹豫地砰的一声关上门。

闻时礼跌倒在地。

他重新爬起来，喘着粗气，用指腹抹掉嘴角的鲜血，重新拍门："宋院长！让我见宋枝！"

可里面再无人回应。

卧室里，宋枝躺在床上，半梦半醒间，好像听到闻时礼在叫她的名字，声音从遥远的地方传来。

她眼皮微动，缓缓睁开眼，叫她名字的声音还在继续。

这不是梦。

宋枝缓缓转头，看向没关的窗户，闻时礼的声音是从那里传来的。

这怎么会？

抱着怀疑的态度，宋枝掀开被子下床，赤着脚走到床边，双手撑着窗沿往下面看。

她的视线直接定住了。

那盏昏黄的路灯下站着的不是别人，正是两个多月未曾谋面的闻时礼。他穿着黑色正装，领带有些歪，身形颀长挺拔，却显得有些清瘦，无论怎么看都有点儿狼狈。

他与她对上视线。

四目相对，宋枝的呼吸有短短一瞬的停滞，左边胸腔里微微一紧——心脏最能准确感知她的紧张。

他的眸里住着长夜。他似跨过万水千山而来。

当窗户边出现宋枝的那一刻，闻时礼终于松了一口气。他仰头，说话时嗓子哑得厉害："枝枝，下来。"

虽然隔着十几米的距离，但因为这夜过于静，所以他不用太大声，宋枝完全能够听清楚他的声音。

窗边的宋枝面色冷漠，扭头消失不见。

闻时礼一怔，心想：完了，她生气了。

他还不知道，这不单单是生气这么简单的事。

四月的夜风吹来，寒凉入骨。闻时礼的感冒未痊愈，夜晚在户外待着完全是种折磨。他咳得越来越厉害，嗓子越来越疼。

但他还是没放弃，继续仰头冲着窗户喊她，一声又一声地喊"枝枝"。

大概过去了五分钟，宋枝重新出现在四楼卧室的窗口，手里像拿着些什么东西。

他停止喊她。

闻时礼看见她的手拿着东西伸出窗外，手掌揉捏一番，最后五指缓缓地张开。

黑色的夜空里，深色的玫瑰碎片轻飘飘地往下洒落，一朵玫瑰干花瞬间化作无数碎片，衬着月光下了一场花雨。

闻时礼眼里的光一点儿一点儿消失。他知道那是什么花，是他当初送她的那些玫瑰花，其中包括贫穷时期的他花掉身上最后五块钱买的那一朵。

他的视线随着无数细小的花瓣往下，一直往下，再往下，直到他眼睁睁地看着那些花瓣落到一旁的灌木里、泥土表面，以及不少腐烂的成堆树叶上。

宋枝冷漠地看着路灯下神色错愕的男人，没有停下动作，只是一朵接一朵地把花捏碎洒下去，可以理解成这是种幼稚的报复行为。

也许闻时礼根本不在乎，毕竟他能失踪两个月不联系她，也能帮猥亵她的人打官司。他还是他，只是不爱她了而已。

除了这点，他什么都没变。

玫瑰花雨还在下，闻时礼的心里也跟着开始下雨，淅淅沥沥地渗出凄凉。

他不明白为什么会这样。

为什么？为什么宋枝看他的眼神那样冷漠？为什么她会做这种事情？

闻时礼俯身，按住那条疼痛的腿，仰头径直对上宋枝的眼，沙哑地说道："枝枝，你下来见我。"

宋枝捏碎最后一朵玫瑰干花，把花瓣洒下去，平静地说："闻时礼，我不要你了。"

闻时礼完全怔住了。

他听到了什么？她说她不要他了。

在听到那句话后短短的几秒钟里，闻时礼的喉间猛地发紧，很快蹿上一股子腥味，像是鲜血。

他控制不住，再度剧烈地咳嗽起来。

他用手捂住嘴，掌心感受到一股热流。

闻时礼低头摊开手一看，掌心满是刺目的猩红鲜血。医生说过，他在雪崩后那样低温的环境下幸存，内脏多少有些耗损，需要好好静养。

他不听，非要逞强出院，尤其是现在得了重感冒又到处奔波，再被宋枝的话一刺激，就再也顶不住了。

闻时礼没有为那一摊血分神，五指一收，将温热的血握在掌心里，重新抬头。

两人的目光再次对上，一个冷漠，一个绝望。

闻时礼死死地盯着宋枝的双眼，目光似能将空气撕开一道口子。他沙哑的嗓子一字一顿地问："宋枝，你再说一遍。"

宋枝没有回避他的视线，手紧紧攥着，开口前唇明显地抖了一下："闻时礼，我不要你了。"

"不要我了对吗？"

"对。"

"你答应过我，会永远爱我。"

宋枝丢下最后一句话，冷漠地关窗，拉上窗帘："你就当我在骗你吧。"

在宋枝看来，闻时礼属于那种骨子里就傲慢的男人。即便他经历凄惨，内心极度缺乏安全感，也不影响这一点。

所以她觉得，当他亲眼看到她捏碎那些玫瑰花时，就会潇洒地转身离开，就算他会继续等待，也不会超过一个小时。

关窗，拉上窗帘后，宋枝到浴室洗了个手，出来关了灯，重新回到床上躺下，却怎么也睡不着。

宋枝深呼吸了好几下，强迫自己入睡。可她只要一闭上眼睛，满脑子都是闻时礼站在路灯下仰头看她的样子。

他脸上似乎挂了彩，眼角瘀青，唇角破裂。

他被人揍了吗？

想到这里，宋枝直接打断思绪，一股酸涩感从心底涌到鼻尖，搞得她又很想哭，不禁在心里骂自己没出息，还一个劲儿地想他干？他受没受伤又怎样？她别多管闲事。

宋枝心情烦躁，手将被子一扯，直接拉过头顶，把整个人包了起来。

她又想到他以前总不许她捂着头睡觉，说容易缺氧，导致头晕。

好像她无论做什么都避免不了去想他。

他离开了吗？应该是吧，他没有再等她的理由。

她把头捂在被子里，呼吸渐渐变得不太顺畅，脑袋开始发闷。

宋枝还是没放自己出来，像是在较劲，至于较什么劲，又在和谁较劲，尚未可知。

就这样持续了许久，直到一声惊雷在窗外炸响，宋枝浑身一震。

那雷声过于惊人，有掀翻房顶的阵仗。宋枝还未反应过来，就听见雨铺天盖地而来，噼里啪啦地打在窗户上。

明晃晃的白色闪电透过纱帘，隐隐约约拉扯出几道粗细不均的影子。

这雨下得像一场灾难。雷鸣不绝，仿佛在向世人宣告，这场灾难里，注定无人生还。

宋枝的脑子无法思考。她开始恐慌起来，不停地想闻时礼到底走没走，有没有回到安全的地方，在外面的话他该怎么办。

结局真是无人生还的话，他将会是这场灾难里第一个死的人。

宋枝把罩在脑袋上的被子扯下来，外面雷雨的声音变得更为真切、惊人，饶是常人听着，都会觉得心悸，更别提一个多年患有恐慌症的精神病患者。

就算隔着扇窗，雷雨声还是很大。宋枝缓缓睁眼，目光难以在黑暗里聚焦，也不知这样持续了多久，可能是一分钟，也可能是五分钟，抑或是更久。

她发出一声哀婉的长长的叹息，唉——她还是没办法做到冷眼旁观。

宋枝爬起来，掀开身上的被子，穿上床边的拖鞋来到窗边。

她掀开窗帘，隔着窗户朝下看，路灯下空空如也，昏暗的光映着万千雨线。

看样子他走了。

宋枝心里不由得松了一口气。

她静静地在窗边站了会儿。看着外面瓢泼的雨，她还是有点儿放心不下。

她转身快步走到卧室门前，开门出去。

来到客厅的时候，宋枝尽可能地放轻脚步，取出一把黑色大伞，准备开门下楼。

手刚刚握到门把手，她就听见身后传来宋长栋严肃、冷漠的声音。

"枝枝，你要去哪里？"

宋枝后背一僵，缓缓地回过头，莫名地有点儿心虚，声音也微弱："我想下去看看。"

"看看？"宋长栋重复着她的话，冷笑一声，"有什么好看的？回房间睡觉！"

宋枝握紧手中的伞，愣了一下，说："就一会儿，我马上就回来。"

宋长栋冷着脸，态度相当强势坚决："不许。"

宋枝说："爸爸，可是……"

"没有可是！"宋长栋说，"今天晚上他闻时礼就算死在外面，都不关你的事情！"

也许是被"死在外面"这几个字刺激到神经，宋枝的心脏直直地往下坠去，再被穿堂冷风一吹，就没剩下什么理智了。

在宋长栋都没反应过来的时候，宋枝已经快速拉开门出去了。

宋长栋气得把脚一跺："枝枝！！！"

为了避免爸爸追出来阻拦，宋枝没有坐电梯，而是进到安全通道里走楼梯，毕竟四层也不算太高。

她的速度很快，楼道的声控灯渐次亮起。

下楼的时候，宋枝不停地给自己做心理建设：只把伞给他就好，让他赶紧回去不要再来，其他的什么都不要说。嗯，就这样做，他们绝不能有过多的纠缠。

到了第一层，宋枝加快脚步，而后小跑起来，到公寓楼门口停下。

她撑开手里的黑色大伞，一脚踏进暴雨里，周围溅起一圈水花。

宋枝来到他停留过的那盏路灯下，环顾四周，可这雨实在太大，大幅度降低了可视度，她什么都看不清。

雷雨声中，她隐约听到了男人痛苦的呻吟声。

宋枝呼吸一顿，立马循着声源的方向看去，正前方有一排茂盛的梧桐树，树身棵棵粗壮。

她没辨别错的话，人应该就在其中一棵树后面。

宋枝抬脚撑着伞缓慢地走过去。

第一棵梧桐后没有人。

第二棵梧桐后没有人。

第三棵……还是没有人。

宋枝走到与第四棵梧桐树水平的位置时，看到了肮脏泥泞的地上跪着的男人。闻时礼跪在水里，浑身湿透。他用双手紧紧抱着自己的头，颤抖着、吼着、咆哮着，一下又一下地把头用力撞在粗壮的树身上。

无论看过几次他发病的模样，宋枝还是会觉得心惊肉跳，本能地去怜惜他。因为这样真的很疼。

雨水从伞上滑落，砸在地面的积水里。闪电的白光映出地上的一圈圈涟漪。他所在的位置地势有些低，水直接淹没了宋枝的脚背。

宋枝本来只想送个伞就离开，可当她亲眼看到他发病时备受折磨的模样，就再也挪不开脚步，像被人钉死在原地，动弹不得。

宋枝从不认为自己是特别善良的人，大部分时候在街上看到乞讨的人，都不会施舍身上的零钱，甚至会想那些人是不是假装残疾。

可为什么到他这里，她就变了样？就好像她所有的慈悲都给了他一人。

她一面觉得他对待她很过分，有些恨他、怨他；一面又觉得心里还是放不下他，心疼得不行，根本没办法看着他在雷雨里受折磨。

在矛盾与纠结中，她撑着伞，俯身弯腰伸出手去，把手放在了粗糙的树身和他流血的额头中间。

下一个瞬间，他的额头磕到了她温热的掌心里。

宋枝能明显感觉到，当他磕到她的掌心里时，他身体的颤抖有一瞬间的停止，再次颤抖时没有那么剧烈了。

他似乎觉得有些不可置信，缓缓地抬起头来。

这绝对是闻时礼最狼狈的时候，狼狈得像街边的流浪狗。

他双膝跪在地上，双手紧紧地抱着头，领带从西装里飘出来，斜斜地歪在一旁。他目光里充满恐惧，在与宋枝对上视线的那一刻，直接怔住了。

他像是不敢相信，不敢相信她会出现在他面前。

漫天白光闪过，雷鸣声又起，男人敏感脆弱的神经被雷声一下又一下地切割，如钝刀割肉，死不了人，他却疼得要命。

刚刚闻时礼磕到一处柔软时，觉得自己在做梦，等他抬头看到宋枝时，才反应过来这不是梦。

她出现了，终于出现了。

她撑着伞，用温热柔软的掌心给他垫额头，像以往他每次发病时一样。

宋枝的到来没能让闻时礼平静下来，反而让他越发疯狂。她似乎比惊雷更能刺激他的神经。

他不受意识掌控，直接跪在地上，抱着头的双手垂落在地，朝宋枝爬过去。

宋枝收回手时，本想去接膝行过来的他，可想到他做的那些狠心绝情的事，便没有再动，只红着眼冷漠地低头看他，看他无比狼狈地冒着暴雨朝她靠近。

闻时礼由于发病，每一个动作都很艰难。他手撑在水里，左手用力地拖动右腿，右手往前使劲拖动左腿，以至于两人间只有短短半米的距离，他爬过去却足足耗了两分钟。

就在闻时礼的手颤巍巍地抬起，要抓住宋枝睡裙的一角时，宋枝直接后退一大步，拉开了两人的距离。

闻时礼抓了个空，失力地栽倒在雨里，剧烈紊乱的喘息声被雷雨吞没。

栽下去的闻时礼觉得右腿剧痛难忍，跪着时更像有千万根针在扎。他再也坚持不住了，身体一歪，面朝瓢泼大雨仰面倒下去。

宋枝看着无数雨滴砸在他苍白的脸上，落进他张嘴喘息的嘴里，然后看见他捂着胸口开始剧烈地咳嗽。

"喀喀喀……"

宋枝看到他这样，心如同被揪着一样疼。她却还是看着，好像在惩罚他。

在又一声惊雷后，宋枝清冷的声音响起，不带半分感情："闻时礼，我还以为你忘了自己发病时求我的样子，那你怎么能这样对我？"

回答她的是男人一连串更加剧烈的咳嗽声，紧跟着，鲜血呈喷射状从男人的嘴中涌出。他的脸上都是猩红的液体，触目惊心。

宋枝的瞳孔缓缓放大，呼吸丢失在吹来的一阵风里。她再也顾不得什么，直接蹲下去，把伞举过闻时礼的头顶："哥哥！"

闻时礼虚弱地看着她，露出一抹虚弱且温柔的笑容。

他听到了她喊他哥哥。

宋枝急出哭腔："你为什么会吐血啊？你怎么了？！"

以前他发病时症状也很严重，但是从来没出现过吐血的情况。

闻时礼没回答这个问题，而是缓缓抬手，指间沾满冰冷的雨水和泥土。他握住她的手，松松地握着。他现在已经虚弱到极点，无限趋近身体极限。

宋枝没有睁开眼，眼泪啪地砸在他的脸上。

他喘息着，虽然嗓子嘶哑，但他尽可能地把每个字说清楚，专门说给她听："枝枝，你是我最后的光明。倘若你真的不要我了，就让我死在这场雷雨里。"

毕竟我死在你面前，好过死在漫漫无尽的求生战争里。

深夜的滂沱大雨，不间断的电闪雷鸣，将氛围烘托得十分悲壮。奄奄一息的男人手握他最后的生机，笑得决绝又温柔。

他并非在说笑，也绝不可能在说笑。

宋枝舍不得挣开他的手，还用另一只手主动握住他的手腕。这么一握，宋枝才发现他真的瘦了好多，本就骨骼分明的手腕比以前还要细几分。

他身上到底发生了什么？

也不知闻时礼哪儿来的力气，他猛地撑手坐起来，抬起手臂绕至她的脑后，手用力将她的头往自己这边压来。

宋枝整个人一怔，手里的伞柄脱手，被风一卷，径直飞了出去，很快便不见了踪影。

两个人都完全暴露在这滂沱的雨里。四周无人，唯有雷声、雨声和风声，他们听得真切。雷声很闷，像从遥远的地方涌来，又很快到别的地方去了。

宋枝觉得，他不是吻上来的，而是撞上来的。他的吻毫无章法，却又流露出强烈的思念。

周围光线暗淡，时不时有闪电，明明灭灭，更给这夜添了几分幽暗的感觉。

他吻着她，与其说是吻，不如说是在撕咬，因为更像是在宣泄复杂的情绪。吻里饱含着愤怒、不甘、绝望、委屈，他活脱脱像一只濒死的野兽。

宋枝没想过反抗，心想如果这样能让他好受些、平静点儿的话，那就这样吧。再说，她没有反抗的余地。

这种时候她只要一反抗，就会让他变得更加疯狂。

两人纠缠的唇舌间有浓浓的血腥味，都是来自他的。

冰凉的雨水打在两人身上，尽可能地给火热的情绪降温，却发现怎样都是徒劳。

他浑身都凉，唯有吻她的唇舌火热异常，热情一发不可收拾。

闻时礼含着她的下唇，舔舐轻咬，目光不由自主地下滑，看见她穿着一条白色吊带睡裙，细细的两根带子搭在白净的肩膀上。

他张嘴，一口咬在她的肩上。

他的力道略有些重。宋枝倒吸一小口凉气："嗞……"

自知弄疼她了，闻时礼放缓动作，舌尖缠绵悱恻地舔过两道凹陷的齿痕，引得她轻微地战栗。

这仿佛是电影镜头里才会有的画面。

雨夜，电闪雷鸣，一棵枝繁叶茂的法国梧桐树下，满身狼狈的男人在进行最后的求生战争。他抱她、吻她、求她，说什么也不肯放开她。

宋枝把手放在他瘦削的肩上，把脸送到他耳边，轻声问："你好点儿没有？"

闻时礼没回答，单手捧着她的脸，扳回到眼前，再度重重地吻了上去。

雨声里夹杂着一串急促的脚步声，还有宋长栋的扬声喝问："你们在干什么？！"

此刻两人还吻在一起。

听到爸爸的声音，宋枝浑身被激出一层鸡皮疙瘩，手忙脚乱地推开闻时礼，低声说："我爸来了……"

她的手腕直接被男人抓紧。他说："不管今天谁来了你都不能离开我。"

宋长栋扫过男人阴郁的脸，撑伞来到宋枝身旁，俯身一把拉住宋枝的胳膊："走！你跟我上去！"

宋枝本能地放低身体重心，抵抗道："爸爸！等会儿，我们得送他去医……"

宋长栋皱着眉打断她的话："不用管他！"

两只手都被人紧紧地拽着，没有任何一方松开，宋枝左右为难。

她心里很清楚，绝不能把闻时礼一个人丢在这样的雷雨环境里，那样的话他真有可能会死。

刚刚淋过暴雨，宋枝早已浑身湿透，此时的模样瞧着也很狼狈。她可怜巴巴地朝宋长栋哀求道："爸爸，就送他去医院吧，然后我就跟你回家好不好？求你了……"

宋长栋默然，脸色难看到极点。

半晌后，宋长栋愤愤地问："他哪里还值得你怜悯他？他配吗？！"

宋枝转头看一眼男人苍白的脸、青紫的唇，回头哽咽道："可我真的做不到丢下他一个人在这里。"

宋长栋心知女儿心软，性子还倔，恨铁不成钢地把手一松："你呀！"

宋枝吸吸鼻子："谢谢爸爸。"

"我告诉你，"宋长栋拿手指着闻时礼，语气冷漠，"我是看在枝枝的面子上才同意送你去医院的，并不是因为其他！"

闻时礼默默听着，不置一词。他现在的精力所剩无几，得省着点儿和宋枝解释才行。

宋长栋对宋枝说："把他扶到小区门口，我去车库开车。"说完他便转身离开。

宋枝用两只手一起抓住男人的一只手臂，作势要将他扶起："起来！我送你去医院。"

闻时礼跪在原地，一动不动。

宋枝扯他两下："你起来啊！"

他还是没动。

就在她准备再次开口时，闻时礼突然抬手反握住她的手腕，仰头看着她，声音嘶哑不堪："如果你把我送到医院后就要离开的话，那我不去。"

宋枝愣了一瞬，皱眉说道："闻时礼，你别这么幼稚好不好？身体最重要啊！"

幼稚？男人轻笑一声，不屑至极。

试问在爱情里谁又能够从头到尾保持绝对的理智？反正他不能。

没等闻时礼回答，宋枝突然想到了什么，眼睫轻轻一颤，目光往下，对上他的目光："你说过，只要一看到我，就会觉得被治愈。"

闻时礼缓慢地点了下头。

宋枝放慢语速，带着几分细究的意思问他："那你到底是因为爱我和我在一起，还是因为觉得被治愈了才和我在一起？"

两者有本质的区别，这很重要。闻时礼似乎没想到她会突然抛出一个这样富有深意的问题。喉结上下滚动，他一时没回答。

他在雨里跪着，颤抖着与她长时间地对视。

宋枝盯着他的眼睛："回答我。"

闻时礼的喉咙像被塞满了吸水后的海绵，堵得慌。好像只要一个字没说对，他就会被彻底打入万丈深渊，和她再无转圜的可能。

良久后，闻时礼握着她手腕的手轻轻一动。他忍着身体的颤抖，把内心最真实的想法说了出来。

"枝枝，我爱你，和我觉得你能治愈我根本不冲突，两者可以共存。在我的生命里，你就是唯一特殊的存在，别人无法治愈我，但是你可以；同理，我没办法爱别人，但唯独爱你。

"你知道的，我有人格上的缺陷，情感向来淡漠，贫瘠的感情只够用来爱你一个人。

"你能不能不要抛弃哥哥？"

等闻时礼说完最后一个字，宋枝几乎要哭出声来。要说她不感动，那才是骗人的。

可她还是越不过心里那两道坎，一道是他失踪两个多月的坎，一道是他为石齐越辩护的坎。

见她沉默不语，闻时礼本就慌乱的心越发恐慌。他的颤抖越发剧烈，呼吸越发急促。他喘着粗气艰难地开口："你得信我。"

我什么时候真的舍得骗你？

隔着面前的一片雨幕，宋枝睁着被雨点砸得生疼的眼睛，哽了下，问他："你要是真的这么离不开我，那怎么舍得两个多月不联系我？"

轰隆！

随着一声惊雷炸响，她的声音被完全吞没。

闻时礼没听清，身体抖得越来越厉害。他移动跪着的膝盖，靠近蹲着的她，困难地俯身过去，将耳朵凑到她嘴边："你说什么？"

说到这个就委屈，宋枝索性红着眼朝他吼："你为什么不联系我？！"

又是一声惊雷响过，闻时礼虚弱地倒下，痛苦地喘息着，维持着最后一丝理智对宋枝说："我……我遇到了……雪崩……"

宋枝瞪大了眼睛。

雪崩？

宋枝低头，用双手把他的脸捧起来面朝着自己："雪崩？什么雪崩？！"

闻时礼接近崩溃，咬着牙说道："初七……那晚雪崩，我昏迷了两个多月……"

宋枝难以相信自己所听到的，讷讷地摇头说道："这怎么可能？"

闻时礼的眼里阴云遍布："你不相信我？"

"警察没有告诉我雪崩的事情！"宋枝松开他，霍地站起来，低头看着他，"警察只说你人在雪城，让我自己联系你。你知道我找你找得有多绝望吗？"

像怕她随时会走掉，闻时礼下意识地抬手握住她的手腕，喉结上下滚动，似在哽咽。他有些仓促地说："枝枝，你别走，我可以证明给你看。"

宋枝站着没动。

闻时礼松开她，开始迅速地解身上西装的纽扣。他的手指颤抖得厉害，整个过程他都看着她的眼睛。

宋枝看着他的动作很不理解，瞪着眼问："你做什么？！"

闻时礼只是继续解纽扣。

解完西装纽扣后，闻时礼将其脱下，随手扔在一旁，再抬手扯掉凌乱的领带，开始解黑色衬衫的纽扣。

在这么大的雨里脱衣服，他疯了吗？

宋枝想要阻拦，可手刚伸过去就被他强势地推开。

随着黑色衬衫的纽扣被一颗一颗地解开，男人肌肉分明的胸膛和腹部展现在宋枝眼前，上面是一道又一道伤疤和瘀痕，有七八道。

以前他的身体上没有这些伤疤和瘀痕，一看便知是新伤。

闻时礼把纽扣完全解开，黑衬衫朝两边敞开，雨水很快滴到男人冷白色的肌肤上，顺着腹肌往下滑。

男人的手往下，摸到皮带上。

他一边解开皮带，一边抬眼望着已经被惊到的宋枝，沙哑地说：“右腿开放性骨折，有很长一道手术疤痕，我……”

宋枝没等他说完，直接蹲下身体，按住他要抽出皮带的手，颤抖着说：“我相信你。”

两人对上视线。

然后，闻时礼再次发疯似的吻住她。在唇齿厮磨间，他用一种近乎决绝的口吻对她说：“枝枝，我九死一生回来，可不是为了听你说‘不要我’这种话的。”

宋枝什么话都讲不出了。

他都把话说到这个份儿上了，她还能说什么？

雨没有半分停的意思。

照闻时礼现在的身体状况，他多在这暴雨中待一分钟，危险也就相应地增加一些。宋枝不敢耽搁，重新挽住他的胳膊，想要将他扶起：“我们先去医院。”

他很执拗：“你先答应我。”

宋枝不语。

闻时礼的眸色漆黑，沉得堪比上方滚动翻涌的乌云，白昼似的光劈下来，也照不穿这一层暗色。他看着她，非要得到一个许诺：“答应我，去医院也不离开我。”

他的声音嘶哑，还在颤抖。

宋枝深知他在这方面有旁人难以理解的坚持，非得拿自身的健康和她耗，以此威胁她。

他自己心里也很清楚，如若她心里有他，绝不会对他置之不理；如若没有，他是生还是死又有什么关系？

他不如和她赌上一把。

更准确地说，他是在和自己赌，赌注无关金钱，却能轻易让他满盘皆输。

宋枝在他深沉的目光里败下阵来。她对他，心里总留有一丝柔软。

宋枝缓缓地呼出一口气，说：“我不离开，但是你现在要乖乖听话，配合我，我扶你到小区门口，坐我爸的车去医院。”

闻时礼的表情有一瞬的如释重负。他点头，艰难地控制着颤抖的身体，在宋枝的搀扶下，踉跄着缓慢地站起来。

他每朝前走一步都很艰难。

去小区正门的方向顶着风，两人在暴雨中逆风而行，每一滴雨打在脸上都生疼生疼的。

宋枝咬牙坚持着，让男人的一只胳膊搭在她的肩膀上。她几乎承受着他半个身体的重量，还不忘安抚和鼓励他："再坚持一下。"

"雷声只是云朵打呼噜。"宋枝又说。

这一幕如六年前：光安广场、飞鹤喷泉池、长椅、关门的报亭和奄奄一息的男人。当年的宋枝也如现在这般，浑身疲惫地扶着闻时礼，一步又一步往回家的方向走。

旧事重新上演，旧人仍在眼前。

这次宋枝没能成功带着闻时礼到达目的地。在距离小区大门还有几十米时，耗尽所有力气的闻时礼失去意识，一头栽倒在地上，双目紧闭，嘴唇从苍白转为发紫。他好像再也爬不起来了。

宋枝吓得登时大哭起来。

在小区门口久等的宋长栋迟迟不见人来，索性下车用门禁卡刷开大门，一路快步向里走。

没一会儿，他就看见宋枝蹲在昏迷不醒的男人旁失声大哭，一副束手无策的可怜模样。

他赶紧丢了手里的伞冲过去。

见到爸爸的宋枝就像抓住了救命稻草，急忙哭着求助："爸，快点儿，闻时礼晕倒了，他是不是死了啊……"

"你先别着急。"宋长栋来到男人旁边。

趁着一道闪电的光，宋长栋扒开男人的眼皮查看瞳孔的状态，说："瞳孔还没固定，没死，去医院吧。"

宋枝抽噎着点点头。

宋长栋抓着男人的一只胳膊，将男人从地上拉起来："枝枝，你扶着点儿。"

宋枝忙伸手扶住闻时礼的后背。

宋长栋来到男人的正前方，背对着蹲下，指挥宋枝："把他的手给我。"

宋枝站起来，把闻时礼的两只手臂抬起，分别从两边搭到爸爸的肩膀上。

宋长栋顺势一把抓住垂落到身前的两只手臂，咬紧牙，使劲站起来时没忍住抱怨："看着挺瘦一浑蛋，怎么这么重？！"

宋长栋常年加班，疏于运动，身体素质向来不怎么好，背着闻时礼走了短短几十米的距离，就像快要了老命一样，不住地喘气。

把人丢到后排，宋长栋抹一把脸上的雨水，再次抱怨："真重！"

宋枝坐进后排，说："快上车吧，爸爸。"

宋长栋绕过车头，打开车门坐进驾驶座，启动引擎，车辆平稳地起步。

窗户紧闭的车内，她听外面的惊雷声如隔着层薄纸，越发沉闷，雨水七扭八歪地在车窗外滑落，像一张哭花的人脸。

宋枝从扶手箱上的抽纸盒里连抽出几张纸来，给躺在旁边的闻时礼擦干脸上和脖子上的雨水。

他的脸色苍白如纸，尽显病态。他全靠着意志力强撑了这么久和她解释。

看着他这样奄奄一息地躺在身边，又想到他在雨中失控绝望的样子，宋枝止不住地心疼，还觉得难过，像有人握着刀柄一下捅进她的心脏，堪比万箭穿心。

车内暖气充足，考虑到他一路穿湿衣服过去会难受，宋枝索性把他身上那件黑色衬衫脱掉了。

在脱最后一只衣袖时，宋枝难免留意到他背上三道醒目的抓痕。这是那次在野外遇到棕熊，他为保护她，和棕熊搏斗时留下的。疤痕横亘整个背部。

这怎么看都很触目惊心，不停地刺激着宋枝脆弱的神经。

疤痕在唤醒她的回忆，也在提醒她，做人不能这么没心没肺。

一个不惜生命去保护她的男人，怎么会突然间就不理她从而失去联系呢？

这归根结底还是信任度不够，抑或是她也缺乏安全感。

她总认为闻时礼这样过于优秀的人，随随便便找个理由打发她，也不是没这个可能。

大多数女生在将身体交给对方后，容易变得患得患失，涉事尚浅的女生更会如此。

宋枝也不例外。这也是她在听过父母和朋友的劝说后，在心里说服自己他不要她了的原因。

但现在她回头去看那些，通通可以推翻不认，毕竟他爱她这一点，是确凿的事实。

头脑混乱地想了很多后，宋枝的心绪渐渐平静下来。她更愿意去相信自己的内心，去相信他。

这是爱的本能。

宋枝又抽出许多纸巾，给他擦掉上半身的雨水。

前方，宋长栋通过后视镜将一切尽收眼底。他没忍住，皱眉说道："你还对他这么好？他……"

"爸爸，"宋枝打断宋长栋的话，声音清晰地说，"闻时礼不是故意不联系我，而是在雪城遇到雪崩，昏迷了。"

宋长栋愣了："你相信他？"

"我信。"宋枝答得没有一点儿犹豫。

他要是骗她，身上的伤又怎么解释？退一步，要验证这一点也简单，等下到医院后，看医生怎么说就行。

宋长栋再次出声："那他接那个猥亵犯的案子是几个意思？他是怎么想的？"

宋枝没出声。这也是她想知道的。

每个父亲的护女心都重，所以宋长栋实在难以接受这一点，越想越觉得烦躁："你说他干这一行，吃这一碗饭，接个猥亵案没什么，我能理解。但是他为什么偏偏接石齐越的案子呢？他明知道原告是你和那个姓孟的小姑娘，这不摆明了跟你对着干吗？"

宋枝还是沉默。

宋长栋气得连连摇头："要是他真的把你放在心上，就干不出这种事来！"

听到这句话，宋枝把手轻轻放在男人冰凉的脸颊上，指尖抚过他的眉眼、高挺的鼻梁、薄薄的唇，自言自语般轻声说道："万一他不知道原告是我呢？"

她的声音轻得仿若梦醒后的第一句呓语。

"怎么可能？！"宋长栋没办法接受这种说辞，在红绿灯路口朝右打着方向盘，"我不相信，铁定是石齐越钱给得够多。你也不是不知道以前他有多穷，估计是穷怕了……"

宋枝打断道："等他醒来后听他解释吧。"

事实上，她不相信他会为了钱和她站到对立面。他真的舍得吗？

深夜，医院的急诊科很安静，宋枝站在走廊尽头抬眼看去，只看见白炽灯下一条又长又宽的走廊，还有走廊尽头散发着暗绿色光的安全出口标志。

两名护士推着闻时礼做各项检查。宋枝一直跟在移动担架后面。

检查完毕，医生开了一些药，让亲属先去缴费。

宋枝拿着一沓大小不一的单据，问："医生，他现在是什么情况？"

值班的是一名五旬左右的医生，两鬓微白，戴老式圆框眼镜，左边胸口处别着医师牌，姓李。他没有讲得太专业，只简单地说："患者现在身体很虚弱，发高烧、重感冒，各项指标都有问题，需要住院，最少要住一周再观察情况。"

宋枝抿抿唇沉默几秒，又问："您能说得再详细一点儿吗？"

李医生呵呵一笑，说："小姑娘，我怕说多了你听不懂呀。"

宋枝很执着："没事，我想听听。"

李医生握着鼠标，从电脑上调出一张 X 光片。他用手指轻扶了下眼镜，然后指给宋枝看："这里连着三根肋骨都显示骨折线模糊。"

宋枝说："骨折线模糊？"

"说明患者的这三根肋骨都断过，刚愈合不久，要等骨折线彻底消失还要三四个月。"

宋枝沉默了。

同时沉默的，还有在门口的宋长栋。

闻时礼还真出了意外？

李医生又说："患者还有严重的负压性肺水肿，可能是上呼吸道受阻引起的，不过，照常理来看，一般感冒不太容易引起这个，除非……"

"除非？"宋枝等待着下文。

"除非患者以前肺部有过严重损伤。"

宋枝捏着单据的手指收紧。她控制着情绪和语气，尽量冷静地问："如果是雪崩幸存者，有没有这种可能？"

李医生一怔，恍然般放下鼠标，说："有这个可能！在雪崩缺氧的环境下，人体上呼吸道梗阻从而导致胸腔出现负压……等等，这个季节哪里来的雪崩？"

宋枝没有回答最后一句话，而是哽咽了下，轻轻地说："谢谢医生，我去缴费。"

李医生点点头："好，快去吧！"

来到安静的走廊上，宋长栋看着前方宋枝瘦弱娇小的背影。她的肩膀在轻微地颤抖，她看上去好像在哭。他试探性地开口："枝枝。"

宋枝抬手捂住眼睛，泪水却从指缝流了出来："爸爸，他没有骗我。"

宋长栋的心情很复杂。他介意石齐越一事，又没法看女儿如此伤心，一时不知如何安慰，最后憋出一句："走吧，先去缴费。"

他上前拉起宋枝的手。

两人进电梯后，宋长栋问："这里的手续办完后，你要不要跟我回家？"

宋枝摇摇头。她答应过他，不会离开他。

宋长栋的目光触及女儿眼底的悲伤。他欲言又止，最终什么都没说。

宋长栋到一楼大厅缴完费，对宋枝说："你总不能穿一整晚湿衣服吧，会感冒，我回去给你送套干衣服来。"

宋枝点点头。

宋长栋又说："我给那个浑蛋也带点日用品来。"

宋枝怔住，抬头，一只大手缓缓落到她头上，带着慈父的温度。宋长栋和蔼地对她说："爸爸永远和你站在一边。既然你那么相信他，那就看他醒来后怎么说吧。"

凌晨三点，宋长栋返回医院，拎着两个大的布口袋，一个装换洗衣物，一个装日常用品。

宋长栋推开病房门，看见宋枝正坐在病床边发呆。

听见开门声，宋枝回过神，扭头看见是爸爸，便起身走过去接过两个袋子，说："你明天一早还要去医院，快回去休息吧。"

宋长栋扫一眼床边的不锈钢凳子，说："你就在这里坐一晚啊？"

宋枝说："嗯。"

"不行。"宋长栋皱着眉说，"我去给你租个陪护床。"

"不用麻烦。"

宋长栋说："不麻烦，在这里等我。"

宋枝点点头。

没一会儿，宋长栋租来一张折叠的陪护床，把折叠床在床边展开放好后，又简单地叮嘱了几句便离开了病房。

周围变得很安静。宋枝从袋子里取出衣服，拿上牙具、毛巾去了病房自带的卫生间。这家医院的单人间病房有热水供应，可以洗澡。

冲完热水澡后，宋枝觉得浑身暖和了不少，出来后没急着到陪护床上躺下，而是到床边继续坐着，看着病床上的闻时礼。

闻时礼戴着氧气罩，罩面凝结出不规则的水珠，唇苍白发干，整个人的面色都呈现出一种灰败感，像一个活死人。

宋枝把手伸进被窝里，握住他放在一侧的手。紧紧握着他的手，宋枝才有真实感。

最后，宋枝也没用陪护床，而是直接趴在床沿上，静静地看着他的脸，不知什么时候睡着了。

第十五章　为　你

接下来的三天时间里闻时礼都没有醒，高烧持续不降。医生说，情况要是再没有好转就得下病危通知书了。

宋枝寸步不离，不敢有半分懈怠，生怕眨眼的工夫就再也见不到他了。

陆蓉大多会在饭点的时候过来，带上一个保温桶，里面装着提前做好的饭菜。

宋枝没胃口，每次只扒拉几口就放下筷子。

陆蓉心疼她瘦得厉害，干脆盯着她吃饭。她得吃到陆蓉规定的分量才行。

宋枝照顾病人的艰辛不言而喻。

好几次护士进来给吊瓶里加液体，看见宋枝眼睛下面的两团乌青都说："哎哟，小妹妹你休息一下呀，换个人来守着他。"

宋枝每次都会摇摇头，露出礼貌的微笑，说没关系。

陆蓉说替宋枝看着，她也不愿意，非要坐在床边亲眼看着，像在镇守什么宝贝一样。

四月二十七号，宋枝最担心的事情还是发生了。当白纸黑字的病危通知书递到她手里的时候，她有好长时间都没有反应过来，只觉得"病危通知书"这个标题大得过于醒目。

纸张的一角被宋枝攥得发皱，眼眶有点儿红，她忍着涌上鼻间的酸涩，问医生："为什么会病危？"

医生告诉她，闻时礼因为持续高烧引发了败血症。

她又问："败血症是什么？"

医生说，败血症就是一种全身感染性的疾病，死亡率高达百分之五十。

她很久都没有再说话。

李医生的双手在兜里翻找，他想拿点儿纸给宋枝。发现口袋里没有纸，他无声地叹了口气，开口说了句对无数患者家属说过的话："放心，我们还是会尽力的。"

李医生离开后，安静的走廊上就只剩宋枝一个人。宋枝听见自己乱了的心跳每一下跳动都透着恐慌不安。她拿着病危通知书的手在颤抖，仿佛拿着什么可怕的东西。

就在这时，走廊尽头的一间病房里爆发出女人撕心裂肺的哭声。

宋枝知道，那里有个血癌晚期患者，是个六岁的小女孩。听护士们说，那个小女孩很可爱，喜欢画蜡笔画，笑起来脸颊上有小梨涡。

她听那小女孩的妈妈哭得那么伤心，应该是小女孩已经离开了。

宋枝一直站在原地没有动，听着撕心裂肺的哭声，满脑子都在想：到时候她会不会也这样哭？

想到这里，宋枝转身推开了病房门。

来到病床前，宋枝将纸张揉作一团握在掌心。她低头静静地看着男人苍白的脸，手放在他滚烫的额头上，哽咽着委屈地说道："闻时礼，你不能让我那样哭。"

"否则我永远都不会原谅你。"她说。

一滴泪落在男人的眉心，紧跟着他的眼睫轻轻一颤。宋枝以为他要醒了，当即愣在原地，可半天过去了，他都没有任何要醒的迹象。

这是错觉吗？

宋枝在床边坐下，默默地等了一会儿，还是没等到闻时礼醒来。她有点儿崩溃，伏在床沿上呜呜地哭起来，隐忍的哭声和外面走廊里女人撕心裂肺的哭声融在一起。

直到今天，宋枝才明白那句话的意思：医院的墙壁聆听了比教堂更多的祈祷。

事实果真如此。

也不知道是不是她对他的口头威胁起了作用，在接下来的两天时间里，闻时礼的情况渐渐好转，高烧退后没有再复发。

宋枝询问过医生。医生说，这样下去他就没什么大问题。

四月三十日中午，陆蓉过来送饭，还顺带捎上了一束向日葵，进病房后的第一件事，便是将向日葵花束插在床头柜上的广口花瓶里。

她再把保温桶里的菜一一取出来，摆在床边可升降的小桌子上。

宋枝刚在上厕所，洗完手出来的时候陆蓉正好把饭菜摆好，招呼她："快过来吃。"

宋枝往小桌上一看，陆蓉今天给她带的是玉米排骨汤、鱼香茄子、青椒炒肉，两菜一汤，卖相很好，色香味俱全，可她就是没有胃口。

她转眼瞥到床头的向日葵。

宋枝问："妈妈，我记得我让你买小雏菊。"

陆蓉顺着她的目光也看一眼向日葵："啊？那可能是我记错了，花店门口只能临时停一下车，不敢耽误太久，我就随手拿了一束。"

宋枝说："没关系，人都没醒，什么花都一样。只是他更喜欢小雏菊而已。"

病房里一时静了下来。

就在陆蓉想要说点儿安慰的话时，寂静被一个嘶哑微弱的男声打破了。

"向日葵的话，也行。"

宋枝的喉间一紧，身体绷住。她背对着病床站着，在这样一个时刻，竟然有点儿不敢回头看。

陆蓉站在她面前，扭头越过她的身体往后看了一眼："小闻！你醒啦！"

他醒了？

她好像在做梦一样。

好半晌后，宋枝才有些机械地缓缓回过头，紧张得眼睫止不住地轻轻颤抖，目光一点儿一点儿落在男人的脸上。

闻时礼一双漆黑的眼眸正直直地看着她，专注得似乎容不下他物，只能容下一个她。

四目相对，宋枝的心跳有一瞬的停止，又很快恢复，紊乱快速地怦怦跳着。

她的呼吸渐渐放缓。

昏迷数日，闻时礼最担心的事情，就是醒来的第一眼看不见宋枝，不过目前看来这种担心似乎有些多余。

闻时礼和宋枝的对视持续了好几分钟，最后还是陆蓉走到床边，按响床头的护士铃打破了这份沉默："我叫护士过来看看。"

没过一会儿，护士推开病房门进来，询问道："有什么事情吗？"

宋枝从震惊中回过神来，转头答道："他醒了。"

护士靠近看了一眼，有些惊喜："真醒了呢，稍等一下，我去叫李医生。"

宋枝点头说了声谢谢。

护士离开后，病房里再度安静下来。

似乎不忍心让宋枝这么傻站着，闻时礼的目光扫一眼旁边小桌上的饭菜。他温和地问她："不吃饭吗？"

见他醒来了，宋枝高兴万分，激动得眼圈都有点儿发红。她摇摇头："不太饿。"

闻时礼说："不饿也要吃，听话。"

饭菜都被拿出来有一会儿了，陆蓉也催促："枝枝你快吃点儿吧，再不吃等下凉了就不好吃了，排骨汤是妈妈专门为你炖的。"

宋枝慢慢地走到小桌旁坐下，拿起勺子小口小口地开始喝汤。

陆蓉就在旁边盯着她吃，还不忘对闻时礼抱怨："你可不知道，枝枝这几天守着你，饭都没好好吃过，再折腾下去我都怕她和你一样躺在病床上。"

宋枝咽下口里的汤，出声制止："妈，别说了。"

陆蓉笑了："这孩子，还不许人家说，怕人家小闻担心啊？那你还不多吃一点儿？"

闻时礼躺着，转头看旁边宋枝瘦得有些脱相的小脸。他的薄唇紧紧抿在一起，眉也皱着，声音却还是温和的："哥哥看着你吃，多吃一点儿。"

宋枝乖乖地点点头，夹起一块茄子送进嘴里。

李医生来得很快。在查看过闻时礼的情况后，李医生推推鼻梁上的眼镜，舒心地一笑："基本上没什么大问题，再静养几天就能出院了。"

闻时礼说："几天？我三天后还有个案子……"

听到这儿，宋枝有些不满地打断他："钱是挣不完的！你能不能好好调养一下身体？别把自己的命不当命。"

闻时礼的目光转向她，唇角一弯："你希望我继续住院吗？"

宋枝不假思索地道："当然。"

这男人才从鬼门关走了一遭回来，肯定要再好好休息几天才行。

她本以为他会找理由说工作忙，没想到他却答应得很痛快，语气温和地说："听你的，枝枝让我住几天，我就住几天。"

李医生尴尬地笑笑："住几天难道不应该听我的话吗？我可是医生。"

宋枝抢在男人前开口，说："嗯，李医生你觉得住几天比较好？"

李医生说："先住五天吧，没问题的话到时候直接出院。"

宋枝说："好，那就住五天。"

李医生点点头，带着两个小护士离开。

宋枝想到他刚刚说三天后有个案子的事情，问："你那个案子是几号开庭？"

闻时礼说："二十六号。"

"拜托，"宋枝从外套里摸出手机递过去给他看，"今天是三十号，你昏迷了一个星期，早就来不及了。"

闻时礼有点儿诧异："一个星期？"

过去的一周像个噩梦，宋枝不愿意去回忆，只淡淡地转移话题："这一个星期你一直没醒过。"

闻时礼的目光投到天花板上，停在某一处。他说道："我做了很多梦。"

宋枝随口一问："梦到什么了？"

闻时礼沉默了，久久没有说话，一直盯着白色的天花板，喉结上下滚动了一下，他缓慢地低声说："我梦到你说……"

宋枝问："说什么？"

"说我不能让你哭，否则永远都不会理我。"

宋枝夹菜的动作一顿，筷子上的排骨不慎掉到桌上。她却面不改色地说："那幸亏你醒了，否则我现在吃的就不是妈妈做的饭了。"

"那吃什么？"

"吃你的席。"

闻时礼没理会她这个很冷的玩笑，目光柔和，语气温柔："如果哥哥真的死了的话，你会哭吗？"

宋枝没吭声。

倒是一旁的陆蓉略尴尬地笑着说："那个……你们两个慢慢聊，我先走了。"

陆蓉离开了病房。

病房在三楼，窗外一丛茂盛的枝叶将午后的阳光遮挡，只余些零碎的光点照射在白色瓷砖上。

宋枝安静地吃饭。闻时礼也没有再说话，就一直静静地看着她。

察觉到他的目光，宋枝抬眼，迟疑地说道："你好像还不能吃东西，医生说还要观察半天。"

闻时礼失笑道:"我又不是在看吃的。"

宋枝说:"那你在看什么?"

他答得相当流畅自然:"看你啊。"

他的嗓音慵懒含笑。

可能是男人的目光过于专注,宋枝被盯得有些不自在,重新低下头嘀咕道:"我有什么好看的?"

闻时礼轻笑:"怕你哪天又说不要我了,我不得抓紧机会多看两眼?"

这个话题注定不会轻松,她没有往下聊的打算。

闻时礼不给她把话题带过去的机会,喊着她的名字开门见山地问:"枝枝,那晚你说的不要我的话,是认真的?"

他说每一个字时都在有意识地加重语气,似乎连标点符号都带着咄咄逼人的意味。宋枝舀了一勺汤送到唇边,没张嘴,就那么怔住了。

闻时礼到底是大病一场刚苏醒的人,多少有些羸弱,这么几句话说完他就有点儿喘气,在异样的沉默里,喘气的声音被放大。

宋枝将勺子放进碗里,站起来,走到病床边看着连连低喘的男人,有些担心地说:"你要不要紧?"

闻时礼摇摇头,声音还是沙哑的:"你帮我把床摇起来。"

宋枝弯腰,看到了位于床中央下方的摇把,伸手握住,沿着顺时针方向缓缓摇动。

床的上半部分一点儿一点儿地升了起来,到男人刚好可以靠着坐的程度后,宋枝停下了动作:"这样行吗?"

闻时礼淡淡地嗯一声。

宋枝又问:"要不要喝点儿水?"

闻时礼说好。

病房里没有杯子,宋枝拿自己的保温杯出去,到水房接了一杯热水后回到病房,拧开杯盖递到闻时礼的手边。

闻时礼接过保温杯送到唇边,仰头慢条斯理地喝了几口。

宋枝默默地看着他。

由于他变瘦了,仰头时喉结越发明显,上下滚动时格外吸引人。

几个来回后,她竟也觉得口渴起来。

等他喝完,宋枝顺势伸手过去想要拿杯子,却没想到,手伸过去的一瞬间就被闻时礼抓在掌心里,让她的神情和身体皆是一怔。

宋枝觉得茫然。

闻时礼漆黑的眼里神色清明,目光里满是富有深意的细究之意。他浅笑着问:"你怎么不回答哥哥呢?"

在宋枝的记忆中,他很少会用这样的眼神看她。这会让人觉得有压迫感。

闻时礼分明就是故意的。他偏要这样看她,摆出一副逼供的姿态来。仿佛她胆敢说一句假话，他就能立马用这样的目光吞掉她。

宋枝佯装不懂："回答什么？"

很显然，闻时礼并不介意重复问题，以免她装糊涂："我问你，你说的不要我的话，是不是认真的？"

宋枝本来没打算在他刚醒时谈这些问题，但眼下看来，气氛烘托到这里，好像不说都不行了。

该说的她还是要说，逃避解决不了问题。

宋枝任由他握着她的一只手腕，目光微微下垂与他对视，声音轻得如空气一般："那你在接石齐越的案子时，就没想过我会不要你吗？"

石齐越？

闻时礼完全不知道这是哪号人物，皱了下眉："这人是谁？"

他还要装糊涂？

宋枝的表情和语气都冷下来："你作为一个律师，连自己委托人的名字都不记得，是不是有些荒唐？"

那晚孟佳妮遭遇的一切开始在脑海里重演，扯得她的每一根神经都在痛。

闻时礼握着她的手微微收紧，喉结滚动一下。他又问："你说清楚一些。"

宋枝的心里十分烦躁。她抽回手，看一眼他悬在原处的手，又抬头看他的脸："你不要装糊涂行不行？既然你这么怕我生气，怕我和你分手，你就不应该接石齐越的案子，你就不应该明知道受害人是我还……"

剩下的话宋枝没有说完，人就已经哽咽得不行，委屈、心酸一齐涌上来，眼睛瞬间红了。

闻时礼抿抿有些苍白的唇，急忙坐起来，又拉住她的手："对不起，哥哥错了，你不要哭好不好？"

宋枝哽咽着问："你哪里错了？"

"我真不知道哪里做错了。"

"那你为什么要道歉？"

闻时礼看她时目光清澈，语气一如从前般温柔。他耐心地说道："因为你哭了，所以是我做错了。"

听他这么说，宋枝简直分不清心里到底是感动还是愤怒，心中像打翻了调味罐，五味杂陈。

这时候，外面走廊上响起一串急促的脚步声，来人似乎没有耐心敲门，直接一把将门推开，带进一阵风。

"闻律师！"

这着急的声音，宋枝听着是骆子阳。

目光触及宋枝时，骆子阳瞬间失声，又看见闻时礼拉着宋枝的那只手，面色越发难看，一副欲言又止的模样："闻律师……魏律师他外甥的那个案子……"

闻时礼突然明白过来，喉咙发紧："他外甥叫什么？"

宋枝背对着骆子阳。骆子阳看不见现在的宋枝是什么表情，小心翼翼地说道："叫石齐越。"

空气瞬间凝固了，凝固的仿佛不只是空气，还有闻时礼一瞬的心跳和呼吸。他看着宋枝失望的表情，浑身温热的血液似乎都变凉了。

宋枝再度将手抽回，后退一步，看着闻时礼："你为什么还不承认？"

闻时礼说不出话来。

骆子阳带上门，手提一个公文包进来，来到床尾的位置。他打量着宋枝的脸色，发现她的脸色难看至极，心里咯噔一下。

纠结半晌，骆子阳还是打开公文包拿出材料来。

四周安静得只剩下纸张摩擦发出的沙沙声，骆子阳将那沓资料递到闻时礼面前，格外小心地说："闻律师，这是猥亵案的材料，受害者是……是……"

他把"是"字说了半天，都没有下文。

闻时礼还在和宋枝对视，并没有伸手去接材料，只开口说："不用说了，我知道受害者是谁了。"

骆子阳尴尬地收回手。

闻时礼闭上眼睛，皱着眉，挤出一句话："骆子阳，你先出去。"

骆子阳忙说好，旋即转身离开病房，将门带上。

病房里又安静下来。

在这样的氛围里，沉默就如同一把能杀人的利刃，捅到哪里算哪里，最后搞得哪里都血淋淋的没法看，只要一看就会觉得触目惊心地痛。

闻时礼没有在第一时间解释，而是在平复情绪，尽自己全部的努力平复情绪。

他做着深呼吸，反复做着深呼吸，胸腔剧烈地起伏着。

宋枝看着他，先开口："你不准备说点儿什么吗？"

她一顿，又改口："或者可以说，解释一下，抑或是狡辩。"

你总不能一直这样沉默。你得给我个说法。不然我要怎么和你继续下去？

在这短短的几分钟里，闻时礼的额头上冒出一层薄汗，呼吸紊乱，脖子上缓缓地鼓起青色的血管，阴郁的黑眸里风起云涌。

这是人在极端情绪下的隐忍表现。

他没听见她的话，一个字都没听见，脑子在胡乱地想着一些问题。

猥亵？她是受害人。

她被猥亵到了哪种程度？这是什么时候发生的事？

她当时该有多么绝望、难过？

宋枝见他久久不说话，心越发凉了，只能认为他这是心虚了。

她失去耐心，出言威胁："你再不说话，我就走了。"

这一句话闻时礼听见了。

他极尽隐忍，咬紧牙关，每一个字似乎都是从齿缝里挤出来的："那个畜生动你哪儿了？"

宋枝被问得一怔。

他怎么这个样子？他好像第一次听说这件事一样。

宋枝问："你不知道受害者是我吗？"

"我不知道。"此时的闻时礼满面阴冷，一双桃花眼也不见了风流，只剩下噬人的寒意，"枝枝，我要是知道受害者是你还接下这个案子的话，那我是什么人？"

她被问得哑口无言。

闻时礼目不转睛地看着她，眼尾一点点变红，他低声问她："在你眼里，我是这种人？"

他被这个突然的消息搞得崩溃了，一个大男人瞬间红了眼。他没控制住眼泪，哽咽了好几下，才艰难地再度开口："宋枝，任何人都有可能会伤害你，但是我不会，我不会是任何人中的一个。"

宋枝还没见闻时礼这么崩溃地哭过，一时有些手足无措。

看着男人发红的眼尾，还有他颤抖的薄唇，她竟然有点儿底气不足，小声问："那你为什么会接这个案子？"

闻时礼深深吸了一口气平复情绪，好一会儿后，才闭上眼睛，皱着眉痛苦地回答："是律所一个认识多年的合伙人拜托我接的，我不知道受害者是你。"

要知道，闻时礼从来不会骗宋枝，他说什么便是什么，不屑于撒谎伪装，黑就是黑，白就是白。

宋枝相信他，但还是要确认一下。她掏出兜里的手机，找到石齐越当时发给她的那张照片，递过去给他看："这是石齐越发给我的。"

闻时礼垂眼看手机，照片上是他，下面还跟着一句极具挑衅的话：嘿嘿，我是石齐越，你的前男友接了我的案子，你能不能找到比他更厉害的人来和我打？

"好，"闻时礼看得连连点头，声音愤怒地颤抖着，"好得很，这个狗崽子给我等着，喀喀喀……"

刚说完一句话他就剧烈地咳嗽起来。

宋枝随手将手机一放，去拍他的背："没事吧？"

她很担心他咳嗽。她听医生说，他这次病得这么严重，主要是剧烈地咳嗽引起的。

待止住咳嗽，闻时礼就忙不迭地和宋枝解释。他红着眼，仰头看她时眼睛湿漉漉的："枝枝，我没有，你相信我。"

宋枝点头："我相信你，你先喝点儿水。"

闻时礼手里拿着保温杯，就在他仰头准备喝水时，身体不受控地剧烈颤抖起来，额头上迅速冒出冷汗。

宋枝的瞳孔震惊地放大："怎么回事？！"

剧烈地颤抖、呼吸紊乱、冷汗直冒，脖子和额头上血管突出，这符合闻时礼在雷雨天犯病的一切症状。

可现在分明不是雷雨天。

哐当一声，那个保温杯被闻时礼打翻在地，热水溅得到处都是。

就在宋枝按护士铃的时候，闻时礼已经翻身下床，跌坐在冷硬的地上。他抓着床尾的栏杆狼狈地站起来，撕心裂肺地吼："石齐越！"

宋枝瞬间明白过来。他这是受了强烈的刺激所以发病了，得赶紧安抚。

随着他粗鲁的动作，手背上输液的留置针直接飞出，红色液体在宋枝眼前飞溅，她的鼻尖感到一点儿温热。

她知道，那是他的血。

闻时礼发病时一直很吓人。他往床头柜所在的那面墙撞去。宋枝吓得心脏差点儿停跳，迅速跑过去把手垫在墙上。

她紧紧地抱住他，抱得前所未有地紧，用笃定的口吻对他说："哥哥，我是枝枝。"

他还在颤抖，但已经停下动作，不确定地问："枝枝？"

宋枝把脸埋进他温热的脖颈间，亲热地蹭了蹭，乖巧地温声说："嗯，我是枝枝啊。"

宋枝就这么一直紧紧地抱着他，在他耳边反复低语："我是枝枝。"

她没再说别的话，似乎这样就足够起到安抚的作用。

进来的护士显然被吓了一跳，似乎没见过这种场面。

浑身颤抖的男人被少女紧抱着，大汗淋漓，左手手背正在不停地流血，鲜血一路蜿蜒往下，滴到白色的地板上。

不远处的地上，躺着被甩出去的留置针，针头还带着血。

护士不关心两个人抱着是在干吗，只关心留置针为什么会被弄掉。护士快步过去，想要给闻时礼的手止血："为什么针会弄……"

闻时礼倏地回过头，眼睛里布满明显的血丝。他发着抖沉声警告："别碰我。"

护士吓得一激灵，瞬间收回伸到一半的手。

宋枝用手轻轻拍着男人的背，用哄小孩的语气安抚道："没事的，不要激动。"

闻时礼竭力克制着不让自己失控，不停地告诉自己，这是枝枝，他不能发疯吓到她。

不论怎么观察，护士都觉得患者现在的精神状况有问题，索性快步离开病房，准备去叫主治医生过来。

宋枝垂眸一看，发现他的手背血流不止，难免觉得心疼，却又不敢强行推开他，怕刺激得他越发失控。

以前她就试过直接推开他，后果很严重。

她不敢推他主要还是不忍心，不忍心看他犯病时饱受折磨的样子。

她始终心疼他，内心深处一直有一寸柔软之地是留给他的。

思来想去，宋枝用商量的语气和他说："能不能先松开一下？哥哥，我帮你把手上的血止住。"

闻时礼哪会管哪里出血了。他抱着宋枝不肯松手，更是用手抱紧她的腰。

他格外偏执地说："不要。"

血沾得宋枝的衣服上到处都是。正巧她穿的又是纯白色的衣服，星星点点的红倒有几分像雪里盛开的红梅，又像鲜艳的山茶花。

血衬着他苍白如纸的面色，形成一种反差强烈的病态感。

宋枝被他抱着，两人一直僵持到护士带着李医生过来。李医生是有备而来的，带来了一支镇静剂。

闻时礼的身体依旧抖得很厉害。他冒着冷汗，哪怕没有其他行为，还是免不了被打上一针镇静剂。

药水全部注入男人体内，李医生抽出针头，对护士说："把他扶到床上躺着。"

护士说："好的。"

宋枝还抱着闻时礼，不过能明显察觉到他的身体正在一点点放松下来，颤抖逐渐停止。他看她的眼神也不再那么专注，而是带着几分涣散。他有点儿像喝醉酒的人，难以聚焦的视线一直在努力捕捉她的眉眼。

在护士的协助下，宋枝小心翼翼地把闻时礼移到病床上躺着。她把他的两只脚抬到床上，再将床缓缓摇平，等护士给他重新输上液后，又替他把被子拉到胸口处盖好。

做完这些后，宋枝问李医生："他大概多久会醒啊？"

李医生说："快的话三四个小时。"

"嗯。"宋枝点点头，"谢谢你，李医生，麻烦你了。"

李医生把空针管放到护士端着的托盘里，说："没事，不麻烦，虽然我不知道这是什么原因引起的，但是不建议刺激患者，这样对身体的恢复很不好。"

"下次不会了，我会注意的。"宋枝真的有些懊悔，不该在闻时礼刚醒来就和他谈那些沉重的事情，搞得他犯病了。

李医生简单交代几句后，带着护士离开病房。

宋枝静静地待了一会儿，才后知后觉地想起门外还有个骆子阳。她差点儿忘了他。

宋枝拉开病房门，就看见坐在一旁长椅上的骆子阳正在抽烟。见她出来，他忙把烟摁灭在旁边垃圾桶顶部的灭烟沙里，站了起来。

骆子阳关心地问："闻律师怎么样了？"

他在外面听见了闻时礼撕心裂肺的吼声，又不敢贸然进病房。

"没事了。"宋枝说，"医生给他打了一支镇静剂，他现在睡着了。"

骆子阳皱眉："奇怪，闻律师怎么又进医院了？他才从雪城出院回来，这还没多久呢。他一周前从间芸离开后我就联系不上他，我费了好大力气才找到这儿来的。"

宋枝也不知道该从何说起，心里正难受，语焉不详地说了几个字："淋了雨的缘故吧。"

骆子阳没有深究细节，只说："怪不得，在雪城住院时闻律师刚醒来就要找你，死活不听医生的劝，非要出院，后来得了重感冒，又淋了雨的话不再次住院才怪。"

骆子阳立马想起一件事："宋枝，你那时候为什么不接电话啊？"

宋枝有片刻的沉默。

那时正好是她和孟佳妮出事后没多久，她的手机关机过一段时间，后来开机有陌生号码来电，她也没心思接，随手挂断或者一直任它响，后来烦了索性直接拉黑。

这也是闻时礼拿着骆子阳的手机，怎么也打不通他的电话的直接原因。

见她一副不愿开口的样子，骆子阳也不勉强，说："你在这里陪着闻律师吧，我先回酒店了，晚点儿再过来。"

宋枝点点头说好。

回到病房后，宋枝守在病床边看手机，百无聊赖地看微博，热搜上有一条醒目的新闻：知名刑事律师闻时礼在庭审前夕消失，疑似临阵脱逃。

这条新闻的热度不低，排在热搜榜的第三位。

宋枝皱着眉点进去，看到了完整的新闻。

近日，北方雪城备受外界关注的"七名律师伪证案"，于三日前在雪城中级人民法院开庭审理，此前一直传言被告的辩护律师系金牌律师闻时礼，开庭时，闻律师却未在庭审现场出现。辩护律师团中有人称，闻时礼怕败诉影响名声，故不肯现身。

耐心地看完文字后，宋枝呼出一口气，道："什么狗屁不实的报道？"她看一眼病床上熟睡的男人，声音变得又轻又小，"他才不会临阵脱逃。"

在她眼里，他就是个英雄，会从野生棕熊爪下救出她，也会不顾尊严地给疯子下跪换她平安。他天生就和临阵脱逃这种字眼无关。

点进评论区后，宋枝的血压直接升高。她不明白，网络上人们的恶意和戾气为什么会那么重？

孬种，闻时礼跟缩头乌龟一样躲起来了哈哈哈哈！（1.9万人点赞）
看他那张脸就知道这人不务正业。（1.1万人点赞）

宋枝生气地想：说这些话的人一看就是男的。她挨个儿点进热门评论留言者的微博主页查看，还真让她说对了，这些人都是男的，发出来的照片显示一个比一个长得丑。

就这歪瓜裂枣的模样还说时礼哥？他们纯属嫉妒吧。

现实中不少男的活得很失败，家境一般，不求上进，只会怨天尤人，最爱在网上发泄找存在感，专门干侮辱女性和贬低同性的事情。

他们完全没有审视过自己，其实他们长得一般，兜里也没几个钱。

所以在看见闻时礼这样年纪轻轻就名声大噪，且赚得盆满钵满的男人时，他们自然会生出阴暗的嫉妒心，随便一条没有核实过的报道，都足够让他们兴奋得如公猴子，在评论区开始肆无忌惮地发言。

宋枝气不过，开始逐一反驳那些乱说话和进行恶意揣测的低素质男网友。

男网友自然不甘示弱，直接在评论区和宋枝对战，你一言我一语，没完没了。

窗外的太阳渐渐西沉，暮色降临，其间有护士进来添过药。偶尔有风吹过，顺着未关的门吹进来，吹得宋枝觉得眼睛有点儿干。

揉眼睛的间隙，宋枝忽地听到有人说话。

"说了多少次了，不要用手揉眼睛。"

宋枝顺势抬头，对上男人一双漆黑的眼。

"你什么时候醒的？"

"有一会儿了。"

宋枝放下手："那你怎么不叫我？"

"看你聊得很专心，就没打扰你。"闻时礼扫一眼她的手机，"跟谁聊呢？"

宋枝打了一下午的字，手指都有点儿疼，丧气地说："没聊天啊，在吵架。"

闻时礼来了兴趣："吵架？"

宋枝耷拉着眉眼："微博热搜上有你的新闻，评论里有人在说一些不好的话，我和他们吵起来了，但是我吵不过……"

以一敌百，或者上千的感觉，谁懂？

闻时礼似乎觉得好玩，轻笑一声，懒洋洋地说道："任他们说呗。"

宋枝说："就不要。"

闻时礼说："你先帮哥哥把床摇起来。"

宋枝哦一声。

宋枝放下手机站起来，摸到床正下方的摇把，替他把床摇到合适的角度。

闻时礼拉住她的手腕，温和地说道："给我看看。"

宋枝重新拿起手机，点进其中最气人的一个男网友的微博主页，愤愤地说："你看这个，气得我天灵盖冒青烟。"

闻时礼又笑了一声："这么严重啊？"

宋枝不知道有什么好笑的，分明被骂的人是他啊，为什么他还笑得出来？

"就是很严重啊！"她把手机递过去，用手指着对方最新的一条微博给他看，"他说你的律师资格证是花钱买的，还说你沽名钓誉，是靠一张脸攀着女人的关系上位的……不行，你自己看吧，我越说越气。"

闻时礼倒没去管那条微博的具体内容，而是饶有兴致地看着一脸不悦的宋枝，欣赏着她为他鸣不平时的表情。

这对于他来说是种享受。

十几秒过去了，宋枝发现他还在看她，越发不满："你有没有在看啊？！"

"嗯？"

宋枝又把手机递过去一些："微博！"

闻时礼勾唇，自她脸上收回目光："现在看。"

闻时礼潦草地扫了几眼，发现微博内容和宋枝口述的差不多，淡淡地说道："没事，随他说去吧。"

宋枝想：自己这是瞎操心了吗？当事人持完全不在意的冷漠态度。

闻时礼察觉到她神色里的细微变化，温和地问："怎么了？"

宋枝憋着口气发不出，闷声说道："没事。"她吵了一下午，跟人据理力争三百回合，没想到他根本不放在心上，倒显得她多事。

小姑娘说没事的话，那就是有事，他懂。

闻时礼在她的手腕上摩挲一圈，问："不开心？"

宋枝老实巴交地嗯一声。

"那这样吧。"闻时礼从她手里接过手机，点进那条微博看转发和评论，"哥哥告他诽谤，你看行不行？"

宋枝登时睁大了眼睛："你是认真的还是开玩笑的啊？"

闻时礼的表情可比她的认真许多。他弯唇一笑："这有什么好开玩笑的？"

宋枝问："能赢吗？"

"能啊。"闻时礼说，"他的微博的转发量和评论量都不少，说的全是些没有证据的事情，这不一告一个准吗？"

"可你刚刚还说随便他说，怎么突然要告他了？"

"因为，"他将她拉近，坐直身体，单手圈住她的腰带进怀里搂着。他仰头看她时眯眼浅笑，眸里似有长夜和春光，"他惹你不高兴了，所以哥哥得告他。"

宋枝怎么会听不懂他的情话呢？他的意思很明显，别人骂他可以，惹她不高兴就不行。

感受到他的在意，宋枝的心情瞬间好转，脸上也露出甜甜的笑。她用撒娇的口吻小声嘟哝："那你总不能每个都告吧？"

闻时礼把下巴搁在她的肩上，冷笑一声，用特傲慢的语气慢条斯理地反问："你怎么知道我不能呢？枝枝。"

"可有那么多人呢……"

"杀一儆百，以儆效尤。"

没等宋枝开口，闻时礼继续笑着哄她："反正我手底下的律师多，我倒要看看有多少'一'来让我杀。"

宋枝扑哧一声笑了出来。他将她搂得更紧，温热的呼吸洒在她的脖颈间。他略一挑眉，问："开心了？"

她憋着笑点点头："嗯，开心了。"

"那就好，哥哥不希望你不开心。"闻时礼说，"还有石齐越的那件事情，你交给我处理，我能处理好，你相信我好不好？"

她还有什么理由不信他呢？这样深情温柔的一个男人，配得上她全部的信任。

他好到宋枝都会为自己先前那些对他不信任的想法觉得羞愧，后悔没有给他更多的信任和包容。

那段时间里，在警察告知她结果后，在爸爸和好友的劝说下，在联系不到他无助时，她是真的认定他不要她已经成为事实。毕竟当时在她看来，虽然是闻时礼先表白的，但她心里比谁都清楚，是她先喜欢他的，而且喜欢了好多年。

这一点闻时礼并不知情，也因为这一点，就足够让她患得患失，而且他们还很快就发生了关系。

单从时间上算的话，两人从表白再到在一起也只有几个月的时间，任谁来看这都是一段算不上牢固的感情。

所以宋枝后知后觉地发现，或许缺乏安全感的不只有他，还有她。

她也怕失去他，也怕他不要她，就像他怕她不要他一样。

长时间的沉默，被闻时礼误解成一种拒绝的信号。他松开她，摸着她的脸又说："枝枝，你不肯相信哥哥？"

这一次，宋枝没有犹豫，无比笃定地说了两个字："我信。"

这天晚上九点左右，骆子阳又来了趟医院。

病房里，护士刚给输完液的闻时礼取完针。本来留置针并不用取，但闻时礼坚持要洗澡，非让护士取下，明天再扎针。

骆子阳在门口侧身给端着银色托盘出来的小护士让路，手里还拎着个果篮。

宋枝正好从卫生间出来。

骆子阳顺手带上门，走进来把果篮放到床头柜上，脸上带着好奇，看一眼宋枝，又看一眼病床上的闻时礼，小心翼翼地问："你们和好了没啊？"

闻时礼慢条斯理地说道："好着呢。"

"那就好。"骆子阳长松一口气，"和好就行，否则我真的觉得窒息。"

闻时礼淡淡地说道："有事？"

骆子阳点点头，又下意识地看一眼宋枝。

宋枝立马心领神会："我出去，你们聊。"

闻时礼却叫住她："不用，你就在这里待着。"

宋枝说："哦。"

这给她一种被纵容的感觉，仿佛在说，有什么是她不能听的？

见状，骆子阳没再犹豫，直奔主题："闻律师，石齐越的那个案子，既然你现在已经知道宋枝是受害者之一，是不是要反悔？"

闻时礼没说话。

骆子阳又说："你已经签了委托协议书，反悔的话要支付违约金。"

闻时礼还是没说话。

骆子阳心里没底，但不敢再贸然开口，生怕哪句话没说对会同时惹得两人都不高兴。

其实，宋枝听着也没什么想法，既然她决定要相信闻时礼，那就会给他全部的信任。

不论他做什么，或者采取什么样的措施她都支持。

闻时礼打破沉默："有烟吗？"

骆子阳说："有。"

骆子阳摸出自己的烟盒，抽出一支烟递过去。

闻时礼顺势扫一眼烟盒："玉溪？"

骆子阳也跟着看一眼烟盒："啊？玉溪。"

闻时礼将烟叼在嘴里，含糊地说一句："就不能抽点儿好的？"

骆子阳嘿嘿一笑："不是谁都像您一样有钱啊，对我来说二十三块钱一包的烟，真的足够了。"

宋枝在旁边插话："让他给你涨工资。"

闻时礼眉一挑，含笑的目光落在她脸上。他懒洋洋地说道："你个小没良心的，怎么胳膊肘还往外拐？"

骆子阳的双眼只差冒出钱来。他激动地问："可以吗？闻律师！"

闻时礼看他一眼："想得美。"

其实，骆子阳在闻时礼手下待着赚得不算少，比起他的朋友和同学来说，他算混得好的，但听到涨工资这种事情，难免激动。

"不过呢，倒是可以让你增加点儿收入。"

骆子阳原本黯淡下去的眼神在听到闻时礼这一句话后，直接死灰复燃般亮了起来。他用手拢住打火机的火苗替男人点烟："闻律师，您说，我洗耳恭听。"

闻时礼问："给你几个诽谤的案子做不做？"

骆子阳一怔。

在事务所里，有好几个专门做名誉权案子的律师，就算要做也轮不到他一个律师助理来做。

虽说绝大部分律师都是从律师助理做起的，但要等到一个真正接活赚钱的机会还是不太容易，尤其在一些萧条的小事务所，这种机会更难得。

"我当然愿意做啊，但是我害怕做不好。"骆子阳说出自己的担心。

"那种微博上一告一个准的诽谤你都做不好的话，我真心建议你转行。"闻时礼说得相当一针见血。

骆子阳自然无话可说。

在和宋枝沟通过情况后，骆子阳好奇地说道："我以前也建议闻律师告那些在网上造谣他的人，但他不在意，这次怎么突然想着要告了？"

宋枝说："可能是他想通了吧。"

她总不好直接告诉骆子阳，他是为了哄她开心才准备告的吧？这种直接给人"喂狗粮"的事还是算了。

这时候，抽完一支烟的闻时礼不疾不徐地开口："骆子阳，石齐越的那个案子，你先别管，也别透露什么消息。"

骆子阳说："那您是继续准备这个案子还是……？"

"你不用管，我自有安排。"

"好。"

没过多久，骆子阳记下那几个作为代表的低素质男网友的微博名字后，离开了病房。

闻时礼拿着一套干净的病号服去卫生间洗澡。进去后，他发现日用品准备得挺齐全，看来在他昏迷时她一直都在陪着他，没离开过。

想到这儿，他的心里一阵温暖，如有暖流淌过。

闻时礼洗完澡出来，宋枝正站在窗边往外看，也不知是在看外面的那些树木，还是在看月光或者夜空还是别的什么，总之她的表情非常专注。

她听到动静后回头看他，朝他招招手。

闻时礼走过去，自然亲密地搂住她的腰抱紧她，低声问："看什么呢？"

宋枝抬手一指："那里有一只鸟。"

闻时礼顺着她手指的方向看过去，月亮照到了树梢上一只蹦蹦跳跳的小鸟，它扑棱着翅膀跳两步，从一根枝丫到另一根枝丫。

闻时礼淡笑着问："一只鸟有什么好看的？"

宋枝盯着那鸟看。她在想，这到底是什么鸟？

可月色不够亮，夜又太深沉，怎么看都看不清那是只什么鸟。

她实在是看得够久也够入迷的，背后搂着她的闻时礼轻笑了声，缠绵的话落在她的耳边："我在这里你不看，你非要盯着一只鸟看，怎么，我的姿色还不如一只鸟？"

这下，宋枝的注意力完全被他拉回了。

她转过身推他一把，笑着说："为什么要和一只鸟争宠？你好幼稚啊。"

闻时礼毫不介意她说他幼稚，反而挺受用似的，笑着："凭什么不能？难道就因为它是一只鸟我就要放过它？"

宋枝忍着笑，自知说不过他，只好又推他："让开，我要去洗澡。"

闻时礼抱着不肯放："可以，但你得亲我一下。"

宋枝问："亲哪儿？"

"你想亲哪儿？"

宋枝觉得自己给自己挖了个坑，但她还是往下跳了。

宋枝的耳垂很快变红。她想跑，但她哪里跑得掉？她又深知这男人在某些方面的劣根性，只好踮脚在男人的下巴上轻轻地吻了下。

然后她转头，不好意思地看向别处，嘟哝道："这下总行了吧。"

闻时礼笑得相当得意，朝前一步，将她抵在窗沿上："光亲下巴可不行。"

他身上有沐浴后的清香，头发半湿半干，一缕黑发垂落在额前，一副勾引人的模样。

宋枝实在难以抗拒，心怦怦直跳。她维持着表面的平静问："那要亲哪儿？"

闻时礼越发得寸进尺，浅笑着问："你猜？"

宋枝再度踮脚，在他的唇上轻轻地一吻："这下总该行了吧！"

闻时礼挑眉："这怎么就行了？"

"这还不行？！"

"还不到位。"

调情都能把人气得半死的只有闻时礼，别人做不出这种事情。

宋枝生生憋着火，定定地看着他："那你说怎么样才到位？"

"这样才到位。"

随着他的声音落下，宋枝便感觉下巴被他用手一抬，紧跟着他的薄唇就覆上来。他好像在告诉她：没见面的这段日子里，我很想你。

宋枝被吻得大脑缺氧。等闻时礼松开后，她红着脸连连喘气，忍不住指责他："你好烦，憋死我了……"

闻时礼笑道："那只能说明我们枝枝的吻技还有待提高。"

宋枝觉得热气直往脸上涌，也往头上涌。她平复了一下呼吸，说："我要去洗澡了。"

男人的目光深沉。他往下一看："你把哥哥搞成这样，然后就不管了？"

她也跟着往下看。

这不看不要紧，一看吓一跳，他穿的病号服裤子比较宽松，什么情况一目了然。

宋枝的神经一跳。她往他的胸口上拍一把，小声说道："你怎么这样啊？又不是我弄的，明明就是你自己要亲我的好不好？"

闻时礼说："不是你的话，我能这样？"

她终于知道为什么他的业务能力好了，他这张嘴就无敌了。

"我才不要管你，我要去洗澡了。"宋枝加大力气一把将他推开，拿着衣服朝卫生间走去。

闻时礼摇头失笑。

昨天晚上才洗过头发，宋枝只冲了个澡。她刚穿好衣服就听到了敲门声，门外传来闻时礼的声音："枝枝，我能不能进去？"

以为他要用厕所，宋枝说可以。

没想到闻时礼一进来就径直朝她靠近，双手撑在她身侧的洗手台上，将她围堵在方寸之地里……

宋枝听到外面有护士进来的脚步声，想必是来测体温的。

护士的声音传进来："体温怎么突然变高了？"

男人的声音清冷："没事。"

"要不叫医生过来瞧瞧？"

"不用，一会儿就好。"

宋枝简直想挖个地缝钻进去。

这都是老男人的错。

五天后，经过各项检查，医生准许闻时礼出院。

出院那天刚好是立夏，路边的树木绿意盎然，骄阳似火，无一不昭显着夏的味道。

骆子阳订好了三人回间芸的机票。

回到家，进门前，闻时礼俯身在宋枝的耳边意味不明地说了一句话："枝枝，你可得保护哥哥。"

宋枝没明白他的话，正要回头问，宋长栋出现在两人面前，沉着脸问："你还把他带回来做什么？"

她还没和宋长栋解释那件事情。

宋枝忙开口："爸爸，你听我说，时礼哥是在不知情的情况下才接的石齐越那案子。"

宋长栋面无表情地问："然后呢？"

"他答应我会处理好的。"

"你就这么相信他？"

宋枝毫不犹豫地点点头："相信。"

宋长栋无话可说。

见状，闻时礼主动上前亲自解释："宋院长，我接下那个案子的时候，并不知道宋枝是受害者之一，要是知道的话，我是不会接的。"

宋长栋很清楚一点，那就是闻时礼不屑于撒谎，无论好坏，所有事情闻时礼都坦坦荡荡的，更不会在这种正事上撒谎。

宋长栋的脸还板着，但语气稍有缓和。他问："那你怎么不早说？"

闻时礼斯文、温和地笑道："不是您没给我机会吗？"

宋长栋说："我没给你机会？"

"您忘了？"闻时礼不介意做替人回忆的事情，脚尖轻轻一点，"那晚就在这儿，一开门您就揪着我的衣领揍我，还……"

宋长栋虚咳两声打断他："行了，进来吧。"

一旁的宋枝很惊讶，一把拉住宋长栋的衣袖："爸爸，那天晚上你揍他了？"

被她这么一问，宋长栋多少还是有点儿心虚的，尴尬地说道："轻轻揍了几下吧。"

怪不得那晚他的脸上青一块紫一块的。

宋枝皱眉："不轻吧？"

"哎呀。"宋长栋推开她的手往里面走，"爸爸当时也在气头上嘛，哪里还有心情听他说话？"

对此，闻时礼表示理解，温和地说道："没事，枝枝。"

宋枝回头递给他一个坚定的眼神，凑过去小声说："放心，我爸要是再揍你，我会保护你的。"

闻时礼忍着笑嗯一声。

关上门，两人进到客厅里。

陆蓉从厨房里洗了一盘水果端出来，招呼道："小闻，吃点儿水果。"

闻时礼颔首笑道："谢谢阿姨。"

得知两人的航班在晚上八点，宋长栋突然想起一件事情，放下手中的茶杯说："枝枝，我晚上约了你陈叔叔一起吃饭，谈案子的事。"

在宋枝收到石齐越的短信的那天下午，他就联系上了老陈，两人在电话里大吵一架。他责怪老陈教出的好学生闻时礼要给欺负枝枝的人当辩护律师。老陈却一口咬定闻时礼绝不是那样的人。

宋长栋当即在电话里质问："如果是真的怎么办？枝枝都收到挑衅短信了！"

老陈沉默良久。

最后，老陈咬牙说："那我给枝枝辩护行吧？"

宋枝对此并不知情："你什么时候和陈叔叔说的？"

宋长栋说："你收到那个畜生短信的那天下午。"

两人一时沉默了。

宋长栋觑一眼正在抽烟的闻时礼，问："你怎么看？"

一缕青烟消散在男人指间，他慢条斯理地说道："就让陈教授做枝枝的辩护律师，到时候我会整理好证据以及辩护思路给陈教授。"

宋枝一怔，转头看着男人的侧脸："你哪来的证据？"

闻时礼也不避讳她的爸妈看着，抬手亲昵地捏捏她的脸颊，笑道："放心，该有的证据一样都不会少，你只需要信任我就行。"

宋枝露出乖巧的笑容："好。"

他说："你把那天的事情经过跟我详细地说一遍。"

宋枝点点头。她重述了一遍所记得的事情经过，尽量不放过任何一点儿细枝末节。

听完后，闻时礼的脸色变得十分阴沉，眸底有暗涌翻滚。他抬手抽了一口烟，在吞云吐雾的间隙冷冷地问："确定有人录了像对吧？"

"对。"宋枝说，"但他们全都删了。那天警察已经检查过他们的手机，没有发现相关视频。"

闻时礼说："没事。"

宋枝啊了一声，没懂他是什么意思。

闻时礼沉默下来，显然不想再继续这个话题，听她说时，心就像被揪着般疼，让他没有聊下去的欲望。

宋枝倒也没有再问，而是关心起另一件事："那还去和陈叔叔一起吃饭吗？"

闻时礼说："去。"

由于飞机是晚上八点的，得早点儿去机场办值机手续，他们只能将吃饭的时间往前挪了半小时定在六点，花一个小时吃饭，吃完饭后去机场刚好合适。

他们把吃饭地点订在一家陈广轩和宋长栋常去的中餐厅，餐厅的招牌菜是东坡肘子，配上两碟炸花生，拿来做下酒菜最好不过。

以前没钱，陈广轩和宋长栋就喝二锅头；现在有钱，两人喝五粮液或者茅台。

两人以前都是穷光蛋，谁能想到二十多年后，能不眨眼地花大几千喝一瓶白酒呢？

尤其是陈广轩，寒窗苦读数十载，读研读博，再成为知名的法学教授，一路艰辛自然不言而喻。他这人打小就好强，不能输，就爱赢。

当他许下要给宋枝做辩护律师的承诺时，他心里很清楚自己将面临怎样的挑战，因为对手可是闻时礼。

闻时礼是他最得意的门生，是他给每一届新生上第一节课时必讲到的人。只要说到闻时礼这三个字，就总是离不开夸赞。

· 521 ·

但他没想到，有一天闻时礼会成为他的对手。

陈广轩很喜欢闻时礼的那句座右铭：尽力而为，问心无愧。

他想自己也理应这样，无论最后结果如何，竭尽全力即可。

虽然有这样的思想觉悟，但陈广轩在看到闻时礼的那一瞬间还是有点儿没绷住。他看着跟在宋枝旁边的男人，讶异地问道："你怎么来了？"

闻时礼彬彬有礼地伸出手："陈教授，好久不见。"

陈广轩握住他的手，看一眼宋枝，又看一眼他："怎么回事？老宋和我说，你和枝枝分手了，还接了欺负她的那人的案子。"

闻时礼松开手，拉开桌前的椅子，伸手一引："坐下慢慢说。"

陈广轩带着不解坐下。

闻时礼又替宋枝拉开一把椅子："枝枝，你坐这儿。"

宋枝点点头坐下了。

"小闻你坐吧，我们自己来。"陆蓉拉开两把椅子，拉着宋长栋一同坐下。

"好。"

服务员过来，把菜单放在桌上，手里拿着纸笔准备记录，礼貌地询问："请问各位要来点什么？"

宋长栋说："开瓶茅台。"

服务员说："好的。

只有五个人，点太多菜吃不完，他们点了六菜一汤。

席间，陈广轩将整件事的来龙去脉听完，听闻时礼说后续会给他整理好的证据，不禁发出惋惜的叹息："可惜了，能和小闻成为对手，我还挺期待的。"

"没什么好期待的。"闻时礼懒洋洋地靠在椅子上，因为喝了两杯白酒，脸上泛着红，眼睛微微眯着，说话也没了顾忌，"和我做对手不明摆着输吗？"

陈广轩说："我好歹是你的老师。"

闻时礼轻笑一声，语气轻慢却没有不屑。他用开玩笑的语气说："老师怎么了？就算是我的老师也不能让你输得体面些。"

陈广轩想：这小子醉了吧。

这也是宋枝所想的，这男人醉了吧？她还没见过他喝白酒，这算是第一次。

可他这酒量未免太差了。她忍不住凑过去小声说道："你平时说话狂就算了，怎么喝醉了更狂？"

闻时礼没听清，将头转过去，带着几分醉意问："嗯？"

"我说——"宋枝稍稍一顿，索性改口说道，"你的酒量好差，你喝不了就别喝。"

闻时礼像是听到了什么可笑的事情，眉一挑："我的酒量差？"

"你这酒量还不差？"

闻时礼伸手握住茅台的瓶颈，把酒拿到面前，指着酒精度数那处对她说："看见没？就这点儿度数，我还能喝一整瓶。"

宋枝嗤笑一声："吹牛。"

闻时礼倏地转过脸，含笑的眉眼正对着她，唇角勾起玩世不恭的笑："要是我没吹牛呢？"

还没等她开口，就见闻时礼招手："服务员，这……"

宋枝将他的手一把按下，制止住他再叫酒的行为："行了，你不能喝了。"

闻时礼认真地说："那可不行，我得向你证明，你才能知道我的厉害。"

他这是真的醉了啊，怎么一下变成了个幼稚鬼？

对面的爸爸和陈叔叔在喝酒、聊天，妈妈也在专注地听二人讲话，并没有注意这边的动静。宋枝借着这个空当对闻时礼低声说："不用证明，你厉害行了吧？"

他像个没要到糖的小孩，握住她的手腕慵懒地笑着追问："哪儿厉害？"

宋枝含糊地应道："方方面面都厉害。"

一块红烧鸡肉落进碗中，宋枝的余光瞟见男人冷白色且骨节分明的手正拿着筷子。她的耳边传来男人含笑的低语："枝枝，吃鸡……吗？"

骆子阳作为一个称职的助理，早已经安排好车辆等在闻时礼用餐的酒店外，等人一出来就直接去机场。

时间刚过七点，男人熟悉的身影就出现了。

骆子阳定睛一看，只见身量颀长的男人一只胳膊搭在宋枝的肩膀上，脚步有些飘，眉眼间带着些淡淡的笑意。他此刻正歪着头在小姑娘耳边说着什么。

也许是听到了什么好玩的话，骆子阳看见宋枝的唇角浮现几分笑意，还扭头撒娇般看了男人一眼。

暮色渐浓，此情此景像浪漫爱情电影里的一幕，让骆子阳记了好多年。

待两人走近，骆子阳闻见了明显的白酒味，再去看神色比平日更为慵懒的男人，问："闻律师，你喝酒了啊？"

闻时礼眯眼浅笑："喝了一点儿，没醉。"

宋枝拆穿他，对骆子阳说："一般喝醉了的人才会说自己没醉。"

闻时礼搂着她的肩膀，把她揽进怀中，低头在她耳边笑着说："真没醉，你现在让我上法庭辩护都行。"

骆子阳拉开后座的车门："先上车吧。"

宋枝轻轻推男人一下，提醒说："上车。"

闻时礼问："上车去哪儿？"

宋枝愣了一下，扭头定定地看着男人英俊含笑的脸，反问："你这还没醉？"

"没醉啊。"他笑得坦荡，带着几分醉意的桃花眼越发勾人。他直直地与她对视，"我就是问去哪儿。"

宋枝耐着性子说："去机场。"

闻时礼又问："去机场飞哪儿？"

宋枝似乎失去了耐心，拍掉他搭在她肩膀上的手，把他往车里塞："先上车。"

被塞到一半，闻时礼顿住了，几乎下意识地回头一把握住宋枝的手，生怕她不见了似的："你不去？"

被他的这样一个举动逗笑，宋枝由他拉着："我怎么不去？"

闻时礼这才放下心来，慵懒地往车后排一坐，浑身没长骨头似的靠着后椅背。等宋枝一上车，他就立马将人拉到自己的怀里搂着，低头亲了亲宋枝的眼角，温和地问："那我们去哪儿？"

我们，他说出这两个字的时候有不尽的温柔。

宋枝很受用，也不介意他现在是个醉鬼，耐心地和他解释："我们去坐飞机回间芸。"

闻时礼又问："回间芸做什么？"

人的耐心果然有限，宋枝不准备再回答他，真没想过这男人喝醉后会这么啰唆。

骆子阳坐上副驾驶座，关上车门对司机说："走吧。"

车辆缓缓启动。

骆子阳扭头，看着搂着宋枝不放的男人问宋枝："闻律师这是喝了多少啊？"

宋枝想了下说："两小杯？"

骆子阳说："这就醉了？"

"对啊，"宋枝哭笑不得，"他在饭桌上就开始说胡话了。"

有些人什么酒都能喝，而且喝多少都不会醉。还有些人得挑着种类喝酒，比如闻时礼。他喝洋酒不醉，白酒喝一点儿就醉。

宋枝默默记在心里，以后可不能让他再喝白酒了。

去机场的路程约十二公里，路不算堵，半小时左右就能到。在这半小时里，除了闻时礼外的其余三人受尽了折磨。

闻时礼完全变成了话痨。他问问题，宋枝不肯理他，他就要强行给宋枝讲中国刑事辩护的发展历程，讲各类刑事案件的辩护思路，讲法庭的举证技巧。

"枝枝，我再给你讲讲证据信息真实性的推定规则……"

宋枝直接打断他，用手捂住他的嘴："你别说了！好吵！"

闻时礼将她的手一把拉下，眯着眼笑得温柔，得意地继续说："我偏要说，在庭审上，对控方的证据——"

宋枝再次捂住他的嘴，对司机说："麻烦开快点儿，谢谢。"

封闭的车厢里自始至终都有男人说话的声音，带着几分醉意，没完没了。

宋枝一直好奇他所说的话的真假，把男人的脸一把推开，问骆子阳："他说的对不对啊？还是全在乱说？"

"虽然很不愿意承认，"骆子阳说，"但我还是要说，闻律师说的都是对的。"

宋枝一直忍到机场。

下车后，宋枝警告闻时礼："你在飞机上不能这么一直念叨，听到没？"

男人没说话。

宋枝不想太尴尬。一想到整个机舱内的人在听到闻时礼不停地说刑法相关的话时会投来目光，她就头皮发麻。

她有点儿急："你听到没啊？！"

闻时礼站在她面前，比她高大半个头，微微俯身与她平视，用特别认真专注的眼神看着她："那哥哥想和你说话怎么办？"

被他这样温柔地看着，宋枝心里的那点小情绪一下都没有了，语气缓和下来："那你可以下飞机以后再和我说。"

闻时礼说："不行。"

宋枝说："那你要怎样？"

闻时礼好像在思考，轻笑着说："除非今晚你住我那儿。"

"可我要回学校。"

"今天是周六。"

宋枝微微一怔。既然今天是周六，她今晚住在他家也不是不行。

没等她想好，闻时礼抬脚向前，将两人的距离拉得更近。

他身上淡淡的乌木香草味混着点儿酒味，融合成一种清苦的味道。

他目不转睛地看着她，语气有几分玩笑，又有几分认真："你要是不答应的话，我就在飞机上一直跟你说话。"

宋枝瞪眼："你威胁我？"

闻时礼笑了，抬手摸摸她的鼻梁，说："如果你认为这是威胁的话，那就是吧。你答应吗？不答应我可就在飞……"

宋枝打断他："答应。"

得到了想要的答案，闻时礼牵起她的手："走吧。"

宋枝随着他的步子向前走，看着前方男人挺拔的背影，有一瞬的慌乱：为什么她会有种中计的感觉？

这不禁让人有些怀疑，他酒醒得这么快？

上飞机后闻时礼还算老实，让空姐拿来一条毯子盖上后，很快就睡着了。

宋枝关掉上方的阅读灯，靠在他的肩膀上，看外面翻涌的云，胡思乱想一些东西，想他会怎么处理石齐越的案子，想她和他会不会永远在一起。

她想着想着也睡着了。

几个小时后，飞机落地。

醒来后宋枝发现，原本盖在他身上的毯子不知道什么时候全部盖在了她的身上。一睁眼，男人英俊的脸出现在面前，他对她温柔地说："到了。"

她睡眼惺忪地嗯一声。

又是一个小时过去，他们到了云水湾 99 号。

还是那条铺满鹅卵石的小路，青草坪的尽头有几个小雏菊花圃。正值花期，花圃里有数不尽的雏菊，白的、黄的、粉的，打着花苞，竞相开放。

长约二十米，宽五米的花圃内全是雏菊。宋枝惊叫一声，来到花圃前回头看他："好好看啊。"

　　闻时礼未动，站在宋枝身后数十米的地方，遥遥地看着她与那片雏菊花，眼里映着夜空的星和她明媚的笑容。

　　好像再没有比这更美好的事情：雏菊到了花期，她正好也在这里。

　　宋枝问："你怎么不过来？"

　　闻言，他才抬脚朝她走近，来到她面前，弯唇一笑："喜欢吗？"

　　宋枝点头："喜欢呀。"

　　闻时礼揉揉她的头："还喜欢什么？"

　　宋枝想了想说："鸟。"

　　"鸟？"

　　"对呀。"她说，"想看很多花花绿绿的鸟。"

　　似乎觉得她的这个想法挺有趣，男人眸子里的笑意加深。他用极为迁就的语气说："行，明白了。"

　　宋枝问："你明白什么了？"

　　"没事。"

　　宋枝没有再问，拉着他往别墅大门的方向走去："进去吧，我好累，想睡觉了。"

　　闻时礼跟着她朝前走去。

　　到了卧室，宋枝先去洗澡，吹完头发再擦完脸出来已是深夜。她爬上床，躺下后看着拿着浴袍准备去洗澡的闻时礼，问："我能不能先睡？我好困。"

　　她的上下眼皮在打架，不得消停。

　　闻时礼看着她，淡淡地说道："嗯，睡吧。"

　　困倦席卷了宋枝，等闻时礼去浴室后，没一会儿她就睡熟了。

　　半小时后，闻时礼从浴室出来，来到床边看着熟睡的宋枝。

　　小姑娘侧躺着，一只手掌垫在脸下，一只手则放在被窝里，小嘴微微张开一条缝，看着粉嘟嘟的，像熟度刚好的樱桃，让人忍不住想咬一口。

　　闻时礼找到窗帘遥控器，拉上窗帘，再转身去关那盏白色的落地羽毛灯。

　　四周瞬间暗下来，他在宋枝后背的那一侧掀开被子上床，伸手将她揽进怀里。

　　他这么一动，宋枝醒了，轻轻地哼了一声，嘟囔道："别碰我……"

　　他的声音落在耳边，低低的："哥哥抱着你睡。"

　　温热的气息萦绕在她的颈间，她觉得有点儿痒。

　　一缕黑色长发落在男人的脸上，他没有拂开，而是顺着那缕发，吻住了她耳后的皮肤，再一路吻至颈部。

　　宋枝觉得恼人，就推他："你烦不烦啊……"

　　他也不答，轻轻地笑着伸手，用小拇指去碰她长而卷翘的睫毛："嫌我烦就起来打我。"

　　在宋枝睁开眼睛的那一瞬，一些事就避免不了了。

窗外有无边的夜色，月亮隐在云层后，云看上去静止不动，实则在缓慢地翻涌、起伏。

她像在云里，寻不到支点，急需依靠。

她还是没忍住，转头去看他："闻时礼，你跟我说实话……"

"嗯？"

"你是不是装醉，就是想骗我过来？"

闻时礼紧抓着她的两只手腕，垂眼瞧着她，笑着低声说："斯文人的事，能算骗吗？"

周日返校前，宋枝要去探望一下孟佳妮。自打那晚在派出所分开后，两人就没有再见过。这段时间里她给孟佳妮发过微信消息，只得到了一些简短的回复。

要到孟佳妮的地址后，宋枝决定中午吃完饭就去看她，然后再回学校。

下午一点，午后的阳光灿烂，闻时礼提议午休一会儿再出发，宋枝断然拒绝："不行，谁知道你安的什么心？"

闻时礼挑眉一笑："我？"

昨晚的事历历在目，宋枝难免脸上一热，不自在地别开脸："你自己心里清楚。"

闻时礼故作无辜地问："什么啊？"他随即笑着凑近她，暧昧的声音落在她的耳边，"哥哥怎么听不懂呢？"

宋枝一把推开他："走啦。"她没再给他调侃的机会，径直拿起桌上的手机往外走去。

男人从后面追上来，寸步不离地跟在她身旁，背着手微微俯身在她耳边没皮没脸地笑着问："你不说清楚我怎么知道？我到底怎么了？"

宋枝忍不住在心里暗骂：真不要脸！

宋枝脚下生风，一路小跑着朝外面去，跑到停车坪的宾利旁，转头就看见了优哉游哉地迈着长腿跟在后面的男人。

闻时礼瞧着她觉得好玩，唇角勾起，笑着说："你什么时候才能不害羞？"

宋枝说："要你管。"

闻时礼慢慢朝她靠近，伸手在她脸上亲昵地捏了下，语带笑意说："脸皮果然很薄。"

宋枝拍开他的手："出发。"

看小姑娘板着一张小脸，闻时礼没忍住轻笑出声，却也没再说什么，掏出车钥匙来解锁。

他替她拉开副驾驶座的车门，抬手护住她的头，随口问："地址要到了吗？"

宋枝点点头："要到了，我看看。"

闻时礼关上副驾驶座的车门，绕过车头上了车。

宋枝从包里翻出手机，点开微信看地址，男人伸手拉过安全带替她系上。

"地址在……"宋枝顿住了，觉得地址有点儿长，直接把手机递到男人的眼皮底下，"在这里，你能找到吗？"

闻时礼与她的距离不过咫尺，垂眸一看，系安全带的手一顿。

闻时礼抬眼看她："你确定在这儿？"

宋枝说："啊？"

闻时礼又看一眼那地址："没弄错？"

宋枝摇头："没有啊，怎么了？"

闻时礼并未急着回答，替她将安全带系上后，再慢条斯理地给自己系上安全带。

宋枝疑惑地问："这个地址有问题吗？你找不到？"

闻时礼说："也不是找不到。"

宋枝更加疑惑："那到底怎么了？"

闻时礼发动车，单手利落地打着方向盘。他淡淡地说道："圈内人都知道，普通人可不住那儿。"

宋枝怔了一瞬。

闻时礼漫不经心地继续说："所以我才问你地址有没有弄错。"

宋枝好像意识到了什么，低头盯着屏幕上的地址。

男人的嗓音再度在耳边响起，带着几分玩味的腔调："大有来头啊。"

宋枝重新抬头："啊？"

闻时礼笑了："如果你那朋友的地址真在那里的话，她想搞一个人简直太容易了。"

宋枝没有说话。

闻时礼打开车载音乐。

歌声在安静的车里流淌，宋枝以前没听过他的歌单，今天才发现他的歌单里全是些轻音乐，适合冥想或阅读的时候听。

这很符合他清冷的气质。

也不知道放了几首音乐，在切下一首的那几秒空隙里，闻时礼突然出声问了一个问题："枝枝，要是我死在了那场雪崩里，没活着回来怎么办？"

恰巧车停在一个红绿灯路口，宋枝听见后立马收回看窗外的目光，转头正对上男人似笑非笑的桃花眼，皱着眉说道："乌鸦嘴，别乱说话，你不会死。"

闻时礼说："万一呢？"

宋枝很坚持，笃定地说道："没有万一。"

说完，她又问他："你干吗突然这样问？"

闻时礼淡然一笑："没事，就是刚刚突然想，假设我没活着回来，你会不会和别的男人在一起。"

这未免也太杞人忧天了。

宋枝不想再回忆那段暗无天日的时光，于是特别严肃认真地对他说："闻时礼，我不允许你死在我前面，我没办法接受没有你的日子。至于你担心的，大可不必。因为，如果你没和我在一起的话，也不可能有别人了。"

闻时礼深深地看着她，似有一缕光照进了他深渊似的眼里。

他需要这样被人坚定地选择，这种感觉温暖无比。

"行，哥哥死在你后面。"他的唇角突然露出一抹笑，"所以等我老了，人快不行的时候，我就给你讲笑话，让你笑死在我前面行吗？"

宋枝心里一阵无语。他怎么能把如此暧昧浪漫的气氛瞬间破坏得稀巴烂？

他的嘴是真的欠。

交通信号灯正好跳到绿灯，宋枝气呼呼地将脸一转："开车吧你。"

闻时礼轻笑一声。

七八首音乐播放完毕，宾利停在一扇黑色雕花铁质大门前。

两人朝里望去，繁茂的绿树，安静的街道，路的尽头才隐隐显出建筑的一角。

周围安静无比。

按照规矩，这里不让鸣笛，闻时礼只好下车，去保安亭向里面的人问路。

等他回到车上后，宋枝问："能进吗？"

闻时礼说："外来车辆开不进去。"

宋枝问："那怎么办？"

闻时礼说："我把车停在那边的空地上，我们走进去吧，还要登记。"

"好吧。"

待车停好后，两人相继下车，在保安亭的登记册上填上姓名、身份证号和手机号后才被放行。

宋枝不禁想，这地方的规矩还挺多。

两人步行往里走，经过一片又一片的绿荫。周围很安静，静得能听见麻雀在枝丫上蹦来蹦去的细微声音。

一座四合院渐渐出现在两人眼前，灰墙红瓦，疏朗宽阔。

宋枝放慢脚步感叹道："我还以为四合院都在胡同里呢。"

闻时礼淡笑着说："这里也就这么一座。"

来到红色的实木大门前，宋枝按响门铃，没一会儿里面就传来脚步声，旋即门从里面被拉开。

开门的是一位五十几岁的老阿姨，鬓角有些白，穿着简单的土黄色短袖和黑裤子。

老阿姨看了他们一眼："找谁呀？"

宋枝说："我找孟佳妮，我是她的同学。"

"孟姑娘呀？"

"嗯，对。"

老阿姨说："进来吧，少爷提前打过招呼，说今天下午有客人来，我早早就备好茶水啦。"

"少爷？"

老阿姨侧过身让路："对呀，少爷。"

宋枝迟疑地问出口："顾……顾教授？"

老阿姨笑得亲切："没错，快进来吧，我领你们进去。"

老阿姨在前面领路。

宋枝和闻时礼跟在后面。宋枝小声地对男人说："原来这里不是孟佳妮的家，是顾教授的家。"

闻时礼淡淡地嗯一声。

两人往里面走，没几步就看见一面阔气的影壁，上面的龙凤图案栩栩如生。

宋枝绕过影壁，没忍住又凑过去小声说："怎么办？我有点儿紧张。"

闻时礼转头瞥她一眼："紧张什么？"

宋枝说："佳妮是为了保护我才被那样的，我真怕顾教授骂我。"

闻时礼笑笑，哄着她："别怕，有我在呢。"

三人来到中间的庭院。

院落宽敞，中间有一棵古老的槐树，枝繁叶茂，树干粗壮得几个小孩都合抱不住。古树旁边还有一个荷花池，数尾金鱼在池中游动。

穿过庭院后便到了客厅，所有家具都是昂贵的红木所制，地板也是樱桃红木的，被擦拭得一尘不染。装修是中式风格，墙上裱着几幅遒劲有力的毛笔字，还有毛笔画的山水风景图。

顾清池就坐在茶几前，穿着一身休闲服，懒洋洋地跷着二郎腿喝茶，手里的茶还冒着热气。

听见脚步声，顾清池抬眼看见来人，淡淡地吩咐："孙妈，倒茶。"

孙妈说好，转身快步往厨房去了。

二人站在茶几前。

宋枝把两只手交握在身前，手指绞在一起。她显然很紧张，开口说话时有点儿结巴："顾……顾教授，我来看看佳妮。"

顾清池没理人。

闻时礼瞬间皱了眉。顾清池什么态度？

沉默了好一阵，冰冷的男声打破了沉默："你聋了？"

宋枝瞪眼，吓得忙伸手扯闻时礼的衣角，意在提醒他别乱说话。

顾清池不疾不徐地喝了口茶才缓缓抬头，面色平静地说："怎么了？"

闻时礼的眸光变冷："既然没聋，宋枝和你说话你装没听见？"

她知道闻时礼向来很护短，但现在这样似乎有点儿不太好。

顾清池搁下茶杯，冷漠地说道："她和我说话我就非得理？谁定的规矩？"

闻时礼简直要被气笑了，语气越发冰冷："几个意思？"

气氛只能用剑拔弩张来形容。

宋枝生怕两人吵起来，赶紧一把拉住闻时礼的胳膊，低声说："没事啦，别这样。"

顾清池也跟着笑起来，却是嘲讽的笑容："宋枝。"

宋枝一怔，转头看过去，对上男人寒潭似的一双眼。

顾清池看着她，一字一顿地说："如果那天晚上你不那么懦弱，孟佳妮也不会被欺负到那种地步。"

顾清池跟宋枝说完这一句话后，闻时礼径直上前，脸上虽挂着笑容，笑意却半分不及眼底："倘若顾教授真有本事，就该去针对那些加害者，而不是和一个小姑娘锱铢必较，如此迁怒未免显得太没风度，也太过幼稚，你觉得呢？"

他把每一个字都说得斯斯文文，又带着显而易见的冷意。

顾清池听得发出一声冷笑。

宋枝莫名觉得心虚，想要说点儿什么来缓和这种紧张的气氛，却觉得如鲠在喉，怎样都没办法发出声音来。

顾清池注视着宋枝的目光并未收回，他有一种无形的压迫感，唇角的笑都带着冷意："难道不是吗？"

宋枝哽住了。

顾清池继续说："你明明在现场，却任由那群人扒光她的衣服拍照、录像，不是吗？"

她无法反驳，她确实在现场。

宋枝的神色微变。她被吓得双唇颤抖，忙解释说："顾教授，当时人真的太多，我没有办法……"

顾清池冷笑着打断她的话："没有办法，所以自己逃走？"

闻时礼忍无可忍，一把拉住宋枝的手腕，将她拽到自己的身后护着，皱眉说道："你要是不会说话就闭嘴。宋枝也是受害者，她没有必要也没有义务和你解释或者觉得抱歉。"

"是吗？"顾清池又笑了，缓缓地站起来。

两人面对面站着，隔着一张茶几，氛围紧张到极点，四周的温度似乎都跟着骤降。

这让人不禁去想，要是没有茶几拦着，两人会不会直接动手打起来。

宋枝藏在男人身后，觉得他的身躯就像一座堡垒，坚不可摧，紊乱的心神稍稍安定了。

闻时礼紧握着她的手，脸色阴沉："宋枝今天是来见她的同学的，而不是来听你说这些废话的，懂吗？你就直接说让不让见，不让见我们立马走。"

宋枝在后面低声说："是我要见佳妮的……"不见一见的话她实在是放心不下。

顾清池的表情不带一点儿温度。他冷淡地说："你有什么资格再见她？"

宋枝说："我……"

"别说你也是受害者。"顾清池打断她，"孟佳妮如果不是为了进去救你，也不至于会遇到这种事情，被扒光拍照的就会是你。"

听最后一个字说完，闻时礼直接松开宋枝抬脚上前，薄唇紧紧抿着，抿成一条严肃的线，像是要直接冲上去揍人。

宋枝一把拉住他，颤声阻止："别……别这样。"

闻时礼不可置信地回头："宋枝？"

宋枝没敢看他，低着头，忍着涌上心头的酸涩："佳妮确实是为了救我才进那个包间的，都怪我，全是我的错。"

瞧见小姑娘一副泫然欲泣的模样，闻时礼感觉烦躁无比，想揍人，又不得不先耐着性子哄她："别这样，你没错，错的是那些流氓，你不要责怪自己。"

宋枝："可是……"

"没有什么可是。"闻时礼转身，双手握住她的肩膀，俯身与她对视，"你听我的就好，不用管旁人说什么，你就是没错，不要有任何心理负担。"

顾清池发出一声冷笑："你还挺会开导人。"

就在闻时礼皱眉准备再度和顾清池理论的时候，忽听斜后方的位置传来清冷的女声。女人轻轻柔柔地喊了一声顾清池。

宋枝忙回头去看客厅连接卧室的那条走廊。孟佳妮出现在那里，穿着一身黑色真丝短袖长款睡裙，袖口露出两只细白的胳膊。她没有穿鞋，是光着脚走过来的。

她看上去整个人消瘦了不少，眼下有青色，像是没休息好。

宋枝从闻时礼身后站出来，朝前走了两步："佳妮……"

孟佳妮没有第一时间理她，而是看着顾清池，没有什么情绪地说："我不是事先告诉过你吗？不要为难宋枝。"

宋枝的鼻头一酸。就在孟佳妮的话音落下的那一瞬间，泪水蓄满了宋枝的眼眶，只差落下了。

顾清池谁也没看，直接朝孟佳妮走去，在孟佳妮面前停下。

孟佳妮抿抿唇，没动。男人在她面前蹲下，伸出一只手握住她的脚踝，又摸了摸她的脚背，皱眉说道："跟你说了多少次，地上凉，别光着脚到处乱走。"

孟佳妮没作声。

顾清池的眉皱得更紧，语气带着三分责怪："你看你，脚都凉了。"

孟佳妮说："没事。"

"什么没事？"顾清池沉着脸站起来，"站着别动，我给你拿鞋。"

孟佳妮嗯一声。

顾清池越过她，去卧室拿拖鞋，而孟佳妮这才看向宋枝，抬脚朝宋枝靠近。

上一秒顾清池让她站着别动，下一秒她就开始走动。

孟佳妮来到宋枝面前，看着眼眶红红的小姑娘，消瘦的美人露出浅笑，有种病态的美感。她说："哭什么？"

宋枝吸吸鼻子："对不起，佳妮。"她总觉得她欠孟佳妮一声道歉，出于人情也该道歉。

孟佳妮却摇摇头，抬起一只手放在宋枝的肩膀上，温柔地说："我说过，有什么事情我都会保护你的。枝枝，我没有食言。"

宋枝终是没忍住，听到这两句话后，眼泪像断线的珠子似的往下掉，一颗接一颗落在樱桃红木地板上。

一时没人说话，安静得似乎能听清眼泪掉下的声音。

闻时礼默默退到一旁，给两人说话的空间。

宋枝上前抱住孟佳妮，什么也不说，就紧紧地抱着她，时不时发出呜咽的声音。

她在心里做了个决定，要和孟佳妮做一辈子的好闺密。

"这事吧，"孟佳妮无奈地苦笑着，"确实也不能怪你，我和石齐越有过节在先。"

宋枝松开她，擦掉脸上的泪水："可你就是为了救我。"

孟佳妮说："我不后悔。"

宋枝怔住了。

孟佳妮看着她的眼睛，缓慢且认真地说："如果让我重来一次，我还会推开那扇包间的门进去救你，哪怕那些事情会再发生一次。"

听完她的话，宋枝的眼泪掉得更凶了。她哽咽得说不出话来。

一旁的闻时礼瞧着实在心疼，弯腰从茶几上的抽纸盒里扯出两张纸，上前去给宋枝擦眼泪，一边擦一边温柔地说："你看，她不怪你，别哭了啊。"

宋枝抽抽搭搭地哭着。

孟佳妮浅浅一笑："别哭了。"

宋枝从男人手里接过纸，自己擦掉泪痕，尽最大努力控制住情绪。

从外面吹进来一阵风，孟佳妮转头看见外面的池塘，突然问："喂鱼吗？"

宋枝说："嗯？"

孟佳妮轻轻地拉着她的手，声音也轻，像羽毛一样："我们去外面喂鱼，你陪我。"

宋枝点点头，止住泪说好。

孟佳妮赤着脚朝前走，没走几步就听见顾清池的声音从后方传来。

"孟佳妮。"

孟佳妮顿住了。

顾清池拿着一双绿色的女式拖鞋，皱眉来到孟佳妮身前蹲下，把拖鞋放在她脚前："穿上。"

孟佳妮顺从地抬脚穿上拖鞋。

那是一种相当显白的绿色，衬得孟佳妮的皮肤如白瓷。宋枝的视线被吸引过去。她发现孟佳妮的小腿也瘦了一圈，本来就细的腿，现在看着几乎就剩骨头了。

宋枝很心疼她，问："你是不是都没好好吃饭？"

顾清池起身，淡淡地说道："吃了会吐，怎么好好吃饭？"

孟佳妮伸手，按着男人的胸膛往旁边一推："让孙妈拿点儿鱼饵来，你到一边去，别这样。"

顾清池没说话，神色依然很阴沉。

孟佳妮看他一眼，说："我不喜欢你这样，顾清池。"

顾清池做出让步，长呼一口气，最后了然般点了点头，简洁地说了一个字："行。"

孙妈从厨房端茶进来。

顾清池转身走到沙发前坐下，开口吩咐："孙妈，拿点儿鱼饵给妮妮。"

孙妈说："好嘞。"

两个小姑娘来到外面的池塘边。

偌大的客厅里只剩下两个男人，气氛显得怪异又沉默，闻时礼还站在茶几前。

顾清池抬眼，伸手一引，礼貌地说道："请坐。"

闻时礼站着没动。

顾清池端起茶杯送到唇边，淡淡地说道："抱歉，我这人护短，刚刚若有冒犯，别介意。"

对于这声致歉，闻时礼没说接受，也没说不接受，只是来到旁边的沙发前坐下。

顾清池饮了一口茶，龙井的甘洌在舌尖散开，没待他细细品尝，就听见闻时礼含着笑意的声音响起："不巧，我这人呢，也很护短。"

顾清池停下动作，抬眼看过去。

闻时礼面上斯文有礼，说话也温和，只是说出来的话凑在一起就相当不好听："如果我刚刚说话也有冒犯的话，那是我故意的，你介意也没关系。"

沉默一瞬后，顾清池突然笑了，目光里带着点儿探究与审视："闻律师真护短的话，又怎么接石齐越的案子，让自己的女朋友落到两难的地步？"

就知道避不开这个问题，闻时礼早有心理准备，慢条斯理地说："这就不劳顾教授费心了，我自有打算。"

没等顾清池接腔，他又笑着说："与其担心我，或者迁怒于他人，顾教授倒不如直接针对加害者，你觉得呢？"他虽是询问的口气，但实则是在嘲讽。

两人说话都夹枪带棒。此刻若有第三个人在场，必然会觉得窒息。

顾清池没有回答，只是轻慢地笑一声，却什么都没说，整个人显得清冷且狂傲。

闻时礼有随身携带名片夹的习惯。他摸出名片夹打开，从里面取出一张白底金字、看着就质地精良的名片放到茶几上，把名片慢慢朝顾清池推过去。

顾清池清冷的目光落在那张名片上。对面的闻时礼笑着说："这是我的名片。"

顾清池的视线往上移，落在男人似笑非笑的脸上。

闻时礼用食指轻点名片两下，笑道："上面有我的联系方式，或许顾教授有朝一日用得到。"

顾清池端着茶杯的手微微一抖，被气得发笑："你在咒我？"

谁没事会联系刑事律师？还是闻时礼这种级别的刑事律师？

闻时礼起身，垂眼整理着袖扣，漫不经心地说道："我怎么敢啊？"

说完，他抬头朝顾清池露出笑容："请问洗手间在哪儿？"

孙妈正好送完鱼饵从外面进来。

顾清池说："孙妈，带闻先生去洗手间。"

孙妈哦一声，看着闻时礼，笑眯眯地说道："闻先生，请跟我来。"

闻时礼略一颔首："谢谢。"

闻时礼抬脚离开，走到顾清池身边的时候，听到顾清池淡笑着说："大名鼎鼎的第一金牌刑事律师是吧？"

闻时礼顿住脚步。

两人的肩膀刚好位于同一条线上，谁都没有回头看对方。

在氛围降至冰点以前，顾清池目视前方，冷淡地说道："你别太狂，我就这么跟你说吧。"

闻时礼挑眉，洗耳恭听。

顾清池说："就算你真的接下了石齐越的案子为他辩护，我也有一万种方法弄死他。"

闻时礼也没转过头看对方，而是盯着正前方一幅挂在墙上的梅花图，笑着说："你想怎么弄死他那是你的事情，法庭上的事情才是我的事情。我倘若真的给他辩护，我是不会输的，懂吗？"

他吐出的每一个字仿佛都在明说：我就是这么狂，那又如何？

顾清池的身边向来都是一群阿谀奉承的人，突然出现这么一个气场强大的人，他倒是来了几分兴趣："打个赌。"

闻时礼饶有兴致，眉梢一扬："赌什么？"

"就赌我们两个……"顾清池稍稍一顿，转头看向男人的侧脸，一字一顿地继续说，"谁能让石齐越更惨。"

闻时礼回头，与之对上视线，慢悠悠地笑道："一言为定。"

四目相对，两人对视良久，硝烟四起，周遭似乎寸草不生。

孙妈在一旁吓得大气都不敢出，过了好一会儿才特别小声地问："闻先生……您还去洗手间吗？"

闻时礼盯着顾清池的脸，斯文地笑着："去，怎么不去？"

"等等。"顾清池叫住他，"赌约是什么？"

闻时礼若有所思，片刻后说："如果你输了，就请你郑重地给宋枝道歉。"

顾清池怔住了，似乎没想到他会以此为赌约，又问："如果你输了呢？"

"抱歉，"闻时礼扬起一个嚣张的笑，语气散漫又骄傲，"我不会输的，毕竟太久没尝过输的滋味了。如果你有信心，可以一试。"

闻时礼抬脚跟着孙妈离开。

顾清池端着茶半天都没喝，唇角始终噙着抹意味不明的笑。他觉得闻时礼这人身上有着和他相似的某些特质，比如说骄傲、狂妄，再比如说如出一辙地目中无人，谁都不放在眼里，还都很护短，不让自己的人受半点儿委屈。

顾清池觉得有趣。

与此同时，顾清池意识到一件事，为什么在别人身上看到自己的那些特质时会觉得对方狂妄，怎么看都很不顺眼呢？

他饮了一口茶，陷入沉思。

几秒后他又笑了，难道自己平时也让人觉得很狂吗？也这么招人讨厌？

五月的天气刚好，温度适宜，在四合院宽敞安静的院子里，微风徐徐吹来，岁月静好。

两人谁都没有先开口说话。

孟佳妮把手里的鱼饵分了一半给宋枝，宋枝接过，也抓起几粒往池中掷去。

池水清澈见底，因着池壁和底部的青苔，显出一种淡绿色来。池水底部堆叠着鹅卵石，中部还有假山以及莲叶。

鱼饵落在池面上，激出无数小小的涟漪。

花色不一的锦鲤争相涌过来吃鱼饵，鱼嘴在池面上一开一合的。

几分钟静静地过去，孟佳妮失去慢慢投喂的耐心，扬手将手里的鱼饵全部撒进池里，转头看向宋枝："你别介意顾清池的话，他就那德行。"

宋枝摇摇头："没事的，顾教授也没说错。"

"枝枝。"

"嗯？"

孟佳妮站在阳光下，肌肤白得反光。她面朝光照来的方向，眼底却有着深不见底的黑暗："你知道吗？我觉得自己好脏。"

宋枝一怔："佳妮，你不脏。"

孟佳妮似乎没听到她的话，也没看她，目光直接越过她看向远处槐树上的某一点，轻声说："顾清池说他不嫌弃我，我就要他证明给我看。"

宋枝没再说话，选择默默地听着。

孟佳妮收回视线，低头看向池面那群互相抢食的锦鲤，突然轻笑一声："我缠着他每晚要我，来证明他真的不嫌弃我。"

话题过于隐秘，宋枝实在不知如何接话。她又见孟佳妮朝她伸出左脚，示意她看。

宋枝低头，看到孟佳妮左边的脚踝上戴着一条细细的浅金色链子，不细看几乎察觉不到。浅金色细链搭配纤细的脚踝，还挺好看的。

孟佳妮收回脚，笑得嘲讽："这是他给的镣铐，他想拴住我，想永远拴住我给他当金丝雀。"

宋枝这才意识到不对劲，也没心思喂鱼了，随手将掌心里剩下的鱼饵扔进池里，激起鱼群新一轮的争食。

"佳妮，"宋枝上前拉起孟佳妮一只瘦到极点的手，两只手握在一起，"你有什么事情都可以跟我说，我会尽最大的努力帮你。"

孟佳妮的目光平静得可怕："没人能帮我。"

没有任何人能帮我。

宋枝说："你先说说看。"

孟佳妮与她对视，唇角带着一丝苦笑："你知道我为什么会在顾清池这里吗？"

"为什么？"

"因为我没有家了。"

没有家，这是什么意思？

孟佳妮说："在我出事的同一天，我爸被捕入狱。"

四周静得什么声音都不存在了。

对于这个消息，宋枝相当震惊。她只知道孟佳妮家里很有钱，其余的一概不知。沉默几秒后，她问："因为什么？"

孟佳妮告诉她："贪污、经济诈骗，所有资产都已经被法院没收。"

这还没完，孟佳妮苍白的脸上露出笑容："他还涉嫌故意杀人。"

自己遭遇猥亵，父亲又在同一时间锒铛入狱，有几个人能承受得住这样的打击？屋漏偏逢连夜雨也不外乎如此。

宋枝握紧孟佳妮的手，说："我回去和我爸妈商量一下，看我家能借你多少……"

"九亿。"孟佳妮打断她，声音里没有任何情绪，"我爸欠了九个亿，没用的。"

宋枝说不出话来，这个数额实在太大了。

"你以为顾清池真的爱我吗？"孟佳妮说，"他只是怜悯我、同情我，所以施舍点儿他那难得的善心罢了。"

宋枝只能扮演好一个倾听者的角色。

孟佳妮似乎很久没有一口气说这么多话了，真的把宋枝当知心朋友才肯说，以至于气息有些乱了。

歇一口气后，孟佳妮继续说："顾家怎么会让一个老赖的女儿进门呢？"

宋枝的手心冒出一层薄薄的汗。她感觉孟佳妮的手很凉很凉。

孟佳妮缓缓地将手抽出："那么精明的顾清池自然也知道其中的利害，所以才会将我藏在这个四合院里，不让任何人知道。"

宋枝如鲠在喉，心里跟着难受得紧，只能勉强自己说点儿安慰的话："佳妮，都会好起来的，我帮你想办法。"

"可我就是犯贱啊。"孟佳妮缓慢地摇着头后退，"我就是要可笑地不停地去印证，非要看看，看他顾清池到底有没有可能爱我。"

孟佳妮退到池塘边，缓缓脱掉拖鞋，赤脚踩在鹅卵石上面。

宋枝的瞳孔一点儿一点儿地放大。

"顾清池！"孟佳妮突然扬声喊了一声。

宋枝的脸上满是错愕，声音有些颤抖："佳妮……你要做什么？"与此同时，她伸手想要拉住孟佳妮。

顾清池挺拔的身影出现在孟佳妮的视线里，他看向这边。

孟佳妮缓缓张开双臂，做出一个类似飞翔的姿势，目不转睛地看着远处的顾清池，在宋枝的手快要触到她的一瞬间，毫不犹豫地朝后仰。

扑通！

水花四起，孟佳妮直接落入池中。

"佳妮！"

在宋枝的尖叫声里，顾清池朝这边飞奔过来。

池塘有七八米深，若不通水性的人掉进去，又无旁人搭救，溺死的可能性非常大。

宋枝冲向池边，蹲下去，眼睁睁地看着孟佳妮仰面沉进淡绿色的池水里，那些黑红色、白金色、橘红色的锦鲤围绕着她欢快地游着。

鱼群大片涌来，很快就要将她覆盖。

令人匪夷所思的是孟佳妮居然在笑，那是一种无畏且温柔的笑容，似乎就此死去便是最从容也是最好的结果。

扑通！

又响起落水声，宋枝还没有反应过来，顾清池就毫不犹豫地朝池中纵身一跃。没人看到他入水前的表情是怎样的，也许是担心、愤怒，抑或是没有表情。

孟佳妮沉入冰凉的池水里，在水中睁开的双眼有点儿刺痛，但她感觉还能承受。

无数锦鲤在她周围游动，鱼鳍、鱼尾不停地扫过她的肌肤，有点儿痒，像顾清池在耳边轻声说话一样。

在水中，孟佳妮看到的画面会随着水纹晃动。她看见顾清池跃入水中的身姿潇洒得像武侠剧中的剑客。

他迅速入水，水流推开他额前的黑发，露出额头上一道明显的伤疤。

一周前，她用茶杯在他的额头上砸出了一道口子。

他却没生气，甚至可以说一点儿没和她计较。他抬手摸到一额头的血，也只淡淡地说道："闹够了？够了的话去睡觉，没够你就继续。"

看吧，顾清池就是这样，永远冷淡，也不爱笑，似乎都没有情绪起伏，所以也可能没有爱这种东西。

锦鲤在胡乱游窜，男人迅速推开鱼群，游向正在往池底沉去的女人。

男人紧锁眉头，目光阴鸷。

孟佳妮漂浮不定的手被一把握住。她感受到一股强劲的力量，然后整个人就被朝前拉，撞进一个温热的怀抱里。

两人的目光对上。

顾清池的目光依旧很平静。孟佳妮从他的眼睛里看不见任何东西，没有情绪，更没有爱意。

顾清池紧紧地搂住她的腰，然后带着她朝池边游去。

宋枝吓得瘫坐在池边，看见顾清池成功把孟佳妮捞上来才长松一口气，捂住胸口不停地小声说"幸好幸好"。

她万万没有想到孟佳妮会投水池。

宋枝跪下去，朝前伸出手去接孟佳妮："手给我，佳妮！"

孟佳妮不肯伸手。

顾清池也不惯着孟佳妮，直接将人带到池面上，双手掐住她纤瘦的腰，用力朝上一举，再往前一推，孟佳妮就顺利地被送到了池边的地上。

孟佳妮翻身，面朝白花花的阳光仰面躺着。

为什么太阳照在身上，她的身体却像死人般冰凉？

顾清池的双手攀住池边，手臂用力，整个人轻轻松松地从池中出来，两条长腿踩到地面上，浑身上下都在往下滴水。

他抹一把脸上的水，面无表情地看着躺在脚边的孟佳妮："你又在闹哪一出？"

以孟佳妮的视角看过去，顾清池是那么高高在上。她突然笑出了声，一种发疯似的大笑声响彻整个院子。

宋枝默默地蹲在一旁不敢作声。顾清池沉着一张脸，也没有任何动作。

孟佳妮笑够以后，抬手挡住阳光，带着几分嘲笑的意味说："顾清池，你别想我会给你做情妇。你关不住我。"

顾清池的神色冰冷。他并没有说话。

在宋枝看来，孟佳妮目前的精神状态真的不太正常。她倾身说："佳妮，你看这样好不好，你抽个时间，到我爸爸的医院去看一下，我爸爸……"

顾清池冷声打断宋枝的话："她哪里也不去。"

闻时礼上完洗手间回到客厅发现没人，于是和孙妈一路来到院子里，看见孟佳妮湿淋淋地躺在地上，旁边还有个同样浑身湿淋淋的顾清池。

宋枝则表情复杂地蹲在一边。

闻时礼快步过去，弯腰将宋枝拉起来："怎么回事？"

这该怎么开口？宋枝觉得一时说不清楚。

顾清池俯身，伸手将孟佳妮打横抱在怀里，直起身面无表情地吩咐："孙妈，送客。"

宋枝说："顾教授……"

顾清池抱着人直接离开，没有回头，也没有听宋枝说完话。

孙妈将二人送出门。

等大门关上后，宋枝一把抓住闻时礼的手臂："哥哥。"

"嗯？"

"石齐越的事情你一定要处理好。"宋枝红着眼睛，目不转睛地看着他，"佳妮她不能再受打击了。"

闻时礼疼惜地在她的眼角亲了一下："好，我知道。"

他温和地说道："你相信我就好，但是我要申明一点：我不是为了她，而是为了你。"

第十六章　厮守

石齐越猥亵一案的开庭日期已经确定，定在半个月以后。

开庭前一周，闻时礼与石齐越见了一面，地点在律所。

那天阴天。闻时礼刚见完一个委托人，前脚刚离开会议室，后脚骆子阳便跟了过来："闻律师，那个石齐越等在外面，非要见您一面。"

"见我？"

骆子阳说："对啊，说见不到您就不走。"

恰巧保洁阿姨拎着浇花的水壶经过，闻时礼顺手取过水壶拿在手里，慢条斯理地给旁边的一株绿萝浇水，盯着其中一片挂满水珠的叶子，意味不明地轻笑一声。

骆子阳被这一声笑搞得很疑惑："那……您见吗？"

闻时礼低垂着眉眼，专心地浇水，唇角始终带着几分玩味的笑："见，为什么不见？哪有律师不见自己的委托人的道理，是吧？"

骆子阳很怕看见闻时礼这样的表情和态度，愈是看起来风平浪静，就愈昭示着风雨欲来。

迟疑几秒后，骆子阳小心地提醒："那您千万要控制住情绪，万一失控把人揍伤就不太好了。"

闻时礼笑了，将手中的水壶塞到骆子阳怀里，再温和地拍拍骆子阳的肩膀，笑道："放心，斯文人不会做那么野蛮的事情。"

骆子阳放下心来："那就好，我去叫他。"

闻时礼回到办公室，办公室里有台咖啡机，他给自己倒上一杯咖啡后来到窗边，脚边不远处有株长得极好的绿萝。

一会儿，传来三声敲门声。

"进来。"

石齐越一个人进到办公室里，看着窗边背对着他的男人。男人的身形修长挺拔，气质极为清冷孤傲，他单手插兜，周身散发着生人勿近的气场。

石齐越转身把门关好，停在原处没敢上前。

即便上次和这个律师见过一面，他心里多少还是有点儿忌惮，总觉得这个男人不像表面上那么斯文。

约两分钟后，闻时礼注视着一只飞鸟穿过天际后，才缓缓转身，目光意味不明地投向门口的石齐越。

注视片刻后，闻时礼将咖啡轻轻地放在桌上，斯文地笑着说："请坐。"

办公室里有一套 U 形沙发，围着玻璃茶几摆放。

石齐越到沙发一侧坐下，有些拘谨，待闻时礼走近后才说："闻律师，一周后就要开庭了，你有信心赢吗？"

闻时礼在他对面坐下，摸出烟盒打开，低头从中叼出一支烟含在嘴里，吊儿郎当地一笑："你不信我？"

石齐越忙说："没有，我没有不信任的意思。"

闻时礼掏出打火机来，一团蓝色火苗映入男人深沉的眼里，如深夜长街上的一盏蓝色的灯。

很快，缕缕青烟在空中弥漫。

闻时礼合上打火机的盖子，把打火机随手往茶几上一扔。他看见石齐越的身体随着打火机落下的声音小幅度地颤抖了一下。

他轻笑一声，问："这么紧张做什么？"

石齐越说："主要是这场官司真的不能再输了。"

闻时礼吐出一口烟雾，脸上带着笑，眼里却神色不明，故作漫不经心地问："怎么？你可以展开说说。"

聊到这里，石齐越露出明显的烦躁神色，皱着眉胡乱抓抓头发，小眼睛眯成一条缝，苦恼地说："我家的生意出了很大的问题。"

闻时礼抽着烟不予置评，静静地等待下文。

石齐越继续说："我爸妈最近因为生意的事情焦头烂额，所以我的事情不能再有差池，只能成功不能失败，你能明白吗闻律师？"

男人的眸光有一瞬的凝固，很快又恢复如常。他慵懒地笑着应道："明白。"

石齐越问："能保证我无罪吧？"

闻时礼依旧在笑，带着胜券在握的高傲姿态抽着烟，淡淡地笑道："没问题。"

得到想要的答案后，石齐越并没有久留，道谢后离开。

闻时礼目送他的背影离开。

指间的最后一缕白烟散尽。闻时礼的眸光随着灭掉的烟一同变得黯淡。

无罪释放吗？

可笑。

宋枝自打回学校后，就忙得不可开交。落下一周课程的她不得不利用课余时间来补课。

她也没有再和闻时礼见过面，两人只在微信上联系。

他似乎也非常忙碌，都是隔几个小时才回复消息，说不上几句话就又没了人影。

晚上两人会通电话。他的声音听起来很疲倦，经常聊几句后他就睡着了。

她舍不得挂电话，经常第二天起来后看着几百分钟的通话时长傻笑。

宋枝看新闻得知，雪城那七个律师的案子一审败诉，这事闹得很大，各种言论满天飞，一时间业内纷纷感慨"刑法306"的杀伤力。

与此同时，报道称闻时礼将再次接手这个案子，二审时会亲自上阵，那些说他临阵脱逃的流言也因此消失。

看着这些，宋枝在心里默默为他加油打气：哥哥，你要赢。

还有一件事就是她收到了法院的通知，猥亵一案定在六月一日上午十点开庭。

六月一日。

宋枝盯着这个日期愣怔了半晌。在她生日当天开庭，她感觉有点儿晦气。

只是这么久过去了，没听到闻时礼那边有任何动静，虽然他说交给他处理就行，她也信任他，但多少还是会有点儿不安。

最主要的是孟佳妮那天也会出庭，如果最后的结果不好，她一定会当场崩溃。

六月一日当天。

星期五上午有课，宋枝提前向任课老师请了假，换好衣服、带上包从宿舍出发，搭公交车转地铁再转公交车，才到达间芸市初级人民法院。

法院前竟然有不少记者。

很快宋枝就明白了原因：即便再小的案子，只要闻时礼接下，就会有很高的关注度。

见到她出现，那些记者迅速拿着话筒小跑过来。

问题被一个接一个地砸过来。

"宋枝，被告的委托律师是去年在芸大劫持人质事件中当众下跪救下你的人，请问这一点你知情吗？"

"听说你和闻律师谈过恋爱，这是真的吗？"

"你和另一名受害者有确凿的证据提供给法庭吗？"

记者叽里呱啦地问了好多问题，宋枝只觉得耳边仿佛有无数蜜蜂在乱飞，吵得她头痛。

宋枝什么都没说，只是推开那些记者，低着头一直往前走："不好意思，我要来不及了，借过一下，真的不好意思。"

费了九牛二虎之力，宋枝终于挤出记者堆，进到法庭现场。

里面已经有不少人，她朝上方看去，审判长、公诉人、书记员等都已坐好。

宋枝往审判长右边的原告座位走去。陈叔叔已经等在那里，看见她后忙朝她挥手示意。

宋枝走了过去，在座位上坐下后，陈叔叔对她说："等下不要紧张，让你发言的时候你就把当天的事情经过全部说一遍。"

宋枝深深地吸了一口气，点点头。

陈叔叔拍拍她的肩膀："别紧张。"

宋枝又点点头。

大概五分钟后，孟佳妮出现在入口处。

与上一次见面时相比，孟佳妮的脸色不那么苍白了，但她依旧瘦得令人心疼。

顾清池陪在孟佳妮身边，搂着她的肩膀，不知在她耳边低语些什么。她安静地听完后，缓缓点了点头。

宋枝看见顾清池说完后又单手捧着孟佳妮的脸轻轻摸了摸，最后在她的额头上落下浅浅的一吻，似在安抚。

然后顾清池往原告座位的方向一指，让孟佳妮自己走过去，而他则留在旁听席。

宋枝从位置上站起来，看着孟佳妮一步一步地走近。

她才发现孟佳妮后面跟着一个头发花白的老律师，戴着无框眼镜，看上去很资深。

后来宋枝才知道，孟佳妮的委托律师在海外非常有名，是顾清池花重金请来的。

顾清池的原话是："只有最贵、最牛的律师，才能和闻时礼一较高下。"

孟佳妮到宋枝旁边的座位坐下。宋枝跟着坐下，忙凑过去小声问："你好些了吗？"

孟佳妮点头："好些了。"

宋枝说："你有什么事一定要跟我说。"

孟佳妮说："好。"

时间一分一秒地过去，现场渐渐安静下来。

距离开庭仅剩十分钟的时候，石齐越一行人被带到审判长正前方的被告席上，一眼望过去很"壮观"，十几个男的站成两排，全是那晚包间里在场的人员。

看见以石齐越为首的那些人，宋枝就觉得胸口堵得厉害，有些呼吸不畅。旁边的孟佳妮也好不到哪里去，胸口微微起伏，身体轻微地颤抖。

顾清池坐在旁听席的第一排，跷着二郎腿，整个人都显得很放松。他以大小刚好的声音叫了石齐越一声。

石齐越回过头，直接和男人冰冷的双眸对上。

顾清池慢条斯理地吐出一句话。石齐越听得清清楚楚。

那是一句英文：Wish you good luck.

中文意思是：祝你好运。

九点五十七分。

距离开庭只有三分钟，石齐越的委托律师闻时礼却还没有到。

外面那群等待已久的记者更是议论纷纷。

石齐越显然有些坐不住了，不停地四下张望，不停地看向入口处，期待着闻时礼的出现。

他很慌，其余人的律师都到了，就他的没有到。

只剩下两分钟了，闻时礼还没来。

最后一分钟，倒计时结束后，审判长宣布开庭。

石齐越惊慌得大叫起来，额头上都是冷汗："法官！我要求延期开庭！我的律师还没来！"

随着三声法槌的声音，审判长威严的声音响起："安静！依据相关法律法规，庭审不会因为哪一方的律师没到现场而延期或者中止！"

石齐越声音颤抖，问："这不公平！我的委托律师没来，我怎么办？！"

审判长说："那是你和律师私下的事情，现在开庭！"

石齐越慌得牙齿打战。几秒后，他回头，慌乱地从旁听席上找到舅舅魏毅和妈妈魏雪。

那两人显然也没料到会出现这种情况，皆是一脸错愕。

魏雪快要气哭了，一个劲儿地掐魏毅的胳膊："快点儿打电话！"

魏毅掏出手机："我马上……马上给闻律师打电话问问情况。"

魏毅一边拨电话，一边从旁听席上离开。庭审现场要保持安静，他只能去外面。

铃声快要自动断掉的时候，那边接起了电话，听筒里传来男人懒洋洋的声音："喂？"

魏毅感觉喉咙发紧："闻律师！"

"嗯？"

魏毅忙说："今天我外甥的案子开庭呀，您忘了吗？"

另一边，闻时礼坐在露台舒适的靠椅上，长腿交叠，饮一口早茶，望着上方蔚蓝如洗的天空，懒洋洋地笑着说道："怎么会呢？这么重要的事情我不会忘。"

魏毅没了声，像是傻了。

十几秒过去了，魏毅又着急地问："既然没忘记，您怎么没到法庭呢？庭审现在都开始了啊。您也知道的，如果没有委托律师在场辩护的话，会影响判决结果的。"

闻时礼淡淡地笑着："我当然知道。"

魏毅再次怔住。

闻时礼脸上挂着笑意，眼底却冰冷如雪。他慢条斯理地说："真想知道为什么的话，可以让你的外甥亲自来问我。"

整个庭审的过程对石齐越来说，就是一场人间炼狱。他从没觉得活着这样煎熬过。

对于起诉书指控的犯罪事实，他表示有异议，但当审判长问他具体哪里存在异议时，他又无法详细地说出来，表述的逻辑混乱，发言断断续续的。

因为他事先完全没有准备，原以为有闻时礼给他辩护就可以高枕无忧。

审判长的每一个针对性提问都很致命。他结结巴巴，满头大汗。

他看着四周全是人的法庭，恐惧感渐渐袭上心头。他的双腿忍不住开始打摆子。

更致命的是，给宋枝辩护的那位陈律师向审判长出示了一个视频，一个记录了那晚包间里事件完整经过的视频。

明明那晚去派出所前他就叫所有人将视频删除得一干二净了，怎么会有视频在对方律师的手里？

这说明他们这群人中出现了叛徒。

审判长看完证据后，就进入法庭双方辩论的阶段。

先由原告以及委托辩护人发言。

石齐越浑身直哆嗦，根本听不见人说话的声音，满脑子只有两个字：完了。

轮到他做最后的陈诉时，审判长连叫三声他的名字他才听到。

石齐越茫然地抬头，嘴唇发抖："啊？"

审判长问："你还有没有什么想说的？"

事已至此，他还能说什么？

石齐越绝望地缓缓摇头，气息微弱地说："没有。"

此时，旁听席上的魏雪已经捂着脸哭了起来。

庭审结束，结果将择日宣判。

对于石齐越来说，当庭宣判和择日宣判并没有任何区别，从闻时礼没有出现在法庭上的那一刻起，结局就已经注定。

旁听席上的人纷纷起身离去。

石齐越怔在原地。他抬头，看着审判长手里缓缓放下的黑色法槌，完全崩溃了，不明白为什么会是这样的结局。

怒不可遏的石齐越愤然转身，冲到旁听席抓着魏毅质问："舅舅！闻时礼他为什么没有来？！"

魏毅哭丧着一张脸，摊手说："我也不知道啊，他说让你亲自去问他。"

"好，我马上去问！告诉我他在哪里！"

庭审结束后，宋枝和孟佳妮在法院门口分别。陈叔叔提议送宋枝回学校，但她还要去别的地方，于是婉拒了，选择自己坐公交车回去。

她从包里拿出手机给闻时礼拨电话，那边几乎马上接起，像专门在等她的这通电话似的。

闻时礼懒洋洋的声音传来："结束了？"

宋枝说："嗯。"

静了两秒后，宋枝问出关键性问题："你怎么没来？"

闻时礼轻笑一声："你觉得呢？"

宋枝问："你故意的？"

他笑着反问："不然呢？"

她就知道会是这样。

宋枝的脸上浮现舒心的笑容。她说："你不知道庭审的时候石齐越的脸色有多臭。他还一直发抖，话都说不清楚。审判长叫他的名字也听不见，估计他已经吓傻了。"

"正常。"闻时礼的语调轻松，含着几分揶揄的笑意在里面，"毕竟他马上就要去吃牢饭了。"

宋枝扑哧一下笑出声来。

闻时礼又问："是择日宣判吧？"

宋枝嗯一声。

闻时礼说："估计很快，大概一周就会出结果。"

宋枝往公交车站的方向走去，想起一件很重要的事："那你觉得石齐越会被判多久？"

闻时礼笑道："五年以上。"

五年以上？

宋枝不怎么敢信："真的这么久吗？"

闻时礼笑了："你还不信我？他这个算聚众猥亵啊，轻轻松松就能判五年以上的。"

"原来是这样。"宋枝又想起另外一件事情，"对了，陈叔叔手里有视频证据，那是哪里来的，也是你搞到手的？"

闻时礼笑而不语。

宋枝好奇得紧："你说呀，那晚警察明明检查过他们的手机，都没有发现视频。"

闻时礼慵懒地开口："你这么想知道？"

"嗯。"

"那见面说吧。"闻时礼说，"今天不适合思念，只适合见面。"

鲜少能从他嘴里听见情话，这么猝不及防的一句话，让宋枝的心跳漏了不止一拍，连呼吸都不由得跟着一顿。

老男人不讲理，撩人也不打预防针，可恶！

宋枝稳住心神，勉强平静地说："也行吧。"

闻时礼听得轻笑一声，拖长尾音懒洋洋地重复："也行？"

宋枝说："那你见不见？不见就算了。"

闻时礼忍着笑，妥协地说："见。"

宋枝问："那几点见？"

那边沉默几秒后才传来闻时礼的声音："我这边还有点儿事，晚点儿联系你。"

"什么事？"

男人意味不明地低笑一声，说："还得见个人。"

宋枝没有再追问，说："好吧，那你到时候联系我。"

闻时礼淡淡地嗯了一声。

挂断电话，宋枝刚好到了公交车站，站台处零星站着三四个人在等公交。

宋枝准备去趟珠宝店，去修一下那条断了的雏菊项链，然后重新戴上。

在等公交车到站的十几分钟里，宋枝忍不住想，其实这也不算一个特别坏的生日，毕竟照庭审过程来看，坏人会受到制裁。

她也会在这一天见到闻时礼。他将又陪她度过一个生日。以后，他们也会一起过很多很多个生日。

她大抵永远都会对他动心吧，就像天上的太阳会一直散发光芒一样。她这样想。

另一边，云水湾99号的别墅内，刚通完电话的闻时礼带上手机出了卧室，乘室内电梯到了一层。

客厅里有家政阿姨在打扫卫生，阿姨的工作按小时收费。

"王阿姨，"闻时礼说，"今天先不做了，你先回去。"

王阿姨误以为自己哪里没做好，有些慌乱地说："我加快速度，很快就能做完的。"

闻时礼温和地笑着："别担心，只是家里突然有客人要来，不太方便。"

王阿姨这才放下心来，在围裙上擦了两下手："哦哦，好。"

王阿姨在离开前又被叫住了。

闻时礼坐在沙发正中央抽着烟，懒洋洋地笑着问："王阿姨，你还记得我的高尔夫球杆收在哪儿了吗？"

收纳也是王阿姨在做，她当然记得。

很快，王阿姨便找出装高尔夫球杆的黑色球包，把球包靠着茶几放好："在这儿呢。"

闻时礼点头示意："谢谢，你先回去吧。"

"对了。"闻时礼说，"出去的时候把外面的大门留着，别关。"

王阿姨说："就是进院子的那道门？"

闻时礼说："对。"

王阿姨说好，然后离开。

等抽完手中的那支烟，闻时礼将烟头按灭在玻璃烟灰缸中，拿起手机拨通骆子阳的电话，言简意赅地说："帮我预约一家高尔夫馆，我半小时后过去。"

骆子阳疑惑地问："您很久没去打高尔夫了，怎么今天突然想去了？"

闻时礼淡淡地说道："少说话多做事。"

骆子阳说："好。"

一个小时后，别墅大门被人敲得震天响。

听到敲门声的闻时礼脸上浮现笑容，不疾不徐地起身，扫一眼茶几旁搁着的装高尔夫球杆的球包，径直朝门口走去。

他不用想都知道来敲门的是谁。

他拉开门，外面果然站着一脸愤怒的石齐越。

看见衣冠楚楚的闻时礼站在门内，石齐越更为恼火："你为什么不出庭？！你为什么不出庭给我辩护？！"

他的声音大得百米外的人都能听见。

眼下，闻时礼打扮得格外正式，穿着一身黑色正装，领带系得规整，衬得五官越发英俊。他露出无辜的笑容，道："你看我穿成这样，我是准备去的。"

石齐越说："那你为什么没有去？！"

闻时礼慵懒地往门上一靠，用特遗憾的口吻说："是这样的，我出门前看了一眼时间，发现已经九点四十了，赶过去也来不及了，就想着干脆不去了吧。"

这个理由简直让人难以接受。

石齐越差点儿以为自己听错了，不可置信地问："什么？你居然因为出门晚了所以不去了？"

闻时礼耸耸肩，温和地笑着："对啊。"

石齐越差点儿一口气没提上来，直接上前一步，双手紧紧揪住闻时礼的西装衣领："你有没有一点儿职业操守？！"

闻时礼垂下眼帘，扫一眼石齐越揪着他衣领的手，没什么明显的情绪，也没有任何动作反抗，脸上还是斯斯文文地笑着："这么激动做什么呢？年轻人，火气别这么大，火气大可是要吃亏的。"

石齐越憋着一肚子的火没处发泄，又听到他说这些废话，更为恼火，用力地拽着男人的衣领摇晃，质问他："你知不知道你没去意味着什么？！你到底知不知道啊？！"

闻时礼一挑眉，笑着说："我当然知道。"

紧接着，他盯着石齐越的双眼幽幽地说："但是我不介意，毕竟要去坐牢的又不是我。"

石齐越说："你……"

"我？"闻时礼又笑了，笑得无比得意，吊儿郎当的像个痞子，"我什么我？大不了我把委托费退给你，再额外赔你一点儿钱，你看怎么样？"

石齐越完全崩溃了，撕心裂肺地吼道："这是钱的问题吗？！是钱吗？！你是不是有病啊？！"

闻时礼的从容被对方的愤怒衬托得格外明显。他漫不经心地笑道："这个我当然也知道，但事已至此，你又能怎样？"

听到这样挑衅的话语，石齐越最后一丝理智被愤怒击垮。他布满血丝的双眼怒睁着，脖子和脸皆涨红了。他发出一声愤怒的咆哮："你这个王八蛋！"

他一手紧揪着男人的衣领，一只拳头高高扬了起来。

看着石齐越扬至半空的那只拳头，闻时礼的神色毫无波动。他仍保持镇定，只将两只手自身侧抬起来，双手张开。

就在石齐越的拳头快要挥过来的时候，闻时礼迅速做出反应，往后连退两步，整个人退到门里面后抬手，一把截住了石齐越挥过来的拳头。

石齐越被带得踉跄着朝前扑，等反应过来，手已被男人抓得死紧。

石齐越挣扎着吼道："你干什么？！"

闻时礼冷笑一声。

"我明明跟你说过，年轻人的火气不要这么大，否则要吃亏的。"闻时礼边说边用脚把门关上，用一种倍感遗憾、惋惜的口吻说，"你怎么就是不听呢？"

话音甫落，石齐越就觉得被握住的那只手腕传来钻心的痛，不禁发出凄惨的痛呼："啊！啊啊啊！"

闻时礼面带温和的笑意，手上的力道却无比大，把石齐越的手往反方向拧着，徐徐地说道："疼吗？"

石齐越痛得说不出一个字来，只能发出混乱的惨叫声。

男人的眼底浮出阴鸷的冷意。

欣赏了一会儿石齐越痛苦的表情后，闻时礼觉得无趣，手上突然一松，将人往旁边扯着一扔。

咚的一声闷响，石齐越重重地摔倒在光洁的大理石地板上，愤怒和疼痛让他的五官拧在一起，看上去分外狼狈。

石齐越瘫坐在那里，咬牙切齿地问："为什么？到底为什么？！"

闻时礼听得想笑，这人简直蠢得可以。

闻时礼走到石齐越面前，一米八八的他在低头看人时，居高临下的味道总是很重，甚至还带点儿睥睨的意思。

他垂下眼帘，意味不明地笑了一声。

石齐越仰头，与男人漆黑的眼睛对上："你笑什么？！"

闻时礼说："当然是在笑你蠢。"

石齐越咬牙："你敢说我蠢，你……"

石齐越的话还没说完，闻时礼就抬脚踩在他那只早已疼痛难耐的手腕上，惹得他再度冒着冷汗发出瘆人的惨叫声。

闻时礼把擦得锃亮的皮鞋在他的腕骨上不停地来回碾压，石齐越的疼痛感加剧。

此情此景下，偌大的别墅大厅里死寂，闻时礼的眼里好似藏着寒霜，面上却还是带着温柔的笑意，这形成一种鲜明的对比，又让人矛盾地觉得契合。

这才是他，无所畏惧，神佛皆退。

闻时礼脚上的力道一点点加重。石齐越痛得难以忍受，用另一只手不停地去抓男人笔挺的西装裤腿。他被折磨得眼泪、鼻涕全部流了出来。

见石齐越这副狼狈样，闻时礼轻笑一声，又问："疼吗？"他仿佛只随口一问，对于答案并无任何兴趣。

石齐越现在痛得讲不出一个字来，而男人寒彻骨的嗓音自头顶落下："疼才会长记性。"

"在你知道宋枝和我是什么关系的时候，就该明白过来，"闻时礼淡淡地笑着，"你闯下了怎样的祸。"

石齐越脸上的痛苦表情被震惊取代。

闻时礼大发慈悲般挪开脚，给他说话的机会。

石齐越的额头上滴落豆大的汗水，一颗接一颗。他哆嗦着唇，抬头，狼狈地说："你们……你们不是分手了吗？"

"分手？"

闻时礼像是听到了什么天大的笑话，忍不住笑出声来，眼中的冷意却只增不减："谁告诉你我和宋枝分手了？"

石齐越瞬间反应过来，愤愤地说："那你为什么还要接下我的案子？！"

闻言，男人低低地笑着，蹲下身子，伸手重重地拍了两下石齐越的脸："为了让你像现在这样惨啊。再说，当时不是你们央求着我接的吗？"

他说得越无辜，恶意就显得越发明显，杀人诛心也不过如此。

说完，闻时礼缓缓起身，抬脚，没有犹豫地一脚踹在石齐越的胸口上。石齐越直接飞出去两米远。

石齐越被这一脚踹得头晕目眩，好一会儿大脑里都是一片空白。他趴在地上，后知后觉地反应过来，这男人只是表面看起来温和斯文，实则骨子里暴戾阴狠，流淌的每一滴血都带着狂妄。

恐惧渐渐占据了石齐越的心脏。

石齐越挣扎着爬起来，看着一步一步缓慢逼近他的男人，双手颤抖着撑在地面上往后退，口里还不忘威胁："你别乱来！我会报警！我会告你！"

闻时礼冷笑一声，如听到了一个笑话。

石齐越的后背撞上茶几的一角。他被迫停下，慌乱地回头看了一眼，看见了一个竖放着的黑色球包。

紧接着，一只冷白色的修长的手擦过他的耳朵伸过来，准确地抓住了那个黑色球包。

石齐越的目光定住了。

那只手将球包拿起来，石齐越的目光就随着那只手一点儿一点儿地移动，最后定在男人拉开黑色球包拉链的手指上。

石齐越问："你……你要干吗？！"

闻时礼慢条斯理地笑着看了他一眼："你猜？"

一根银制的光亮的高尔夫球杆出现在两人的视线里。

闻时礼握着球杆，往另一只手的掌心里拍了拍，掂了掂试了试手感，垂眼瞧着一脸惊慌的石齐越，笑着说："打过高尔夫吗？"

石齐越没有给出反应，已经完全被吓傻了。

闻时礼也不介意，自顾自地说："看来你没打过，来，我教你高尔夫球杆应该怎么握。"

他调整握杆的姿势，形成一种左右手互锁式的握法。

男人以标准姿势握住高尔夫球杆，朝前走了一步，把杆头对准石齐越的小腿。

他平静地笑着："你知道吗？这样握杆适合挥杆迅速的人，比如我这样的，你看——"

伴随着话音，他利落地挥出一杆，带出一阵凌厉的风，发出惊人的破风声。

石齐越的身体如被电击般一下子高高弹起，又跌回去。他用双手捂住被重击的小腿，像条被人泼了开水的流浪狗一样，龇牙惨叫起来。

从他踏进这栋房子的那一秒开始，惨叫声就没停止过。

闻时礼一扬手臂，将高尔夫球杆反搭在自己一侧的肩膀上，模样看上去格外潇洒，脸上也带着得意的笑容："怎么样？快不快？"

一个小时后，闻时礼丢掉手里的高尔夫球杆，呼出一口气，坐到沙发上摸出烟。他点燃一支烟，隔着模糊的白雾，看着躺在地上浑身血污、已经昏迷过去的石齐越，面无表情地开始吞云吐雾。

这时候抽上一支烟再舒爽不过，他所有的情绪都得以宣泄。

做完一切的他，看上去依旧精致、贵气，连领带都没有松散半点儿。

他交叠长腿往那儿一坐，整个人显得格外狂妄。

抽完那支烟，闻时礼缓缓起身，抬手摸到脖颈处的领带，用力一扯，把领带从西装里扯出来揉了一把，把领带揉皱以后任其歪在一边。

他弯腰拾起地上的高尔夫球杆，来到壁挂的液晶电视前，扬手毫不犹豫地砸向电视屏幕。

就这样过了一会儿，满屋狼藉，到处是花瓶等摆件的残骸，凌乱得不行。

闻时礼站在屋子中央，捂着鲜血直流的额头，拨通110，平静地对接线员说："你好，我要报警，有人非法强行闯进我家进行大肆破坏，并对我本人进行暴力殴打。"

他的眸光变沉，语气却格外平静："地址在云水湾99号。"

宋枝到了一家有名的连锁珠宝店，想要把断了的雏菊项链修好，却被店员告知师傅刚好有事外出，需要等待一小时左右。

宋枝把项链留在店内，出来在隔壁的奶茶店里点了杯加冰的桃桃气泡水，坐着玩手机等待。

大概在四点钟的时候，宋枝收到了一条闻时礼发来的微信消息，问她现在在哪里。

她把定位地址发了过去。

二十分钟后，宋枝再次收到了闻时礼的微信消息：人呢？

宋枝：你在哪里？

闻时礼：我就在你在的这条街的路口。

看见他的回复，宋枝立马放下手中的气泡水，起身往奶茶店外走去。

这里是长街的路口。宋枝一出奶茶店，就看见了路边停着的黑色宾利，穿着一身笔挺黑西装的男人慵懒地靠着车头站着，目光触及她以后，唇角渐渐露出温柔的微笑。

她看见他的额头上缠着绷带。他受伤了？

宋枝忙向他走过去。

闻时礼抬脚走上人行道，朝着她走过来。

两人面对面停下。宋枝看到了男人桃花眼里温柔的笑意。

他俯身弯腰，一如之前无数次那般看着她的眼睛，对她笑得温柔："哥哥搞砸了一桩案子，枝枝养我好不好？"

宋枝分明听见了自己的心脏往下坠的声音。她在疯狂地心动。

宋枝故作平静地说："闻律师今非昔比，我养不起了。"

他再也不是当年那个身无分文的穷小子了。

"怎么会呢？"闻时礼的眉眼含着笑。他伸手捏捏她的脸颊，"哥哥吃得少。"

宋枝认真思考片刻，迟疑地问："那一顿两个馒头，成吗？"

他没有犹豫："行啊。"

宋枝目不转睛地看着他深沉的双眼，忍不住露出明媚的笑容，轻松地说道："放心，我会额外花五块钱给你配一瓶老干妈。"

两人对视半晌，闻时礼轻笑出声："行，谢谢枝枝。"

"不客气。"注意到他额头上缠着的白色绷带，宋枝敛住笑容，皱着眉问，"你这个是怎么弄的？"

闻时礼淡笑着说："不小心碰到的。"

宋枝观察着绷带的大小，目测伤口不算小："你得多不小心才能弄成这样？"

闻时礼："真的没事。"

宋枝叮嘱："那你要注意，伤口结痂前不要碰水，还要忌口。"

闻时礼淡淡地嗯一声。

"对了。"宋枝想到一件事，"庭审结果出来后，石齐越就会被抓起来吗？"

"他自己会去派出所报到，不过……"说到一半，闻时礼意味不明地笑了。

宋枝问："你笑什么？"

"不过他一时半会儿没法去。"闻时礼直起身，"他现在还躺在医院里。"

宋枝怔了好几秒。

看着男人眼里越发明显的笑意，她才后知后觉地反应过来一件事："你把人揍进医院了？"

闻时礼弯唇，用特无辜的口吻说："你这不是明摆着冤枉人吗？"

宋枝说："那是怎么回事？"

闻时礼耸耸肩，漫不经心地说道："那东西跑到我家挑衅我、骂我，还朝我挥拳头要打我，我属于正当防卫。"

"正当防卫？你把人防卫到医院去了？"

闻时礼摊手表示无辜。

宋枝回想他当时信誓旦旦地和她保证的模样，他说会好好处理，所以他的好好处理就是把人揍进医院？

看着宋枝没什么表情的脸，闻时礼收住笑容，垂着眼帘说："你不会生哥哥的气了吧？"

宋枝嘟囔："你是挺过分的。"

在他准备解释点儿什么的时候，宋枝扑哧一声笑了，轻快地说："但是好爽啊！解气！"

见状，他便跟着她笑起来。

在热闹的长街上，人来人往，两人专注地看着对方的眼睛，开怀大笑着。

闻时礼还没有这样开怀地笑过。这算是第一次。

他看着小姑娘笑起来弯成月牙的眼睛，恍然间，仿佛看见了春日暖阳下盛开的朵朵小雏菊，灿烂、纯洁、与光同尘。

宋枝取了修好的项链。在回去的路上，闻时礼的心情相当不错。他主动和宋枝谈起今天发生的事情。

他说石齐越在中途醒来过一阵，醒来后的石齐越跪在地上，抱着一名警察的腿，一把鼻涕一把泪地哭着，用手指着他控诉："他打我，拿高尔夫球杆打我！你们要给我主持公道，把他抓起来！"

宋枝坐在副驾驶座上，捧着肚子笑出眼泪来："他真这样啊？！"

闻时礼挑眉："嗯，窝囊得不行。"

宋枝抬手，用指尖拭去眼角的泪花，问："然后呢？警察怎么说？"

闻时礼回想当时的场景也觉得好笑。

警察现场查看门前的监控画面，发现是石齐越先抓闻时礼的衣领并挥拳后，就不动声色地抬脚甩开挂在腿部的石齐越，严肃地说道："你是恶人先告状啊！"

石齐越被气得当场又晕了过去。

听完后，宋枝忙摸出手机："我要把这么爽的事情告诉佳妮，让她也开心一点儿。"

闻时礼勾唇一笑。

发完微信消息后，宋枝抬起头，问："那警察最后是怎么处理的？"

"管他呢。"闻时礼笑道，"我估计那狗东西会告我。"

"告你？"

"嗯。"

宋枝又忍不住想笑："告得赢吗？"

闻时礼轻轻啧一声，用一种特别得意的口吻笑着说："我倒是不担心输赢，主要是干律师这一行这么多年，我还没在被告的位置上坐过，想想还挺新鲜。"

宋枝说："你有病吧，哪有人想当被告的？"

闻时礼说："我就想啊。"

宋枝转头，看着男人下颌线分明的侧脸："我怎么听你的口气像闹着玩一样？"

他淡淡地笑着说："我就是没把他要告我这事当回事。"

宋枝可算知道为什么石齐越会恼羞成怒得动手了，估计他当时被气疯了。

这男人嘴欠的功力，她是有幸见识过的。

回到云水湾，宋枝踏进院子的时候，看到两个穿着蓝色工作服的人从里面出来，看着像是某电视机品牌的工作人员。

宋枝问："这是干吗的？"

闻时礼淡淡地说道："我家里的电视坏了，换了一个。"

宋枝没多想，哦了一声。

屋子已经被清理干净，并无异常，宋枝自然也不会知道，今日在这个客厅里，发生过怎样触目惊心的一幕。

晚饭过后，宋枝和闻时礼到影音室准备看电影。影音室里依旧亮着浪漫的深蓝色灯光。

宋枝在中间柔软的地毯上坐下，在手机上挑电影，随口说："哪天我们去电影院看电影吧。"

闻时礼自然依着她："行。"

他挨着她坐下，从后面圈住她的腰，把她搂在怀里，把下巴放在她的肩膀上，对着她的耳朵低声说道："枝枝，生日快乐。"

宋枝觉得耳朵痒痒的，害羞地嗯了一声。

闻时礼说："你十九岁了。"

"嗯。"

他凑得更近了，灼热的气息洒落在她的耳郭上，嗓音缱绻又温柔："哥哥会陪你过每一个生日，从十九岁一直到九十岁。"

被他这样撩拨，宋枝毫无心思挑选电影，手指随意地滑动着屏幕。她轻声说："说谎的人要吞一千根针。"

男人的轻笑声在耳边响起。他说："那我没吞针的机会了。"

上方散发着深蓝色光的灯球缓缓转动，光怪陆离，那种蓝衬不出他眼底的深沉。他单手捧着她的脸，送上一个深吻，引发阵阵炙热。

在这样暧昧的环境下，宋枝缓缓地闭上眼睛回应他，感受着他给予的每一分温柔，美好得像在做梦。

最后，宋枝忘记自己怎么从影音室到卧室的，好像是自己走的，又似乎是他抱过去的。

她像一只溺水的鸟，扑棱着翅膀想要到岸上去，缺氧到极点时不停地张嘴，把嘴巴张得大大的吸入氧气。

黑暗里没有氧气，只有沉溺于情欲的男人。

他再度吻上来，咬着她的唇，不忍弄痛她，却又有着忍不了的欲望。

灵魂和唇舌紧密地契合。

在某个顶点，宋枝攀在男人肩膀上的手滑落到一侧，失手打翻了那个放在床头的纸鹤菠萝。

随着一声响，她听到千万只千纸鹤掉落的声音，有些慌了。

宋枝想要起身去捡散落满地的纸鹤，却被男人一把按回原处。他声音沙哑地在她耳边说："先管管我。"

到浴室清理完毕以后，宋枝回到卧室，满脸懊丧地看着散在床边地板上的千纸鹤，叹气道："全部散了……"

闻时礼裹着浴巾朝她走过来："能重新拼起来吗？"

宋枝蹲下身："能，就是有点儿费时。"

纸鹤菠萝耗去了她少年时期好几个月的空闲时间，里面装着的全是她对他的热恋。

闻时礼来到她身边，揉揉她的头发："别不高兴，哥哥陪你一起拼？"

宋枝说："你不会。"

"你会的东西我还能不会？"

宋枝翻了个白眼，呛他："你瞧不起谁呢？"

闻时礼说："我证明给你看。"

说着，他就在她旁边蹲下。

宋枝没搭理他，自顾自地一个接一个地捡起千纸鹤，开始重新组合。

闻时礼随手捡起一只。

"你看着，"他说，"我拆开一只，马上折回原样给你看。"

闻时礼手中的那只千纸鹤是粉色的。他慢条斯理地从中间拆开，露出千纸鹤内部的纸张页面，黑色的字迹一点儿一点儿出现。

怕。

看见这个字，闻时礼的手指一顿。他放慢动作，再缓慢地拆开。

旁边的宋枝正低头叠得专心，并未发现异常。

粉色千纸鹤被闻时礼完全展开，字迹完整地展现出来：怕黑、怕鬼、怕杀人凶手。

最后一句被黑线画掉，她重新在下面写了一句，最后变成：怕黑、怕鬼、怕你杳无音信。

沉默良久，男人低沉的嗓音打破了这份安静。

"枝枝。"

宋枝茫然地转头，对上男人深沉的目光："啊？"

闻时礼将那张纸举起，举到与她的视线水平的位置，让她可以清清楚楚地看到。

等看清楚后，宋枝的呼吸一顿。

她完了。

很快，闻时礼就略一扭头，唇角浮现玩味的笑容："告诉哥哥，你从什么时候开始喜欢我的？"

宋枝的喉间发紧。

闻时礼眼中的笑意加深："嗯？"

宋枝想：嗯个屁，好尴尬，明明是他先表白的啊，要是自己承认的话，不就太没面子了吗？！

她的下巴上突然一凉，是他的手轻轻握了上来。他似笑非笑地说："你回答我。"

宋枝被迫与他对视，眼睛却心虚地往旁边看："我哪有？"

"没有？"闻时礼垂下手，将那张纸握在掌心，"枝枝，有没有人告诉你，你撒谎的技术很烂？"

被逼问到这种程度，宋枝索性破罐子破摔，噌的一下站起来，理直气壮地低头盯着他说："是我先喜欢你的又怎么样？这也没什么大不了的！"

闻时礼仰头，眸光温润："你怎么没告诉我？"

宋枝没细想，脱口而出："告诉你干吗？你又不会喜欢小孩子。"

闻时礼怔住。

宋枝也怔住了。她刚刚貌似说了什么不该说的话，一下子就暴露了。

闻时礼思考片刻，温和地说道："你喜欢哥哥那么久了啊？"

宋枝微弱地嗯一声。没等他开口，她主动问："那你会喜欢我吗？"

闻时礼轻笑一声："现在不是喜欢着吗？"

"不是现在，我说以前。"

"不会。"闻时礼用认真的语气说，"我只会让你好好学习，小朋友要有小朋友的样子，对不对？"

宋枝没理由反驳："嗯……"

"况且，"他眯眼浅笑，"我不会喜欢小学生，你只能好好学习。"

宋枝没忍住，想到以前那些他嘴欠的时刻，捡起床上那只枕头，朝闻时礼的肩上打去："学习好了不起吗？！"

闻时礼无奈，笑着抬手挡着攻势，说："我错了，错了。"

宋枝停下，把枕头抱在身前，问："错在哪儿了？"

男人态度良好，憋着笑说："错在不该嫌你是小学生。"

宋枝手里的枕头再次扬起来。

闻时礼立马改口："我的错，都是我的错好不好？怪我学习太好了。"

最终，闻时礼还是没能逃过新一轮的攻势。

他就一直笑着由她闹腾，满目宠溺。

等宋枝打得累了，闻时礼从她手中取走枕头，随手扔到床上，又把她搂进怀里，圈着她的腰，用额头抵着她的额头。

两人的呼吸纠缠在一起。

他说："没看出枝枝喜欢了我这么多年。"

宋枝害羞得只会沉默。

他微微扭头，去吻她的唇，轻轻亲了一下后又去看她的眼睛："你怎么藏得这么好？"

宋枝故作平静地说："我怕你发现后催我去学习。"

男人发出一声低笑。

他的掌心里还有那张粉色的纸。他终于懂了，粉色的千纸鹤，是少女暗恋的心事。

宋枝也没想过真的能有这一天，她能够和自己暗恋的人在一起。想到这里，不禁有些感动："我一直觉得你离我很远很远。"

远得像人类站在夜色下空旷的平原上，仰头看见了天上的一颗星星，那样遥不可及的星星。

"不远。"闻时礼用双手捧住她的脸，温柔地低语，"枝枝，我想和你有以后。"

"嗯……"宋枝鼻子一酸，眼圈瞬间发红。她感动得一塌糊涂，眼泪很快就要掉下来。

这老男人讲情话怎么这么动听？

他的手指摩挲着她的脸颊。他继续看着她的眼睛，低声说："枝枝，我们的以后来了。"

那天终于来了。

石齐越猥亵一案在一周后宣判，地点在上次那个法院，鉴于石齐越目前还躺在医院里面，不方便到场听宣判结果，法院便在结束后立即送达了判决书。

判决结果相当解气，石齐越以猥亵罪被判处五年有期徒刑，剥夺政治权利终身，其余同伙也被判刑，皆在一年到三年间不等。

当审判长宣读判决结果后，其中一名同伙瞬间崩溃了，尖叫起来，喊着闻时礼的名字："闻时礼！你骗人！你骗我！"

审判长用力地敲了三下法槌："安静！被告不要藐视法庭！"

宋枝转头，面带疑惑地看着身旁的闻时礼，看见他眼底冰冷，唇角带着一抹饱含深意的笑，就像是早就料到会有这样的结果似的。

这让她更加疑惑。

结束后，两人离开法庭，宋枝第一句话就问："你做了什么？"

闻时礼笑得慵懒："我也没做什么。"

宋枝抿抿唇，又问："你没做什么是做了什么？"

闻时礼抬手，搂住她的肩膀往怀里带，在不少侧目过来的视线里俯下身去，凑到她耳边说悄悄话："我不过跟他说，交出现场视频我就放他一马。"

宋枝转头，近距离地对上他的眼："你真是这么说的？"

他轻笑着："嗯。"

怪不得陈叔叔能拿到现场视频，原来是因为他。

真是好手段，城府这一块算是被他玩明白了。

看来招惹谁也别招惹一个刑事律师，哪天被玩死都不知道为什么。

宋枝打心底佩服他，却没有说出来，怕他骄傲，只说："我们走吧。"

闻时礼却说："你等会儿。"

"你干吗？"

闻时礼直起腰，单手插进兜里，懒洋洋地说道："我等个人。"

宋枝问："谁？"

宋枝刚说完，就见闻时礼的目光越过她，唇角弯起，道："这不来了吗？"

宋枝回头，穿着白衬衫、黑西裤的顾清池出现在视线里，正往他们所在的方向走来。

宋枝不理解，闻时礼等顾教授干吗？

今日孟佳妮没来，说是身体抱恙，只有顾清池一人来了。

在顾清池快要与二人擦肩而过的时候，闻时礼不动声色地迈出一步，拦在男人面前，脸上带着似是而非的笑，语含讥诮："想必顾教授没忘了我们的赌约吧？"

顾清池的脚步停住。

宋枝在旁边一脸困惑。

赌约？什么赌约？

闻时礼穿着黑衬衫，两个男人一黑一白，形成鲜明的对比，气氛一下就紧张起来了。

顾清池抬眼："你赢了？"

闻时礼眼里的傲慢之色更甚。他微抬下巴，眼里凉薄的笑意加深："我不光赢了，我还赢得很彻底。"

顾清池说："何以见得？"

闻时礼懒洋洋地笑着："你别想要赖，让石齐越去蹲牢房的是我，让他躺在医院里的也是我。"

顾清池淡淡地扫一眼旁边的宋枝。

宋枝的心咯噔一下。

"你听着。"顾清池对闻时礼说，"我愿意道歉，不是承认我输了，而是我觉得有必要道一个歉。"

闻时礼挑眉，笑着说道："知道你要面子，我不和你计较，只是麻烦你道歉的时候诚恳点儿。"

宋枝依旧处于云里雾里的状态。这两人到底在说什么？

顾清池深吸一口气，像是在忍，待缓缓呼出那口气后，抬脚来到宋枝面前。

宋枝本能地往后退一步，撞到男人的胸膛上。

闻时礼伸手撑住她的腰，抵着她朝前一推，低头在她耳边轻声说："你别怕。"

宋枝怔怔地哦一声，勉强稳住心神。

顾清池认真地看着宋枝，说："实在抱歉，那天对你言语有失，是我的问题，希望你不要放在心上，对不起。"

他的语气寡淡，态度却十分端正。

宋枝有一瞬的走神，忙摆手摇头："没事啦！我都忘记了！"

顾清池嗯一声。

然后，顾清池冷冷的目光扫到宋枝身后闻时礼的脸上。他淡淡地问："行了？"

闻时礼懒洋洋地说："凑合。"

凑合？顾清池的眼角跳了一下。

他忍住不悦，丢给男人一个冷漠的眼色后，径直抬脚离开。

过了好半晌，宋枝回过神来，去问闻时礼："你和顾教授打什么赌了？"

他说："赌我和他谁能让石齐越更惨。"

宋枝惊讶得微微睁大眼睛："你们真会赌。"

闻时礼轻笑："还行。"

宋枝想了想，好奇地问："那你输了的话怎么办？"

他抬手摸摸她的鼻尖，又拉起她的手朝前走，用特嚣张的口气笑着说："放心，你男朋友厉害着呢，不存在输这一说。"

他真自信啊。

她多希望他一直这样下去，永远骄傲，永远意气风发，永远如现在这样站在阳光下。

三天后，闻时礼收到了法院的传票。白纸黑字写得清清楚楚，他被传唤的理由是石齐越起诉他故意伤人。

拿到传票的时候，闻时礼正在和宋枝吃早餐。他直接把那一纸传票当作晨间读物，饶有兴致地念给宋枝听，边念边笑。

宋枝也跟着笑，喝一口牛奶后瞧着他："就这么好笑啊？"

"就是很好笑。"闻时礼说，"国内最牛的律师都在我的律所里，他还想告倒我啊？"

"再说，我放话出去了，谁敢接这个案子，就是和我作对。"闻时礼又说。

宋枝愣了一下。

这不就代表，石齐越没有委托律师吗？

这也太惨了吧！

六月中旬，也就是闻时礼收到传票的第二周，开庭的日子到了。

那天，宋枝到现场旁听。

闻时礼站在被告席上，不时朝她投去目光。相隔数米，他温和平静的目光下藏着道不尽的温柔。

她很清楚，他今日会站在被告席上，全都是为她。

谁又能想到，现今赫赫有名的第一金牌刑事律师，有朝一日居然会以被告的身份出庭。

这事荒诞可笑，任谁听了不说一句离谱呢？

由于闻时礼的证据很充分，并且每一项证据都被审判长采纳，所以这注定是一场速战速决的官司。

四十分钟后，审判长当庭宣判被告无罪，故意伤害不成立。

在快要宣布庭审结束时，闻时礼直接提出要反诉，反诉原告石齐越强行闯入私人民宅进行大肆破坏以及故意伤害。

在闻时礼出示证据和双方进行新一轮的辩论后，石齐越罪名成立，被判处一年半的有期徒刑。

满头包着纱布的石齐越当场气得晕了过去。

旁听席上的宋枝默默算了下，五年加一年半，那不就是总共六年半？

不愧是闻时礼。

她知道，这都是闻时礼机关算尽的结果，用他的努力，让石齐越达到了量刑的最高标准。

她想，还是那一句话，得罪谁都别得罪一个这样有城府的刑事律师。

这件事算画下了一个句号。

另一边，雪城七名律师的伪证案二审很快便要开庭，闻时礼没几日就要动身前往雪城。

基于上次失联的事件，宋枝忧心忡忡，在机场送别闻时礼的时候不停地说："哥哥，你要每天给我报平安啊。"

闻时礼说："好。"

"还有，"宋枝踮脚，在他的下巴上轻轻地吻了一下，"不要住在雪山附近，我不想和你失联第二次。"

看着小姑娘满脸的担心，闻时礼的心一软，他抬手摸摸她的脸，温和地说道："放心，我这次过去住市中心最豪华的五星级酒店套房。"

宋枝嘟囔："你可真会享受。"

闻时礼笑道："你这不是要上学吗？不上学的话哥哥走哪儿都带着你好不好？"

宋枝很受用，又踮脚在他的唇上亲了下，乖乖说好。

闻时礼转身，往安检口走去，没几步又折回来，对她说："等我回来，哥哥带你看百鸟展。"

"百鸟展？"

"嗯。"他的眼角浮现出点点笑意，"你上次不是说喜欢鸟吗？"

她只不过随口一提，没想到他真往心里去了。

宋枝的心里甜甜的。她扑到他的怀里给了他一个大大的拥抱，用脸轻轻地在他的胸口上蹭了下："谢谢哥哥！你真是一个合格的男朋友！"

闻时礼重重地揉一把她的头发："乖。"

六月盛夏，外面烈日的温度似乎也抵不过两人互相为彼此跳动的心脏火热。

他们的感情也在逐渐升温，且没有沸点和阈值，像浪漫的夏日，每一年都会过去，却永远不会消失，来年依旧炙热，并且会一直炙热下去。

半个月后，宋枝放暑假。她回莲庆那天正好也是闻时礼从雪城返回的日子。

她下飞机取完行李后的第一件事就是拿出手机看新闻。

微博热搜的话题很醒目：金牌刑律闻时礼再创奇迹！

近日备受广大人民群众关注的雪城律师伪证案二审当庭宣判，七名律师均被改判为无罪。律师们现场潸然泪下，连连向闻律师道谢。

耶！哥哥赢了！好牛啊，不愧是闻时礼！

宋枝的心情好得不行，步伐都不禁变得轻快起来。她拉着行李箱往外走，一边走一边继续看手机，发现这条微博下面还附带一条采访视频。

宋枝点开视频。

视频的背景是雪城高级人民法院外面，闻时礼穿着一身黑西装，眉目英俊，相貌完全扛得住高清摄像机近距离的拍摄。

可能因为这场官司的胜率太小，采访的记者都激动得声音颤抖，差点儿把话筒戳到男人的脸上去："请问闻律师，您是怎么做到的呢？"

闻时礼淡淡地说道："以子之矛，攻子之盾。"

记者激动地追问："方便解释一下吗？"

闻时礼说："不方便。"

记者顿住。

宋枝放慢脚步，专注地盯着屏幕，发现闻时礼目不转睛地看着镜头，就像隔着屏幕在与她对视。

他露出一个很浅的微笑，说："抱歉，我没时间解释，忙着回去见我的女朋友。"

记者猝不及防地被喂了把"狗粮"。人都傻了。

"她在等我，等着我平安回去。"丢下这么一句，闻时礼直接转身从画面里消失了。

宋枝停在原地。

周围人来人往，嘈杂无比，宋枝却觉得四处安静无比，安静得仿佛只剩下她一个人的心跳声。

原来完全霸占和拥有一个人是这样的感觉。她有满满的安全感，骄傲、甜蜜、爱意等全部充斥在小小的心房，满得快要溢出来。

她深刻地意识到，闻时礼是她的，是她一个人的。

身处一个安静又嘈杂的矛盾的环境里，宋枝听到一个男人含笑的嗓音，隔着茫茫人海，似跨过千山万水，只为她而来。

"枝枝。"

宋枝的手一抖，手机差点儿掉地上。

她迅速回头。

闻时礼就站在十米开外的人流中，黑色的衬衫衬着冷白色的肤色，桃花眼眯着，唇角挂着浅浅的笑。

他的眸光直直地投来，与她的视线对上。

四目相对，宋枝听见自己越发强烈的心跳声，呼吸有一瞬的停滞，余光里所有移动的路人被自动模糊，只有他的那张脸格外清晰。

几秒过后，宋枝再顾不得许多，松开手中的行李箱拉杆，冲男人奔过去。

闻时礼微笑着张开双臂等着她。

由于宋枝的力气过于大，扑过去的时候，闻时礼接得有些吃力，往后退了一小步。

小姑娘不是扑上来的，而是铆着一股劲儿直接撞进他怀里的。

把人接个满怀以后，闻时礼低头觑着她眯眼笑："你这么高兴呢？"

宋枝紧紧地抱着他精瘦的腰，重重地点了两下头。

"小没良心的。"他轻笑着骂了她一句，"既然你这么想我，也没见你找我。"

宋枝从他怀里抬起头来，撒娇道："考试周嘛，你又不是不知道期末我有多忙。"

"知道。"他抬起头一只手抱住她，将她往怀抱深处不轻不重地一搂，低声说，"我只是很想你，枝枝。"

"我也想你。"

"嗯，所以哥哥这不是赶紧回来了吗？"

宋枝说："我知道，我在采访视频里看到了。"

闻时礼的眉一挑："你这么关注哥哥？"

她娇嗔着推他一把："我关注我的男朋友不行吗？"

"行，怎么不行？"被推开后的他又凑上前冲她笑，"多多关注你就会发现，你的男朋友就是最好的。"

老男人依旧自恋而不自知。

但有一说一，在她心里，他就是最好的，没有人比得过。

温柔、细心、事无巨细、深情不二，这就是他，全天下最好的闻时礼。

"枝枝，有一点你可以放心。"他浅笑着，"跟我在一起，我不会让你羡慕任何人，只会让别的女孩羡慕你。"

听完这句话，宋枝在心里重新定义了这个夏天。

这是最好的夏天，哪怕这个夏天经历过一些不美好的事情，也有过一段糟糕的经历，但因为他，那些不好的事情仿佛都可以被放下，被原谅，被翻篇。

他总说她是他的光，是他的救赎，殊不知对于她来说，他也是光一般的存在，像一条生生不灭的银河闪耀在她的眼里。

2019年的夏天，坏人被制裁，有情人得以终成眷属，少女多年的暗恋美梦成真。

在六月的最后一天，闻时礼带她去看百鸟展，这是很特殊的一个展会。

一般的展会都在白天举行，这个百鸟展却在晚上举行，且到晚上八点半观众才能检票入内。

百鸟展的地点在莲庆本地的森林公园，公园里挂满闪动的彩灯，到处亮晶晶的。

树上挂着的黑色音箱里播放着百鸟争鸣的轻音乐，不吵，反而营造出一种沉浸式的感觉。

今天正好周六，来的人非常多，有情侣，有一家三口，还有白发苍苍的老夫妻。

他们不约而同地往展会中心走去。

闻时礼拉着宋枝的手，不疾不徐地走在人群里。宋枝觉得特别新奇："莲庆以前没办过这样的百鸟展呢。"

闻时礼淡淡地笑着："真巧，恰好今年有。"

宋枝抽出被他握着的手，反过来主动亲昵地挽住他的手臂，转过脸明媚地笑着："票价贵吗？"

闻时礼转头看她，笑着答："不贵，再说贵也要来，你不是想看各种花花绿绿的鸟吗？"

宋枝问："多少钱一张票？"

"忘了。"他想了下，随口说道，"九十？"

宋枝点点头，发表评价："还挺便宜的，等下看看鸟好不好看，好看的话就值了。"

闻时礼淡淡地嗯一声。

很快，两人来到举行百鸟展的地方。在公园的一个中心位置，有一个四四方方的大台子，上面铺着红色地毯，后面立着百鸟展的大招牌，最上方还有特别亮的灯，照得现场和白天一样。

闻时礼带着宋枝来到最前方的位置。

台上有一个主持人。

百鸟展的中心主题是"发现鸟类之美"，在主持人进行简短的介绍后，展会正式开始。

一只又一只的鸟被驯鸟师带上台来。

宋枝睁大眼睛看着。

那些鸟基本都在驯鸟师的手臂上站着，只有部分在精致的金色笼子里站着。

鸟的种类繁多，令人眼花缭乱，其中有七彩文鸟、黄莺、折衷鹦鹉、金丝雀等。它们有各种颜色的羽毛，叽叽喳喳地叫个不停，场子里瞬间热闹起来。

孔雀也在此时登台，约有十只，齐刷刷地开着屏站成一排，个个羽毛色彩斑斓，在灯光的照射下闪烁着五彩的光芒。

宋枝激动地挽着男人的胳膊，一个劲儿地摇晃，用手指着那些鸟说："哥哥，快看！"

男人温和地笑着："我在看呢。"

其实他根本没有看。他在看她。

那些鸟怎么能比她好看？

人声鼎沸，白光如昼，他眼里的风景只剩下她一人。

他想到了拆开的那只粉色千纸鹤。

虽说是她先喜欢的他，但他内心深处对她的喜欢又何止于此？

偶然回头，宋枝发现男人并未在看台上的鸟，而是在目不转睛地看着她。她笑着问："干吗盯着我看啊？"

闻时礼还是盯着她不放："你好看。"

"别光看我了，看上面的鸟，你看看那只，"她抬手指着其中一个驯鸟师手臂上的鸟问他，"那种鸟叫什么呀？你知道吗？"

顺着她手指的方向，闻时礼转眼看去，那是一只红头绿身的牡丹鹦鹉。

闻时礼如实说："牡丹鹦鹉。"

宋枝感慨道："它连名字都这么好听啊。"

"你知道吗？枝枝，"闻时礼说，"牡丹鹦鹉天生深情，会和伴侣厮守终身。"

宋枝的少女心狠狠地动了一下："这么浪漫！"

"是很浪漫。"他低头，凑到她耳边，温柔地笑着说，"所以，它会带着天生的深情和浪漫飞向你。"

宋枝刚想问为什么，她一直盯着的那只牡丹鹦鹉突然振翅而飞，扑棱着翅膀径直朝着她的方向飞来。

牡丹鹦鹉真的飞向她了！哇！好神奇啊！

看着那只朝她飞得越来越近的鹦鹉，宋枝注意到鹦鹉嘴里似乎叼着什么东西，还是亮晶晶的东西。

牡丹鹦鹉直接停在她左边的肩膀上。她只觉得肩上一沉。

她转头，鹦鹉的翅膀差点儿扇到她的脸上。

待鹦鹉站稳，收好两只翅膀后，宋枝定睛一看，鸟嘴里叼着一枚熠熠生辉的戒指，还是粉钻。

她整个人怔住了。

然后，宋枝转过头去看站在旁边的闻时礼，只见他脸上带着温柔的笑容，缓缓单膝跪地，伸出一只手摊开。

鹦鹉将戒指准确地吐在他的掌心。

他的手里不知何时多了一束火红艳丽的玫瑰。虽然是俗不可耐的浪漫桥段，但谁能拒绝一个长得帅气还深情的男人手捧红玫瑰单膝跪地求婚呢？

周围爆发出尖叫声、起哄声，还有拍照的声音，瞬间热闹得如炸开了锅。

闻时礼朝她举起那枚价格昂贵、外形精美的粉钻戒指，捧着鲜花，眼里只有她一人的影子，笑得温柔深情："枝枝，嫁给我，我给你一个家。"

宋枝情不自禁地单手捂住嘴，眼圈瞬间红了。

她没想到他会突然求婚，还这么浪漫。

"答应他！"

"答应他！"

"答应他！！！"

就连主持人都在上方用话筒无比激动地高喊着："答应他！"

一时间这三个字似乎要冲破天际。

稍稍平复心情后，宋枝放下手，脸上尽是甜蜜的笑，嘴里却在说："你骗我，什么票价九十块，都是你编的。"

这分明就是一场为她量身定做的求婚局。

闻时礼单膝跪在她面前，举着戒指的手没放下，笑着说："这不是要给你惊喜吗？"

她是挺惊喜的。

宋枝没伸手去接，在尖叫声里故意使坏为难他："当着这么多人的面求婚，你就不怕我拒绝你丢脸吗？"

"我不怕。"他笑着，眼神笃定。

宋枝追问："你为什么不怕？"

"你没有拒绝的理由。"他直接拉过她的右手，将戒指往她的无名指上缓缓套去，"枝枝，你别忘了，你还欠哥哥一个要求。"

宋枝一下想起来，那次他在野外救下她以后，她说过，会答应他一个要求。

这个男人好坏啊，居然把这个要求用在求婚上面！

在她略显错愕的目光里，无名指上的粉戒已经套牢。他微微转头，露出得逞的笑："答应嫁给我吗？枝枝。"

宋枝无话可说，觉得他狡诈，心里又觉得甜。

她弯腰，接过他手里那九十九朵玫瑰，在他的额头上落下一吻，轻声笑着说："我答应。"

我答应嫁给你。

周围的人疯狂地尖叫起来。

"你光亲额头怎么够？"

他低笑一声，突然站起来，抬起她的下巴，毫不犹豫地低下头吻了上去。

玫瑰花香在两人之间弥漫开来。

鸟鸣啾啾，人声鼎沸，他们在旁若无人地亲密接吻。

玫瑰花的香味在蔓延，空气中还有爱情的味道。

被吻得大脑缺氧的宋枝，突然想起曾经和闻时礼一起看剧的事。他看到男主角浪漫无比地求婚的时候总会不屑地嗤笑，说一声"俗气，相当俗气"。

如今，她松开他，趁机旧事重提。

闻时礼眯着眼睛，笑得宠溺，嗓音温柔："为你的话，我愿意入俗。"

男人的话音落下，她再次被吻住双唇。

这一瞬，宋枝像是坠入不愿醒的美梦里。他手捧火红玫瑰下跪求婚，这是她曾经梦到过的场景。

喜欢他的这一路，酸涩、甜蜜、纠结等好多情绪，她都一一经历，并且心甘情愿。

在梦里她见过他无数次，千回百转，到头来也避不过他一双含笑的桃花眼。

她本来以为这会是一段无疾而终的感情，却幸运地从单程变成了双向奔赴，发展到如今互相喜欢的美满局面。

"枝枝。"

"嗯？"

"愿我们永远在一起，至死不分离。"

宋枝眼里蓄满幸福的泪。她看着他深情的双眼，哽咽着点头。

我愿我们永远在一起，至死不分离，也愿你不再惧怕雷雨天，人生不再有阴暗。

真好啊，经过不懈地努力追逐，我终于活成了你眼中的光。

番外一　学车记

暑假，宋枝在家，陆蓉给她报了个驾校学车，要她趁着放暑假把驾照拿到手。

陆蓉报的是手动挡的驾照考试。

学车的过程一开始还挺顺利，宋枝很快通过了科目一的考试，九十五分，一次就过，可到学习科目二的时候就没那么容易了。

驾校教练追求效率，要求宋枝天天到驾校练车，在十五天后就要进行科目二的考试。

因此，宋枝觉得压力很大。

教练是一位矮胖的中年男人，姓范，四十岁出头。范教练是个光头，皮肤黝黑，看上去脾气不太好，似乎也不和善。

第一天练车，宋枝就因为打方向盘的姿势不正确，被范教练臭着脸数落了一通。

从此，她落下了心理阴影，晚上给闻时礼发微信抱怨：哥哥，我的教练好凶。他生气的时候还会打手……

闻时礼发过来一个问号。宋枝的脸一黑，她准备质问他只回复一个问号是什么意思。

宋枝打字打到一半的时候，微信语音通话邀请弹了出来。

哦，原来他是要打语音电话。

宋枝扯过旁边的粉红豹公仔抱在怀里，接听电话，打开免提，把手机听筒朝向自己，放在粉红豹的肚子上。

含着笑意慵懒的男声从听筒里传出："枝枝。"

宋枝轻轻地嗯一声。

"别不开心。"闻时礼哄她，"哥哥去把你的教练揍一顿，给你报仇。"

宋枝完全分不清他这话几分真几分假，赶紧解释："我的教练只是有点儿凶而已，没打我的手，打的是男学员，你不要冲动啊。"

闻时礼懒洋洋地一笑，说："我逗你玩呢。"

距离两人上次见面已经过去一周，求婚过后，闻时礼在莲庆住了一晚就飞回间芸处理事务所的事宜。

· 566 ·

宋枝原本也打算跟着过去，却被考驾照绊住了。

闻时礼也说，反正早考晚考都要考，那不如早点儿考。宋枝便留在了莲庆。

而现在她有点儿想他。

这个念头在脑中一闪而过，宋枝未经思考，直接问出口："哥哥，你什么时候忙完？"

闻时礼说："嗯？"

宋枝揪着粉红豹的一条腿把玩，有些难为情地小声说："我有点儿想你。"

那边安静下来。

一秒过后，闻时礼吊儿郎当的笑声传来，他像是没听清："你说什么？"

宋枝愣了一下，说："你没听到就算了。"

另外一边，闻时礼坐在书房的桌前，握着鼠标的手随意地点击着，眼睛虽然看着屏幕，但思绪早已飘远。

他慢条斯理地关掉邮箱页面，问："有点儿想是有多少？"

这次轮到宋枝安静了。

宋枝深吸一口气，闭了下眼，质问他："你都听到了，干吗装没听到？"

闻时礼溢出一丝笑，然后故意用正经的语气问："那你告诉哥哥，有点儿想到底是有多想？"

宋枝含糊地说道："就一点儿，没多少。"

闻时礼懒洋洋地啊一声，然后拖腔带调地放低声音，营造出暧昧的神秘感，慢悠悠地问她："想哪儿？"

想就是想啊，还想哪儿？她能想哪儿啊？！

不过在短短的十几秒后，宋枝瞬间明白过来他话中的深意，伴随着听筒里传出一声意味不明的低笑，她的耳根迅速红了。

啊！他好坏！

宋枝把一记闷拳捶在粉红豹的脑袋上，愤愤地说道："不说了，我要睡觉了。"

闻时礼忍着笑说道："睡什么？再聊会儿？"

宋枝克制住情绪，涨红着脸果断拒绝："不要。"她都没给闻时礼说晚安的机会，直接挂断电话。

没一会儿，她收到了一条闻时礼的晚安语音。他用温柔的声音提醒她乖乖睡觉，睡觉的时候不要让被子捂着头。

不得不承认，老男人虽然有时候很坏，但大多时候还是温柔的。

这样一条平平无奇的晚安语音，她也就听了七八遍吧。

最后她心满意足地睡去。

第二天练车的时候，宋枝又被范教练骂了。今天练的是倒车入库，她总倒不进去，按照教练说的方法边观察后视镜边倒也不行。

宋枝练了一上午，就被骂了一上午。临近中午的时候，她的心态有点儿崩溃。

她到底还是个小姑娘。

范教练看着宋枝一副快要被他说哭的样子，一时也有些于心不忍，抽了口烟后对她说："这样，你去旁边散会儿心，我带其他学员先练着。"

这也是宋枝所需要的。她忍着心里的委屈点了点头："谢谢教练。"

科目二的练车地点比较偏僻，周围全是农田、池塘、半人高的芦苇，还有些低矮的砖瓦房，附近住的都是些本地的农民。

天上烈日正盛，水泥地面被烤得冒出蟹壳青色的烟，今日出门前宋枝看过天气预报，最高温度有三十八摄氏度。

宋枝从随身斜挎着的链条包里拿出一包纸，取出两张来擦汗。

她看见前面有一大片树荫，继续朝前走，准备到绿荫下乘会儿凉。

前面正好是练车场的尽头。

左边有一个池塘，池塘边有几只白色的大鹅，池面上还有几只大鹅，只只长得硕大，翅膀张开差不多有一米宽。

擦完汗，宋枝把纸巾抓在手里，取出手机想给闻时礼发微信。

在极强的日光下，哪怕调到了最高亮度也看不太清手机屏幕。宋枝把一只手挡在屏幕上方，制造出一小团阴影，才得以看清手机屏幕。

宋枝给闻时礼发了条微信消息，问他这会儿忙吗。

他回得很快：不忙，我刚开完会。

宋枝慢吞吞地敲下一行字：我想和你打会儿视频电话。

很快，视频通话邀请弹了出来。

视频电话成功接通，身穿黑色西装的男人出现在屏幕上。他坐在自己的办公室里，专注地看着屏幕中的她，察觉到她细微的表情，问："怎么？不开心？"

宋枝吸吸鼻子，嗯了声。

闻时礼放下手中的笔，双手捧着手机放在正前方，以便宋枝能看清他。他耐心地问："为什么不开心？"

宋枝无比委屈，又觉得自己有点儿没用，丧气地说："我觉得我永远都拿不到驾照了……"

闻时礼静了一瞬，问："就因为学车的事？"

宋枝说："嗯。"

闻时礼面上放松，露出温和的笑："我还以为什么事呢。没关系，我相信枝枝可以做得很好，慢慢来，不着急的。"

宋枝微微一怔。好反常，他居然没有调侃她，没有说她笨。

"哥哥。"

"嗯？"

宋枝顶着烈日觉得难受，慢吞吞地朝前面的阴凉处走去："你今天怎么不开我玩笑？"

闻时礼温和地说："玩笑要在你开心的时候开才是玩笑，看你现在已经够委屈、难过了，哥哥要是再说你笨，你难道不更受打击吗？"

好像还真是这个道理，宋枝心里一阵温暖，嘟囔道："好像是这样。"

"不要有太大的心理压力，不就一本驾照，考不过也没事，以后我给你雇司机。"说完后，闻时礼不忘提醒她，"走快点儿，太晒了。"

"好。"

宋枝加快步伐朝前走，偶然一抬眼看见了前方那几只大鹅，于是说："这里的环境还挺好的。"

闻时礼嗯一声，顺着她的话往下聊："哪个驾校？"

宋枝说："红苹果。"

闻时礼顿时无语了，没忍住轻笑一声："怎么这么像幼儿园的名字？"

"是吧？"宋枝说，"我也觉得像幼儿园的名字。"

"其实也正好。"

宋枝问："什么正好？"

宋枝与他隔着手机对上视线。他含笑看着她，打趣道："你不就是小朋友吗？"

前方，大白鹅发出几声嘎嘎的叫声。

宋枝没在意，继续朝前走。

待她走得近了，其中一只原本卧在池塘边的大白鹅突然站起来，张开翅膀，把脖子伸得老长，然后飞奔着冲向宋枝。

宋枝看着冲过来的大白鹅，吓得停住脚步，低呼一声："啊！"

闻时礼收住笑意："怎么了？"

宋枝顾不得回答他，脚尖一转，掉头就想跑，可还没等她迈出一步，就觉得脚踝上传来明显的痛感。

她又尖叫一声，转头一看，发现那只大白鹅的嘴直接咬在她暴露在外的脚踝上。

宋枝惊得手一抖，手机啪的一下掉到了地上。

视频通话自动切断。

宋枝不敢用手去碰那只凶悍的白鹅，想用另外一只脚踢开它，却没想到完全激怒了大白鹅。它越发发起狂来，一边叫着一边扑棱着翅膀，加重了咬她脚踝的力道。

"啊！"

她简直疼得不行，那是一种既尖锐又持续的痛。

宋枝的尖叫声吸引了范教练的注意力。

范教练飞快地跑过来，熟练地弯腰一把掐住大白鹅的脖子，手上用力把大白鹅往旁边一扯，扯开后直接扬手甩到一边去。

范教练凑过来，低头看见了宋枝流血的脚踝，哎哟一声："你赶紧去处理一下吧，今天先不练了。"

宋枝忍着痛弯腰捡起手机，点了点头，转身一瘸一拐地小步离开。

离开科目二的练车场后，宋枝重新拿起手机，发现有十几通闻时礼的来电。

她回拨过去，那边在第一时间接了电话。

男人隐含着急又刻意控制情绪的声音传来："怎么回事？"

宋枝没说话。

"枝枝？"

宋枝红着眼，忍着涌上鼻头的酸意，轻声说："我今天想见你，可以吗？"

那边安静了一瞬，闻时礼温和的嗓音从听筒里传来。他用一种稍显遗憾的语气说："我手头的事情还没忙完，可能不行。"

宋枝一下子说不出话来。

其实，她知道他工作忙，要让他因为她的一句话就丢下工作搭飞机从一座城市飞到另外一座城市来见她，未免有些不理智。

道理宋枝都懂，只是在听到他的话时，心里难免失落。

长时间没有说话，闻时礼以为她把电话挂断了，不确定地出声："宋枝？"

宋枝回过神来，忍住委屈，尽量平静地说："好，我知道了。"

闻时礼问："刚刚怎么回事？"

宋枝忍着脚踝上的痛意，一瘸一拐地慢慢朝前方的公交车站台走去："我没事，被场地边的大鹅咬了一下。"

他的语气带着诧异："大鹅？"

宋枝轻轻嗯一声。

"练车场怎么会有大鹅？"

"旁边的农户养的。"宋枝的心情跌至谷底。她不想多说话，"先这样吧，不说了，我要搭公交车了，挂了。"

挂断电话前，她似乎隐约听到他喊了一声枝枝。

后面的话宋枝没有听清，她来到候车棚下面的阴凉处。酷暑难耐，她坐到不锈钢长椅上，依然感觉很热。

脚边有一小块石子，她用脚将其踢远，心情越发郁闷。

手机静悄悄的，宋枝点开微信，发现闻时礼没有再找她，一条微信消息都没有。

她更难受了。

女生有时候就是如此矛盾，明明主动挂断电话的是她，却会因为对方没有再次联系而感到不高兴。

这种矛盾心理让宋枝更加难过和失落。

她不禁想，是不是没有谁会一直迁就谁？就算闻时礼再喜欢她，也不会无条件地纵容她，尤其在他工作忙的时候。

这些她都能理解，却还是控制不住心头的失落。

回到家的时候，陆蓉正在书房里忙，没注意到宋枝回来了。

她从客厅拿了医药箱回到房间，潦草地用纱布包扎后，便一头栽到床上沉沉地睡过去了。

到吃晚饭时，陆蓉来敲门叫她吃饭。她迷迷糊糊地醒来，轻声应了句"不想吃"。

陆蓉开门进来。

看见还躺在床上闭着眼睛的宋枝，陆蓉走过去，弯腰轻轻拍拍她的肩膀："枝枝，七点了，再睡晚上该睡不着了。"

宋枝懒洋洋地动了下。

陆蓉又推推她："快点儿起来，吃饭了。"

宋枝迷迷糊糊地睁眼嗯了声。

陆蓉注意到放在床头柜上的医药箱，皱着眉问："哪里伤到了？"

宋枝掀开身上的空调被，揉着眼睛坐起来，把缠着纱布的脚踝给陆蓉看："这里。"

陆蓉问："怎么搞的？"

宋枝努嘴，委屈地说："妈，我今天好倒霉，被练车场地旁的大白鹅咬了一口。"

陆蓉的眉头皱得更紧了："那儿怎么会有鹅？被鹅咬一口很痛的！老话都说，宁让狗咬，不让鹅啄。"

宋枝完全同意这句老话，被鹅咬住的时候，是真的超级痛。

陆蓉想要检查她的伤口："给妈妈看看。"

宋枝向来畏痛，忙缩脚，说："不用，我都包好了，出去吃饭吧。"

陆蓉只能作罢。

由于宋枝刚睡醒，再加上今天心情非常不好，简单吃过几口后她就放下碗筷。没想到晚上十一点的时候，她饿得厉害，心血来潮想吃便利店的关东煮。

这个点陆蓉已经睡下。宋枝带上钥匙，放轻脚步穿过客厅出了门。

小区附近就有一家二十四小时营业的便利店，宋枝步行十五分钟来到店门口。她推开门，听到店员态度良好地说了句"欢迎光临"。

关东煮就在收银台的旁边，宋枝站在店员面前礼貌地说："来份关东煮，谢谢。"

店员说："好的，你要哪些？"

宋枝简单地挑了几样后，拿出手机扫码付款，付完款后看了会儿手机，等再抬头的时候发现店员已经装好了关东煮，还拿着夹子往杯中夹了一把香菜。

宋枝愣在原处。

完蛋，她忘记跟店员说不要香菜了。

店员将关东煮和筷子一同递给她："给。"

宋枝盯着上面的一层香菜，愣了两秒，还是缓缓伸手接过。

便利店里有座位，是面对落地玻璃窗设计的一排桌椅。

宋枝微微踮脚坐上高脚椅，把那杯关东煮放到桌上，拿出随身带的纸巾，取出一张铺在桌上，开始慢吞吞地把香菜挑出来。

今天她真倒霉，没有一件顺心的事，连吃个关东煮都不顺利。

她挑香菜挑到一半的时候，面前的玻璃上出现一道阴影。

她抬头，整个人怔在原处。

闻时礼就站在距她仅有半米的位置，两人面对面，隔着一层玻璃对上目光。暮色下，黑衬衫将他的皮肤衬得越发白，他的眉眼格外温柔，唇角带着浅浅的笑意。

他就那么站着，一动不动地看着她。

宋枝夹着的那点儿香菜，因为她的出神掉到了桌上。

这一幕简直像在做梦。

想要见的人就这么突然出现在她的眼前，浪漫得如同唯美电影中的一幕。

闻时礼没有在外面站太久，很快就往店里走。

宋枝转头看着门口的方向，看着他一步一步地朝自己靠近，心跳忍不住加快了。虽然认识他很多年了，但他的每一次靠近，还是会让她心动不已。

闻时礼停在她面前，扫一眼她面前的关东煮，淡淡地问："你晚上没吃饱？"

宋枝说："嗯。"

他自然地从她手里接过筷子，在她旁边的高脚椅上坐下，把关东煮的纸杯移到自己的面前，替她挑香菜。

宋枝看着他耐心的动作，温暖地问："你不是说今天忙吗？"

闻时礼盯着纸杯往外挑着香菜："我说今天可能不行，又没说绝对不行，你挂我电话的速度倒挺快。"

宋枝自知理亏，却还是好面子，倒打一耙说道："那你后来也没找我啊。"

"小朋友，你讲点儿道理行不行？"闻时礼摇头失笑，"你说今天就想见我，那哥哥不得抓紧时间弄完手头的事情，才能过来见你？我可是一下班就直接赶去机场的。"

他越说宋枝越觉得自己理亏。

宋枝有点儿心虚，不再说话，直到他挑完香菜把纸杯推到她面前，她才底气不足地问了句："那你吃东西了没？"

"我在飞机上吃了点儿。"

"飞机餐又不好吃。"宋枝说，"你要不要再吃点儿什么？"

闻时礼转头，看向她时眼里的笑意加深："那些东西又不好吃。"

宋枝没听出端倪，捧着纸杯认真地问："现在有点儿晚了，你想吃什么？"

闻时礼眯着桃花眼轻笑一声："那不正好，我想吃的东西就是要到晚上才方便吃。"

宋枝一怔："什么？"

"你啊。"他笑。

宋枝的心开始疯狂地跳动。她下意识地去看他后方的店员，发现那名店员也在看这边，见她看过去后，店员憋着笑忙移开视线。

啊！太尴尬了！

宋枝直接一巴掌轻轻拍在男人的肩膀上，小声警告："别乱说话！"

闻时礼愉悦地笑起来："我知道了。"

他的突然出现让宋枝的心情好了不少，胃口也好了不少，没一会儿她就把一份关东煮"消灭"干净。

闻时礼问："你还要吃点儿什么吗？"

宋枝把唇角擦干净，摇摇头："不用了。"

闻时礼点点头，目光往下移："让我看看你受伤的地方。"

高脚椅可以旋转，宋枝的手扶着桌沿，轻轻地用力一转，把受伤的右脚伸出来给他看："就是脚踝那里，破皮流血了。"

看见那处缠着一圈纱布，闻时礼问："你处理过了？"

宋枝嗯一声。

闻时礼问："你上药了没？"

宋枝说："没有，我只做了包扎。"

一听这话，闻时礼的表情瞬间冷下来。他皱着眉说："没上药你包扎什么？到时候捂得感染了怎么办？"

宋枝没敢说话。

闻时礼目不转睛地瞧了她好半响，实在发不出火来，又缓和了语气："你疼不疼？"

委屈涌上心头，宋枝可怜兮兮地点头："疼，我走路都疼。"

闻时礼站起来，背朝她蹲下："来，我背你回去，重新处理一下伤口。"

宋枝哦了一声。她伸出双手，搭在他坚实宽阔的肩膀上，上半身整个贴上去，双腿自然地放在他腰侧的位置。他顺势用双手一齐搂住她的两条小腿。

然后他直起腰，背着她离开了便利店。

外面月明星疏，盛夏晚风徐徐，空气中有一股燥热，宋枝的心情却很舒畅。

她完全没想到他会这样突然出现。他身上淡淡的乌木香草味让她觉得心安。

宋枝趴在他温热宽阔的背上，双手搂住他的脖子，把下巴放在他的颈窝里，转头时可以看到他漆黑深沉的眼睛。她盯着他看了半响。他笑了："我就这么好看？"

宋枝把他的脖子搂得更紧些："好看！"

他轻笑一声，没说话。

宋枝就这么一直盯着他看，不由得想起白天被教练骂，还被大白鹅咬的事情，一下子就有万千委屈涌上心头。

在爱人面前的女孩子格外脆弱，她也不例外。

她越想就越委屈，最后直接红了眼，鼻子一酸，眼泪猝不及防地掉了下来。

闻时礼只觉得颈间一凉。他稍稍放缓脚步，问："你哭了？"

宋枝没回答，搂紧他的脖子呜呜地哭了起来。

闻时礼想：小姑娘的情绪真是千变万化，上一秒还在撒娇，下一秒就哭了起来。

他也没停下，背着她继续往前走，温柔地哄着："别哭了，乖，告诉哥哥，你怎么了？"

宋枝继续呜呜地哭着。

闻时礼没有再问，觉得应该给她一点儿时间，等她哭够了再说。

他颈间的湿意越发明显。

宋枝用他的衣服擦眼泪，一个劲儿地把脸上的泪水蹭在他的衣领和肩膀上，然后呜呜地哭着告状："哥哥……我……我……"

"嗯？你说。"他耐心地应着。

"我的教练好凶……"宋枝哭得抽抽噎噎的，说话也不利索，"他训我，说……说我踩的不是离合……"

闻时礼觉得好笑，但还是接着问了下去："那踩的是什么？"

想到这里，宋枝更加伤心，抽噎着说："他说我踩的是悲欢离合！"

闻时礼怔住了。

然后，他没忍住直接笑出了声，笑得胸腔都在轻轻震动。

这下不得了了。

在宋枝看来，这明明是件如此悲伤的事情，他居然还笑出了声。她索性哭得更厉害了。

宋枝呜呜地哭着，眼泪掉个不停。她气得一把拧住男人的耳朵："你还笑！"

闻时礼也不生气，迁就着她，温和地笑着说："我听着有趣。"

宋枝松开他，抬手抹一把眼泪，攀着他的肩膀哽咽着问："哪里……哪里有趣？"

闻时礼说："悲欢离合有趣。"

宋枝的脸完全黑下来，挂着两串泪痕。她深吸一口气，说："你放我下来，我不要你背。"

闻时礼失笑："你别闹。"

"我没闹。"她一下子固执起来，"就不要你背，我要自己走回去。"

闻时礼手上的力道稍稍加重，将她的两条腿握得更紧："哥哥只是觉得好玩，就笑一下，实际上我还是站在你这边的。"

宋枝赌气般说："那你还笑！"

他一般不会笑的，除非真的忍不住。

闻时礼想到那句悲欢离合，差点儿再度笑出声，顾及小姑娘的自尊心，强行忍住了，轻轻咳嗽一声作为掩饰，平静地问："教练为什么要那样说你？"

宋枝忍着哭意，委屈兮兮地在他耳边小声道："我踩离合器老是熄火，而且松离合器的速度太快，车就抖得厉害。"

闻时礼转头，在她的唇角轻轻亲了下："没事，我们多练练，总能学会的。"

得到安慰，宋枝稍稍平静下来，吸吸鼻子，轻轻嗯一声。

闻时礼又说："你回家后也可以让阿姨陪你练练。"

宋枝嘟囔："不行。"

"嗯？"

宋枝说："驾校的车是手动挡的，家里的车是自动挡的，不一样。"

闻时礼若有所思地点点头："原来是这样。"

说到这儿，宋枝想到另外一件让她伤心的事情，又开始呜呜地哭了起来。

闻时礼的脚步变慢。

耳边，小姑娘的哭声不绝。

哭了一会儿，宋枝骤然止住，抬起脸问他："你为什么不问我？"

闻时礼说："问什么？"

宋枝说："问我为什么哭。"

"等你哭完再问。"闻时礼耐着性子边说边背着她走进小区，"现在哭完了吗？"

宋枝止住哽咽，说："差不多了……"

闻时礼立马温和地问她："怎么了？"

宋枝用告状的语气说："教练说我笨，他说就算我侥幸拿到了驾照也不一定开得明白车，建议我买辆驾校的车回去，那样会好一点儿。"

闻时礼听得微微皱眉："他怎么一天到晚总打击你？"

"对吧！"宋枝想想就来气，"练一天车下来，教练最少骂我二十次，我感觉脸上都是他的唾沫星子。"

静了几秒后，他发表评价："你学个车还挺惨。"

宋枝点点头。她没再说话，哭得有些累了，枕着他的肩，只想快点儿回去洗漱、睡觉。

闻时礼突然叫了她一声："枝枝。"

宋枝说："啊？"

闻时礼说："上次让骆子阳告的那几个网友，罪名是诽谤，我们胜诉了。"

宋枝的眼睛一亮："真的？！"

今天可算有点儿好消息了。

闻时礼淡淡地嗯一声，说："你可以去看看，那几个男的在微博上写了道歉声明，还把微博置顶了。"

宋枝一握拳，破涕为笑："真解气啊。"

闻言，男人的唇角微微一弯。他问她："心情好点儿没？"

宋枝说："好多了。"

"那就好。"

乘电梯到四层，出电梯后宋枝将钥匙串举至闻时礼的眼前，轻晃两下，说："我带了钥匙。"

闻时礼却说："不用，阿姨没睡。"

宋枝狐疑地问："你怎么知道我妈没睡？"她记得自己出门的时候陆蓉已经睡下了。

闻时礼背着她来到门前，说："敲门就行。"

宋枝抱着怀疑的态度抬手轻轻敲了三下门，很快，就听到里面传来脚步声，这不禁让她瞪大眼睛："你怎么知道的？！"

门打开，陆蓉穿着一身夏季的成套睡衣，看见面前的二人后问闻时礼："你在哪儿找到她的？"

闻时礼说："便利店，不远。"

宋枝探出脑袋看着陆蓉："妈，时礼哥刚刚来过？"

陆蓉说："他半小时前刚到，在家里没看到你就出去找你了。"

宋枝说："哦。"

看来闻时礼到莲庆后，第一时间来的是她家，没见着她才出来找的。

宋枝不禁好奇："哥哥，你怎么知道我在便利店？"

闻时礼说："从小区正门出去不就那一条路吗？"

宋枝说："也对。"

陆蓉侧身让开："你们别站在门口聊，先进来吧。"

进到客厅里，宋枝拍拍男人的肩膀示意："你可以放我下来了。"

闻时礼说："嗯。"

他微微俯身屈膝，小心地将她轻轻放在地上，等她一站稳就转身握住她的手臂："你能不能站？"

宋枝点点头："能。"

这时候，一股浓郁的血腥味飘到宋枝的鼻子里。

宋枝闻了闻，嫌弃地捂住鼻子："什么东西啊？什么味儿？"

问完，她就看见陆蓉随手指向厨房。

秉着好奇心，宋枝瘸着脚，一小步一小步地朝厨房走去。

宋枝走到厨房门口，伸手打开灯，看见厨房中间的空地上摆满了白色塑料袋，里面装的是某种禽类动物，像鸡，又有点儿像鸭。

每个袋子里单独装着一只禽类动物，宋枝大致数了数，有近二十只。

宋枝回头看向闻时礼和陆蓉，指着那堆塑料袋问："怎么这么多肉？"

她家从来没一次性买过这么多肉。

陆蓉脸上带着笑："你问小闻，我也不知道，是他拿来的。"

时间回到晚上十一点多，陆蓉刚睡下不久就听到了敲门声。她起身下床出了卧室，来到门前通过猫眼往外看，看见了闻时礼以及他身后两个工人模样的男人。

陆蓉忙拉开门，语气里带着欣喜："小闻！你怎么突然过来了？"

"阿姨晚上好，打扰您休息了。"闻时礼的语气温和，态度相当有礼，"枝枝说想见我，所以我没提前联系，想给她一个惊喜。"

陆蓉脸上露出笑容，亲切地说道："那你先进来，我去叫枝枝。"

闻时礼颔首，淡笑着说好。

陆蓉敲宋枝的卧室门，半晌都没反应，最后推开门开灯一看，才发现卧室里空无一人。

陆蓉只好回到客厅，对闻时礼说："枝枝不在房间。奇怪，不知道她跑哪里去了。你等一会儿，我看下门口的监控，看她是什么时候出去的。"

闻时礼说："好。"

在手机上查看过监控后，得知宋枝是在十分钟以前出去的。闻时礼便说："我出去找她。"

他转头朝门外的两个工人说："你们把东西提进来。"

两个工人分三趟才把东西全部提到厨房。

陆蓉在一旁瞧着，问："都是些什么？"

闻时礼笑笑，轻轻地说了一个字："鹅。"

陆蓉说："鹅？"

"嗯。"闻时礼一转身，"回来再和您解释，我先出去找枝枝。"

"行，你快去吧。"

宋枝看着那一大堆禽类动物，不可置信地睁大眼睛，对上闻时礼含笑的双眼："你别告诉我，是那些大白鹅……"

"真是不巧。"闻时礼懒洋洋地一笑，"还真是那些大白鹅。"

宋枝直接无语了。

陆蓉插话问："小闻，你怎么买这么多鹅？一时半会儿也吃不完。"

闻时礼注视着宋枝震惊的小脸，没移开视线，弯了弯唇角，笑得温柔，说："今天枝枝在练车的时候被场地边的白鹅咬了一口，我寻思着不能就这么算了。"

陆蓉说："所以你就把鹅全买来杀了？"

他淡淡地嗯一声。

当闻时礼找到那家农民，说要买走他全部的大白鹅时，农民爷爷直接呆住了，还以为自己耳背没听清，扯着嗓门喊："你说什么？要我全部的鹅？！"

闻时礼勾起嘴唇一笑，稍稍加大音量说："对，我买你全部的鹅。"

农民爷爷露出淳朴的笑，摆摆手说："不卖，这些都是成年大鹅。"

闻时礼转头扫一眼池塘边上的那些大鹅，摸出钱包来，笑着说道："老人家，在我看来没有钱买不到的东西，如果有的话，那一定是给得不够多。"

他抽出厚厚一沓钞票递过去："三千。"

农民爷爷一愣。

"不够？"闻时礼又抽出两千块钱递过去，"这下总行了吧？我打听过，这种大鹅的市场价也就几块钱一斤，现在卖给我比到时候你自己卖划算得多。"

老农民爷爷思忖片刻，想着也是这么个道理，接过钱，手指蘸了点口水数钱，边数边问："你买这么多大鹅干啥？"

闻时礼将钱包放回去，淡笑道："杀了。"

"你是做餐饮的？"

"不是。"

爷爷忙着数钱，也没有再问，数完钱后对他说："要杀鹅的话，我知道有个屠宰场，就在离这里不远的地方。"

闻时礼点点头："行，如果可以的话，麻烦再帮我叫个车，喊人帮忙搬这些鹅。"

农民爷爷说："这个点叫车有点儿贵。"

闻时礼说："没事，多少钱都行。"

如此一通操作下来，结果就是宋枝现在看到的画面：十八只被杀后净了毛的大白鹅堆在自己家的厨房里。

宋枝忍不住摇头说道："不至于吧。"

"至于，"他笑了，"怎么不至于？谁让它咬了你，它咬了你，那它就该死。"

"又不是每只鹅都咬了我。"

闻时礼故作无辜地耸耸肩，慵懒地笑着："我又不知道是哪一只咬的你，所以全部买来杀掉，这样总不会有遗漏了。"

所谓宁可错杀一千，也不放过一个，说的就是他这种行为吧。他真是够大手笔的。

这真让人有些哭笑不得。宋枝注视着那一大堆死去的白鹅，闻着浓郁的鹅膻味，愣了一下，问："这些要怎么处理啊……"

闻时礼倒是回答得轻松："吃呗。"

宋枝望着他，不可置信地问："这么多怎么吃得完？"

闻时礼被她的反应逗到，轻笑一声，说："有什么吃不完的？天天铁锅炖大鹅，岂不是很好？"

"天天吃也吃不完啊！"宋枝说，"就这么几个人，一天一只都吃不完。"

闻时礼说："放冰箱。"

"冰箱也放不下这么多。"

"行。"

就在宋枝以为他意识到问题所在的时候，他直接正儿八经地来了句："明天再给家里添个大冰箱。"

宋枝回到房间。闻时礼跟着她进来，一眼扫到床头柜上的医药箱，说："刚刚我在客厅没找到，原来在你房间。"

宋枝转身，微微仰头看着他："你能不能不弄啊？"

闻时礼眯眼浅笑，语气温和果断："不能。"

"可我都已经缠上纱布了……"宋枝放软语气，"而且你又不是不知道我怕痛，重新包扎很痛的。"

闻时礼低笑一声，说："你别撒娇，没用。"

闻时礼握住她瘦削的肩膀，推着她朝床的方向走，到了床边，手上略微一用力往下按，迫使她在床沿上坐下。

他耐着性子说："不处理的话，后续发炎了会更痛。"

宋枝无法反驳，耷拉着脑袋哦了一声。

闻时礼打开医药箱，从里面取出碘伏、棉签和纱布，放到桌上备用。

然后他在宋枝面前蹲下，开始解纱布。

看着小姑娘脚踝上毫无章法地缠了一圈的纱布，闻时礼忍俊不禁，说："你不是学医的吗？这手法不是一般差。"

宋枝不满地说道："我当时心情不好，胡乱缠的。"她俨然一副理所应当的口吻。

闻时礼没有再同她拌嘴，而是小心翼翼地拆着纱布。

拆到最里面那层纱布的时候，他揭到一半，宋枝倏地倒吸一口冷气："嘶——"

闻时礼立马停手，抬眼看她："怎么了？"

宋枝皱眉说疼。

他低头仔细检查，发现纱布和伤口处干掉的血痂粘连了，所以揭开纱布的时候会有撕扯的痛感。

"我尽量轻一些，你忍一忍好不好？"闻时礼抬头看她，温和地哄着。

"好吧。"宋枝闭上眼睛，还是有点儿怕，不忘加重语气说，"你轻一点儿啊！"

闻时礼摇头失笑："知道了。"

闻时礼捏着纱布，尽可能慢地将其揭起来，一边揭还不忘一边低头用嘴给她吹气，好像毕生的耐心悉数耗在这儿了一样。

终于，粘连着血痂的纱布被他全部取下。

宋枝还闭着眼睛，眉头还皱着："你好了没啊？"

闻时礼说："好了。"

待她睁开眼时，看见闻时礼正将取下来的纱布丢进垃圾桶里。她抿抿唇，说："刚刚怎么不痛？"

闻时礼笑着，用稍带揶揄的语气说："因为我刚刚有给你呼呼了。"

"多大的人了，还说'呼呼'，你幼不幼稚？"

"枝枝，你别忘了一件事。"闻时礼起身，到桌边拿起碘伏，打开瓶盖，拿两支棉签伸进瓶口蘸取液体，"在你十三岁那年，你第二次见我的时候，就哭着让我呼呼。"

宋枝一时觉得脸热，反驳道："我当时才十三岁！"

闻时礼笑了："十三岁很小？"

宋枝说："也没有很大吧。"

闻时礼说："不知道的还以为你当时是小学生呢。"

"你才是小学生！"

"嗯，我是。"

蘸好碘伏后，闻时礼重新在她面前蹲下，轻轻握住她受伤的那只脚踝，手拿着棉签伸过去，快要触碰到伤口的时候又停下，抬头冲她笑道："我记得你那会儿就不怎么敢正眼看我，该不会从那时候开始，你就……"

宋枝心里咯噔一下，故作平静地说道："乱想什么呢？快涂药吧。"

闻时礼瞧着她，脸上露出不正经的笑。笑意从眼角蔓延至眉梢，深色的眸子里似乎隐隐藏着春光。

他懒洋洋地笑道："好，我就当不知道。"

其实，在看见那个粉色千纸鹤上面的内容后，闻时礼就知道宋枝很久以前就喜欢他了，但他不知道到底是从什么时候开始的，也不知道是因哪一件事开始的。

有些事情不必问得太清楚，留点儿悬念也好。而宋枝也不会告诉他，两人第一次见面，她第一眼就喜欢上他了。

黄昏时的办公室里，那日说起就起的风，卷起的除了那张鉴定报告外，还有她年少时不谙世事的心潮，与一瞬间停滞的呼吸。

在他的桃花眼与她对上时，她的脑中一片空白。

很快，闻时礼就替她上完药，包扎好了伤口。在他把东西往医药箱里面放的时候，宋枝想到一件事情："对了。"

闻时礼说："嗯？"

"你今晚不能和我一起睡。"宋枝说，"规矩就是这样，在父母家的话，结婚前不能睡一间房。"

闻时礼关医药箱的手一顿。他望着坐在床沿上的宋枝，脸上浮现几分意味深长的表情。他轻笑一声，慢悠悠地问："我什么时候说过要和你一起睡？"

宋枝一下子怔住了，看着男人含笑的眼睛，瞬间耳热不已。

他修长的食指点在医药箱的盖子一角，在无声地对视时，将箱盖往下按，直至关上箱子。

宋枝觉得心脏快要跳到喉咙里了。

她稳住心绪，用平静的语气说："我就是提醒你一下，没别的意思。"

闻时礼笑道："我也没说你有别的意思。"

他这么抠她的字眼有意思吗？！

就在宋枝准备挤对他的时候，闻时礼突然朝她伸来一只手。

她一怔。

那只手轻轻捏着她的下巴，朝上一抬。

男人低沉的嗓音响起："不能一起睡，你给个晚安吻总可以吧？"

宋枝说："你等……"

她剩下的话被他吞掉了。

温热的呼吸在二人间交缠，窗外夏季的蝉鸣自动被削弱。他单膝跪在床沿上，身体逼近她，醇厚的乌木香草味包围了她。

宋枝并未来得及闭上眼，在极近的距离对上他深沉的眸子，心跳突然加快。

这是一个缠绵的吻，却没有持续太久。

他用食指刮了刮她挺翘的鼻梁，低低地道了句晚安。

"晚……晚安。"

闻时礼又在她的额间落下一吻，才离开卧室。

宋枝到厕所洗漱，洗漱后关灯躺在床上，翻来覆去却怎么都睡不着，心跳随着她的思绪时不时加快。每次心跳稍微平缓下来一点儿，她一想到他，心跳就再次加快。

尤其想到自己坐在便利店的玻璃窗前，闷闷不乐地挑着关东煮里面的香菜时，眼前突然投下一道阴影，他就那么出现在眼前，让人很难不心动。

今天她的不愉快通通一扫而光，哦，除了他买了十八只鹅的事情。

宋枝噌地从床上坐起来，想到厨房里的那堆鹅，决定第二天再好好和他说一下这件事。

她对闻时礼这人过于了解，自然清楚他向来言出必行，难有食言的时候。所以她第二天睡醒后到厨房拿鲜牛奶，在看见厨房里多了一台新冰箱后，丝毫不觉得稀奇。

她拉开冰箱门，看见里面塞满了鹅，不禁抬手揉揉太阳穴，觉得头痛。

拿了牛奶，宋枝回到客厅，正巧看到闻时礼打开房门出来。

宋枝拆开吸管，插进牛奶里，叫了他一声："哥哥。"

"嗯？"闻时礼朝她走过来，懒洋洋地说道，"早，怎么了？"

宋枝喝了一口牛奶，慢吞吞地用格外认真的语气说："既然你一次性买了那么多鹅回来，那你就吃完再走。"

似乎觉得这话有些荒唐，闻时礼笑着挑眉："你说什么？"

宋枝面不改色地重复："你把那些鹅吃完再走。"

闻时礼说："那么多，得吃到什么时候？"

宋枝说："你也知道多啊？"

这句反问直接把闻时礼逗笑了："长本事了啊。"

宋枝突然想到他在接受采访时说过的一句话，便拿来现用："我这叫'以子之矛，攻子之盾'。"

闻时礼轻笑出声，肩膀轻颤着，伸手在她头上重重地揉了一把："厉害。"

宋枝拨开他的手："别弄，头发要乱了！"

闻时礼偏要弄，故意揉乱她的头发，语气却温柔得很："乱了哥哥给你梳，还有啊——"

他稍稍一顿，尾音拖得意味深长。

"你要是想留我陪你，大可以直说，不用这么拐弯抹角。"他又说。

宋枝欲言又止，觉得他的脸皮不是一般厚。她哪句话说想要他留下来了？没有吧。

算了，他曲解意思的本事很有一套，一直如此。

懒得和他掰扯，宋枝索性点头承认："行，那你就把那些鹅吃完再走。"

或许因为宋枝的话，也或许闻时礼本就计划留下来，他确实留下来待了几天。

上午，他就在房间里工作，下午会去练车场找她，在不远处的凉棚下坐着，手边摆一瓶矿泉水，时不时抽根烟，看看手机，再抬头看着不远处练车的她。

小姑娘在学车这件事上真没什么天赋，甚至说有点儿笨，一个侧方停车练了两天都停不好，半坡起步一直熄火。

他经常见她被教练训斥得可怜巴巴的，教练责备她的声音大到整个场地都能听到。

场地内的女学员不少，经常会有这样一幕：女学员红着脸走到闻时礼面前，捧着手机小心翼翼地问能不能加个微信。

闻时礼眼一抬，看的不是面前要加微信的人，而是左侧前方在练车的宋枝。

宋枝的注意力很快被吸引。

看到有女学员和闻时礼搭讪，她心里酸酸的，很不舒服，不由得多看了两眼，于是，又免不了被教练严厉地训斥。

"宋枝！你往哪儿看呢？！"副驾驶座上的教练伸手在她眼前挥舞，"你看后视镜啊！"

宋枝收回视线，蔫蔫地说好。

闻时礼瞧在眼里，望着宋枝的方向，淡笑着开了口："不好意思，我的小女朋友看着呢。"

女学员失望地啊一声，顺着他的视线看过去，不甘心地问："哪个啊？"

闻时礼抬手一指，语气里带着隐隐的炫耀："那边，场子里最漂亮的那个。"

女学员垂头丧气地走了。

没过一会儿，又有一位陌生的女学员过来，也是要加微信，闻时礼照着之前的方式拒绝了。

结果女学员看一眼宋枝后转过头说："就加个微信聊聊天，我又不干吗，你女朋友应该不会那么小气吧？你觉得呢，小哥哥？"

闻时礼听宋枝喊哥哥习惯了，乍一听旁人喊小哥哥，感觉瘆得慌，鸡皮疙瘩都冒出来了。

闻时礼感到不适，略一蹙眉，直接说道："抱歉，我的小女朋友很小气，不让我加别人的微信。"

对方又说："她真那么小气啊？那你应该很辛苦。"

闻时礼的脸色冷了几分："不辛苦。"

对方："小……"

在那声"小哥哥"喊出来前，闻时礼打断了她："我不吃这一套，你去一边儿凉快去吧。"

对方吃瘪地离开了。

正巧宋枝中途休息，过来拿起他事先准备好的水，拧开喝了一口，喝完后直勾勾地盯着他的脸。

闻时礼被盯得心里发毛："干吗？"

宋枝沉着脸："你刚刚聊得很开心是不是？"

闻时礼无奈地摇了下头，一挑眉，含着笑看她："你哪只眼睛看见我聊得很开心了？"

宋枝伸出两根手指指着自己的眼睛："这两只。"

一听这话，闻时礼径直起身，拉着她的手作势要走。

宋枝没反应过来："去哪儿？！"

闻时礼说："我带你去医院眼科好好看看。"

宋枝说："你说我瞎？"

"可不是吗？"闻时礼无辜地耸耸肩膀，抬手轻轻地点了一下她一侧的眼角，"年纪轻轻眼睛就这么不好使，乱冤枉人。哥哥很洁身自好的好不好？"

宋枝站着没动，将手收回，沉着脸说："反正就怪你。"

闻时礼哭笑不得。都说男生和真正喜欢的女孩吵架是永远吵不赢的，他算是领教了。

闻时礼伸手想要拉她。宋枝却不动声色地将手往后一躲，避开他的接触。他的手悬在半空。

闻时礼眉梢一挑："真生气了？"

宋枝不讲道理，置气道："就生气。"

"因为看到你和其他女生说话，我分散了注意力，被教练臭骂了一顿。"宋枝抱着手臂，一副受尽委屈的模样，"这不怪你怪谁？"

闻时礼试图讲道理："那都是别人来和我说话，我又不能隐身。要不然我不陪你练车了？"

宋枝愣住了。他不陪她？这个男人怎么能说出这么冰冷的话？

"不行！"宋枝有些急了，"你说了会陪我练车的，不能骗人。"

闻时礼说："那肯定还会有人找我搭讪，毕竟哥哥长得这么好看，对不对？"

宋枝说："你好自恋。"

闻时礼说："难道不是？"

宋枝没吭声。

闻时礼不理解她的沉默到底是什么意思，俯身将脸送到她的眼前，吊儿郎当地笑着问："这张脸哪儿不好看？哪儿没把小宋枝迷得团团转？"

对上男人含笑的眸子，宋枝的脑中灵光一闪，她突然开口："有了！"

闻时礼没着急起身，懒洋洋地应道："嗯？"

宋枝脸色严肃，认真地说道："你可以戴一顶鸭舌帽，再戴上口罩，这样别人看不见你的脸，就不会来和你搭讪啦。"

闻时礼觉得诧异："你认真的？"

小姑娘飞快地点点头。

闻言，男人抬头望向晴空中的烈日，无奈地说："三十九摄氏度的天气，你让我戴口罩和帽子？"

宋枝也觉得不妥，但还是大着胆子问："可以吗？"

闻时礼的唇角一弯。他反问："你觉得可以吗？"

宋枝面不改色地说道："可以。"

这下闻时礼直接没了脾气，摊了摊手，笑道："行，明天我戴口罩和帽子来。"

宋枝说："这还差不多。"

或许在旁人看来，这种要求有些过分，甚至可以说是无理取闹，但闻时礼偏偏愿意迁就。在他看来，宋枝说的任何话，提的任何要求，都没有无理一说，只要是从她口中说出来的，那就是合理的诉求。

第二天，闻时礼果真说到做到，戴了一顶黑色鸭舌帽，还有一个黑色口罩。

由于帽檐压得低，从远处看，根本看不清他的脸。

今天是周六，练车的人格外多，大部分是附近一所高校的大学生。

人多的时候练车就不太方便，一辆车有四个学员，在教练的带领下轮流练习。一个人练习的时候，其他人就站在边上看着，或者坐在车上。

这天和宋枝同车练习的学员里有个生面孔的女生，年龄和宋枝相仿。两人闲聊几句后，宋枝得知女生就是附近那所二本大学的大二学生，叫杨漫。

杨漫性格开朗，自来熟，没说一会儿话便主动挽上宋枝的胳膊，表现得很亲昵。

在其他学员练车的时候，杨漫把宋枝拉下车，去练车场的小卖部买水喝。宋枝不好拒绝。

去小卖部的路上，她们会经过闻时礼所在的凉棚。他没注意到她们，而是在接电话，微微低着头，帽檐遮挡住了他的双眼。

杨漫不经意间瞥见闻时礼，便觉得惊为天人，移不开视线。

杨漫心想：我练个车居然能遇到这么好看的男人！

她将宋枝的胳膊一扯："你看你看，那男的好帅啊。"

宋枝顺着杨漫的目光看过去，发现她说的人就是在接电话的闻时礼后，心里冒出无数的问号来：他戴着帽子和口罩，五官都看不全，杨漫是怎么看出来帅的？

宋枝决定问一问："哪里帅啊？"

杨漫激动地说："就是很帅啊，你看他好白啊，都说一白遮百丑，这么白总不会丑到哪里去吧。"

杨漫又说："看样子他也就二十岁出头，是大学生吧，不知道是不是我们学校的。"

他二十岁出头？那个老男人哪里看着像二十岁出头的样子啊？！

宋枝仔细一看，发现闻时礼今日的打扮非常有少年感，穿着黑色短 T 恤衫和灰色休闲裤，脚踩一双匡威板鞋，露出来的手臂是冷白色的，整个身形显得高挑挺拔，怪不得会让人误会他是个大学生。老男人听到估计会得意得不行。

宋枝收回视线，淡淡地说："还好吧，我感觉就那样。"

杨漫说："哇，你的眼光也太高了吧！"

宋枝说："我又看不到脸。他摘下口罩指不定丑成什么样呢。"

杨漫问："你想不想看？"

"什么？"

"我们可以过去要个微信，顺便让他摘下口罩看看。"

宋枝怔住了，迟疑地说道："不太好吧……"

"有什么不好的！"杨漫怂恿宋枝，"别放过任何一个可以和帅哥接触的机会，就算我们不去，也会有别人去的。"

宋枝说："怎么会……"

话还没说完，她们就看见了三个女生，三人你推推我，我挤挤你，互相推搡着走到刚挂断电话的闻时礼面前，个个脸上都带着羞意。

杨漫说："你看吧！我们一起去！"

说完，她都不给宋枝反应的时间，直接拽着宋枝的手朝凉棚的方向走去。

宋枝被迫跟着小跑："哎！"

转眼间，宋枝已经被杨漫拉着站在闻时礼面前了，并且和其余三个女生并排站着，简直是一出喜剧画面。

闻时礼把手机揣进裤兜里，抬头，一双风流的桃花眼从黑色帽檐下缓缓露出来。他从左至右一一扫过几位女生，最后目光停在宋枝有些窘迫的脸上。

他的眉梢微微一挑，富含深意。宋枝恨不得找个地缝钻进去。

杨漫生怕被其他三个女生抢先，主动开口说道："小哥哥，能加个微信吗？"

闻时礼冷冷的嗓音隔着口罩传出来："微信？"

杨漫重重地点头。

旁边三个女生也说："我们也想要。"

宋枝垂在身侧的手不自觉地握成拳。她想：现在的女生怎么这样，不能矜持点儿吗？！难道她们就不怕遇到不靠谱的男人？

好尴尬。

宋枝不停地在心中默念：快点儿，快点儿拒绝，让我快点儿离开。

察觉到他直直的视线，她不动声色地别开了眼。

没想到闻时礼居然饶有兴致地笑了，懒洋洋地对杨漫说："是你想要，还是你身边那个人想要？"

宋枝想：这男人什么毛病？我有你的微信！这男人爱逗人的恶习到底什么时候才能改改？

杨漫说："我想要！她也想要！"

宋枝想：我什么时候说想要了？！

宋枝当即便要开口否认，可话刚到嘴边，就见闻时礼朝她走近一步，歪头打量着她，眼里含着淡淡的笑意。他说："你想要哥哥的微信啊？"

宋枝维持着镇定，装作和他不认识，摇了摇头："没。"

闻时礼懒洋洋地笑了一声："不想要？"

杨漫说："哦，她说你戴口罩可能是因为长得丑，是帅哥的话她肯定要的！"

宋枝想，今天出门前没想过会有这么尴尬的时候，如果知道，那她今天一定会请假。

果然，闻时礼在听到"长得丑"几个字后，眸光一凝，不可置信地问："我长得丑？"

宋枝愣在原地，不敢吱声。

她完蛋了。

闻时礼抬手，修长的手指捏住鸭舌帽的帽檐，朝后一掀。

宋枝一怔。其他四个女生不由得屏住呼吸。

他要摘口罩了吗？

紧接着，男人利落地扯掉了面上的口罩。

在他的脸露出来的那一瞬间，宋枝明显听到了身旁的人倒吸冷气的声音，和她初见他时的反应如出一辙。

有些人就是好看到犯规，好看到会给人一种眩晕感，再说得夸张点儿，会让人有种造物主不公平的嫉妒心。

闻时礼就生了这么一张招人嫉妒的脸。

鸭舌帽压乱了他额前的黑发。他把头发随手往后一抓，反而有种凌乱的美，在这炎炎夏日里看着他，会觉得格外清爽。

在其他人还因为他的长相而震惊时，他已经取下口罩，看着宋枝笑着问："丑不丑？"

宋枝觉得他好幼稚，干脆说："丑。"

其他人想：这还丑啊？那得什么样的才能算帅哥？

闻时礼也不知道小姑娘为什么会突然加入陌生人要微信的队伍里，觉得她只是闹着玩，也没想着拆穿她，唇角的笑意依旧，语气温和地问："很丑吗？"

宋枝说："也不是很丑吧。"

"和你男朋友比的话。"闻时礼稍稍一顿，笑了下，"谁好看点儿？"

杨漫说："小哥哥你怎么只和宋枝说话？"

闻时礼懒洋洋地笑道："因为她漂亮。"

宋枝的心重重地跳了一下。

这是怎么回事？她听到他跟别人夸她觉得有点儿心动，并且有点儿不好意思。

杨漫问："那能不能让我们加你的微信啊？"

闻言，闻时礼抬手亮出左手无名指上的戒指给她们看，带着温和的笑说："抱歉，我有主了。"

杨漫啊了一声，有点儿遗憾地说："果然帅哥都'英年早婚'。"

宋枝实在待不下去了，拉着杨漫要走："去买水吧，等会儿教练该找我们了。"

杨漫说："好吧。"

就在宋枝转身离开，以为万事大吉的时候，身后传来男人含笑的嗓音。

他温柔地叫她的名字："枝枝，我好热，就不戴口罩和帽子了，戴了也没用。"

那句"枝枝"一出口，包括杨漫在内的其余四人皆一怔，而后目光就变得格外意味深长，不约而同地转头看向宋枝，简直是大型尴尬现场。

宋枝的眼睛愣愣地看着前方。她想尽量忽略掉那几道目光，却不料身后的男人突然起身靠近。他停在她身后，俯身弯腰，脸停在她的左耳边，唇角带笑，温热的呼吸洒在她的耳畔。

宋枝一怔，然后就听见男人用不正经的语气在她耳边笑着说："和哥哥装不认识的游戏要玩多久？"

旁人看他与她贴着耳朵说话的姿势，觉得暧昧得不行。这不是情侣是什么？

好几道目光聚焦在宋枝的脸上，宋枝只觉得心在怦怦跳。她深吸一口气，朝旁边迈出一步，拉开和闻时礼的距离，再露出有些尴尬的笑容，对几人说："其实这是我哥哥。"

杨漫说："哇！"

就在几人羡慕的话还没说出口时，闻时礼懒洋洋地直起身，有一下没一下地把手里的鸭舌帽抛着玩。他温和地笑着补充："没有血缘关系的那种。"

宋枝想：你闭嘴会死吗？就非要看我尴尬死是吧？

杨漫八卦道："那你和宋枝是什么关系呀？"

男人微微眯着一双风流的桃花眼，笑着看向宋枝时便让人觉得暧昧。他的回答也格外耐人寻味："是你们想的那种关系。"

杨漫正要再问，就听到远处的范教练在叫她和宋枝，于是赶紧说："快，叫我们了。"

宋枝终于得救，抬脚往练车的地方跑去。她从来没有觉得范教练的呼唤这么亲切过！

一整个下午，闻时礼都没有再戴帽子和口罩。找他搭讪的女孩陆陆续续地出现。他一开始尚且算有耐心，会礼貌地拒绝，说声不好意思。后来他渐渐不耐烦了，每当有人过来和他搭讪，他就会头也不抬地伸出左手，微微张开五指，给对方看无名指上的婚戒。

五点四十分的时候，宋枝结束练车。她心里还记恨闻时礼捉弄她的事情，所以在结束后她便直接往大门的方向走，经过闻时礼所在的凉棚时，没有停留，也没叫他。

闻时礼当然看在眼里，抬脚追上去，主动拉起宋枝的手："干吗呢？"

他还好意思问她。宋枝板着脸，把手抽出来抱在胸前，俨然一副生气的模样。

闻时礼弯唇轻笑一声，厚着脸皮伸手去拉她抱在胸前的手，紧紧握着不放："别生气。"

宋枝没搭理他。

两人逆着夏季的夕阳走，汇入散场的人流里。闻时礼拉着她的手，歪着头微微弯腰同她讲话的样子，让周围不少小姑娘羡慕。

众人频频看过来，却发现他的眼里只有宋枝，根本不关心周围谁在看他。

宋枝还有点儿不开心，想抽回手却失败了，便说："别拉着我，你的手心有汗。"

闻时礼淡笑着说道："那是你手心的汗。"

宋枝说："那你松开我。"

闻时礼说："我又不嫌弃你。"

"可我嫌弃你。"

闻时礼觉得好笑。眉慵懒地一挑，他摸出纸巾给她擦掌心里的汗，边擦边说："枝枝，你不讲道理的本事越来越大了。"

宋枝气呼呼地说："我哪有啊？！"

闻时礼看她一眼，笑着问："没有？"

宋枝嘴硬道："就没有。"

闻时礼轻笑一声，将纸巾抓在掌心，说："那我来给你梳理一下。"

宋枝抿唇不语，紧跟着，就听到他用一种无辜的语气说："你跟别人说我长得丑，这个没冤枉你吧？"

宋枝想，这的确不算冤枉，是她说的。

闻时礼又说："你还装不认识我，撒谎说我是你哥哥，也没冤枉你吧？"

宋枝想，这样看好像是她不讲道理。

闻时礼的质问让她有点儿招架不住，哪怕他的语气温和，眉眼也带着笑，但她就是觉得尴尬得很，到了能立马用脚趾抠出一套三室一厅的程度。

宋枝突然想到一件事能找回一点儿面子："那你也不应该把口罩和帽子摘下来！"

闻时礼说："啊？"

"啊什么啊？"宋枝决定倒打一耙，"你要是不摘口罩，让她们看到你的脸，那不就没有后面的事情了吗？"

"那不就坐实我丑的事了吗？"

"不行吗？"

闻时礼被她问得没脾气，耸耸肩失笑道："行。"

宋枝将倒打一耙进行到底："反正都怪你。"

闻时礼很无奈："那你说怎么办？挡着脸也没用，都怪哥哥浑身都散发着帅的气质。"

宋枝翻了好大一个白眼，即便他好看这件事是事实，但也不能这样自恋吧。

闻时礼又试探性地开口："你要是真生气的话，那我明天就不来了？"

宋枝一愣，淡淡地说道："随便你。"

闻时礼："噢。"

你噢个屁。

宋枝趁他不注意，倏地抽回被他拉着的那只手，飞快地往前跑。

她的耳边有风刮过的声音，还有男人含笑的嗓音："小鬼，你跑什么？"

没跑出去多远，宋枝直接被男人揪住衣领。他笑着打趣："腿这么短，还跑？"

宋枝当即转身，跺了一下脚："我的腿哪里短？！"

闻时礼的目光向下。他扫一眼她纤细笔直的双腿，不正经地弯唇笑了一下，说："和我比的话，确实不算长。"

宋枝不满："谁要和你比啊？"

闻时礼松开她的衣领，顺手在她的脸颊上亲昵地捏了捏："好看。"

宋枝微微一怔："什么？"

他收回手，目光扫过她的腿，明显意有所指。

宋枝的脸上发热。她顿时生不起气来了。

宋枝转身，朝着正前方公交车站的方向走去。闻时礼默默地跟在她后面，拉起她的手。

夕阳将两人的影子拉得长长的。

上公交车后，宋枝挑了最后一排靠窗的位置坐下，他紧跟着坐在她身旁。她有些疲惫，把脑袋靠在他宽厚的肩膀上，脸朝着窗外，看外面不断后退的景物。

两人谁也不说话。闻时礼也顺着她的目光看向窗外。

两人的眼里是同一片风景。

就在这样的场景下，宋枝想到十三岁那年。那天她在学校被欺负了，他翘课帮她撑腰，带她吃面，给她涂药，最后她在公交车上靠着他的肩膀睡了一路。

往事历历在目，让人有种恍惚感和一种不真切感。

宋枝不禁用脸轻轻地蹭蹭他的肩膀，寻求一种真实感。她的斜上方传来男人轻声细语的一句话，像午夜时分情人间的呢喃，混在公交车运行的声音里，倍显温柔。

他问："蹭什么呢？"

宋枝又蹭了蹭，蹭到他温热的颈窝深处，却还矢口否认："没蹭。"

闻时礼的唇畔露出浅浅的笑意。他没再说什么话来搅乱此刻的静谧，只不动声色地将肩膀挪得更近一点儿，以便她能靠得更舒服。

宋枝却突然出声打破沉默："哥哥。"

闻时礼："嗯？"

宋枝的手一动。她挽上他的胳膊，转脸去看他的眼睛。他顺势低头。两人的视线准确地对上。

宋枝靠在他的肩膀上仰头看他，表情认真，语气严肃："你会永远对我这么好吗？"

闻时礼的眸光微微一凝："为什么突然这么问？"

宋枝盯着他："我想知道答案。"

闻时礼说："你想听什么答案？"

"你内心最真实的想法。"

"嗯？"

"你说啊。"

闻时礼轻轻啧一声，略一歪头："我没有任何对你不好的理由。"

宋枝问："那你会变吗？"

闻时礼说："我为什么要变？"

宋枝说："比如说哪天你突然不喜欢我了，你就不会对我这么好，不会对我这么有耐心，也不会事事都迁就我。到时候你只会嫌我烦，然后喜欢更好看的女生。"

闻时礼不明白小姑娘突然的不安从何而来，但他作为男朋友，是有一定责任的。

他抬起手臂，搂着她往怀里一带，紧紧地搂住她。

车上人很多，宋枝羞得屏住呼吸，在他怀里不敢抬头，只敢特别小声地问："你……你干吗？"

闻时礼低头，靠近她的耳朵，用很小的气声说："哄你。"

"枝枝，你听着，"他的声音只容彼此听见，完全是在说悄悄话，"再好看的皮囊在我的眼里都很寡味，谁都会老，灵魂契合才是最重要的。我很清楚我要什么。"

他说："如果我哪里做得不对，你告诉我，我改就是，你不要一个人憋着，更不要胡思乱想，你要信任哥哥。"

宋枝很感动，抽抽鼻子，仰头正对着他精致的锁骨，小声说道："你没有什么做得不对的地方，我只是觉得……"

闻时礼说："觉得什么？"

宋枝说："我觉得我有时候好作，怕你受不了。"

听到这话的闻时礼笑出声，另一只手直接把宋枝的下巴抬起来。他盯着她有些害羞的脸问："你也知道你作？"

没等她开口，他又说："没事，想作就作，你开心就好。"

宋枝的眼睛一亮："真的吗？"

闻时礼淡淡地嗯一声。

宋枝问："为什么？"

闻时礼说："我是你的男朋友，你不和我作的话，要和谁作？"

宋枝觉得心里甜得冒泡。这老男人好宠她！

瞧着小姑娘的眼神，闻时礼没忍住，慵懒地扫了四周一圈，飞快地在她的唇上亲了一下，然后挺直背坐好，俨然一副无事发生的模样。

宋枝当即怔住。他刚刚亲了她？

没等她回神，他垂眸，在她耳边轻声说了一句情话："枝枝，我们永远热恋，永远热烈。"

我们就像这个夏天一样。

在隔天练车的时候，宋枝一直都没看见闻时礼的身影。休息的时候，她在整个场地里找了一圈也没找到他。

她站在一片绿荫里，想着昨天和他的对话。

他说干脆明天不陪她练车了。她说随便，结果他就真的不来了。

宋枝心里一阵失落，甚至有点儿委屈。虽然她说让他随便，但他也不能真的不来吧。

这搞得她完全没心思练车了，加上天气热，整个人都很暴躁。

范教练在远处叫她回去练车。

宋枝垂着头，顶着烈日朝练习S线行驶的地方走去，觉得眼睛都被晒得有点儿痛，火辣辣的。

范教练和其他三个学员一起在S线车道的入口等她。今天杨漫不在，其余的人宋枝一个也不认识，连个说话的人都没有，她就越发沉闷。

见她过来，范教练一指她，说："你先来一圈，你的问题最多。"

宋枝抿唇点点头。

宋枝拉开驾驶座的车门，上车系好安全带。范教练坐到副驾驶座上："准备好了就直接开始。"

其他三位学员坐在后排。

宋枝S线行驶的练习情况一向不乐观。她经常压线被骂，今天看着范教练心情不大好，这让她有很大的心理压力。

别紧张，没事的，宋枝在心中给自己打气，给足心理暗示。

范教练说："磨蹭啥呢？"

宋枝说："马上。"

被这么一催，宋枝觉得自己踩离合器的左脚都有点儿发软，结果导致离合器踩不稳车身抖动。

范教练立马皱眉，扬声警告："稳住离合！不要熄火！"

宋枝一紧张，脚下一松，车直接熄火了。

范教练不耐烦地啧一声："你看你，都说了让你把离合稳住，你还是熄火了！踩个离合有这么难吗？！"

宋枝重新点火，轻声道歉："对不起，教练。"

"再来吧！"范教练说，"你这很让人恼火啊，考试的时候要是熄火了，考试就结束了，还考什么？直接不用考了！"

宋枝听着教练的话，沉默着放下手刹启动车辆，表面平静，心里本就蓄着的委屈在无声地膨胀。

习惯真是一个可怕的东西。

前几天她练车被骂都觉得没什么，一想到休息的时候可以去和闻时礼说话，他会柔声细语地哄她，她就很满足、很平静，完全不像今天这样，被教练简单说两句就觉得崩溃。

宋枝不禁走神，心想：自己是不是太依赖他了？没有他自己好像就不行。

范教练暴躁的斥责声拉回她的思绪："你往哪儿开呢？！压线了啊！轮胎都超出白线一半了，你在后视镜里看不到啊？！"

宋枝的喉间一紧，胸口堵得难受。她强忍着，尽量让自己的注意力集中。

她一看后视镜，发现车身果然偏得离谱。

范教练扭头，看见宋枝的表情不对劲，于是用半开玩笑半认真的语气说："想男朋友了啊，怎么这么不在状态呀？"

宋枝盯着后视镜里的车轮，淡淡地说："没有。"

范教练咧嘴笑了，说："那你就专心点儿嘛。"

宋枝嗯一声。

此时，后座有一位学员问："范教练，车的大小不一样，大一点儿的车走S路线不就更难一些吗？"

范教练说："考试用车和咱这个车一样。"

学员说："哦。"

范教练又把话头带到宋枝身上，开玩笑道："不过宋枝这样的，我还是建议以后买和驾校一样的车，省点儿力气。"

平时范教练也总这样开她的玩笑，让她把驾校的车买回去，她听听也就过了，偶尔也会跟着笑一笑。今天却不一样，她听着心里特别难受，委屈令她更加敏感，鼻间有酸意涌上来。

车辆刚刚驶出S车道出口，他们迎面遇到一辆白色的捷达车，崭新的车在太阳底下反射出略微刺目的白光。

她一下子没反应过来要踩刹车。

范教练一脚踩下副驾驶座底部的备用刹车，脸色难看，说："这是谁呀？！怎么把车开到这里了？！"

宋枝的心情不好，她也没在意。

范教练又训她，说："宋枝你也真是的，不知道踩刹车啊？车头都要亲上嘴了！"

宋枝愣了一下，没作声。

前方的那辆捷达停着没动。

范教练一下子恼火起来，推门下车，大步走到捷达的车门旁，弯腰敲了几下车窗，然后捷达的驾驶座车门打开了。

宋枝抬眼的那一刻，正好看见下车的不是别人，而是让她想念了一下午的闻时礼。

他单手扶着车门，阳光下的眉目清俊耀眼，唇角带着懒洋洋的笑。

他这是怎么回事？

带着这样的疑惑，宋枝也下车，顶着灼灼烈日走向他。

宋枝过去的时候，闻时礼正在和范教练说话。他漫不经心地屈起手指敲了敲车身，笑着说："范教练，您不是总让我女朋友买辆和驾校一样的车吗？您看，这不买来了吗？"

包括宋枝在内，没人能想到闻时礼会因为一句玩笑话，真给宋枝买一辆新车用来练习。

这车虽然不贵，但落地也要七八万块钱。她只是用来练车，谁听着不说一句大手笔，不唏嘘一句浪费可耻？

范教练往车头一瞧，看见牌照都已经上好了，露出被香烟熏得有些黄的牙齿笑道："还真买了呀！"

闻时礼淡淡地嗯一声。

范教练的目光里带着点儿惊讶和羡慕。他看向宋枝，说："可以啊小丫头，你男朋友对你真好啊！"

宋枝仔细地看一眼那车，平静地说："不一样。"

闻时礼挑眉："哪儿不一样？"

宋枝说："看着就和驾校的车不一样。"

闻时礼摇头失笑，一副被她打败的无奈样。他说："你看，给车身喷上'教练车'三个字是不是就一样了？"

宋枝回头看一眼教练车，再看一眼新的捷达，发现还真是这样。

沉默几秒后，她点点头："好像是的。"

闻时礼撑着车门，用灼热的目光看着她，面上带着笑意："怎么？要不要哥哥把车给你喷上字再来？"

宋枝说："不用。"

范教练说："一样的一样的，这个一看就和教练车是一模一样的。"

宋枝老实地点点头。

闻时礼摸出烟盒来，朝范教练递话："一起抽一根？"

范教练欣然同意，让车上的学员自行休息十分钟，他抽根烟再回来。

宋枝没有跟过去，默默地坐到新车里吹空调。教练车为了省油，通常不开空调，这可把她热坏了。

她坐在副驾驶座上，感受着冷气，看到正前方闻时礼和范教练站在树荫里聊得正起劲。

范教练和他说话的时候一点儿都不凶，甚至可以说非常亲和。

见状，宋枝咧了咧嘴，也不知道教练在教学员的时候为什么要那么凶。

这边，闻时礼递给范教练两包硬壳中华，斯文有礼地笑着说："我女朋友学车比别人慢

· 592 ·

一些，您辛苦了。"

在旁人看来，这是闻时礼浪漫、注重细节，他不会和外人说宋枝笨，哪怕在学车这件事情上宋枝真的有点儿笨。他只会温和地表示，她不过学得比别人慢一些而已。

这个男人总是有着不经意的致命温柔。

范教练看着那两包中华，想到自己平日里对宋枝的责备，有点儿不好意思去接，只说："没有没有。"

"您拿着。"闻时礼只是温和地笑，"麻烦您对宋枝多些耐心。"

范教练一个月的工资撑死也就万把块钱，除去车贷、房贷、奶粉钱，能花在自己身上的钱不多，平时更不会买中华这种烟来抽。他没顶住诱惑，伸手接过烟，同时下定决心以后万万不可对宋枝凶。

闻时礼徐徐地吐出一口烟，用不经意的口吻提醒："对了，我女朋友是个小哭包，容易委屈，不太能经得住批评，所以麻烦您采取鼓励式教学。"

范教练自然说没问题，毕竟拿人手短的道理他还是懂的。

闻时礼笑着说："给您添麻烦了。"

范教练嘿嘿一笑："不麻烦！"

那天过后，宋枝就在红苹果驾校出了名。

有人说她的男朋友是有钱的公子哥儿，也有人认出那是国内很有名的金牌刑事律师，为讨她欢心专门购入一辆驾校同款车供她一人练习使用。

向来以凶恶严肃出名的范教练一改往日作风，对宋枝柔声细语，和对待其他学员的态度截然不同。

范教练不负所望，把宽容的鼓励式教学进行到底。

宋枝踩离合器踩得不稳导致车身晃动时，范教练会说："悲欢离合踩得不错，踩出阴晴圆缺的感觉了！"

宋枝打方向盘打得太快时，范教练会说："方向盘不用打这么快，但是你也很不错了，有进步！"

宋枝开车开歪了时，范教练会说："是我的问题，是我把线画歪了，不是你开歪了！"

很多时候，宋枝都觉得自己错得离谱。范教练还是会笑眯眯地说："没事没事，别紧张，咱们慢慢来，你还是有进步的！"

宋枝不禁和闻时礼抱怨："你这样让教练给我开小灶不好吧？"

闻时礼笑着反问："有什么不好？"

"那……"宋枝稍稍一顿，"教练让我买辆驾校同款车你就买，那教练让你给我买条路怎么办？"

闻时礼好像在思考，半天没回答，片刻后从裤兜里摸出手机来。

宋枝问："你干吗？"

他说："我查查哪里有路卖。"

宋枝及时阻止他计划买路的行为，不禁又抱怨："你……你这样总有一天会把我惯坏的，惯成无法无天的那种。"

闻时礼笑得温柔："那不挺好吗？这样就没有别人受得了你，你只有我了。"

他一言不合就说情话。这谁顶得住？

闻时礼伸手摸摸她的鼻尖："乖，哥哥愿意惯着你。"

宋枝乖乖地嗯一声。

闻时礼说："我明天得回间芸了，事务所有很多事情要处理。"

宋枝说："嗯……等等！"

"嗯？"

宋枝说："冰箱里的鹅还没吃完你就想走？"

于是，闻时礼被迫留下又吃了三天鹅肉。每天换着花样吃，吃到最后他只想举白旗投降。

还是在陆蓉的劝说下，宋枝才肯放他回间芸。

从那以后，鹅肉就成为他和她忌口的食物，不管去哪儿吃饭都不会碰鹅肉。

他们此生与鹅肉势不两立。

有时，闻时礼看着桌上与鹅相关的菜肴，都会微微皱眉让人撤下。

每当这个时候，宋枝都会凑过去，得意地小声说："活该。"

然后，两人会再次就当时该不该杀那十八只鹅这个问题进行一场辩论。

只是每次都无果，辩到最后，都会以他搂着她狠狠亲到她愿意闭嘴为结局。宋枝只能腹诽，认为这是一种耍赖行为。

在暑假结束前，宋枝终于成功考取了驾照，拿到驾照后的第一件事，就是拍照给闻时礼看。

她跟他说：夸我！！！

很快，闻时礼回复：不错。

紧跟着他又回了一条消息：下次拿红色的证。

宋枝一怔，带着疑惑慢吞吞地打字回复：红色的？那是什么？

闻时礼：你猜？

看到这两个字，宋枝甚至能想到他意味深长的神情。

只是红色的证是什么？

宋枝倏地反应过来，原来是结婚证。这老男人想得美！

八月末的一天，宋枝约好要和闻时礼看晚场电影。

电影票在一周前就已经买好，但闻时礼一时忙不完手里的事情，没办法去学校接她，就和她商量，让她去事务所等他。

宋枝想着自己正好有时间，便同意了。

周五下午的最后一节课上完，宋枝婉拒了室友去食堂吃饭的邀请，回宿舍换上一条适合约会的裙子，化上一个精致的淡妆后，搭公交车去闻时礼的事务所。

闻时礼提前在微信上给她发了地址，那儿距离学校约十二公里，搭公交车要一个小时，下公交车后还要步行二十分钟。

宋枝撑着遮阳伞，按照手机导航走在绿荫下的人行道上。

眼看着就要到达目的地，宋枝从导航软件切换到微信给闻时礼发消息，让他出来接一下。毕竟她第一次来，不知道他的办公室在哪里。

可能闻时礼在忙。宋枝到了事务所门口，都没有收到回复。

宋枝把手机放回包中，抬起头来，眼前是一栋三层的办公楼，花岗岩的幕墙，深蓝色的窗户反射出下午刺目的阳光。

事务所的招牌用的玫瑰金贴面水晶字，被光一照就显得熠熠生辉。

也不知道闻时礼什么时候能忙完，宋枝决定自己去事务所里问一问。

宋枝走过事务所前的数十级台阶，推开旋转门，看到了前台年轻的助理小姐姐。

助理礼貌且公式化地冲她微笑："您好，请问您找谁？"

宋枝来到前台："我找一下闻律师。"

"您有预约吗？"

"没。"

于是，助理露出充满歉意的一笑："那不好意思，您没有预约不能见闻律师。"

虽然说出来有点儿难为情，但宋枝还是慢吞吞地说出了口："那个，我是闻律师的女朋友，我来等他下班。"

助理一怔。

就在宋枝以为自己能够被放行的时候，助理的表情变得了然。她还是带着公式化的笑容说："不行。"

这下宋枝真的疑惑了："为什么不行？"

助理说："这是规矩。"

宋枝欲言又止，摸出手机看闻时礼有没有回微信。发现还是没有后，她只好重新抬头，说："你就带我去他的办公室，不行吗？"

"不行。"

宋枝说："我真的是他的女朋友。"

助理笑笑，说："来找闻律师的很多女生都说是他的女朋友，还有人说是他的未婚妻或者老婆。"

宋枝怔住了。她急了，解释道："我真的是！"

"她们也说自己真的是。"

宋枝无话可说，叹了口气准备离开去外面等。正当她转身的时候，听到旁边传来一个熟悉的声音，那人叫了她的名字。

宋枝回头，发现来人是骆子阳。

骆子阳来到前台，站在她的面前，问："你怎么突然过来了？"

宋枝说："我来等时礼哥下班。"

"这样啊。"骆子阳说，"那你怎么不进去等呀？"

宋枝苦恼地说："我进不去。"

听到这里，助理的表情微变。她打量着宋枝，然后笑着问骆子阳："骆助，这位是……？"

骆子阳扬起一个笑容，向前台介绍宋枝："闻律师的小女朋友！怎么样，漂亮吧？"

助理小姐心中一惊：她还真是闻律师的女朋友！

宋枝小声问骆子阳："你能带我进去吗？"

骆子阳说："能啊！"

骆子阳转头对助理说："你记着，以后她来了就直接让她进去。"

助理的表情讪讪的："好的。"

骆子阳带着宋枝往二楼闻时礼的办公室去。他告诉宋枝，闻时礼正在开会，手机落在办公室了。

怪不得他不回微信呢，宋枝心想。

推开办公室的门，宋枝不禁感慨："他一个人用这么大一间办公室啊？"

骆子阳嘿嘿一笑："老板的办公室能不大吗？你在这儿等就好。我手头还有点儿事情没忙完，我得去忙。"

宋枝点点头："谢谢，你去忙吧，我就在这里等他。"

骆子阳没有马上走，而是用闻时礼的私人茶具给她泡好一壶茶后才离开办公室。

茶几上的热茶香气腾腾的。

宋枝在沙发上坐了一会儿，起身开始参观办公室。

闻时礼的办公室很简洁，一个黑色实木书架，长方形的办公桌，桌上有一台笔记本电脑、一个鼠标、一个铁艺台灯和一些工作资料，再无其他东西。

宋枝没有随意翻动任何物品，只是简单地看了几眼。

角落里的两盆绿萝长得极好，有半人高，叶片滴翠。

旁边放着个喷壶，宋枝走过去，拿起喷壶给绿萝的叶子喷了点儿水，然后回到沙发处坐下。

茶水正好变得温热，宋枝端起茶杯，一边喝茶一边看手机打发时间。

约莫过去了一个小时，闻时礼依旧没有回来。

这时宋枝已经喝掉半壶茶水，想上厕所，却发现办公室里没有自带的洗手间。她隐约记得这层的尽头就是洗手间。

宋枝起身朝办公室门口走，推开门往左一看，走廊尽头果然是洗手间。

她没有细看上方的牌子，直接进去了。

从洗手间出来的时候，一个保洁阿姨正好拿着拖布、水桶站在门口。看见她从里面出来，保洁阿姨满脸震惊，大声质问她："你怎么去这里了？！"

宋枝有些被吓到，愣了几秒，缓缓地说："我……我上厕所啊。"

保洁阿姨皱着眉说："这里不能用。"

宋枝说："里面没什么问题啊，设施都是好的，也很干净。"

保洁阿姨说："这是闻律师的私人洗手间。"

洗手间还要私人的，她以前怎么没发现这男人这么多事。

保洁阿姨继续说："要是闻律师看到会不高兴的！"

也许是对方的口气过于严肃，宋枝有些心虚，忙问："那怎么办啊？"总不会因为她用了一下他的私人洗手间，他就生气吧？

保洁阿姨单手握着拖把杆，朝她摆摆手，神秘兮兮地小声说："这样吧。"

宋枝问："哪样？"

刚问完这两个字，宋枝就看见保洁阿姨身后出现一个人影。她抬眼，对上男人漆黑的眉眼。

闻时礼一动不动地望着她。宋枝的心重重地跳了一下。

保洁阿姨完全没有注意到身后多出了一个人，继续打着手势和宋枝小声说："这里没别人，只有我看见了，你悄悄离开就好，不让闻律师看见就行！"

宋枝稍一代入保洁阿姨的身份，想到她一转身就看见闻时礼的那个画面，瞬间体会到了令人窒息的尴尬感。

不就是尴尬吗？宋枝很熟悉。

保洁阿姨看着她："你快走啊，等下闻律师回来看到就不好了！"

闻时礼的唇角一弯。他冷不丁地开口："看到什么？"

宋枝很明显地看见保洁阿姨的身体随着他的声音狠狠地颤抖了一下，肩膀高耸，表情惊惧，一副吓得灵魂出窍的模样。

宋枝没想到闻时礼在旁人面前这么吓人。

保洁阿姨有些僵硬地转过身，看见站在身后的闻时礼，立马丢掉手里的拖把杆，规矩地站好，低声喊了句"闻律师"。

宋枝默默地站在一旁，没出声。

闻时礼敛住笑，从宋枝脸上收回目光，冷冷地看着保洁阿姨："你就是这样做事的？"

保洁阿姨被问得不敢出声。

宋枝立马上前，轻轻拉住他的袖口，凑近低声说："没必要吧，我不过就用了一下你的洗手间……"

闻时礼没搭理她，还是盯着保洁阿姨："回答我。"

保洁阿姨被吓得不轻，结巴道："我……我就想着应该没事。"

闻时礼说："你给我解释一下，什么叫应该没事？"

男人面色阴沉，声音冰冷，换谁都会被吓到。

宋枝却不怕他，重重地扯了一下他的手臂，没有再刻意放轻声音，而是直接质问道："不是吧，时礼哥，你真的要因为这么一点小事就这样教训人？"

虽然这是他的事务所，他是老板，她不应该多嘴，但毕竟事出有因。如果不是她的话，保洁阿姨也不会被责骂。

闻时礼懒洋洋地看着她。宋枝对上他的眼睛:"问你话呢。"

突然,他轻笑一声,散去满面的阴冷,伸手捏捏她的脸:"哥哥不就逗你玩一下吗?"

保洁阿姨这下更加傻眼了:什么情况?

宋枝长舒一口气,说:"我还真以为你会因为这种小事生气呢。"

其实,他还真有过。

保洁阿姨记得,有一次其他男律师用了这个洗手间,当时闻律师也算不上生气,但是淡淡的不悦还是有的。从那以后事务所便有了一条不成文的规定:别用二楼走廊尽头的洗手间。

"哪能呢?"闻时礼同她说话时嗓音温柔,又带着几分慵懒,"再说,谁定的这么无聊的规矩?"

保洁阿姨想:貌似是您自己。

宋枝亲昵地主动挽住他的胳膊,撒娇道:"那就好,你都不知道我等了你好久。"

闻时礼转头看她,目光里满是宠溺:"我刚刚在开会。"

"我知道。"

保洁阿姨心里好奇得不行,没忍住直接问出了口:"闻律师,这小姑娘是你的什么人啊?"

闻时礼大方地承认:"我女朋友。"

保洁阿姨像发现新大陆一样瞪着眼睛,吃惊地说:"居然是女朋友!"

闻时礼觉得好笑:"干吗这么吃惊?"

"我最近从我闺女那里新学到一个词。"保洁阿姨说,"看您平时那么严肃,也没听说和谁搞过暧昧,我还以为您是个'寡王'呢。"

闻时礼听得当场怔住,而一旁的宋枝早已忍不住捧腹大笑起来,很快眼角都笑出泪水来。

直至笑得上气不接下气,宋枝才抹着眼角的泪说:"笑死我了,寡王。"

闻时礼挑眉,淡淡地问:"很好笑?"

宋枝重重地点头。

"行,"他淡淡地一笑,"回我办公室慢慢笑。"

宋枝还没反应过来,就被他拉住手臂,拽着往办公室去了,留下保洁阿姨一人在原地发蒙。

办公室的门被男人推开。

宋枝跟着他入内,刚走进去,就见他顺手将门一关,一把将她按在门上。

宋枝的后背抵在冷硬的门上。她有轻微的眩晕感,还没缓过神来,便觉唇上一软。

他急切地吻住她。她屏住呼吸。

他的吻移至耳郭,低沉的嗓音在她的耳边响起:"枝枝,我要是'寡王'的话,你是什么?"

宋枝涨红着脸,讲不出话来。

"接着笑。"他温柔地亲了亲她白嫩的耳垂,"笑个够,我们再去看电影。"

宋枝简直欲哭无泪,明明她只是一个旁观者,不过听到那声"寡王"的时候笑了下而已,又不是她说的,为什么他要这样对她?

她选择求饶,手指轻轻揪着他黑色的衣领,可怜巴巴地说:"我不笑了……"

闻时礼微微扭头,满意地欣赏着她羞赧的神色,气息绵长地轻笑一声,又在她的唇角亲了亲，低声说："没关系，笑多大声都行，反正我的办公室隔音。"

在这种时候，她能清楚地感受到，他说的每一个字都有着很强烈的撩拨意味。

夕阳在窗外一点儿一点儿地落下，沉到西边的天际线下，天色完全变暗。

室内没有开灯，宋枝看不清东西，听觉被放大了好几倍。

闻时礼很喜欢宋枝的声音，它温柔得如一汪被搅乱的春日池水，无论什么时候听都觉得好听，尤其在这种时候是最好听的。

如此下来，两人看电影迟到就是必然的结果。

两人赶到的时候，电影已经开场四十多分钟。宋枝忍不住嘀咕着抱怨："都怪你，要不是你，我们就不会迟到。"

闻时礼自然乖乖地认错，点头温声哄着："嗯，都是哥哥的错。"

宋枝抿唇不语。

闻时礼和她商量："我去和工作人员说，另外安排一个时间包场，毕竟来都来了，不看的话也挺遗憾的。"

宋枝说："好浪费啊。"

"给你花钱怎么能说浪费？"闻时礼说，"站在这里等我。"

宋枝只能说："好吧。"

没过一会儿闻时礼就回来了："走吧，工作人员带我们去包场的厅。"

宋枝点头，由他拉着手朝入口处走去。

本以为包场可以看得很尽兴，没想到事与愿违，一场电影看完，宋枝完全不知道剧情讲的什么，因为闻时礼一直在打扰她。

放映厅里光线昏暗，暗红色的座位将气氛衬得越发暧昧缱绻。

这一幕宋枝觉得很熟悉，像是在哪儿经历过。

宋枝突然想到去年和他再次相遇后做的那个梦。

梦里面就是这幅场景，周围无人，下一瞬，男人肆无忌惮地转过脸，单手捧过她的脸深深地吻了上去。

他的唇舌带着凉意。他却让每个细节变得火热。

电影还在播放，男女主对话的声音很清晰，可闻时礼的关注点完全不在银幕上，而在她的唇间。

宋枝也没办法集中注意力看电影，只能被他牵着走，任凭他予取予求。

几分钟过去后，宋枝的耳根红透了。她实在有些喘不过气，用手轻轻推他的肩膀，说："不是才在你的办公室……你怎么又这样？"

闻时礼低低地笑一声，也不回答她，再次吻住她的唇。

宋枝艰难地含糊道："看电影好不好？"

闻时礼轻咬一下她的唇，然后在她耳边低喃："电影哪儿有你好看？枝枝。"

枝枝，枝枝，被他这么一叫，她只觉得周身的骨头都软了，再也抵抗不住了，真要命。

番外二 领 证

2020 年的大年初一，闻时礼拿着红包敲开了宋枝的房门。他要做第一个对她说新年快乐的人。

门被拉开，门里的宋枝穿着红色的羊角大衣，大衣衬得她的气色很好。

闻时礼把红包递过去，唇边带着温和的笑："枝枝，新年快乐。"

宋枝接过红包，乖乖地说："谢谢哥哥，你也新年快乐。"

闻时礼问："你在做什么？怎么半天不出来？"

宋枝说："整理一些东西。"

闻时礼抱着手懒洋洋地往门上一靠，目光越过她的头顶落进屋内，看到她的书桌上摆放着一个精美的礼品盒，盖子没有盖上，里面放着一朵风干的玫瑰花。

那朵玫瑰有些岁月了，没有旧日的红艳，而是透着些许暗沉，花瓣的边沿更是带着一圈暗紫色。

只看一眼，他便了然于胸，不禁想到那个让他痛不欲生的雷雨夜。

他差点儿死在那一场雷雨里。

闻时礼朝着书桌的方向抬抬下巴，歪头，微微眯眼笑着问："那是什么？"

宋枝回头看了一眼："玫瑰花。"

"是我送你的吗？"

"嗯。"

"第几朵？"

没等宋枝回答，闻时礼便抬脚越过她，径直进了卧室，走向书桌。

宋枝跟着走过去。

闻时礼停在书桌前，拿起那个淡粉色的礼品盒，放到鼻尖下轻轻地嗅着。它的余香未尽，丝丝缕缕的余香诉说着曾经柔情万千的种种浪漫。

他放下盒子，点点头："还是香的。"

宋枝无声地站在他旁边。

闻时礼抬眼，看向她后笑着问："是我送你的第一朵玫瑰花，对吗？"

宋枝怔了一下，没想到他居然还记得，便问："你怎么知道？"

男人修长的手指伸到盒内，指尖轻轻触到干枯的茎身。他勾唇淡淡一笑。

她那晚揉碎了其他所有的玫瑰花，独独留下了第一朵，说到底她对他还是不忍心。

宋枝没说话，等着他的回答。

闻时礼漆黑的眸深沉迷人。他笑着望着她，手指温柔地抚过历经岁月的玫瑰茎秆，温柔地说道："枝枝，你忘了吗？七年前，这枝玫瑰送到你手里的时候就是没有刺的。"

宋枝恍然大悟。

原来是因为这个。但她确实没想到，七年前这么小的一个细节，他能记得这么清楚。

这倒显得她有点儿马虎了。

闻时礼贴心地帮她把盖子合上，继续说："枝枝，哥哥只会送你没有刺的玫瑰花。"

宋枝的心里一暖。

她想到求婚的那个夜晚，星空璀璨，漫天百鸟啾鸣，他单膝跪在地上，送给她一束九十九朵的玫瑰花。

她没有忘记，事后她发现，九十九朵玫瑰花全部是没有刺的。

他只送她没有刺的玫瑰花。

这就是他。也正是这样的他，给了她全世界独一无二的浪漫和偏爱。

宋枝抬脚朝他靠近一步，主动搂住他的脖子，踮起脚朝他的唇吻去。

他顺势单手搂住她的腰，闭着眼回应。

这是很浅、很美妙的一个吻。

结束后，宋枝仰着小脸看他，双手还挂在他的脖子上，眼里亮晶晶的。

她说："哥哥，我们要像你说的那样。"

"嗯？"闻时礼眯眼笑着，"哪样？"

宋枝的一双眼水汪汪的，明媚的笑意浮现在她脸上。

她坚定地说："我们要永远热恋。"

"当然。"闻时礼将她搂得更紧些，用自己的额头抵上她的额头。

这个画面温馨又缠绵，他的嗓音更是温柔又缱绻："你答应过我，会永远爱我。"

闻时礼又说："哪怕在新鲜感和激情消退后，你也会不惜违背人性来爱我。"

宋枝当然记得自己对他许下的承诺，在那个她首次和他灵肉合一的夜晚。

他那么虚弱无助，她是他最后的一根求生稻草。

"所以，"他的语速渐渐放慢。他在她的鼻尖上落下一吻："我们理所应当永远热恋。"

这一切都很浪漫。

在这样一个瞬间，宋枝脑子里涌出一个不切实际的荒唐念头：她想和他私奔。

宋枝抬头，定定地看着他的眼睛，像是能看到他的灵魂深处一般。

她脱口而出："哥哥，我突然好想和你私奔。"

话题变得太快，但他想也没想，下意识就答："嗯，我们去哪儿？"

宋枝摇摇头，像是被自己这个奇怪的念头逗乐了，一时笑出声来，手从他的脖子上滑落，转而扶住他坚实的双肩。她说："你还当真了？"

闻时礼一挑眉梢，笑道："私奔对象是你的话，有何不可？"

宋枝撒娇地拍一下他的肩膀："我开玩笑的啦。"

"可我当真了。"闻时礼说，"虽然我们不用私奔，但是我们能做一件和私奔一样刺激的事情。"

宋枝来了兴趣："做什么？"

闻时礼松开她的腰，说："你把户口本和身份证找来，我就告诉你。"

因为好奇，宋枝把这两样东西找来了，问："我们要做什么？"

闻时礼拉着她的手，凑到她耳边，哪怕现在卧室里只有他们二人，他还是用仅有两人能听见的声音和她说着悄悄话："我们去成为夫妻。"

宋枝怔住了。

他们成为夫妻？！

宋枝一个字都没来得及说，就被闻时礼拉着快步往外走。他拉开房门，走出门后直接带着她跑了起来。

穿过客厅的时候，陆蓉正端着汤圆出来："哎，你们俩去哪儿？初一早上要吃汤圆呀！"

陆蓉没有得到回应。两人像一阵风似的消失在她的视线里。

闻时礼拉着宋枝一路夺命般狂奔，出门后也没有选择乘坐电梯，而是转身跑进安全通道里，飞快地下楼。

安全通道里，只有两人紊乱的呼吸声和放肆的大笑声。

闻时礼陪着她笑，一边笑一边问："怎么样？有没有私奔的感觉？"

宋枝气喘吁吁地笑着说："有啊！"

离开安全通道，闻时礼拉着宋枝继续跑，离开小区，跑到初一冷清的街道上。

他会刻意放慢速度配合她，并且频频回头看她。宋枝每次都能准确地对上他的目光。这种时候，两人脸上的笑容都会默契地加深。

跟随他奔跑，望着他的背影，宋枝觉得自己就是最幸福的人。

他会因为她的一句话就陪她疯，陪她笑，陪她到天涯海角。

道旁的绿树上高高挂着喜庆的红灯笼，两人奔跑的身影伴着晨曦暖阳。这一幕被按下暂停键，定格成永恒的浪漫。它蕴含着美好、甜蜜，还藏着旁人难以知晓的爱意。

七年时间，多少个日日夜夜，其中五味杂陈，有多少酸甜苦辣，只有他们二人知道。

相遇不易，相爱更不易。

所以，宋枝和闻时礼，会一直一直在一起。

番外三　结　婚

1

宋枝被闻时礼拉着手奔跑，经过许多条没什么人的街道，余光里红色灯笼的影子没有消失过，一直随他们到达民政局门口。

两个人累得气喘吁吁。宋枝双手叉着腰，胸口起伏不平，累得被迫张着嘴大口呼吸："累死我了。"

闻时礼看着要稍好一些，很快就平顺气息，淡淡地笑道："枝枝，你这体力不行啊。"

宋枝白他一眼，刚想说点儿什么，就注意到面前民政局的大门紧闭："这是没开门？"

"初一民政局不上班。"

"啊……"宋枝捏着手里的户口本和身份证，"那我们不是白跑一趟？"

闻时礼面朝阳光看着她，黑色的眸子带着一层浅浅的光晕，语气有几分玩笑，又有几分认真："没能和哥哥领证，你就这么失望啊？"

宋枝想：这人自恋的毛病什么时候能改改？

她看一眼紧闭的民政局大门，又看一眼他，深吸一口气，问："你早就知道民政局今天没开门吧？"

"到了才知道的。"

"那我们还是白跑一趟，回去吧。"

她正要转身，就听他笑着说："怎么能算白跑一趟，我们这不是提前来踩点吗？"

"你这是什么比喻，我们又不是小偷。"她忍不住笑出声。

见她笑得灿烂，他也跟着笑。

冬日温暖的阳光下，两人站在民政局的门口，看着对方的眼睛，脸上带着最真挚的笑。

过了一会儿，闻时礼在路边的门脸房商铺里买了两瓶矿泉水，拧开一瓶递给宋枝。

宋枝喝了几口，说："饿了。"

"走吧，我们去吃早饭。"他拉起她的手。

幸好初一早上并非所有商家都不营业，两人不紧不慢地散着步，走了几百米后就看到了一家早餐店，店内三三两两的客人分散而坐。

宋枝挑了一个靠窗的位置坐下。闻时礼在她的对面坐下。

他们叫了一份小笼包、两碗粥，再加一根油条。

自打新闻里曝出店家制作油条会添加明矾后，宋枝就没怎么吃过油条，但偶尔想到油条酥软蓬松的口感还是会嘴馋。

老板很快上齐了早餐。宋枝把油条一分为二，一半放到闻时礼的碗里。闻时礼扫一眼，压低声音对她说："摄入明矾伤脑。"

还以为他不知道这种小事呢，她说："偶尔吃一次没事啦。"

"我知道了。"

"知道什么？"

"你想拉着哥哥一起变笨？"

一听这话，宋枝伸出筷子，要从他的碗里夹走油条："那还是我一个人变笨吧。"

闻时礼将碗往回收："逗你的，就算我们一起变笨，那差距也还是一样的。"

"什么差距？"

"你知道人和狗的智商差距是六十吗？"

"啥？"宋枝没听懂。

闻时礼松开碗，看着她解释道："一般来说，正常人的智商是一百，狗的智商是四十。"

宋枝咬一口油条，用一侧的牙齿咀嚼着，像一只小松鼠。她听懂了，乖巧地点点头。

闻时礼又说："那同理，你的智商也就一百左右对不对？"

宋枝继续乖巧地点头。

"我的智商有一百六。"他用手指指自己，又指指宋枝，"我们的智商差距就是六十，就像正常人和狗一样，懂了吗？"

宋枝还是乖巧地点头。可点了一下，她觉得哪里不对劲，直接停下，连咀嚼都忘记了，含混不清地问他："你的意思是，你看我和看狗一样？"

闻时礼憋着笑："我可没这么说。"

把那口油条咽下，宋枝和他急了眼："你就是这个意思！"

亏她刚刚还点头表示同意，这样显得她好呆。

看着小姑娘气呼呼的模样，闻时礼想就此揭过："好啦，吃早饭。"

"你说我是狗，怎么就好了？"

"那让你亲我一下，补偿你。"他吊儿郎当地笑道。

"你想得美！"宋枝见过脸皮厚的，没见过脸皮这么厚的。闻时礼绝对是她见过的脸皮最厚的人，还油盐不进。

最后，他暗示她是狗这件事情，以她重重地拧了他耳朵，拧得他求饶才得以结束。

民政局初七上班，这天一大早，宋枝就被闻时礼叫醒，说今天登记领证的人会很多，得早点儿去。

宋枝迷糊地睁开眼，抓过手机一看，才六点！

宋枝再次缩回被窝里，嘟哝着抗议："不行，我好困。"

闻时礼扯开她的被子，俯身凑到她耳边笑着说："再不起来的话，我就上床和你一起睡。"

宋枝一个激灵推开被子坐起来，瞬间睡意全无："别，你别上床，我起来还不行吗？"

鬼知道他真上床的话又会做什么。

闻时礼直起身，单手插进兜里，唇角带着散漫的笑："那你还不起来？"

宋枝揉一把头发："哦。"

为了防虫，冬天行道树的树干都被涂白了。

嫩绿的苞芽藏在枝头，在刚刚经过的那棵树上，有十八个苞芽。在车辆等绿灯时宋枝仔细地数过，算是消遣。

七点，天刚蒙蒙亮，白茫茫的雾在太阳出来前不会散，所有物体都只有浅浅的模糊的轮廓。

宋枝下车，看见民政局门口已排起长龙，成双成对的情侣脸上都洋溢着甜蜜的笑容。

在长龙的最前方，宋枝看到了熟悉的人："骆助理？"

听见有人叫自己，骆子阳回头，还在不停地搓着冻得通红的双手。他看见宋枝，兴奋地抬手一挥："宋枝！"

宋枝快步朝他走过去，问他："你在这里干吗？"

"帮你们排队呀。"

"啊？"

"闻律师让我早点儿来排队，怕你们过来等太久。"

宋枝沉默片刻，迟疑地说："他这么没人性吗？假期还使唤你？"

刚说完，宋枝的身后就传来男人似笑非笑的声音："行啊，在我背后说坏话？"

宋枝感觉后背一凉，不敢回头。

骆子阳打圆场，哈哈笑着说道："没事，闻律师说这算另外的工资。"

宋枝说："好吧。"

闻时礼走了两步绕到宋枝面前，手在她头顶不轻不重地按了两下："胳膊肘净往外拐，小没良心的。"

"我的头发！"宋枝拍开他的手，"弄乱了！"

闻时礼的手收到一半又伸了过去，故意揉一把她的头发，惹得她压着嗓子尖叫："闻时礼！"

她一边叫还一边踮脚伸手，也去抓他的头发。

闻时礼也不躲，满脸笑意地由着她折腾，眼里尽是宠溺和温柔。

骆子阳想，这两人真的还是人吗？他大清早过来排队，在一众情侣中闪耀着单身的光芒，格外凄凉，现在还要看他们秀恩爱？呵呵。

宋枝和闻时礼走完流程出来，两人的手里都拿着一个小红本。

这让人有种不真实的感觉。这就结婚了？

太阳从东边缓缓升起来，十分温暖明亮，红底金字的小红本也跟着发光。

宋枝低头看着小红本。闻时礼在旁边看着她。两人看的东西不一样，心境也完全不同。

她在想：这是真的吗？好像在做梦！

而他在想：原以为阴暗卑劣的人生，终于迎来了美好明媚的结局。

数秒后，宋枝缓缓抬头，对上他的目光，两人的眼里装着同一片蓝天下的风景，以及彼此盈满爱意的眼睛。

这是爱情最好的模样。

2

那一年盛夏，有一场规模不小的流星雨——英仙座流星雨。这场流星雨的峰值达到每小时 110 颗，最适合人在视野宽阔的山野观看。

宋枝听说，和相爱的人一起看流星雨时许愿会很灵验，因为浪漫不会被上天辜负。

宋枝提前告诉闻时礼，想和他一起去看这场流星雨，如果可以的话，让他把时间腾出来。

闻时礼说可以，陪她的时间当然有。

流星雨来临的那天正好是周六。

新闻预测流星雨会在午夜十二点到一点间来临。闻时礼事先准备好了露宿的帐篷，还有许多宋枝爱吃的零食，待一切就绪后才到学校去接宋枝。

最佳的观赏地点在山顶偏下的一处大平台，那里的视野相当宽阔，正对着黑色的夜空。

两人驱车赶到的时候，那里已经有不少人，山里平日的寂静不再，尖叫声、欢笑声不绝，还有带着小孩来的家庭，更是热闹得不行。许多媒体已经架好设备，准备到时候直播。

停好车，闻时礼下车，打开后备厢，取出一个小马扎，递给后脚跟过来的宋枝："拿着，去找个扎得下帐篷的空地等我。"

宋枝接过马扎，说了声好，然后转身走进扎帐篷的人堆里。

放好小马扎后，宋枝回到停车处，看着闻时礼从后备厢往外取物资，走过去问："要不要我帮忙呀？"

"不用。"

"可是看起来东西好多啊。"

"我多拿几趟不就行了？"

"哦。"

闻时礼提出帐篷包，对她说："你在这里看着，我搬东西。"

宋枝点点头。

谁知道闻时礼去一趟半天没回来。就在宋枝准备给他打电话的时候，她终于看见他了："你干吗去了？"

"遇见了几个记者，被拉着采访了一通，他们问我来干吗。"

"来这里还能干吗？"宋枝有点儿无语。

闻时礼笑了："对啊，来这里还能干吗？当然是看流星雨啊。"

"然后你怎么说？"

"我说我带小媳妇来看流星雨。"

宋枝回过神来，瞪大眼睛："你真这么说的？！"

"嗯。"

"你干吗这样说？！"

闻时礼说："这样说有什么问题吗？"

宋枝欲言又止。组织好语言后她才说："你这样说的话，等下那些记者就会拍我，再说你这样不是变相承认你和我已经领证了吗？"

闻时礼懒洋洋地往车身上一靠，屈起手指在她的额头上轻轻一敲："那又怎样？有什么好避嫌的？难道你老公我还拿不出手？"

宋枝想，并不是这样，反而因为他太有名，到时候新闻一出，回学校后，所有人都知道她是有名大律师的合法妻子，都会来八卦她！

在她走神的间隙，闻时礼已经将脸送到她的面前，眯着桃花眼，嗓音含着笑问她："枝枝，你的老公不够帅？"

宋枝推开他，心里想：算了，八卦就八卦吧。她催促他："赶紧搬东西吧。"

搬完东西，宋枝被闻时礼拉着过去的时候，果然有一圈记者围过来，有几个话筒几乎要戳到她的脸上去了。

宋枝被迫露出礼貌的微笑，象征性地回答了几个问题，比如什么时候领的证，两人恋爱多久了，私下相处时闻律师有什么不一样。

闻时礼揽着她的肩膀，把她带进怀里，从容地对着镜头浅浅地微笑，声音清润温和："不好意思，她怕生。"

采访终于告一段落，两人来到事先占好的位置。闻时礼开始搭帐篷，宋枝就在小马扎上坐着吃零食、玩手机，偶尔抬头看看忙活的他。

四周昏暗，这里大多数的光都来源于手电筒。

闻时礼在帐篷前铺了一层厚厚的垫子，坐下确认没有会磕到人的东西后才叫宋枝："枝枝，来这里坐。"

宋枝哦一声，拎上装零食的袋子和饮料挪了过去。小马扎留在了原处。

宋枝到垫子上坐下，坐在闻时礼面前，靠在他的怀里，将整个人的重量都放在他身上。

闻时礼用双手搂着她的腰，把她抱得紧紧的。

宋枝看短视频打发时间，在看到一个点赞数超过一百万的男团表演视频时，兴奋地叫他："哥哥，你能跳这个吗？"

"嗯？"

她把手机递给他看。

闻时礼定睛一看，屏幕上几个年轻帅气的男生化着浓浓的舞台妆，在灯光下齐刷刷地朝前多次顶胯，要多风骚就有多风骚。

宋枝看向他的双眼亮亮的，非常期待。

"相信我，我跳这个不会好看的。"闻时礼正儿八经地说。

"跳嘛！"宋枝把身体往后靠，完全倒进他怀里，一个劲儿地撒娇，"你不跳怎么知道好不好看？"

"术业有专攻，我又不是跳舞的，这种事还是留给专业人士做吧。"

"你不爱我了！"

闻时礼实属无奈，摇头失笑："我跳真的不好看，放过我好不好？"

宋枝不依不饶："就跳一下！"

闻时礼松开她，从她手里取过手机，仔细看着视频里面男团成员的动作："我尽量试试。"

宋枝搂着他的脖子，亲了一下他的脸："哥哥最好了！"

看了几遍视频后，闻时礼站起来，逆着月光而站，显得整个人气质脱俗。

宋枝看得出神，心想：这么好看的一张脸，他随便比画两下都很好看吧？

事实却很残酷。

当她眼睁睁地看着他手脚齐动模仿舞蹈动作的时候，她意识到了问题的严重性，并且及时打断："够了，别跳了！"

闻时礼垂下双手，憋着笑："怎么？不满意？"

"哥哥，"宋枝抱着双膝，仰头看他时眼神复杂，"你跳得怎么像在做康复训练……"

闻时礼想：康复训练？小姑娘羞辱人很有一套。

闻时礼重新在她旁边坐下，没说什么，只是趁她不注意就开始挠她痒痒。她缩着手臂咯咯笑起来："痒……痒啊！你别弄了！"

闻时礼没停下手里的动作，还挠她最怕痒的部位，一边挠一边笑着问："下次还敢不敢了？"

"不……不敢了！"宋枝笑着躲，却怎么也躲不掉。

闹腾了一会儿，宋枝精疲力竭地靠在男人的怀里，眼皮开始往下垂，嘀咕着问几点了。

他告诉她才九点，流星雨还要等好几个小时才会来。

"我困了。"

"进去睡会儿。"

闻时礼拉开帐篷。她看见里面铺好了软软的被褥，还放着两个枕头。

她实在撑不住了："那我进去睡会儿啊。"

"好。"

宋枝爬进帐篷里，一头栽下去躺着。在这盛夏的夜晚，帐篷里面并不热，可能因为在山里，帐篷自带降温的效果。

闻时礼没有完全将帐篷合上，留下了一些空隙以便透气。

"枝枝。"他伸手进来，轻轻拍了拍她的脚踝，"等下流星雨要来的时候，我叫你。"

"嗯。"

宋枝沉沉地睡了过去。

也不知道过了多久，宋枝感觉身体在轻轻晃动。她迷迷糊糊地睁眼，看见闻时礼侧躺在她旁边，正轻轻推着她，声音温柔低沉："枝枝，流星雨要来了。"

宋枝揉揉眼睛，问："已经开始了吗？"

"马上，快起来。"

"好。"

闻时礼把她惯得不成样子，起个床都要帮忙，比如现在，她躺着不动，只懒洋洋地伸出双手："拉我。"

他又怎么会拒绝她？他握住她的手将她拉起来，扶着她的肩膀，转过脸轻声哄着："小祖宗，你能不能清醒点儿？等下错过流星雨又要闹了。"

在他的帮助下，宋枝艰难地起来，顶着一头微乱的头发爬出帐篷。

外面俨然是另外一番光景。所有人或坐或站，都面对着同一个方向——黑色的夜空。好多人手里都拿着手机或者摄像机在准备拍摄即将来临的流星雨。

宋枝到坐垫上盘腿坐好，打了个哈欠，问："几点啦？"

闻时礼看一眼手机上的时间："一点二十。"

"这么晚了？"

"嗯。"

"我居然睡了这……"

话还没说完，人群里爆发出尖叫声，宋枝下意识地仰头看向天空，只见天空中划过几颗流星，它们以很快的速度朝着斜下方坠落。

尖叫声更响了。

宋枝也兴奋起来，一个劲儿地拍打着身旁的男人："快看！流星！"

他笑着回应："看着呢。"

其实他没看。

他在看她，全程都没有看流星一眼，哪怕在流星数量达到峰值的时候。但是他不遗憾错过了这么一场盛大的流星雨，因为他在她的眼里已经看到了最璀璨的星星。

无数闪亮的流星依次从她的眼底划过，亮晶晶的。

他看到她双手合十，对着流星许下愿望，表情是那么虔诚，仿佛只要许愿就能实现。

待一切结束后，他问她："你许了什么愿？"

她俏皮地摇摇头："才不告诉你呢，愿望说出口就不灵验了。"

她的愿望很简单：希望哥哥不再惧怕雷雨天，心中日日是晴天。

架不住他的追问，宋枝还是告诉他了。

他听后思考了片刻，温柔地握着她的手，摩挲着道："会实现的。"

半夜，两人在帐篷里相拥而眠，突然一声惊雷响起，他和她同时被惊醒。

很快，宋枝就看到身后男人的身体开始剧烈地颤抖。她立马转过身，紧紧地抱住他安抚："哥哥，别怕，有我在。"

他没应，还是在颤抖。

帐篷是防水的，质量很好。雨很快落了下来，伴随着轰隆的雷鸣。

在旷野里，雷声被放大了数倍，直往耳朵里面钻。

男人颤抖得越来越厉害。他缩在被子里，额头上沁出细细密密的汗水。

宋枝想分散他的注意力，主动去吻他，给了他一个技巧生涩，感情却很丰富的吻。

吻他的时候，她明显感觉到他的颤抖有所缓解。她在适当的时候停住，开口说："看，你也没有那么害怕对不对？"

"别说话……"他重重地喘了一口气，"亲我。"

宋枝捧着他的脸，再次吻了上去，在这样的情境下，雷雨仿佛成了二人浪漫的背景布。

他的吻来到她的耳边，湿润又缠绵。

他亲了亲她的耳垂，声音沙哑地说："你的愿望会实现的，枝枝。"

宋枝心中一动，又听他说："为我，也是为你。"

她很清楚，他向来如此，只要是她想的，他都会不顾一切地去做，哪怕需要他克服内心最深处的恐惧去战胜巨大的童年阴影。

这就是闻时礼，全心全意爱着她的闻时礼，没有人会像他一样爱她。

回看人生的前十几年，她做过几件后悔也可以说得上是愚蠢的事情，但是最不后悔的事情就是喜欢上他，和他在一起，再嫁给他。

她的心里感慨万千。她在他热烈的吻里渐渐意乱情迷。

她贴到他的耳边，乖巧地小声喊他："老公。"

自此，他便一发不可收拾，像是完全忘记还有雷雨这一回事，全身心投入到她的身上。

她顺从他，回应他，极尽可能与他契合、疯狂。

一道闪电闪过。

光照进帐篷里，映着两人的身影。

四目相对，周遭无声，唯有爱意在帐篷内流淌。